Thomas F. Dernburg · Duncan M. McDougall

Lehrbuch der Makroökonomischen Theorie

04. April '74

Lehrbuch der Makroökonomischen Theorie

Die Messung, Analyse und Kontrolle der gesamtwirtschaftlichen Aktivität

Von

THOMAS F. DERNBURG

DUNCAN M. McDOUGALL

Aus dem Englischen übersetzt von

GUDRUN TIEDTKE

und DR. JOCHEN TIEDTKE

68 Abbildungen und 33 Tabellen

2. durchgesehene und verbesserte deutsche Auflage

GUSTAV FISCHER VERLAG · STUTTGART

1974

Übersetzt nach der 3. amerikanischen Auflage

Originalausgabe: Thomas F. Dernburg, Duncan M. McDougall, Macroeconomics – the measurement, analysis, and control of aggregate economic activity

3rd Edition; McGraw-Hill Book Company, New York, St. Louis, San Francisco, Toronto, London, Sydney

Thomas F. Dernburg
Professor der Wirtschaftswissenschaften, Oberlin College

Duncan M. McDougall
Professor der Wirtschaftswissenschaften, Universität von Kansas

ISBN 3-437-40011-8

Satz und Druck: Buchdruckerei H. Laupp jr, Tübingen
Einband: Buchbinderei Heinr. Koch, Tübingen
Printed in Germany

Vorwort zur 2. deutschen Auflage

Sofort bei Erscheinen der ersten deutschen Auflage hat das Lehrbuch von Dernburg/McDougall eine überaus günstige Aufnahme gefunden, sowohl auf Seiten der Dozenten als auch bei den Studierenden. Die erste Auflage war bereits 12 Monate nach Erscheinen vergriffen, so daß hiermit die zweite, durchgesehene deutsche Auflage vorgelegt werden kann. Der große Erfolg hat den Verlag veranlaßt, die Herausgabe eines »Arbeitsbuches zum Lehrbuch von Dernburg/McDougall« zu planen, das in einigen Wochen erscheinen wird.* Dieses Arbeitsbuch setzt seine Schwerpunkte bei denjenigen Kapiteln bzw. Abschnitten, die Bestandteil des wirtschaftswissenschaftlichen Grundstudiums in der Bundesrepublik sind. Durch die Beiziehung des Arbeitsbuches, in dem sich Erfahrungen aus der Lehrpraxis niedergeschlagen haben, wird das Lehrbuch seinen Platz in der Ausbildung an unseren Hochschulen sicher noch weiter festigen können.

Bei der Anfertigung des Arbeitsbuches ergab sich das Bedürfnis, die Formulierungen des Lehrbuchs an einigen Stellen etwas zu verfeinern und zu vereinheitlichen. Diese Durcharbeitung des Textes haben drei Autoren des Arbeitsbuches übernommen, nämlich die Herren G. Engel, D. Mann und P. Rühmann. Damit liegt nunmehr für das Grundstudium ein aufeinander abgestimmtes, zweiteiliges Unterrichtswerk zur Makrookonomik vor.

September 1973

---

*G. Engel, D. Mann, U. P. Ritter, P. Rühmann, alle Universität Göttingen: Makroökonomik – Ein Arbeitsbuch zum Lehrbuch der Makroökonomischen Theorie von Th. F. Dernburg und D. M. McDougall, Stuttgart (Gustav Fischer) 1974.

Vorwort zur 3. amerikanischen Auflage

Wir sind außerordentlich erfreut, daß die Aufnahme der früheren Auflagen unseres Buches eine dritte Auflage gerechtfertigt hat. Unsere Zielsetzung bleibt unverändert. Erstens versuchen wir, mit diesem Buch einen ziemlich umfassenden Überblick über das Stoffgebiet zu geben, das eine Einführung in die Makroökonomie normalerweise beinhaltet. Zweitens wollen wir den Raum zwischen Anfänger- und Fortgeschrittenenniveau überbrücken, indem wir das Rahmenwerk und den Ausgangspunkt für ein vertiefendes Studium vermitteln.

Diese Auflage weist wesentliche Veränderungen auf. Wirklich einschneidende Erweiterungen beschränken sich jedoch auf die Kapitel über Finanzpolitik und internationale Finanzierungsaspekte im zweiten Teil sowie auf den gesamten vierten Teil. Die algebraische Analyse von Besteuerung und Staatsausgaben im Kapitel 6 ist durch numerische Beispiele und graphische Darstellungen ersetzt worden, um das Verständnis der Gleichgewichtslösungen und der hinter diesen Berechnungen stehenden Aussage stärker zu betonen als deren algebraische Aspekte. Die algebraischen Modelle können nun in einem hinzugefügten Anhang nachvollzogen werden. Das Kapitel 14, das die internationalen Aspekte der makroökonomischen Theorie behandelt, ist überarbeitet worden, um die ständige Bedeutung der außenwirtschaftlichen Absicherung für die Politik der inneren Stabilisierung zu betonen und um zu zeigen, in welcher Weise verschiedene Formen einer internationalen Währungsordnung die Wirksamkeit der Geld- und Finanzpolitik beeinflussen.

Die wirtschaftspolitische Diskussion im Teil 4 ist vollkommen umgestaltet und unter einen neuen Blickwinkel gestellt worden. Die Politik wird als ein Prozeß verstanden, in dem ein Bündel von Instrumenten derart gehandhabt wird, daß ein zuvor festgelegter Zielkatalog erreicht werden kann. Kapitel 19 enthält die allgemeinen Prinzipien der Wirtschaftspolitik. Kapitel 20 ist einer Diskussion der Ziele gewidmet und beinhaltet Probleme, wie die Messung der Sozialproduktlücke, der Arbeitskräftelücke und des Preisniveaus. Kapitel 21 behandelt die Instrumente der Wirtschaftspolitik. Wirkt der Staatshaushalt expansiv? Welches ist der geeignete Weg, um die Wirkungen von lags in der Geld- und Finanzpolitik in Grenzen zu halten? Sollte die Geldpolitik weiterhin willkürlich gehandhabt werden, oder sollten «Regeln» an die Stelle der Ausübung staatlicher Amtsgewalt treten?

Seit dem Erscheinen der ersten Auflage im Jahre 1959 haben wir von den Kommentaren und Anregungen zahlloser Lehrer und Studenten profitiert, und es ist nunmehr praktisch unmöglich, jedem einzelnen für seinen speziellen Beitrag zu danken. Unsere besondere Verbundenheit gilt jedoch Professor Case Sprenkle von der Universität von Illinois, W. H. Locke Anderson von der Universität von Michigan sowie Arvid M. Zarley von der Universität von Kansas für ihre sorgfältige Durchsicht und wertvollen Anregungen. Judith Dukler Dernburg hat die Manuskripte gelesen und zu vielen Verbesserungen beigetragen. Vera Alferio und Leigh Riker leisteten unschätzbare schreibtechnische Unterstützung. Für alle Fehler und Unzulänglichkeiten sind selbstverständlich allein wir selbst verantwortlich.

THOMAS F. DERNBURG
DUNCAN M. MCDOUGALL

Inhaltsverzeichnis

TEIL 3

WACHSTUM UND SCHWANKUNGEN DER WIRTSCHAFTLICHEN AKTIVITÄT

TEIL 4

PROBLEME BEI DER KONTROLLE DER WIRTSCHAFTLICHEN AKTIVITÄT

Symbolverzeichnis

BSP	Bruttosozialprodukt
c	marginale Konsumneigung
C	Konsum
CPI	Preisindex für die Lebenshaltung («consumer price index»)
D	Abschreibungen («depreciation»); in Kapitel 21 auch: öffentliche Verschuldung («debt»)
G	Staatsausgaben, Staatskäufe von Gütern und Dienstleistungen («government expenditures»)
i	Zinssatz
I	geplante Nettoinlandsinvestition
I_n^a	realisierte Nettoauslandsinvestition
I_n^i	realisierte Nettoinlandsinvestition
$I_{gepl.}$	geplante Investition
$I_{ungepl.}$	ungeplante Investition
k	Kassenhaltungskoeffizient
K	Kapitalstock
L	Geldnachfrage (real)
m_1	Nachfrage nach Transaktionskasse
m_2	Nachfrage nach Spekulationskasse
m_s	Geldangebot (real)
M	Importe; in den Kapiteln 8 bis 13 auch: nominale Geldmenge
N_d	Nachfrage nach Arbeit
N_s	Angebot an Arbeit
NSP	Nettosozialprodukt
p	Preisniveau
s	marginale Sparneigung
S	Ersparnis
S_H	Ersparnis der privaten Haushalte
S_{St}	Ersparnis des Staates
S_U	Ersparnis der Unternehmungen
t	marginaler Steuersatz
T	Steuern («taxes»)
T_H^{dir}	direkte Steuern der privaten Haushalte
T_U^{dir}	direkte Steuern der Unternehmungen
T_{ind}	indirekte Steuern
Tr_a	Transferzahlungen an Ausländer
Tr_i	Transferzahlungen an Inländer
V	Umlaufgeschwindigkeit des Geldes («velocity»); in Abschnitt 7.2 auch: Gegenwartswert einer Anleihe
w	Nominallohnsatz
W	Vermögen («wealth»)
X	Exporte
X_n	physisches Grenzprodukt der Arbeit
Y	Nettosozialprodukt (NSP), Einkommen
Y^*	Vollbeschäftigungseinkommen
Y_f	Volkseinkommen, NSP zu Faktorkosten
Y_H	persönliches Einkommen (vor Steuerabzug)
Y_v	verfügbares Einkommen
π	Wechselkurs der ausländischen Währung
σ	Kapitalproduktivität

1. Der allgemeine Rahmen des Buches

1.1. Einleitung

Dem Unternehmer, der sich ständig steigenden Lohnforderungen gegenübersieht, weil die Arbeitnehmer mit den Lebenshaltungskosten Schritt halten wollen, dem Pensionär, der versucht, von einem festen Einkommen zu leben, und der Hausfrau, die Mühe hat, in Zeiten ständig steigender Lebensmittelpreise Essen auf den Familientisch zu bringen, – ihnen braucht man kaum zu sagen, daß Inflation ein ernstes wirtschaftliches Problem ist. Ebenso sind dem Arbeiter, der seinen Platz am Fließband verliert, dem älteren leitenden Angestellten, der trotz seiner Qualifikation Schwierigkeiten hat, eine Stelle zu finden, und dem Unternehmer, der seine Gewinne schrumpfen und die Aufträge zurückgehen sieht, die Nachteile einer Rezession nur allzugut bekannt. Ökonomische Fehlentwicklungen gehen uns alle an. Wenn sie sich allzustark ausweiten können, schaffen sie große physische und psychische Not und rütteln an der Substanz des sozialen und politischen Gefüges. Ziel dieses Buches ist es, besseres Verständnis für diese wirtschaftlichen Probleme zu wecken, die Werkzeuge zu ihrer Analyse zu liefern und mögliche Gegenmaßnahmen zu empfehlen.

Es mag verwundern, daß es einer umfassenden wirtschaftstheoretischen Analyse bedarf, um wirklich zu begreifen, welche Zusammenhänge sich dahinter verbergen, wenn einzelne Wirtschaftssubjekte ganz offensichtlich unter den Folgen wirtschaftlicher Fehlentwicklungen zu leiden haben.

Aber persönliche Erfahrung ist oft ein schlechter Maßstab für Verallgemeinerungen. Beispielsweise kann die Hausfrau das Gefühl haben, daß eine Inflation das Wohl ihrer Familie beeinträchtigt, wobei der von ihr festgestellte Anstieg der Lebenshaltungskosten in Wirklichkeit von einem temporären Phänomen, wie z.B. einer Mißernte, herrührt. Solch eine Mißernte ist ein unglückliches Ereignis, aber es wäre ganz falsch anzunehmen, daß der Anstieg der Lebensmittelpreise auf einen allgemeinen inflatorischen Trend zurückzuführen ist. Ebenso kann es sein, daß der leitende Angestellte in seinem Spezialgebiet keine Arbeit findet, weil die Konsumenten das Produkt nicht mehr nachfragen, das gerade von jenem Industriezweig hergestellt wird, in dem er Beschäftigung finden möchte. Ein ähnliches Schicksal kann einen Industriearbeiter treffen. Wenn der Absatz von Automobilen stockt, weil die Öffentlichkeit sich in zunehmendem Maße für die Sicherheit des Autos interessiert, so ist das kein Zeichen dafür, daß sich die Wirtschaft als Ganzes in einer Depression befindet. Es ist vielmehr ein Hinweis dafür, daß die Produktivkräfte von der Produktion größerer und schnellerer auf die Herstellung sichererer Wagen und auf den Bau besserer Verkehrswege verlagert werden sollten. Solche Faktorverschiebungen sind der eigentliche Kern des wirtschaftlichen Fortschritts. Es kann sich durchaus als verfehlt erweisen, die zur Niveausteuerung bestimmten wirtschaftspolitischen Mittel für das strukturelle Problem eines schrumpfenden Wirtschaftszweiges einzusetzen, nur weil die gesamtwirtschaftliche Aktivität nicht das gewünschte Niveau erreicht. Damit wird nicht nur die Faktorverschiebung gehemmt, sondern – wie sich bald zeigen wird – auch inflatorischer Druck erzeugt. Umgekehrt können wir so sehr von Inflationsfurcht gelähmt sein, daß wir uns scheuen, wirksame Maßnahmen gegen eine Rezession zu ergreifen.

Es liegt also auf der Hand, daß wir eine Methode finden müssen, die ein umfassendes Bild der wirtschaftlichen Aktivität liefert. Dies ist die Aufgabe der Volkseinkommensberechnung, die wir im ersten Teil dieses Buches analysieren wollen. Außerdem benötigen wir einen theoretischen Überbau, innerhalb dessen wir dieses Bild erläutern. Auf dem Gebiet der Theorie ist wiederum zu beachten, daß das, was für Einzelaspekte zutrifft, nicht für das Ganze gelten muß. Wenn wir einfach die Tätigkeit eines einzelnen Betriebes untersuchen und annehmen würden, daß die Wirtschaft als Ganzes in Wirklichkeit nur eine einzige große Firma sei, brauchten wir nicht Makroökonomie zu studieren oder Theorien über makroökonomisches Verhalten zu entwickeln. Aber Makroökonomie ist eine gesonderte Disziplin mit eigenen Gesetzmäßigkeiten, da aggregiertes ökonomisches Verhalten nicht der Summation der Einzelaktivitäten entspricht. Wir stellen z. B. fest, daß bei sinkenden Löhnen und damit Produktionskosten es einer einzelnen Unternehmung lohnend erscheinen mag, die Produktion auszudehnen und deshalb mehr Arbeiter einzustellen. Für die Wirtschaft als Ganzes folgt daraus nicht, daß eine Lohnsenkung zu einem allgemeinen Beschäftigungsanstieg führt. Ebenso kann einem Schuldner durch das Eingehen eines Schuldverhältnisses ein Anspruch auf einen Anteil am Sozialprodukt übertragen werden, den er zu einem späteren Zeitpunkt zurückzahlen muß, wobei er dann seinerseits auf einen Anspruch auf reale Güter verzichtet. Die Gesellschaft als Ganzes kann jedoch nicht in einem Jahr von sich selbst reale Güter leihen und diese in einem anderen Jahr zurückerstatten. Obwohl diese Tatsache offensichtlich ist, hält sich hartnäckig die Meinung, daß man für den zweiten Weltkrieg zu zahlen habe und daß das Sozialprodukt künftiger Generationen durch die Fehler der Vergangenheit mit einer Hypothek belastet sei[1]. Ähnlich wird ein einzelner, der mit der nötigen Energie versucht, seine Ersparnisse durch eine Verringerung des Konsums zu erhöhen, Erfolg haben. Wenn aber die Gesellschaft als Ganzes solch einen Versuch unternimmt, kann die Verringerung der gesamten Konsumausgaben zu einer derartigen Einkommensschrumpfung führen, daß das gesamte Sparen niedriger ist als zuvor.

Zahlreiche ähnliche Beispiele könnten genannt werden. Die meisten dieser Fälle, die auf den ersten Blick paradox erscheinen, beruhen darauf, daß das, was für den einzelnen zutrifft, nur gilt, wenn alle anderen Umstände gleich bleiben.

Dies ist eine Annahme, die in der mikroökonomischen Analyse legitim ist (partielles Gleichgewicht). In der Makroökonomie ist diese sogenannte *ceteris paribus* Klausel hingegen nicht gerechtfertigt; deshalb muß für die Analyse von makroökonomischen Problemen ein ganz anderer Ansatz entwickelt werden.

1. 2. Die Wirtschaft im Überblick – dargestellt am Beispiel Amerikas

In der Absicht, einige der in diesem Buch benutzten Begriffe und Konzepte einzuführen, beschreibt der Rest dieses Orientierungskapitels beispielhaft die Entwicklung der amerikanischen Wirtschaft seit 1929. Obwohl die genaue Definition und

[1] In gewisser Hinsicht trifft es zu, daß unsere Enkel wegen unserer sinnlosen Kriege weniger wohlhabend sein werden. Insoweit als die Mittel, die für den Krieg eingesetzt wurden, für die Erhöhung der Produktionskapazität hätten genutzt werden können, wird das künftige Sozialprodukt niedriger sein.

Messung der zu behandelnden Aggregate eine komplizierte Sache ist, schadet es im Moment nicht, wenn wir uns mit einer etwas ungenauen Begriffsbestimmung begnügen.

Ein Begriff, der praktisch schon zum alltäglichen Sprachgebrauch gehört, ist der des Bruttosozialprodukts oder BSP. BSP ist der Marktwert aller während eines Jahres neu erstellten Güter und Dienste, die nicht wieder im Produktionsprozeß verbraucht wurden. Der Volkseinkommensstatistiker teilt die produzierten Güter ein in solche, die von den Konsumenten, vom Staat, von den Unternehmungen (Investitionsgüter) und vom Ausland gekauft werden. Außer den Anlagegütern und den Neubauten umfassen Investitionsgüter die Nettoänderung der Lagerhaltung, d.h. Änderungen im Bestand an unverkauften Produkten. Nettoänderungen der Lagerhaltung sind deshalb enthalten, weil das BSP ein Maßstab für die Produktion ist. Würde man Änderungen im Bestand an unverkauften Gütern nicht einbeziehen, wäre das BSP eher ein Maßstab für die Umsätze als für die Produktion. Ebenso muß das BSP, weil wir auch Güter an das Ausland verkaufen, die gesamten Exporte an Gütern und Diensten umfassen. Da andererseits Verkäufe an Inländer auch Güter enthalten, die im Ausland produziert wurden, muß der Wert dieser Güter, d.h. die gesamten Importe, abgezogen werden, um einen Maßstab für die rein inländische Produktion zu gewinnen. Die Differenz zwischen Exporten und Importen wird als Außenbeitrag bezeichnet.

Es ist sinnvoll, die Käufe der verschiedenen Sektoren nach einzelnen Gütergruppen zu unterteilen. Ausgaben für den privaten Konsum beispielsweise lassen sich in Ausgaben für Verbrauchsgüter[2] (Nahrungsmittel, Kleidung usw.), für Dienstleistungen (ärztliche Betreuung, Wäscherei usw.) und Gebrauchsgüter[3] (Fernsehapparate, Autos usw.) gliedern. Ähnlich kann die private Bruttoinlandsinvestition in Käufe von Anlagegütern (Maschinen, Lastkraftwagen usw.), von Bauten (sowohl Wohnungen als auch andere Gebäude) und Lagerbestandsänderungen eingeteilt werden. Schließlich kann man die staatlichen Käufe von Gütern und Diensten unterscheiden in Ausgaben der Bundesregierung und solche der Länder und Kommunen.

Für den Ökonomen ist es interessanter, wenn auch statistisch schwieriger, anstelle des Bruttosozialprodukts das Nettosozialprodukt (NSP) zu erfassen. Da ein Teil der jährlichen Produktion der Erneuerung des Produktionsapparates dient, der bei der Erstellung des Outputs des gleichen Jahres abgenutzt wurde, wird der «Aufwand für den Ersatz von Produktionsanlagen» (üblicherweise als «Abschreibung» bezeichnet) vom BSP abgezogen. Die verbleibende Größe ist das NSP, das sich als die Netto-Erzeugung von Gütern und Diensten, die aus der produktiven Tätigkeit der Wirtschaft während der Rechnungsperiode resultiert, definieren läßt.

Jede Wirtschaft produziert während eines Jahres die unterschiedlichsten Güter und Dienste. Diese Vielfalt der Ausbringung verlangt nach einem allgemeinen Aggregationsmaßstab. Der geläufigste Maßstab für die einzelnen Güter ist der Preis. Daher werden das BSP und seine Komponenten in Geldeinheiten dargestellt als die Summe der Marktwerte aller produzierten Güter und Dienste. Die Schwierigkeit bei der Benutzung von Preisen liegt darin, daß sie im Zeitablauf Schwankungen unterworfen sind. Deshalb muß ein Anstieg des BSP nicht notwendigerweise eine Erhöhung der Produktion bedeuten; er kann vielmehr aus einer Preissteigerung resultieren. Um diese Schwierigkeit zu umgehen, wird häufig ein Maß für das

[2] Verbrauchsgüter werden oft auch als «nicht-dauerhafte Güter» bezeichnet.
[3] Gebrauchsgüter werden oft auch als «dauerhafte Güter» bezeichnet.

«reale» BSP und seine Komponenten gewählt, indem man den Output des jeweiligen Jahres mit den Preisen eines ausgewählten Basisjahres bewertet. Werden die Veränderungen des BSP solchermaßen mit den Preisen eines bestimmten Jahres bewertet, so spiegeln sie allein die Änderungen der physischen Produktion einer Volkswirtschaft wider.

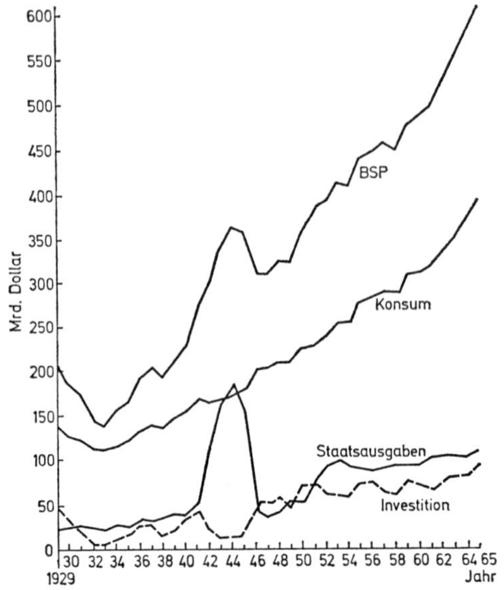

Abb. 1.1: Bruttosozialprodukt und Ausgabenkomponenten, 1929–1965 (in Preisen von 1958)
(Quelle: Die Werte für diese und die folgenden Übersichten dieses Kapitels stammen vom U.S. Department of Commerce, Survey of Current Business, July, 1966, U.S. Government Printing Office, Washington, 1966.)

Wie sehen diese «realen» Größen im Verlauf einer Periode aus? In Abb. 1. 1. sind, jeweils in Preisen von 1958, das BSP und seine wichtigsten Komponenten – private Konsumausgaben, private Bruttoinlandsinvestition und Staatsausgaben für Güter und Dienste – aufgezeichnet. Auf den Außenbeitrag, der sich für die USA meistens um null bewegt, wurde verzichtet. Hinsichtlich des BSP ist erstens festzustellen, daß es steigt. 1929, das als ein Jahr der Vollbeschäftigung angesehen wird, betrug das BSP 203.6 Mrd. $. 1965 war es auf 614.4 Mrd. $ angewachsen. Zweitens ist festzustellen, daß dieser Wachstumsprozeß nicht stetig verläuft. So fiel das BSP nach 1929 auf einen Tiefstpunkt von 141.5 Mrd. $ im Jahre 1933, dem schlimmsten Jahr der Weltwirtschaftskrise. Die Erholung setzte 1934 ein und dauerte bis 1938, als erneut eine Abschwächung eintrat. Mit Kriegsbeginn stieg das BSP steil an und behielt dieses Wachstum bis 1946 bei, als eine drastische Kürzung der Staatsausgaben einen Rückgang verursachte. Die folgende Dekade war durch eine ziemlich gleichmäßige Wachstumsrate gekennzeichnet. Ein schwacher Rückgang entwickelte sich 1949, dem aber bald ein Aufschwung und dann der Koreakrieg folgten. Eine weitere Rezession trat 1953 ein, von der sich die Wirtschaft aber ohne große Schwierigkeiten erholte. Zwischen 1957 und 1964 indessen stagnierte das wirtschaftliche Wachstum noch einmal, wobei das Jahr 1958 das schlimmste der Nachkriegsjahre war und auch der anschließende Aufschwung hinter den Erwartungen zurückblieb. Erst als die Wirkungen der Steuersenkung von 1964 spürbar wurden, stellte sich das BSP wieder auf das Vollbeschäftigungsniveau.

Als nächstes ist zu verfolgen, wie sich die Komponenten des BSP im Zeitablauf entwickelten. Die Konsumausgaben nahmen zu, wenn das BSP stieg, und sanken im allgemeinen (wenngleich nicht immer), sobald das BSP fiel. Betrachtet man die relativen Änderungen, so war der Konsum stabiler als das BSP, in das die extreme Sensibilität der Investitionsausgaben eingeht.

Während sich die Konsumausgaben insgesamt relativ stetig entwickelten, gilt das gleiche nicht auch für all ihre Komponenten – Gebrauchs- und Verbrauchsgüter und Dienstleistungen –, wie sie in Abb. 1. 2. dargestellt sind. Bemerkenswert ist die beachtliche Stabilität der Konsumausgaben für Dienstleistungen im Zeitablauf. Die Ausgaben für Verbrauchsgüter unterlagen ebenfalls keinen starken Schwankungen. Das gleiche traf jedoch nicht für die Ausgaben für Gebrauchsgüter zu. Da diese aufschiebbare Kaufvorhaben umfassen, wirkt sich eine Kürzung des Haushaltseinkommens in stärkerem Maße auf diese Ausgabenkategorie aus als auf Verbrauchsgüter und Dienstleistungen, die sich weithin als unaufschiebbar erweisen. Während daher die Ausgaben für Verbrauchsgüter zwischen 1929 und 1933 um ca. 30% und für Dienstleistungen um 15% zurückgingen, fielen die für Gebrauchsgüter um etwa 48%. Auch in der Krise von 1938 machte sich eine stärkere Schwankung bei den Ausgaben für Gebrauchsgüter als bei den anderen Komponenten des Konsums bemerkbar. Die Kriegsjahre bildeten natürlich eine Ausnahme. Die Produktion der wichtigsten dauerhaften Konsumgüter wurde nahezu eingestellt. Wir können deshalb seit 1941 einen Rückgang beobachten, dem ein rascher Anstieg in der unmittelbaren Nachkriegsperiode folgte, als die Konsumenten versuchten, ihre veralteten und ausgedienten Autos, Kühlschränke und anderen Gebrauchsgüter zu ersetzen.

1950 läßt sich ein Anstieg in den Käufen von Gebrauchsgütern feststellen. Das war die Zeit des Koreakrieges, in der offensichtlich Angstkäufe zu einer Vorratsbildung von Gebrauchsgütern führten, bei denen Angebotsengpässe befürchtet wurden. Abb. 1. 1. legt die Vermutung nahe, daß die Schwankungen des BSP wesentlich durch Schwankungen der Investitionsausgaben erklärt werden müssen. Wenn die Investitionen steigen, steigt das BSP; wenn die Investitionen sinken, sinkt das BSP. Das gilt für die gesamte Zeit mit Ausnahme der Kriegsjahre, als die Investitionsausgaben durch direkte Kontrollen behindert waren. Der starke Anstieg des BSP während der Kriegsjahre resultierte aus der gewaltigen Zunahme der Staatsausgaben.

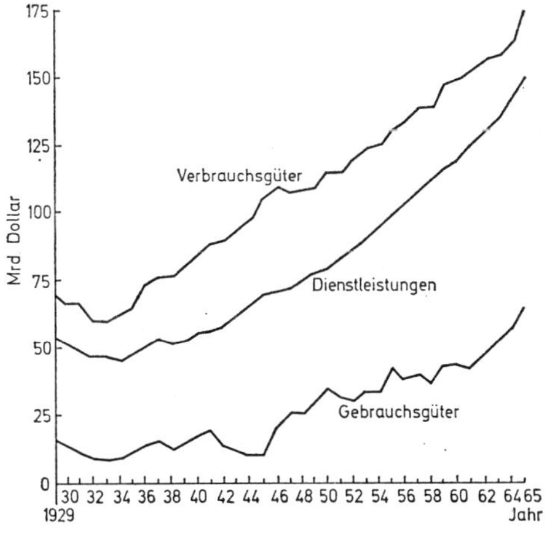

Abb. 1.2: Komponenten der privaten Konsumausgaben, 1929–1965 (in Preisen von 1958) (Quelle: Siehe Abb. 1.1.)

Es ist interessant, wenn auch etwas verwirrend, die Entwicklung der Komponenten der Investitionsausgaben im Zeitverlauf, wie sie in Abb. 1. 3. dargestellt ist, zu studieren. Bauinvestitionen und Käufe von Anlagegütern scheinen sich ziemlich gleichläufig entwickelt zu haben. Während der Zeit von 1929–1933 kamen beide fast zum Erliegen. Diese Periode war darüberhinaus durch einen beträchtlichen Abbau der Läger gekennzeichnet. Auch während der Krise von 1938 verhielten sich alle Komponenten der Investitionsausgaben rückläufig, wobei die Bauinvestitionen am wenigsten davon betroffen wurden. Die wichtigste Änderung bestand, wie fast immer, in einem Abbau der Läger. Auch 1947 ging die Lagerhaltung drastisch zurück, was in diesem Fall allerdings auf den Abbau von Kriegsmaterial und die Forcierung der Konsumgüterkäufe, die unmittelbar nach dem Krieg einsetzte, zurückzuführen war. Die folgenden Rezessionen waren ebenfalls durch Einschränkungen der Läger gekennzeichnet.

Lagerabbau ist eine typische Rezessionserscheinung und kann zudem den Schlüssel für den kumulativen Charakter von Konjunkturauf- und -abschwüngen liefern. Wenn nämlich die Unternehmer ihre Bestellungen nur in der Höhe reduzieren würden, wie ihre Umsätze zurückgehen, gäbe es keine Nettoänderung in der Lagerhaltung. Aber typischerweise gehen die Bestellungen stärker zurück, und das ist ein Hinweis dafür, daß auch die Produktion und die Einkommenszahlungen stärker sinken als die den Prozeß auslösenden Umsatzrückgänge. Dies wiederum führt zu weiteren Umsatzschrumpfungen.

Während der Nachkriegsperiode nahm die Neubautätigkeit, ebenso wie die Ausgaben der Unternehmer für Anlagegüter, ständig zu, bis die Wirtschaft 1949 in ihre erste Nachkriegsrezession eintrat. Der Wiederaufschwung wurde durch starke Kon-

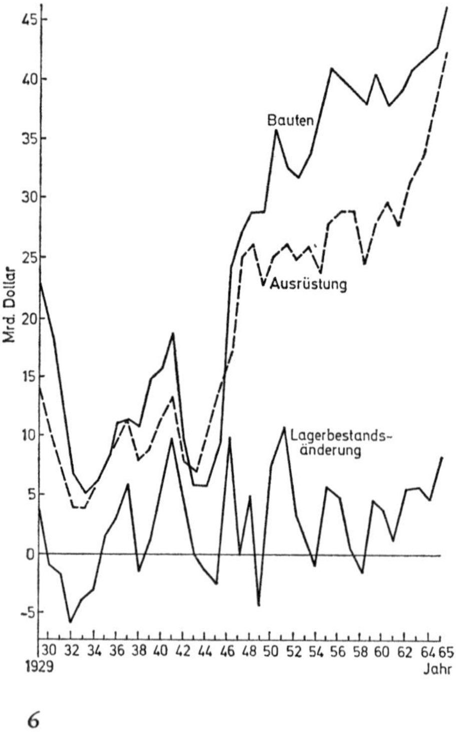

Abb. 1.3: Komponenten der privaten Bruttoinlandsinvestition, 1929 bis 1965 (in Preisen von 1958) (Quelle: Siehe Abb. 1.1.)

sumgüterkäufe und den einsetzenden Koreakrieg unterstützt. Bis 1955 oder 1956 stiegen die Bauinvestitionen und Anlagekäufe ziemlich schwach und gingen 1958 beide zurück, so daß 1961 die Anlagekäufe nur leicht über dem Niveau von 1957 lagen. Auch die Investitionsausgaben insgesamt waren 1961 nicht höher als 1957. Diese Stagnation dauerte bis 1964, als ein bis heute anhaltender Investitionsboom einsetzte.

Die oft als maßlos bezeichnete Ausweitung der Staatsausgaben während der dreißiger Jahre scheint auf den ersten Blick ein Phantasiegebilde fanatischer New-Deal-Gegner zu sein. Von einer Höhe von 22.0 Mrd. $ in 1929 stiegen die Käufe des Staates von Gütern und Diensten bis 1939 nur auf 35.2 Mrd. $ an. Hier ist jedoch nur der relative, nicht aber auch der absolute Zuwachs bemerkenswert. Bei näherer Betrachtung zeigt sich, daß die Steigerung fast ausschließlich auf Bundesebene erfolgte. In Abb. 1. 4. sind die staatlichen Käufe von Gütern und Diensten in solche der Zentralregierung einerseits und der Staaten und lokalen Behörden andererseits eingeteilt. Von einem Tiefpunkt von 3.5 Mrd. $ in 1929 stiegen die Ausgaben der Zentralregierung während der Dekade von 1930–1039 auf 12.5 Mrd. $; sie lagen damit allerdings noch unter denen der Staaten und lokalen Behörden. Der große Sprung bei den Ausgaben der Zentralregierung kam natürlich mit dem Krieg, als sie 1944 einen Höchstwert von 165.4 Mrd. $ erreichten. Mit Kriegsende fielen die Ausgaben der Zentralregierung fast wieder auf die Vorkriegshöhe zurück. Aber mit den Auslandshilfeprogrammen der Nachkriegszeit, dem Aufbau der Koreastreitmacht, der Belastung durch den kalten Krieg, dem Raumfahrtprogramm und den Konflikten in Asien stiegen die Ausgaben der Zentralregierung für Güter und Dienste weiter an und erreichten – in realen Größen ausgedrückt – 1966 ein Niveau von 64.1 Mrd. $.

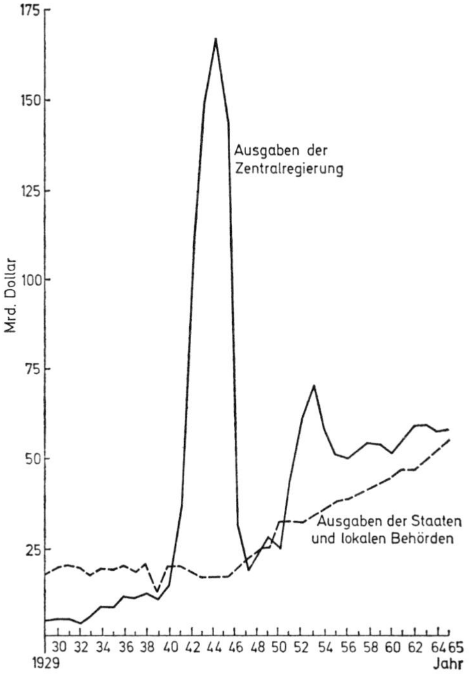

Abb. 1.4: Komponenten der Staatsausgaben, 1929–1965 (in Preisen von 1958)
(Quelle: Siehe Abb. 1.1.)

Die Ausgaben der Bundesstaaten und lokalen Behörden erwiesen sich als sehr stabile Komponenten des BSP. Zwischen 1931 und 1933 schnallten diese wie die meisten Unternehmer ihren Gürtel enger und reduzierten ihre Ausgaben zu einer Zeit, als manche glaubten, sie sollten ihre Aktivität forcieren. Mit Ausnahme dieses Zeitraums jedoch und der durch den Krieg bedingten Kontraktion war die Ausgabengestaltung der Staaten und lokalen Behörden äußerst beständig, wobei die Ausgaben allerdings in dem Ausmaß stiegen, das dem erhöhten Bedarf aufgrund des Bevölkerungswachstums und der steigenden Nachfrage nach den Leistungen der Staaten und lokalen Behörden entsprach.

Wenn es auch unmöglich ist, in diesem frühen Stadium der Untersuchung auf eine Reihe von Fragen einzugehen, die sich selbst bei einem oberflächlichen Überblick über die Daten erheben, können wir doch einige der fundamentalen Änderungen zu klären versuchen, die in der Wirtschaft stattfinden. Eines der interessantesten Phänomene ist die sich ändernde Rolle des Konsums. Wie wir in Abb. 1. 1. festgestellt haben, war der Rückgang des BSP zwischen 1929 und 1933 von fallenden Konsumausgaben begleitet. 1949 jedoch und auch 1958 stiegen die Konsumausgaben weiter an, obwohl das BSP zurückging. Hier zeigt sich ganz deutlich eine grundlegende Änderung, die in der Wirtschaft erfolgt war. Um zu sehen, wie es dazu kam, wollen wir einige zusätzliche Volkseinkommensbegriffe einführen.

Für jeden Dollar, den Konsumenten, Unternehmer und der Staat ausgeben, muß irgendjemand Einkommen in derselben Höhe erhalten, sei es in Form von Löhnen, Zinsen, Mieten und Pachten, Gewinnen von Kapitalgesellschaften oder Einkommen der Personengesellschaften und Einzelfirmen. Ein Teil der Bruttoeinnahmen der Unternehmer wird für Abschreibung und unverteilte Gewinne einbehalten. Die Summe der unverteilten Gewinne und der Abschreibung wird als «Bruttoersparnis der Unternehmer» bezeichnet. Der nicht-einbehaltene Rest wird dann aufgeteilt zwischen den Privaten, die «verfügbares Einkommen» erhalten und dem Staat, der «Nettosteuern» bekommt. Der Staat nimmt Steuern ein, von denen er einen Teil gewissermaßen als negative Steuern oder «Transferzahlungen» zurückgibt. Solche Transferzahlungen umfassen Sozialversicherungszuschüsse, Arbeitslosenversicherung und Zinsen auf öffentliche Schulden.

In Übereinstimmung mit der im letzten Abschnitt getroffenen Einteilung können wir nun das Gesamteinkommen wie folgt betrachten: Spaltet man die Wirtschaft in einen Haushalts-, einen Unternehmens- und einen Staatssektor auf und läßt den Außenhandel unberücksichtigt, so ergibt sich:

Tabelle 1. 1.

	Einnahmen	Ausgaben
Haushaltssektor	Verfügbares Einkommen Y_v	Konsum C
Unternehmenssektor	Unverteilte Gewinne S_U	Netto-Investition I_n
Staatssektor	Steuern minus Transferzahlungen T	Staatsausgaben für Güter und Dienste G
Alle Sektoren	Netto-Sozialprodukt NSP + Abschreibung D	Netto-Sozialprodukt NSP + Abschreibung D
	= Brutto-Sozialprodukt BSP	= Brutto-Sozialprodukt BSP

Aus dieser Übersicht ergibt sich das Modell, das wir bei der Analyse in diesem Buch benutzen wollen. In Symbolen ausgedrückt erhalten wir für das reale NSP (das wir Y nennen wollen):

$$Y = C + I_n + G \qquad (1.\ 1.)$$

und

$$Y = Y_v + S_U + T \qquad (1.\ 2.)$$

Da die Konsumenten ihr verfügbares Einkommen entweder für Konsum oder für Sparen verwenden können, läßt sich außerdem schreiben:

$$Y = C + S_H + S_U + T \qquad (1.\ 3.)$$

wobei S_H die Ersparnis der privaten Haushalte bedeutet. Schreibt man S für $S_H + S_U$, wobei S die private Netto-Ersparnis darstellt, und kombiniert Gleichung (1. 3.) mit Gleichung (1. 1.), so ergibt sich folgende fundamentale Identität:

$$I_n + G = S + T \qquad (1.\ 4.)$$

oder

$$I_n = S + (T - G) \qquad (1.\ 5.)$$

die anzeigt, daß bei der Volkseinkommensberechnung die Netto-Investition immer der privaten Netto-Ersparnis plus dem staatlichen Budgetüberschuß entsprechen muß.

In Abb. 1. 5. sind Werte in jeweiligen Preisen für die Einkommensverwendung dargestellt. Es ist festzuhalten, daß sich das BSP und das NSP ziemlich gleichläufig entwickeln, ebenso auch – abgesehen von den Kriegsjahren – der Konsum und das verfügbare Einkommen. Die These, daß der Konsum weitgehend vom verfügbaren Einkommen abhängt, bildet eine der grundlegenden Hypothesen für die Theorie der Einkommensbestimmung. Schließlich kann man auch beobachten, daß während der dreißiger Jahre das verfügbare Einkommen und das NSP gemeinsame Schwankungen aufweisen, während nach dem zweiten Weltkrieg diese Übereinstimmung weniger ausgeprägt ist. Während das NSP 1949 unter das Niveau von 1948 fiel und 1954 unter das von 1953, traf das für das verfügbare Einkommen nicht zu. Während das NSP 1958 lediglich um 4 Mrd. $ gegenüber 1957 stieg, erhöhte sich das verfügbare Einkommen um 10 Mrd. $. Wenn das verfügbare Einkommen geringeren Schwankungen unterliegt als das NSP und eine enge Beziehung zwischen verfügbarem Einkommen und Konsum besteht, so folgt daraus, daß auch der Konsum weniger schwankt als das NSP. So stiegen 1949 wie 1954 die Konsumausgaben, obwohl das NSP unter den jeweiligen Vorjahresstand fiel. Als 1958 das NSP nur um 4 Mrd. $ zunahm, erhöhten sich die Konsumausgaben um 9 Mrd. $.

Worauf ist diese bemerkenswerte Veränderung zurückzuführen? Halten wir fest, daß die wesentlichste Größe, die das NSP vom verfügbaren Einkommen unterscheidet, in den Nettosteuern besteht. Während die Steuern in den dreißiger Jahren nahezu unverändert blieben, scheinen sie sich in der Nachkriegszeit in Abhängigkeit von der Höhe des NSP zu entwickeln. Aufgrund von Steuergesetzänderungen in der Nachkriegszeit ist die Einkommensteuer nunmehr progressiv gestaffelt, so daß bei einem Fallen des NSP die Einkommensteuererträge stärker sinken als das NSP. Darüber

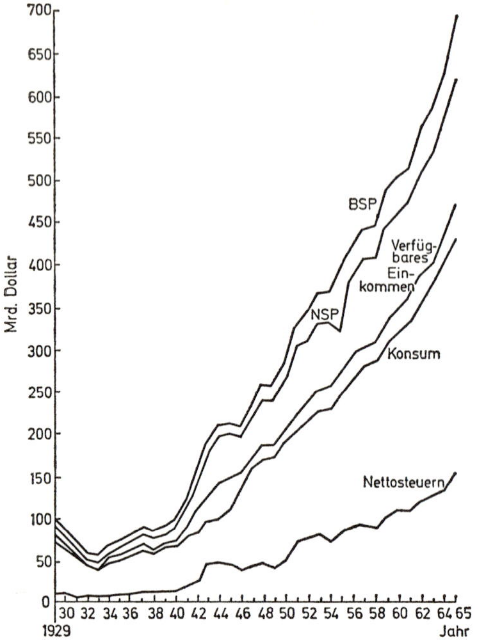

Abb. 1.5: Einkommensverwendung, 1929–1965 (in jeweiligen Preisen)
(Quelle: Siehe Abb. 1.1.)

hinaus sind die Körperschaftsteuern proportional mit der Höhe der Körperschaftsgewinne korreliert. Daher kann man sagen, daß die Steuererträge sehr eng mit dem NSP verknüpft sind. Berücksichtigt man ferner, daß in vielen Fällen die Transferzahlungen (gleichsam negative Steuern) automatisch steigen, wenn das NSP sinkt, dann wird verständlich, warum das verfügbare Einkommen, und damit der Konsum, weniger stark schwankt als das NSP. Transferzahlungen und bestimmte Staatsausgaben erhöhen sich automatisch, da die Arbeitslosenunterstützung zunimmt, wenn das NSP sinkt und Arbeiter entlassen werden; wenn die Agrarpreise fallen, erhöhen sich über Staatskäufe von Agrarerzeugnissen die Ausgaben zur Preisstützung.

Die progressive Ausgestaltung der Einkommensteuer und die automatische Erhöhung der Transferzahlungen bei einem Rückgang des NSP sorgen tendenziell dafür, daß das verfügbare Einkommen (und damit der Konsum) stabilisiert oder – besser gesagt – von den Schwankungen des NSP abgeschottet wird. Diese automatischen oder «eingebauten» Stabilisatoren stellen eine bedeutende Ausgleichskraft in der modernen Wirtschaft dar, indem sie diese vor kumulativen Ausbreitungseffekten bewahren, falls eine der Komponenten der Gesamtnachfrage rückläufig ist.

Unverteilte Gewinne nach Steuerabzug sind die nicht an Haushalte ausgeschütteten Gewinne der Kapitalgesellschaften, d. h. der Teil des NSP, der weder den Privaten als verfügbares Einkommen noch dem Staat als Steuern zufließt. Vor 1950 waren sie so gering, daß sie in Abb. 1.5. nicht dargestellt wurden. Interessant ist jedoch, daß sie während der Depressionsjahre regelmäßig negativ waren. Offensichtlich bemühen sich die amerikanischen Unternehmungen, selbst dann die Dividendenzahlungen aufrecht zu erhalten, wenn dadurch die akkumulierten Gewinne der Vorjahre angegriffen werden müssen.

1. 3. Deflation und Inflation – das Beispiel Amerika

Eine gewisse Vorstellung über den ungeheuren Verlust, der durch eine Depression entsteht, vermittelt Abb. 1. 1. Eine Volkswirtschaft, die während der Dekade von 1933–1943 ihre Ausbringung mehr als verdoppeln konnte, muß zu Beginn dieser Periode in beträchtlichem Umfang über unausgenutzte Kapazitäten verfügt haben. Noch aufschlußreicher ist eine Analyse des realen Pro-Kopf-Verbrauchs. Diese Werte sind in Abb. 1. 6. dargestellt, aus der hervorgeht, daß die amerikanische Durchschnittsfamilie trotz der kriegsbedingten Konsumeinschränkungen während des Krieges besser gekleidet und ernährt war als zuvor. Dies trifft zu, obwohl in den Jahren 1942, 1943 und 1944 jeweils 36, 45 bzw. 47 Prozent der gesamten Produktion für militärische Zwecke verwandt wurden!

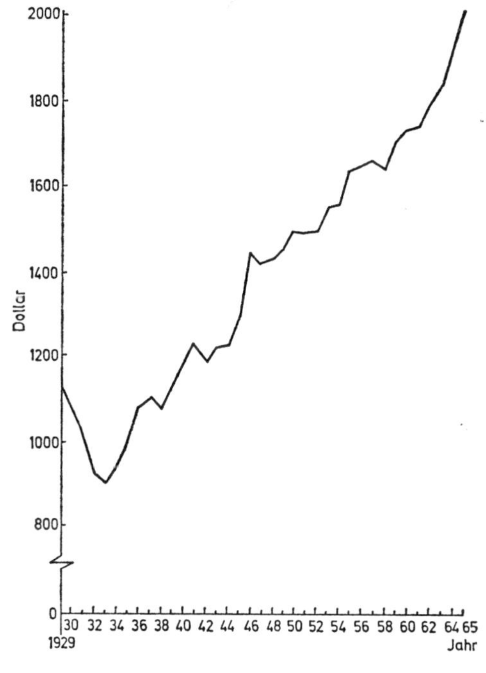

Abb. 1.6: Pro-Kopf-Verbrauch, 1929–1965 (in Preisen von 1958) (Quelle: für die Verbrauchsausgaben, siehe Abb. 1.1. Die Bevölkerungszahlen beziehen sich auf die Gesamtbevölkerung, Stand 1. Juli 1966, und stammen vom U.S. Department of Commerce, Statistical Abstract of the Unites States, Table 2, U.S. Government Printing Office, Washington, 1966, S. 5.)

Abb. 1. 7. zeigt die Preisentwicklung in den USA in Verbindung mit der Entwicklung des realen und nominellen BSP. Aus dem BSP zu konstanten Preisen (Abb. 1. 1.) und dem zu jeweiligen Preisen (Abb. 1. 5.) kann der jeweilige Preisindex berechnet und mit den Änderungen der ökonomischen Aktivität verglichen werden.

Von 1929–1933 sanken sowohl das reale als auch das nominelle BSP; aber der Rückgang des Preisniveaus in der gleichen Periode zeigt, daß das reale BSP prozentual schwächer abfiel als das nominelle. Als die Wirtschaft die Talsohle von 1933 überwunden hatte, war andererseits der prozentuale Zuwachs beim nominellen BSP größer als beim realen, wie der Anstieg des Preisniveaus anzeigt.

Während der Kriegsjahre wiesen reales wie nominelles BSP stetige Zuwachsraten auf. Der unglaubliche Anstieg des realen Sozialprodukts wurde einerseits dadurch ermöglicht, daß zu Beginn des Krieges in großem Ausmaß ungenutzte Kapazitäten vorhanden waren, zum anderen dadurch, daß die meisten Amerikaner zu Überstunden bereit waren, um die zum Kriegsdienst abgestellten Arbeitskräfte zu ersetzen. Die Tatsache, daß das Preisniveau weniger stark anstieg, als man hätte erwarten können, ist einer Reihe von Umständen zuzuschreiben: den bei Kriegsbeginn verfügbaren ungenutzten Kapazitäten; den für die Zeit des Krieges eingeführten Preis-, Kredit- und Produktionskontrollen; und schließlich der Bereitschaft der Konsumenten, einen größeren Teil ihres verfügbaren Einkommens zu sparen, als sie es normalerweise getan hätten.

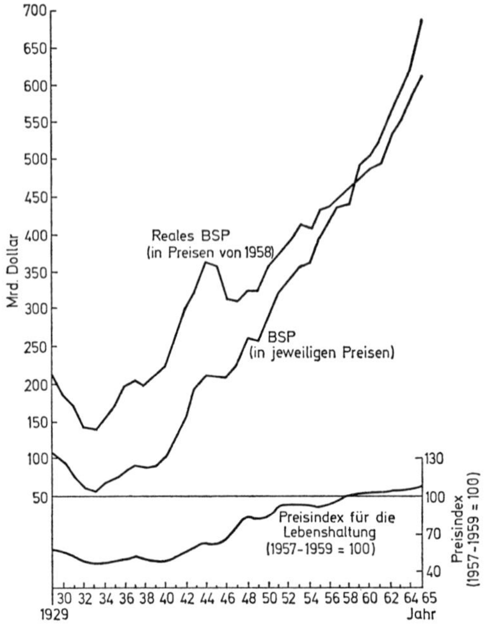

Abb. 1.7: Reales und nominelles Bruttosozialprodukt und Preisindex für die Lebenshaltung, 1929 bis 1965
(Quelle: für das BSP siehe Abb. 1.1. Der Preisindex wurde ermittelt vom U.S. Department of Labor und wurde entnommen aus U.S. Department of Commerce, Statistical Abstract of the United States, 1966, U.S. Government Printing Office, Washington, 1966, S. 356.)

Nach 1945 läßt sich ein drastisches Absinken des realen BSP, begleitet von einem ebenso drastischen Anstieg des nominellen BSP, beobachten. Die Umstellung von der Kriegs- auf die Friedensproduktion verursachte einen zeitweiligen Rückgang der Ausbringung, während die Nachfrage nach Gütern und Dienstleistungen nicht eingeschränkt wurde. Als die Konsumenten begannen, mit den zu Kriegszeiten angehäuften Ersparnissen ihren Bestand an veralteten und abgenutzten Gebrauchsgütern zu ergänzen, begann der Kongreß, das System der kriegsbedingten Preis- und Lohnkontrollen wieder abzubauen. Die Folge war eine gewaltige Inflationswelle in den unmittelbaren Nachkriegsjahren, wie sich deutlich an der Entwicklung des Preisindex ersehen läßt.

Der Verlauf der drei Wertreihen seit 1950 ist äußerst interessant. Während in den Rezessionen von 1954 und 1958 das reale BSP fiel, stieg der Preisindex. Wenn Produktion und Beschäftigung zurückgehen, müßte man – wie in den dreißiger Jahren – ein gleichzeitiges Sinken des Preisniveaus erwarten. Die ungewöhnliche Entwicklung der Wertreihen in den Jahren 1954 und 1958 läßt sich vermutlich auf drei Faktoren zurückführen. Erstens stellt sich in der amerikanischen Wirtschaft ein starker Widerstand dagegen ein, bei rückläufiger Nachfrage die Löhne und Preise zu senken. Zweitens dürfte der zunehmende Einsatz wirtschaftspolitischer Mittel zur Aufrechterhaltung der Vollbeschäftigung die schleichende Inflation begünstigt haben. Und drittens ist, wie Kapitel 20 zeigen wird, der Preisindex für Lebenshaltung nicht unbedingt ein zuverlässiger Indikator für das Ausmaß der Inflation.

1. 4. Das weitere Programm

In diesem Kapitel wurde mit vereinfachten statistischen Mitteln am Beispiel Amerikas ein Bild einer modernen Volkswirtschaft aufgezeichnet. In Teil 1 soll diese statistische Basis umfassender analysiert werden; Teil 2 wird sich mit der Theorie zur Bestimmung des NSP und seiner Komponenten befassen. Teil 3 untersucht die Determinanten des realen und nominellen NSP im Zeitablauf, und Teil 4 ist einigen wirtschaftspolitischen Problemen gewidmet, wie der Aufrechterhaltung der Vollbeschäftigung, der Erzielung eines stetigen Wachstums und der Stabilisierung des Preisniveaus.

TEIL 1

Die Messung der ökonomischen Aktivität

2. Das Nationale Produktionskonto

2. 1. Einleitung

Das Nationale Produktionskonto der USA wird vom Department of Commerce erstellt. Es ähnelt stark der Gewinn- und Verlustrechnung einer Einzelunternehmung. Dies überrascht nicht, da mit beiden Konten sehr ähnliche Zielsetzungen verfolgt werden. So leitet sich in der Tat ein Großteil des bei der Erstellung des Nationalen Produktionskontos verwandten statistischen Materials aus der Buchführung von Unternehmungen ab. Diese einzelwirtschaftlichen Statistiken bilden den Ausgangspunkt für die weitere Abhandlung.

2. 2. Betriebserfolgsrechnung und Produktionskonto einer hypothetischen Unternehmung

Am Ende einer Rechnungsperiode stellt ein Unternehmen in einer abschließenden Aufstellung alle Geschäftsvorgänge zusammen, die das Ergebnis dieser Periode ausmachen. Diese Zusammenstellung, die die Vielfältigkeit der täglichen Transaktionen in eine praktikable Form bringt, wird als «Betriebserfolgsrechnung» bezeichnet. Sie ist die Aufzeichnung aller Aufwendungen und Erträge, die in einer Unternehmung während einer Periode anfallen.

Tabelle 2. 1. stellt ein Beispiel einer solchen Betriebserfolgsrechnung einer hypothetischen Unternehmung dar, die wir Firma X nennen wollen. Die rechte Seite zeigt die Herkunft aller Betriebserträge der Unternehmung während eines Jahres. In diesem Beispiel hat die Firma X Güter im Wert von 2 Mio. $ verkauft. Diese Gesamtsumme stammt bis auf 125.000 $, die aus Verkäufen an den Nicht-Unternehmens-Sektor resultieren, aus Verkäufen an andere Unternehmungen.

Die linke Seite dieser Erfolgsrechnung zeigt, wie sich diese Erträge zum einen auf die verschiedenen bei der Produktion anfallenden Kosten, zum anderen auf den Gewinn verteilen. Die Aufwendungen der Firma X umfassen erstens Roh-, Hilfs- und Betriebsstoffe, die von anderen Unternehmungen in Höhe von 780.000 $ bezogen wurden[4]. Zweitens enthalten sie Faktorkosten, nämlich für 800000 $ Löhne und Gehälter, Arbeitgeberbeiträge zur Sozialversicherung in Höhe von 25000 $ und Netto-Zinszahlungen von 20000 $[5].

Die verbleibenden Aufwendungen sind nicht-Faktor-bezogene Zahlungen. 60.000 $ der laufenden Erträge berechnete die Firma für Abschreibungen, d.h. für die Abnutzung und Veralterung ihrer Kapitalausrüstung. Diese Abschreibung ent-

[4] Diese Summe erscheint bei den anderen Unternehmungen der Volkswirtschaft auf der rechten Seite der Erfolgsrechnung.

[5] Dieser Betrag entspricht dem Saldo aus Zinsaufwendungen und Zinserträgen. Zinserträge werden nicht als laufende Erträge betrachtet, wie etwa die Erlöse aus Güterverkäufen.

Tabelle 2. 1: Vereinfachte Betriebserfolgsrechnung der Firma X für die Zeit vom 1. Januar bis 31. Dezember 1968 (in 1.000 $)

Betriebsaufwendungen			Betriebserträge	
Einkäufe von anderen Unternehmungen (Vorleistungen)		$ 780	Verkäufe an:	
Löhne und Gehälter		800	Unternehmung A	$ 810
Sozialversicherungsbeiträge		25	Unternehmung B	240
Netto-Zinsen		20	Unternehmung C	650
Abschreibungen		60	Unternehmung D	175
Indirekte Steuern		30	Sonstige Verkäufe	125
Betriebsgewinn vor Steuerabzug		285		
Körperschaftsteuern	$ 148			
Ausgezahlte Dividende	100			
Einbehaltene Gewinne	37			
Gesamte laufende Aufwendungen und Gewinn		$ 2000	Gesamte laufende Erträge	$ 2000

spricht der geschätzten Wertminderung der Anlagegüter während der Rechnungsperiode. Schließlich machten indirekte Steuern, wie Verbrauch- und Vermögensteuern, 30.000 $ der gesamten Aufwendungen aus.

Nach Abzug dieser Aufwendungen von den laufenden Erträgen verbleibt ein Gewinn in Höhe von 285.000 $ als Entgelt für den Faktor Unternehmerleistung. Davon zahlt die Unternehmung 148.000 $ Körperschaftsteuern und 100.000 $ Dividende an Aktionäre. Die verbleibenden 37.000 $ sind einbehaltene Gewinne, die als Betriebskapital für künftige Expansion u. ä. verwendet werden können.

Die beiden Seiten der Erfolgsrechnung einer Unternehmung müssen einander ausgleichen. Die rechte Seite umfaßt die gesamten Erträge, während die linke Seite zeigt, wie sich diese Erträge auf die verschiedenen Aufwendungen und den Gewinn verteilen. Der Gewinn stellt den Ausgleichsposten dar, der – je nach Höhe der Aufwendungen und Erträge – positiv, negativ oder gleich Null sein kann.

Obwohl die Erfolgsrechnungen der einzelnen Unternehmungen einer Volkswirtschaft die Grundlage der nationalen Konten darstellen, liefern sie nicht alle zur Erstellung dieser Konten benötigten Informationen. Das liegt daran, daß die Erfolgsrechnung nicht die gesamte Produktion, sondern lediglich die laufenden Umsätze aufzeigt. Eine Unternehmung kann mehr verkaufen als sie herstellt, indem sie ihre Läger an Fertigfabrikaten abbaut; ebenso wie sie weniger verkaufen kann als sie produziert.

Nur wenn die reale Lagerbestandsänderung gleich Null ist, entspricht die rechte Seite der Erfolgsrechnung dem Wert der laufenden Produktion[6]. Folglich muß die Änderung der Lagerhaltung bekannt sein, wenn – statt der jeweiligen Umsätze – die laufende Produktion bestimmt werden soll.

In Tabelle 2. 2. ist die Erfolgsrechnung von Tabelle 2. 1. in ein Produktionskonto umgewandelt worden. Der Unterschied zwischen beiden Aufstellungen besteht dar-

[6] Andere Läger als die für Fertigfabrikate werden hier ausgeklammert.

in, daß jeweils verschiedene Gütermengen betrachtet werden. Die rechte Seite der Tabelle 2. 2. schließt den Wert des Lageraufbaus ein, während die Faktorkosten auf der linken Seite um die Produktionskosten der Lagerzugänge berichtigt sind. Da in diesem Beispiel eine Erhöhung des Lagerbestandes angenommen ist, übersteigt der Wert der gesamten Produktion in Tabelle 2. 2. die gesamten Erträge in Tabelle 2. 1. Hätte die Unternehmung in der Rechnungsperiode mehr umgesetzt als produziert, wäre das Gegenteil der Fall.

Tabelle 2. 2: Produktionskonto der Unternehmung X für die Zeit vom 1. Januar bis 31. Dezember 1968 (in 1.000 $)

Einkäufe von anderen Unternehmungen (Vorleistungen)		$ 820	Verkäufe an:	
Löhne und Gehälter		846	Unternehmung A	$ 810
Sozialversicherungsbeiträge		27	Unternehmung B	240
Netto-Zinsen		20	Unternehmung C	650
Abschreibungen		60	Unternehmung D	175
Indirekte Steuern		30	Sonstige Verkäufe	125
Betriebsgewinn vor Steuerabzug		297	Lagerbestandserhöhung	100
Körperschaftsteuern	$ 155			
Ausgezahlte Dividende	100			
Einbehaltene Gewinne	42			
		$ 2100	Bruttoproduktionswert	$ 2100

In diesem Fall hätte die rechte Seite der Tabelle 2. 2. einen Wert unter 2 Mio. $ ausgewiesen. Ebenso wären die Aufwendungen und Gewinne geringer gewesen, da sie lediglich Beträge berücksichtigen, die der tatsächlichen Produktion entsprechen.

Obwohl der Bruttoproduktionswert der Unternehmung X 2,1 Mio. $ betrug, war der eigene Beitrag dieser Unternehmung zum Endprodukt um einiges niedriger. Die Gesellschaft X kaufte Rohstoffe und Halbfabrikate von anderen Unternehmungen, erhöhte ihren Wert durch Weiterverarbeitung und verkaufte die Fertigprodukte entweder an andere Wirtschaftssubjekte oder erhöhte ihren Lagerbestand. Der Betrag, um den die Unternehmung X den Wert der von anderen Unternehmungen gekauften Materialien erhöhte, ergibt sich aus der Differenz zwischen dem Bruttoproduktionswert und den eingekauften Materialien (Vorleistungen, Zwischenprodukte). Diese Differenz wird als «Nettoproduktionswert» bezeichnet und stellt den Beitrag der Unternehmung X zum Bruttosozialprodukt (BSP) dar. Würde man den Bruttoproduktionswert anstelle des Nettoproduktionswertes einer jeden Produktionseinheit berücksichtigen, hieße das, den Wert einzelner Güter immer wieder einzurechnen, sowie diese Vorleistungen weiterer Unternehmungen werden.

Diese Zusammenhänge seien anhand eines vereinfachten Beispiels verdeutlicht. Nehmen wir an, ein Konsument kaufe einen Laib Brot, zu dessen Herstellung und Verteilung vier Produktionseinheiten beigetragen haben. Dabei soll der Wert des vom Bauern angebauten Getreides 5 Cents betragen, der Bruttoproduktionswert des Brotes beim Müller 12 Cents und beim Bäcker 20 Cents betragen, und schließlich möge der Kaufmann es für 25 Cents verkaufen. Addiert man die Bruttoproduktionswerte aller vier Produktionsstufen, ergibt sich ein Gesamtwert von 62 Cents, während der Endverbraucher lediglich 25 Cents für das Brot zu zahlen hat. Den korrekten Betrag von 25 Cents erhält man, wenn man nur die Nettoproduktionswerte der einzelnen Produktionseinheiten zusammenzählt. Dieser beträgt beim Bauern (sofern dieser keine Vorleistungen empfing) 5 Cents, beim Müller 7 Cents (12 — 5), beim Bäcker 8 Cents und schließlich beim Kaufmann 5 Cents. Die Summe aller Nettoproduktionswerte beträgt 25 Cents und entspricht dem Preis, den der Endverbraucher für das Brot zu zahlen hat. Der Betrag von 62 Cents kommt zustande, weil der Nettoproduktionswert des Bauern in Höhe von 5 Cents 4 mal, der des Müllers in Höhe von 7 Cents 3 mal, die 8 Cents beim Bäcker 2 mal und die 5 Cents beim Kaufmann 1 mal gezählt wurden.

Dieses Problem würde gar nicht auftauchen, wenn die Wirtschaft derart integriert wäre, daß einzelne Unternehmungen ausschließlich und andere Unternehmungen überhaupt keine Endprodukte herstellten. In diesem Fall würde die gesamte Ausbringung der erstgenannten Unternehmungen der Gesamtmenge der Endprodukte entsprechen. In Wirklichkeit stellen die meisten Unternehmungen natürlich sowohl End- als auch Zwischenprodukte her, so daß für jede Unternehmung erst beide Kategorien zu trennen sind, ehe man auf die Produktion der gesamten Wirtschaft schließen kann.

Aus Tab. 2. 2. wird ersichtlich, daß der Nettoproduktionswert der Unternehmung X allen Produktionskosten (einschl. Gewinn) außer den Ausgaben für Zwischenprodukte (den Vorleistungen) entspricht. Wenn man den Wert der Zwischenprodukte auf beiden Seiten des Produktionskontos abzieht, bleibt das Konto ausgeglichen. Das zeigt, daß der Nettoproduktionswert einerseits durch die Addition aller durch den Produktionsprozeß entstandenen Faktor- und Nichtfaktorkosten errechnet werden kann, oder andererseits, indem man den Wert der Zwischenprodukte (die Vorleistungen) vom Bruttoproduktionswert abzieht. Bei der Aufstellung des Nationalen Produktionskontos wird der Nettoproduktionswert einer Unternehmung einmal dem Strom der Endprodukte (rechte Seite des nationalen Kontos), zum anderen die entsprechende Kostensumme dem Einkommensstrom (linke Seite des nationalen Kontos) zugerechnet.

2. 3. Die nationalen Konten

Bei der Aufstellung des Nationalen Produktionskontos geht das Department of Commerce von einer grundlegenden Einteilung der Wirtschaft in vier Sektoren aus: Unternehmungen, private Haushalte und private Organisationen ohne Erwerbscharakter, öffentlicher Haushalt (Staat) sowie Außenwirtschaft. Dies ist nur eins von vielen möglichen Schemata, und Aufstellungen dieser Art werden für die verschiedensten Wirtschaftszweige, für die einzelnen Regierungsebenen, für Finanzierungsinstitute und Körperschaften ohne Erwerbsstreben gemacht. Wie jedoch später deutlich wird, ist für unsere Zwecke die Vier-Sektoren-Einteilung am sinnvollsten, da sie in einleuchtender Form auf unterschiedliche Motivationen wirtschaftlicher Entscheidungen abstellt.

Unternehmenssektor

Außer den in Abschnitt 2.2. schon erwähnten Kapitalgesellschaften umfaßt der Unternehmungssektor definitionsgemäß sämtliche Organisationen, die Güter und Dienstleistungen erstellen und zu einem Preis verkaufen, der zumindest die Produktionskosten decken soll. Diese Definition ist weit genug, um auch Unternehmungen der öffentlichen Hand, wie etwa die Tennessee Valley Authority, umfassen zu können. Ebenso sind alle nicht als Kapitalgesellschaften eingetragenen Unternehmungen eingeschlossen, wie etwa Familienbetriebe, landwirtschaftliche Eigenbetriebe, Freiberufliche und Verpächter von Grundbesitz. Schließlich zählen dazu noch die Vermittler von Finanzdisposition, wie Banken, Versicherungsgesellschaften und andere Finanzierungsinstitute.

In Tabelle 2. 3. ist ein konsolidiertes Einkommens- und Produktionskonto für den Unternehmenssektor der amerikanischen Wirtschaft für das Jahr 1965 erstellt. Die meisten Posten sind von der Diskussion des Produktionskontos der Unternehmung X aus der Tabelle 2. 2. bekannt; jedoch sind einige Posten in der Tabelle 2. 3. etwas verändert dargestellt. So ist z.B. die rechte Seite des Kontos, die nur die Umsätze der Endprodukte enthält, unterteilt in Verkäufe an private Haushalte, an den Staat, an das Ausland und Verkäufe von Anlagegütern innerhalb des Unternehmenssektors selbst[7]. Bei der Diskussion des Produktionskontos der Unternehmung X hatten wir Verkäufe an andere Unternehmungen den Zwischenprodukten, nicht aber den Endprodukten zugerechnet. Indessen werden Verkäufe von Anlagegütern innerhalb des Unternehmenssektors als Endprodukt betrachtet, wie im nächsten Kapitel näher erläutert werden soll. Der Posten «Lagerbestandsänderung» umfaßt den jeweiligen Wert der mengenmäßigen Änderung aller Läger im gesamten Unternehmenssektor. Wenngleich unverkauft, sind diese Güter Bestandteil der laufenden Produktion und daher in den Güterstrom einbezogen.

Einen bisher unvertrauten Posten stellt das «Besitzeinkommen» auf der linken Seite dar. Er umschließt die Nettoeinkommen verschiedener nicht als Kapitalgesellschaften eingetragener Unternehmungen, wie etwa Freiberufliche, Landwirte und andere nicht amtlich eingetragene Kleinbetriebe. Wollte man diese wie eingetragene Gesellschaften behandeln, so würden ihre Gewinne, Gehälter der Eigentümer und Eigenkapitalzinsen unter den entsprechenden Posten der bisherigen Konten auftauchen. Üblicherweise werden diese verschiedenen Einkommensposten von der Mehrzahl der nicht eingetragenen Unternehmungen jedoch nicht einzeln ausgewiesen. Vielmehr werden die jeweils anfallenden Posten (einschließlich der Wertberichtigung auf Lagerbestand) zu dem Posten «Besitzeinkommen» zusammengefaßt und gesondert in das konsolidierte Einkommens- und Produktionskonto eingestellt.

Die Zwischensumme von 469 Mrd. $, die auf der linken Seite der Tabelle 2. 3. als «Einkommensentstehung» ausgewiesen ist, umfaßt sämtliche Zahlungen, die der Unternehmenssektor an die Produktionsfaktoren geleistet hat. Dazu gehören Löhne und Gehälter, Miet- und Pachteinkommen (einschließlich kalkulatorischer Mieten), Nettozinszahlungen (Zinszahlungen minus Zinserträge) sowie Gewinne eingetragener und nicht eingetragener Gesellschaften. In jedem Fall errechnet sich der Gewinn unter Einbeziehung der Wertberichtigung auf Lagerbestand, damit jeglicher Scheingewinn oder -verlust eliminiert wird, der sich aus einer Preisänderung der auf Lager genommenen Güter ergeben kann. Diese Korrektur ist notwendig, um

[7] Dieser Posten umfaßt auch den Bau von Privatwohnungen.

Tabelle 2. 3: Konsolidiertes Einkommens- und Produktionskonto des Unternehmenssektors für 1965 (in Mrd. $)

1. Arbeitsentgelt		$ 307	17. Verkäufe des Unternehmenssektors an: Private Haushalte, den Staat und das Ausland	$ 484
2. Löhne und Gehälter	$ 279			
3. Zusatzvergütungen	28			
4. Besitzeinkommen		56	18. Verkäufe von Anlagegütern innerhalb des Unternehmenssektors	98
5. Persönliches Renteneinkommen		18		
6. Netto-Zinsen		17	19. Lagerbestandsänderung	9
7. Gewinne und Wertberichtigung auf denLagerbestand		71		
8. Körperschaftsteuerschuld	31			
9. Dividenden (inländisch)	18			
10. Einbehaltene Gewinne	24			
11. Wertberichtigung auf Lagerbestand	-2			
12. Einkommensentstehung		469		
13. Indirekte Steuern		62		
14. Anteil des Unternehmenssektors am NSP zu Marktpreisen		531		
15. Abschreibungen		60		
16. Anteil des Unternehmenssektors am BSP zu Marktpreisen		$ 591	20. Anteil des Unternehmenssektors am BSP zu Marktpreisen	$ 591

Quelle: Diese und die folgenden Tabellen des ersten Teils basieren auf den nationalen Konten der Vereinigten Staaten für 1965, veröffentlicht vom U.S. Department of Commerce, Survey of Current Business, July 1966, U.S. Government Printing Office, Washington, 1965.

den Ausgleich beider Seiten des Kontos zu gewährleisten, da die Lagerbestandsänderung auf der rechten Seite zu jeweiligen Preisen bewertet ist.

Der Posten «persönliches Renteneinkommen» tauchte in den Tabellen 2. 1. und 2. 2. nicht auf, da diese Kategorie nur bestimmte Miet- und Pachtzahlungen umschließt. Das Department of Commerce subsumiert den Besitz eines Wohnhauses unter geschäftliche Aktivität. Der Hausbesitzer wird als Unternehmer betrachtet, der das Haus an sich selbst vermietet. Die Schwierigkeit besteht darin, daß eine derartige Miete nicht tatsächlich gezahlt wird und damit nicht unmittelbar als Geldgröße zu erfassen ist. Das Department of Commerce muß also den Wert dieser Miete schätzen. Diese kalkulatorische Miete wird als «persönliches Renteneinkommen» dem Einkommensfluß auf der linken Seite des Kontos zugerechnet, während Steuern und Abschreibungen des Hauses in den entsprechenden Posten erfaßt werden. Der Produktionsseite des Kontos wird ein gleichwertiger Betrag hinzugefügt. Das «persönliche Renteneinkommen» umfaßt auch die Einkünfte solcher Grundstücksverpächter, die nicht primär im Immobiliengeschäft engagiert sind. Immobiliengeschäfte werden der unternehmerischen Tätigkeit zugerechnet, und die daraus resultierenden Pachteinkünfte sind Bestandteil des Einkommens des Unternehmenssektors.

Bei der Unterscheidung zwischen Faktor- und Nicht-Faktor-Einkommen in den konsolidierten Einkommens- und Produktionskonten erwächst aus der Behandlung der Steuern eines der schwierigsten Probleme. Die in Tabelle 2. 3. mit 469 Mrd. $ bezifferte Einkommensentstehung im Unternehmenssektor umfaßt Einkommen- und Körperschaftsteuern sowie die Sozialversicherungsbeiträge der Arbeitgeber[8], nicht dagegen die indirekten Unternehmenssteuern. Die Sozialversicherungsbeiträge können ohne weiteres als Faktorkosten betrachtet werden, da sie für den Unternehmer bei der Einstellung von Arbeitern zusätzliche Kosten entstehen lassen. Schwieriger ist zu begründen, daß die Einkommensteuern den Faktorkosten zugerechnet werden, während die indirekten Unternehmenssteuern nicht in Anschlag gebracht werden. Wenn der Faktorkostenanteil des gesamten Produktionswertes sinnvoll berechnet werden soll, dürfte er nur in Abhängigkeit vom veränderten Faktoreinsatz oder Faktorpreis schwanken. Daher läßt das Department of Commerce die indirekten Unternehmenssteuern, wie Verbrauchsteuern, Vermögensteuern usw., bei der Berechnung der gesamten Faktorkosten unberücksichtigt. Denn eine Veränderung dieser Steuern verändert das gesamte Faktoreinkommen, ohne daß Faktoreinsatz oder -preise entsprechend schwankten. Andererseits läßt sich die Annahme begründen, daß eine Veränderung der Einkommensteuer keine Änderung des gesamten Faktoreinkommens nach sich ziehen würde. Eine Erhöhung des Körperschaftsteuersatzes z.B. würde kaum den Gesamtgewinn bzw. das gesamte Faktoreinkommen schmälern.

Durch die Addition der indirekten Unternehmenssteuern zur Einkommensentstehung ergibt sich ein Anteil des Unternehmenssektors am Nettosozialprodukt zu Marktpreisen von 531 Mrd. $. Wird diesem Betrag noch die Abschreibung zugerechnet, stellt die Summe von 591 Mrd. $ den gesamten Anteil des Unternehmenssektors am Bruttosozialprodukt dar, der auf der rechten Seite des Kontos 2.3. ausgewiesen ist. Die Abschreibung in Höhe von 60 Mrd. $ stellt den Betrag dar, den die einzelnen Unternehmen als Wertminderung ihrer Anlagen durch Abnutzung und Veralterung annehmen.

Haushaltssektor

Betrachten wir nunmehr Einkommen und Produktion des Haushaltssektors, der definitionsgemäß Institutionen ohne erwerbswirtschaftlichen Charakter, wie Universitäten, karitative Organisationen u.ä. sowie die privaten Haushalte, umfaßt. Zunächst besteht ein Problem darin, daß – im Gegensatz zum Unternehmenssektor – keine doppelte Messung des Produktionsergebnisses, nämlich von Ertrags- und Kostenseite her möglich ist. Man kann zwar die Inanspruchnahme der Dienstleistungen eines Hausangestellten bewerten, jedoch fehlt jegliche marktmäßige Transaktion, die den Verkauf des von ihm erstellten Produkts repräsentierte. Daher müssen die Faktorkosten für den Bediensteten als Wertmesser für das von ihm erstellte Produkt herangezogen werden[9]. Ebenso wird das Produktionsergebnis eines Uni-

[8] Die entsprechenden Arbeitnehmeranteile sind unter dem Posten Löhne und Gehälter erfaßt.

[9] Wollte man ganz korrekt verfahren, so müßte man die von dem Angestellten benutzten Vorräte und Materialien als Zwischenprodukte abziehen. Indessen ist bisher kein derartiger Versuch unternommen worden; sämtliche Käufe dieser Art werden unter Endprodukte subsumiert. Der Angestellte, der «im Hause wohnt», wird teilweise mit Naturalien entlohnt, die den Faktorkosten zugeschlagen werden.

versitätsprofessors oder eines Angestellten einer karitativen Organisation mit Hilfe der Entlohnung bewertet, die dieser erhält.

Bis 1965 betrachtete das Department of Commerce die Zinszahlungen von privaten Haushalten und nicht erwerbswirtschaftlichen Institutionen an kommerzielle Verleiher als Bestandteile der Faktorkosten bzw. der Einkommensentstehung im Haushaltssektor. Zinszahlungen für Teilzahlungskäufe sind ein Beispiel dafür. Hypothekarzinsen wurden dagegen seit jeher nicht dem Haushaltssektor zugerechnet, sondern als Teil des Einkommens und der Produktion des Unternehmenssektors betrachtet, da Hausbesitz als unternehmerische Tätigkeit gilt. Ebenso wurden stets die Zinszahlungen für Darlehen, die Haushalte einander gewährten, ausgeschlossen, da derartige Zahlungen sich bei der Konsolidierung aller Haushalte gegeneinander aufrechnen.

Die Begründung dafür, daß Zinszahlungen des Haushaltssektors an kommerzielle Verleiher berücksichtigt wurden, ist die gleiche, mit der andererseits die Einbeziehung von Zinszahlungen des Unternehmenssektors an nicht-kommerzielle Verleiher gerechtfertigt wird; diese Zinszahlungen können als Maßstab für die Produktivität des kreditfinanzierten Realkapitals betrachtet werden. Die Zinszahlungen für eine Industrieobligation in der Hand eines Haushaltes stellen einen Anspruch auf denjenigen Output dar, der mit solchem Realkapital erstellt wurde, das durch die geliehenen Mittel gebildet werden konnte. 1965 wurde entschieden, daß diese Vorgehensweise nicht mehr aufrechterhalten werden sollte. Denn einerseits ist ein Großteil des Kapitals im Haushaltssektor nicht kreditfinanziert, und andererseits wird ein Großteil der Leihgelder des Haushaltssektors nicht für Käufe von Kapitalgütern, sondern vielmehr zur Bestreitung des Lebensunterhaltes verwandt[10]. Als Ergebnis dieser Definitionsverschiebung hat sich das BSP um den Betrag der nunmehr ausgeschlossenen Zinszahlungen verringert. Zahlreiche weitere Änderungen statistischer und definitorischer Art wurden zu etwa gleicher Zeit vorgenommen. Zwar war keine davon quantitativ derart bedeutend wie die veränderte Behandlung der privaten Zinszahlungen, doch kompensierten sie in ihrer Gesamtheit diesen Effekt in etwa. Die 1965 getroffenen Änderungen hatten zur Folge, daß die BSP-Schätzungen der folgenden Jahre geringfügig höher ausfielen.

Tabelle 2. 4. zeigt das Einkommens- und Produktionskonto für den Haushaltssektor der Vereinigten Staaten, auf Werten von 1965 basierend. Der Betrag von 18 Mrd. $ für Löhne und Gehälter enthält – neben den Geldzahlungen für Faktorleistungen – die Arbeitgeberbeiträge zur Sozialversicherung und den geschätzten Wert

Tabelle 2. 4: Einkommens- und Produktionskonto des Haushaltssektors, 1965 (in Mrd. $)

1. Löhne und Gehälter	$ 17		
2. Zusatzvergütungen	1		
3. Einkommensentstehung	$ 18	4. Netto- und Bruttoproduktionswert	$ 18

Quelle: Siehe Tabelle 2. 3.

[10] Vgl. U.S. Department of Commerce, Survey of Current Business, U.S. Government Printing Office, Washington, August 1965, S. 10.

der Naturalleistungen. Da der Produktionswert allein mit Hilfe der Einkommenszahlungen gemessen wird, ist festzuhalten, daß Netto- und Bruttoproduktionswert des Haushaltssektors gleich sind.

Staatlicher Sektor

Der im staatlichen Sektor entstehende Netto- und Bruttoproduktionswert wird, wie im Haushaltssektor, am Wert der Käufe von Faktorleistungen gemessen. Daher werden auch im staatlichen Sektor Zinszahlungen für Staatsschulden ausgeschlossen, weil sie nicht für die laufende Inanspruchnahme produktiver Leistungen gezahlt werden, wie dies bei Lohnzahlungen der Fall ist.

Eine Alternative wäre, die Produktion des staatlichen Sektors an der Höhe der von der Allgemeinheit gezahlten Steuern zu messen. In diesem Fall würden Steuern analog zu den Preisen betrachtet, die für die Produkte des Unternehmenssektors erzielt werden. Ein derartiges Verfahren würde jedoch Kritik hervorrufen. Zunächst sind Steuern Zwangsabgaben, im Gegensatz zu den Marktpreisen für Güter und Dienstleistungen. Zudem ist zu fragen, welchen Sinn ein solches Verfahren bei Haushaltsdefiziten oder -überschüssen hätte. Während einer Defizitperiode würde die Öffentlichkeit die staatlichen Leistungen wahrscheinlich unterbewerten, in Zeiten eines Überschusses dagegen überbewerten. Interpretationsprobleme dieser Art veranlaßten das Department of Commerce, die Leistungen der öffentlichen Hand mit Hilfe der Aufwendungen für die eingesetzte Arbeitsleistung zu bewerten*.

Anhand dieser Abgrenzung ist es nun ziemlich einfach, das Einkommens- und Produktionskonto für den staatlichen Sektor aufzustellen. Tabelle 2. 5. zeigt dieses Konto für die Vereinigten Staaten, auf den Werten von 1965 basierend. Die Einkommensentstehung in Höhe von 68 Mrd. $ entspricht den an staatliche Bedienstete, einschließlich der Streitkräfte, gezahlten Löhnen und Gehältern sowie Beiträgen zur Sozialversicherung. Dieser Betrag enthält auch einen geschätzten Posten für die Verpflegung und Unterkunft der Streitkräfte, weiterhin Lohn- und Gehaltszahlungen an Staatsbedienstete (einschließlich der Streitkräfte), die zwar aus dienstlichen Erfordernissen im Ausland leben, aber nichtsdestoweniger als amerikanische Staatsbürger gelten. Der gleiche Betrag von 68 Mrd. $ erscheint auf der rechten Seite des Kontos als Netto- und Bruttoproduktionswert des staatlichen Sektors.

Tabelle 2. 5: Einkommens- und Produktionskonto des staatlichen Sektors, 1965 (in Mrd. $)

1. Löhne und Gehälter	$ 66		
2. Zusatzvergütungen	2		
3. Einkommensentstehung	$ 68	4. Netto- und Bruttoproduktionswert	$ 68

Quelle: Siehe Tabelle 2. 3.

Außenwirtschaftssektor

Ein Teil des Einkommens und der Produktion, die im Inland entstehen, fließt Ausländern zu, die über im Inland beschäftigte Produktionsfaktoren verfügen. Andererseits geht ein Teil im Ausland entstehender Einkommen Inländern zu, die Eig-

* In der BRD treten hierzu – wie im Unternehmenssektor – Abschreibungen und Vorleistungen. Netto- und Bruttoproduktionswert unterscheiden sich daher voneinander (Anm. d. Übers.).

ner im Ausland beschäftigter Produktionsfaktoren sind. Als Beitrag des außenwirtschaftlichen Sektors zur Einkommensentstehung wird daher der Saldo derartiger Faktorentgelte an Inländer definiert. Diese Größe kann negativ sein, falls Inländer mehr Faktorentgelte an Ausländer zahlen als umgekehrt. Wenn die Faktorentgelte herangezogen werden, um den Produktionswert des Außenwirtschaftssektors zu erfassen, so entspricht diese Methode derjenigen, mit der der Produktionswert des Haushalts- und des Staatssektors ermittelt wird. Tabelle 2. 6. zeigt das Konto des außenwirtschaftlichen Sektors. Die linke Seite gliedert den Saldo der Faktorentgelte in vier Hauptposten auf, während die rechte Seite mit gleichem Betrag den Netto- und Bruttoproduktionswert angibt.

Tabelle 2. 6: Einkommens- und Produktionskonto des Außenwirtschaftssektors, 1965 (in Mrd. $)

1. Löhne und Gehälter (netto)*			
2. Zinszahlungen (netto)	$ 1		
3. Dividenden (netto)	1		
4. Gewinne ausländischer Filialen (netto)	2		
5. Einkommensentstehung	$ 4	6. Netto- und Bruttoproduktionswert	$ 4

* unter 0,5 Mrd. $.
Quelle: Siehe Tabelle 2. 3.

Die Aufstellung eines Außenwirtschaftssektors ist nicht unbedingt erforderlich. Denn die Gewinne einer im Ausland liegenden Filiale einer inländischen Unternehmung könnten durchaus in das konsolidierte Einkommens- und Produktionskonto der inländischen Unternehmung einbezogen werden. Ebenso ließen sich die übrigen in Tabelle 2.6. genannten Posten der Netto-Faktorentgelte konsolidieren, Jedoch sind diese Netto-Faktoreinkommen aus dem Ausland von besonderem Interesse, und daher erstellt das Department of Commerce ein gesondertes Konto für diese Transaktionen.

Das Nationale Einkommens- und Produktionskonto

Nachdem die Entstehung von Einkommen und Produktion in den vier Sektoren abgeleitet wurde, ist es ein Leichtes, diese zu einem nationalen Konto zu verbinden. Dieses ist in Tabelle 2. 7. unter Verwendung der Einkommens- und Produktionsziffern der Tabellen 2. 3. bis 2. 6. wiedergegeben. Die rechte Seite der Tabelle 2. 7. zeigt die Entstehung des BSP, während die linke Seite die Faktor- und nicht-Faktorbezogenen Kosten aufzeigt, die bei der Erstellung des gesamten Outputs anfallen. Hinter jedem Posten der Tabelle finden sich Zahlen in Klammern. Sie geben an, wo sich der jeweilige Wert in den vorgenannten Tabellen findet. Der Posten «indirekte Unternehmenssteuern» ist z.B. in der Tabelle 2. 7. mit (3.13) bezeichnet. Dies zeigt an, daß die indirekten Unternehmenssteuern in der Tabelle 2. 3. als Posten 13 auftraten.

Tabelle 2. 7: Nationales Einkommens- und Produktionskonto nach Sektoren der Entstehung, 1965 (in Mrd. $)

Einkommensentstehung im:			Netto- und Bruttoproduktionswerte des:		
Haushaltssektor	$ 18	(4.3)	Haushaltssektors	$ 18	(4.4)
Staatlichen Sektor	68	(5.3)	Staatlichen Sektors	68	(5.4)
Außenwirtschaftssektor	4	(6.5)	Außenwirtschaftssektors	4	(6.6)
Unternehmenssektor	469	(3.12)			
Volkseinkommen	559				
Indirekte Unternehmenssteuern	62	(3.13)	Nettoproduktionswert des Unternehmenssektors	591	(3.20)
Nettosozialprodukt zu Marktpreisen	621				
Abschreibung	60	(3.15)			
Bruttosozialprodukt	$ 681		Bruttosozialprodukt	$ 681	

Quelle: Tabellen 2. 3. bis 2. 6. Die Zahlen in Klammern verweisen auf die Übernahme der entsprechenden Werte aus den Tabellen 2. 3. bis 2. 6. Siehe Text.

Die Summe aller Faktorkosten von 559 Mrd. $ wird als «Volkseinkommen» bezeichnet. Es umfaßt sämtliche Zahlungen an die im laufenden Produktionsprozeß eingesetzten Produktionsfaktoren. Die Einbeziehung der indirekten Unternehmenssteuern ergibt das Nettosozialprodukt zu Marktpreisen in Höhe von 621 Mrd. $*.

Addiert man schließlich die Abschreibungen, so erhält man das Bruttosozialprodukt zu Marktpreisen in Höhe von 681 Mrd. $.

Obwohl die Tabelle 2. 7. in völlig korrekter Weise die Berechnung des Bruttosozialprodukts wiedergibt, könnte durch eine leicht veränderte Darstellung die Zusammensetzung dieses Gesamtbetrages noch besser verdeutlicht werden. Diese alternative Darstellungsweise wird den vom Department of Commerce veröffentlichten Berechnungen zugrunde gelegt. Nach dieser Methode wird der Fluß des Produktionsvolumens nach den Sektoren, die die Güter kaufen, klassifiziert, anstatt nach den Sektoren, in denen sie produziert werden. Weiterhin werden die Einkommensströme nach der Art des Faktorentgelts statt nach dem Sektor, in dem sie entstehen,

Tabelle 2. 8: Auslandskonto, 1965 (in Mrd. $)

1. Einkommensentstehung bzw. Netto- und Bruttoproduktionswert	$ 4	4. Netto-Transferzahlungen an Ausländer	$ 3
2. Netto-Exporte von Gütern und Diensten	3	5. Netto-Auslandsinvestition	4
3. Außenbeitrag	$ 7	6. Netto-Auslandszahlungen	$ 7

Quelle: Siehe Tabelle 2. 3.

* Falls der Unternehmenssektor Subventionen vom Staat empfängt, darf nur die Differenz zwischen indirekten Unternehmenssteuern und Subventionen einbezogen werden (Anm. d. Übers.).

Tabelle 2. 9: Nationales Einkommens- und Produktionskonto, 1965 (in Mrd. $)

Löhne, Gehälter, Zusatzvergütungen		$ 393
Besitzeinkommen		56 (3.4)
Persönliches Renteneinkommen		18 (3.5)
Netto-Zinsen		18 (3.6, 6.2)
Gewinne und Wertberichtigung auf den Lagerbestand		74
Körperschaftsteuerschuld	$ 31 (3.8)	
Dividenden (inländisch)	18 (3.9)	
Dividenden (ausländisch)	1 (6.3)	
Einbehaltene Gewinne	24 (3.10)	
Gewinne ausländischer Filialen	2 (6.4)	
Wertberichtigung auf Lagerbestand	-2 (3.11)	
Volkseinkommen		$ 559
Indirekte Unternehmenssteuern		62 (3.13)
Nettosozialprodukt zu Marktpreisen		621
Abschreibung		60 (3.15)
Bruttosozialprodukt		$ 681

Quelle: Tabellen 2. 3. bis 2. 6.

unterteilt. Selbstverständlich gilt für beide Darstellungsweisen der fundamentale Bilanzierungsgrundsatz, daß der Wert der Güterströme gleich sein muß dem Wert der Faktor- und nicht-Faktor-bezogenen Produktionskosten dieser Güter.

Da wir nunmehr auf die Sektoren abstellen, die das Sozialprodukt kaufen, anstatt auf die, welche es erstellen, muß der Außenwirtschaftssektor so umformuliert werden, daß er neben den Faktorentgelten die Güterströme zwischen In- und Ausland ausweist. Tabelle 2. 8. zeigt eine derartige Erweiterung der Tabelle 2. 6. Wiederum enthält sie saldierte Werte. So zeigt sie, daß die amerikanischen Warenexporte die Importe um 3 Mrd. $ übersteigen. Die Überschüsse aus dem Warenhandel in Höhe von 3 Mrd. $ sowie die Netto-Einkommenszuflüsse von 4 Mrd. $ bedeuten, daß das Inland im Jahre 1965 Forderungen von insgesamt 7 Mrd. $ gegenüber dem Ausland erworben hat. Diese Forderungen – oder auch Schulden des Auslands – wurden vom Ausland finanziert durch Transferzahlungen der amerikanischen Regierung (sowie zu einem geringen Anteil von Privatpersonen) in Höhe von 3 Mrd. $ und durch amerikanische Auslandsinvestitionen von 4 Mrd. $. Diese Investitionen bestanden in einer Ausweitung von kurzfristigen Handelswechseln und langfristigen Auslandsanlagen amerikanischer Unternehmungen und Privatpersonen.

Tabelle 2. 9. zeigt die übliche Darstellung der Bruttosozialproduktsberechnung. Alle verwendeten Werte entstammen den vorangegangenen Tabellen dieses Kapitels. Der Gesamtbetrag für Löhne und Gehälter in der Tabelle 2. 9. ist nicht mit einer Kennziffer versehen, da sich diese Summe aus fünf Einzelwerten zusammensetzt, deren Fundstellen nicht sämtlich in der Tabelle angegeben werden können. Die Aufgliederung ist daher in Tabelle 2. 10. vorgenommen.

Fortsetzung Tabelle 2. 9

Private Verbrauchsausgaben		$ 431
Private Brutto-Inlandsinvestition		107
Verkäufe von Anlagegütern innerhalb des Unternehmenssektors	$ 98 (3.18)	
Lagerbestandsänderung	9 (3.19)	
Außenbeitrag		7
Staatsausgaben		136
Bruttosozialprodukt		$ 681

Tabelle 2. 10: Löhne, Gehälter und Zusatzvergütungen 1965 (in Mrd. $)

Unternehmenssektor:	Löhne und Gehälter	$ 279	(3.2)
	Zusatzvergütungen	28	(3.3)
Haushaltssektor:	Löhne und Gehälter	17	(4.1)
	Zusatzvergütungen	1	(4.2)
Staatlicher Sektor:	Löhne und Gehälter	66	(5.1)
	Zusatzvergütungen	2	(5.2)
Außenwirtschaftssektor:	Löhne und Gehälter	*	(6.1)
		$ 393	

* Unter 0,5 Mrd. $.
Quelle: Tabellen 2. 3. bis 2. 6.

Verwendung des Sozialprodukts

Eine letzte Methode, das Bruttosozialprodukt darzustellen, wird in Tabelle 2.11. gezeigt. Diese Aufstellung, in der die Posten nach der Verwendungsweise benannt sind, entspricht der im ersten Kapitel verwendeten Methode. Das Konto weist lediglich den Fluß des Produktionsvolumens aus; die Einkommensseite entspricht der in Tabelle 2. 9. vollzogenen Aufstellung.

Das Department of Commerce unterteilt die gesamten Konsumausgaben nach der Nutzungsdauer in drei Kategorien. Güter, die im Augenblick des Erwerbs verbraucht werden, bezeichnet man als Dienstleistungen; solche, die innerhalb eines Jahres verbraucht werden, gelten als Verbrauchsgüter und diejenigen, die länger als ein Jahr halten, werden als Gebrauchsgüter eingestuft. Auch die private Bruttoinlandsinvestition ist in drei Kategorien unterteilt: Bauten, Ausrüstung und Lagerbestandsänderung. Schließlich werden die Staatsausgaben in solche der Zentralregierung und solche der Bundesstaaten und lokalen Behörden aufgegliedert.

Tabelle 2. 11: Verwendung des Sozialprodukts nach Güterarten, 1965 (in Mrd. $)

Konsumausgaben		$ 431
Gebrauchsgüter	$ 66	
Verbrauchsgüter	190	
Dienstleistungen	175	
Private Bruttoinlandsinvestition		107
Bauten	53	
Ausrüstung	45	
Lagerbestandsänderung	9	
Außenbeitrag		7
Staatsausgaben		136
Ausgaben der Zentralregierung	67	
Ausgaben der Bundesstaaten und lokalen Behörden	69	
Bruttosozialprodukt		$ 681

Quelle: Siehe Tabelle 2. 3.

2. 4. Zusammenfassung

Im Bruttosozialprodukt wird der Strom aller Endprodukte gemessen, die aus dem Produktionsprozeß während eines Jahres hervorgehen. Für jeden Sektor der Volkswirtschaft wird eine gesonderte Berechnung vorgenommen, in der – unter Ausschluß von Doppelberechnungen – der Ausstoß an Endprodukten aller Einheiten dieses Sektors erfaßt wird. Güterströme zwischen einzelnen Einheiten innerhalb eines Sektors werden im allgemeinen bei der Berechnung des Volumens an Endprodukten gegeneinander saldiert. So werden mit Ausnahme der Verkäufe von Kapitalgütern innerhalb des Unternehmenssektors, die ja eindeutig Endprodukte darstellen, alle Transaktionen zwischen Unternehmungen aufgerechnet. Transaktionen innerhalb des Haushaltssektors, wie die Beschäftigung einer Hausangestellten, werden als Bestandteile der Endprodukte angesehen.

Im Sinne dieser Berechnung wird der Konsument als Mittelpunkt des wirtschaftlichen Prozesses betrachtet. Daher wird alles, was zu seinem gegenwärtigen oder zukünftigen Wohlbefinden beiträgt, als Endprodukt definiert und in die Berechnung einbezogen.

Die Aufgliederung der nationalen Konten lehnt sich eng an die in der Einzelunternehmung praktizierte Methode an. Jeder Geschäftsvorgang ist doppelt erfaßt und berücksichtigt damit die zwei Seiten des Wirtschaftsgeschehens – den Fluß des Gütervolumens und den Einkommenstrom. Daher zeigen die Konten einmal, von wem die Güter gekauft werden, und zum anderen, wie sich das im Produktionsprozeß entstehende Einkommen auf die verschiedenen Elemente von Faktor- und nicht-Faktor-bezogenen Kosten verteilt.

3. Begriffliche Schwierigkeiten bei der Berechnung des Bruttosozialprodukts

3. 1. Einleitung

Obwohl das Nationale Produktionskonto für die gesamte Volkswirtschaft eine Kombination der jeweils konsolidierten Einkommens- und Produktionskonten der einzelnen Sektoren dieser Wirtschaft darstellt, ist seine Erstellung mehr als nur eine Sache einfacher Addition. Bei jedem Teilbereich wird der Einkommensstatistiker mit verwischten Grenzbereichen konfrontiert, die scharf getrennt werden müssen, bevor er die nächste Stufe in Angriff nehmen kann. Bei all diesen mehrdeutigen Punkten muß der Statistiker eine Entscheidung über die weitere Vorgehensweise treffen. Diesen begrifflichen Schwierigkeiten bei der Berechnung des Sozialprodukts gelten die Ausführungen dieses Kapitels.

Im allgemeinen wollen wir uns den begrifflichen Abgrenzungen des Department of Commerce anschließen, da diese Aufstellungen die weitaus bekanntesten sind, sich immer auf dem neuesten Stand befinden und die Aufgliederung unter allen Berechnungssystemen die größte Anerkennung gefunden hat. Von Zeit zu Zeit wollen wir zu Vergleichszwecken jedoch auch andere Kontensysteme darstellen[11].

3. 2. Die einzubeziehenden Bestandteile des Sozialprodukts

Die Definition ökonomischer Aktivität

Das Bruttosozialproduktskonto mißt den Wert des Ergebnisses der laufenden wirtschaftlichen Aktivität. Wirtschaften bedeutet Nutzung knapper Ressourcen (einschließlich der Zeit), um Güter zur Befriedigung der unbegrenzten Bedürfnisse zu erstellen. Ein wirtschaftliches Gut dient der Bedürfnisbefriedigung, muß knapp und verfügbar sein. Es kann die Form eines dinglichen Guts annehmen, wie z.B. ein

[11] Der begriffliche Rahmen der offiziellen nationalen Konten ist abgesteckt in: U.S. Department of Commerce, National Income Supplement, 1954, U.S. Government Printing Office, Washington, 1954. Vgl. ferner: Simon Kuznets, National Income and Its Composition, 1919–1938, Vol. I, Chap. 1, National Bureau of Economic Research, Inc., New York, 1941; Simon Kuznets, «National Income: A New Version», Review of Economics and Statistics, 30:151–179, 1948; G. Jaszi, E. F. Denison, M. Gilbert, und C. F. Schwartz, «Objectives of National Income Measurement: A Reply to Professor Kuznets», Review of Economics and Statistics, 30:179–195, 1948; sowie M. Gilbert und I. B. Kravis, An International Comparison of National Products and the Purchasing Power of Currencies, Chap. 6, Organisation for European Economic Co-operation, Paris 1954 (?).

Diese Ausführungen werden auch für die deutsche Ausgabe beibehalten, da der didaktische Wert im Rahmen dieses Lehrbuches unverändert bleibt. Der Student muß sich lediglich bewußt sein, daß bestimmte Definitionen im Rahmen der deutschen Volkseinkommensberechnung abweichend festgelegt wurden (d. Übers.).

Auto oder ein Laib Brot, es kann ebenso nicht dinglicher Natur sein, wie etwa die Hilfeleistung eines Arztes oder die Tätigkeit eines Lehrers. Allerdings würde es zu weit gehen, wollte man von dem Einkommensstatistiker verlangen, jegliche Aktivität zur Erstellung eines Gutes oder einer Dienstleistung, das diese drei Bedingungen erfüllt, in das BSP einzubeziehen. Denn dies würde bedeuten, daß man das eigenhändige Rasieren dem Sozialprodukt zurechnen müßte, da diese Tätigkeit exakt derjenigen entspricht, die der Barbier vornimmt. Es ist offensichtlich nicht möglich, den Wert derartiger Dienstleistungen in das Sozialprodukt einzubeziehen.

Daher muß eine Trennung vollzogen werden zwischen «wirtschaftlichen» Gütern, die so heißen, weil sie das Ergebnis wirtschaftlicher Aktivität sind, und solchen Gütern und Dienstleistungen, die zwar ebenfalls der Befriedigung von Bedürfnissen dienen, sich aber aus der Lebensführung als solcher ergeben. Glücklicherweise sind die beiden Arten von Aktivität leicht zu trennen. Wirtschaftliche Güter erscheinen auf dem Markt, und wirtschaftliche Aktivität ist nur diejenige Aktivität, die zur Erstellung marktfähiger Güter führt[12]. Alle Güter dieser Art dienen der Bedürfnisbefriedigung, sind knapp und verfügbar. Dies gilt für jedes Land und zu jeder Zeit; jedoch ist diese Regel nur für die hochentwickelten Länder der Gegenwart sinnvoll anwendbar. Je weniger die Bedingungen einer hochentwickelten Marktwirtschaft realisiert sind, desto weniger sinnvoll ist diese Unterscheidung zwischen wirtschaftlicher Aktivität und allgemeiner Lebensführung.

Es ist wichtig, sich zu vergegenwärtigen, was diese Regel beinhaltet. Sie führt erstens dazu, daß viele Tätigkeiten innerhalb des Haushalts nicht im Bruttosozialprodukt erfaßt werden. Das augenscheinlichste Beispiel ist die Arbeit der Hausfrau. Der Wert einer von ihr zubereiteten Mahlzeit und die Tätigkeit des Kochens selbst werden nicht der ökonomischen Aktivität zugerechnet, während die gleiche Tätigkeit in einem Restaurant als solche bezeichnet wird. Wenn alle Hausfrauen sich gegenseitig das Essen kochten und sich dafür bezahlten, würde das der ökonomischen Aktivität zugeschlagen, und das Bruttosozialprodukt würde sich enorm erhöhen[13].

Es ist ein allgemein anerkanntes Prinzip der Einkommensberechnung, die im Haushalt vollzogene Tätigkeit als nichtökonomisch zu bezeichnen. Jedoch geschieht dies mehr aus praktischen als aus theoretischen Gründen. Die Schwierigkeiten, solche Tätigkeiten zu bewerten, sind so groß, daß man gänzlich auf eine Bewertung verzichtet. Die Anerkennung einer derartigen Klassifizierung läßt sowohl internationale als auch intertemporale Vergleiche innerhalb eines Landes höchst zweifelhaft erscheinen. Betrachten wir z.B. die vergleichenden Sozialproduktschätzungen für Indien und die Vereinigten Staaten. Es ist offensichtlich, daß ein Großteil der Aktivität, die in den Vereinigten Staaten als ökonomisch bezeichnet wird, weil sie sich auf Märkten konkretisiert, in Indien als nichtökonomisch betrachtet werden muß, weil sie innerhalb der Haushalte ausgeführt wird. Wenn z.B. eine indische Hausfrau für ihre Familie Brot backt, geht der Wert des Brotes nicht in das indische Sozialprodukt ein. Dagegen ist der Wert eines Brotes, welches eine amerikanische Hausfrau im Supermarkt kauft, Bestandteil des amerikanischen Sozialprodukts. Auch ein Vergleich des amerikanischen Sozialprodukts von 1870 mit dem von 1968 ist problematisch, da sich der Trend zur Einkommenserhöhung teilweise lediglich auf die Einschränkung häuslicher Tätigkeiten zurückführen läßt.

[12] Einige Ausnahmen von dieser Regel werden später genannt.

[13] Die Kosten der Zwischenprodukte müßten (bei der Zurechnung zum Sozialprodukt) allerdings von dem Preis der Mahlzeiten abgezogen werden.

Zweifellos wird der Grad der Vergleichbarkeit der Sozialprodukte Indiens und der Vereinigten Staaten oder auch desjenigen der Vereinigten Staaten zu verschiedenen Zeitpunkten dadurch beeinträchtigt, daß ein Teil der häuslichen Tätigkeit ausgeschlossen wird. Aber es ist erstens eine offene Frage, ob der Wert solcher Tätigkeiten überhaupt quantifiziert werden kann, und zweitens, ob sie in das Sozialprodukt einbezogen werden sollten, selbst wenn sie sich bewerten ließen. Wenn das Konzept des Sozialprodukts sinnvoll sein soll, dann muß es auf das Ergebnis wirtschaftlicher Aktivität, definiert als die Nutzung knapper Ressourcen, die alternative Verwendungszwecke haben, beschränkt werden. Es ist nicht selbstverständlich, daß die Arbeitskraft einer indischen Hausfrau einen knappen Faktor darstellt; und selbst wenn dies der Fall wäre, bliebe das Problem, ihren Wert festzustellen, d.h. die Einschränkung des Produktionsvolumens zu ermitteln, die entstand, weil sie sich entschied, Brot zu backen. Die Zeit, die sie dem Brotbacken widmete, ist unter ökonomischem Aspekt als Freizeit zu betrachten, da diese Arbeitsleistung nicht vom Gesamtbestand an knappen Produktionsfaktoren abgeht. Das Brot ist daher ebensowenig Bestandteil des Sozialprodukts wie der Kaffeetisch, den ein Wirtschaftssubjekt während seiner Freizeit in seinem Hobbyraum anfertigt.

Unberücksichtigte Marktvorgänge

In der bisherigen Diskussion wurde unterstellt, daß sämtliche Marktleistungen Güter und Dienstleistungen umfassen, die in das Bruttosozialprodukt einbezogen werden. Indessen steht einerseits nicht hinter jeder geleisteten Zahlung eine gütermäßige Transaktion, und andererseits ist nicht jede Veränderung eines Güterwertes auf wirtschaftliche Aktivität zurückzuführen. Die Marktleistungen, die sich nicht im Sozialprodukt niederschlagen, lassen sich in drei Kategorien einteilen: Transferzahlungen, Kapitalgewinne und illegale Aktivitäten.

Transferzahlungen. Transferzahlungen sind Einkommenszahlungen, die nicht für laufende produktive Tätigkeit geleistet werden. Wenn eine Unternehmung Geldgewinne in Höhe von 100.000 $ für ein Preisausschreiben aussetzt, um ihr Produkt bekannt zu machen, so unterscheiden sich diese Beträge – obwohl sie für die Unternehmung Aufwand bedeuten – grundlegend von den Faktorentgelten. Diese Preise sind keine Zahlungen für Faktorleistungen bei der Herstellung von Endprodukten oder für Dienstleistungen[14]. Transferzahlungen stellen im Gegensatz zu Faktorentgelten eine bloße Einkommensumverteilung dar und werden daher nicht der Entstehung des Sozialprodukts zugerechnet[15].

Die drei Regierungsebenen sind die größte Quelle für Transferzahlungen in der amerikanischen Volkswirtschaft. Die kürzliche Erhöhung der nichtmilitärischen Ausgaben der amerikanischen Regierung resultiert aus den zunehmenden Aufgaben

[14] Die Kosten, die der Unternehmung durch die Veranstaltung des Preisausschreibens entstehen, stellen Zwischenprodukte dar und werden daher nicht ins Sozialprodukt einbezogen.

[15] Nebenbei sollte festgehalten werden, daß das Department of Commerce keinerlei Versuch unternommen hat, Lohnzahlungen nach irgendeiner Produktivitätsdefinition zu differenzieren. Einige Länder schließen Bezahlung und Unterhaltszuschüsse des Militärpersonals mit der Begründung aus ihrem Sozialprodukt aus, daß dies keine Zahlungen für Güter und Dienste der laufenden Produktion seien, sondern vielmehr reine Transferzahlungen. In Amerika wird keine derartige Unterscheidung vorgenommen. Löhne beinhalten die Vergütung für jegliche Art von laufender Arbeitsleistung. Nicht-geldliche Einkommensleistungen sollen später diskutiert werden.

der Einkommensumverteilung. Diese Maßnahmen der Regierung nehmen die verschiedensten Formen an, aber in jedem Fall stellen die Zahlungen Einkommenstransfers dar und werden folglich nicht dem Sozialprodukt zugerechnet. Beispiele derartiger staatlicher Transferzahlungen sind in den verschiedensten Leistungen des Sozialversicherungsprogramms zu sehen, in Zahlungen an ehemalige Kriegsteilnehmer nach den Kriegsversorgungsgesetzen sowie in direkten Unterstützungszahlungen.

Eine weitere Art staatlicher Zahlungen, die nicht ins Sozialprodukt einbezogen werden, sind die Zinszahlungen für die Verschuldung der öffentlichen Hand. Die Begründung liegt darin, daß von der Höhe der Staatsschuld nicht unmittelbar auf den Wert des staatlichen Vermögens geschlossen werden kann, weil die Schuldenlast größtenteils infolge der Defizitwirtschaft während des Krieges entstanden ist. Wenn die Schulden in enger Beziehung zu den Aktiva in Regierungshand stünden, könnten die Zinszahlungen als laufender Ertrag dieser Aktiva betrachtet und einbezogen werden. Einige Länder schließen in der Tat die Staatsschuldzinsen der niederen Regierungsebenen ein, da die Verschuldung eingegangen wurde, um Grundstückswerte zu erwerben. Andere Länder gehen noch weiter und rechnen eine Zinslast ein, deren Höhe bestimmt wird, indem der übliche Zinssatz für langfristige Staatsschulden auf den jeweiligen Wert des Sachanlagevermögens gemäß den Bilanzen aller Regierungsebenen bezogen wird.

Transferzahlungen anderer Art werden aus ähnlichen Gründen nicht einbezogen. Schenkungen, Erbschaften und Zahlungen für wohltätige Zwecke sind Beispiele auszuschließender Einkommenszahlungen[16]. Weiterhin werden Zahlungen für dingliche Güter ausgeschlossen, soweit diese Güter nicht der laufenden Produktion entstammen. So wird der Kaufpreis eines mittelalterlichen Gemäldes nicht in den Konten aufgeführt, da diese Transaktion lediglich als Vermögensumschichtung und nicht als Zahlung für laufende produktive Tätitgkeit aufgefaßt werden muß. Hätte der Kunsthändler das Gemälde restauriert, würde der Wert dieser Tätigkeit, geschätzt an den Kosten (abzüglich der Materialkosten) gänzlich zum Produktionsprozeß der Volkswirtschaft gerechnet werden. Während also die von dem Kunsthändler verursachten Faktorkosten, einschließlich der Gewinne, sich auf der Einkommensseite des Nationalen Produktionskontos niederschlagen, taucht der entsprechende Produktionswert auf der Produktionsseite auf. Bezüglich der karitativen Institutionen, die ihre Leistungen nicht verkaufen, müssen die Faktorentgelte der Bestimmung von Einkommensentstehung und Produktion zugrunde gelegt werden.

Kapitalgewinne und -verluste. Kapitalgewinne und -verluste sind Beispiele von Wertänderungen aufgrund von Marktgegebenheiten. Dennoch werden sie nicht dem Sozialprodukt zugerechnet. Es sei angenommen, daß sich der Wert eines Aktivums, z.B. eines Hauses, infolge eines Inflationsprozesses erhöht. Das Ansteigen des Marktwertes wird in diesem Fall nicht in das Sozialprodukt einbezogen, weil es nicht dem laufenden Produktionsprozeß zuzuschreiben ist. Dieser Wertzuwachs unterscheidet sich grundlegend von einem solchen, der z.B. dadurch entsteht, daß an das Haus ein Anbau gemacht wird. Diese Wertsteigerung durch die Hauserweiterung muß (abzüglich der Materialkosten) bei der Messung der gesamtwirtschaftlichen Aktivität

[16] Der Saldo der Schenkungen, die Privatpersonen oder der Staat Ausländern gewähren oder von diesen erhalten, wird zwar den privaten oder staatlichen Ausgaben zugerechnet, in den Konten jedoch eliminiert, indem ein gleich hoher Posten mit umgekehrtem Vorzeichen in die Nettoauslandsposition einbezogen wird.

mitberücksichtigt werden. Obwohl realisierte Kapitalgewinne von den Steuerbehörden als Einkommen betrachtet werden, bleiben sie bei der Berechnung des Sozialprodukts unberücksichtigt, da sie nicht aus dem laufenden Produktionsprozeß resultieren. Wenn also ein Haus mit Gewinn verkauft würde, müßte selbst dann der gesamte Nettoerlös versteuert werden, wenn ein Teil der Wertsteigerung des Hauses auf einen Inflationsprozeß zurückzuführen wäre. Dieselbe Behandlung erfahren Kapitalgewinne aus Stammaktien, die zwar vom Finanzamt besteuert, aber aus der Berechnung des Sozialprodukts ausgeschlossen werden.

Ein weiteres Beispiel für Kapitalgewinne und -verluste ist in Wertänderungen von Aktiva zu sehen, die aus exogen verursachten Nachfrageumschichtungen resultieren. Wenn die Verbraucher z.B. plötzlich Langspielplatten statt 78er nachfragen, werden einzelne Unternehmungen sicherlich Gewinne oder Verluste machen. Diese ergeben sich aber nicht aus dem laufenden Produktionsprozeß und werden daher vom Sozialprodukt ausgeschlossen. Mit ähnlicher Begründung bleibt auch die plötzliche Wertsteigerung, die ein abgelegenes Weideland erfährt, weil auf dieser Parzelle Ölfelder entdeckt wurden, ebenso unberücksichtigt wie die Werterhöhung eines Ödlandes, auf dem Uranerze gefunden wurden. Die über das ursprünglich in dieses Land investierte Kapital hinausgehende Wertsteigerung ist das Ergebnis einer auf äußere Umstände zurückzuführenden Nachfrageumschichtung[17].

Im allgemeinen werden derartige nicht steuerbare und nicht voraussehbare Güterwertänderungen als zufällige Verschiebungen der Produktionsbedingungen außerhalb der eigentlichen ökonomischen Aktivität betrachtet. Änderungen, die vorauszusehen sind oder gegen die man sich versichern kann, wie z.B. Brandgefahr oder Überschwemmungen, bleiben ebenfalls unberücksichtigt, da ein Ausgleich der Wertänderungen bei derartigen Ereignissen schon in Form von Versicherungsprämien die Geschäftstätigkeit der vorausgegangenen Jahre belastet hat. Änderungen der Vermögenswerte, die aus Abschreibungen resultieren, werden besonders behandelt. Diese Vorgänge sollen später betrachtet werden.

Illegale Aktivitäten. Eine letzte Kategorie von marktmäßigen Transaktionen, die nicht in das Sozialprodukt einbezogen werden, bilden die illegalen Aktivitäten. Diese Kategorie wird von sämtlichen Einkommensstatistikern ausgeschlossen. Auch diese Transaktionen dienen der Bedürfnisbefriedigung und haben ihren Preis, und wenn ausschließlich nach diesen Kriterien die Einbeziehung ins Sozialprodukt erfolgte, könnten sie schwerlich unberücksichtigt bleiben. Das Sozialprodukt sollte jedoch soweit wie möglich Maßstab einer unter sozialem Aspekt nützlichen ökonomischen Aktivität sein. Wenngleich diejenigen, die illegale Aktivitäten ausführen, deren sozialen Nutzen verteidigen mögen, genügt allein die Tatsache, daß die Gesellschaft derartige Aktivität als ungesetzlich betrachtet, um sie aus der Berechnung des Sozialprodukts auszuschließen.

Dieser Konflikt zwischen individueller und gesellschaftlicher Definition des Produktivitätsbegriffs wirft weitere Fragen auf. Hinter der Berechnung des gesamten Sozialprodukts steht die stillschweigende Annahme, daß die Ergebnisse jeden ökonomischen Handelns, das nicht wegen anderweitiger Gründe unberücksichtigt bleiben muß, der Befriedigung von Bedürfnissen der Gesellschaft dienen. Die Produktion einer Destillerie wird gleichermaßen einbezogen wie die eines Verlagshauses

[17] Wenn die Entdeckung neuer Bodenschätze nicht bei der Berechnung des Sozialprodukts berücksichtigt werden kann, so kann deren Substanzminderung (Abschreibung) auch keine Kosten des Sozialprodukts darstellen.

für Bibeln. Größere und höhere Heckflossen an Autos sind Bestandteil des Sozialprodukts, obwohl sie manchem ein Dorn im Auge sein mögen. Überhaupt gilt, daß nicht jedes Gut jedermanns Bedürfnisse befriedigt. Das alte Sprichwort «was dem einen sin Uhl, ist dem andern sin Nachtigall» bringt dies treffend zum Ausdruck. Aber das Problem geht noch tiefer. Nehmen wir an, eine Papiermühle schütte ihren Abfall in einen Fluß und verunreinige das Wasser. Das Produktionsergebnis der Papiermühle wird dem Sozialprodukt zugerechnet, aber ebenso die Ausgaben, die der Gemeinde entstehen, wenn sie das Wasser reinigen muß, um es trinkbar zu machen. Es ist daher eine echte Frage, ob nicht die Produktion der Papiermühle um die Ausgaben zu kürzen sei, die anderen durch die Tätigkeit der Mühle auferlegt wird.

Am besten ließe sich dieses Problem lösen, indem ein Verfahren gefunden würde, mit dem sich die Befriedigung messen ließe, die jedem einzelnen und auch der Gesellschaft als Ganzes aus dem Besitz eines Gutes oder der Inanspruchnahme einer Dienstleistung erwächst. Das gesamte Sozialprodukt würde dann alle Nettobeiträge zur Bedürfnisbefriedigung messen, die die Gesellschaft durch den im laufenden Produktionsprozeß erstellten Güterstrom erführe. Ein auf solcher Basis erstelltes Konto wäre wirklich ein Produktionskonto der Gesellschaft.

Ein derartiges Verfahren ist jedoch kaum vorstellbar, und jeder Versuch, es anzuwenden, würde ein unnötiges Maß von Willkür zur Folge haben. Denn die Gesellschaft hat schon in den Gesetzen die Aktivitäten, die unter sozialem Aspekt als unproduktiv gelten, festgelegt, und der Einkommensstatistiker berücksichtigt ohne Unterschied alle legalen Aktivitäten. Wir stellen also fest, daß das Department of Commerce mit der Entscheidung für dieses Legalitätskriterium bereits von dem Produktionskonzept abweicht, das die allgemeine Basis für die Berücksichtigung des Ergebnisses der ökonomischen Aktivität darstellt. Weiterhin ist dieses Kriterium wandelbar, da sich die Moralbegriffe zur gleichen Zeit in verschiedenen Ländern und zu verschiedenen Zeitpunkten im gleichen Land unterscheiden. Für den letzteren Fall ist die Prohibitions-Ära in den Vereinigten Staaten ein gutes Beispiel.

Nicht-marktmäßige Aktivitäten

Wir haben bereits festgestellt, daß nicht alle monetären Einkommensströme in das Sozialprodukt eingehen. Andererseits werden jedoch einige Güter und Dienstleistungen, die nicht auf Märkten erscheinen, mit einem geschätzten Wert einbezogen. Als allgemeine Regel gilt, daß nicht-marktmäßigen Aktivitäten dann ein kalkulatorischer Wert zugemessen wird, wenn dadurch die Konten untereinander vergleichbar werden, wenn die Entstehung des nicht-marktmäßigen Gutes exakt nachvollzogen werden kann und wenn sich der Schätzwert klar und einfach bestimmen läßt.

Einige Arbeiter erhalten einen Teil ihrer Vergütung in Form von Kost und Logis anstatt in Form von Lohnzahlungen[18]. Damit bei der Berechnung des Sozialprodukts eine Konformität mit denjenigen Arbeitern erzielt wird, die ausschließlich mit Lohnzahlungen vergütet werden, muß ein Schätzposten für die in Materialien empfangene Vergütung der Lohnsumme zugeschlagen werden. Diese Berechnungsmethode wird angewandt, obwohl die Kosten, die dem Arbeitgeber durch die Verpflegung entstehen, normalerweise unberücksichtigt blieben, wie dies auch bei anderen Zwischenprodukten der Fall ist.

[18] In diese Kategorie fallen auch Unterkunft und Verpflegung des Militärpersonals.

Ein anderes Beispiel derartiger kalkulatorischer Schätzwerte kann in den Gütern gesehen werden, die ein Produzent zum Zwecke des Eigenverbrauchs einbehält. Das trifft hauptsächlich auf die Landwirtschaft zu, denn die Bauern führen in der Regel einen Teil ihrer Erzeugnisse dem Eigenkonsum zu. Diesen einbehaltenen Produkten wird ein kalkulatorischer Wert zugewiesen, der dem gesamten Gütervolumen der Volkswirtschaft zugeschlagen wird. Dies ist ein Fall, in dem die nicht-marktmäßige Aktivität mit einem zureichend hohen Maß an Sicherheit geschätzt werden kann und die Bewertung relativ einfach ist, weil marktmäßige Äquivalente vorliegen.

Ein drittes Beispiel kalkulatorischer Bewertung besteht in der Wohnungswirtschaft. Wenn eine Familie ein Haus oder eine Etagenwohnung mietet, so gilt die Miete (abzüglich der Kosten für Instandhaltung und Restauration) als Maßstab für das Produktionsvolumen der Wohnungswirtschaft. Wenn jedoch die Eigentümer ihr Haus selbst bewohnen, wird faktisch keine Miete gezahlt, obwohl das Haus wesentlich zur Bedürfnisbefriedigung des Eigentümers beiträgt. Ebenso ist natürlich ein Auto eine echte Quelle der Bedürfnisbefriedigung, obwohl kein Schätzwert für die Dienste, die das Auto seinem Besitzer leistet, ermittelt wird. Beim Haus liegt der Fall insofern anders, als die Dienste, die es leistet, leicht von dem Haus selbst zu trennen sind, und der Schätzwert einfach zu ermitteln ist, indem man Mietzahlungen als Vergleichsmaßstab heranzieht.

Ein letztes Beispiel solcher geschätzten Werte bilden die Finanzierungsinstitute, wie Geschäftsbanken, Versicherungsgesellschaften und Investmentfonds. Derartige Institutionen erstellen Dienstleistungen und übernehmen Kosten, die sich allerdings gegeneinander aufheben. Dies sei am Beispiel eines Wirtschaftssubjekts verdeutlicht, das über ein Girokonto verfügt. Dieses Wirtschaftssubjekt erhält für seine Einlagen keine Habenzinsen, wie dies der Fall wäre, wenn es sein Geld anderweitig anlegte. Gleichzeitig berechnet die Bank lediglich eine geringere Gebühr (möglicherweise mit der Auflage, daß ein Mindestsaldo gehalten werden muß) für die sichere Aufbewahrung des Geldes und die Bearbeitung der auf das Konto gezogenen Schecks. Statt Zinsen für die Einlagen zu zahlen und dann das Konto laufend für geleistete Dienste zu belasten, rechnet die Bank beides gegeneinander auf. Im Sinne einer exakten Berechnung des Sozialprodukts muß dieser Transaktion jedoch ein bestimmter fiktiver Wert zugemessen werden, wenn es darum geht, das gesamte Ergebnis ökonomischer Aktivität zu ermitteln. Bei den übrigen Finanzvermittlern sind ähnliche nichtmonetäre Vorgänge zu verzeichnen, denen ein kalkulatorischer Wert zugewiesen werden muß.

3.3. End- und Zwischenprodukt

Das Endprodukt

Die bisherige Diskussion galt der Unterscheidung zwischen ökonomischer und außerökonomischer Aktivität. Wie jedoch in Kapitel 2 am Beispiel des Brotlaibs gezeigt wurde, geht es bei der Berechnung des Sozialprodukts darum, unter Ausschluß von Doppelzählungen einen Gesamtbetrag zu ermitteln, der allein den Güterstrom zum Endverbraucher mißt. Nach der Definition des Department of Commerce sind Endprodukte solche Güter, die während der laufenden Rechnungsperiode hergestellt und/oder gekauft, nicht aber weiterverkauft wurden. Güter, die allein zum Zwecke der Wiederveräußerung gekauft wurden, werden, unabhängig davon, ob sie im physischen Sinne weiterverarbeitet werden oder nicht, als Zwischenprodukte bezeichnet und von der Berechnung des Sozialprodukts ausgeschlossen.

Einige weitere Beispiele sollen diese Unterscheidung verdeutlichen. Wenn ein Stahlwerk eine Million Tonnen Kohle kauft und davon neunzig Prozent während der Rechnungsperiode verbraucht, so werden diese neun Zehntel als Zwischenprodukt betrachtet. Das restliche unverbrauchte Zehntel gilt als Endprodukt und geht als Erhöhung des Lagerbestandes in das Produktionskonto ein. Andererseits stellt die gesamte von einem privaten Haushalt gekaufte Hausbrandkohle Endprodukt dar. Als weiteres Beispiel sei angenommen, das Stahlwerk kaufe eine Maschine. Diese Maschine ist ein Endprodukt, aber zu dem Teil, zu dem sie während der laufenden Rechnungsperiode abgenutzt wird, gilt sie als Zwischenprodukt und sollte von der Berechnung ausgeschlossen bleiben[19].

Die Unterscheidung von End- und Zwischenprodukten hängt offensichtlich von der Definition eines Produktionsbetriebes ab. Das oben vorgebrachte Beispiel der Hausbrandkohle könnte nicht aufrechterhalten werden, sofern der Haushalt als Produktionsbetrieb betrachtet würde, der seine Arbeitsleistung als sein Produkt verkaufte. In diesem Fall wäre die von dem Haushalt gekaufte Kohle Zwischenprodukt, das zur Aufrechterhaltung der Produktion dieser Unternehmung benötigt würde. Gleichermaßen müßten Kleidung, Nahrung, Erholung und Unterkunft als Zwischenprodukte betrachtet und von der Berechnung des gesamten Sozialprodukts ausgeschlossen werden. Auch die Kosten für das Aufziehen und die Ausbildung von Kindern müßten analog zu den Kosten für die Instandsetzung und Erhaltung des Kapitalstocks einer Unternehmung betrachtet werden. Nach der in den meisten Ländern vorherrschenden Anschauung wäre es undenkbar, die Definition einer Produktionsunternehmung auf den familiären Bereich auszudehnen, denn Menschen unterscheiden sich grundlegend von Maschinen. Zudem würde dies dazu führen, daß das Sozialprodukt in sich inkonsistent wäre, wenn man einerseits zwischen Brutto- und Nettoerträgen des Kapitals[20] unterschiede, andererseits aber nicht zwischen Brutto- und Nettoerträgen der Lohnarbeiter.

Betrachtet man Haushalte als Endverbraucher, so zeigt sich noch folgendes bemerkenswerte Ergebnis. Ein Geschäftsmann, der auf Spesenkonto reist, kann die Reisekosten als Betriebsaufwand von seinem Einkommen absetzen; ebenso wird der Einkommensstatistiker diese Ausgaben als Zwischenprodukt abziehen. Der Lohnarbeiter kann hingegen die Fahrtkosten zu seinem Arbeitsplatz nicht absetzen, und der Einkommensstatistiker wird die Fahrtkosten als Käufe von Endprodukten behandeln. Gleichermaßen wird der Wasserverbrauch einer Unternehmung als Zwischenprodukt, der eines Haushalts als Endprodukt betrachtet.

Mit zunehmender Verstädterung der Industriestaaten sind die Kosten des Stadtlebens, wie die der Fahrt vom und zum Arbeitsplatz, der Müllabfuhr, der Kanalisation und der Wasserversorgung gestiegen. Einige Statistiker haben sich dafür ausgesprochen, diese Belastungen der Endverbraucher nicht als Ausgaben für Endprodukte sondern als Kosten bzw. Aufwand des Stadtlebens und damit als Zwischenprodukte statt als Endprodukte anzusehen. Als Hauptargument bringen sie vor, daß Güter nur dann als Endprodukte zu bezeichnen seien, wenn der Verbraucher sie zur unmittelbaren Bedürfnisbefriedigung erwirbt. Fahrtkosten zum Arbeitsplatz wollen

[19] Dieses Zwischenprodukt, die Abschreibung der Kapitalausrüstung, wirft besondere Probleme auf, die später noch zu diskutieren sind.

[20] Vgl. die Ausführungen über Abschreibungen am Ende dieses Kapitels.

sie z. B. mit der Begründung ausschließen, daß diese typische Ausgaben des städtischen Lebens seien, d. h. dem Konsumenten nicht entstünden, wenn er nicht in der Stadt lebte. Mit anderen Worten, die Definition «Endprodukt» sollte für solche Käufe vorbehalten bleiben, die ein Endverbraucher unabhängig von seiner Einspannung in den Produktionsprozeß tätigen würde.

Die Stellungnahme des Department of Commerce dazu lautet, daß dieses Argument grundlegend verfehlt sei und zu willkürlichen Messungen des Sozialprodukts verleite. Jeder Versuch, z. B. den Preis, den ein Lohnarbeiter für den Kauf eines Autos zahlt, in eine Produktionsaufwendung und eine reine Verbrauchsausgabe zu zerlegen, sei notwendigerweise gleichermaßen willkürlich wie sinnlos. Es ist allgemein nicht möglich, anhand objektiver Kriterien die Absichten und Ziele zu bestimmen, die einer Konsumausgabe zugrunde liegen. Doch selbst wenn eine solche Bestimmung möglich wäre, würde das Department of Commerce sie als unnötig bezeichnen. Der Arbeiter, der mit dem Auto zur Arbeit fährt, hat eine Reihe von Alternativen. Er kann zu Fuß gehen, ein Fahrrad oder einen Bus benutzen. Sinnvollerweise läßt sich annehmen, daß er einen zusätzlichen Nutzen empfindet, wenn er mit dem Auto fährt, und daß dieser Nutzenzuwachs der zusätzlichen Ausgabe entspricht. Daher betrachtet das Department of Commerce jegliche Konsumausgabe als Ausgabe für ein Endprodukt.

Dem Vorschlag, das Konzept des Zwischenprodukts so weit auszudehnen, daß es wesentliche Bestandteile der Konsumausgaben einschließt, wird vom Department of Commerce entgegengehalten, daß es, wenn überhaupt möglich, so doch falsch sei, von jeder Ausgabe den Teil abzuspalten, der reine Konsumausgabe darstellt. Warum sollte eine Produktionserhöhung aufgrund zunehmender Verstädterung unberücksichtigt bleiben, dagegen aber eine Erhöhung der Nahrungsmittelherstellung aufgrund gestiegenen Appetits berücksichtigt werden? Wenn sich die Menschen in den Städten nicht wohler fühlen würden, könnten sie diese Ressourcen anderen Verwendungszwecken zuführen. Die Tatsache, daß sie in Städten leben, bedeutet, daß ihr Produkt größer ist, und der Einkommensstatistiker muß dem Rechnung tragen.

Netto- und Bruttoinvestition

Der Unterschied zwischen Netto- und Bruttosozialprodukt liegt darin begründet, daß die Brutto-Realkapitalbildung auch die Güterproduktion einschließt, die dem Ersatz des während der laufenden Periode abgenutzten Kapitalstocks dient. Obwohl die Abschreibung des Anlagevermögens ebenso wie die in einem Stahlwerk verbrauchte Kohle ein Zwischenprodukt darstellt, ist sie in dem vom Department of Commerce berechneten Sozialprodukt enthalten. Daher sind die nationalen Konten in sich inkonsistent; einerseits umfassen sie z.B. die Netto-Ströme von Gütern und Dienstleistungen zu den Haushalten, andererseits die Brutto-Ströme von Kapitalgütern. Die Einbeziehung der Abschreibung ist notwendig, weil es kaum möglich ist, diese auf einer Basis zu schätzen, die sich mit den auf andere Posten des Produktionskontos angewandten Kriterien vergleichen ließe[21].

Kapitalgüter lassen sich in zwei allgemeine Kategorien einteilen: die Netto-Änderung der Lagerbestände und die Produktion von Anlagekapital*. Weil die Abschreibung bei der Lagerbestandsänderung keine Rolle spielt, gilt unser Augenmerk in diesem Abschnitt allein der Bildung von Anlagekapital.

[21] Die Bewertung der Abschreibung soll später behandelt werden.

* Auch «dauerhafte Produktionsmittel» oder «Anlagevermögen» genannt (Anm. d. Übers.).

Zum Anlagekapital zählen sämtliche Güter, die in einem Zeitraum von mehr als einem Jahr verbraucht werden, üblicherweise aufgrund ihrer Verwendung im Produktionsprozeß. Die Bildung von Anlagekapital umfaßt neben dem Bau von Produktionsanlagen, die Errichtung von Industriebauten sowie den Wohnungsbau[22]. Letzterer wird nicht als normale Konsumausgabe sondern als Kapitalbildung betrachtet, weil das Department of Commerce Hausbesitz als unternehmerische Aktivität ansieht[23].

Bei der Ermittlung des Abschreibungsbetrages muß eine Unternehmung zweierlei Tatbeständen Rechnung tragen: zum einen der Abnutzung einzelner Teile des Anlagekapitals, zum anderen dem relativen Effizienzverlust aufgrund von Überalterung der Anlagen. Das Produktionsvolumen, das der einzelnen Maschine zuzurechnen ist, darf daher nicht als Nettozuwachs an Gütervolumen betrachtet werden.

Es sei z.B. angenommen, daß eine Drehbank dazu benutzt werde, eine zweite, gleichartige Drehbank herzustellen, daß dieser Prozeß die gesamte Rechnungsperiode beanspruche und daß sich die erste Drehbank im Produktionsprozeß bis auf Null abschreibe. Die Brutto-Kapitalbildung dieser Rechnungsperiode beträgt eine Drehbank. Die Netto-Kapitalbildung – die Änderung des Kapitalstocks – ist gleich Null[24]. Die Zahl der hergestellten Drehbänke ist gleich der Zahl der verbrauchten Drehbänke. Werden mit Hilfe der ursprünglichen Drehbank in der Rechnungsperiode zwei Drehbänke hergestellt, während sie selbst völlig abgeschrieben wird, so entspricht die Brutto-Kapitalbildung zwei Drehbänken, die Netto-Kapitalbildung einer. Daraus geht klar hervor, daß die Brutto-Kapitalbildung niemals negativ sein kann, während Netto-Kapitalbildung positiv, gleich Null oder negativ sein kann.

Für die Volkswirtschaft als Ganzes folgt daraus, daß die Netto-Realkapitalbildung Null ist, wenn mit der laufenden Kapitalgüterproduktion genau der Teil des Kapitalstocks ersetzt wird, der im Produktionsprozeß abgenutzt wurde. Wenn die laufende Kapitalbildung die Abschreibung des bestehenden Kapitalstocks übersteigt, so wird dieser vergrößert, und die Netto-Kapitalbildung ist positiv. Andererseits ist die Netto-Kapitalbildung negativ, wenn der Kapitalstock sich während der Periode reduziert.

Wie bereits angedeutet, ist es ein schwieriges Problem, die Abschreibung des Kapitalstocks zu ermitteln. Wenn eine Maschine in einem Jahr intensiver genutzt wird als in einem anderen, dann ist die tatsächliche Abschreibung in beiden Jahren unterschiedlich. Eine Unternehmung, die sich einmal für eine bestimmte Abschreibungsmethode entschieden hat, ist indessen verpflichtet, diese Methode beizubehalten, unabhängig davon, wie intensiv die Maschine genutzt wird[25]. Darüberhinaus differiert auch die tatsächliche Abschreibung gleicher Maschinen in verschiedenen Un-

[22] Öffentliche Bautätigkeit (seitens der Regierung) wird vom Department of Commerce den übrigen staatlichen Käufen von Gütern und Dienstleistungen zugerechnet.

[23] Wohnungsbau ist die einzige Ausgabe privater Haushalte, die nicht als Konsumausgabe betrachtet wird; beim Kauf aller anderen Güter wird davon ausgegangen, daß sie von den Haushalten auch konsumiert werden. In bezug auf Autos und andere Gebrauchsgüter ist dies zwar nicht der Fall; da es jedoch keinen gangbaren Weg gibt, den Wertbetrag eines Gebrauchsgutes zu bestimmen, der innerhalb einer Periode abgenutzt wird, nimmt man an, daß sich diese Güter innerhalb der Rechnungsperiode bis auf Null abschreiben.

[24] Dabei wird vorausgesetzt, daß die Preise stabil bleiben. Preisänderungen werden im nächsten Abschnitt dieses Kapitels behandelt.

[25] Von der Steuerbehörde werden die Höchstsätze erlaubter Abschreibungen festgesetzt.

ternehmungen. Während eine Unternehmung eine Maschine in zwei Jahren verschleißt, kann eine andere Unternehmung die gleiche Maschine möglicherweise sechs Jahre nutzen. Wenn beide Unternehmungen ihre Maschinen innerhalb von zwei Jahren abschreiben, werden Nettosozialprodukt und Kapitalstock zu klein angesetzt. Wenn andererseits beide Maschinen über sechs Jahre abgeschrieben werden, wird das Gegenteil zutreffen.

Eine zusätzliche Schwierigkeit liegt darin, daß ein Großteil der Abschreibungen, die die Wirtschaft jährlich verbucht, eher auf Veralterung als auf physische Abnutzung des Anlagekapitals zurückzuführen ist. In einer von raschem technischen Fortschritt gekennzeichneten Wirtschaft kann es sich keine Unternehmung leisten, ihren Kapitalbestand allein nach Maßgabe des rein physischen Verschleißes abzuschreiben. Ein solches Vorgehen würde eine dauernde Verschlechterung der Wettbewerbsfähigkeit gegenüber den Unternehmungen bedeuten, die eine höhere Abschreibungsrate wählen und ihren Kapitalbestand sogleich ersetzen, wenn wirtschaftlichere Anlagen auf den Markt kommen. Aus diesen Gründen können die von den Unternehmungen angesetzten Abschreibungen erheblich von der tatsächlichen Abnutzung des Kapitalstocks abweichen.

Es ist nahezu unmöglich, alle Überlegungen dieser Art bei der Berechnung des Nettosozialprodukts zu berücksichtigen. Daher gibt das Department of Commerce das Bruttosozialprodukt mit einem Betrag an, der – wie gezeigt – einige Zwischenprodukte beinhaltet. So erscheint auf der Produktionsseite die Bruttoinvestition anstelle der schwer zu schätzenden Nettoinvestition. Konsequenterweise muß auf der Einkommensseite ein geschätzter Abschreibungsbetrag addiert werden, damit die Gleichheit der Konten gewährleistet ist. Sofern eine exakte Bestimmung der Abschreibung möglich wäre, gäbe es dadurch keine Veränderung des Bruttosozialprodukts, sondern nur eine Änderung in der relativen Größe der Abschreibungs- und Gewinnposten.

Zusammenfassend sei festgestellt, daß sich das gesamte vom Department of Commerce ermittelte Bruttosozialprodukt zusammensetzt aus den Endprodukten des unternehmerischen, des staatlichen und des außenwirtschaftlichen Sektors der Volkswirtschaft sowie aus einem verhältnismäßig geringen Produktionsbeitrag der privaten Haushalte. Von den Gütern, die nicht auf Märkten in Erscheinung treten, werden lediglich folgende einbezogen: Schätzwerte für Naturalleistungen an Arbeitnehmer, unternehmerischer Eigenverbrauch, kalkulatorische Mieten für selbstbewohnte Häuser sowie nichtmonetäre Leistungen der Finanzvermittler. Ausgeschlossen werden monetäre Transferzahlungen, realisierte wie unrealisierte Kapitalgewinne und -verluste und Gewinne aus illegaler Aktivität.

Bisher wurden die Produktionsbestandteile ermittelt, die in das gesamte Bruttosozialprodukt eingehen. Es bleibt noch die Art und Weise festzulegen, mit der diese Bestandteile zu einem umfassenden Gesamtbetrag kombiniert werden.

3.4. Die Bewertung der Produktion

Die Verwendung von Marktpreisen

Die Verschiedenartigkeit der in einer Volkswirtschaft erstellten Güter und Dienstleistungen erfordert einen gemeinsamen Wertmesser, mit dem sich die einzelnen Güter zu einem sinnvollen Ganzen zusammenfügen lassen. Der einzig vernünftige Wertmesser ist (für die USA) der Dollar-Wert eines jeden Gutes oder Dienstes, obwohl damit gewisse Probleme verbunden sind. Das Department of Commerce betrachtet die Berechnung des Sozialprodukts als einen Maßstab für die Produktivität und benutzt Marktpreise zur Errechnung des Gesamtbetrages, weil keine überzeugenden Substitute verfügbar sind.

Es existiert indessen eine alternative Interpretation, die das Sozialprodukt als Maßstab für den Wohlstand betrachtet. Diese Interpretation folgt der Auffassung, daß die von den Nachfragewünschen der Verbraucher bestimmten Preise den sozialen Wert der Güter widerspiegeln. Nach dieser Auffassung bedeutet eine Erhöhung des Pro-Kopf-Einkommens eine Vermehrung der Wohlfahrt, und zwischenstaatliche Wohlstandsgefälle lassen sich demnach an unterschiedlich hohen Pro-Kopf-Einkommen messen.

Nun verfügen aber nicht alle Konsumenten über gleiche Geldbeträge. Das Einkommen ist so verteilt, daß einige Familien am unteren Ende der Einkommensskala rangieren und gerade ihren Lebensunterhalt bestreiten können, während andere am oberen Ende stehen und im Überfluß schwelgen. Marktpreise sind deshalb ein unzureichender Maßstab für den Nutzen, den ein Gut stiftet, wenn diese Preise lediglich solche Nachfrage widerspiegeln, die mit Kaufkraft ausgestattet ist.

Vergleichen wir weiterhin das amerikanische Bruttosozialprodukt von 1929 mit dem von 1968. Läßt sich wirklich behaupten, daß sich die gesamte Erhöhung des Bruttosozialprodukts in einer Steigerung des Wohlstandes ausgewirkt hat, in Anbetracht dessen, daß nahezu 70 Mrd. $ für Verteidigungszwecke ausgegeben werden? Stellt der Luftverkehr, der als ein neuer Bestandteil des Sozialprodukts betrachtet werden kann, per Saldo einen echten Zuwachs dar, wenn man bedenkt, wie groß die Lärmbelästigung für die Menschen ist?

Schließlich ist das Wohlstandsargument unhaltbar bei zwischenstaatlichen Vergleichen. Das kanadische Sozialprodukt enthält z.B. zahlreiche Elemente, die dem relativ strengen Klima zuzuschreiben sind, während diese Posten im Sozialprodukt von Ländern mit milderem Klima nicht enthalten sind. Das bedeutet jedoch nicht, daß in Kanada größerer Wohlstand herrschte. Um dies zu verdeutlichen, braucht man sich lediglich vor Augen zu halten, daß im Paradies, wo es keine ökonomische Aktivität gibt, das Bruttosozialprodukt gleich Null ist.

Zurechnungsprobleme

Das Department of Commerce hat das Hauptproblem bei der Wertbestimmung für nicht-marktbezogene Güter und Dienstleistungen dadurch gelöst, daß es sich an dem Wert gleicher oder ähnlicher Produkte, die jedoch über den Markt gehen, orientiert. Dieser Ansatz ist aber deshalb problematisch, weil sich die Marktpreise ändern könnten, falls diese Produkte auf dem Markt erschienen. Eine weitere Schwierigkeit könnte darin bestehen, daß dem Eigenverbrauch zugeführte Güter oder Vergütungen in Form von Naturalleistungen möglicherweise minderer Qualität sind. In dem Maße, wie dies zutrifft, wird der Wert der Gesamtproduktion überhöht bemessen, wenn die Preise der nächsten Marktäquivalente zur Orientierung herangezogen werden. Ein in etwa ähnliches Problem ergibt sich, wenn die Empfänger von Naturalleistungen diese unter dem Marktpreis bewerten. Soweit dies der Fall ist, übersteigen die in den Konten verbuchten Faktorkosten die wahren Opportunity-costs dieser Produktionsfaktoren. Glücklicherweise schlagen derartige Faktoren nicht allzu stark zu Buche, so daß diese Zurechnungsfehler nur zu geringfügigen Verfälschungen des Gesamtbetrages führen.

Wenn man sich entscheidet, solche Güter mit dem Wert ihrer Marktäquivalente einzubeziehen, ist ihre Behandlung in den Konten eine einfache Angelegenheit. So werden zum Eigenverbrauch einbehaltene Agrarerzeugnisse mit dem entsprechenden Bruttowert den Verbrauchsausgaben auf der Produktseite des Einkommens- und Produktionskontos zugerechnet, während ein kalkulatorischer Nettogewinn aus landwirtschaftlicher Tätigkeit auf der Einkommenseite erfaßt wird. Die Differenz zwischen Brutto- und Nettowerten wird den entsprechenden Ausgabenposten auf der Seite des Einkommensflusses zugerechnet. Naturalleistungen werden mit ihrem Schätzwert unter die Verbrauchsausgaben auf der Produktseite subsumiert, während die Löhne auf der Einkommensseite um den gleichen Betrag zunehmen.

Ähnlich wird der kalkulatorische Mietwert eines selbstbewohnten Hauses behandelt. Der Hausbesitz wird begrifflich in zwei Transaktionen geteilt. Man geht davon aus, daß der Hauseigentümer in seiner Eigenschaft als Besitzer ein Unternehmer sei, der das Haus an sich selbst als Konsumenten vermietet. Daher muß der Bruttoproduktionswert des Unternehmenssektors der Volkswirtschaft um diese kalkulatorischen Brutto-Mietzahlungen erhöht werden, genau wie Mietzahlungen an eine Immobiliengesellschaft im Bruttoproduktionswert der Wohnungswirtschaft enthalten sind. Ein Netto-Mietertrag erscheint auf der Einkommensseite unter dem Posten persönliches Renteneinkommen. Der Unterschied zwischen Brutto- und Netto-Mietbeträgen besteht hauptsächlich in Abschreibungen und indirekten Steuern, die unter den entsprechenden Posten der Einkommensseite aufgeführt sind. Materialien für die Instandhaltung selbstbewohnter Häuser gelten als Zwischenprodukte des Unternehmenssektors und erscheinen als solche nicht in den Konten.

Bei den Finanzvermittlern, wie Geschäftsbanken, Investmentfonds und Lebensversicherungsgesellschaften entsteht ein weiteres Bewertungsproblem. Eine Geschäftsbank z.B. verwaltet die Depositen eines Kunden als Gegenleistung für Gebühren, die je nach Anzahl der auf das Konto gezogenen Schecks erhoben werden. Der Nettoproduktionswert der Bank wird an den Erträgen gemessen, die sie aus dem Verkauf ihrer Dienstleistungen – abzüglich der Käufe von anderen Unternehmungen – erzielt. Die von der Bank tatsächlich erhobenen Bearbeitungsgebühren nehmen jedoch nur einen Bruchteil des Wertes aller Dienstleistungen an, die die Bank gegenüber ihren Kunden erbringt, so daß der Nettoproduktionswert der Bank sehr gering oder gar negativ erscheint. Der Grund für diese offensichtlich widersinnige Situation liegt darin, daß die Depositeninhaber für Leistungen in nichtmonetärer Form bezahlen. Um den Nettoproduktionswert der Bank bestimmen zu können, muß ein Wert für diese nichtmonetären Ströme bestimmt werden. Der kalkulatorische Zinsertrag der Girokonten wird ermittelt, indem man annimmt, er entspreche den Zinserträgen, die die Bank für ihre Kredite erhält, abzüglich der Zinszahlungen, die sie für Spareinlagen zu leisten hat. Der sich per Saldo ergebende Betrag schlägt sich auf der Einkommenseite des Nationalen Produktionskontos nieder und erscheint in gleicher Höhe auf der Produktseite als Marktwert der von der Bank geleisteten Dienste. Dieser kalkulatorische Zinsbetrag wird auf die drei Sektoren verteilt, und zwar anteilig nach der Höhe deren jeweiliger Kontenbestände. Jedoch gehen letztlich nur die Zinszahlungen an private Haushalte und an den Staat in das Bruttosozialprodukt ein, während die dem Unternehmenssektor zuzurechnenden Zinszahlungen Zwischenprodukte darstellen und sich heraussaldieren.

Bewertung der Lagerbestände

Wenn das Bruttosozialprodukt ein Maßstab für die gesamte Produktion einer Volkswirtschaft sein soll, muß es Veränderungen der Lagerbestände berücksichtigen. Wenn also ein Stahlwerk während des Rechnungsjahres seinen Lagerbestand an Fertigfabrikaten erhöht, so stellt diese Lagererhöhung Output der jeweiligen Periode dar und muß im Bruttosozialprodukt erfaßt werden. Wenn andererseits die Stahllager abgebaut werden, dann haben die gesamten Verkäufe die Produktion überstiegen, und die Verringerung der Lagerbestände muß auf der Produktionsseite des Nationalen Produktionskontos abgezogen werden. Gleichzeitig gilt eine Zunahme der Eisenerzvorräte als Bestandteil der laufenden, nicht als Zwischenprodukt verwendeten Produktion und muß daher der gesamten Produktion zugeschlagen werden.

Es scheint ziemlich einfach zu sein, die mengenmäßige Lagerbestandsänderung (sei sie positiv oder negativ) zu beziffern, mit den jeweiligen Preisen zu multiplizieren und das Ergebnis dem Sozialprodukt zuzurechnen. Indessen verfolgen nicht alle Unternehmungen die Veränderung ihrer Lagerbestände, und diejenigen, die es tun, verzeichnen in ihren Büchern nicht die mengenmäßigen sondern die wertmäßigen Veränderungen. Das wäre an sich unproblematisch. Schwierigkeiten erwachsen jedoch daraus, daß einzelne Lagerbestandsposten länger als eine Rechnungsperiode zu Buch stehen, daß in der Zwischenzeit mehrfache Preisänderungen eintreten können und daß die Unternehmung die einzelnen Posten üblicherweise zu den ursprünglichen Kosten bewertet.

Es soll z.B. angenommen werden, daß eine Stahlfirma während einer Rechnungsperiode einen Teil ihres Lagerbestandes an Fertigfabrikaten verkaufe, der noch aus der Vorperiode übernommen ist, und gleichzeitig den Lagerbestand aus der Produktion der laufenden Periode wieder aufstocke, so daß sich dieser per Saldo mengenmäßig vergrößere. Weiter sei angenommen, daß während der Rechnungsperiode die Stahlpreise gestiegen seien. Da die Lagereinheiten zu den jeweiligen Herstellungskosten in den Büchern der Unternehmung verzeichnet sind, werden die entnommenen Einheiten den Wert des Lagers in geringerem Ausmaß schmälern, als die aus der laufenden Produktion hinzufügten Einheiten diesen erhöhen. Die Veränderung im Buchwert des Lagerbestandes ist daher größer als die rein mengenmäßige Lagererhöhung.

Die Ähnlichkeit zwischen dieser Art von Scheingewinnen (oder -verlusten) und Kapitalgewinnen oder -verlusten ist offensichtlich. Genauso wie Kapitalgewinne und -verluste nicht dem Bruttosozialprodukt zugerechnet werden, muß auch eine Wertberichtigung auf Lagerbestände vorgenommen werden, um solche Gewinne und Verluste aus der Lagerhaltung zu eliminieren, die auf Preisänderungen und ähnliche Gründe zurückzuführen sind. Eine negative Wertberichtigung auf Lagerbestände bedeutet, daß in der Lagerhaltung Buchwertgewinne aufgrund steigender Preise erzielt wurden, d.h. daß die Erhöhung des Buchwertes den mengenmäßigen Lagerzuwachs übersteigt. Eine positive Wertberichtigung zeigt an, daß Verluste aufgrund sinkender Preise gemacht wurden. Der Wertberichtigungsposten wird rechnerisch der Lagerbestandsänderung auf der Produktseite des Kontos und den Gewinnen aus Unternehmertätigkeit auf der Einkommensseite zugeschlagen. Diese Berichtigung stellt sicher, daß die tatsächliche mengenmäßige Lagerbestandsänderung in jeweiligen Preisen gemessen wird – eine Notwendigkeit, die sich daraus ergibt, daß auch die übrige laufende Produktion zu jeweiligen Marktpreisen bewertet wird.

Abschreibung

Das Problem, die Abschreibung des Kapitalstocks zu bewerten, ist eines der schwierigsten bei der gesamten Einkommensberechnung. Das Problem ist grundsätzlich ein zweifaches. Wenn der Ökonom sagt, daß die Nettoinvestition gleich Null ist, meint er, daß der volkswirtschaftliche Kapitalstock unverändert geblieben ist. Was bedeutet aber die Aussage, daß der Kapitalbestand aufrechterhalten ist, in einer Wirtschaft, in der die Effizienz des Anlagekapitals ständig verbessert wird? Eine weitere Schwierigkeit erwächst daraus, daß – wie bei der Lagerhaltung – die Kapitalausrüstung allgemein mit ihren Herstellungskosten statt mit dem jeweiligen Marktwert bzw. den Wiederbeschaffungskosten zu Buche steht. Im Falle der relativ kurzlebigen Lagerhaltung ist es nicht allzu schwierig, den jeweiligen Wert zu ermitteln. Im Falle der Kapitalausrüstung, die eine Nutzungsdauer bis zu fünfzig und mehr Jahren hat, wird das Problem praktisch unlösbar.

In der Praxis verfährt man so, daß man die Geschäftsberichte der Unternehmungen als Maßstab für die Abschreibung akzeptiert, ohne zu versuchen, die Schätzungen nach den jeweiligen Wiederbeschaffungskosten zu korrigieren. Das bedeutet, daß die Abschreibung der einzige Posten in den Konten ist, der nicht auf den jeweiligen Kosten basiert. Aus diesem Grund veröffentlicht das Department of Commerce keine Schätzungen des Nettosozialprodukts oder der Nettokapitalbildung, sondern weist statt dessen Bruttobeträge aus, selbst wenn darin bewußt ein nicht zu Marktpreisen bewertetes Zwischenprodukt enthalten ist.

3. 5. Zusammenfassung

Das vom Department of Commerce veröffentlichte Bruttosozialprodukt mißt zu jeweiligen Marktpreisen den Strom an Endprodukten, der während einer bestimmten Rechnungsperiode als Ergebnis der ökonomischen Aktivität amerikanischer Staatsbürger entsteht.

Ökonomische Aktivität ist dabei definiert als die Nutzung knapper Ressourcen zur Produktion von Gütern und Dienstleistungen, die der Bedürfnisbefriedigung dienen. Die Benutzung von Marktpreisen zur Bewertung des gesamten Outputs erweist sich als praktikable Methode und impliziert keinerlei Wohlfahrtskonzept.

Das gesamte Gütervolumen beinhaltet einzelne Güter und Dienstleistungen, die nicht auf Märkten in Erscheinung treten und mit Hilfe von marktmäßigen Äquivalenten bewertet werden. Andererseits werden einige marktmäßige Aktivitäten ausgeschlossen, da sie entweder nicht als produktiv im sozialen Sinne gelten oder lediglich ein Akt der Einkommensumverteilung sind.

Der Gesamtbetrag des Sozialprodukts enthält keinerlei Doppelzählungen und erfaßt nur Beiträge zum Güter- und Dienstleistungsstrom zu den Endverbrauchern (Haushalte, Staat, Ausland) und zum Kapitalgüterstrom. Jeder Güterkauf zu reinen Wiederverkaufszwecken in der gleichen Periode gilt als Zwischenprodukt und wird nicht den Endprodukten zugerechnet. Der Strom der Kapitalgüter wirft mit der schwierigen Messung der Abschreibung eine Reihe von Problemen für den Einkommensstatistiker auf. Daher bezieht das Department of Commerce mit der Abschreibung ein Zwischenprodukt ein, das es darüberhinaus noch anders als zu jeweiligen Marktpreisen bewertet.

4. Sektorale Konten

4. 1. Sektorale Konten

Wie im letzten Kapitel gezeigt wurde, bleiben bei der Berechnung des Sozialprodukts verschiedene Ströme – wie etwa Transferzahlungen – unberücksichtigt, obwohl sie eine sinnvolle ökonomische Funktion haben. Daher ergänzt das Department of Commerce das Nationale Einkommens- und Produktionskonto jeweils um die vollständigen laufenden Konten des Haushalts- und Staatssektors. Diesen haben wir noch die laufenden Konten des Unternehmens- und Außenwirtschaftssektors hinzugefügt. Diese Konten liefern Einzelheiten über die wechselseitigen Transaktionen zwischen den einzelnen Sektoren und vermitteln so ein klareres Bild der Wirtschaftsstruktur, als man es aus dem Produktionskonto allein gewinnen könnte. Zusätzlich erstellt das Department of Commerce ein Nationales Vermögensänderungskonto. Zielsetzung dieses Kapitels ist es, diese sogenannten sektoralen Konten darzustellen.

Die zu untersuchenden Sektoren sind die schon oben genannten – Unternehmenssektor, Haushaltssektor, Staatssektor und Außenwirtschaftssektor. Diese Sektoreneinteilung ist keineswegs unantastbar. Für bestimmte Zwecke mag es sinnvoller sein, die Volkswirtschaft nach geographischen Gesichtspunkten zu zerlegen; für wieder andere, sie nach Wirtschaftszweigen zu unterteilen. Die hier benutzte Sektoreneinteilung hat sich jedoch für die Art der Analyse, die in den späteren Kapiteln folgt, als die nützlichste erwiesen.

Der Unternehmenssektor

Das laufende Konto für den Unternehmenssektor entspricht dem in Tabelle 2. 3. gezeigten. Alle laufenden Aktivitäten im Unternehmenssektor werden als ökonomische Aktivität betrachtet und als solche in das Bruttosozialprodukt einbezogen. Das Konto wird hier als Tabelle 4. 1. abgebildet.

Das in Kapital 2 benutzte Verfahren, jeden Posten der Tabelle mit einer zweiteiligen Kennziffer zu versehen, wird auch hier angewandt. So trägt der Posten 1 in Tabelle 4. 1., «Löhne, Gehälter und Zusatzvergütungen», die Kennziffer (2.10), um anzuzeigen, daß er als Posten 10 in Tabelle 4. 2. erscheint. Folglich trägt er in Tabelle 4. 2. die Kennziffer (1. 1.).

Tabelle 4. 1: Konsolidiertes Einkommens- und Produktionskonto für den Unternehmenssektor, 1965 (in Mrd. $)

1. Löhne, Gehälter und Zusatzvergütungen	$ 293	(2.10)	16. Verkäufe an private Haushalte, an den Staat und ans Ausland	$ 484	
2. Sozialversicherungsbeiträge	14	(3.15)	17. Verkäufe von Anlagegütern innerhalb des Unternehmenssektors	98	(5.2)
3. Besitzeinkommen	56	(2.14)	18. Lagerbestandsänderung	9	(5.3)
4. Persönliches Renteneinkommen	18	(2.15)			

5. Netto-Zinsen		17 (2.20)		
6. Gewinne und Wertberichtigung auf den Lagerbestand		71		
7. Körperschaftsteuerschuld	$ 31 (3.12)			
8. Dividenden (inländisch)	18 (2.17)			
9. Einbehaltene Gewinne	24 (5.8)			
10. Wertberichtigung auf Lagerbestand	-2 (5.10)			
11. Anteil des Unternehmenssektors am Volkseinkommen		469		
12. Indirekte Steuern		62 (3.13)		
13. Anteil des Unternehmenssektors am NSP zu Marktpreisen		531		
14. Abschreibung		60 (5.11)		
15. Anteil des Unternehmenssektors am BSP zu Marktpreisen		$ 591	19. Anteil des Unternehmenssektors am BSP zu Marktpreisen	$ 591

Quelle: Siehe Tabelle 2. 3. Die in dieser Tabelle verwendeten Kennziffern verweisen auf die entsprechenden Posten in den Tabellen 4. 2. bis 4. 5.

Der Haushaltssektor

Das Einkommens- und Ausgabenkonto des Haushaltssektors ist in Tabelle 4. 2. wiedergegeben. Diese Tabelle zeigt die Transaktionen zwischen dem Haushaltssektor und den übrigen Sektoren der Volkswirtschaft. Zudem werden Löhne, Gehälter und Zusatzvergütungen der Angestellten in privaten Haushalten und privaten Institutionen ohne Erwerbscharakter sowohl als Ausgaben wie auch als Einkommen dieses Sektors verzeichnet (Posten 3 und 12). Da die Konten dieses Sektors die Einkommen und die Ausgaben aufzeigen, enthält die Einkommensseite (rechte Seite) Einnahmen aus Transferzahlungen und die Ausgabenseite (linke Seite) Zinszahlungen von Haushalten, obwohl beide Posten nicht als Bestandteile des Bruttosozialprodukts gelten.

Den größten Einkommensposten privater Haushalte bilden Löhne, Gehälter und Zusatzvergütungen, die in den jeweiligen Sektoren anfallen. Wie die Tabelle zeigt, bildet der Unternehmenssektor die bei weitem größte Quelle des Einkommens aus unselbständiger Arbeit. Ebenso ist das Besitzeinkommen (einschließlich der Wertberichtigung auf Lagerbestand) als Einkommensbestandteil des Haushaltssektors verbucht. Es stellt das Netto-Einkommen der Unternehmen ohne eigene Rechtspersönlichkeit dar und enthält neben Gewinnen andere Einkommensbestandteile, wie kalkulatorische Gehälter und Zinserträge. Von den Körperschaftseinkommen, für die eine genaue Kostenzurechnung erfolgt, fließen den privaten

Tabelle 4. 2: Einkommens- und Ausgabenkonto des Haushaltssektors, 1965 (in Mrd. $)

1. Steuern der privaten Haushalte		$ 66 (3.11)	9. Löhne, Gehälter und Zusatzvergütungen, davon aus dem:		$ 377
2. Ausgaben der privaten Haushalte		442	10. Unternehmenssektor	$ 293 (1.1)	
3. Löhne, Gehälter und Zusatzvergütungen	$ 18 (2.12)		11. Staatssektor	66 (3.2)	
4. Arbeitgeberbeiträge zur Sozialversicherung	* (3.17)		12. Haushaltssektor	18 (2.3)	
5. Käufe von Gütern und Dienstleistungen von Unternehmungen und vom Ausland	413		13. Ausland	* (4.2)	
6. Zinszahlungen von Konsumenten	11 (2.22)		14. Besitzeinkommen		56 (1.3)
7. Ersparnis der privaten Haushalte		24 (5.6)	15. Persönliches Renteneinkommen		18 (1.4)
			16. Dividenden		19
			17. inländische	18 (1.8)	
			18. ausländische	1 (4.4)	
			19. Zinseinkünfte, davon aus dem:		38
			20. Unternehmenssektor	17 (1.5)	
			21. Staatssektor	9 (3.8)	
			22. Haushaltssektor	11 (2.6)	
			23. Ausland	1 (4.3)	
			24. Transferzahlungen		37 (3.6)
			25. abzüglich: Arbeitnehmerbeitrag zur Sozialversicherung		-13 (3.18)
8. Steuern, Ausgaben und Ersparnis der privaten Haushalte		$ 532	26. Einkommen der privaten Haushalte		$ 532

* Unter 0,5 Mrd. $.

Quelle: Siehe Tabelle 2. 3. Die in dieser Tabelle verwendeten Kennziffern verweisen auf die entsprechenden Posten in den Tabellen 4. 1. bis 4. 5.

Haushalten lediglich Dividenden zu, die daher als einziger Bestandteil der Körperschaftsgewinne den Einnahmen der privaten Haushalte zugerechnet werden.

Die Zinseinkommen des Haushaltssektors umfassen sämtliche Zinserträge von Privatpersonen, also neben den Zinserträgen aus dem Unternehmens- und Außenwirtschaftssektor (diese Erträge sind Bestandteil des BSP) auch Zinszahlungen von anderen Haushalten (die auf der Ausgabenseite ebenfalls erscheinen) und vom Staat. Der Zinsbetrag in Posten 19 übersteigt mit 38 Mrd. $ um 20 Mrd. $ die Zinskomponente bei der Ermittlung des Bruttosozialprodukts. Dieser Betrag setzt sich zusammen aus den Zinszahlungen der privaten Haushalte in Höhe von 11 Mrd. $ und den Netto-Zinszahlungen des Staates von 9 Mrd. $. Der verbleibende Einkommenposten umfaßt alle übrigen staatlichen Transferzahlungen, natürlich mit Ausnahme der Transfers an das Ausland. Obwohl die Arbeitnehmerbeiträge zur Sozialversicherung einen Ausgabenposten darstellen, erscheinen sie – mit negativem Vorzeichen – auf der Einkommensseite. Der Grund liegt darin, daß diese Beiträge, soweit sie den Haushaltssektor betreffen, einen Abzugsposten von den Lohn- und Gehaltseinkünften darstellen.

Die erste Ausgabe, die für den Haushaltssektor genannt wird, stellen die an alle Regierungsebenen abgeführten Steuern dar. Der Gesamtbetrag umfaßt nicht nur Einkommensteuern, sondern auch sämtliche übrigen direkten und indirekten Steuern (wie Umsatz- und Vermögensteuern). Andererseits enthält er nicht die Arbeitnehmerbeiträge zur Sozialversicherung, die – wie oben erklärt – als negative Einnahmen verzeichnet werden. Die zweite Ausgabenkategorie ist als «Ausgaben der privaten Haushalte» bezeichnet. Sie umschließt Löhne, Gehälter und Zusatzvergütungen für Angestellte, die in den privaten Haushalten und Institutionen dieses Sektors beschäftigt sind. Der Betrag von 18 Mrd. $ wird als Beitrag zur Einkommensentstehung und als Netto- und Bruttoproduktionswert dieses Sektors bezeichnet. Die Arbeitgeberbeiträge zur Sozialversicherung sind zwar auch ein Kostenbestandteil der direkten Dienstleistungen, jedoch ist der Betrag relativ niedrig, so daß in der Tabelle kein Wert dafür eingesetzt ist. Der nächste und bei weitem größte Ausgabenposten ist der Wert aller Güter und Dienstleistungen, die vom Unternehmens- und Außenwirtschaftssektor gekauft wurden. Die letzte Ausgabenkategorie wird von den Zinszahlungen des Haushaltssektors gebildet. Diese innerhalb des Sektors vorgenommenen Zahlungen erscheinen einmal als Ausgabe, zum anderen als Einkommen und stellen daher eine Umverteilung zwischen Wirtschaftseinheiten des gleichen Sektors dar.

Die Ersparnis des Haushaltssektors wird mit 24 Mrd. $ ausgewiesen. Sie stellt einen Ausgleichsposten zwischen Einkommen und Ausgaben dar. Sie ist damit der Überschußposten, der verbleibt, wenn die Haushalte sämtliche Ausgaben bestritten haben. Wie die Ausgleichsposten in den übrigen Konten kann die Ersparnis positiv, negativ oder gleich Null sein.

Der Staatssektor

Das Einnahmen- und Ausgabenkonto des Staates ist in Tabelle 4. 3. wiedergegeben. Wie das Konto des Haushaltssektors enthält es sämtliche Einnahmen und Ausgaben, einschließlich solcher Transaktionen, die nicht als Bestandteil des Bruttosozialprodukts gelten. Neben den Strömen, die die allgemeine staatliche Aktivität widerspiegeln, enthält Tabelle 4. 3. Einnahmen und Ausgaben der Sozialversicherungsfonds, die von sämtlichen Regierungsebenen verwaltet werden.

Den Hauptanteil der Staatseinnahmen machen die Steuern aus. Die persönlichen Steuern verschiedenster Art von insgesamt 66 Mrd. $ stellen Ausgaben des Sektors privater Haushalte dar. Der Unternehmenssektor steuert insgesamt 93 Mrd. $ in Form von Körperschaftsteuern und indirekten Unternehmenssteuern bei. Die restlichen Einnahmen stammen aus Arbeitgeber- und Arbeitnehmerbeiträgen zu den Sozialversicherungsfonds. In Tabelle 4. 3. sind die Arbeitgeberbeiträge nach ihren Entstehungssektoren aufgegliedert.

Die beiden ersten Posten auf der Ausgabenseite umfassen Ausgaben für direkte Dienstleistungen, also für die Inanspruchnahme von Arbeitsleistung. Dieser Betrag von 68 Mrd. $ mißt zugleich den Beitrag des staatlichen Sektors zur Einkommens-

Tabelle 4. 3: Einnahmen- und Ausgabenkonto des Staates, 1965 (in Mrd. $)

1. Staatsausgaben für Güter und Dienste		$ 136	11. Persönliche Steuern		$ 66 (2.1)
2. Löhne, Gehälter und Zusatzvergütungen	$ 66 (2.11)		12. Körperschaftsteuern		31 (1.7)
3. Arbeitgeberbeiträge zur Sozialversicherung	2 (3.16)		13. Indirekte Unternehmenssteuern		62 (1.12)
4. Käufe von Unternehmungen und vom Ausland (netto)	68		14. Sozialversicherungsbeiträge, gezahlt von:		29
5. Transferzahlungen		40	15. Unternehmungen	$ 14 (1.2)	
6. an Inländer	37 (2.24)		16. Staat	2 (3.3)	
7. an Ausländer	3 (4.8)		17. privaten Haushalten	* (2.4)	
8. Zinszahlungen		9 (2.21)	18. Arbeitnehmern	13 (2.25)	
9. Überschuß oder Defizit (–)		3 (5.12)			
10. Staatsausgaben und Budgetüberschuß		$ 188	19. Staatseinnahmen		$ 188

* unter 0,5 Mrd. $.

Quelle: Siehe Tabelle 2. 3. Die in der Tabelle verwendeten Kennziffern verweisen auf die entsprechenden Posten in den Tabellen 4. 1. bis 4 .5.

entstehung und zum Netto- und Brutto-Inlandsprodukt. Im Haushaltssektor erscheint die Einkommensentstehung sowohl als Einnahme wie auch als Ausgabe. Im staatlichen Sektor ist dies nicht der Fall. Hier erscheinen lediglich die staatlichen Arbeitgeberbeiträge zur Sozialversicherung auf beiden Seiten des Kontos. Die vom Staat gezahlten Löhne und Gehälter stellen für den Staat Ausgaben, für die Haushalte Einkommen dar.

Neben direkten Dienstleistungen kauft der Staat Güter und Dienste von Unternehmungen und vom Ausland. Dieser Betrag erscheint als Netto-Käufe von Gütern und Dienstleistungen. Das Wort «Netto» hat in diesem Zusammenhang eine andere Bedeutung als etwa bei dem Begriff «Netto-Produktionswert», denn der Staat wird als Endverbraucher betrachtet, der keine Zwischenprodukte erwirbt. «Netto» bedeutet, daß Verkäufe an Unternehmungen und ans Ausland von den Käufen des Staates von diesen Sektoren abgezogen werden, um nur den Nettogüterstrom zu erfassen[26].

[26] Diese Verkäufe ergeben sich aus der allgemeinen staatlichen Aktivität. Verkäufe, die staatliche Unternehmungen vornehmen, werden dem Unternehmenssektor zugerechnet. Verkäufe von Materialüberschüssen sind ein Beispiel staatlicher Verkäufe an den Unternehmenssektor.

Die letzten beiden Ausgabenposten sind Transferzahlungen (an In- und Ausländer) und staatliche Nettozinszahlungen. Der Staat zahlt Zinsen für öffentliche Schulden nicht nur an private Haushalte, sondern ebenso an andere Sektoren. Da es aber unmöglich ist, Zinszahlungen der Regierung nach dem Sektor, der sie erhält, zu unterscheiden, geht das Department of Commerce davon aus, daß jede Zinszahlung außerhalb des Regierungssektors schließlich im Sektor der privaten Haushalte landet. So erhöhen Zinszahlungen an den Unternehmenssektor die Unternehmergewinne und werden in Form von Dividenden an die privaten Haushalte ausgeschüttet. Daher erscheint der gesamte Zinsbetrag von 9 Mrd. $ als Einnahme des privaten Haushaltssektors. Der letzte Posten – der Ausgleichsposten – ist der Überschuß oder das Defizit aus laufender Staatstätigkeit. Für 1965 ergaben die nationalen Konten der USA einen Überschuß von 3 Mrd. $.

Der Außenwirtschaftssektor

Das in Tabelle 4. 4. gezeigte Konto für den Außenwirtschaftssektor ist identisch mit dem von Tabelle 2. 8. Wie schon dort erklärt, enthält das gesamte Konto nur Nettoposten. Auf der linken Seite steht der Saldo der Ausgaben und Einnahmen für Güter und Dienstleistungen aus laufender Produktion, die in die USA eingeführt bzw. von diesen ausgeführt werden. Wenn die Einnahmen die Ausgaben übersteigen, erhält der Saldo ein positives Vorzeichen. Der in Tabelle 4.4. verzeichnete Gesamtbetrag von 7 Mrd. $ zeigt an, daß die USA 1965 7 Mrd. $ mehr durch den Export von Gütern und Dienstleistungen sowie an Faktoreinkommen erzielten als sie für Importe und die Inanspruchnahme ausländischer Produktionsfaktoren ausgaben. Das Defizit im Güter- und Dienstleistungsverkehr, das das Ausland gegenüber den USA aufweist, wird durch Transferleistungen der amerikanischen Regierung in Höhe von 3 Mrd. $ sowie dadurch gedeckt, daß die USA um 4 Mrd. $ mehr im Ausland investierten als das Ausland in den USA. Keiner der beiden letztgenannten Posten wird als Bestandteil des Sozialprodukts betrachtet; die Transferzahlungen gehören indessen zu den Staatsausgaben, und der Saldo der Auslandsinvestitionen von 4 Mrd. $ stellt eine Inanspruchnahme inländischer Ersparnis dar, die in Tabelle 4.5. behandelt wird.

Tabelle 4. 4. Auslandskonto, 1965 (in Mrd. $)

1. Netto-Einkommenszahlungen an die USA		$ 4	8. Transferzahlungen der USA	$ 3 (3.7)
2. Löhne, Gehälter	* (2.13)		9. Netto-Auslandsinvestition	4 (5.4)
3. Zinsen	1 (2.23)			
4. Dividenden	1 (2.18)			
5. Gewinne ausländischer Filialen	2 (5.9)			
6. Netto-Käufe von den USA		3		
7. Außenbeitrag		$ 7	10. Zahlungen an Ausländer	$ 7

* unter 0,5 Mrd. $.

Quelle: Siehe Tabelle 2. 3. Die in dieser Tabelle verwendeten Kennziffern verweisen auf die entsprechenden Posten in den Tabellen 4. 2. bis 4. 5.

Das Nationale Vermögensänderungskonto

In dem letzten Konto, welches Tabelle 4. 5. wiedergibt, werden zwar keine Transaktionen eines weiteren speziellen Sektors dargestellt; dennoch ist dieses Konto von besonderer Bedeutung. Jedes der bisher erstellten sektoralen Konten enthält einen Ausgleichsposten, der in irgendeiner Weise Ersparnis darstellt und in den sektoralen Konten nur einmal erscheint, während jeder andere Posten zweifach auftaucht – einmal als Einnahme, zum anderen als Ausgabe. Die Ersparnisposten erscheinen nur einmal, da es sich um vermögenswirksame Transaktionen, nicht aber um Transaktionen zwischen laufenden Konten handelt. So stellt das Sparen der privaten Haushalte keinen Kauf von Gütern oder Dienstleistungen aus der laufenden Produktion dar. Es zeigt lediglich an, daß 24 Mrd. $ des persönlichen Einkommens nicht verausgabt wurden. Alle derartigen vermögenswirksamen Posten zusammenzufassen, ist Zweck des Vermögensänderungskontos.

Über die Gleichheit von Sparen und Investieren wird in späteren Kapiteln noch vieles zu sagen sein. Es muß ganz deutlich erkannt werden, daß sich beide Seiten der Tabelle 4. 5. ausgleichen, weil nur realisierte oder tatsächliche Ersparnis und Investition verzeichnet sind. Das Konto muß notwendigerweise ausgeglichen sein.

Die rechte Seite des Kontos verzeichnet die Ersparnisse der privaten Haushalte, den staatlichen Budgetsaldo und das Sparen der Unternehmungen, welches die unverteilten Gewinne inländischer Unternehmungen, die Wertberichtigung auf Lagerbestand sowie die Gewinne ausländischer Filialunternehmungen enthält. Dieser letzte Posten wird einbezogen, da wir uns mit nationalen Konten beschäftigen, die die Nutzung aller im Besitz von Inländern befindlichen Ressourcen verzeichnen, unabhängig davon, wo diese eingesetzt werden. Da es bei Unternehmen ohne eigene Rechtspersönlichkeit nicht möglich ist, die Gewinne vom Netto-Einkommen der Eigentümer abzutrennen, erscheinen deren unverteilte Gewinne (und die Wertberichtigung auf den Lagerbestand) als Bestandteil der Ersparnis der Haushalte.

Tabelle 4. 5: Nationales Vermögensänderungskonto, 1965 (in Mrd. $)

1. Private Bruttoinlandsinvestition		$ 107	6. Ersparnis der Haushalte		$ 24 (2.7)
2. Käufe von Anlagegütern innerhalb des Unternehmenssektors	$ 98 (1.17)		7. Brutto-Ersparnis der Unternehmungen		84
3. Lagerbestandsänderung	9 (1.18)		8. Unverteilte Gewinne	$ 24 (1.9)	
			9. Gewinne ausländischer Filialen	2 (4.5)	
4. Netto-Auslandsinvestition		4 (4.9)	10. Wertberichtigung auf Lagerbestand	–2 (1.10)	
			11. Abschreibung	60 (1.14)	
			12. Budgetsaldo		3 (3.9)
6. Bruttoinvestition		$ 111	13. Bruttoersparnis		$ 111

Quelle: Siehe Tabelle 2. 3. Die in dieser Tabelle verwendeten Kennziffern verweisen auf die entsprechenden Posten in den Tabellen 4. 1. bis 4. 4.

Es fällt auf, daß das Vermögensänderungskonto nur Bruttowerte ausweist. Wie in Kapital 3 erklärt wurde, ist es dem Department of Commerce nicht gelungen, einen Nettobetrag für die gesamte Investition zu ermitteln; denn es hat sich als unmöglich erwiesen, die Abschreibungen in adäquater Weise mit jeweiligen Preisen zu bewerten. Daher müssen die Abschreibungen mit 60 Mrd.$ der rechten Seite zugeschlagen werden, um die auf der linken Seite in Bruttobeträgen erfaßten Käufe von Anlagegütern innerhalb des Unternehmenssektors auszugleichen. Die restlichen Posten der Investition umfassen die Lagerbestandsänderung sowie die Netto-Auslandsinvestition, d.h. die Nettozu- oder -abnahme der Inlandsforderungen gegenüber dem Ausland.

Das volle Verständnis der wechselseitigen Beziehung zwischen Transaktionen in laufender Rechnung und Kapitalbildung einer Volkswirtschaft wird erleichtert, indem man die hier wiedergegebenen fünf Konten im Zusammenhang mit dem Nationalen Produktionskonto aus Kapitel 2 überprüft. Letzteres Konto läßt – für sich allein betrachtet – eine Reihe von Transaktionen unberücksichtigt, die nicht der jeweiligen ökonomischen Aktivität entspringen. Darüberhinaus läßt die Konsolidierung aller Daten in einem Konto viele Ströme zwischen den Sektoren nicht erkennen. Die in diesem Kapitel dargestellten sektoralen Konten ergänzen das Nationale Produktionskonto, indem sie Ströme einbeziehen, die sonst unberücksichtigt geblieben wären, und indem sie weitere Transaktionen erklären, die für die wirtschaftliche Analyse wichtig sind[27].

4. 2. Ein vereinfachtes Kontensystem

Die oben dargestellten Konten sind geeignet, ein Maximum an Information zu liefern, weil sie schnell für eine Anzahl verschiedener Zwecke benutzt werden können. Im Hinblick auf die Zielsetzung dieses Buches kann durch weitergehende Konsolidierung die Komplexität der Konten vermindert und die folgende Analyse erleichtert werden.

Für die weitere Konsolidierung wird die Volkswirtschaft wie bisher in die vier bekannten Sektoren eingeteilt, jedoch wird angenommen, daß sämtliche Einkommen und die gesamte Produktion im Unternehmenssektor entstehen. So werden alle im Staats- und Haushaltssektor entstehenden Einkommen – wie sie in den Tabellen 4.2. und 4.3. dargestellt sind – nunmehr als Käufe von Dienstleistungen aus dem Unternehmenssektor betrachtet, die entsprechende Faktorentgelte fließen vom Unternehmenssektor an die privaten Haushalte. Wir sehen es also als Aktivität des Unternehmenssektors an, wenn Arbeitnehmer ihre Arbeitsleistung privaten Institutionen ohne Erwerbscharakter zur Verfügung stellen, obwohl wir an der früheren Definition der Netto-Einkommen festhalten. So wird weiterhin angenommen, daß der Arbeitnehmer keinerlei Zwischenprodukte kauft, obwohl er nun als Unternehmer definiert ist. Schließlich wird davon ausgegangen, daß der Unternehmenssektor sämtliche Auslandsgeschäfte abwickelt. Unter diesen Annahmen ist das konsolidierte Einkommens- und Produktionskonto des Unternehmenssektors mit dem Nationalen Produktionskonto aus Tabelle 1. 9. identisch.

[27] Gewinne aus illegaler Aktivität sowie Scheingewinne und -verluste sind sowohl aus dem Nationalen Produktionskonto als auch aus den sektoralen Konten ausgeschlossen.

Im Konto des Unternehmenssektors (Tabelle 4. 6.) setzt sich der Posten «Zahlungen an den Haushaltssektor» in Höhe von 488 Mrd. $ wie folgt zusammen: Löhne und Gehälter aus dem Haushaltssektor (18 Mrd. $) und aus dem Staatssektor (66 Mrd. $) sowie Einkommensentstehung im Unternehmenssektor (404 Mrd. $). Letztere enthält Löhne, Gehälter und Zusatzvergütungen (293 Mrd. $), Besitzeinkommen (56 Mrd. $), persönliches Renteneinkommen (18 Mrd. $), Nettozinszahlungen (17 Mrd. $ inländisch, 1 Mrd. $ ausländisch) sowie Dividenden (18 Mrd. $ inländisch, 1 Mrd. $ ausländisch). Die direkten Steuern setzen sich zusammen aus Körperschaftsteuerschuld (31 Mrd. $) sowie den Arbeitgeberbeiträgen zur Sozialversicherung, die (in Höhe von 16 Mrd. $) von dem Unternehmens-, Staats- und Haushaltssektor zu leisten sind, wobei aber angenommen wird, daß sie sämtlich vom Unternehmenssektor getragen werden. Die Ersparnis der Unternehmen in Höhe von 24 Mrd. $ ergibt sich aus der Addition von unverteilten Körperschaftsgewinnen (24 Mrd. $), der Wertberichtigung auf Lagerbestand (–2 Mrd. $) sowie den Gewinnen ausländischer Zweigstellen (2 Mrd. $).

Die Zwischensumme aus Tabelle 4. 6. in Höhe von 559 Mrd. $ stellt daher das Nettosozialprodukt zu Faktorkosten dar – den Faktorkosten, die bei der Erstellung des gesamtwirtschaftlichen Outputs entstehen. Die Hinzufügung der nicht-Faktorbezogenen Kosten (indirekte Unternehmenssteuern und Abschreibung) ergibt das Bruttosozialprodukt zu Marktpreisen.

Tabelle 4. 6: Unternehmenssektor und Bruttosozialprodukt, 1965 (in Mrd. $)

Zahlungen an den Haushaltssektor	$ 488	Konsumausgaben	$ 431
Direkte Steuern	47	Staatliche Käufe	136
Ersparnis der Unternehmen m. e. R.	24	Außenbeitrag	7
		Private Bruttoinlandsinvestition	107
Volkseinkommen	559		
Indirekte Unternehmenssteuern	62		
Abschreibung	60		
Bruttosozialprodukt	$ 681	Bruttosozialprodukt	$ 681

Quelle: Siehe Text.

Die rechte Seite der Tabelle 4. 6. zeigt die Erlöse aus dem Verkauf aller Güter und Dienstleistungen innerhalb der Volkswirtschaft als Erträge des Unternehmenssektors. Die Verkäufe an Konsumenten entsprechen mit 431 Mrd. $ sämtlichen Konsumgüterkäufen vom Unternehmenssektor und dem Ausland sowie der Inanspruchnahme von direkten Dienstleistungen seitens der privaten Haushalte und Institutionen (18 Mrd. $). Ebenso setzen sich die staatlichen Käufe von 136 Mrd. $ aus Käufen vom Unternehmenssektor und vom Ausland (68 Mrd. $) sowie der Inanspruchnahme von Dienstleistungen (68 Mrd. $) zusammen. Schließlich wird die Lagerbestandserhöhung (9 Mrd. $) der Kapitalbildung des Unternehmenssektors zugeschlagen (98 Mrd. $), womit die private Bruttoinlandsinvestition den Betrag von 107 Mrd. $ erreicht. Der Außenbeitrag wird in einem gesonderten Posten ausgewiesen.

Tabelle 4. 7. zeigt das zusammengefaßte Konto des Haushaltssektors. Die Transaktionen zwischen diesem Sektor und dem Unternehmenssektor sind schon im Zusammenhang mit Tabelle 4. 6. erklärt worden; zwei Punkte bedürfen jedoch noch

Tabelle 4. 7: Konto des Haushaltssektors, 1965 (in Mrd. $)

Zahlungen an den Unternehmenssektor	$ 431	Einkommen vom Unternehmenssektor	$ 488
Steuern	79	Einkommen vom Staat	46
Ersparnis	24		
Ausgaben und Ersparnis der privaten Haushalte	$ 534	Einkommen der privaten Haushalte (vor Steuerabzug)	$ 534

Quelle: Siehe Text.

näherer Erklärung. Erstens sind die Steuern hier mit 79 Mrd. $, in Tabelle 4. 2. jedoch mit 66 Mrd. $ ausgewiesen. Die Differenz von 13 Mrd. $ ergibt sich daraus, daß die Arbeitnehmerbeiträge zur Sozialversicherung von der Einnahmenseite des Haushaltskontos, wo das Department of Commerce sie ausweist, auf die Ausgabenseite übertragen und unter die persönlichen Steuern subsumiert werden. Zweitens sind die Zinszahlungen von Haushalten an andere Haushalte (in Tab. 4.2. mit 11 Mrd. $ ausgewiesen) von beiden Seiten des Kontos weggelassen worden. Als Ergebnis dieser beiden Änderungen sind die Haushaltseinkommen (ebenso die Summe von Ausgaben und Ersparnis) von 532 Mrd. $ auf 534 Mrd. $ gestiegen. Die Einkommen der privaten Haushalte vom Staat, die auf der rechten Seite der Tabelle 4. 7. ausgewiesen sind, umfassen Transferzahlungen (37 Mrd. $) und Nettozinszahlungen ohne Zinszahlungen von Konsumenten (9 Mrd. $). Der Sektor der privaten Haushalte weist einen Überschuß der Einkommen über die Ausgaben in Höhe von 24 Mrd. $ aus.

Sämtliche Posten des Kontos des staatlichen Sektors, das in Tabelle 4. 8. wiedergegeben ist, sind schon im Zusammenhang mit den Tabellen 4. 6. und 4. 7. erläutert worden.

Tabelle 4. 8: Konto des staatlichen Sektors, 1965 (in Mrd. $)

Zahlungen an den Unternehmenssektor		$ 136	Einnahmen von privaten Haushalten		$ 79
Transferzahlungen		49	Einnahmen von Unternehmungen		$ 109
an Inländer	$ 46		Direkte Steuern	$ 47	
an Ausländer	3		Indirekte Steuern	62	
Überschuß oder Defizit (–)		3			
Staatsausgaben und Budgetsaldo		$ 188	Staatseinnahmen		$ 188

Quelle: Siehe Text.

Das Auslandskonto in Tabelle 4. 9. bedarf keiner weiteren Erklärung.

Tabelle 4. 9: Auslandskonto, 1965 (in Mrd. $)

		Transferzahlungen des Staates	$ 3
		Netto-Auslandsinvestition	4
Außenbeitrag	$ 7	Nettozahlungen an Ausländer	$ 7

Quelle: Siehe Text.

Das Vermögensänderungskonto wird in Tabelle 4. 10. anders als in Tabelle 4. 5. wiedergegeben. Die Abschreibung wurde von den Anlagegüterkäufen der Unternehmungen abgezogen, um einen Posten für Nettoinvestition ermitteln zu können. Dies geschah trotz der früheren Warnungen vor den Schwierigkeiten, die sich bei der Schätzung der jeweiligen Abschreibungsbeträge ergeben. Für die weitere Analyse ist der Begriff der Nettoinvestition so bedeutend, daß wir – wenn sie auch kein brauchbares Äquivalent hat – nichtsdestoweniger annehmen, sie entspreche der Bruttoinvestition abzüglich der Abschreibung.

Tabelle 4. 10: Nationales Vermögensänderungskonto, 1965 (in Mrd. $)

Nettoinvestition	$ 47	Ersparnis der Unternehmen m. e. R.	$ 24
Abschreibung	60	Ersparnis der privaten Haushalte	24
Netto-Auslandsinvestition	4	Budgetüberschuß	3
		Abschreibung	60
Bruttoinvestition	$ 111	Bruttoersparnis	$ 111

Quelle: Siehe Text.

4. 3. Einkommensgleichungen

Da jede Transaktion, die zwischen den einzelnen Sektoren einer Volkswirtschaft erfolgt, zweifach in den sektoralen Konten erscheint, läßt sich mit Hilfe einer Matrix ein allgemeiner Überblick über die Gesamtwirtschaft geben. Tabelle 4. 11. enthält eine solche Matrix, auf der Grundlage der Konten in den Tabellen 4. 6. bis 4.10. Die Matrix zeigt wesentlich weniger Eintragungen als diese Konten. Wären nicht indirekte Unternehmenssteuern und Abschreibung zu speziellen Zwecken gesondert ausgewiesen, so enthielte die Matrix (ohne die Zwischensummen Y und Y_f) sogar nur 15 Posten. Jede Zeile in Tabelle 4.11. enthält Ausgaben und entspricht der linken Seite eines der Konten, während jede Spalte die Einnahmen zeigt, die auf der rechten Seite eines der sektoralen Konten erscheinen. So sind z. B. die Konsumausgaben in Höhe von 431 Mrd. $ einmal eine Ausgabe des Haushaltssektors, wenn man die Matrix waagerecht liest, zum anderen eine Einnahme des Unternehmenssektors, sofern man die Matrix senkrecht liest.

Aus der Tabelle 4. 11. lassen sich einige grundlegende Einkommensgleichungen ableiten. Zur Abkürzung werden folgende Symbole verwendet:

Bruttosozialprodukt = BSP
Nettosozialprodukt = Y oder NSP
Volkseinkommen = Y_f
Verfügbares Einkommen = Y_v
Konsumausgaben = C
Staatsausgaben = G
Exporte = X
Importe = M

Nettoauslandsinvestition = I_n^a
Nettoinlandsinvestition = I_n^i
Persönliches Einkommen (vor Steuerabzug) = Y_H
Transferzahlungen an Inländer = Tr_i
Transferzahlungen an Ausländer = Tr_a
Ersparnis der privaten Haushalte = S_H
Ersparnis des Staates = S_{St}*
Ersparnis der Unternehmungen = S_U
Direkte Steuern der privaten Haushalte = T_H^{dir}
Direkte Steuern der Unternehmungen = T_U^{dir}
Indirekte Steuern = T_{ind}
Abschreibung = D

Tabelle 4. 11: Matrix der Einkommens- und Produktionsströme (in Mrd. $)

	Einnahmen								
Ausgaben	Unternehmungen	Private Haushalte	Staat	Ausland	Netto-Ersparnis	Volkseinkommen	Indirekte Unternehmenssteuern	Abschreibung	Summe
Unternehmungen		488 Y_H	47 T_U^{dir}		24 S_U	(559 Y_f)	62 T_{ind}	60 D	681
Private Haushalte	431 C		79 T_H^{dir}		24 S_H				534
Staat	136 G	46 Tr_i		3 Tr_a	3 S_{St}				188
Ausland	7 (X-M)								7
Nettoinvestition	47 I_n^i			4 I_n^a					51
NSP	(621 Y)								
Indirekte Unternehmenssteuern			62 T_{ind}						
Abschreibung	60 D								
Summe	681 BSP	534	188	7	51				

Quelle: Siehe Text.

* Die Ersparnis des Staates stimmt nur dann mit seinem Budgetsaldo (Defizit oder Überschuß) überein, wenn alle Güterkäufe des Staates, unabhängig von ihrer Lebensdauer, als Verbrauch betrachtet werden (Anm. d. Übers.).

Aus der Spalte 1 der Tabelle 4. 11. ergibt sich:

$$BSP \equiv C + G + (X - M) + I_n^i + D \qquad (4.\,1.)$$

$$681 \equiv 431 + 136 + 7 + 47 + 60$$

Das BSP ist die Summe der Ausgaben aller Sektoren der Volkswirtschaft. Aus Spalte 1 ergibt sich ferner:

$$Y \equiv BSP - D$$

oder

$$Y \equiv C + G + (X - M) + I_n^i \qquad (4.\,2.)$$

$$621 \equiv 431 + 136 + 7 + 47$$

Das NSP enthält den gesamten Zuwachs an Gütern und Dienstleistungen, den die Haushalte entweder direkt von in- und ausländischen Unternehmungen oder durch den Staat erhalten, sowie die Zunahme des Kapitalstocks und den Außenbeitrag. Das NSP ist also gleich dem BSP minus der Abschreibung oder – anders formuliert – gleich den Ausgaben der privaten Haushalte und des Staates sowie der Netto-Erhöhung des Kapitalstocks und dem Außenbeitrag.

Aus Zeile 1 ergibt sich:

$$BSP \equiv Y_H + T_U^{dir} + S_U + T_{ind} + D \qquad (4.\,3.)$$

während aus Spalte 2 und Zeile 2 folgt:

$$Y_H + Tr_i \equiv C + T_H^{dir} + S_H$$

oder

$$Y_H \equiv C + T_H^{dir} + S_H - Tr_i \qquad (4.\,4.)$$

und aus Spalte 3 und Zeile 3:

$$T_U^{dir} + T_H^{dir} + T_{ind} \equiv G + Tr_i + Tr_a + S_{St}$$

oder

$$T_U^{dir} + T_{ind} \equiv G + Tr_i + Tr_a + S_{St} - T_H^{dir} \qquad (4.\,5.)$$

Durch Einsetzen von (4. 4.) und (4. 5.) in (4. 3.) erhält man:

$$BSP \equiv C + T_H^{dir} + S_H - Tr_i + G + Tr_i + Tr_a + S_{St} - T_H^{dir} + S_U + D$$

oder

$$BSP \equiv C + S_H + G + Tr_a + S_{St} + S_U + D \qquad (4.\,6.)$$

Durch Gleichsetzen von (4. 1.) und (4. 6.) ergibt sich:

$$(X - M) + I_n^i + D \equiv S_H + S_{St} + Tr_a + S_U + D$$

Unter Berücksichtigung, daß $(X - M) - Tr_a \equiv I_n^a$, gilt:

$$I_n^a + I_n^i + D \equiv S_H + S_{St} + S_U + D \qquad (4.\,7.)$$

$$4 + 47 + 60 \equiv 24 + 3 + 24 + 60$$

$$111 \equiv 111$$

Diese Identität spiegelt beide Seiten des nationalen Vermögensänderungskontos (Tabelle 4. 10.) wider.

Wird die Abschreibung von beiden Seiten der Gleichung (4. 7.) abgezogen, so erhält man:

$$I_n^a + I_n^i \equiv S_H + S_{St} + S_U$$
$$4 + 47 \equiv 24 + 3 + 24$$
$$51 \equiv 51$$

womit die Gleichheit von Sparen und Investieren angezeigt ist.

Diese Gleichheit von Sparen und Investieren wird in der weiteren Analyse eine große Rolle spielen. Es ist klar, daß Sparen und Investieren in den Konten einander gleich sein müssen. Der Teil der Endprodukte, der nicht von den Konsumenten und vom Staat gekauft oder unentgeltlich ans Ausland übertragen (Tr_a) wurde, wurde als «Investition» bezeichnet und muß ex definitione dem Einnahmebetrag entsprechen, der weder von privaten Haushalten noch vom Staat noch von Unternehmungen zum Kauf von Verbrauchsgütern oder Übertragungen an das Ausland verwendet wurde.

Das Volkseinkommen kann auch ermittelt werden, indem vom NSP zu Marktpreisen die indirekten Steuern abgezogen werden.

$$Y - T_{ind} \equiv Y_f$$
$$621 - 62 \equiv 559$$

Ebenso läßt sich das Volkseinkommen berechnen, indem persönliches Einkommen, direkte Unternehmenssteuern und Ersparnis der Unternehmungen addiert werden. Aus Zeile 1 folgt:

$$Y_f \equiv Y_H + T_U^{dir} + S_U$$
$$559 \equiv 488 + 47 + 24$$

Weiter gilt nach Spalte 2 und Zeile 2:

$$Y_H + Tr_i \equiv C + T_H^{dir} + S_H \qquad (4.\ 8.)$$
$$488 + 46 \equiv 431 + 79 + 24$$

Die linke Seite von Gleichung (4. 8.) zeigt das persönliche Einkommen (Faktorentgelte und staatliche Transferzahlungen an private Haushalte); die rechte Seite gibt Auskunft darüber, wie die privaten Haushalte ihr Einkommen verwenden: Konsumausgaben für Güter und Dienstleistungen, direkte Steuern und Ersparnis.

Bringt man in Gleichung (4. 8.) die persönlichen Steuern auf die linke Seite, so gibt diese das persönlich verfügbare Einkommen an, d.h. das gesamte Einkommen der privaten Haushalte abzüglich ihrer Steuerzahlungen.

$$Y_H + Tr_i - T_H^{dir} \equiv C + S_H \equiv Y_v$$
$$488 + 46 - 79 \equiv 431 + 24 \equiv 455$$

Das in dieser Gleichung ermittelte verfügbare Einkommen kann entweder zu Konsumzwecken verausgabt (C) oder gespart werden (S_H).

Das verfügbare Einkommen kann auch ermittelt werden, indem man vom NSP den Teil abzieht, der nicht den privaten Haushalten zufließt, und die staatlichen Transferzahlungen an private Haushalte addiert:

$$Y_v \equiv Y - (T_{ind} + T_H^{dir} + T_U^{dir}) + Tr_i - S_U$$

$$455 \equiv 621 - (62 + 79 + 47) + 46 - 24$$

Schließlich gilt:

$$T_{ind} + T_H^{dir} + T_U^{dir} - Tr_i \equiv T$$

$$62 + 79 + 47 - 46 \equiv 142$$

wobei T als Nettosteuern definiert wird, so daß sich ergibt:

$$Y_v \equiv Y - T - S_U$$

$$455 \equiv 621 - 142 - 24$$

Weiterhin läßt sich der staatliche Budgetsaldo ermitteln, indem die Staatsausgaben und die Transferzahlungen an Ausländer von den Nettosteuern abgezogen werden:

$$S_{St} \equiv T - (G + Tr_a)$$

$$3 \equiv 142 - (136 + 3)$$

4. 4. Zusammenfassung

Im ersten Teil dieses Buches haben wir eine ziemlich detaillierte Darstellung der Nationalen Einkommens- und Produktionskonten so, wie sie vom Department of Commerce entwickelt wurden, wiedergegeben. Während der Analyse haben wir verschiedentlich darauf hingewiesen, daß die Konten – aus praktischen Erwägungen – nicht in allen Punkten konsistent sind. Gleichzeitig liegt den Konten aber eine Zwecksetzung zugrunde, die die rein praktischen Schwierigkeiten der Wertbestimmung unbedeutend erscheinen läßt. Diese Zweckbestimmung besteht darin, einen Maßstab für den jährlichen gesamtwirtschaftlichen Strom von Einkommen und Endprodukten zu finden. Dieser Maßstab kann als Bewertungskriterium dafür herangezogen werden, wie gut eine Volkswirtschaft ihre wirtschaftlichen Ressourcen genutzt hat. Wenn das Department of Commerce Wertziffern erstellt, bemüht es sich gleichzeitig, solche Zahlen zu liefern, die sich in das Gebäude der Wirtschaftstheorie einfügen lassen, die wiederum Bewertungen und Prognosen ermöglicht.

Wie schon in Kapitel 1 dargestellt, läßt sich das jährliche Gütervolumen durch die Ausgaben für Endprodukte bestimmen. Andererseits stehen diese Ausgaben teilweise wieder mit den Einnahmen der Wirtschaftseinheiten in Beziehung, die selbst Ausgabenentscheidungen treffen. Daher hat das Department of Commerce das Nationale Produktionskonto aufgespalten in Einkommensposten der Wirtschaftseinheiten einerseits und Ausgabenposten der gleichen Einheiten andererseits.

In Teil 2 werden wir untersuchen, welche Faktoren die Ausgabenentscheidungen der Wirtschaftseinheiten bestimmen und welchen Einfluß diese Entscheidungen auf die Höhe der Güterproduktion haben. Diese Untersuchung und der aus den nationalen Konten gewonnene Überblick über die Wirtschaft werden uns verstehen lassen, wovon die Höhe des gesamtwirtschaftlichen Produktionsvolumens abhängt, und werden es uns ermöglichen, Maßnahmen vorzuschlagen, mit denen dieses Niveau beeinflußt werden kann.

TEIL 2

Das Niveau der ökonomischen Aktivität

5. Konsum, Sparen und die einfache Theorie der Einkommensbestimmung

5. 1. Die Konsumfunktion

In Kapitel 1 haben wir festgestellt, daß zwischen den aggregierten Konsumausgaben und der Höhe des verfügbaren Einkommens eine enge Beziehung besteht. Diese Verbindung führt zu einem der Kerngedanken der Theorie der Einkommensbestimmung: Die Konsumausgaben einer Gesellschaft werden grundsätzlich durch die Höhe ihres verfügbaren Einkommens bestimmt. Die Beziehung zwischen Konsum und verfügbarem Einkommen bezeichnet man als «Konsumneigung» oder «Konsumfunktion» oder manchmal auch als Kurve des «beabsichtigten Konsums».

In Abb. 5. 1. ist eine Konsumfunktion für eine hypothetische Volkswirtschaft dargestellt. Das verfügbare Einkommen ist auf der horizontalen, der Konsum auf der vertikalen Achse abgetragen. Die 45-Grad-Linie ist eine Leitlinie mit der Eigenschaft, daß jeder Punkt auf dieser Linie den gleichen Abstand von beiden Achsen hat. Das bedeutet, daß der Abstand zwischen dem Nullpunkt und jedem beliebigen Punkt auf der horizontalen Achse gleich dem vertikalen Abstand zwischen diesem Punkt und der 45-Grad-Linie ist. Die Höhe des verfügbaren Einkommens kann deshalb entweder senkrecht bis zur 45-Grad-Linie oder entlang der horizontalen Achse gemessen werden.

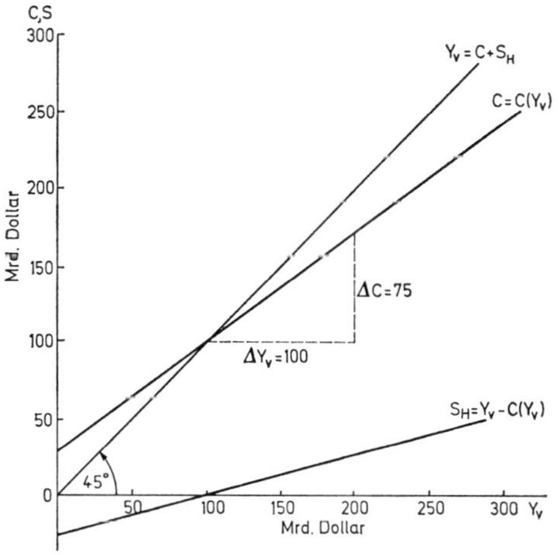

Abb. 5.1: Konsum- und Sparfunktion (alle Werte in realen Größen)

Die Konsumfunktion ist als Gerade mit einer Steigung von weniger als 1 wiedergegeben. Obwohl niemand ernsthaft bestreiten würde, daß die Annahme einer geradlinigen Funktion eine übermäßige Vereinfachung darstellt, verzerrt sie die Zusammenhänge nicht so stark, um die zusätzlichen Schwierigkeiten zu rechtfertigen, die die Einführung einer nichtlinearen Funktion hervorriefe. Die Steigung der Konsumfunktion oder «marginale Konsumneigung» gibt an, zu wieviel Prozent ein zusätzlicher Dollar verfügbaren Einkommens zu Konsumzwecken verausgabt wird. Der Wert der marginalen Konsumneigung ist geringer als 1, da anzunehmen ist, daß die Gesellschaft von jedem Dollar, den sie zusätzlich als verfügbares Einkommen erhält, nur einen bestimmten Prozentsatz konsumiert und den Rest spart.

Eine weitere Annahme besteht darin, daß das verfügbare Einkommen bei einer bestimmten Höhe (100 Mrd. $ in Abb. 5. 1.) gänzlich konsumiert wird. Liegt das verfügbare Einkommen unter diesem Niveau (das häufig als Punkt, bei dem die Ersparnis gleich Null ist, bezeichnet wird), dann übersteigen die Konsumausgaben das verfügbare Einkommen und die Konsumenten entsparen, d.h. sie greifen auf frühere Ersparnisse zurück oder verschulden sich.

In dem in der Abb. 5. 1. gewählten Beispiel beträgt die marginale Konsumneigung 0,75. Der Punkt, bei dem die Ersparnis gleich Null ist, soll bei einem verfügbaren Einkommen von 100 Mrd. $ liegen. Steigt das verfügbare Einkommen indessen auf 200 Mrd. $, so nimmt der Konsum lediglich um $0{,}75 \times 100$ zu, so daß die Ersparnis um $0{,}25 \times 100$ steigen muß. Bei einem verfügbaren Einkommen von 200 Mrd. $ muß also der Konsum 175 Mrd. $ und die Ersparnis 25 Mrd. $ betragen. Bei einem verfügbaren Einkommen von weniger als 100 Mrd. $ ist die Gesellschaft so arm, daß sie sich lieber verschuldet als lediglich das jeweilige verfügbare Einkommen zu konsumieren. Wäre es möglich, das verfügbare Einkommen auf Null absinken zu lassen, fiele der Konsum auf 25 Mrd. $. Die Ersparnis betrüge dann –25 Mrd. $. Neben der Konsumfunktion enthält Abb. 5. 1. noch die Kurve der geplanten Ersparnis der privaten Haushalte S_H. Diese Kurve ist nichts anderes als der Unterschied zwischen der Konsumfunktion und der 45-Grad-Linie. Die Steigung der Sparfunktion, die als «marginale Sparneigung» bezeichnet wird, ist stets 1 minus der marginalen Konsumneigung. Im vorliegenden Beispiel beträgt die marginale Konsumneigung 0,75. Die marginale Sparneigung ist daher 0,25, da jeder Zuwachs an verfügbarem Einkommen, der nicht verausgabt wird, definitionsgemäß gespart werden muß[1].

[1] Algebraisch läßt sich das bisher Gesagte wie folgt zusammenfassen: Die Hypothese, daß der Konsum eine Funktion des verfügbaren Einkommens sei, läßt sich ausdrücken durch:

$$C = C(Y_v),$$

wobei C die aggregierten realen Konsumausgaben und Y_v das aggregierte verfügbare Realeinkommen bezeichnen. Für eine lineare Konsumfunktion gilt

$$C = C_0 + cY_v,$$

wobei c die marginale Konsumquote darstellt und C_0 die Höhe des Konsums bei einem verfügbaren Einkommen von Null angibt. Im vorliegenden Beispiel ist $c = 0{,}75$. Daher gilt

$$C = C_0 + 0{,}75\ Y_v.$$

Aus Abb. 5. 1. geht hervor, daß bei einem Einkommen von 100 Mrd. $ die Ersparnis Null ist. Demnach muß an diesem Punkt der Konsum dem verfügbaren Einkommen gleich sein. Entsprechend ist

$$100 = C_0 + 0{,}75 \times 100,$$

so daß

$$C_0 = 25.$$

Die Funktionsgleichung für den beabsichtigten Konsum lautet daher

$$C = 25 + 0{,}75\ Y_v.$$

Da die persönliche Ersparnis lediglich die Differenz zwischen Konsum und verfügbarem Einkommen darstellt, lautet die Sparfunktion

$$S_H = Y_v - C = Y_v - 25 - 0{,}75\ Y_v = -25 + 0{,}25\ Y_v.$$

5. 2. Die einfache Einkommensbestimmung

Um die Analyse unkompliziert durchführen zu können, wollen wir uns eine Volkswirtschaft vorstellen, in der es keine staatliche Aktivität gibt, in der die Unternehmungen keine Gewinne einbehalten, kein Außenhandel betrieben wird und die Höhe der geplanten Nettoinvestition von langfristigen Erwartungen und daher nicht vom jeweiligen Einkommensniveau abhängt. Werden staatliche Aktivität und einbehaltene Gewinne ausgeschlossen, so sind verfügbares Einkommen und reales NSP (Y) identisch. Für diese Volkswirtschaft gilt folgende Grundgleichung

$$Y \equiv C + I_n^i \qquad (5.\ 1.)$$

wobei C den realen Konsum und I_n^i die realisierte Nettoinvestition darstellt. Unter «realisierter Investition» ist jegliche Nettoinvestition zu verstehen, unabhängig davon, ob sie geplant oder ungeplant ist. Unter den genannten Voraussetzungen wird jegliches Einkommen zu verfügbarem Einkommen, so daß gilt

$$Y \equiv C + S_H \qquad (5.\ 2.)$$

Da von Ersparnis der Unternehmungen abstrahiert wird, ist das private Netto-Sparen S mit der Ersparnis der privaten Haushalte S_H identisch. Setzt man (5. 1.) und (5. 2.) gleich und substituiert S_H durch S, so ergibt sich

$$I_n^i \equiv S$$

welches die fundamentale Identitätsgleichung dieser vereinfachten Volkswirtschaft darstellt.

Nun sei angenommen, daß die gesellschaftliche Konsumfunktion der aus Abb. 5. 1. entspräche und daß die Unternehmer bei jeder beliebigen Einkommenshöhe 20 Mrd. $ für Nettoinvestitionen ausgeben wollten[2]. Welches Einkommen wird unter diesen Bedingungen gleichgewichtig sein?

Eine Möglichkeit, das Gleichgewichtseinkommen zu bestimmen, besteht darin, die Kurve der geplanten Investition zu der Konsumfunktion zu addieren und den

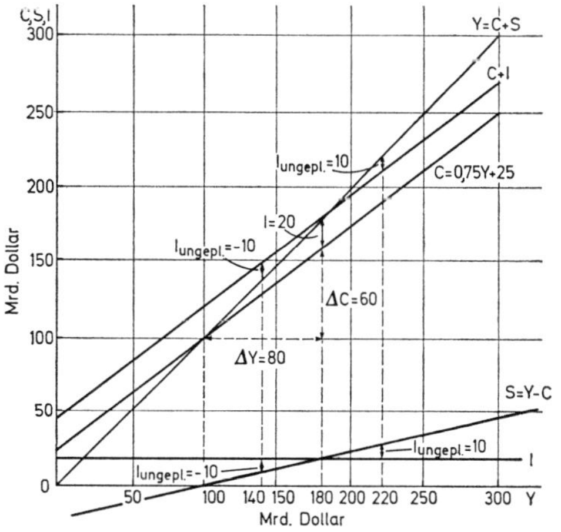

Abb. 5.2: Einfache Einkommensbestimmung (alle Werte in realen Größen)

[2] Auf der horizontalen Achse steht nunmehr Y anstatt Y_V.

Schnittpunkt dieser Kurve der «aggregierten Nachfrage» C + I mit der 45-Grad-Linie zu ermitteln[3]. Weiterhin läßt sich das Gleichgewicht bestimmen, indem der Schnittpunkt der Funktion der geplanten Investition mit der Sparfunktion ermittelt wird. In beiden Fällen liegt das Gleichgewicht bei 180 Mrd. $.

Welcher Sinn steht hinter dieser Gleichgewichtslösung? Angenommen, die Unternehmer glaubten, Güter im Wert von 220 Mrd. $ verkaufen zu können. Bei einem Produktionswert von 220 Mrd. $ beträgt auch das verfügbare Einkommen 220 Mrd. $. Bei einer Einkommenshöhe von 220 Mrd. $ werden nach Maßgabe der Konsumfunktion 190 Mrd. $ für Verbrauchsausgaben verwendet und 30 Mrd. $ gespart (vgl. die Situation bei einem Einkommen von 220 Mrd. $ in Abb. 5. 2.). Die Kurve der geplanten Investition zeigt, daß die Unternehmer Investitionsgüter im Wert von 20 Mrd. $ zu kaufen gedenken. Demnach beträgt die gesamte Nachfrage nach Gütern und Dienstleistungen (aggregierte Nachfrage) bei einem Einkommen von 220 Mrd. $ lediglich 210 Mrd. $. Da also die Produktion die Verkäufe um 10 Mrd. $ übersteigt, bilden die verbleibenden Güter im Wert von 10 Mrd. $ bei den Unternehmungen ungeplante Investition in Form einer Lagerbestandserhöhung $I_{ungepl.}$. Wenn die Unternehmer weiterhin Güter im Wert von 220 Mrd. $ herstellen, werden die Läger mit einer jährlichen Rate von 10 Mrd. $ anwachsen. Daher ergibt sich für die Unternehmer eine Tendenz zur Produktionseinschränkung.

Bei einer Einkommenshöhe von 220 Mrd. $ beträgt die Ersparnis 30 Mrd. $, die geplante Investition $I_{gepl.}$ 20 Mrd. $ und die ungeplante Investition $I_{ungepl.}$ 10 Mrd. $. Der Einkommensstatistiker wird folglich festhalten, daß die realisierte Investition (I_n^i = geplante + ungeplante Investition) exakt der realisierten Ersparnis entspricht. Es gilt immer, daß

$$I_{gepl.} + I_{ungepl.} = I_n^i = S$$

jedoch gilt nur im Gleichgewicht, daß die geplante Investition der Ersparnis gleicht, also

$$I = S$$

ist, da ungeplanter Lageraufbau oder -abbau anzeigen, daß Produktion und Verkäufe nicht synchronisiert sind.

Halten wir uns noch vor Augen, was geschieht, wenn die Unternehmer die Nachfrage nach Gütern und Dienstleistungen unterschätzen und daher lediglich Güter im Werte von 140 Mrd. $ produzieren, während die geplante Investition unverändert 20 Mrd. $ beträgt (vgl. wiederum Abb. 5. 2. bei Y = 140). Wenn Y = 140, ist C = 130 und die aggregierte Nachfrage C + I = 150; daher wird es zu einem von den Unternehmern nicht vorausgesehenen Lagerabbau in Höhe von 10 Mrd. $ kommen. Da das Sparen 10 Mrd. $ und die ungeplante Investition –10 Mrd. $ beträgt, ist

$$I_{gepl.} + I_{ungepl.} = 10 = S$$

Nunmehr werden Produktion und Einkommen dazu tendieren, ein Niveau von 180 Mrd. $ zu erreichen, wobei C = 160, S = 20, $I_{gepl.}$ = 20 und $I_{ungepl.}$ = 0 sein werden. Das gleichgewichtige Einkommensniveau verlangt also notwendigerweise die Gleichheit von geplanter Investition und Ersparnis.

[3] Algebraisch ausgedrückt: wenn C = 0,75 Y + 25 und I = 20 sind und in Y = C + I eingesetzt werden, ergibt sich

$$Y = \frac{25 + 20}{1 - 0{,}75} = 180$$

5. 3. Der Multiplikator

Angenommen, die geplanten Investitionsausgaben wären gleich Null. In diesem Fall läge das Gleichgewichtseinkommen bei einer Höhe von 100 Mrd. \$ (vgl. wiederum Abb. 5.2.). Nun mögen sich die Unternehmer plötzlich entschließen, jährlich 20 Mrd. \$ für neue Anlagen auszugeben. Die Kurve der aggregierten Nachfrage C + I verlagert sich um 20 Mrd. \$ nach oben. Das Einkommen steigt jedoch nicht um 20 Mrd. \$ sondern um 80 Mrd. \$. Schließlich ist zu beachten, daß der gesamte Einkommenszuwachs von 80 Mrd. \$ zwei Komponenten enthält – die Zunahme der Investitionsausgaben um 20 Mrd. \$ und den zusätzlichen Anstieg der Konsumausgaben um 60 Mrd. \$. Wie kommt diese Konsumänderung von 60 Mrd. \$ zustande?

Um diesen «Multiplikator»-Effekt zu veranschaulichen, sei angenommen, daß Ausgabenänderungen zwar unmittelbar zu Einkommensänderungen führen, die Einkommensempfänger die Einkommen von heute jedoch nicht vor morgen ausgeben. Ferner sei angenommen, daß keine permanente Verschiebung der Kurve der Investitionsnachfrage, sondern nur am Tage 1 eine Erhöhung der Investitionsausgaben um 1 \$ erfolgt. Dieser Dollar wird unmittelbar an Lohnempfänger, Aktienbesitzer usw. der Investitionsgüterindustrie ausgezahlt. Die marginale Konsumneigung c gibt an, daß am Tage 2 c Prozent des am Tage 1 zusätzlich erhaltenen Einkommens für Konsumausgaben verwendet werden. Dementsprechend steigt das Einkommen in der Konsumgüterindustrie am Tage 2 um c Dollar, wovon c Prozent oder c^2 am Tage 3 verausgabt werden, von denen wiederum c Prozent oder c^3 am Tage 4 ausgegeben werden, usw. – ad infinitum. Die täglichen Einkommenszunahmen über das ursprüngliche Gleichgewichtsniveau hinaus, die aus der Erhöhung der Investitionsausgaben um 1 \$ am Tage 1 folgen, betragen also

$$1, c, c^2, c^3, \ldots, c^t.$$

Da c einen Bruch darstellt, werden die Unterschiede zwischen dem ursprünglichen und dem jeweiligen Einkommensniveau im Laufe der Zeit immer geringer. Wenn t einen sehr großen Wert annimmt, wird c^t sehr klein, so daß das Einkommen auf das ursprüngliche Gleichgewichtsniveau zurückfällt.

In Abb. 5. 3. ist die Einkommensentwicklung im Zeitablauf für einen Wert von c = 0,75 dargestellt. Am Tage 1 erhöht die zusätzliche Ausgabe von 1 \$ das Einkommen um 1 \$ über das ursprüngliche Niveau Y_0. Am Tage 2 wird der Betrag von

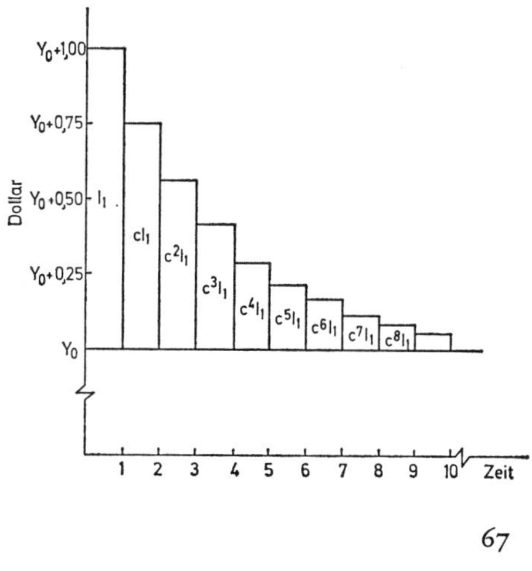

Abb. 5.3: Der Multiplikator bei einer einmaligen Ausgabe (alle Werte in realen Größen)

0,75 × 1 \$ – oder 75 Cents – wieder für Konsumzwecke ausgegeben. Das Einkommen am Tage 2 ist daher $Y_0 + 75$ Cents. Am Tage 3 übersteigt das Einkommen sein ursprüngliches Niveau um 0,75 × 0,75 oder $(0{,}75)^2 \times 1$ \$ und am Tage t schließlich um $(0{,}75)^{t-1} \times 1$ \$. Wenn t sehr groß wird, nähert sich die Differenz zwischen der ursprünglichen und der tatsächlichen Einkommenshöhe dem Wert Null.

Den gerade geschilderten Zusammenhang kann man sich sehr gut veranschaulichen, indem man sich ein Auto vorstellt, das mit einer Geschwindigkeit von 60 km pro Stunde eine ebene Straße entlangfährt, wobei der Gashebel stetig genau in halber Höhe vom Boden des Autos festgehalten wird. Nun möge der Fahrer den Gashebel voll durchdrücken, ihn dann aber plötzlich loslassen und in der ursprünglichen Position festhalten. Der Wagen wird zunächst vorwärtsschießen, an Geschwindigkeit zunehmen, dann jedoch wieder langsamer werden und schließlich seine ursprüngliche Geschwindigkeit von 60 km/h erreichen.

Was geschieht, wenn der Fahrer den Gashebel ganz durchgedrückt läßt? Das Auto wird Geschwindigkeit aufnehmen und laufend beschleunigen, jedoch in abnehmendem Maße, bis schließlich die Geschwindigkeit einen neuen konstanten Wert erreicht. Dieser letztere Fall, bei dem der Gashebel durchgedrückt bleibt, trifft genau auf den Vorgang zu, wenn die Investitionsausgaben um einen bestimmten Betrag erhöht werden und dann permanent auf dem neuen, höheren Niveau verbleiben. Mit anderen Worten, eine Verschiebung der Kurve der Investitionsnachfrage nach oben bedeutet, daß in Periode 1 zusätzlich 1 \$ für Investitionen ausgegeben wird, ebenso ein Dollar in der Periode 2, wiederum einer in Periode 3, usw. – ad infinitum.

Wie wird sich unter diesen neuen Bedingungen das Einkommensniveau im Zeitablauf verändern? Am Tage 1 verschiebt sich die Investitionsfunktion nach oben, so daß an diesem ersten Tag das Einkommen um 1 \$ steigt. Das Einkommensniveau am Tage 1 ist daher

$$Y_1 = Y_0 + 1$$

wobei Y_0 die ursprüngliche Einkommenshöhe bezeichnet. Am Tage 2 wird wieder ein Dollar an Investitionsausgaben dem Einkommensstrom hinzugefügt. Zusätzlich zu diesem Dollar werden jedoch c Prozent desjenigen Dollars für Konsumausgaben verwendet, der die Investitionsausgabe des ersten Tages bildete. Entsprechend ist die Einkommenshöhe am Tage 2

$$Y_2 = Y_0 + 1 + c$$

Am Tage 3 werden c Prozent von dem Betrag, um den sich das Einkommen am Tage 2 gegenüber dem ursprünglichen Niveau verändert hatte, also $c\,(1 + c) = c + c^2$, wieder zu Konsumzwecken verausgabt. Zusätzlich wird wieder ein Dollar an Investitionsausgaben dem Einkommensstrom zugeführt. Das Einkommen steigt folglich am Tage 3 auf

$$Y_3 = Y_0 + 1 + c + c^2$$

Dieser Prozeß wiederholt sich beliebig oft, so daß am Tage t folgendes Einkommen gegeben ist

$$Y_t = Y_0 + 1 + c + c^2 + c^3 + \ldots + c^{t-1}$$

Diese Gleichung läßt sich, wie leicht gezeigt werden kann[4], umformen in

$$Y_t = Y_0 + \frac{1 - c^t}{1 - c}$$

Wird t sehr groß, so wird c^t sehr klein, so daß der Grenzwert von Y_t das neue Gleichgewichtseinkommen Y

$$Y = Y_0 + \frac{1}{1 - c}$$

ist.

Die Einkommensänderung $Y - Y_0$, die aufgrund der Erhöhung der Investitionsausgaben um 1 $ erfolgt, beträgt demnach $1/(1 - c)$. Dieser Wert wird «Multiplikator» genannt. Da c die marginale Konsumneigung ist, läßt sich der Wert des Multiplikators einfach dadurch bestimmen, daß die Steigung der Konsumfunktion gemessen wird. Wenn $c = 0{,}75$ beträgt, ist der Multiplikator 4, d.h. eine Erhöhung der Investitionsausgaben um 1 $ läßt das Einkommen um 4 $ steigen. Bei $c = 0{,}50$ ist der Multiplikator 2, bei $c = 0$ ist er 1. Im letzteren Fall wird der gesamte aus der Investitionserhöhung resultierende Einkommenszuwachs gespart, so daß keine Wiederverwendung zu Konsumzwecken erfolgt und das Einkommen also nur um die erhöhten Investitionsausgaben steigen kann.

Das in Abb. 5.4. gezeigte Diagramm soll den Anpassungsprozeß zum neuen Gleichgewichtsniveau veranschaulichen. Es sei angenommen, daß $c = 0{,}50$ sei und

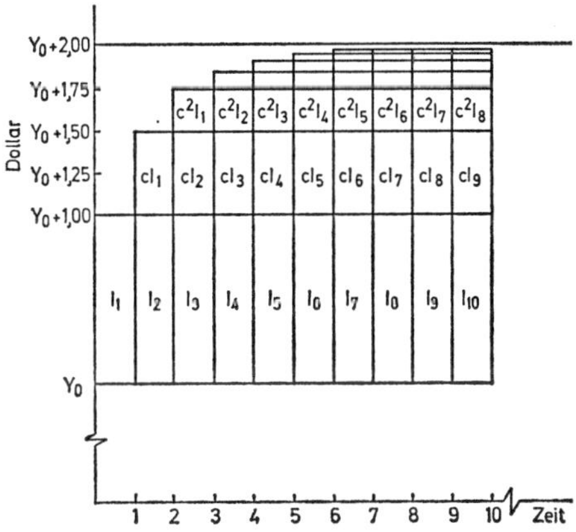

Abb. 5.4: Der Multiplikator bei einer stetigen zusätzlichen Investition (alle Werte in realen Größen)

[4] $Y_t = Y_0 + 1 + c + c^2 + c^3 + \ldots + c^{t-1}$ ist eine geometrische Reihe. Um die Summe dieser Reihe zu bilden, muß lediglich jedes Glied mit c multipliziert werden:

$$cY_t = cY_0 + c + c^2 + c^3 + \ldots + c^{t-1} + c^t.$$

Wird die erste Reihe von der zweiten abgezogen, fallen bis auf die ersten beiden Glieder auf der rechten Seite der ersten Reihe alle anderen heraus, während von der zweiten Reihe lediglich das erste und letzte Glied der rechten Seite stehen bleiben, so daß gilt

$$Y_t - cY_t = Y_0 - cY_0 + 1 - c^t,$$

was sich leicht in

$$Y_t = Y_0 + \frac{1 - c^t}{1 - c}$$

umformen läßt.

an jedem Tage 1 $ zusätzlicher Investitionsausgaben verausgabt werde. Am ersten Tag steigt das Einkommen um 1 $. Am nächsten Tag wird nicht nur ein weiterer Dollar für Investitionszwecke ausgegeben, sondern zusätzlich werden von dem ersten Dollar 50 Prozent dem Konsum zugeführt. Am dritten Tag werden 50 Prozent von diesen 1,50 $ konsumiert und dazu 1 $ für Investitionen ausgegeben. Dies macht eine Erhöhung des Einkommens von 1,75 $ über das ursprüngliche Niveau aus. Die fortlaufenden Zuwachsraten gegenüber dem Vortage werden immer geringer, und schließlich nähert sich das Einkommen seinem neuen Gleichgewichtsniveau von $Y_0 + 2$.

Eine der sinnvollsten Arten, den Multiplikator zu veranschaulichen, ist folgende: Von den bisherigen Ausführungen ist bekannt, daß kein Gleichgewichtseinkommen vorliegen kann, wenn nicht geplantes Investieren und Sparen einander gleich sind. Wenn wir also von einer Gleichgewichtssituation ausgehen, und die geplante Investition dauerhaft um 1 $ steigt, so ergibt sich aus der Gleichgewichtsbedingung, daß kein neues Gleichgewicht erreicht sein kann, bevor die Ersparnis ebenfalls um 1 $ steigt. Daher ist lediglich zu fragen: Um welchen Betrag muß sich das Einkommen erhöhen, damit ein zusätzlicher Dollar gespart wird? Und diese Frage ist identisch mit der nach dem Wert des Multiplikators. Bei einer marginalen Konsumneigung von 0,75 beträgt die marginale Sparneigung 0,25. Das bedeutet, daß mit jeder Einkommenserhöhung um 1 $ die Ersparnis um 25 Cents steigt. Da jedoch eine Zunahme der Ersparnis um 1 $ notwendig ist, und auf eine Einkommenserhöhung um 1 $ lediglich eine Steigerung des Sparens um 25 Cents erfolgt, muß der erforderliche Einkommenszuwachs 1/0,25 bzw. 4 $ betragen. Betrüge die marginale Sparneigung 0,5, dann brächte eine Einkommenserhöhung um 1 $ einen 50prozentigen Sparzuwachs, so daß der Multiplikator einen Wert von 1/0,50 = 2 $ hätte. Allgemein gilt, daß bei einer marginalen Sparquote von $1 - c$ ein Einkommenszuwachs von 1 $ zusätzliche Ersparnis in Höhe von $1 - c$ hervorruft, so daß ein Sparzuwachs von 1 $ durch eine Einkommenserhöhung von $1/(1 - c)$ ermöglicht würde.

5.4. Bestimmungsgründe des aggregierten Konsums

Die Hypothese, daß die aggregierte Konsumnachfrage eine Funktion des verfügbaren Gesamteinkommens sei, entstammt dem umwälzenden Werk von Lord Keynes[5]. Keynes' Theorie der Konsumfunktion ließ hoffen, daß schließlich eine sichere Basis für Voraussagen über die Verbrauchsentwicklung gefunden würde. Die Voraussagen über die Konsumausgaben nach dem zweiten Weltkrieg lagen jedoch völlig falsch, weil sie nicht berücksichtigten, daß das Konsumverhalten von weit mehr Faktoren als lediglich der jeweiligen Höhe des verfügbaren Einkommens abhängt.

Es ist im Rahmen dieses Buches unmöglich, der gesamten Problematik der Konsumfunktion gerecht zu werden. Die bescheidene Zielsetzung dieses Kapitels besteht darin, auf einige weitere Faktoren hinzuweisen, die der Ökonom zu beachten hat, wenn er Voraussagen über die Verbrauchsnachfrage versucht. Zudem soll aufgezeigt werden, zu welchen Erkenntnissen die Arbeiten auf diesem Gebiet in den letzten Jahren geführt haben[6].

[5] J. M. Keynes, The General Theory of Employment, Interest and Money, Harcourt, Brace, & World, Inc., New York, 1936. Deutsche Ausgabe: Allgemeine Theorie der Beschäftigung, des Zinses und des Geldes, München 1936 (NA: Berlin 1955).

[6] Einen sorgfältigen und umfassenden Überblick über das in diesem Abschnitt behan-

Einige Variable, die als durchaus wichtig zu erachten sind, bleiben bei der folgenden Diskussion unberücksichtigt. So wurde z.B. lange angenommen, daß eine Erhöhung des Zinssatzes zu steigendem Sparen und demzufolge zu sinkendem Konsum führen würde. Da diese Zusammenhänge in Kapitel 13 ziemlich ausführlich behandelt werden, sollen die Einflüsse von Zinsänderungen auf den Konsum an dieser Stelle außer acht gelassen werden. Ähnlich wurde argumentiert, daß ein Sinken des Preisniveaus den Realwert von Kassenhaltung und Staatspapieren steigen lassen und diese «Wohlstandssteigerung» den Konsum anregen würde. Da auf dieses Thema in Kapitel 11 eingegangen wird, kann es hier übergangen werden.

Keynes glaubte, daß die marginale Konsumneigung der unteren Einkommensklassen größer sei als die der oberen. Aufgrund dessen wurde angenommen, daß durch eine Politik der Einkommensumverteilung die aggregierte Nachfrage erhöht werden könne. Wenn die marginale Konsumneigung eines Reichen 0,60, die eines Armen 0,90 beträgt, so führt eine Einkommensumverteilung in Höhe eines Dollars von dem Reichen auf den Armen zu einer Erhöhung des aggregierten Konsums um 30 Cents. Wenn bei gegebenem Niveau des verfügbaren Einkommens durch reine Umverteilung das Konsumniveau erhöht werden kann, dann ist die gesellschaftliche Konsumfunktion als Abhängige sowohl des verfügbaren Gesamteinkommens als auch der Art der Einkommensverteilung zu betrachten.

In einer deutschen Zeitreihenstudie wies Staehle[7] nach, daß die Einkommensverteilung ein wesentlicher Bestimmungsgrund des aggregierten Konsums ist. Untersuchungen auf der Basis amerikanischer Querschnittswerte ließen indessen keine eindeutige Beziehung zwischen Einkommensverteilung und aggregiertem Konsum erkennen[8]. Aufgrund dieser Studien sind viele Ökonomen nicht mehr davon überzeugt, daß sich durch eine Einkommensnivellierung der Gesamtkonsum wesentlich erhöhen läßt.

Statistische Ermittlungen haben ergeben, daß der Verlauf der Konsumfunktion je nach Art der verwendeten Daten sehr unterschiedlich ist. Wenn Gesamtverbrauch und verfügbares Einkommen für verschiedene Jahre zueinander in Beziehung gesetzt werden, erscheint die Konsumfunktion als eine aus dem Ursprung kommende Gerade mit einer Steigung von etwa 0,9 (C_L in Abb. 5. 5.). Wird die Konsumfunktion dagegen für einen repräsentativen Einkommensquerschnitt verschiedener Familiengruppen zu einem bestimmten Zeitpunkt erstellt, so entspricht die Kurve mehr der in Abb. 5. 1. dargestellten Funktion und gleicht den Kurven C_{S0}, C_{S1} und C_{S2} in Abb. 5. 5. Tatsächlich entsparen die ärmeren Familien kurzfristig, und auch die Gesellschaft als Ganzes kann, wie 1932 sichtbar wurde, während einer Periode drastischer Einkommenssenkungen zum Entsparen gezwungen sein.

Wie lassen sich diese unterschiedlich verlaufenden Konsumfunktionen miteinander vereinbaren? Ein möglicher Ansatz besteht darin anzunehmen, daß das für einen längeren Zeitraum beobachtete gesellschaftliche Konsumniveau lediglich einen Punkt auf einer Kurve tatsächlicher Konsumwünsche darstellt, während die

delte Thema gibt R. Ferber, «Research on Household Behavior», American Economic Review, 52: 19–63, 1962.

[7] H. Staehle, «Short Period Variations in the Distribution of Incomes», Review of Economic Statistics, 19:133-143, 1937.

[8] H. Lubell, «Effects of Income Redistribution on Consumers' Expenditures», American Economic Review, 37:157–170, 1947. Vgl. ferner J. Marschak, «Personal and Collective Budget Functions», Review of Economic Statistics, 21:161–170, 1939.

kurzfristigen Kurven sich im Laufe der Zeit nach oben verschieben. Die Punkte (C_0, Y_0), (C_1, Y_1) und (C_2, Y_2) in Abb. 5. 5. sind die in den Jahren 0, 1 und 2 beobachteten Punkte auf der langfristigen Konsumfunktion. Die Kurven C_{s_0}, C_{s_1} und C_{s_2} spiegeln die tatsächliche Konsumneigung in den Jahren 0, 1 und 2 wider. Sofern sich eine Hypothese erstellen läßt, die erklärt, warum die kurzfristige Konsumfunktion sich im Laufe der Zeit nach oben verschiebt, ist es möglich, die Beobachtungen auf der Basis von Querschnittswerten mit denen auf der Grundlage von Zeitreihen zu vereinbaren.

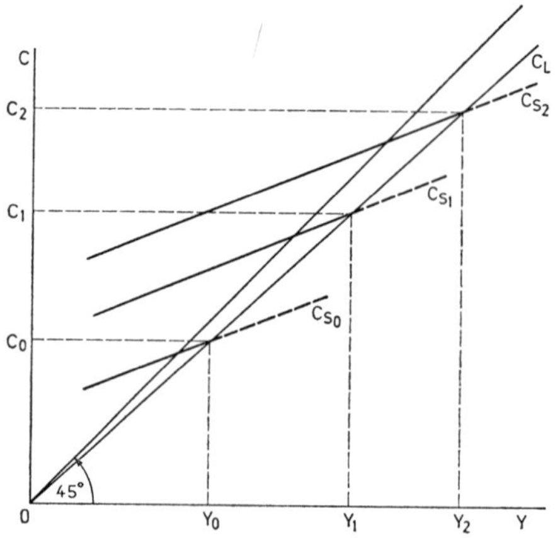

Abb. 5.5: Kurz- und langfristige Konsumfunktionen (alle Werte in realen Größen)

Eine mögliche Erklärung für die säkulare Aufwärtsverschiebung der Konsumfunktion besteht in Duesenberry's «relativer Einkommenshypothese»[9]. Duesenberry beobachtete, daß eine Negerfamilie mit einem Einkommen von 5.000 \$ mehr spart als eine weiße Familie mit entsprechendem Einkommen. Daraus, daß die Negerfamilie wahrscheinlich in einer billigeren Wohngegend ansässig ist als die weiße Familie und daß ein Neger mit einem Einkommen von 5.000 \$ sich hinsichtlich der Einkommensverteilung gegenüber seinen Nachbarn wahrscheinlich auf einer höheren Stufe befindet, schloß Duesenberry, daß sich die Unterschiede im Konsumverhalten durch die Unterschiede in der relativen Einkommenshöhe erklären lassen, d.h. des Einkommens in Relation zu dem gewohnten Lebensstandard. Diese Beobachtungen veranlaßten Duesenberry zu der folgenden Hypothese über das aggregierte Konsumverhalten. Angenommen, das Einkommensniveau der Gesellschaft betrage Y_0 in Abb. 5. 5. Ein Sinken des Einkommens unter Y_0 veranlaßt die an diesen Lebensstandard gewöhnten Konsumenten, denselben zu verteidigen, indem sie ihre Konsumausgaben aufrechterhalten. Sie bewegen sich also entlang der Kurve C_{s_0} rückwärts, indem sie ihre Ersparnis drastisch einschränken und ihren Konsum beibehalten. Erhöht sich das Einkommen wieder auf Y_0, steigt der Konsum nur geringfügig, weil die Verbraucher versuchen, den früheren Höchststand des Sparens wieder zu erreichen. Das bedeutet, daß sich der Verbrauch mit steigendem Einkommen

[9] J. S. Duesenberry, Income, Saving, and the Theory of Consumer Behavior, Harvard University Press, Cambridge, Mass., 1949. F. Modigliani, «Fluctuations in the Savings-Income Ratio: A Problem in Economic Forecasting», in: Studies in Income and Wealth, Vol. 11, National Bureau of Economic Research, Inc., New York, 1949.

entlang der Kurve C_{S_0} bewegt. Ist jedoch Y_0 erreicht, dann ist das ehemals gewohnte Konsum- und Sparniveau wiederhergestellt. Weitere Einkommenserhöhungen lassen die marginale Konsumneigung stark ansteigen. Jedes zusätzliche Einkommen wird dann so aufgeteilt, daß ein konstantes Verhältnis von Konsum und Einkommen erzielt wird. Übersteigt das Einkommen den bisherigen Höchststand, bewegt sich der Verbrauch entlang C_L. Erreicht das Einkommen Y_1 und sinkt anschließend, so werden die Konsumenten wiederum versuchen, die gerade erreichte Anhebung des Lebensstandards zu erhalten, und sie werden sich entlang C_{S_1} rückwärts bewegen.

Die «relative Einkommenshypothese» von Duesenberry ist keineswegs die einzige Erklärung des säkularen Aufwärtstrends der Konsumfunktion. So wies z.B. Tobin[10] darauf hin, daß die unterschiedlichen Spargewohnheiten von Negern und Weißen möglicherweise darauf zurückzuführen seien, daß – selbst bei gleichem jeweiligen Einkommensniveau beider Familien – die weiße wahrscheinlich wohlhabender und in sozialer Hinsicht besser abgesichert ist, so daß sie tendenziell weniger spart.

Ein weiterer Faktor, der die Aufwärtsbewegung der Konsumfunktion erklären könnte, liegt in der Einführung neuer Produkte. Diese können die Präferenzstruktur der Konsumenten derart verlagern, daß sie ihre Ausgabenpläne revidieren und die neuen Erzeugnisse auf Kosten der Ersparnis kaufen. Als Dernburg[11] für das Jahr 1950 die Käufer von Fernsehapparaten mit den Konsumentengruppen verglich, die keine Apparate kauften, bestätigte sich die Annahme, daß speziell der Kauf dieses neuen Produkts primär durch Verzicht auf Sparen und weniger durch Verzicht auf andere Konsumausgaben durchgeführt wurde.

Eine Reihe weiterer Gründe lassen die Hypothese, der Konsum sei hauptsächlich eine Funktion des jeweiligen Einkommens, unbefriedigend erscheinen. Eine Schwierigkeit liegt darin, daß wir eine wesentlich flachere Konsumfunktion erhalten, wenn wir Konsum und Einkommen für eine Periode von einem halben statt einem ganzen Jahr gegenüberstellen. Tatsächlich verläuft die Funktion um so steiler, je größer der gewählte Beobachtungszeitraum ist. Daraus läßt sich schließen, daß mit jeder Verlängerung der Periode, für die Einkommen und Konsum gemessen werden, sowohl die Auswirkungen kurzfristiger Einkommensschwankungen als auch die Verzögerungen der Konsumanpassung an Einkommensänderungen tendenziell eliminiert werden. Mack[12] hat Familien nach Einkommensklassen aufgeteilt und nachgewiesen, daß die oberen Einkommensklassen einen beträchtlichen Teil der Familien enthalten, deren Einkommen gerade gestiegen sind, während die unteren Klassen einen Großteil der Familien einschließen, deren Einkommen gerade gesunken sind. Da diese Einkommensänderungen teilweise nur kurzfristiger Art sind, und da auch bei langfristigen Einkommensänderungen der Konsum einen gewissen Anpassungszeit-

[10] J. Tobin, «Relative Income, Absolute Income, and Savings», in: Money, Trade and Economic Crowth, Essays in Honor of John H. Williams, The Macmillan Company, New York, 1951.

[11] T. F. Dernburg, «The Consumption-Income Ratio and Product Innovation», Purdue University, Institute for Quantitative Research in Economics and Management, Institute Paper No. 9, 1960. Vgl. ferner T. F. Dernburg, «Consumer Response to Innovation», in T. F. Dernburg and others, Studies in Household Economic Behavior, Yale University Press, New Haven, Conn., 1958.

[12] R. P. Mack, «The Direction of Change in Income and the Consumption Function», Review of Economics and Statistics, 30:239–258, 1948.

raum verlangt, liegt der für die oberen Einkommensschichten ermittelte Konsumstandard unter den tatsächlichen langfristigen Werten, während der der unteren Einkommensschichten mit höheren Werten ausgewiesen wird, als sie langfristig tatsächlich realisiert werden. Wird also eine auf Durchschnittswerten basierende Konsumfunktion einer relativ kurzfristigen Einkommensentwicklung gegenübergestellt, so wird die betrachtete Konsumfunktion wesentlich flacher verlaufen, als es der tatsächlichen Konsumneigung entspräche.

Eine ähnliche Erkenntnis besteht darin, daß Bezieher stark schwankender Einkommen, wie etwa Bauern, eine geringere marginale Konsumquote aufweisen als Gruppen mit stabilerem Einkommen. Desgleichen besteht bei landwirtschaftlichen Haushalten eine wesentlich lockerere Beziehung zwischen Konsum und Einkommen als bei den meisten übrigen Bevölkerungsschichten.

Diese Erkenntnisse legen es nahe, den Konsum eher mit dem langfristigen Einkommen oder Wohlstand zu korrelieren als mit dem jeweiligen Einkommen. In der Tat haben Versuche, die Konsumfunktion aus der grundlegenden mikroökonomischen Theorie der Nutzenmaximierung des Nachfragers abzuleiten, darauf schließen lassen, daß Konsumentscheidungen eher von dem «normalen» als von dem jeweiligen Einkommen des Verbrauchers abhängen. Das jeweilige Einkommen kann durch vorübergehende, unerwartete Gewinne oder Verluste verändert werden und sollte daher in eine «dauerhafte» und eine «vorübergehende» Komponente zerlegt werden. Grundsätzlich sollte auch der Konsum auf diese Weise zweigeteilt werden, und dauerhafter Konsum sollte dann dem dauerhaften Einkommen gegenübergestellt werden[13].

Statistisch ist es unmöglich, dauerhaftes Einkommen von vorübergehendem zu trennen. Ein gewisses Bild von dem dauerhaften oder vorübergehenden Einkommen eines Konsumenten läßt sich jedoch auf folgende Weise gewinnen. Man denke sich einen Verbraucher, der seine gesamten zukünftigen Einkünfte für eine unmittelbar zu leistende, einmalige Zahlung verkaufe[14]. Man addiere zu diesem Betrag den Wert seines gesamten Vermögens und stelle sich vor, diese Summe werde verzinslich angelegt. Die jährlichen Zinserträge aus diesem Betrag lassen sich als dauerhaftes Einkommen eines Verbrauchers bezeichnen.

Wenn der Konsum eine Funktion des dauerhaften Einkommens ist, kann aus einer Erhöhung des jeweiligen Einkommens nur insoweit auf eine Konsumausweitung geschlossen werden, als dieser Einkommenszuwachs das dauerhafte Einkommen des Konsumenten erhöht. Da Veränderungen des jeweiligen Einkommens das dauerhafte Einkommen nur geringfügig beeinflussen, ist eine niedrige marginale Konsumneigung zu erwarten, da sich die Einkommensschwankungen primär in Veränderungen der Ersparnis niederschlagen. Andererseits ist denkbar, daß aus einer Einkom-

[13] M. Friedman, A Theory of the Consumption Function. National Bureau of Economic Research, Inc., New York, 1955. Eine ähnliche Hypothese wird aufgestellt von F. Modigliani und R. Brumberg, «Utility Analysis and the Consumption Function: An Interpretation of Cross-section Data», in K. K. Kurihara, ed., Post-Keynesian Economics, Rutgers University Press, New Brunswick, N. J., 1954. Vgl. ferner R. Brumberg, «An Approximation to the Aggregate Savings Function», Economic Journal, 66:66–72, 1956; A. Ando und F. Modigliani, «The ‹Life Cycle› Hypothesis of Saving: Aggregate Implications and Tests», American Economic Review, 53:55–84, 1963; und M. J. Farrell, «The New Theories of the Consumption Function», Economic Journal, 69:678–696, 1959.

[14] In Kapitel 7 soll gezeigt werden, wie der Gegenwartswert eines zukünftigen Einkommensstroms zu errechnen ist.

menserhöhung geschlossen wird, das dauerhafte Einkommen sei höher als ursprünglich angenommen. Wenn dies der Fall ist, kann die marginale Konsumneigung sehr hoch sein. Weil die Wirkung einer Änderung des jeweiligen Einkommens auf das dauerhafte Einkommen schwer abzuschätzen ist, lassen diese neuen Theorien darauf schließen, daß die Wirkung einer Einkommensänderung auf den Konsum schwer vorherzusagen ist. Die marginale Konsumneigung kann also sehr instabil und unvorhersagbar sein. Auf keinen Fall kann man sich an die einfache Regel anlehnen, daß eine bestimmte Einkommensänderung stets zu einer bestimmten vorauszuschätzenden Konsumänderung führt.

Wenn die Verbraucher ihre Konsumausgaben tatsächlich mehr von den langfristig erwarteten Einkünften als vom jeweiligen Einkommen abhängig machen, sollte es möglich sein, eine Beziehung zwischen dem Konsum und dem Alter der Wirtschaftssubjekte zu ermitteln. So haben z.B. junge Familien im allgemeinen ein geringes laufendes, aber ein hohes dauerhaftes Einkommen, so daß sie wahrscheinlich einen größeren Teil ihres Einkommens konsumieren als ältere Familien, deren tatsächliches Einkommen häufig dem dauerhaften gleich ist oder gar darunter liegt. Diese und weitere Annahmen werden durch zahlreiche entsprechende Studien bestätigt. Eine der interessantesten darunter ist die von Watts[15]. Er vertritt die Hypothese, daß die jeweiligen Konsumausgaben primär von dem zu erwartenden Einkommen E abhängen, welches prinzipiell dem oben beschriebenen dauerhaften Einkommen ähnelt. Ein hohes E bedeutet einen hohen Konsumstandard, ein niedriges E das Gegenteil. Als wesentliche Bestimmungsfaktoren von E nennt Watts Alter, Ausbildung, Beruf, Rasse und Milieu. Junge Konsumenten mit Hochschulbildung sparen am wenigsten, weil ihre Einkommenserwartungen am größten sind. Facharbeiter und Unternehmer verfügen über ein höheres erwartetes Einkommen und sparen deshalb weniger als ungelernte Arbeiter. In stark verstädterten Gebieten ergeben sich wahrscheinlich größere Aussichten auf ein höheres zukünftiges Einkommen, und in Gegenden mit hoher Bevölkerungsdichte ist wohl auch der Drang zur Nachahmung stärker. Daher sparen städtische Haushalte im allgemeinen weniger als ländliche mit vergleichbarem Einkommen. Wirtschaftssubjekte, die kurz vor dem Ruhestand stehen, sparen mehr als jüngere, da ihr erwartetes und jeweiliges Einkommen in etwa gleich sind. Die Altersgruppen, deren Kinder sich gerade in der Schulausbildung befinden, sparen indessen weniger als andere, ältere Wirtschaftseinheiten.

Um die Grundsteine der makroökonomischen Theorie möglichst einfach zusammentragen zu können, soll für die nächsten Kapitel wieder die vereinfachte Hypothese gelten, daß der Konsum eine Funktion des jeweils verfügbaren Einkommens sei. Dabei soll jedoch nicht vergessen werden, daß die Bestimmung des aggregierten Konsums keineswegs eine einfache Angelegenheit ist – wie die vorangegangenen Ausführungen gezeigt haben.

[15] H. Watts, «Long-run Income Expectations and Consumer Savings», in T. F. Dernburg and others, op. cit.

6. Finanzpolitik und Einkommensbestimmung

6. 1. Staatsausgaben, Steuern und die Gleichgewichtsbedingung

Dieses Kapitel widmet sich den Auswirkungen von Staatsausgaben und Besteuerung auf das Einkommensniveau. Die Annahmen, daß das Sparen der Unternehmer zu vernachlässigen sei und kein Außenhandel stattfinde, werden beibehalten. Unter diesen Bedingungen ergibt sich das reale Nettosozialprodukt aus der Summe von privaten Verbrauchsausgaben, privater Nettoinlandsinvestition und staatlichen Käufen von Gütern und Dienstleistungen oder

$$Y \equiv C + I_n^i + G$$

Das gesamte Einkommen verteilt sich auf den Staat (Nettosteuern) und den Sektor der privaten Haushalte (verfügbares Einkommen):

$$Y \equiv Y_v + T \qquad (6.\ 1.)$$

Da es den Haushalten freigestellt ist, ihr verfügbares Einkommen zu konsumieren oder zu sparen, gilt ferner:

$$Y \equiv C + S + T$$

Werden Staatsausgaben und Steuern in die Analyse einbezogen, lautet die Gleichgewichtsbedingung, daß geplante Investition plus Staatskäufe gleich Ersparnis plus Steuern sein müssen. Daß dies stets gelten muß, läßt sich leicht nachweisen, indem die Begriffe Einkommenszufluß und -abfluß eingeführt werden. In dem vereinfachten Modell aus Kapitel 5, in dem der Staat noch nicht in Erscheinung trat, wurde ein Teil des jeweiligen Einkommensstromes zu Konsumzwecken verwendet und kehrte auf diese Weise in den Einkommenskreislauf zurück. Ein anderer Teil «versickerte» indessen in der Ersparnis. Wenn gerade in Höhe dieser Ersparnis Investitionen geplant werden, dann bleibt – wie oben nachgewiesen wurde – das Einkommen auf unverändertem Niveau, da in diesem Falle Produktion, Verkäufe und geplante Lagerbestandsänderung aufeinander abgestimmt sind. M. a. W. die Investitionsausgaben reichen gerade aus, den Einkommensabfluß wieder auszugleichen, den die Ersparnis verursacht. Übersteigt das Sparen die geplante Investition, dann sind die Abflüsse größer als die Zuflüsse. Steuern sind – ebenso wie Ersparnisse – als Abflüsse zu betrachten, während Staatsausgaben – ebenso wie geplante Investitionen – als Zuflüsse gelten. Übersteigt die Summe von Steuern und Ersparnissen die von Staatsausgaben und geplanter Investition, dann ist die Produktion größer als der Absatz und die geplante Lagerbestandserhöhung zusammen, weil die Ausgaben nicht ausreichen, um die Abflüsse zu kompensieren.

Zusammenfassend läßt sich sagen: Definitionsgemäß muß stets gelten, daß

$$Y \equiv C + I_n^i + G$$

und

$$I_n^i + G \equiv S + T$$

Jedoch gilt nur im Gleichgewicht, daß Produktion und aggregierte Nachfrage gleich sind, so daß

$$Y = C + I + G$$

ist und die gesamten Zuflüsse die gesamten Abflüsse ausgleichen:

$$I + G = S + T \qquad (6.\ 2.)$$

6. 2. Inflatorische und deflatorische Lücke und die Auswirkungen schwankender Staatsausgaben

Für die weiteren Ausführungen erweist es sich als sinnvoll, die Vorgehensweise des letzten Kapitels beizubehalten und von einer hypothetischen Volkswirtschaft auszugehen, in der der Konsum eine lineare Funktion des verfügbaren Einkommens, die Höhe der Investition dagegen einkommensunabhängig ist. Dabei sei festgestellt, daß die angenommenen numerischen Werte keinerlei Realitätsbezug beanspruchen und lediglich gewählt wurden, um die Ausführungen verständlicher zu machen und dem Leser die Erfassung der Kerngedanken zu erleichtern. Die Zielsetzung dieses Abschnitts besteht darin, die Wirkungsweise der Finanzpolitik zu erklären; die praktischen Schwierigkeiten ihrer Durchführung werden in Teil 4 erläutert.

Betrachten wir die in Abb. 6. 1. dargestellte Situation. Die Konsumfunktion verläuft linear, und die marginale Konsumneigung wird mit einem Wert von $^2/_3$ angenommen. Bei einem Einkommen von 75 Mrd. $ soll die Ersparnis gleich Null sein. Daher beträgt bei Y = 0 der Konsum 25 Mrd. $, und bei Y = 375 ist C = 275[16].

Die geplante Investition soll – unabhängig vom jeweiligen Einkommen – 25 Mrd. $ betragen. Der Schnittpunkt der Kurve der aggregierten Nachfrage mit der 45-Grad-Linie liegt daher bei einem Einkommen von 150 Mrd. $. Die Abbildung zeigt weiterhin, daß bei einem Einkommen von 150 Mrd. $ geplantes Investieren und Sparen einander gleich sind.

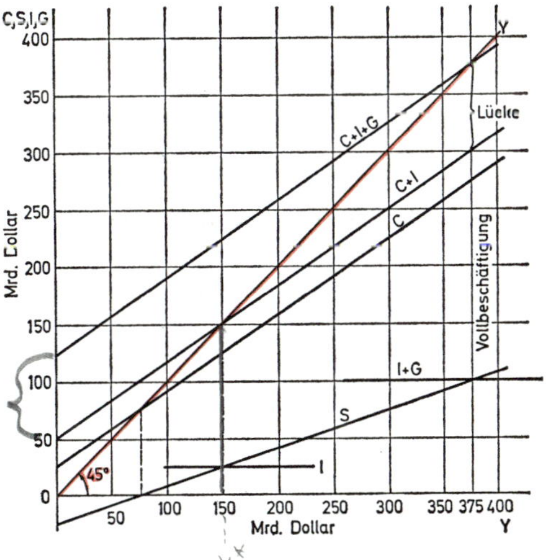

Abb. 6.1: Die deflatorische Lücke und die Wirkung von Staatsausgaben auf die Einkommenshöhe (alle Werte in realen Größen)

[16] Die Gleichung für die Konsumfunktion lautet
$C = C_0 + cY_v = 25 + \frac{2}{3} Y_v$.

Für die Analyse bildet diese Situation – sie sei als Zustand I bezeichnet – den Ausgangspunkt, dem die Auswirkungen der einzelnen finanzpolitischen (fiskalischen) Maßnahmen gegenübergestellt werden sollen.

Die Ausgangslage läßt sich folgendermaßen zusammenfassen:

Zustand I

$Y = 150 = Y_v$

$C = 125$

$I = S = 25$

$G = T = 0$

Bei der Einkommensanalyse hat es sich als sinnvoll erwiesen, mit dem Konzept der inflatorischen oder deflatorischen Lücke zu arbeiten. Zur Erläuterung dieser Begriffe sei angenommen, das Vollbeschäftigungseinkommen der hypothetischen Volkswirtschaft liege bei 375 Mrd. $. Die Lücke wird dann definiert als die Differenz zwischen der Höhe der aggregierten Nachfrage, die beim *Vollbeschäftigungseinkommen* tatsächlich besteht, und dem Nachfrageniveau, das zur Erzielung der Vollbeschäftigung erforderlich wäre. Wird auf der Einkommensachse in Höhe des Vollbeschäftigungsniveaus eine Vertikale errichtet, dann ist die Vollbeschäftigung realisiert, wenn die Kurve der aggregierten Nachfrage die 45-Grad-Linie in dem Punkt schneidet, in dem diese wiederum mit der Vollbeschäftigungs-Vertikalen zum Schnitt gelangt. M. a. W., beim Vollbeschäftigungseinkommen muß die aggregierte Nachfrage 375 Mrd. $ betragen. In dem vorliegenden Beispiel zeigt sich jedoch, daß beim Vollbeschäftigungseinkommen der Konsum lediglich 275 Mrd. $ und die Investition 25 Mrd. $ ausmachen. Die aggregierte Nachfrage beim Vollbeschäftigungseinkommen beträgt also nur 300 Mrd. $, so daß eine deflatorische Lücke in Höhe von 75 Mrd. $ besteht. Würde dagegen die Kurve der aggregierten Nachfrage die Vollbeschäftigungslinie oberhalb deren Schnittpunkt mit der 45-Grad-Linie schneiden, dann würde die aggregierte Nachfrage die zur Vollbeschäftigung notwendige Höhe übersteigen, und es würde eine inflatorische Lücke vorliegen. Wenn die aggregierte Nachfrage bei Vollbeschäftigung z.B. 400 Mrd. $, das Vollbeschäftigungseinkommen dagegen 375 Mrd. $ betrüge, läge eine inflatorische Lücke in Höhe von 25 Mrd. $ vor.

Wenn das Ausmaß der Lücke und der Wert des Multplikators bekannt sind, läßt sich das Gleichgewichtseinkommen noch auf eine andere Weise bestimmen. Dazu sei von einer vollbeschäftigten Volkswirtschaft ausgegangen, in der sich aufgrund sinkender Investitionsneigung eine deflatorische Lücke von 75 Mrd. $ ergibt. Der Einkommensrückgang entspricht dem Produkt aus diesem Nachfrageausfall und dem Multiplikator. Da die marginale Konsumneigung dieser Volkswirtschaft $^2/_3$ beträgt, hat der Multiplikator einen Wert von 3. Das Absinken der aggregierten Nachfrage um 75 Mrd. $ führt also zu einer Einkommenseinschränkung um 225 Mrd. $ auf 150 Mrd. $. Eine deflatorische Lücke von 75 Mrd. $ führt demnach dazu, daß das Einkommen um einen solchen Betrag unter das Vollbeschäftigungsniveau absinkt, der dem Produkt aus deflatorischer Lücke und Multiplikator entspricht. Allgemein läßt sich daher das Gleichgewichtseinkommen nach folgender Formel errechnen:

$$Y = Y^* - \text{Lücke} \times \text{Multiplikator} \qquad (6.3.)$$

wobei Y* das Vollbeschäftigungseinkommen darstellt. Werden in das Beispiel numerische Werte eingesetzt, ergibt sich

$$Y = 375 - (75 \times 3) = 150$$

Das Ausmaß der deflatorischen Lücke entspricht dem Betrag, um den die aggregierte Nachfrage erhöht werden muß, um das Einkommen auf das Vollbeschäftigungsniveau anzuheben. Im vorliegenden Beispiel beträgt die deflatorische Lücke 75 Mrd. $. Deshalb muß sich die Kurve der aggregierten Nachfrage um 75 Mrd. $ nach oben verschieben. Wenn die Nachfrageerhöhung tatsächlich eintritt, steigt das Einkommen um den Betrag der Nachfrageausweitung mal dem Multiplikator. Wird die aggregierte Nachfrage mit dem Symbol N gekennzeichnet, so läßt sich folgende allgemeine Multiplikatorformel aufstellen:

$$\frac{\Delta Y}{\Delta N} = \frac{1}{1 - c} \qquad (6.\ 4.)$$

wobei ΔY die Einkommensänderung und ΔN die Veränderung (senkrechte Verschiebung) der Kurve der aggregierten Nachfrage darstellt.

Was die Auswirkungen auf das Einkommensniveau anbetrifft, ist es völlig unbedeutend, wie die Erhöhung der aggregierten Nachfrage verursacht wird. Die aggregierte Nachfrage mag steigen, weil die Konsumenten ihren Geschmack ändern oder weil sie nach einer Steuersenkung ein höheres verfügbares Einkommen haben. Sie mag steigen, weil sich die Investitionsneigung der Unternehmer erhöht oder schließlich weil die Staatsausgaben zunehmen. Unabhängig von der Ursache wird jede Erhöhung der aggregierten Nachfrage das Gleichgewichtseinkommen um den Zuwachs an aggregierter Nachfrage mal dem Multiplikator steigen lassen. Im vorliegenden Beispiel würde sich aus jeder Erhöhung der aggregierten Nachfrage um 1 Mrd. $ eine Steigerung des Gleichgewichtseinkommens um 3 Mrd. $ ergeben.

Versetzen wir uns nun in die Situation des Zustands I zurück. Das Gleichgewichtseinkommen beträgt 150 Mrd. $, das Vollbeschäftigungseinkommen 375 Mrd. $, und gleichzeitig besteht eine deflatorische Lücke in Höhe von 75 Mrd. $. Diese Lücke soll nun durch eine Erhöhung der Staatsausgaben um 75 Mrd. $ geschlossen werden[17]. Als Folge dieser Maßnahme verschiebt sich die Kurve der aggregierten Nachfrage um 75 Mrd. $, d. h., daß nunmehr die C + I + G-Kurve zur relevanten Nachfragekurve wird und das Gleichgewichtseinkommen um 225 Mrd. $ auf das Vollbeschäftigungsniveau von 375 Mrd. $ steigt.

Die neue Situation ist in Abb. 6. 1. dargestellt. Die Kurve der aggregierten Nachfrage, C + I + G, schneidet die 45-Grad-Linie bei einem Einkommen von 375 Mrd. $, und bei diesem Einkommen betragen die gesamten Zuflüsse, I + G, 100 Mrd. $. Da die Ersparnis ebenfalls 100 Mrd. $ ausmacht, stehen den Zuflüssen Abflüsse in gleicher Höhe gegenüber. Diese neue Situation sei als Zustand II bezeichnet, für den gilt:

Zustand II

$Y = 375$

$C = 275$

[17] Es soll nochmals daran erinnert werden, daß die praktischen Schwierigkeiten, eine derartige Erhöhung der Staatsausgaben in die Tat umzusetzen, hier unbeachtet bleiben.

I = 25

G = 75

S = 100

T = 0

Daraus folgt:

I + G = S + T

25 + 75 = 100 + 0

Zusammenfassend läßt sich feststellen: (1) Eine Zunahme der aggregierten Nachfrage erhöht das Gleichgewichtseinkommen um das Produkt aus Nachfragesteigerung und Multiplikator, unabhängig davon, wodurch die Nachfrageerhöhung verursacht wird; (2) die deflatorische Lücke ist ein Maßstab für den Fehlbetrag an aggregierter Nachfrage bei Vollbeschäftigung; (3) eine Möglichkeit, diese Lücke zu schließen, besteht darin, die Staatsausgaben um den Betrag zu erhöhen, den die Lücke ausmacht.

6. 3. Pauschalbesteuerung und die Multiplikatorwirkung eines ausgeglichenen Staatshaushalts

In diesem Abschnitt soll die Wirkung einer Pauschalbesteuerung untersucht werden. Pauschal- oder «Kopf»-Steuer bedeutet, daß der Steuerzahler einen Betrag zu entrichten hat, dessen Höhe unabhängig von seinen wirtschaftlichen Verhältnissen festgelegt wird. Im nächsten Abschnitt wird die Analyse auf den Fall einer proportionalen Einkommensteuer ausgedehnt.

Betrachten wir Abb. 6. 2., in der die Konsumfunktion aus 6. 1. als Kurve C_0 dargestellt ist, und nehmen wir an, die Volkswirtschaft befinde sich gegenwärtig im Zustand II. Da den Staatsausgaben in Höhe von 75 Mrd. $ keine Steuereinnahmen gegenüberstehen, entsteht ein jährliches Haushaltsdefizit von 75 Mrd. $. Nehmen wir

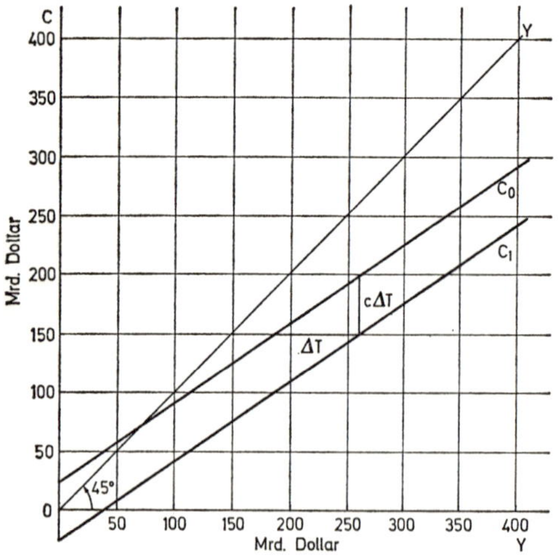

Abb. 6.2: Auswirkung einer Pauschalbesteuerung auf die Konsumfunktion (alle Werte in realen Größen)

an, nun werde eine Pauschalbesteuerung eingeführt, deren Ertrag sich auf 75 Mrd. $ beläuft. Die Steuer mindert das verfügbare Einkommen unabhängig vom jeweiligen Einkommensniveau um 75 Mrd. $. Da die marginale Konsumneigung $^2/_3$ beträgt, veranlaßt der Verlust an verfügbarem Einkommen die Konsumenten, ihren Konsum um 50 Mrd. $, also um $^2/_3 \times 75$ Mrd. $, und das Sparen um 25 Mrd. $ einzuschränken. Folglich verschiebt sich die Konsumfunktion bei jeder Einkommenshöhe um 50 Mrd. $ nach unten.

Diese neue Konsumfunktion ist in der Abb. 6. 2. als Kurve C_1 dargestellt. Der vertikale Abstand zwischen C_1 und C_0 beträgt 50 Mrd. $ und entspricht dem Produkt aus zusätzlicher Steuereinnahme und marginaler Konsumneigung. Der horizontale Abstand zwischen beiden Kurven entspricht dem Ertrag aus der Steueränderung[18].

Im letzten Abschnitt haben wir gesehen, daß eine Erhöhung der Staatsausgaben um 1 $ die Kurve der aggregierten Nachfrage um 1 $ nach oben verschiebt. Nunmehr stellen wir jedoch fest, daß sich diese Regel auf die Besteuerung nicht analog anwenden läßt. Da die Steuererhöhung auch Einkommensbestandteile aufzehrt, die sonst sicherlich gespart worden wären, ist die Verschiebung der Konsumfunktion und damit der Kurve der aggregierten Nachfrage nicht gleich 1. Vielmehr entspricht sie der Veränderung des Steuerertrages mal der marginalen Konsumneigung.

Die ursprüngliche Veränderung der aggregierten Nachfrage infolge der Steuererhöhung ist

$$\Delta N = \Delta C = -c\Delta T$$

Ersetzen wir ΔN in Gleichung 6. 4. durch $-c\Delta T$, dann ergibt sich folgende Veränderung des Gleichgewichtseinkommens:

$$\frac{\Delta Y}{\Delta T} = \frac{-c}{1-c} = \frac{-^2/_3}{1-^2/_3} = -2$$

Der Steuermultiplikator ist also dem Betrage nach genau um 1 geringer als der Staatsausgabenmultiplikator. Jeder Dollar an zusätzlichen Steuereinnahmen wird also das Einkommen um 2 Dollar senken, und bei einer Steuererhöhung von insgesamt 75 Mrd. $ müßte das Gleichgewichtseinkommen um 150 Mrd. $ auf 225 Mrd. $ fallen.

Dieses Ergebnis wird durch Abb. 6. 3. bestätigt. C_0 soll die ursprüngliche Konsumfunktion und $C_0 + I + G$ die Kurve der aggregierten Nachfrage in Zustand II darstellen. Durch die Besteuerung verschiebt sich die Konsumfunktion um 50 Mrd. $

[18] Der Konsum ist eine Funktion des verfügbaren Einkommens

$$C = a + cY_v.$$

Das verfügbare Einkommen beträgt

$$Y_v = Y - T.$$

Daher läßt sich die Konsumfunktion darstellen als

$$C = a + c(Y - T).$$

Bei gegebenem Einkommen beträgt die von einer Steueränderung verursachte Konsumverschiebung

$$\Delta C = -c\Delta T$$

und gibt bei einem fixierten Einkommensniveau das Ausmaß der vertikalen Verschiebung der Konsumfunktion an.

auf C_1, und damit sinkt auch die Kurve der aggregierten Nachfrage auf $C_1 + I + G$. Dieses Absinken um 50 Mrd. $ läßt eine deflatorische Lücke von 50 Mrd. $ entstehen, und bei einem auf die aggregierte Nachfrage bezogenen Multiplikator von 3 müßte das Einkommen um 150 Mrd. $ auf das neue Niveau von 225 Mrd. $ fallen. Abbildung 6.3. zeigt in der Tat, daß die neue Kurve der aggregierten Nachfrage die 45-Grad-Linie bei einem Einkommensniveau von 225 Mrd. $ schneidet. Um zu prüfen, ob dieses Ergebnis richtig ist, wollen wir die für diese neue Situation gefundenen Gleichgewichtswerte der Variablen berechnen und festhalten, daß, bei $Y = 225$ und $T = 75$, $Y_V = 150$ ist. Bei einem verfügbaren Einkommen von 150 Mrd. $ muß der Konsum 125 Mrd. $, das Sparen 25 Mrd. $ betragen. Damit läßt sich erkennen, daß Staatsausgaben von 75 Mrd. $ plus Investition von 25 Mrd. $ den gleichen Betrag ergeben, wie Sparen in Höhe von 25 Mrd. $ plus Steuern von 75 Mrd. $.

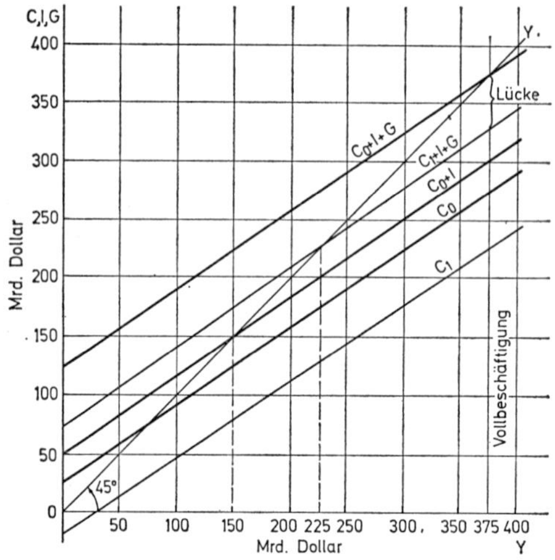

Abb. 6.3: Der Multiplikator eines ausgeglichenen Staatshaushaltes (alle Werte in realen Größen)

Die neue Situation, die als Zustand III bezeichnet werden soll, läßt sich folgendermaßen zusammenfassen:

Zustand III

$Y = 225$

$Y_V = Y - T = 225 - 75 = 150$

$C = 25 + {}^2/_3\, Y_V = 25 + {}^2/_3\,(Y - T) = 25 + {}^2/_3\,(150) = 125$

$S = Y_V - C = 150 - 125 = 25$

$I = 25$

$G = 75$

Daher gilt:

$I + G = S + T$

$25 + 75 = 25 + 75$

Betrachten wir dieses Ergebnis genauer. Im Zustand I betrug das Einkommen 150 Mrd. $, wobei weder Staatsausgaben noch Steuern anfielen. Dann stellten wir fest, daß eine Erhöhung der Staatsausgaben bei einer gleich großen Steuererhöhung das Einkommensniveau keineswegs unverändert läßt. Vielmehr bewirkt der gleichzeitige Einsatz beider Maßnahmen, daß das Einkommen im gleichen Umfang steigt wie die Staatsausgaben und Steuern. Damit wird deutlich, daß der Multiplikator genau den Wert 1 annimmt, wenn G und T gleichzeitig um denselben Betrag erhöht werden. Dies ist kein Zufall, sondern gilt unabhängig davon, welchen Wert die marginale Konsumneigung annimmt. Um zu erklären, warum dies der Fall ist, führe man sich vor Augen, daß der Staatsausgabenmultiplikator

$$\frac{\Delta Y}{\Delta G} = \frac{1}{1-c}$$

beträgt, der Steuermultiplikator indessen

$$\frac{\Delta Y}{\Delta T} = \frac{-c}{1-c}$$

Die Addition beider Multiplikatoren ergibt[18a]

$$\frac{\Delta Y}{\Delta G} + \frac{\Delta Y}{\Delta T} = \frac{1}{1-c} - \frac{c}{1-c} = \frac{1-c}{1-c} = 1$$

Um ganz sicherzugehen, daß wir dieses Ergebnis verstehen, brauchen wir es lediglich unter dem Aspekt zu betrachten, wie sich beide Maßnahmen auf die deflatorische Lücke auswirken. Im Zustand I liegt eine deflatorische Lücke von 75 Mrd. \$ vor. Durch eine Erhöhung der Staatsausgaben um 75 Mrd. \$ wird sie geschlossen. Wenn dann jedoch die Steuern um 75 Mrd. \$ erhöht werden, verschieben sich die Konsumfunktion und die Kurve der aggregierten Nachfrage um 50 Mrd. \$ nach unten. Die Kombination beider Maßnahmen verschiebt also die Kurven des Konsums und der aggregierten Nachfrage um 25 Mrd. \$ nach oben (wie der Vergleich von $C_0 + I$ im Zustand I und $C_1 + I + G$ im Zustand III verdeutlicht). Per Saldo steigt die aggregierte Nachfrage um 25 Mrd. \$. Wenden wir auf diesen Zuwachs unsere Multiplikatorformel an, dann wird ersichtlich, daß das Einkommen schließlich um $3 \times 25 = 75$ steigen muß.

Um zu erklären, warum dieses Ergebnis unabhängig vom Wert der marginalen Konsumneigung zustandekommt, sei diese mit $^4/_5$ angenommen. Der Multiplikator in bezug auf die aggregierte Nachfrage beträgt dann 5. Bei einer Erhöhung der Staatsausgaben um 1 \$ steigt auch die aggregierte Nachfrage um 1 \$. Steht dem eine Steuererhöhung um ebenfalls 1 \$ gegenüber, so verschiebt sich die Konsumfunktion um 80 Cents nach unten. Folglich ändert sich die aggregierte Nachfrage per Saldo um 20 Cents. Wenden wir darauf den Multiplikator von 5 an, dann zeigt sich, daß die Einkommensänderung wiederum genau der gleichmäßigen Erhöhung von G und T entspricht.

Fassen wir zusammen: Das hier diskutierte Ergebnis ist als Multiplikatortheorem des ausgeglichenen Budgets bekannt. Es besagt, daß eine gleichmäßige Erhöhung von Staatsausgaben und Steuern das Einkommen um eben diesen Zuwachsbetrag von G und T steigen läßt. Das bedeutet, daß Staatsausgaben und gleich große Steueränderungen einander nicht etwa aufheben und keineswegs davon gesprochen werden kann, der Staat lasse das Einkommensniveau unverändert, solange das Budget ausgeglichen ist. Der Budgetausgleich allein ist nicht entscheidend; ebenso wichtig ist die absolute Höhe des ausgeglichenen Haushalts.

[18a] Diese beiden (partiellen) Multiplikatoren können addiert werden, da $dG = dT$ gilt (vgl. Anhang zu Kapitel 6, 1. Kopfsteuer) (d. Übers.).

6. 4. Einkommensteuer und automatische Stabilisierung

In diesem Abschnitt wollen wir die Auswirkung der Einkommensbesteuerung untersuchen. Dazu nehmen wir an, daß die Pauschalsteuer durch eine 25prozentige proportionale Einkommensteuer ersetzt worden sei. Die Steuerfunktion lautet also

$$T = tY = 0{,}25\ Y$$

wobei t der Steuersatz ist.

Betrachten wir zunächst die Wirkung der Einkommensteuer auf die Konsumfunktion. Wir haben oben gesehen, daß eine Pauschalbesteuerung die Konsumfunktion parallel nach unten verschiebt. Die Wirkung der Einkommensteuer besteht dagegen in einer Drehung der Kurve. Dies ist in Abb. 6. 4. gezeigt, wobei C_0 die ursprüngliche Konsumfunktion und C_2 diejenige nach Einführung der Steuer darstellt.

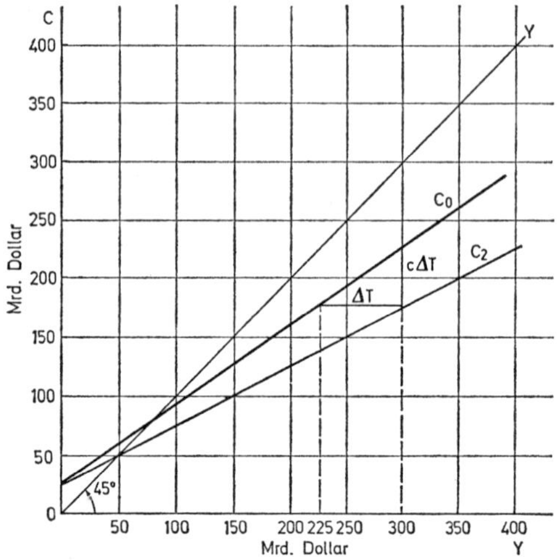

Abb. 6.4: Auswirkung einer proportionalen Einkommensteuer auf die Konsumfunktion (alle Werte in realen Größen)

Die Ursache der Drehung läßt sich unschwer finden. Die Höhe der Steuereinnahmen ist proportional zum Einkommen. Folglich verändern sich auch verfügbares Einkommen und Konsum proportional zum Einkommen. Bei einem Einkommen von Null fallen überhaupt keine Steuereinnahmen an, und der Konsum ist der gleiche, wie er es ohne Steuergesetz wäre. Bei einem Einkommen von 300 Mrd. \$ betragen die Steuereinnahmen indessen 75 Mrd. \$, nämlich 0,25 × 300 Mrd. \$. Weil das verfügbare Einkommen daraufhin um 75 Mrd. \$ abnimmt, vermindert sich der Konsum bei einer marginalen Konsumneigung von $^2/_3$ um 50 Mrd. \$. So liegt C_2 bei einem Einkommen von 300 Mrd. \$ um 50 Mrd. \$ unter C_0.

Wie wir gesehen haben, führt die proportionale Einkommensteuer zu einer Drehung der Konsumfunktion, womit der Konsum proportional zum Einkommen sinkt. Wie bei der Pauschalbesteuerung entspricht der vertikale Abstand zwischen beiden Konsumfunktionen dem Produkt aus Steuereinkünften und marginaler Konsumneigung. Aus Abb. 6. 4. wird ersichtlich, daß bei einem Einkommen von 300 Mrd. \$ der Konsum nach Einführung der Steuer 50 Mrd. \$ niedriger ist als ohne Steuer. Der horizontale Abstand zwischen beiden Konsumfunktionen entspricht den Steuereinnahmen in Höhe von 75 Mrd. \$. Daher kennzeichnet der Schnittpunkt der horizontalen Verbindungslinie beider Konsumfunktionen mit C_0 das verfügbare Einkommen (hier 225 Mrd. \$).

Es ist wichtig festzuhalten, daß die Einkommensteuer die Steigung der Konsumfunktion, und damit den Wert des Multiplikators, verringert. Die Steigung von C_0 ist jene marginale Konsumquote, die wir oben durch das Symbol c gekennzeichnet und deren Wert wir mit $^2/_3$ angenommen haben. Um die Steigungen von C_0 und C_2 eindeutig auseinanderzuhalten, wollen wir c als die *marginale Konsumneigung in bezug auf das verfügbare Einkommen* bezeichnen und die Steigung von C_2 als die *marginale Konsumneigung in bezug auf das Sozialprodukt.*

Um die Steigung von C_2 zu bestimmen, brauchen wir nur festzuhalten, daß eine Erhöhung des Einkommens (Sozialprodukts) um 1 \$ die Steuereinnahmen um 25 Cents erhöht. Dementsprechend steigt das verfügbare Einkommen um 75 Cents. Da die marginale Konsumneigung in bezug auf das verfügbare Einkommen $^2/_3$ beträgt, steigt der Konsum um 0,50, nämlich um $^2/_3 \times {}^3/_4$. Das bedeutet, daß eine Einkommenserhöhung um 1 \$ nun mit einer Konsumsteigerung um 50 Cents verbunden ist. Die marginale Konsumneigung in bezug auf das Sozialprodukt ist demnach $^1/_2$, während die in bezug auf das verfügbare Einkommen $^2/_3$ beträgt. Abb. 6. 4. zeigt, daß die Steigung von C_2 tatsächlich genau $^1/_2$ ist.

Allgemein läßt sich sagen, daß bei einem Steuersatz von t Prozent eine Einkommenserhöhung von ΔY die Steuereinnahmen um $\Delta T = t\Delta Y$ erhöht, womit die Änderung des verfügbaren Einkommens

$$\Delta Y_v = \Delta Y - \Delta T = (1 - t)\Delta Y$$

beträgt. Wenn die marginale Konsumneigung in bezug auf das verfügbare Einkommen den Wert c hat, ist die Konsumänderung

$$\Delta C = c\Delta Y_v = c(1 - t)\Delta Y$$

Daraus folgt, daß die Steigung der Konsumfunktion $\Delta C/\Delta Y$ gleich $c(1 - t)$ ist. Daher hat auch die marginale Konsumneigung in bezug auf das Sozialprodukt den Wert $c(1 - t)$, in unserem numerischen Beispiel also $^2/_3 (1 - {}^1/_4) = {}^1/_2$.

Die Tatsache, daß infolge der Einkommensteuer die marginale Konsumneigung in bezug auf das Sozialprodukt abnimmt, bedeutet, daß die Einkommensteuer den Wert des Multiplikators verringert. Aus der Gleichgewichtsbedingung folgt, daß bei einer Erhöhung der Zuflüsse um einen beliebigen Betrag die Abflüsse in gleichem Maße zunehmen müssen, wenn das Gleichgewicht wiederhergestellt werden soll. Nehmen wir also an, daß die Staatsausgaben um 1 \$ steigen, und fragen wir, um welchen Betrag sich das Einkommen erhöhen muß, damit auch Ersparnis und Steuern um 1 \$ zunehmen. Wenn das Einkommen um 1 \$ steigt, erhöhen sich die Steuereinnahmen um 25 Cents:

$$\Delta T = t\Delta Y = 0{,}25$$

Das verfügbare Einkommen steigt um 75 Cents:

$$\Delta Y_v = (1 - t)\Delta Y = 0{,}75$$

und der Konsum steigt um 50 Cents:

$$\Delta C = c\Delta Y_v = c(1 - t)\Delta Y = 0{,}50$$

Entsprechend nimmt das Sparen um 25 Cents zu:

$$\Delta S = \Delta Y_v - \Delta C = (1 - c)(1 - t)\Delta Y = 0{,}25$$

Folglich erhöht eine Einkommenssteigerung um 1 $ Steuern und Ersparnis um jeweils 25 Cents, so daß die gesamten Abflüsse 50 Cents betragen:

$$\Delta T + \Delta S = t\Delta Y + (1 - c)\,(1 - t)\,\Delta Y = [1 - c\,(1 - t)]\,\Delta Y = 0{,}50$$

Um die Abflüsse um 1 $ zu erhöhen, muß das Einkommen also um 2 $ steigen. Unsere Multiplikatorformel nimmt nun folgende Gestalt an:

$$\frac{\Delta Y}{\Delta G} = \frac{1}{1 - c\,(1 - t)} = \frac{1}{1 - {}^{2}/_{3}\,(1 - {}^{1}/_{4})} = \frac{1}{{}^{1}/_{2}} = 2$$

Der Ausdruck c (1 — t) stellt die marginale Konsumneigung in bezug auf das Sozialprodukt dar. Der Ausdruck 1 — c (1 — t) bezeichnet denjenigen Teil eines jeden Dollars zusätzlichen Sozialprodukts, der in Form von Sparen und Steuern abfließt. Der Multiplikator ist folglich der reziproke Wert der Summe aller marginalen «Abflußneigungen».

Wir wollen sichergehen, daß wir diese Ergebnisse verstehen. Wenn die Besteuerung entweder gar nicht oder aber in pauschaler Form erfolgt, erhöht eine Steigerung der Staatsausgaben das verfügbare Einkommen zunächst um 1 $, von dem c Prozent wieder für Konsumzwecke verausgabt werden. Summieren wir sämtliche Akte der Wiederausgabe, erhalten wir den Multiplikator:

$$\frac{\Delta Y}{\Delta G} = \frac{1}{1 - c}$$

Sind die Steuern indessen eine Funktion des Einkommens, dann führt eine Steigerung der Staatsausgaben lediglich zu einer Erhöhung des verfügbaren Einkommens um 1 — t Prozent dieser Einkommenserhöhung, weil sofort t Prozent in Form von Steuern in die Staatskasse zurückfließen. Wenn das verfügbare Einkommen jedoch nur um 1 — t Prozent steigt und davon c Prozent wieder dem Konsum zufließen, werden c (1 — t) anstatt c Prozent dieses Dollars wieder dem Konsum zugeführt. Folglich wird die marginale Konsumneigung in bezug auf das Sozialprodukt verringert, und der Multiplikator erhält einen niedrigeren Wert, wie er in der Formel

$$\frac{\Delta Y}{\Delta G} = \frac{1}{1 - c\,(1 - t)}$$

zum Ausdruck kommt.

Diese Analyse veranschaulicht einen wichtigen Punkt, der in wirtschaftspolitischen Diskussionen häufig übersehen wird. Eine Erhöhung der Staatsausgaben um x Dollar führt nicht notwendigerweise zu einem gleich hohen Haushaltsdefizit, weil das aufgrund erhöhter Staatsausgaben gestiegene Einkommen teilweise in Form von Steuern in die Staatskasse zurückfließt. Die Analyse macht weiterhin deutlich, daß Bemühungen, das Budget mit Hilfe von Steuererhöhungen auszugleichen, sich bis zu einem bestimmten Ausmaß selbst zunichte machen. Denn Steuererhöhungen senken das verfügbare Einkommen, und die Steuereinnahmen bleiben daher möglicherweise hinter dem geschätzten Umfang zurück. Im vorliegenden hypothetischen Beispiel führt der Anstieg der Staatsausgaben um 1 $ zu seiner Einkommenserhöhung von 2 $. Folglich steigen die Steuereinnahmen um 50 Cents, und das bedeutet, daß bei einer Erhöhung der Staatsausgaben um 1 $ das Defizit nur um 50 Cents vergrößert wird.

Das vorliegende Beispiel verdeutlicht einen weiteren wesentlichen Begriff, nämlich den der eingebauten oder automatischen Stabilisierung. Die Einkommensteuer verringert über die Senkung der marginalen Konsumneigung in bezug auf das Sozialprodukt auch den Wert des Multiplikators und macht dadurch die Volkswirtschaft weniger anfällig gegen Schwankungen der aggregierten Nachfrage. Die Stabilisierungseffekte werden noch verstärkt, wenn die Steuersätze progressiv gestaltet sind. Das liegt daran, daß Steuerzahler mit steigendem Einkommen in höhere Steuerklassen geraten und ein größerer Teil ihres Einkommens weggesteuert wird. Entsprechend gelangen Steuerzahler in niedrigere Steuerklassen, wenn ihr Einkommen sinkt. Dies führt dazu, daß verfügbares Einkommen und Konsum tendenziell stärker stabilisiert werden als bei proportionaler Einkommensteuer.

Ein automatischer Stabilisator kann als ein in den Wirtschaftsablauf eingebauter Mechanismus betrachtet werden, der automatisch ein Haushaltsdefizit (und eine entsprechende Erhöhung des verfügbaren Einkommens) herbeiführt, sobald das Sozialprodukt sinkt. Infolge derartiger, automatisch bewirkter Defizite fallen verfügbares Einkommen und Konsum nicht in dem Umfang, wie sie es andernfalls getan hätten. Die Einkommen- und Körperschaftsteuer sind wesentliche Arten solcher automatischen Stabilisatoren. Weiterhin sind die Programme zur Arbeitslosenunterstützung zu nennen, die stellenlosen Arbeitern ein gewisses Niveau an verfügbarem Einkommen erhalten. Programme zur Stützung von Agrarpreisen verhindern, daß Agrarpreise und Einkommen in Rezessionsperioden sinken. Und schließlich tragen die Sozialversicherungsprogramme zur Stabilisierung des verfügbaren Einkommens bei, da die Versicherungsbeiträge in Rezessionszeiten geringer werden.

Um die Analyse zu vervollständigen, wollen wir untersuchen, wie sich die Einführung einer 25prozentigen Einkommensteuer auf das Einkommensniveau auswirkt. Dann wollen wir überprüfen, ob das Multiplikatortheorem eines ausgeglichenen Budgets auch unter den Bedingungen einer Einkommensbesteuerung gültig ist. Wir beginnen mit der Annahme, daß sich die Volkswirtschaft im Zustand II befinde. Das Gleichgewichtseinkommen beträgt beim Vollbeschäftigungsniveau 375 Mrd. \$, und die aggregierte Nachfrage folgt der in Abb. 6. 1. dargestellten Funktion $C_0 + I + G$. Diese Kurve ist in Abb. 6. 5. übertragen und dort als $C_0 + I + G_0$ bezeichnet. Bei dem Einkommen von 375 Mrd. \$ ist $C = 275$, $I = 25$ und $G = 75$. Da im Zustand II keine Steuern erhoben werden, beträgt das verfügbare Einkommen 375 Mrd. \$, dic Ersparnis 100 Mrd. \$ und das Haushaltsdcfizit 75 Mrd. \$.

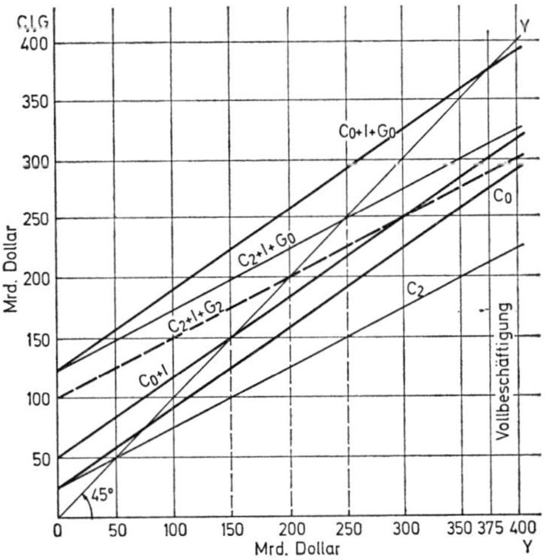

Abb. 6.5: Der Multiplikator eines ausgeglichenen Staatshaushaltes bei Einkommensbesteuerung (alle Werte in realen Größen)

Bei dieser Situation führen wir nun die 25prozentige Einkommensteuer ein. Dadurch dreht sich die Konsumfunktion abwärts von C_0 nach C_2, wodurch sich auch die Kurve der aggregierten Nachfrage von $C_0 + I + G_0$ nach $C_2 + I + G_0$ abwärts dreht. Bei dem Vollbeschäftigungseinkommen von 375 Mrd. $ führt eine 25-prozentige Steuer zu Einnahmen in Höhe von 93,75 Mrd. $ und zu einer ebenso großen Verringerung des verfügbaren Einkommens. Bei einer marginalen Konsumneigung in bezug auf das verfügbare Einkommen von $^2/_3$ sinkt der Konsum um 62,50 Mrd. $. Daher fällt auch die aggregierte Nachfrage beim Vollbeschäftigungseinkommen um 62,50 Mrd. $, und es entsteht eine deflatorische Lücke in gleichem Ausmaß.

Bei einer deflatorischen Lücke von 62,50 Mrd. $ und einem auf die aggregierte Nachfrage bezogenen Multiplikator von 2 ist zu erwarten, daß das Einkommen um 125 Mrd. $, nämlich $2 \times 62{,}50$ Mrd. $, gegenüber dem Vollbeschäftigungsniveau (375 Mrd. $) im Zustand II absinkt. Das neue Gleichgewichtseinkommen muß sich auf 250 Mrd. $ belaufen, also auf die Höhe, bei der sich die neue Kurve der aggregierten Nachfrage $C_2 + I + G_0$ und die 45-Grad-Linie schneiden.

Die neue Situation bezeichnen wir als Zustand IV. Zur Überprüfung der Ergebnisse fragen wir wiederum, ob die Gleichgewichtsbedingung erfüllt ist, und erhalten folgende Werte:

Zustand IV

$Y = 250$

$I = 25$

$G = 75$

$T = 0{,}25\ (250) = 62{,}5$

$Y_v = Y - T = 250 - 62{,}5 = 187{,}5$

$C = 25 + {}^2/_3\, Y_v = 150$

$S = Y_v - C = 37{,}5$

Daher ist

$S + T = I + G$

$37{,}5 + 62{,}5 = 25 + 75$

und das Defizit beträgt

$G - T = 75 - 62{,}5 = 12{,}5$

Fassen wir das Ergebnis zusammen: Die Veränderung des Gleichgewichtseinkommens, die sich aufgrund eines veränderten Einkommensteuersatzes ergibt, läßt sich folgendermaßen ableiten. Zunächst wird errechnet, wie groß die deflatorische Lücke ist, die die Steuer entstehen läßt. Daraufhin bildet man das Produkt aus dieser Lücke und demjenigen (auf die Änderung der aggregierten Nachfrage bezogenen) Multiplikator, der sich *nach* der Einführung der Steuer ergibt. Im vorliegenden Beispiel verringert eine 25prozentige Steuer den Wert des Multiplikators auf 2 und läßt eine deflatorische Lücke von 62,5 Mrd. $ entstehen. Das Einkommen sinkt daher um 125 Mrd. $ auf 250 Mrd. $.

Im Zustand IV betragen die Staatsausgaben 75 Mrd. $ und die Steuereinnahmen 62,5 Mrd. $, so daß ein Haushaltsdefizit von 12,5 Mrd. $ entsteht. Im Zustand V sollen nun die Staatsausgaben derart angepaßt werden, daß das Defizit geschlossen wird.

Eine Einschränkung der Staatsausgaben um 1 $ verringert das Einkommen um 2 $ und läßt damit die Steuereinnahmen um 50 Cents sinken. Dementsprechend ist es verfehlt anzunehmen, das Defizit verringere sich um den gleichen Betrag, um den die Staatsausgaben sinken. Vielmehr ist festzustellen, daß bei jedem Dollar, um den G gesenkt wird, T um 50 Cents abnimmt, und daher auch das Defizit nur um 50 Cents verringert wird. Daraus folgt, daß die Staatsausgaben um 25 Mrd. $, nämlich um 12,5/0,5 beschnitten werden müssen, um das Defizit von 12,5 Mrd. $ zum Verschwinden zu bringen.

Wenn G um 25 Mrd. $ gesenkt wird, fällt das Einkommen um 50 Mrd. $ auf die neue Höhe von 200 Mrd. $. Abb. 6. 5. bestätigt, daß die neue Kurve der aggregierten Nachfrage ($C_2 + I + G_2$) die 45-Grad-Linie bei einem Einkommen von 200 Mrd. $ schneidet. Diese Situation wird als Zustand V bezeichnet, wobei erneut zu beobachten ist, daß sich Zuflüsse und Abflüsse ausgleichen.

Zustand V

$Y = 200$

$I = 25$

$G = 50$

$T - 0{,}25\,(200) = 50$

$Y_v = Y - T = 150$

$C = 25 + {}^2/_3\, Y_v = 125$

$S = Y_v - C = 25$

Daher ist

$S + T = I + G$

$25 + 50 = 25 + 50$

und

$T = 50 = G$

Wir stellen nun fest, daß im Ausgangspunkt des Zustands I, als G = T = O war, das Gleichgewichtseinkommen 150 Mrd. $ betrug. Im Zustand V hat nun das Einkommen eine Höhe von 200 Mrd. $, während sich G und T auf einem Niveau von 50 Mrd. $ ausgleichen. Weiterhin ist ersichtlich, daß diese 50 Mrd. $ der Differenz der beiden Einkommensniveaus des Zustands I und V entsprechen. Aus diesem Ergebnis läßt sich schließen, daß das Multiplikatortheorem des ausgeglichenen Staatshaushaltes unter den Bedingungen einer Einkommensbesteuerung ebenso gilt wie bei einer Pauschalbesteuerung. Damit läßt sich folgender Satz aufstellen: Bei jedem beliebigen Steuersatz führt eine Erhöhung der Staatsausgaben, die den Staatshaushalt genau ausgleicht, zu einem Gleichgewichtseinkommen, das das Einkommen einer Wirtschaft ohne staatliche Aktivität genau um den Betrag des ausgeglichenen Budgets übersteigt. Oder, um den Satz umzukehren: Wenn sich für Staatsausgaben in jeder beliebigen Höhe ein Steuersatz finden läßt, der zum Haushaltsausgleich führt, dann übersteigt das erzielte Gleichgewichtseinkommen gerade um den Betrag von G und T dasjenige Niveau, das erreicht worden wäre, wenn sowohl G als auch T gleich Null gewesen wären[19].

6. 5. Zusammenfassung und Schlußbemerkungen

In diesem Kapitel haben wir die rein mechanischen Aspekte der Finanzpolitik durchleuchtet. Wir haben gesehen, daß Staatsausgaben eine stärkere Wirkung auf das Einkommensniveau haben als entsprechend hohe Steuereinnahmen. Daraus folgt, daß der gesamte Einfluß finanzpolitischer Maßnahmen auf die Einkommenshöhe nicht allein am Umfang des Haushaltsdefizits gemessen werden kann. Wir haben ferner gesehen, daß die Einkommensteuer den Wert des Multiplikators verringert und damit als automatischer Stabilisator wirkt.

Obwohl die Untersuchung mehr die mechanischen Aspekte in den Vordergrund gestellt hat, läßt sie doch einige nützliche und wichtige politische Schlußfolgerungen zu. Wenn z.B. die Wirtschaft in eine Krise gerät, wird vielfach eine Steuersenkung erwogen. Dem steht jedoch gegenüber, daß die Steuereinnahmen bei sinkenden Einkommen automatisch fallen. Da viele offizielle Stellen an dem Gedanken kleben, daß Steuersenkungen in einer Periode des Haushaltsdefizits denkbar ungeeignet seien, entsteht die Gefahr, daß Steuersenkungen gerade zu der Zeit auf Widerstand stoßen, zu der sie am dringlichsten benötigt werden. Darüberhinaus fand während der späten fünfziger Jahre die Theorie viel Anklang, nach welcher eine Regierung nie und nimmer die Kraft habe, einmal gesenkte Steuern wieder zu erhöhen. Schließlich wurde häufig die Befürchtung ausgedrückt, daß Steuersenkungen im Falle eines nur geringfügigen wirtschaftlichen Abschwungs den Konsum übermäßig anregen und damit inflatorische Tendenzen auslösen könnten.

Wer das ABC der Finanzpolitik kennt, weiß, wie gefährlich derartige Anschauungen sind. Wenn man eine Wirtschaftskrise erst einmal größere Ausmaße annehmen läßt, bevor man sich schließlich doch zu einer Steuersenkung entschließt, um die Vollbeschäftigung wiederherzustellen, dann muß man die Steuern weitaus drastischer senken, als dies bei sofortigem Handeln erforderlich gewesen wäre. Zudem kann ein weiterer Einkommensrückgang infolge der Zurückhaltung gegenüber einer Steuersenkung das Budgetungleichgewicht und damit die Abneigung gegenüber Steuersenkungen noch mehr vergrößern. Je mehr schließlich die Steuern gekürzt werden, desto mehr müssen sie erhöht werden, wenn die Vollbeschäftigung wieder erreicht ist.

Unglücklicherweise läßt sich aus der mangelnden Einsicht in die finanzpolitischen Zusammenhänge politisches Kapital schlagen. Es ist in der Politik durchaus üblich, in Rezessionszeiten damit Stimmen zu fangen, daß man der Öffentlichkeit erklärt,

[19] Diese Lehrsätze sind im Anhang zu diesem Kapitel bewiesen. Der interessierte Leser mag ferner nachlesen bei Richard A. Musgrave, The Theory of Public Finance, Chap. 18, McGraw-Hill Book Company, 1959; und William A. Salant, «Taxes, Income Determination, and the Balanced Budget Theorem», Review of Economics and Statistics, 39:152–161, 1957.

die gegnerische Partei sei nicht nur außerstande, den Wohlstand zu erhalten, sondern betreibe darüberhinaus eine schludrige Finanzpolitik. Die Logik dieser Argumentation ist unfehlbar, da Rezessionen stets von Haushaltsdefiziten begleitet werden. Wenn wir uns klarmachen, daß mit beginnender Rezession die Staatseinnahmen abnehmen müssen und ein Haushaltsdefizit praktisch unvermeidbar wird, sollten wir daraus bald lernen, derartige politische Machenschaften zu durchschauen.

7. Die Höhe der Investition

7.1. Einleitung

Bisher haben wir zwei Komponenten der aggregierten Nachfrage, den Konsum und die Staatsausgaben, untersucht. Der Konsum hängt in erster Linie ab vom verfügbaren Einkommen, das wiederum durch das NSP bestimmt wird, von der Steuerstruktur sowie von Höhe und Art der verschiedenen Modelle staatlicher Transferzahlungen. Über die Staatsausgaben läßt sich, zumindest an dieser Stelle, wenig aussagen, da diese als «autonom» anzusehen sind, d.h. sie werden von der Regierung bestimmt und sind nicht direkt von der inneren Struktur des ökonomischen Systems abhängig[20]. Die Investitionen sind wie die Staatsausgaben bisher als autonom angesehen worden. In diesem Kapitel lassen wir die vereinfachte Annahme, die Höhe der Investition sei gegeben, fallen.

Bei der Entscheidung, wie er sein Portefeuille strukturieren soll, um den größtmöglichen Nutzen zu erzielen, muß ein Kapitaleigner erwägen, daß unterschiedliche Kapitalanlagen unterschiedliche Erträge abwerfen und unterschiedliche Risiken bergen. Er muß beispielsweise entscheiden, ob für ihn der Nutzenentgang, der darin liegt, daß bei einer Aktie das Risiko vergleichsweise größer ist als bei einem festverzinslichen Wertpapier, durch denjenigen Nutzenzuwachs ausgeglichen wird, der sich aus der größeren Gewinnmöglichkeit der Aktie ergibt. Er muß entscheiden, ob und in welchem Umfang er langfristige Wertpapiere, kurzfristige Wertpapiere, Aktien oder andere Kapitalanlagen erwerben soll. Ein Unternehmer muß abwägen, ob es gewinnbringender ist, mit seinem Kapital den eigenen Betrieb weiterauszubauen oder aber Wertpapiere, wie etwa Aktien einer anderen Unternehmung, zu erwerben. Desgleichen muß er überlegen, ob die aus der neuen Investition erwarteten Erträge auch größer sind als die Zinsen für das zur Betriebserweiterung geliehene Kapital. Das Problem, die Nachfrage nach Investitionsgütern zu bestimmen, kann daher mit dem Problem, sein Vermögen sinnvoll zu strukturieren, gleichgesetzt werden. Denn die Investitionsentscheidung hängt davon ab, ob es gewinnbringender ist, durch eine Investition neue Anlagegüter zu schaffen, als bereits vorhandene Vermögensobjekte zu halten. Wenn z.B. ein Kapitalanleger aus einer Schuldverschreibung 5 Prozent, aus dem Kauf einer neuen Maschine dagegen nur 4 Prozent Verzinsung ziehen kann, wird er die Maschine natürlich nicht kaufen, es sei denn, das Wertpapier berge ein sehr viel größeres Risiko. Wenn Regierung und Notenbank es lieber sähen, daß er die Maschine kaufte, weil dadurch das Einkommensniveau stiege, müßten sie versuchen, seine Vorliebe für Wertpapiere dahingehend zu beeinflussen, daß die Maschine für ihn die interessantere Alternative gegenüber anderen Anlagemöglichkeiten würde. Der erste Schritt, der erforderlich ist, um die Beziehungen zwischen den verschiedenen Anlagearten zu erklären, besteht darin, das Verhältnis vom Marktwert eines Vermögensobjekts zu seiner Ertragsrate (Verzinsung) zu untersuchen.

[20] Natürlich können die Staatsausgaben erhöht werden, um einem Einkommensrückgang zu begegnen. Da solche Erhöhungen aber in keiner Weise automatisch erfolgen, müssen die Staatsausgaben als eine «autonome» oder «exogene» Variable betrachtet werden.

7.2. Berechnung des Gegenwartswerts einer Kapitalanlage

Nehmen wir an, der Zinssatz betrage 5 Prozent. Wenn jemand heute 100 $ verleiht, erhält er am Jahresende die ursprünglichen 100 $ plus diese Summe multipliziert mit dem Zinssatz zurück. Arithmetisch heißt das

$$100 + 100 \times 0{,}05 = 100\,(1 + 0{,}05) = 105\ \$$$

Wenn der Zinsfuß mit i und die Leihsumme mit P_0 bezeichnet werden, erhält der Verleiher, allgemein ausgedrückt, am Ende des ersten Jahres

$$P_1 = P_0\,(1 + i) \tag{7.1.}$$

Leiht er den Betrag P_1 für ein weiteres Jahr aus, erhält er

$$P_2 = P_1\,(1 + i)$$

Da aber $P_1 = P_0\,(1 + i)$ ist, gilt

$$P_2 = P_0\,(1 + i)\,(1 + i) = P_0\,(1 + i)^2$$

Verleiht er P_0 für drei Jahre, dann bekommt er

$$P_3 = P_0\,(1 + i)^3$$

Daraus läßt sich ableiten, daß für eine über t Jahre zu Zinsen verliehene Summe P_0 am Ende der t Jahre

$$P_t = P_0\,(1 + i)^t \tag{7.2.}$$

zurückgezahlt werden[21].

[21] In der Gleichung 7.2. wird davon ausgegangen, daß die Zinsen einmal im Jahr abgerechnet werden. Häufig geschieht das jedoch auch halbjährlich. Dann wird P_0 nur sechs Monate verzinst, und die effektive Verzinsung beträgt nicht i sondern i/2. Daher beträgt der Kapitalwert am Ende der sechs Monate $P_0\,(1 + i/2)$, worauf wiederum die Zinsen für die nächsten sechs Monate bezogen werden. Zu Ende des Jahres gilt dann

$$P_t = P_0\,(1 + i/2)\,(1 + i/2) = P_0\,(1 + i/2)^2$$

Daraus läßt sich ableiten

$$P_t = P_0\,(1 + i/2)^{2t}$$

Wenn die Verzinsung jährlich g mal erfolgt, erhalten wir

$$P_t = P_0\,(1 + i/g)^{gt}$$

Für gewisse Zwecke ist es nützlich, P_t zu kennen, wenn die Verzinsung in infinitesimalen Intervallen erfolgt. Die letzte Gleichung läßt sich umformen in

$$P_t = P_0\,[(1 + i/g)^{g/i}]^{it}$$

Wenn g einen sehr großen Wert annimmt, nähert sich der Ausdruck $(1 + i/g)^{g/i}$ der Zahl 2,7183. Diese Zahl wird als e bezeichnet und bildet die Basis des Systems der natürlichen Logarithmen, so wie 10 die Basis des üblichen logarithmischen Systems ist. Daher gilt

$$P_t = P_0 e^{it}$$

Ferner ist

$$\log_e P_t = \log_e P_0 + it \log_e e$$

Da jedoch $\log_e e = 1$ ist, erhalten wir die geradlinige Funktion

$$\log_e P_t = \log_e P_0 + it$$

Unser nächster Schritt besteht darin, die ursprüngliche Fragestellung umzukehren: Wenn ein Wirtschaftssubjekt nach einem Jahr P_1 \$ zurückerhält, welchen Wert hat dann die Anlage heute? Die Antwort erhält man, indem man die Gleichung (7. 1.) nach P_0 auflöst. Das ergibt

$$P_0 = \frac{P_1}{1 + i}$$

Es zeigt sich also, daß eine Anlage, die in einem Jahr 105 \$ wert ist, bei einem Marktzins von 5 Prozent einen Gegenwartswert von 100 \$ hat. Wenn der Kapitaleigner versuchte, seinen zukünftigen Anspruch für mehr als 100 \$ zu verkaufen, fände er wohl schwerlich einen Käufer, weil jeder potentielle Käufer auch mit einer Ausgabe von 100 \$ nach Ablauf eines Jahres 105 \$ erzielen könnte und daher töricht sein müßte, mehr als 100 \$ für diesen Anspruch zu zahlen. Ebenso sollte der Kapitaleigner seinen zukünftigen Anspruch auch nicht unter 100 \$ verkaufen. Wenn er das nämlich täte und den Erlös wieder anlegte, würde er bei einem Marktzins von 5 Prozent am Jahresende weniger als 105 \$ erhalten. Der einzig mögliche Gegenwartswert des zukünftigen Anspruchs von 105 \$ muß also 100 \$ sein. Wenn indessen der Marktzins auf 2 Prozent fiele, dann stiege der Gegenwartswert – bei einem Zukunftswert von 105 \$ – auf 102, 94 \$, weil dieser Betrag bei dem neuen Zinssatz ausgeliehen werden müßte, um nach einem Jahr 105 \$ zurückzuerhalten.

Ein heute ausgeliehener Betrag P_0 wird nach zwei Jahren P_0 $(1 + i)^2$ wert sein. Heute ließe er sich für P_0 verkaufen. Jeder, der dumm genug wäre, dafür mehr als P_0 zu bezahlen, könnte andererseits bei dem gegebenen Zinssatz mit der von ihm gezahlten Summe in zwei Jahren mehr als P_2 erzielen. Wenn andererseits der Kapitaleigner seinen Anspruch törichterweise für weniger als P_0 verkaufte und den Erlös erneut anlegte, wäre er nicht imstande, nach zwei Jahren den Betrag P_2 zu erzielen. Wenn der Wert einer Anlage in t Jahren P_t beträgt, so gilt für den Gegenwartswert die allgemeine Formel

$$P_0 = \frac{P_t}{(1 + i)^t} \qquad (7.\ 3.)$$

Ein Anspruch, der sich erst in sehr ferner Zukunft realisieren läßt, muß im Vergleich zu dem zukünftigen einen sehr geringen gegenwärtigen Wert haben. Die Indianer, die 1624 Manhattan Island für 24 \$ in Muschelgeld verkauft haben, werden heute wegen ihres törichten Geschäfts verhöhnt. Hätten sie indessen die 24 \$ für 344 Jahre gegen Zinsen ausgeliehen, dann könnten sie theoretisch einen Betrag erzielt haben, der durchaus dem vergleichbar wäre, den man 1968 für den Kauf von Manhattan Island aufbringen müßte.

Gehen wir nun dazu über, den Gegenwartswert eines festverzinslichen Wertpapiers zu bestimmen. Anstelle eines einmaligen Anspruchs zu einem festgelegten zukünftigen Zeitpunkt gewährt ein Anleihepapier eine ganze Reihe verschieden terminierter zukünftiger Ansprüche. Nehmen wir einmal an, daß jedes Jahr ein Coupon von dem Wertpapier abgetrennt und gegen einen festen Betrag R eingelöst werden kann. Wenn keine Coupons mehr übrig sind, erreicht die Anlage ihre Fälligkeit und wird zu ihrem Nennwert P eingelöst. Der Gegenwartswert der Anleihe entspricht dem Wert aller auf den heutigen Tag abgezinsten zukünftigen Erträge plus dem abgezinsten Wert des fälligen Papiers. Der Coupon, der nach einem Jahr abgetrennt wird und dann den Wert R hat, könnte heute für $R/(1 + i)$ verkauft werden; der nach zwei Jahren fällige Coupon ließe sich heute für $R/(1+i)^2$ verkaufen; der letzte Coupon würde für $R/(1+i)^n$ verkauft, wobei n die Anzahl der Jahre von heute bis zum Fälligkeitstermin angibt; schließlich könnte noch der Anspruch auf den Fälligkeitswert für $P/(1+i)^n$ verkauft werden. Folglich beträgt der Gegenwartswert der Anleihe

$$V = \frac{R}{1+i} + \frac{R}{(1+i)^2} + \ldots\ldots + \frac{R}{(1+i)^n} + \frac{P}{(1+i)^n}$$

Unter Anwendung der einfachen Technik zur Addition einer geometrischen Reihe ergibt sich folgende Formel[22]:

$$V = \frac{R}{i}\left[1 - \frac{1}{(1+i)^n}\right] + \frac{P}{(1+i)^n} \qquad (7.\,4.)$$

Wenn das Fälligkeitsdatum in sehr ferner Zukunft liegt (Anleihen ohne Fälligkeitstermin werden als Konsols bezeichnet), wird n sehr groß, so daß gilt

$$V = \frac{R}{i} \qquad (7.\,5.)$$

Aus Gleichung (7. 5.) geht hervor, daß der Wert einer Anleihe mit ewiger Laufzeit, die jährlich 50 \$ abwirft, bei einem Zins von 5 Prozent 1000 \$ betragen muß. Selbst wenn der Wertpapierbesitzer nicht mit der Finanzmathematik vertraut ist, wird er durch schmerzliche Erfahrungen bald lernen, daß es für die Anleihe nur einen Preis geben kann. Sollte er versuchen, das Papier für mehr als 1000 \$ zu verkaufen, würden die erwarteten Käufer ihn verspotten, da sie 50 \$ auch verdienen könnten, wenn sie nur 1000 \$ verleihen würden; da das Papier auch nicht mehr einbringt, wäre es ziemlich unsinnig, mehr als 1000 \$ dafür auszugeben. Wenn der Besitzer allerdings dumm genug wäre, es für 900 \$ abzugeben, würde er zu seinem Ärger bald feststellen, daß er nur 45 \$ verdienen könnte, wenn er die 900 \$ wiederum für ein Jahr verleihen würde; hätte er das Papier hingegen behalten, würde er nach einem Jahr 50 \$ verdient haben.

Die Gleichungen (7. 4.) und (7. 5.) machen deutlich, daß zwischen dem Preis der Anleihe und dem Zinssatz ein reziprokes Verhältnis besteht. Nehmen wir an, der Zinssatz falle auf 2 Prozent. Der Wert des Anleihepapiers, das vorher für 1000 \$ verkauft wurde und 5 Prozent oder 50 \$ abwarf, steigt jetzt auf 2500 \$. Das liegt darin begründet, daß ein potentieller Käufer nunmehr 2500 \$ aufwenden müßte, um jährlich 50 \$ zu verdienen, während er bei einem Zinssatz von 5 Prozent nur 1000 \$ hätte anlegen müssen. Wiederum wäre es von dem Besitzer töricht, das Papier für 2000 \$ zu verkaufen, weil er nur 40 \$ pro Jahr erzielte, wenn er den Erlös neu anlegte. Behielte er das Papier dagegen, könnte er 50 \$ erzielen.

[22] Wenn der Marktzins genau so hoch ist wie die auf den Nennwert des Papiers bezogene Verzinsung, ist $R = iP$ und

$$V = \frac{iP}{i}\left[1 - \frac{1}{(1+i)^n}\right] + \frac{P}{(1+i)^n} = P$$

Der Wert einer sehr langfristigen Anleihe läßt sich annäherungsweise mit Gleichung (7. 5.) bestimmen. Wenn die Anleihe dagegen unmittelbar vor ihrer Fälligkeit steht, wird n sehr klein, und bei $n = 0$ vereinfacht sich Gleichung (7. 4.) auf

$$V = P$$

Dies Ergebnis war natürlich zu erwarten, denn der Marktwert einer Anleihe, die an der Grenze der Fälligkeit steht, kann kaum von ihrem Nennwert abweichen.

Aus der bisherigen Untersuchung ist folgendes ersichtlich geworden: Je weiter der Fälligkeitstermin in der Zukunft liegt, desto wichtiger wird der Marktzinssatz für die Bestimmung des Wertes einer Anleihe und desto unbedeutender wird der Nennwert.

7. 3. Die Investitionsentscheidung

Die Entscheidung, eine Maschine anzuschaffen oder die Ausrüstung zu verbessern, hängt davon ab, ob die Erträge, die die Maschine erwartungsgemäß abwirft, größer sind als die Kosten für das Leihen des nötigen Kapitals oder – falls dieses schon verfügbar ist – größer als die Erträge, die dadurch entgehen, daß die Maschine gekauft wurde, anstatt das Geld in Papieren anzulegen. Aber welches ist die zu erwartende Ertragsrate einer Maschine, die möglicherweise n Jahre lang überhaupt keine Erträge, nach $n + 1$ Jahren x Dollar, nach $n + 2$ Jahren y Dollar und nach $n + j$ Jahren z Dollar abwirft – kurz, deren Erträge in jedem Jahr unterschiedlich sein können? Ein Weg, dies herauszufinden, besteht darin, zu fragen: Bei welchem Zinssatz entspricht der auf die Gegenwart abgezinste Wert aller zukünftigen Einnahmen genau den Ausgaben für die Maschine? Wenn dieser als r bezeichnete Zinssatz genau dem entspricht, zu dem man Kredite aufnehmen kann, ist es gleichgültig, ob man die Maschine kauft oder sein Geld ausleiht. Ist dagegen $r > i$, dann liegt der Gegenwartswert der zukünftigen Einnahmen, die die Maschine abwirft, über dem Gegenwartswert des Wertpapiers (das Wertpapier ist lediglich der über die Leihsumme ausgestellte Schuldschein), so daß es gewinnbringender ist, die Maschine zu kaufen als das Geld auszuleihen. Ebenso wird es sich bei $r > i$ für einen potentiellen Käufer, der jedoch nicht über das zum Kauf der Maschine benötigte Kapital verfügt, lohnen, es zu diesem Zweck zu leihen.

Die Ertragsrate r wird als «Grenzleistungsfähigkeit des Kapitals» bezeichnet und läßt sich folgendermaßen berechnen: $R_1, R_2, \ldots, R_n$ seien die in den Jahren 1, 2, ..., n erwarteten Einnahmen aus einer neuen Kapitalanlage; J sei der Schrottwert zum Zeitpunkt ihres Ersatzes; Q möge die Anschaffungskosten bezeichnen, und r die Ertragsrate. Dann gilt

$$Q = \frac{R_1}{(1 + r)} + \frac{R_2}{(1 + r)^2} + \ldots.. + \frac{R_n}{(1 + r)^n} + \frac{J}{(1 + r)^n}$$

Wenn Q, J und die verschiedenen R's bekannt sind, läßt sich r errechnen.

Betrachten wir den einfachsten Fall einer Maschine von unbegrenzter Lebensdauer, die jedes Jahr eine gleichbleibende Einnahme R ermöglicht. In diesem Fall ist $Q = R/r$, so daß bei Anschaffungskosten von 1000 \$ und einem R von 100 \$ die zu erwartende Ertragsrate 10 Prozent beträgt. Liegt der Marktzins bei 5 Prozent, dann brächte das Ausleihen der 1000 \$ nur 50 \$ ein, während die Investition in die neue Maschine jährlich 100 \$ abwirft. Folglich ist es lohnender, das Geld für die Maschine auszugeben, statt es in Papieren anzulegen. Wenn die 1000 $ nicht verfügbar sind, wäre es gleichfalls sinnvoller, sie zu dem Zinssatz von 5 Prozent aufzunehmen und die Maschine zu kaufen, die 10 Prozent Ertrag abwirft.

Es ist offensichtlich, daß die Anzahl der Maschinen, die in einem bestimmten Zeitraum gekauft werden, bei gegebenen Q und R's von dem Marktzins abhängt. Aus diesem Grunde schreiben die Wirtschaftswissenschaftler die Investitionsfunktion häufig in der Form

$$I = I(i) \tag{7. 6.}$$

Wenn wir verschiedene Investitionsmöglichkeiten nach abnehmenden Ertragsaussichten anordnen, sind wir in der Lage, eine Kurve der Investitionsnachfrage in der Weise darzustellen, wie es in Abb. 7. 1. geschieht. Auf der vertikalen Achse sind Zinssatz und Grenzleistungsfähigkeit des Kapitals abgetragen, während die Investitionshöhe in einem willkürlich angenommenen Zeitraum auf der Horizontalen gemessen wird. Bei i_0 beträgt die Investition I_0. Bei diesem Zins werden keine zusätzlichen Investitionen vorgenommen, weil die Ertragsrate dieser Projekte unter den Kosten der Kreditaufnahme oder den Erträgen einer Anlage in Wertpapieren liegt. Wenn der Zinssatz auf i_1 fällt, lohnt es sich, die Investitionen um $I_1 - I_0$ auf I_1 zu erhöhen, wo die Grenzleistungsfähigkeit des Kapitals wiederum gleich den Kosten der Kreditaufnahme ist.

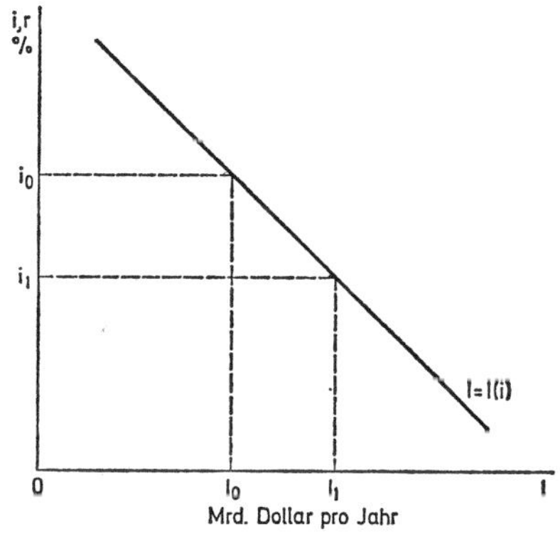

Abb. 7.1: Die Investitionsfunktion (alle Werte in realen Größen)

7. 4. Bestimmungsfaktoren der Investitionsausgaben

Über die Beziehung zwischen dem Zinssatz und der Höhe der Investitionsausgaben pro Zeiteinheit hat es zahlreiche Diskussionen gegeben. Traditionsgemäß haben viele Wirtschaftswissenschaftler zu der Ansicht geneigt, daß die Investitionen sehr empfindlich auf Änderungen des Zinssatzes reagieren. Während der dreißiger Jahre hat sich jedoch eine gewisse Skepsis gegenüber dieser Meinung entwickelt. Die dann folgenden statistischen Untersuchungen scheinen – ohne völlig zu überzeugen – die These zu bekräftigen, daß der Zins eine unbedeutende Determinante der Investition sei[23].

[23] J. E. Meade and P. W. S. Andrews, «Summary of Replies to Questions on the Effects of Interest Rates», Oxford Economic Papers, 1:14–31, 1938; R. S. Sayers, «Businessmen

Bei den empirischen Untersuchungen wurden Unternehmer gebeten, die Bestimmungsgründe ihrer Investitionsentscheidungen zu nennen. Die Antworten ergaben, daß die Kosten der Kreditaufnahme (der Zinssatz) nur eine unwesentliche Rolle spielen. Dieses anhand von Fragebögen erzielte Ergebnis vermag kaum zu überraschen. Zunächst kann das einer bestimmten Unternehmung offerierte Kreditangebot weitgehend zinsunelastisch sein, d.h. der Zinssatz kann für eine Unternehmung deshalb unbedeutend sein, weil sie bei der bestehenden Zinshöhe keine zusätzlichen Kredite erhalten kann. Zweitens ist anzunehmen, daß die meisten Unternehmungen die Kosten der Kreditaufnahme für unbedeutend halten, weil bei fast allen Investitionsvorhaben die Ertragserwartungen erheblich über den Zinskosten liegen. Wenn in Abb. 7. 1. eine Unternehmung eine Investition plant, die eine Ertragsrate in Höhe von i_0 verspricht, und wenn der Marktzins zur Zeit der Beantwortung der Fragebögen i_1 beträgt, so wird die Unternehmung die Frage der Kreditkosten zweifellos für trivial halten. Der Zinssatz ist lediglich für Unternehmungen mit marginalen Investitionsvorhaben bedeutsam, bei denen sich die Erträge in der Nähe von i_1 bewegen. Die Methode der Fragebögen mag daher irreführend sein. Denn sie wirft alle Unternehmungen und sämtliche Investitionsvorhaben in einen Topf, während wir eigentlich nur den Einfluß von Zinsänderungen auf marginale Investitionsprojekte untersuchen dürften.

Wir meinen, daß der Einfluß des Zinses auf die Investition mit der jeweiligen Konjunkturphase und der Rate des technischen Fortschritts variiert. Wie wir in Kapital 12 zeigen werden, scheidet der Zinssatz während einer Depression als Maßstab der Wirtschaftlichkeit aus, da solche Zeiten durch das Vorhandensein von Überschußkapazitäten gekennzeichnet sind. Wenn 100 Maschinen zur Verfügung stehen und aufgrund der derzeit rückläufigen Nachfrage nur 60 benutzt werden, wird ein Sinken des Zinssatzes sicherlich niemanden zum Investieren verleiten.

Was sonst bestimmt aber die Lage der Investitionsfunktion? Sicherlich spielen Erwartungen eine bedeutende Rolle[24]. Eine Unternehmung mit optimistischen Erwartungen hinsichtlich zukünftiger Umsätze wird eher zu investieren geneigt sein als eine mit pessimistischen Erwartungen. Da die Erfahrungen der Vergangenheit die einzige Grundlage für Vorausschätzungen sind, können die Erwartungen einer Unternehmung über den zukünftigen Lauf der Dinge als Funktion der bisherigen Erfahrungen betrachtet werden. So wird eine Unternehmung, deren Produkte in letzter Zeit vermehrt nachgefragt wurden, die Zukunft optimistischer einschätzen als eine Unternehmung, die auf stagnierende Nachfrage traf. Doch selbst wenn eine Unternehmung die zukünftige Nachfrage nach ihren Erzeugnissen optimistisch beurteilt, erweitert sie dennoch möglicherweise nicht ihre Kapazität, sofern sie gegenwärtig über genügend freie Kapazität verfügt, um die zukünftig erwartete Nachfrage befriedigen zu können. Schließlich beeinflußt noch der technische Fortschritt das je-

and the Terms of Borrowing», Oxford Economic Papers, 3:23–31, 1940; P. W. S. Andrews, «A Further Inquiry into the Effects of Rates of Interest», Oxford Economic Papers, 3:32–73, 1940; J. F. Ebersole, «The Influence of Interest Rates upon Entrepreneurial Decisions in Business: A Case Study», Harvard Business Review, 17:35–43, 1938. Einen kritischen Überblick über diese Untersuchungen vermittelt W. H. White, «Interest Inelasticity of Investment Demand», American Economic Review, 46:565–587, 1956.

[24] J. S. Duesenberry, Business Cycles and Economic Growth, Chaps. 4 und 5, McGraw-Hill Book Company, New York, 1958; und M. Kalecki, Theory of Economic Dynamics, Chaps. 6–10, George Allen & Unwin, Ltd., London, 1954, sind wertvolle Beiträge zu der folgenden Diskussion.

weilige Investitionsniveau. Die gesamten Zukunftserwartungen und die Wettbewerbsfähigkeit einer Unternehmung werden sich verändern, wenn eine Erfindung gemacht wird, die einen Teil ihres Kapitalbestandes veralten läßt.

Die Gesamtheit dieser Faktoren bestimmt die Lage der Investitionsfunktion einer Unternehmung. Wenn also die Zinssätze sinken, während sich gleichzeitig die Investitionsfunktion nach unten verschiebt, könnte daraus per Saldo durchaus folgen, daß das jährliche Investitionsvolumen abnimmt. Die Rolle von Erwartungen bei Investitionsentscheidungen trägt wesentlich zur Klärung der zyklischen Schwankungen im Investitionsvolumen bei. Veränderungen der jeweiligen wirtschaftlichen Bedingungen führen zu kumulativen Verschiebungen unternehmerischer Zukunftserwartungen und damit zu einschneidenden Veränderungen der aggregierten Investitionsnachfrage.

Aus dem Gesagten folgt nicht zwangsläufig, daß eine Unternehmung stets Kredite aufnimmt, wenn sie bei dem bestehenden Zinssatz imstande ist, Kapital (sei es eigenes oder geborgtes) rentabel anzulegen. Wenn eine Unternehmung Obligationen ausgibt und die aus dem Erlös dieser Papiere finanzierte Investition sich als unrentabel erweist, dann verschlechtert sich die Rentabilität der Unternehmung aufgrund der gestiegenen, verbindlich festgelegten Zinsbelastung. Diese stellt für die Unternehmung einen realen zukünftigen Kostenfaktor dar, der zwar teilweise eine Funktion der Kosten der Kreditaufnahme ist, zum anderen aber auch von den Finanzierungsentscheidungen der Vergangenheit abhängt und insoweit von den laufenden Kreditkosten unabhängig ist. Der Unternehmung bietet sich natürlich auch die Alternative einer Kapitalerhöhung. Wenn die Erlöse aus der Neuemission jedoch nicht so für Investitionen verwandt werden, daß die Gewinne proportional zu der Kapitalerhöhung steigen, dann wird dieses Projekt der Unternehmensführung nicht gerade attraktiver erscheinen. Außerdem sind einer Unternehmung hinsichtlich der Neuemission von Aktien definitive Grenzen gesetzt. Schließlich kann eine Unternehmung noch ihre angesammelten Reserven wiederanlegen. Obgleich die Unternehmung auf diese Weise keine Kredite auf dem Markt aufnehmen muß, wird wahrscheinlich auch eine eigenfinanzierte Investition, sofern sie keinen Gewinn abwirft, ebensowenig durchgeführt werden wie eine kreditfinanzierte[25]. Diese möglichen zukünftigen Kosten einer derzeitigen Kreditaufnahme beeinflussen die Investitionsentscheidung einer Unternehmung und haben wenig – oder gar nichts – mit den laufenden Kreditkosten zu tun. Während also das Kreditangebot für die Volkswirtschaft als Ganzes durchaus zinselastisch sein mag, kann das Risiko, das eine einzelne Unternehmung mit einer weiteren Verschuldung eingeht, durchaus zusätzliche Investitionen verhindern, auch wenn sich die Investitionsfunktion dieser Unternehmung nach oben verlagert.

Wie läßt sich nun die Gleichung (7. 6.) formal verbessern, wenn all diese Faktoren in Rechnung gestellt werden? Empirische Untersuchungen haben ergeben, daß das Investitionsniveau eng mit der Höhe der Gewinne korreliert ist. Das ließe sich damit begründen, daß die Gewinne nur teilweise in Form von Dividenden wieder ausgeschüttet werden. Ein Ansteigen der Gewinne verschafft daher einer Unternehmung eine breitere Basis zur Selbstfinanzierung. Gewinnerhöhungen sind darüberhinaus ein Anzeichen, daß sich die wirtschaftliche Situation der Unternehmung verbessert

[25] Welche Rolle vorhandene Eigenmittel bei der unternehmerischen Investitionsentscheidung spielen, wird eingehend abgehandelt bei J. R. Meyer und E. Kuh, The Investment Decision, Harvard University Press, Cambrigde, Mass., 1957.

hat, sie ermuntern zur Kapazitätserweiterung und erhöhen den Sicherheitsstatus der Unternehmung. Da die Gewinne in einer sehr engen Beziehung zum Einkommensniveau stehen, schreiben viele Nationalökonomen die Investitionsfunktion in der Form

$$I = I(i, Y) \qquad (7.7.)$$

Bei dieser Fassung wird angenommen, daß die Investition zum Zinssatz in einem inversen, zum Einkommen in einem gleichgerichteten Verhältnis steht. Wenn wir die Abb. 7. 1. um diese Erkenntnisse erweitern (vgl. Abb. 7. 2.), erhalten wir eine ganze Reihe von Investitionsfunktionen. Jede Kurve entspricht einem bestimmten Einkommensniveau. Bei dem Zins i_0 hat die Investition bei einem Einkommen von Y_0 die Höhe I_0. Steigt das Einkommen auf Y_1, so erhöht sich die Investition auf I_1, steigt das Einkommen auf Y_2, dann erhöht sich die Investition auf I_2.

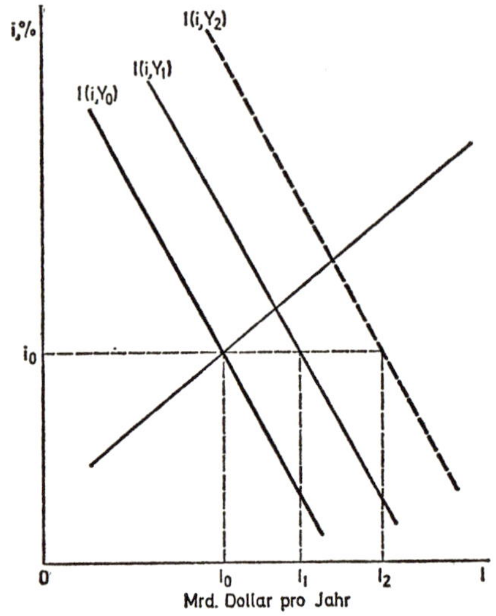

Abb. 7.2: Die Investition als Funktion von Zins und Einkommen (alle Werte in realen Größen)

Die Hypothese, daß die Investition sowohl zins- als auch einkommensabhängig sei, erklärt auch, warum Investition und Zins im Konjunkturablauf positiv korreliert sind. Wenn die Investitionsfunktion dauerhaft bei I (i, Y_0) festläge, könnte sich die Investition ohne eine Zinssenkung nicht erhöhen. Wenn sich die Investitionsfunktion dagegen infolge einer Einkommenserhöhung nach rechts verschiebt, kann anhand einer positiv geneigten Geraden durch die Investitionsfunktionen der Abb. 7. 2. gezeigt werden, daß sich Investition und Zins in der gleichen Richtung verändern.

Eine alternative Formulierung der Investitionsfunktion lautet

$$I = I(i, \Delta Y) \qquad (7.8.)$$

wobei die Veränderung des Einkommens ΔY an die Stelle des Einkommensniveaus tritt. Diese Fassung stützt sich auf den Gedanken, daß eine Unternehmung nur dann ihre Produktionskapazität erweitern muß, wenn der Output steigen soll, während ein konstantes Produktionsvolumen keine zusätzlichen Kapazitäten erfordert. Diese Hypothese wird als «Akzelerations-» oder «Beschleunigungsprinzip» bezeichnet.

In diesem Fall wird häufig davon gesprochen, die Investition sei «veränderungsinduziert», während der Gleichung (7. 7.) der Gedanke einer «niveauinduzierten» Investition zugrunde liegt.

Für die weiteren Untersuchungen in Teil 2 dieses Buches soll die Gleichung (7. 6.) als hypothetische Investitionsfunktion gelten. Die Hypothese der «niveau-» und «veränderungsinduzierten» Investition wird wieder bedeutsam und interessant, wenn wir uns im Teil 3 mit dynamischen Problemen befassen.

8. Zins und Geld

8.1. Einleitung

Im vorangegangenen Kapital haben wir unsere Aufmerksamkeit darauf gelenkt, daß zwischen dem Zinssatz oder dem Ertrag einer Kapitalanlage und ihrem Marktwert eine enge Verbindung besteht. Folglich könnte man meinen, das Problem, den Gleichgewichtszins zu ermitteln, bestehe darin, Angebot von und Nachfrage nach verschiedenen gewinnbringenden Kapitalanlagearten zu bestimmen. Das Problem läßt sich noch von einer anderen Warte aus betrachten. Angebot von und Nachfrage nach unterschiedlichen gewinnbringenden Kapitalanlagen werden so lange nicht ausgeglichen sein, wie kein Gleichgewicht zwischen Angebot von und Nachfrage nach Geld (unverzinsliche Kapitalanlage) besteht. Jemand, der mehr Depositen auf der Bank und mehr Geld in der Tasche hat, als er für bestimmte Zwecke benötigt, wird versuchen, diese Depositen und dieses Bargeld gewinnbringend anzulegen. Ein Angebotsüberschuß an Geld bedeutet ceteris paribus, daß ein Nachfrageüberschuß nach Wertpapieren und sonstigen gewinnbringenden Kapitalanlagen bestehen muß. Daraus folgt jedoch, daß die Wertpapierpreise steigen und die Zinssätze sinken müssen. Die Bestimmung der Gleichgewichtszinssätze kann daher zum einen dadurch erfolgen, daß man von Angebot und Nachfrage auf dem Wertpapiermarkt ausgeht, zum anderen dadurch, daß Angebot und Nachfrage auf dem Geldmarkt bestimmt werden. Der letztere Ansatz ist der einfachste und gebräuchlichste.

Gehen wir zunächst davon aus, daß der Bankensektor der Volkswirtschaft dem Wettbewerb unterliege und mit der Kreditgewährung kein wie auch immer geartetes Risiko verbunden sei. Wir nehmen also an, daß die Banken kein Risiko eingehen, wenn sie Kredite gewähren, daß Wertpapierbesitzer keine Kapitalverluste riskieren und daß sich die Ertragserwartungen neuer Investitionsvorhaben tatsächlich realisieren. Unter diesen Bedingungen müssen der Leihzins der Banken i_l, der Wertpapierzins i_b und die Ertragsrate r der am wenigsten einträglichen gerade noch durchgeführten (marginalen) Investition alle gleich sein. Wenn die Verzinsung der Wertpapiere bei 5 Prozent liegt, die neuen Investitionen 7 Prozent abwerfen und die Banken versuchen, ihre Kredite zu 10 Prozent zu vergeben, dann werden die Banken schwerlich Kreditnehmer finden, während die Wertpapierbesitzer bemüht sein werden, ihre Papiere zu verkaufen und aus den Erträgen Kredite für laufende Investitionsprojekte zu gewähren, d.h. sie werden versuchen, vorhandene Wertpapiere gegen neue einzutauschen. Diese Arbitragegeschäfte werden zu sinkenden Wertpapierpreisen und steigender Wertpapierverzinsung führen. Mittlerweile wären die Banken, um im Geschäft zu bleiben, gezwungen, die Sollzinsen zu senken. Wertpapier- und Leihzins müssen sich daher tendenziell ausgleichen. Wenn andererseits Wertpapier- und Leihzinsen unter der Ertragsrate der am wenigsten einträglichen Investition lägen, würden die Unternehmer mit Hilfe von Krediten oder durch Wertpapierverkauf neue Maschinen anschaffen. Dadurch würden die Ertragsraten marginaler Investitionen sinken, während gleichzeitig Wertpapier- und Leihzinssätze steigen müßten.

In Wirklichkeit gibt es die verschiedensten Wertpapierzinssätze, von denen möglicherweise keiner dem Leihzins der Banken oder der Ertragsrate marginaler Investitionen entspricht. Das ergibt sich einfach daraus, daß mit den verschiedenen Kapitalanlagemöglichkeiten unterschiedliche Risikograde verbunden sind, daß nur unzureichende Kenntnis über die günstigste Kapitalanlageform vorherrscht und daß einmal angelegtes Kapital nur mit Verlust wiederzubekommen ist, wenn sich für die Zukunft günstigere Anlageformen auftun. Eine Bank geht ein größeres Risiko ein, wenn sie einen Investitionskredit gewährt, als wenn sie eine Staatsanleihe kauft. Ebenso ist ihr Risiko beim Kauf eines langfristigen Papiers größer als bei einer Schatzanweisung mit zweimonatiger Laufzeit. Wenn die Wertpapierpreise fallen, braucht der Besitzer eines kurzfristigen Papiers dieses nur bis zu seinem Fälligkeitstermin (sagen wir 60 Tage) zu halten, um den Nennwert zu kassieren. Mit einer auf zwanzig Jahre befristeten Anleihe wäre er weniger glücklich. Es wäre gut möglich, daß der Preis des Papiers in nächster Zukunft nicht wieder den Betrag erreicht, den er selbst aufgewendet hat. Er ist folglich in dem Sinne «festgenagelt», daß er, um den Nennwert zurückzubekommen, das Papier zwanzig Jahre halten muß, während inzwischen günstigere Anlagemöglichkeiten verstreichen. Um Anleger zu bewegen, das Risiko eines Kapitalverlustes bei einem langfristigen Wertpapier gegenüber der größeren Sicherheit eines kurzfristigen Papiers einzugehen, muß das langfristige Papier höher verzinst werden als das kurzfristige[26]. Desgleichen birgt die Investition in eine Maschine ein beträchtliches Risiko, da die zukünftigen Gewinne lediglich geschätzt werden können. Daher ziehen einige Anleger ein ziemlich sicheres Wertpapier mit einer 3prozentigen Verzinsung einem solchen vor, das möglicherweise, aber nicht sicher, 6 Prozent abwirft. Ebenso mögen Unternehmer bei einem Leihzins von 7 Prozent erst dann zur Anschaffung einer neuen Maschine bereit sein, wenn die erwartete Ertragsrate mindestens 15 Prozent beträgt.

Halten wir als Schlußergebnis fest, daß sich tendenziell sämtliche Anlageformen schließlich gleich verzinsen, wenn den Unterschieden in der Unsicherheit, im Risiko und in der Liquidierbarkeit Rechnung getragen wird. Unter diesen Bedingungen läßt sich die Zinsstruktur auf einen gemeinsamen Zinssatz zurückführen, und es kann angenommen werden, daß keine Unterschiede bestehen zwischen kurz- und langfristigen Wertpapieren sowie zwischen der Gläubigerposition einer kreditgewährenden Bank und der Position eines Wirtschaftssubjekts, das einen Schatzbrief oder eine Industrieobligation besitzt. Da der Zinsertrag i eines solchen typischen «Schuldscheins» einfach den erforderlichen Betrag darstellt, um Banken und Private zur Trennung von ihrem Geld zu veranlassen – also den Leihkosten entspricht –, und da weiterhin ein überschüssiges Geldangebot einen Nachfrageüberhang nach gewinnbringenden Anlagewerten einschließt, läßt sich die Bestimmung des Gleichgewichtszinses einstweilig als das Problem deuten, Angebot von und Nachfrage nach Geld zu bestimmen.

Bevor wir dazu übergehen, die Bestimmungsgründe von Geldangebot und -nachfrage zu untersuchen, müssen wir den Begriff «Geld» abgrenzen. Die übliche Definition ist: Geld ist die Summe von Bargeld und Sichtguthaben – nicht dagegen Spar-(Termin-)guthaben – im Besitz des Publikums (Nichtbankensektor ohne Staat). Es entspricht dem Bestand an unverzinslichen flüssigen Mitteln beim Publikum.

[26] Dies trifft nicht unbedingt zu. Eine große Angebotsausweitung kurzfristiger Papiere könnte den kurzfristigen Zinssatz über den langfristigen erhöhen. Aufgrund von Unvollkommenheiten des Kapitalmarkts kann dieses Verhältnis von kurz- zu langfristigen Zinssätzen über einen beträchtlichen Zeitraum andauern.

8. 2. Die Geldnachfrage

In seiner «*General Theory of Employment, Interest and Money*»[27] nimmt Keynes an, daß sich die Nachfrage nach Geld in drei Nachfrageelemente bzw. Motive einteilen läßt. Nach Keynes halten Wirtschaftssubjekte Geld, weil sie einen bestimmten Kassenbestand für ihre täglichen Transaktionen benötigen, weil es für unvorhergesehene Ereignisse wichtig ist, Geldbestände flüssig zu haben, und weil sie aus verschiedenen Gründen Geld als Vermögensanlage entweder anstelle von oder in Verbindung mit anderen Anlageformen halten wollen. Daher ist die Nachfrage nach Geld eine Kombination der Nachfrage aus dem *Transaktions-*, dem *Vorsichts-* und dem *Spekulations-* oder *Liquiditätspräferenz-Motiv*. Obwohl die moderne Geldtheorie diese Unterscheidung für willkürlich hält, ist sie für eine sinnvoll gestaltete Untersuchung nützlich.

Die Nachfrage nach Transaktionskasse

Privatpersonen und Unternehmer halten bestimmte durchschnittliche Kassen- und Depositenbestände, um ihre täglichen Transaktionen durchführen zu können. Wenn Einnahmen und Ausgaben zeitlich immer vollständig synchronisiert wären, bestünde keine Notwendigkeit, diese freien Mittel zu halten. Da jedoch der typische Gehaltsempfänger sein Geld monatlich oder wöchentlich erhält, andererseits aber nicht zur gleichen Zeit sämtliche Ausgaben bestreitet, muß er einen bestimmten Betrag für Transaktionszwecke zurücklegen.

Betrachten wir ein hypothetisches Bankkonto, wie es Abb. 8. 1. zeigt. Auf der horizontalen Achse ist die Zeit abgetragen, auf der vertikalen Achse der Kontostand zu jeder beliebigen Zeit. Wir nehmen an, daß das Wirtschaftssubjekt zu Beginn der Periode (Zeit null) ein Einkommen von y Dollar erhält, den gesamten Betrag in gleichbleibenden Raten während der Periode verausgabt und am Ende der Periode

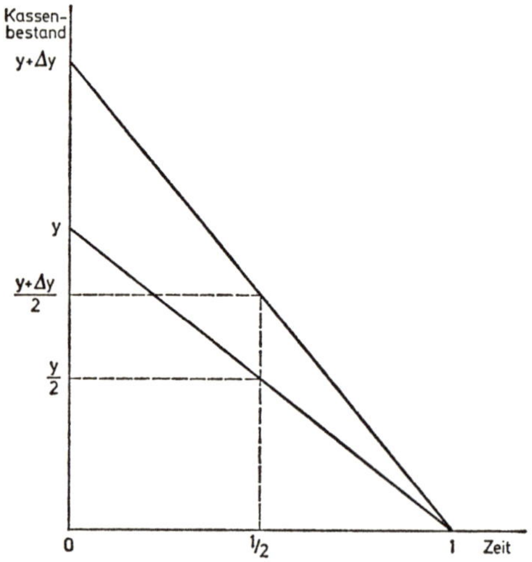

Abb. 8.1: Zeitbild eines hypothetischen Bankkontos

[27] J. M. Keynes, The General Theory of Employment, Interest and Money, Chap. 13, Harcourt Brace & World, Inc., New York, 1936.

(Zeit eins) über einen Kassenbestand von Null verfügt. Am Monatsanfang besitzt es y Dollar; am Monatsende hat es überhaupt kein Geld mehr; und da es seine Ausgaben in gleichmäßigen Raten über die gesamte Periode verteilt, betragen seine freien Mittel im Durchschnitt y/2 Dollar. Diesen durchschnittlichen freien Kassenbestand bezeichnen wir als seine Nachfrage nach Transaktionskasse.

Das Ausmaß der Geldnachfrage aus dem Transaktionsmotiv hängt offensichtlich von der Einkommenshöhe eines Wirtschaftssubjekts ab. Wenn sowohl Einkommen als auch Ausgaben um Δy steigen, wird sich sein Durchschnittsbetrag an freien Mitteln tendenziell um $\Delta y/2$ erhöhen. So können wir in einer ersten Annäherung sagen, daß die Nachfrage nach Transaktionskasse eine Funktion der Höhe des Nominaleinkommens ist.

Bei einer langfristigen Analyse müssen wir Veränderungen der institutionellen Zahlungsgewohnheiten berücksichtigen. Wenn ein Wirtschaftssubjekt von nun an sein Arbeitsentgelt wöchentlich statt monatlich erhält, so benötigt es nur etwa ein Viertel der bisherigen durchschnittlichen Kassenhaltung. Obwohl sein Einkommen gleich bleibt, verringert sich seine Nachfrage nach Transaktionskasse aufgrund der häufigeren Gehaltseingänge um ungefähr drei Viertel. Ebenso benötigen Wirtschaftssubjekte, die sämtliche Auszahlungen zu Beginn des Monats tätigen, eine sehr geringe Transaktionskasse; und diejenigen, die ihre Steuern so zahlen, wie diese anfallen, brauchen nicht im voraus Kassenbestände anzuhäufen, um zukünftige Steuerschulden zu begleichen.

Jüngeren Entwicklungen in der Geldtheorie zufolge ist die Geldnachfrage aus dem Transaktionsmotiv nicht nur eine Funktion des Einkommensniveaus sondern auch des Zinssatzes[28]. Zur Begründung dieser Annahme wollen wir das in Abb. 8. 2. dargestellte Bankkonto eines Wirtschaftssubjekts betrachten. Von den y Dollar, die es zu Beginn der Periode erhält, sind drei Viertel während eines Viertels der Periode frei verfügbar; die Hälfte des Kassenbestandes liegt eine halbe Periode lang

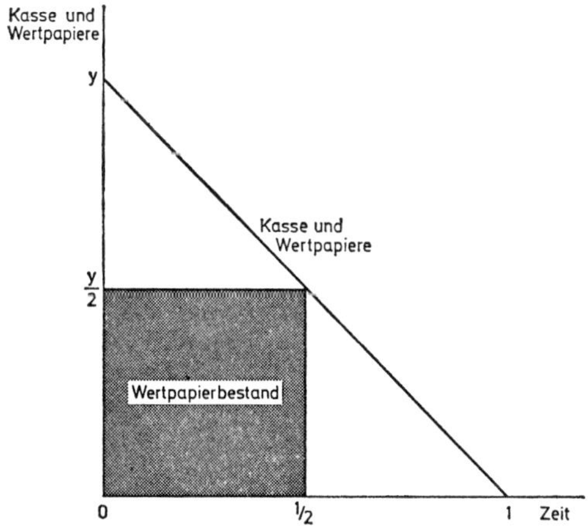

Abb. 8.2: Das optimale Programm für zwei Transaktionen

[28] W. J. Baumol, «The Transactions Demand for Cash: An Inventory Theoretic Approach», Quarterly Journal of Economics, 66:545–556, 1952; und J. Tobin, «The Interest Elasticity of the Transactions Demand for Cash», Review of Economics and Statistics, 38: 241–247, 1956. Unsere Diskussion stützt sich auf Tobins Analyse.

brach; und ein Viertel ist während drei Viertel der Periode ungenutzt. Unter diesen Umständen könnte es für das Wirtschaftssubjekt sinnvoll sein, einen Teil der Kassenhaltung in Wertpapieren anzulegen und diese wieder zu verkaufen, sobald es wieder Kasse benötigt.

Abb. 8. 2. macht deutlich, daß ein Wirtschaftssubjekt, welches einen einmaligen Kauf und Wiederverkauf von Wertpapieren während einer Periode plant, den höchsten Zinsertrag erzielt, wenn es zu Beginn der Periode genau die Hälfte seines Einkommens in Wertpapieren anlegt und diese dann wieder verkauft, wenn es bei t = 1/2 illiquide wird. Das graue Rechteck in Abb. 8. 2. verdeutlicht das Zeitbild seiner Wertpapierhaltung. Das größtmögliche Rechteck unter der Kurve der Kassenhaltung ergibt sich bei einer anfänglichen Kassenhaltung von y/2 und einem Verkauf des Wertpapiers bei t = 1/2. Jeder andere Kauf- oder Verkaufszeitpunkt und jeder andere Kaufbetrag wären suboptimal.

Wenn ein Wirtschaftssubjekt drei Transaktionen durchführen möchte, besteht das optimale Programm darin, bei t = 0 mit zwei Dritteln seines Einkommens Wertpapiere zu kaufen. Die Hälfte davon muß bei t = 1/3 verkauft werden und der Rest bei t = 2/3, also jeweils dann, wenn das Wirtschaftssubjekt illiquide wird. Dieses Programm ist in Abbildung 8. 3. dargestellt. Im Falle von vier Transaktionen müßte der ursprüngliche Wertpapierkauf 3/4 y betragen, und die Verkäufe müßten zu gleichbleibenden Beträgen von 1/4 y in den Zeitpunkten 1/4, 1/2 und 3/4 erfolgen.

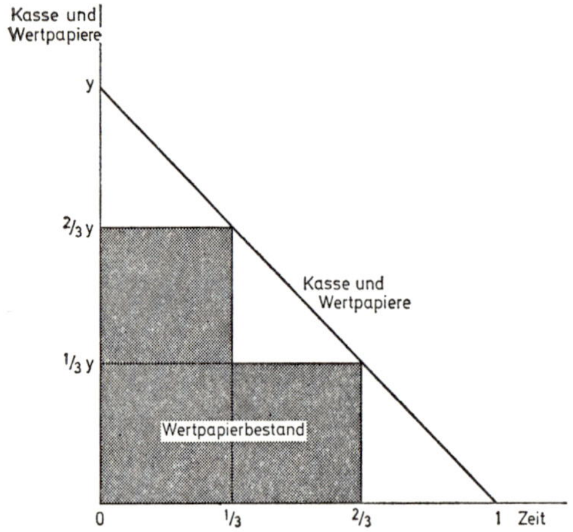

Abb. 8.3: Das optimale Programm für drei Transaktionen

Der ursprüngliche Wertpapierkauf beträgt bei zwei Transaktionen 1/2 y, bei drei Transaktionen 2/3 y und bei vier Transaktionen 3/4 y. Daraus läßt sich schließen, daß bei n Transaktionen ein Wirtschaftssubjekt zu Beginn der Periode Wertpapiere im Betrag von [(n — 1)/n] y kaufen muß. Da es zu Beginn der Periode über einen Wertpapierbestand in Höhe von [(n — 1)/n] y verfügt, der sich am Ende der Periode bis auf Null abgebaut hat, muß der durchschnittliche Wert des Wertpapierbestandes

$$\frac{n-1}{2n}\,y$$

betragen.

Bei einer Verzinsung mit i Prozent pro Periode ergibt sich folglich ein Ertrag von

$$R = \frac{n-1}{2n} iy$$

Die Ertragsfunktion ist in Abb. 8. 4. dargestellt. Sie zeigt, daß der Ertrag stetig mit der Anzahl der Transaktionen zunimmt. Die Zuwachsraten weisen jedoch abnehmende Werte auf, so daß sich der Ertrag schließlich einem Grenzwert von iy/2 annähert. Der größtmögliche Ertrag läßt sich erzielen, indem der Wertpapierhalter anfänglich sein gesamtes Einkommen zum Kauf von Wertpapieren verwendet und diese fortlaufend in infinitesimalen Beträgen verkauft, sowie er Kasse benötigt. In diesem Fall beträgt der ursprüngliche Wertpapierkauf y, der durchschnittliche Bestand y/2 und der Ertrag folglich iy/2. Wenn der Anleger nach diesem Plan verfahren würde, verfügte er niemals über irgendwelche Geldbestände und seine Nachfrage nach Transaktionskasse wäre folglich gleich Null.

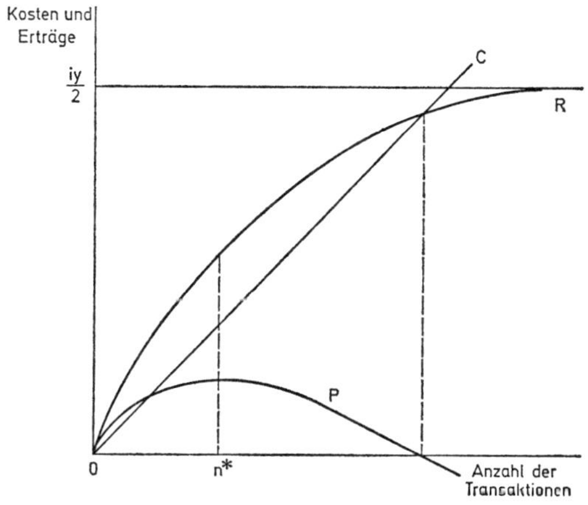

Abb. 8.4: Zinserträge und Fixkosten der Transaktionen als Funktion ihrer Anzahl

Daß ein Vermögensbesitzer nicht unendlich viele Transaktionen durchführt, erklärt sich daraus, daß jede Transaktion mit Kosten verbunden ist. Diese Kosten haben üblicherweise einen veränderlichen Bestandteil, der von der Höhe der Transaktion abhängt, und einen festen Bestandteil, der für jede Transaktion – unabhängig von deren Höhe – gleich bleibt. Dieser Fixkostenbestandteil läßt kleine Transaktionen unrentabel werden und beschränkt damit die von einem Anleger geplanten Wertpapierkäufe und -verkäufe.

Eine tiefergehende Untersuchung[29] müßte sowohl die festen als auch die veränderlichen Kosten berücksichtigen. Für unsere Zwecke ist jedoch die Annahme hinreichend, daß die Transaktionskosten ausschließlich fest seien. Folglich können wir annehmen, daß für jede Transaktion Kosten in Höhe von a Dollar entstehen, so daß die gesamten Kosten der linearen Funktion

$$C = na$$

folgen.

[29] Tobin, a.a.O., bezieht sowohl die festen als auch die veränderlichen Transaktionskosten in seine Untersuchung ein.

Um seinen Gewinn zu maximieren, wird ein Anleger diejenige Anzahl von Transaktionen wählen, bei der die Differenz zwischen Kosten und Erträgen am größten ist. Wie Abb. 8. 4. zeigt, liegt das Maximum der Gewinnfunktion P – wobei P = R — C ist – bei einer Zahl von n* Transaktionen[30]. Bei diesem Wert von n sind die Steigungen der R- und der C-Funktion gleich. Dies bedeutet, daß Grenzertrag und Grenzkosten der nächsten Transaktion gerade einander ausgleichen, so daß der Gewinn sein Maximum erreicht hat.

Anhand der Abb. 8. 4. kann sich der Leser leicht klarmachen, daß die optimale Anzahl von Transaktionen mit steigenden Einkommen und Zinssätzen größer, mit steigenden Kosten pro Transaktion dagegen kleiner wird. Eine Erhöhung von i oder y dreht die Ertragskurve nach links, so daß das Gewinnmaximum mit einer größeren Anzahl von Transaktionen erreicht wird. Andererseits dreht ein größeres a die Kostenfunktion nach links, wodurch n* verringert wird.

Daß die optimale Anzahl von Transaktionen von dem Einkommen des Anlegers abhängt, erklärt sich aus den Fixkosten der Transaktionen. Für ein Wirtschaftssubjekt mit einem ursprünglichen Kassenbestand von 1000 Dollar, die es in einem Monat ausgeben wird, ist es offensichtlich nicht lohnend, einen Teil davon zum Kauf von Wertpapieren zu verwenden. Denn es wird die Papiere nicht solange halten können, bis die Zinserträge die Fixkosten übersteigen. Andererseits wird es eine große Unternehmung, die in Erwartung der vierteljährlichen Körperschaftsteuerzahlung einen beträchtlichen Rücklagenposten bilden muß, durchaus für sinnvoll halten, diese Mittel vorübergehend in kurzfristigen Papieren anzulegen.

Das wesentlichste Ergebnis dieser Untersuchung besteht darin, daß die Nachfrage nach Transaktionskasse eine abnehmende Funktion des Zinssatzes ist. Steigende Zinssätze führen dazu, daß Wertpapierhalter während einer Einnahme-Ausgabe-Periode häufiger in den Wertpapiermarkt einsteigen. Dies bedeutet, daß steigende Zinssätze zu einer Verringerung der durchschnittlichen Kassenhaltung der Anleger führen. Wenn ein Anleger zu Beginn der Periode Wertpapiere für [(n — 1)/n]y kauft, behält er Kasse in Höhe von y/n. Gibt er diesen Betrag gänzlich aus, bevor er seine Kasse wieder auffüllt, dann muß seine durchschnittliche Kassenhaltung y/2n betragen, und das bedeutet natürlich, daß sich sein durchschnittlicher Kassenbestand umgekehrt proportional zu n* verhält.

Fassen wir zusammen: Die traditionelle Theorie der Nachfrage nach Transaktionskasse nimmt an, daß diese Nachfrage in proportionaler Beziehung zum Einkommen stehe. Da Anleger jedoch mit steigenden Zinssätzen häufiger bereit sind, in den Wertpapiermarkt einzusteigen, und da sich damit ihr durchschnittlicher Kassenbestand verringert, kann die Geldnachfrage aus dem Transaktionsmotiv als abneh-

[30] Die optimale Anzahl von Transaktionen n* läßt sich ermitteln, indem die Gewinnfunktion

$$p = \frac{n - 1}{2n} iy - na$$

nach n differenziert und der Differentialkoeffizient gleich Null gesetzt wird. Das Ergebnis ist

$$n^* = \sqrt{\frac{iy}{2a}}$$

Die optimale Anzahl von Transaktionen steigt daher mit zunehmenden i und y und sinkt mit steigenden Transaktionskosten.

mende Funktion des Zinssatzes betrachtet werden. Je höher der Zinssatz ist, desto kostspieliger ist die Geldhaltung im Vergleich zu anderen Anlageformen; und steigende Zinssätze schaffen einen Anreiz, Geldbestände aufzulösen und durch verzinsliche Anlagen zu ersetzen.

Die Nachfrage nach Vorsichtskasse

Ein Geschäftsmann, der eine Reise von Chicago nach New Orleans antreten will, muß einen bestimmten Betrag an (Transaktions-) Kasse mit sich führen, um Reise- und Unterhaltskosten bestreiten zu können. Als kluger Mann wird er jedoch mehr Geld mitnehmen als er auszugeben gedenkt. Wenn nämlich z.B. unterwegs sein Auto streikt und er die Reparaturkosten nicht bezahlen kann, wird er möglicherweise nie nach New Orleans gelangen, um sein Geschäft abzuschließen. Wegen dieses Mißgeschicks könnte er bei einer Beförderung übergangen werden oder gar seinen Posten verlieren. Mit lädiertem Ruf hat er vielleicht Schwierigkeiten, eine neue Stelle zu finden. Dies alles widerfährt ihm nur deshalb, weil er es unterlassen hat, etwas Vorsichtskasse mitzunehmen, und damit einer Verkettung widriger Umstände erlegen ist.

Wie die Nachfrage nach Transaktionskasse ist auch die nach Vorsichtskasse weitgehend vom Einkommensniveau abhängig. Wenn die Autoreparaturkosten oder die Zahl der jährlich unternommenen Geschäftsreisen steigen, wird auch der Bedarf an Vorsichtskasse proportional zunehmen. Wie die Nachfrage nach Transaktionskasse wird jedoch auch die Nachfrage nach Vorsichtskasse auf Veränderungen des Zinssatzes reagieren. Eine Erhöhung des Zinssatzes kann den Kauf verzinslicher Wertpapiere so reizvoll werden lassen, daß der Geschäftsmann zugunsten der zusätzlichen Zinserträge bereit ist, das geringfügig größere Risiko einer kleineren Vorsichtskasse einzugehen.

Die Nachfrage nach Spekulationskasse

Es scheint irrational zu sein, Geld zu anderen als Transaktions- oder Vorsichtszwecken zu halten, weil Geldbestände, die die erforderliche Transaktions- und Vorsichtskasse übersteigen, in verzinslichen Papieren angelegt werden könnten. Nichtsdestoweniger läßt sich glaubhaft begründen, daß Anleger Geld als eine Anlageform in ihr Portefeuille aufnehmen und daß es so etwas wie Geldnachfrage aus dem Spekulationsmotiv oder Liquiditätspräferenz des Geldes gibt.

Wenn der Zinssatz sehr niedrig ist, sind die Wertpapierpreise sehr hoch. Folglich kann mit einer relativ hohen Ausgabe nur ein geringer Ertrag erzielt werden. In einer derartigen Situation erscheint ein Wertpapierkauf nicht gerade attraktiv. Wenn darüberhinaus der Zinssatz in der Vergangenheit hoch war und seitdem auf ein Niveau gefallen ist, von dem ab keine weiteren Senkungen mehr angenommen werden, dann werden die allgemeinen Erwartungen auf zukünftig steigende Zinsen gerichtet sein. Diejenigen, die zu einer Zeit steigender Zinsen Wertpapiere besitzen, werden einen Kapitalverlust erleiden. Wenn also allgemein steigende Zinssätze erwartet werden, wird eine Vorliebe für Liquidität bestehen. Da Kassenbestände nicht dem Risiko eines Kapitalverlustes unterliegen (es sei denn durch ein Steigen des Preisniveaus)[31],

[31] Die Erwartung eines sinkenden Preisniveaus läßt Geld im Vergleich zu Sachwerten zu einer attraktiveren Art der Vermögensanlage werden. Doch gilt dies für jede Art liquiden

kann eine Situation entstehen, in der die Wirtschaftssubjekte ihr Geld lieber in der Kasse halten, statt es in verzinslichen Papieren anzulegen. Sie tun dies in der Erwartung, daß die zukünftigen Zinssätze über den derzeitigen liegen und somit zu einem späteren Zeitpunkt ein besseres Geschäft gemacht werden kann.

Dieses erstmals von Keynes vorgebrachte Argument wurde mit dem Einwand kritisiert, es schließe eine Verhaltensweise des «Alles-oder-Nichts» ein. Wenn die Zinserträge eines Wertpapieres den erwarteten Kapitalverlust überstiegen, wäre es sinnvoll, sämtliche Mittel in Wertpapieren anzulegen. Wären die erwarteten Kapitalverluste größer als die Zinserträge, würde niemand Wertpapiere halten. Folglich wäre bei Erreichen des kritischen Punktes, bei dem die Waage zugunsten von Wertpapieren ausschlägt, eine riesige Umwandlung von Kasse in Wertpapiere zu erwarten. Keynes' Erklärung dafür, daß dies nicht geschieht, basiert auf der Annahme, daß die Wirtschaftssubjekte unterschiedliche Zukunftserwartungen haben. Dagegen läßt sich kritisch einwenden, daß ein niedriger Zinssatz als beständig angesehen wird, wenn er lange genug auf diesem Niveau bleibt. Die Erwartungen gleichen sich an, die Furcht vor Kapitalverlust verschwindet, und die Geldnachfrage aus dem Spekulationsmotiv hört auf.

In der modernen Theorie der Liquiditätspräferenz[32] basiert das Konzept der Geldnachfrage aus dem Motiv der Spekulation bzw. der Vermögenshaltung nicht mehr auf der Hypothese des zukünftig erwarteten Zinsanstiegs. Selbst wenn in der Zukunft keine Änderungen der Wertpapierpreise und -erträge erwartet werden, können Anleger keine sicheren Zukunftserwartungen hegen. Das Ausmaß einer so definierten *Unsicherheit* schwankt je nach Art der Anlage und tendiert in die gleiche Richtung wie der erwartete Anlageertrag. Der erwartete Gewinn aus einer Ölquelle oder Uranmine mag sehr hoch sein; die Wahrscheinlichkeit, daß er sich realisiert, ist jedoch sehr gering. Andererseits ist die Verzinsung von Bargeld gleich Null; und darüber besteht keinerlei Unsicherheit.

Ein Anleger, der Unsicherheit völlig vernachlässigt, wird sein gesamtes Vermögen in Ölquellen und Uranminen stecken. Solche Leute sind «waghalsige Spekulanten». Die meisten Anleger jedoch «gehen auf Sicherheit», indem sie versuchen, ihr Portefeuille so zu gestalten, daß der Grenznutzen eines zusätzlichen Gewinns den Grenznutzenentgang einer zusätzlichen Unsicherheit gerade ausgleicht. Diese Anleger werden ihr Portefeuille streuen. Sie werden einige sehr spekulative Papiere mit hohen Gewinn- und Risikoerwartungen halten; dazu einige Standardwerte mit niedrigen, aber sicheren Gewinnerwartungen und schließlich etwas Bargeld. Wenn sich Bargeld auch nicht verzinst, hat es doch die wertvolle Eigenschaft, die liquideste Anlageform zu sein. Man kann zwar Bargeld jederzeit in andere Anlageformen verwandeln, wird im umgekehrten Fall jedoch Zeitverluste oder Preisabschläge in Kauf nehmen müssen. Wirtschaftssubjekte mit Bargeld sind daher eher in der Lage, aus unerwartet eintretenden Gelegenheiten Vorteile zu ziehen.

Vermögens, dessen Nominalwert vom Preisniveau nicht beeinflußt wird. Preiserwartungen können zwar die relative Vorliebe für Sachwerte einerseits oder flüssige Mittel andererseits erklären helfen, nicht aber die relative Vorliebe für eine von mehreren Arten liquider Vermögenshaltung.

[32] Diese Diskussion folgt J. Tobin, «Liquidity Preference as Behavior towards Risk», Review of Economic Studies, 25(2):65–86, 1958. Die derzeitige Anschauung scheint in aller Deutlichlichkeit vorgezeichnet von J. R. Hicks, «A Suggestion for Simplifying the Theory of Money», Economica, New Series, 5:1–19, 1935.

Untersuchen wir nun, wie sich ein allgemeines Steigen der Wertpapiererträge auf die Zusammensetzung eines Portefeuilles auswirken würde. Die Zinserhöhungen führen dazu, daß der durch die Bargeldhaltung entstandene Zinsentgang vergrößert und das Halten von Bargeld somit verteuert wird. Mit steigenden Erträgen wird der Anleger einen Teil seiner Risikoscheu überwinden und geneigt sein, einige Standardwerte durch Ölaktien, einige langfristige Papiere durch Standardwerte, einige Schatzanweisungen durch langfristige Papiere und schließlich Bargeld durch Schatzanweisungen zu ersetzen. Die Zusammensetzung seines Portefeuilles verschiebt sich folglich in Richtung abnehmender Liquidität. Wenn andererseits die Erträge allgemein fallen, werden die Gewinne aus Ölaktien das Risiko nicht mehr ausgleichen, während der Zinsentgang durch das Halten von Bargeld und gering verzinslichen Papieren abnimmt. Folglich neigt der Anleger dazu, sein Portefeuille in Richtung zunehmender Liquidität anzupassen. Man kann also annehmen, daß die Liquiditätspräferenz eines Anlegers mit sinkenden Zinsen zunimmt und daß die Geldnachfrage zum Zwecke der Vermögenshaltung eine abnehmende Funktion des Zinses ist.

8. 3. Alternative Theorien der Geldnachfrage

Eine der Hauptfragen, die dieses Buch beantworten will, ist folgende: Warum glauben einige Nationalökonomen unerschütterlich daran, daß der wettbewerbliche Marktmechanismus eine Wirtschaft automatisch aus einer Rezession zur Vollbeschäftigung zurückführe, während andere der Selbstheilung des Patienten skeptisch gegenüberstehen und meinen, man müsse nach dem Doktor mit dem geld- und finanzpolitischen Instrumentenkasten rufen. Eng damit verbunden ist die Frage, warum einige Nationalökonomen ihr Vertrauen in die Wirksamkeit der Geldpolitik setzen, während andere die Finanzpolitik als Heilmittel betrachten. Wie wir in den Kapiteln 10 und 11 sehen werden, sind beide Fragen entscheidend von der Erklärung der Geldnachfrage abhängig. Daher ist es unbedingt notwendig, die Annahmen zu verdeutlichen, die verschiedene Gruppen von Ökonomen hinsichtlich der Geldnachfrage machen.

Einer der vertrautesten Begriffe aus der Geldlehre ist die «Quantitätsgleichung»

$$MV = pY$$

Die Gleichung ist eine definitorische Beziehung, die ausdrückt, daß die Geldmenge M, multipliziert mit V, der Umlaufsgeschwindigkeit des Geldes beim Kauf neu erstellter Güter und Dienstleistungen, ebenso groß ist wie das Nominaleinkommen pY, wobei p als Preisindex gilt und Y das Realeinkommen zu Preisen der Basis-Periode mißt.

In manchen Interpretationen wird V als Konstante betrachtet. Die Umlaufgeschwindigkeit kann sich indessen verändern, wenn sich die institutionellen Zahlungsgewohnheiten ändern, wenn sich aufgrund von Zinsänderungen die Geldnachfrage zu verschiedenen Zwecken ändert oder wenn eine Reihe sonstiger Faktoren wirksam wird. In jedem Fall läuft die Annahme einer konstanten Umlaufgeschwindigkeit darauf hinaus, das mögliche Vorhandensein einer Geldnachfrage aus dem Spekulationsmotiv zu leugnen; denn sie schließt ein, daß die Geldnachfrage zinsunabhängig ist. Diese Theorie scheint davon auszugehen, daß kein Anleger so irrational sei, über den Transaktions- und Vorsichtsbedarf hinaus Geld zu halten, wenn er es zum Erwerb verzinslicher Papiere verwenden könnte. Durch diese « klassischen » Annahmen bleibt die Gleichung keine definitorische Beziehung, sondern wird zur wohlbekannten Quantitätstheorie, die besagt, daß ein steigendes Geldangebot entweder zu einer Erhöhung des Realeinkommens Y oder des Preisniveaus p oder beider Größen führt. Bei konstanter Umlaufgeschwindigkeit schließt eine Ausweitung des Geldangebots ein, daß Anleger versuchen, freie Geldbeträge in Wertpapiere umzuwandeln. Folglich werden die Wertpapierpreise sich erhöhen, die Zinssätze fallen und die Investitionen sowie das Einkommen steigen. Wenn freie Produktionsfaktoren verfügbar sind, kann das Realeinkommen erhöht werden. Wenn die Volkswirtschaft indessen bereits vollbeschäftigt ist, wird der Wettbewerb um das verfügbare Angebot die Preise steigen lassen. Da der Wettbewerb um gewinnbringende Kapitalanlagen solange andauert, bis alle überschüssigen Geldbeträge in Transaktionskasse umgewandelt sind, können wir bei konstantem V folgern, daß die Höhe des Nominaleinkommens stets dem Geldangebot proportional ist.

Die Quantitätsgleichung läßt sich in der Form

$$m = \frac{M}{p} = kY$$

schreiben, wobei $\frac{M}{p}$ der Realwert des Geldangebots und k die Reziproke v on V ist die folglich angibt, für welchen Bruchteil einer Zeitperiode eine Geldeinheit durchschnittlich zwischen zwei Ausgabeakten festgehalten wird. In dieser Form wird die Gleichung als « Cambridge-Gleichung » bezeichnet und k der « Marshall'sche Kassenhaltungskoeffizient » genannt.

Indem Keynes die Nachfrage nach Spekulationskasse einführte, leugnete er insbesondere die Annahme einer konstanten Umlaufgeschwindigkeit. Wie seine Vorgänger meinte indessen auch Keynes, Transaktions- und Vorsichtskasse seien von der Höhe des Einkommens abhängig und nicht besonders mit dem Zinssatz verbunden. Die Keynes'sche Variante der Geldnachfrage läßt sich daher als

$$m = \frac{M}{p} = kY + L(i)$$

formulieren, wobei L(i) die Geldnachfrage aus dem Spekulationsmotiv darstellt, die sich invers zum Zinssatz verhält, und wobei k nunmehr als das Verhältnis der Transaktionskasse zum Gesamtvolumen der (Einkommens-)Transaktionen verstanden werden muß[33].

Ein interessanter Aspekt der Keynes'schen Variante besteht darin, daß eine Ausweitung des Geldangebots zu keinen weiteren Zinssenkungen führt, wenn erst einmal ein kritischer Niedrigzins erreicht ist. Eine derartige Situation könnte sich daraus ergeben, daß bei sehr niedrigem Zinssatz der Ertrag einer Kapitalanlage

[33] Hinter dieser Schreibweise der Geldnachfrage steht die Annahme, daß die Nachfrage aus dem Spekulationsmotiv, wie auch die aus dem Transaktions- und Vorsichtsmotiv, bei konstantem Zinssatz dem Preisniveau proportional sei. Wenngleich Keynes keine derartige Annahme machte, folgen wir D. Patinkin, « Keynesian Economics and the Quantity Theory », in K. K. Kurihara, ed., Post-Keynesian Economics, Rutgers University Press, New Brunswick, N. J., 1954, und nehmen an, daß ein Steigen des Preisniveaus zu einer proportionalen Erhöhung der Nachfrage nach Spekulationskasse führe.

sehr gering und das Risiko sehr hoch sind. Bei gegebenem Liquiditätsnutzen der Geldhaltung werden Anleger gewillt sein, in ihrem Portefeuille Wertpapiere durch Bargeld zu ersetzen, ohne eines Anreizes in Form steigender Wertpapierpreise zu bedürfen.

Betrachten wir dazu einmal folgende Situation: Angenommen, die Notenbank beabsichtige, durch den Ankauf von Offenmarktpapieren das Geldangebot zu erhöhen. Normalerweise müßte die gestiegene Nachfrage nach Wertpapieren deren Preise erhöhen und die Zinssätze senken. Wenn die Zinssätze jedoch so niedrig sind, daß für Anleger nicht erkennbar wird, ob die Kosten des Anlageverzichts oder das Risiko des Kapitalverlusts überwiegen, könnten sie bereit sein, ihre Wertpapiere zu den bestehenden Preisen zu verkaufen. Der Tatbestand, daß die Notenbank den Markt stützt und dies möglicherweise in Zukunft nicht mehr tut, mag als günstige Gelegenheit betrachtet werden, Effekten abzustoßen. In der Situation einer so beschriebenen «Liquiditätsfalle» ist das private Wertpapierangebot unendlich elastisch, was gleichzeitig bedeutet, daß auch die Nachfrage nach Spekulationskasse in bezug auf den Zinssatz vollkommen elastisch ist.

Eine weitere Variante der Geldnachfrage, die wir in Ermangelung einer besseren Bezeichnung willkürlich als «modifizierte Keynesianische Variante» bezeichnen wollen, schließt für die Transaktions- und Vorsichtskasse die Annahme ein, beide verhielten sich invers zum Zinssatz. Folglich kann diese Variante in der Form

$$m = L_1 (i, Y) + L_2 (i)$$

geschrieben werden, wobei L_1 die Nachfrage nach Transaktions- und Vorsichtskasse und L_2 die nach Spekulationskasse bezeichnen. Da die Geldhaltung aus allen drei Motiven vom Zinssatz abhängig ist, läßt die modifizierte Keynesianische Variante die Unterscheidung verschiedener Motive als ziemlich gekünstelt erscheinen, so daß sich der obige Ausdruck ebensogut zu

$$m = L (i, Y)$$

zusammenfassen läßt.

Jüngere Entwicklungen der Geldtheorie betonen insbesondere die Bedeutung des Vermögens bei der Bestimmung der Geldnachfrage. Die portfolio-selection-Theorie nimmt an, daß die Nachfrage nach Geld nicht nur bei Einkommenserhöhungen und/oder Zinssenkungen zunimmt, sondern ebenso, wenn sich das Vermögen vermehrt. Eine Vermögenszunahme wird demnach die Vermögensbesitzer veranlassen, den Zuwachs über verschiedene Formen zusätzlicher Vermögenshaltung zu streuen und nicht nur einer bestimmten Vermögensart zuzuführen. So kennzeichnet z.B. Tobin[34] die Geldnachfrage durch

$$m = L (i, Y, K)$$

wobei der Kapitalstock K die Ertragskraft bzw. das Produktivvermögen der Gesellschaft darstellt[35]. Wir wollen diese letzte Form der Geldnachfrage als die «moderne Keynesianische Variante» bezeichnen.

[34] J. Tobin, «A Dynamic Aggregative Model», Journal of Political Economy, 63:103–115, 1955.

[35] Am stärksten wird die Bedeutung des Vermögens für die Geldnachfrage von den sogenannten modernen Quantitätstheoretikern betont. Der Neoquantitätstheoretiker, wie etwa Milton Friedman, unterscheidet sich vom modernen Keynesianer dadurch, daß er

Die Keynesianische Variante ist in Abb. 8. 5. dargestellt. Der Zinssatz ist auf der Vertikalen abgetragen. Die Geldnachfrage aus dem Transaktions- und Vorsichtsmotiv m_1 wird als zinsunelastisch betrachtet. Addiert man zu m_1 die Nachfrage aus dem Spekulationsmotiv m_2, erhält man die Gesamtnachfrage nach Geld $m_1 + m_2$. Wenn das Geldangebot m_s beträgt, schneiden sich Angebots- und Nachfragekurve beim Zinssatz von i_0. Wenn das Geldangebot auf m'_s steigt, werden sich die Vermögensbesitzer nur dann veranlaßt sehen, die zusätzlichen Bestände zu halten, wenn der Zinssatz auf i_1 fällt. Bei i_1, bei dem die Geldnachfrage vollkommen elastisch wird, ist die Liquiditätsfalle erreicht. Eine Erhöhung des Geldangebots von m'_s auf m''_s führt zu keiner weiteren Zinssenkung.

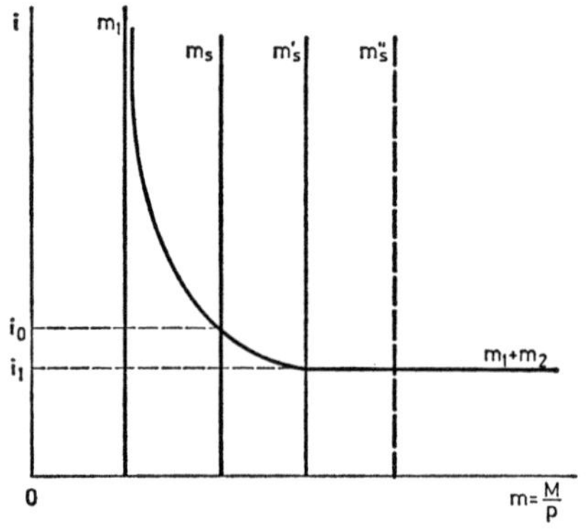

Abb. 8.5: Gleichgewicht von Geldnachfrage und -angebot (alle Werte in realen Größen)

Zum Schluß dieses Abschnitts wollen wir den Leser nachdrücklich darauf hinweisen, daß die Nachfrage nach Geld sich nur auf Transaktionen des jeweiligen Einkommens bezieht, nicht dagegen auf finanzielle Transaktionen. Dies liegt darin begründet, daß die einzelnen Gleichungen Gleichgewichtswerte beinhalten, die anzeigen, welche Geldbeträge Vermögensbesitzer zu verschiedenen Zwecken halten, wenn ihre Portefeuilles sich im Gleichgewicht befinden. Das allgemeine monetäre Gleichgewicht ist durch eine Situation gekennzeichnet, in der sämtliche Portefeuilles gleichgewichtig sind und keinerlei finanzielle Transaktionen vorgenommen werden.

8. 4. Das Geldangebot

Erinnern wir uns an die Definition der Geldmenge als Summe von Bargeld und Sichteinlagen – nicht jedoch Spareinlagen – im Besitz des Publikums. In der Vergangenheit bestand ein direkter Zusammenhang zwischen dem Goldbestand eines Landes und seinem Bestand bzw. Angebot an Geld. Aber in dem Maße, wie sich das Giralgeld durchsetzte, dem gegenüber die Banken nur noch einen Bruchteil an Re-

Zinssatz und Höhe des jeweiligen Einkommens für die Geldnachfrage als Bestimmungsfaktor von minderer Bedeutung ansieht. Vgl. Milton Friedman. «The Quantity Theory of Money: A Restatement», Studies in the Quantity Theory of Money, Chap. 1, The University of Chicago Press, Chicago, 1956, und «The Demand for Money: Some Theoretical and Empirical Results», Journal of Political Economy, 67:327–351, 1958.

serven halten, wie das Metallgeld als Zahlungsmittel an Bedeutung verlor und die Bindung der Währung an ein Metall aufgegeben wurde, löste sich zunehmend auch der Zusammenhang zwischen dem Goldbestand und dem heimischen Geldangebot.

Während wir für unsere Zwecke nicht unbedingt wissen müssen, wie das Geldangebot historisch zustande gekommen ist, ist es entscheidend zu wissen, wie das Angebot verändert werden kann. Dazu erstellen wir vier Konten (Tabelle 8. 1.) für finanzielle Aktiva und Passiva – ein Konto für das Schatzamt, ein Konto für die Zentralbank, ein konsolidiertes Konto für die Geschäftsbanken und ein Konto für das Publikum. Die Konten sind hypothetische Aufstellungen, in denen wir lediglich die Veränderungen verschiedener Posten verbuchen, da uns ausschließlich die Veränderungen interessieren.

Nehmen wir an, daß ein Goldgräber in harter Arbeit Gold im Werte von 1.000 $ aus dem Boden buddelt. Die 1.000 $ stellen Vermögen des Goldgräbers dar und erhöhen um 1.000 $ die Aktiva des Publikums und dessen Eigenkapital. Der Zuwachs an Aktiva und Eigenkapital aufgrund der Schöpfung zusätzlichen Vermögens in Form von Gold ist im Konto des Publikums unter a verbucht.

Das Gesetz verpflichtet den Goldgräber, das Gold beim Schatzamt abzuliefern. Das Schatzamt nimmt das Gold entgegen, das auf seinem Konto ein Aktivum wird,

Tabelle 8. 1.

Schatzamt des Staates		Zentralbank	
Zentralbank-Guthaben — 1.000 b + 1.000 c	Goldzertifikate + 1.000 c	Goldzertifikate + 1.000 c	Einlagen des Schatzamtes — 1.000 b + 1.000 c
Gold + 1.000 b			Einlagen der Geschäftsbanken + 1.000 b

Geschäftsbanken		Publikum	
Kredite und Wertpapiere + 800 d + 640 f	Einlagen + 1.000 b + 800 e + 640 g	Guthaben + 1.000 b + 800 e + 640 g	Eigenkapital + 1.000 a
Reserven + 1.000 b — 800 d + 800 e — 640 f + 640 g		Wertpapiere — 800 d — 640 f	
		sonstige Aktiva + 1.000 a — 1.000 b	

in dessen Höhe dem Schatzgräber ein Scheck ausgeschrieben wird. Dieser Scheck verringert schließlich das Bankguthaben, welches das Schatzamt bei der Zentralbank hat. Der Goldgräber bringt nun den Scheck zu seiner Geschäftsbank. Er tauscht also ein Aktivum (Gold) für ein anderes (Bankguthaben) ein. Die Geschäftsbank erhält den Scheck und erkennt das Konto des Goldgräbers mit einem Guthaben. Dieser Vorgang ist auf der rechten Seite des Kontos der Geschäftsbank verbucht, weil das Guthaben für die Bank eine Schuld darstellt, die die Bank auf Wunsch des Einlegers begleichen muß. Indem sich die Bank aber Verpflichtungen auflädt, erhält sie auch neue Aktiva in Höhe von 1.000 $, die sie dem eigenen Bankguthaben (den sogenannten «Reserven») bei der Zentralbank zuführt. Diese[36] erkennt aufgrund des Schecks das Konto der Geschäftsbank und erhöht dadurch ihre Verbindlichkeiten gegenüber dem Bankensystem (Einlagen der Geschäftsbanken), bucht jedoch gleichzeitig 1.000 $ auf dem Konto des Schatzamtes ab. All diese Transaktionen, begonnen mit der Entgegennahme des Goldes durch das Schatzamt, sind unter b in den einzelnen Konten verbucht.

Halten wir fest, daß das Schatzamt einen Teil seines Bankguthabens als Gegenleistung für das Gold aufgelöst hat, während für den Goldgräber der umgekehrte Fall gilt. Das Ergebnis besteht in einer Erhöhung des Geldangebots (gemessen an den Sichtguthaben und dem Bargeld in Händen des Publikums) um 1.000 $.

Wie kann das Schatzamt sein Konto wieder auffüllen? Üblicherweise dadurch, daß es Goldzertifikate druckt und diese für Einlagenkredite an die Zentralbank verkauft. Wenn dieser (unter c verbuchte) Vorgang vollzogen ist, hat das Konto des Schatzamtes wieder seinen ursprünglichen Stand erreicht. Für das Schatzamt besteht der Effekt letztlich darin, daß seine Aktiva (Gold) und Passiva (Goldzertifikate) um 1.000 $ anwachsen. Die Auswirkung für die Zentralbank liegt in einer Zunahme ihrer Einlageverbindlichkeiten um 1.000 $, für die sie als Gegenleistung Aktiva in Form von Goldzertifikaten erhalten hat. Die Geschäftsbanken verzeichnen eine Erhöhung ihrer Einlageverbindlichkeiten, für die sie andererseits ein Guthaben von 1.000 $ beim Zentralbanksystem erhalten. Schließlich hat das Publikum Gold im Werte von 1.000 $ in ein Bankguthaben umgewandelt.

Ist nun die Erhöhung der Einlagen um 1.000 $ die einzige Auswirkung auf das Geldangebot? Nicht unbedingt: Nehmen wir an, die gesetzliche Mindestreserve betrage 20 Prozent. Dann müssen die Banken 20 Prozent der Sichteinlagen (0,20 × 1.000 $) ihren Reservekonten bei der Zentralbank zuführen. Die verbleibenden 800 $, die sogenannte «Überschußreserve», können sie zum Kauf von gewinnbringenden Anlagen verwenden. Angenommen, die Bank, welche die 1.000 $ erhält, kaufte für 800 $ eine Obligation von einem Mitglied des privaten Nichtbankensektors. Die Bank stellt als Gegenleistung für die Obligation einen Scheck aus (d), der an irgendeiner anderen Stelle wieder in das Geschäftsbankensystem eingebracht wird (e). Dies bedeutet, daß die aufgrund des Goldverkaufs entstandenen Reserven nach wie vor 1.000 $ betragen. Aber von den Einlagen in Höhe von 1.800 $ sind nun 640 $ Überschußreserve, nämlich 1.000 $ — 0,20 × 1.800 $, die wiederum zum Kauf von Wertpapieren verwendet werden können (f). Wenn die Erlöse wieder ins Bankensystem eingebracht werden (g), steigen die Einlagen auf 2.440 $ oder 1.000 $ + 800 $ + 640 $.

[36] Das Zentralbankensystem der Vereinigten Staaten kann man sich am besten als eine Bank für Bankiers und für das Schatzamt vorstellen.

Halten wir fest, daß immer, wenn Überschußreserve zum Kauf von Wertpapieren benutzt wird, die Erlöse an irgendeiner Stelle wieder ins Geschäftsbankensystem zurückfließen. Das bedeutet, daß nach dem ursprünglichen Zuwachs von 1.000 $, der dem Geschäftsbankensystem von außen zufloß, die Wertpapierkäufe die gesamten Reserven nicht mehr verändert haben. Dagegen erhöhen sie die *Mindest*reserve, da sie zu einem Anstieg der Einlagen führen. Daraus folgt, daß bei einem ursprünglichen Reservezuwachs von 1.000 $ und einem Mindestreservesatz von 20 Prozent die Überschußreserve aufgezehrt ist, wenn die Einlagen eine Höhe von 5.000 $ erreicht haben. Auf der Grundlage einer ursprünglichen Reservezunahme von 1.000 $ ist folglich eine Erhöhung der Einlagen im Verhältnis 5:1 möglich. Dieser Endzustand ist in Tabelle 8. 2. verdeutlicht, aus der ersichtlich ist, daß das Publikum nach einer ursprünglichen Zunahme der Einlagen und des Eigenkapitals aufgrund der Gewinnung und des Verkaufs von Gold (a) dem Bankensystem Aktiva im Werte von 4.000 $ übertragen und dafür in gleicher Höhe Guthaben erhalten hat (b). Der Goldkauf hat sich demnach in einer Erhöhung des Geldangebots um 5.000 $ ausgewirkt.

Zur Erhöhung des Geldangebots sind indessen nicht unbedingt Goldfunde erforderlich. Eine Erhöhung der Sichtguthaben ist stets möglich, wenn dem Geschäftsbankensystem Barreserven zufließen. Das gleiche Ergebnis ließe sich z.B. dadurch erzielen, daß die Zentralbank im Rahmen der Offenmarktpolitik Staatspapiere kaufte. In diesem Fall würde die Zentralbank dem Publikum als Gegenleistung für die Papiere ein Guthaben von 1.000 $ einräumen. Dies würde wiederum zusätzliche Reserven in Höhe von 1.000 $ schaffen (vgl. Tabelle 8. 1) und in gleicher Weise den Weg für multiple Kreditexpansion freimachen. Andererseits könnte die Zentralbank die Ausweitung des Geldangebots, die das Schatzamt durch die Goldkäufe auslöst, auch neutralisieren. Wenn die Zentralbank Staatspapiere in Höhe von 1.000 $ verkaufte, würden Guthaben und Reserven um 1.000 $ verringert, so daß die Wirkung des Goldkaufs ausgeglichen wäre.

Eine Ausweitung des Geldangebots könnte ebenso dadurch entstehen, daß eine Volkswirtschaft Exportüberschüsse von Gütern und Dienstleistungen erzielt. Die monetären Auswirkungen des als Gegenleistung erhaltenen Goldzustroms sind die gleichen, wie wenn das Gold aus dem heimischen Boden gebuddelt wird.

Die Expansion wäre ebenso durch eine Verschuldung der Geschäftsbanken bei der Zentralbank möglich. In diesem Fall lädt sich die Geschäftsbank für die zusätzlichen Reserven eine Verbindlichkeit gegenüber der Zentralbank auf. Es ist wichtig festzuhalten, daß die Ausweitung des Geldangebots in all diesen Fällen nur dann

Tabelle 8. 2.

Geschäftsbanken		Publikum	
Wertpapiere + 4.000 b Reserven + 1.000 a	Einlagen + 1.000 a + 4.000 b	Guthaben + 1.000 a + 4.000 b Wertpapiere — 4.000 b	Eigenkapital + 1.000 a

möglich ist, wenn zusätzliche Reserven von außerhalb in das Geschäftsbankensystem einfließen. Wenn nämlich eine einzelne Bank versucht, ihre Reserven durch den Verkauf von Wertpapieren an Nichtbanken aufzufüllen, geht dies nur auf Kosten der Einlagen und Reserven der übrigen Mitglieder des Geschäftsbankensystems.

Wir haben oben abgeleitet, daß bei einer Mindestreserve von 20 Prozent und einem Reservezuwachs von 1.000 $ das Geldangebot um 5.000 $ erhöht werden kann. Die 5.000 $ stellen einen theoretischen Höchstbetrag dar, der nur erreicht werden kann, wenn weder Banken noch Nichtbanken Geldbeträge horten. Wenn z.B. die Banken die zusätzlichen Reserven lediglich stillegen, anstatt sie in Wertpapiere umzuwandeln, erhöht sich das Geldangebot nur um 1.000 $. Ebenso wird der Prozeß der Geldausweitung dann beendet, wenn jemand, der Wertpapiere an eine Bank verkauft hat, sein zusätzliches Guthaben bar abhebt und in einem Kochtopf verschwinden läßt.

Obwohl die Zentralbank die Reservehaltung ihrer Mitgliederbanken nach Belieben zu beeinflussen vermag, kann sie, wie die letztgenannten Möglichkeiten zeigen, keineswegs immer davon ausgehen, daß das Geldangebot in einem festen Verhältnis zum Reservezuwachs steigt. Man darf in der Tat erwarten, daß das Verhältnis zwischen Einlagen und Reserven erheblich schwankt. Die Banken verwenden üblicherweise nicht ihre gesamte Überschußreserve zum Kauf von Wertpapieren. Die typische Bank operiert unter Unsicherheit. Es ist nie mit Bestimmtheit zu sagen, ob in einer Periode die Einlagen die Abhebungen übersteigen. Selbst wenn die Bank glaubt, daß die Einlagen die Abflüsse gerade ausgleichen, wird die bei Illiquidität fällige Bestrafung ausreichender Grund sein, etwas Überschußreserve zu halten[37]. Darüber hinaus besteht wenig Grund zu der Annahme, daß sich Banken grundsätzlich anders verhalten als die übrigen Vermögensbesitzer. Wenn sie bei der Anlage ihres Portefeuilles in ähnlicher Weise vorgehen wie private Wirtschaftssubjekte, werden die Banken in Zeiten niedriger Zinssätze vermutlich größere Mengen von Überschußreserve halten. Wenn die Verzinsung von Wertpapieren und Krediten steigt, werden die Banken mit der Kreditgewährung weniger zurückhaltend sein, so daß das Verhältnis von gewinnbringenden Anlagen zu Reserven ebenso wie das Geldangebot steigt. So scheint das Geldangebot, ebenso wie die Geldnachfrage, teilweise vom Zinssatz bestimmt zu sein.

Zusammenfassend können wir feststellen, daß die potentielle Höhe des Geldangebots von den Reserven der Banken bestimmt wird. Da das Ausmaß dieser Reserven fast ausschließlich von den Aktionen der Zentralbank abhängt, wird das Geldangebot häufig als «Variable der Geldpolitik» betrachtet, d.h. es wird als konstant angenommen, solange es nicht durch zentrale Verfügung verändert wird. Wie wir gesehen haben, kann das Verhältnis zwischen tatsächlichem und potentiellem Geldangebot unter dem Einfluß von Zinsschwankungen und veränderlichen Unsicherheitsgraden fluktuieren. Dementsprechend kann es nicht ganz befriedigen, wenn das Geldangebot als Variable der Geldpolitik betrachtet wird. Für die Zielsetzung des folgenden Kapitels ist es jedoch völlig zureichend anzunehmen, daß das Geldangebot nur durch zentralen Einfluß verändert werden kann. Im 10. Kapitel werden wir versuchen, die Zusammenhänge etwas tiefer auszuleuchten, und dazu diese vereinfachende Annahme aufgeben.

[37] Zur Analyse der Auswirkungen von Unsicherheit auf die Kreditexpansion vgl. D. Orr und W. J. Mellon, «Stochastic Reserve Losses and Expansion of Bank Credit», American Economic Review, 51:614-623, 1961.

8. 5. Geldmengeneffekte der Finanzpolitik

Um die Arbeitsweise und Wirksamkeit der Geld- und Finanzpolitik verstehen zu können, ist es von größter Bedeutung, die Geldmengenwirkungen einer fiskalischen Maßnahme zu erfassen. Eine «rein» fiskalische Maßnahme läßt sich als eine Operation des Finanzministeriums definieren, die nur die Höhe des jeweiligen Einkommensstromes verändert, das Geldangebot dagegen unberührt läßt. «Rein» geldpolitisch ist dagegen eine Maßnahme, die das Geldangebot tangiert, ohne direkt den Einkommensstrom zu verändern. Wenn die Zentralbank von einem Mitglied des Publikums Staatspapiere kauft, so verändert diese Maßnahme zwar das Geldangebot, hat aber keinen direkten Einfluß auf das jeweilige Einkommensniveau[38]. Andererseits führt eine Erhöhung der Staatsausgaben unmittelbar zu Einkommenssteigerungen, während eine Steuererhöhung die umgekehrte Wirkung hervorruft.

In dem Maße, wie die Steuerzahlungen an das Finanzministerium die Sichtguthaben verringern, ist die fiskalische Maßnahme nicht mehr «rein» in dem Sinne, daß keine Wirkungen auf das Geldangebot entstehen. Um von «rein» fiskalischen Maßnahmen sprechen zu können, müssen wir die Annahme machen, daß die Steuereinnahmen zur Schuldentilgung gegenüber den privaten Nichtbanken verwendet werden oder daß gleichzeitig die Staatsausgaben entsprechend erhöht werden. In beiden Fällen werden die Geldmengenwirkungen der fiskalischen Maßnahmen aufgehoben. Wenngleich im Augenblick der Sinn derartiger Feinheiten schwer zu erkennen sein mag, so wird im folgenden deutlich, warum diese Unterscheidung genau beachtet werden muß.

Betrachten wir die Geldmengenwirkungen steigender Staatsausgaben. Angenommen, der Staat zahle einem Briefträger 100 $ als Lohn. Diese 100 $ sind eine einkommensschaffende Ausgabe und stellen daher eine fiskalische Maßnahme dar. Ebenso bewirkt die Zahlung der 100 $ eine Erhöhung des Geldangebots; sofern dieser Zunahme keine entsprechende Einschränkung gegenübersteht, muß die Zahlung als kombinierte geld- und finanzpolitische Veränderung betrachtet werden. Ob eine derartige Kompensation der Auszahlung eintritt oder nicht, hängt davon ab, auf welche Weise die Ausgabe in Höhe von 100 $ finanziert wird.

1. Wenn das Finanzministerium die Steuerbeträge um 100 $ erhöht, werden die Sichtguthaben um 100 $ abnehmen. Die Geldmengeneffekte der Staatsausgaben und der Steuereinnahme gleichen einander aus. Eine durch Steuern finanzierte Staatsausgabe kann daher als rein fiskalische Maßnahme gelten.

2. Wenn das Finanzministerium sein Konto durch den Verkauf von Wertpapieren an das Publikum auffüllt, werden diese als Gegenleistung für die Papiere Zahlungen von ihren Konten abbuchen. Wiederum heben sich die Geldmengeneffekte der fiskalischen Maßnahme auf. Ein Defizit, das durch den Verkauf von Wertpapieren an das Publikum finanziert wird, ist daher als rein fiskalische Maßnahme zu betrachten. Bei rein fiskalischen Maßnahmen wird stets vorausgesetzt, daß Defizite des Staats durch Kreditaufnahme beim Publikum finanziert werden und daß mit Überschüssen Schulden des Staates beim Publikum getilgt werden.

3. Das Finanzministerium hat die Möglichkeit, sein Konto durch den Verkauf von Papieren an das Zentralbanksystem aufzufüllen. In diesem Fall stellt die Zahlung

[38] Der Kauf der Zentralbank könnte über den Einfluß auf den Zinssatz das Investitions- und Einkommensniveau erhöhen. Eine derartige Wirkung bezeichnen wir als indirekt.

von 100 $ an den Briefträger einen Reservezuwachs des Bankensystems dar. Die Staatsausgabe ist dann eine Kombination geld- und finanzpolitischer Maßnahmen, da sie sowohl das Einkommen als auch das Geldangebot erhöht.

8. 6. Das weitere Programm

Im nächsten Kapitel werden die Grundsteine der Kapitel 5 bis 8 zu einem allgemeinen Gleichgewichtsmodell einer Volkswirtschaft zusammengefaßt. Dies wird aus folgendem Grund erforderlich: Wenn wir uns nochmals die Abb. 8.5. vor Augen führen, so wird aus ihr ersichtlich, daß zu einem Zinssatz in Höhe von i_0 ein bestimmtes Investitionsniveau gehört. Diesem Investitionsvolumen ist wiederum ein bestimmtes Gleichgewichtseinkommen zugeordnet. Nehmen wir jedoch an, das Geldangebot sei auf m'_s gestiegen. Die Ausweitung des Geldangebots senkt den Zinssatz und regt die Investition an. Daraufhin wird sich das Einkommen erhöhen. Mit steigendem Einkommen wird mehr Geld zu Transaktionszwecken nachgefragt, wodurch wiederum der Zinssatz tangiert wird. Eine endlose Kette von Aktionen und Reaktionen wird ausgelöst – eine Kette, die wir mit den bisherigen Hilfsmitteln nicht exakt nachvollziehen können. Die Zielsetzung des nächsten Kapitels besteht darin, ein aussagefähigeres Modell zu entwickeln, das (1) die Fehler der partiellen Gleichgewichtsanalyse zu vermeiden hilft und (2) den Rahmen bereitstellt, in dem die Wirksamkeit alternativer Stabilisierungsmaßnahmen abgewogen werden kann.

9. Das allgemeine Gleichgewicht auf Güter- und Geldmärkten

9. 1. Einleitung

Im letzten Kapitel wurde behauptet, daß eine Änderung des Geldangebots den Zinssatz in zweifacher Weise tangiert: einmal direkt durch die ursprüngliche Veränderung, zum anderen indirekt durch Rückwirkungen, die ausgelöst werden, wenn die direkten Zinseffekte das Investitions- und Einkommensniveau verändern. Die gleiche Wirkungskette kann auf den Gütermärkten ausgelöst werden. Die Anwendung einer neuen Erfindung z.B. wird die Kurve der Investitionsnachfrage nach rechts verschieben und damit die Einkommenshöhe verändern. Indem die erhöhte Investition jedoch das Einkommensniveau anhebt, führt sie zu einer Ausweitung der Geldnachfrage aus dem Transaktions- und Vorsichtsmotiv. Wenn Vermögensbesitzer (einschließlich Banken) veranlaßt werden sollen, die notwendigen Beträge durch Auflösung spekulativer Horte bereitzustellen, müssen die Zinssätze steigen. Dadurch werden die Investitionen wiederum eingeschränkt, die Einkommen werden zurückgehen, und der Prozeß wird eine neue Runde von Aktion und Reaktion durchlaufen. Offensichtlich wäre es sinnvoll, ein Modell zu entwickeln, das die Gleichgewichtslösung im Endzustand liefern könnte, selbst wenn es nicht imstande wäre, den Anpassungsprozeß aufzuzeigen, über den das Gleichgewicht erreicht wird[39].

Zur Vereinfachung wollen wir zunächst annehmen, daß es sich um eine geschlossene Wirtschaft ohne staatliche Aktivität handele. Unter diesen Bedingungen verlangt das Gleichgewicht auf dem Markt für Endprodukte (Gütermarkt) die Gleichheit von geplantem Sparen und Investieren. Die Sparfunktion läßt sich in allgemeiner Form als

$$S = Y - C(Y) \tag{9.1.}$$

schreiben und liefert zusammen mit der Investitionsfunktion

$$I = I(i) \tag{9.2.}$$

die Gleichgewichtsbedingung für den Gütermarkt:

$$I(i) = Y - C(Y) \tag{9.3.}$$

Diese Bedingung besagt, daß für jeden beliebigen Zinssatz mindestens ein Einkommensniveau besteht, bei dem geplante Ersparnis und Investition einander gleich sind. Die Beziehung zwischen Zins- und Einkommenshöhe wird «IS-Funktion» genannt.

Wenn wir für die Geldnachfrage eine Funktion Keynesianischer Prägung annehmen (d.h. die reale Spekulationsnachfrage wird als Funktion des Zinssatzes, die reale

[39] Das hier gezeigte Modell wurde erstmals dargestellt von J. R. Hicks, «Mr. Keynes and the ‹Classics›: A Suggested Interpretation», Econometrica, New Series, 5:147–159, 1937.

Transaktions- und Vorsichtsnachfrage[40] als proportional zum Realeinkommen angesehen), so läßt sich das monetäre Gleichgewicht durch

$$m_S = kY + L(i) \tag{9.4.}$$

darstellen, wobei das reale Geldangebot m_S als konstant betrachtet wird. Bei gegebenem Geldangebot kann jedem beliebigen Zinssatz mindestens ein Realeinkommensniveau zugeordnet werden. Diese Beziehung wird «LM-Funktion» genannt.

Halten wir fest, daß für beide Märkte die Gleichgewichtsbedingung eine Funktion zweier Variablen ist – des Zinssatzes und des Einkommensniveaus. Es sollte daher möglich sein, beide Gleichungen zu lösen und die Endwerte für den Gleichgewichtszinssatz und das Gleichgewichtseinkommen festzustellen. Es wird unser Verständnis indessen erleichtern, wenn wir uns zur Lösung einiger einfacher Diagramme bedienen.

9. 2. Graphische Ableitung der IS- und LM-Funktionen

Die Kurve der Investitionsnachfrage $I = I(i)$ ist im ersten Quadranten der Abb. 9.1. als Gerade eingezeichnet. Auf der Vertikalen ist der Zinssatz, auf der Horizontalen die Investition abgetragen[41]. Im zweiten Quadranten ist das Gleichgewicht zwischen geplanter Investition und Ersparnis dargestellt. Diese Kurve muß eine aus dem Ursprung kommende Gerade mit einer Steigung von 45° sein, da im Gleichgewicht die geplante Investition dem Sparen gleich sein muß. Die übliche Sparfunktion findet sich im dritten Quadranten. Für unser Beispiel nehmen wir an, daß bei einem Einkommen von 100 Mrd. $ die Ersparnis Null ist und die marginale Sparquote 0,5 beträgt[42].

Wenn wir mit einem Zinssatz von 3 Prozent beginnen, läßt sich im ersten Quadranten ablesen, daß für 50 Mrd. $ Investitionen nachgefragt werden. Im zweiten Quadranten sehen wir, daß das Sparen ebenfalls 50 Mrd. $ betragen muß. Im dritten Quadranten verdeutlicht die Sparfunktion, daß 50 Mrd. $ dann gespart werden, wenn das Einkommen eine Höhe von 200 Mrd. $ erreicht. Schließlich erhalten wir im vierten Quadranten einen Punkt, der ein Gleichgewicht des Gütermarktes darstellt: bei einem Zinssatz von 3 Prozent beträgt dasjenige Einkommensniveau, welches gerade die geplante Investition dem Sparen angleicht, 200 Mrd. $.

Wenn der Zinssatz auf 4 Prozent steigt, fällt die Investition auf 25 Mrd. $. Entsprechend muß das Sparen 25 Mrd. $ betragen, wozu ein Einkommensniveau von 150 Mrd. $ erforderlich ist. Wenn der Zinssatz auf 2 Prozent fällt, steigt die Investition auf 75 Mrd. $ und das Gleichgewichtseinkommen auf 250 Mrd. $.

Durch dieses Verfahren, willkürliche Zinssätze anzunehmen und die jeweils dazugehörenden Einkommensniveaus zu bestimmen, erhält man die im vierten Quadranten abgebildete «IS-Kurve». Diese Kurve ist lediglich die graphische Darstellung der güterwirtschaftlichen Gleichgewichtsbedingung in Form der Gleichung

[40] Wir werden von nun an die Nachfrage aus dem Transaktions- und dem Vorsichtsmotiv in der Transaktionsnachfrage zusammenfassen.

[41] Die Gleichung der Investitionsfunktion soll $i = 0{,}05 - 0{,}0004\, I$ lauten oder, für den Fall, daß die Größen so geordnet werden, daß I als abhängige Variable erscheint: $I = (i - 0{,}05)/-0{,}0004$.

[42] Die Gleichung der Sparfunktion lautet $S = -50 + 0{,}5\, Y$.

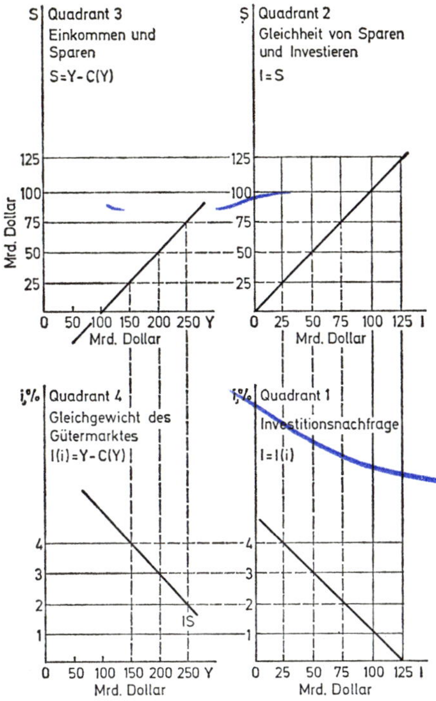

Abb. 9.1: Das Gleichgewicht des Gütermarkts (alle Werte in realen Größen)

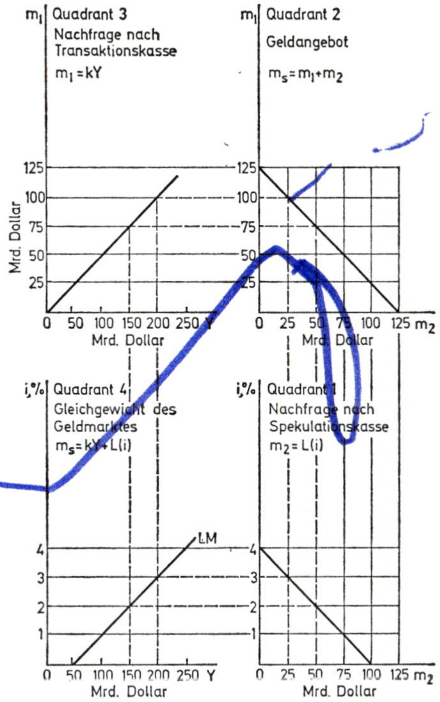

Abb. 9.2: Das Gleichgewicht des Geldmarkts (alle Werte in realen Größen)

(9.3.) und zeigt das jeweilige Einkommensniveau, das bei verschiedenen Zinssätzen die Gleichheit von geplantem Investieren und Sparen garantiert[43]. Man kann die IS-Kurve daher offensichtlich auch als die Kurve der aggregierten Nachfrage nach Gütern und Dienstleistungen betrachten, die bei alternativen Zinssätzen entsteht.

Das gleiche Verfahren läßt sich auch bei der Aufgabe anwenden, das monetäre Gleichgewicht zu bestimmen. Im ersten Quadranten der Abb. 9.2. ist die reale Nachfrage nach Spekulationskasse, $m_2 = L(i)$, als Funktion des Zinssatzes dargestellt. Wir nehmen an, daß die Wirtschaftssubjekte ihre Portefeuilles in der Weise gestalten, daß bei einem Zinssatz von 3 Prozent 25 Mrd. $, bei einem Zinssatz von 2 Prozent 50 Mrd. $, bei 1 Prozent 75 Mrd. $ und bei 0 Prozent 100 Mrd. $ aus dem Spekulationsmotiv nachgefragt werden.

Der zweite Quadrant zeigt, wie das gegebene Geldangebot von 125 Mrd. $ zwischen Transaktions- und Spekulationskasse aufgeteilt werden kann. Wenn die Transaktionsnachfrage 100 Mrd. Dollar beträgt, bleiben 25 Mrd. $ zur Befriedigung

[43] Die Gleichung für die geplante Investition lautet $i = 0{,}05 - 0{,}0004\,I$ bzw. $I = (i - 0{,}05)/-0{,}0004$. Die Sparfunktion ist $S = -50 + 0{,}5\,Y$. Wenn geplantes Investieren und Sparen gleich sind, gilt $(i-0{,}05)/-0{,}0004 = -50 + 0{,}5\,Y$, was sich auf $i = 0{,}07 - 0{,}0002\,Y$ reduzieren läßt. Dies ist die Gleichung der IS-Kurve, die mit den einzelnen Punkten der in Abb. 9.1. dargestellten Funktion übereinstimmen sollte.

der spekulativen Nachfrage. Bei 75 Mrd. $ Transaktionsnachfrage verbleiben für die Spekulationsnachfrage 50 Mrd. $. Im dritten Quadranten ist die Nachfrage nach Transaktionskasse dargestellt, wobei angenommen wird, daß sie sich im proportionalen Verhältnis von 1:2 zum Einkommen verhält. Schließlich werden im vierten Quadranten die Zins- und Einkommensniveaus kombiniert, die der Bedingung des monetären Gleichgewichts genügen.

Wenn wir mit einem Zinssatz von 3 Prozent beginnen, können wir im ersten Quadranten ablesen, daß die Vermögensbesitzer 25 Mrd. $ an Bargeld und Sichtguthaben für spekulative Zwecke zu halten wünschen. Im zweiten Quadranten wird deutlich, daß dann 100 Mrd. $ zur Befriedigung der Transaktionsnachfrage übrig bleiben. Der dritte Quadrant zeigt, daß eine Transaktionskasse von 100 Mrd. $ einem Einkommensniveau von 200 Mrd. $ zuzuordnen ist. Schließlich wird im vierten Quadranten ersichtlich, daß dasjenige Einkommensniveau, das bei einem Geldangebot von 125 Mrd. $ und einem Zinssatz von 3 Prozent ein monetäres Gleichgewicht herstellt, 200 Mrd. $ beträgt.

Gehen wir nun von einem Zinssatz von 2 Prozent aus. Bei diesem Zins werden die Vermögensbesitzer eine Spekulationskasse in Höhe von 50 Mrd. $ zu halten wünschen. Folglich bleiben 75 Mrd. $ für Transaktionszwecke übrig, und das zugehörige Einkommen beträgt 150 Mrd. $ (Quadrant 3). Dementsprechend wird im vierten Quadranten verzeichnet, daß das Einkommen, welches bei einem Zinssatz von 2 Prozent das monetäre Gleichgewicht garantiert, 150 Mrd. $ beträgt.

Dieses Verfahren, beliebige Zinssätze auszuwählen, und das jeweilige Einkommensniveau zu bestimmen, welches bei jedem Zinssatz die Bedingung des monetären Gleichgewichts erfüllt, führt zu der im vierten Quadranten dargestellten «LM-Kurve»[44]. Diese gibt lediglich die graphische Darstellung der Bedingung des monetären Gleichgewichts wieder, wie sie in Gleichung (9.4.) formuliert ist.

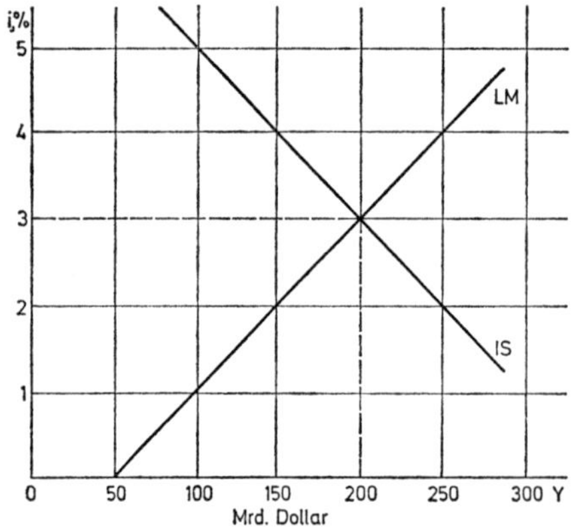

Abb. 9.3: Das gesamtwirtschaftliche Gleichgewicht (alle Werte in realen Größen)

[44] Die Betrachtung des ersten Quadranten der Abb. 9.2. zeigt, daß die Funktion der Spekulationsnachfrage der Gleichung $i = 0{,}04 - 0{,}0004\,m_2$ gehorcht, die auch in der Form $m_2 = (i - 0{,}04)/ - 0{,}0004$ geschrieben werden kann. Für die Transaktionsnachfrage gilt $m_1 = 0{,}5Y$, und bei einem Geldangebot von 125 Mrd. $ ist

$$m_1 + m_2 = 125 = 0{,}5Y + \frac{i - 0{,}04}{-0{,}0004}.$$

Daraus folgt die Gleichung für die LM-Funktion: $i = -0{,}01 + 0{,}0002Y$.

Obwohl die LM-Kurve verdeutlicht, daß mehr als ein Zinssatz mit dem monetären Gleichgewicht vereinbar ist, und obwohl die IS-Kurve zeigt, daß mehr als ein Zinssatz mit dem güterwirtschaftlichen Gleichgewicht vereinbar ist, lassen sich nur bei einem einzigen Zinssatz und nur bei einem einzigen Einkommensniveau beide Gleichgewichtslagen gleichzeitig erreichen. In Abb. 9.3. sind die IS- und LM-Funktionen aus den Abb. 9.1. bzw. 9.2. zum Schnitt gebracht. Der Schnittpunkt beider Kurven liegt bei einem Einkommen von 200 Mrd. $ und einem Zinssatz von 3 Prozent[45]. Sind erst einmal die Gleichgewichtswerte ermittelt, dann kann man sich in den Diagrammen für den Gütermarkt ohne Schwierigkeit nochmals versichern, daß Investieren und Sparen jeweils ein Niveau von 50 Mrd. $ erreichen. Ebenso wird durch einen Blick auf die Geldmarktdiagramme deutlich, daß im Gleichgewicht eine Spekulationsnachfrage von 25 Mrd. $ und eine Transaktionsnachfrage von 100 Mrd. $ bestehen. Es herrscht gesamtwirtschaftliches Gleichgewicht: keine Größe zeigt eine Tendenz zur Veränderung.

9. 3. Staatliche Aktivität und gesamtwirtschaftliches Gleichgewicht

Wie schon oben erwähnt, gilt als Bedingung für das Gleichgewichtseinkommen, daß die gesamten Einkommensabflüsse die gesamten Zuflüsse ausgleichen müssen. Folglich müssen geplante Investition plus Staatsausgaben Ersparnis plus Steuern ausgleichen. Die IS-Kurve, die das güterwirtschaftliche Gleichgewicht verkörpert, wird dann zu[46]

$$I(i) + G = Y - C\,(Y - T)$$

[45] Die Gleichgewichtswerte müßten sich auch dadurch bestimmen lassen, daß die IS- und LM-Funktionen simultan gelöst werden. Die IS-Funktion lautet $i = 0{,}07 - 0{,}0002Y$, die LM-Funktion $i = -0{,}01 + 0{,}0002Y$. Durch Gleichsetzen ergibt sich $i = 0{,}03$ und $Y = 200$. Den Lösungswert für das Gleichgewichtseinkommen können wir in die Sparfunktion einsetzen und erhalten

$$S = -50 + 0{,}5Y = -50 + 0{,}5 \times 200 = 50$$

Der Gleichgewichtszins kann in die Investitionsfunktion eingesetzt werden, woraus folgt, daß

$$I = \frac{i - 0{,}05}{-0{,}0004} = \frac{0{,}03 - 0{,}05}{-0{,}0004} = 50$$

ist. Es zeigt sich, daß geplante Investition und Ersparnis einander ausgleichen.

Gleichzeitig führt ein Einkommensniveau von 200 zu einer Transaktionskasse von

$$m_1 = 0{,}5Y = 0{,}5 \times 200 = 100.$$

Bei einem Geldangebot von 125 bleiben 25 für spekulative Zwecke übrig. Das Ergebnis ist mit einem Zinssatz von 3 Prozent vereinbar, wie dies aus der Gleichung für die Spekulationsnachfrage hervorgeht:

$$m_2 = \frac{i - 0{,}04}{-0{,}0004} = \frac{0{,}03 - 0{,}04}{-0{,}0004} = 25.$$

[46] Wenn wir annehmen, daß das gesamte Sparen nur in Form von Sparen der Haushalte erfolgt, können wir schreiben

$$S = Y_v - C$$

Um die Auswirkungen der Finanzpolitik untersuchen zu können, führen wir in die Wirtschaft des in Abschnitt 9.2. besprochenen Typs zunächst Staatsausgaben in Höhe von 25 Mrd. $ und dann eine Kopfsteuer von 25 Mrd. $ ein. In Abb. 9.4. stellt IS_0 die IS-Kurve vor der Einführung von Staatsausgaben und Steuern dar.

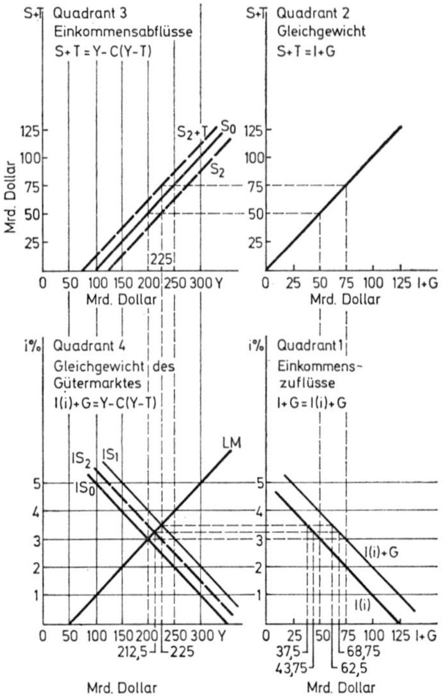

Abb. 9.4: Staatsausgaben und Besteuerung (alle Werte in realen Größen)

Auf die Einkommensentwicklung haben Staatsausgaben die gleiche Wirkung wie Investitionsausgaben. Daher lassen sich die 25 Mrd. $ an Staatsausgaben zu der Kurve der Investitionsnachfrage im ersten Quadranten addieren. Die gemeinsame Kurve für Investitionsnachfrage und Staatsausgaben (von uns als Zuflüsse bezeichnet) ist nun mit $I(i) + G$ bezeichnet. Wenn G zu den Investitionsausgaben addiert wird, muß natürlich in den Quadranten 1 und 2 jeweils die horizontale Achse in $I + G$ geändert werden. Die neue Gleichgewichtsbedingung lautet, daß die Zu-

Das verfügbare Einkommen ist definiert als

$Y_v = Y - T$

Da der private Verbrauch eine Funktion des verfügbaren Einkommens ist, gilt

$C = C(Y - T)$

Die Verbindung beider Ausdrücke ergibt die Sparfunktion

$S = Y - T - C(Y - T)$

Addiert man T zu beiden Seiten der Gleichung, so ergibt sich die Kurve der gesamten Abflüsse

$S + T = Y - C(Y - T)$

flüsse I + G den Abflüssen S + T gleich sein müssen, so daß S + T die neue Bezeichnung für die vertikale Achse in den Quadranten 2 und 3 wird.

Bei einem Zinssatz von 3 Prozent werden für 50 Mrd. $ Investitionen nachgefragt, zu denen die Staatsausgaben in Höhe von 25 Mrd. $ addiert werden. Folglich müssen im zweiten Quadranten Abflüsse in Höhe von 75 Mrd. $ verzeichnet sein, um die Zuflüsse auszugleichen. Der dritte Quadrant zeigt, daß diese Abflüsse bei einem Einkommen von 250 Mrd. $ entstehen. Wenn wir in den vierten Quadranten herunterloten, stellen wir fest, daß bei einem Zinssatz von 3 Prozent das güterwirtschaftliche Gleichgewicht nunmehr bei einem Einkommen von 250 Mrd. $ statt bei 200 Mrd. $ liegen muß. Ermitteln wir das jeweilige güterwirtschaftliche Gleichgewicht für eine Reihe weiterer Zinssätze, so zeigt sich, daß bei jedem beliebigen Zinssatz das güterwirtschaftliche Gleichgewicht bei einem Einkommen liegt, das gegenüber der Situation vor Einführung der Staatsausgaben von 25 Mrd. $ um 50 Mrd. $ gestiegen ist. Folglich verschiebt sich die IS-Kurve bei jedem beliebigen Zinssatz um 50 Mrd. $ nach rechts. Die neue Kurve ist in Abb. 9.4. als IS_1 gekennzeichnet.

Wenn sich die I(i) + G-Kurve im ersten Quadranten um 1 $ verschiebt, dann verlagert sich die IS-Kurve im vierten Quadranten horizontal um 1 $ mal dem Multiplikator, der in diesem Beispiel 2 beträgt. Das folgt daraus, daß die Erhöhung der Investitionen oder der Staatsausgaben durch einen zusätzlichen Dollar an Ersparnissen ausgeglichen werden muß. Daher muß das Einkommen in ausreichendem Maße steigen, um die Abflüsse um eben diesen Dollar zu erhöhen. Folglich entspricht die Verschiebung der IS-Kurve stets der Verschiebung der I(i) + G-Kurve mal dem Multiplikator – ein Ergebnis, das nach den Untersuchungen in Kapitel 6 zu erwarten war.

Wenn sich die IS-Kurve um die veränderten Investitions- oder Staatsausgaben mal dem Multiplikator verschiebt, kann man dann annehmen, daß die Einkommensänderung genauso hoch ist? In Abb. 9.4. wird die LM-Kurve von der IS_1-Kurve bei einem Einkommen von 225 Mrd. $ geschnitten. Obwohl der Multiplikator einen Wert von 2 hat, beträgt der Einkommenszuwachs lediglich 25 Mrd. $. Woran liegt das?

Zunächst ist festzustellen, daß der Zinssatz im neuen Gleichgewicht 3,5 Prozent beträgt. Die 0,5prozentige Steigerung über das ursprüngliche Niveau erklärt sich daraus, daß der Staat sich nicht beim Publikum mit 25 Mrd. $ verschulden kann, ohne einen Anreiz in Form hoherer Zinserträge zu gewähren. Bei annahmegemäß gegebenem Geldangebot können die Kredite an den Staat nur durch eine Einschränkung der Spekulations- und/oder Transaktionskasse bereitgestellt werden. Um die Anleger davon zu überzeugen, daß die Staatsanleihe attraktiver ist als die bisher gewählten Formen der Vermögenshaltung, muß die Verzinsung auf jeden Fall steigen. Daraus folgt wiederum, daß die Investitionen und damit das Einkommensniveau abnehmen. Die Einkommenserhöhung infolge der Finanzpolitik wird daher teilweise durch die Einschränkung der Investitionsausgaben gemindert.

Bei dem neuen Gleichgewichtszins von 3,5 Prozent betragen die Investitionsausgaben lediglich 37,5 Mrd. $. Wenn wir die Staatsausgaben in Höhe von 25 Mrd. $ addieren, stellen wir fest, daß die Einkommenszuflüsse im neuen Gleichgewicht nur 62,5 Mrd. $ statt der ursprünglich erwarteten 75 Mrd. $ betragen. Folglich beträgt die Nettoänderung der Zuflüsse nur 12,5 Mrd. $ (62,5 — 50) und die Einkommensänderung (entsprechend dem Multiplikator) 2 mal 12,5 Mrd. $ oder 25 Mrd. $.

Wie wir nun sehen, besteht einer der Vorteile des IS-LM-Modells in dem Nachweis, daß die groben Multiplikatoren der letzten Kapitel stillschweigend monetäre Neutralität zugrundelegen. Sie gehen also davon aus, daß Veränderungen der Staatsausgaben, der Steuern oder der Investitionen den Zinssatz und damit das Investitionsniveau nicht tangieren. Nun ist jedoch denkbar, daß eine Erhöhung der Staatsausgaben das Einkommen überhaupt nicht verändert. Wenn die monetären Rückwirkungen einer Erhöhung der Staatsausgaben um 1 $ dazu führen, daß die Investitionsnachfrage genau um 1 $ sinkt, ergibt sich keine Einkommensänderung. Wenn der Ausgabenüberschuß andererseits finanziert werden kann, ohne die Zinssätze zu verändern, dann wird der vollständige Multiplikatorprozeß einkommenswirksam. Es wird also deutlich, daß die einfachen Multiplikatoren der Kapitel 5 und 6 nur gültig sind, wenn die durch steigende Ausgaben ermöglichten, zusätzlichen Transaktionen ohne Zinsänderungen finanziert werden können. Wenn die LM-Funktion horizontal verläuft, zeigt sich, daß die Einkommensänderungen genau so groß sind wie die Verschiebungen der IS-Kurve.

Als nächstes wollen wir den Staatsausgaben eine Steuer in Höhe von 25 Mrd. $ gegenüberstellen und wie in dem in Kapitel 6 gezeigten, einfachsten Modell staatlicher Aktivität annehmen, daß die Steuer von der Einkommenshöhe unabhängig sei. Die früheren Überlegungen lassen vermuten, daß Steuern von 25 Mrd. $ das Einkommen um 25 Mrd. $ senken, da bei einer marginalen Sparneigung von 0,5 12,5 Mrd. $ an Steuern den Ersparnissen entzogen werden. Folglich steigen die Abflüsse lediglich um 12,5 Mrd. $, so daß bei einer marginalen Sparneigung von 0,5 das Einkommen um 25 Mrd. $ fallen muß, um den Überschuß der Abflüsse über die Zuflüsse verschwinden zu lassen. Daher ist eine Linksverschiebung der IS-Kurve um 25 Mrd. $ zu erwarten.

In Abb. 9.4. wird ersichtlich, daß die Steuer in Höhe von 25 Mrd. $ die Sparfunktion um 12,5 Mrd. $ von S_0 auf S_2 senkt. Wenn wir Steuer- und Sparfunktion addieren, erhalten wir die Kurve der gesamten Abflüsse $S_2 + T$, die bei allen Einkommensniveaus um 12,5 Mrd. $ über der S_0-Kurve liegt. Den zusammengefaßten Investitions- und Staatsausgaben von 75 Mrd. $, die bei einem Zinssatz von 3 Prozent getätigt werden, stehen gleich hohe Abflüsse nunmehr bei einem Einkommen von 225 Mrd. $ statt 250 Mrd. $, wie im vorigen Beispiel, gegenüber. Bei allen anderen Zinssätzen geschieht das gleiche: Das Einkommen, welches bei unterschiedlichen Zinssätzen das güterwirtschaftliche Gleichgewicht garantiert, liegt stets um 25 Mrd. $ unter dem Niveau vor der Besteuerung. Die IS-Kurve verschiebt sich also um einen Betrag nach links, der gleich ist der Veränderung der Abflüsse, $c\Delta T$, mal dem Multiplikator, also um $c\Delta T/(1 - c)$. Nach Einführung der Steuer ist IS_2 in Abb. 9.4. die relevante IS-Kurve.

Obwohl das Gleichgewichtseinkommen vor Besteuerung 225 Mrd. $ betrug und die Steuer eine Linksverschiebung der IS-Kurve um 25 Mrd. $ verursacht, fällt das neue Gleichgewichtseinkommen lediglich auf 212, 5 Mrd. $. Wiederum haben monetäre Effekte verhindert, daß sich der Multiplikator voll auswirken konnte. Wenn die Steuereinnahmen dazu verwendet werden, die Obligationen aus dem Verkehr zu ziehen, die zur Aufbringung der ursprünglichen Staatsausgabe von 25 Mrd. $ ausgegeben wurden, dann erfolgt keine Einschränkung des Geldangebots, während der steuerbedingte Konsumverzicht einen bestimmten Betrag an Transaktionskasse freistellt. Damit das monetäre Gleichgewicht hergestellt werden kann, müssen die Zinssätze fallen, so daß die Investitionen angeregt werden und das Einkommen steigt. Die den Kreislauf verengende Wirkung der Steuer wird also teilweise durch erhöhte Investitionen aufgehoben.

Der Zinssatz im Gleichgewicht beträgt schließlich 3,25 Prozent. Bei diesem Zins haben die Investitionen eine Höhe von 43,75 Mrd. $, gegenüber den 37,5 Mrd. $ bei dem früheren Gleichgewichtszins von 3,5 Prozent. Während die Steuer das Gleichgewichtseinkommen um 25 Mrd. $ zu senken tendiert, erhöhen die monetären Wirkungen der Steuer die Investitionen um 6,25 Mrd. $ (von 37,5 auf 43,75 Mrd. $) und das Einkommen um 12,5 Mrd. $. Wie Abb. 9.4. zeigt, wird per Saldo das Gleichgewichtseinkommen um 12,5 Mrd. $ gesenkt.

9. 4. Verschiebungen der IS- und LM-Funktionen

Im letzten Abschnitt haben wir gesehen, daß eine Erhöhung der Staatsausgaben um 25 Mrd. $ die IS-Kurve um 50 Mrd. $ nach rechts verschiebt. Denn bei einer marginalen Sparneigung von 0,5 muß das Einkommen um 50 Mrd. $ steigen, um die zum Ausgleich der zusätzlichen Staatsausgaben von 25 Mrd. $ erforderlichen Abflüsse entstehen zu lassen. Ähnlich verschiebt eine Steuererhöhung von 25 Mrd. $ die IS-Kurve um 25 Mrd. $ nach links, weil das Einkommen um 25 Mrd. $ sinken muß, um die steuerbedingten, zusätzlichen Abflüsse von 12,5 Mrd. $ auszugleichen. Dies sind jedoch lediglich zwei Faktoren, die zu einer Verschiebung der IS-Kurve führen können. Daneben gibt es eine Reihe weiterer Gründe, die die IS-Kurve wie auch die LM-Kurve verschieben können und die in diesem Abschnitt kurz betrachtet werden sollen.

Eine Einschränkung der geplanten Ersparnis (ein Anwachsen des geplanten Konsums) wird die Sparfunktion im dritten Quadranten nach unten verschieben und damit bei jedem beliebigen Einkommen die Abflüsse verringern. Dadurch muß sich die IS-Kurve nach rechts verschieben. Eine derartige Verschiebung der Sparfunktion könnte sich aus der Einführung eines neuen Produkts erklären, das die Verbraucher unbedingt haben zu müssen glauben, und sei es zu Lasten ihrer Ersparnisse. Die Senkung der Sparfunktion kann ebenso eine Folge allgemein gestiegenen Wohlstands sein. Ein lange andauerndes Haushaltsdefizit könnte z.B. bei den privaten Wirtschaftssubjekten zu einer derartigen Anhäufung von flussigen Mitteln führen, daß die Vermögensbesitzer es zukünftig nicht für erforderlich erachteten, ihre bisherige Sparrate aufrecht zu erhalten. Ebenso kann die Erwartung von Preissteigerungen und Verknappungen bei Konsumgütern ein Fallen der Sparfunktion hervorrufen und zu einem Konsumstoß führen, wie er zu Beginn des Koreakriegs zu beobachten war.

Die IS-Kurve verschiebt sich nach rechts, wenn die Kurve der Investitionsnachfrage eine Rechtsverschiebung erfährt. Diese kann erfolgen, weil neue Erfindungen angewendet werden, weil eine Bevölkerungszunahme die Nachfrage nach Wohnungen steigen läßt oder weil für die Zukunft bessere Gewinnerwartungen vorliegen. In allen Fällen wird die IS-Kurve eine horizontale Verschiebung in einem Ausmaß erfahren, das sich aus der Verschiebung der Investitionsfunktion mal dem Multiplikator (bzw. mal der Reziproken der marginalen Sparneigung) ergibt.

Verschiebungen der LM-Kurve können sich aus der Geldpolitik, aus veränderten Erwartungen oder aufgrund veränderter Zahlungsgewohnheiten ergeben. Wenn sich die Zentralbank entschließt, expansive Offenmarktpolitik zu betreiben, wird sie Staatsschuldverschreibungen auf dem offenen Markt kaufen. Die Wertpapierhalter übertragen einen Teil ihres Bestandes an Staatspapieren der Zentralbank und erhalten als Gegenleistung Bankguthaben. Dies hat zur Folge, daß die Kurve des

Geldangebots im zweiten Quadranten der Abb. 9.2. sich nach rechts verschiebt. Damit wird sowohl für Transaktions- als auch für Spekulationszwecke ein erhöhtes Geldvolumen verfügbar, und die LM-Kurve im vierten Quadranten verschiebt sich nach rechts.

Veränderte Erwartungen machen sich auf dem Geldmarkt durch Verschiebungen der Spekulationsnachfrage bemerkbar. Wenn sich die Anleger z.B. an einen niedrigen Zinssatz gewöhnen, nimmt die Furcht vor Kapitalverlusten, die üblicherweise mit einem niedrigen Zinssatz einhergeht, allmählich ab. Dadurch verschiebt sich die m_2-Kurve nach links, und bei allen Zinssätzen können mehr Transaktionen durchgeführt und höhere Einkommen erzielt werden. Die LM-Kurve verschiebt sich also nach rechts.

Veränderte Zahlungsgewohnheiten ändern das Ausmaß der Transaktionen, die ein bestimmtes Geldangebot ermöglicht. Wenn die Wirtschaftssubjekte zweimal so oft wie bisher ihre Entlohnung ausgezahlt bekommen, verringert sich der zu Transaktionszwecken erforderliche, durchschnittliche Betrag an freien Mitteln um die Hälfte. Dies bedeutet, daß sich die m_1-Kurve im dritten Quadranten der Abb. 9.2., wie auch die LM-Kurve, im Uhrzeigersinn dreht. In den Vereinigten Staaten hat die Geschwindigkeit, mit der Schecks eingelöst werden und Einzahlungen wie Auszahlungen erfolgen, ständig zugenommen. All diese Veränderungen vermindern das Verhältnis von durchschnittlicher Transaktionskasse zu Transaktionsvolumen. Zudem kann man sich leicht vorstellen, in welchem Maß der Kassenhaltungskoeffizient k abgenommen hat, weil die Steuern zunehmend im Zeitpunkt des Anfallens statt einmal jährlich gezahlt werden. Man führe sich vor Augen, welcher Betrag an zusätzlicher Transaktionskasse benötigt würde, wenn sämtliche Einkommensteuern statt wöchentlich oder monatlich wieder, wie im alten System, jährlich gezahlt würden.

9.5. „Reale" versus „monetäre" Ursachen von Einkommensänderungen

Das vorliegende Modell der Zins- und Einkommensbestimmung ist ein nützliches Werkzeug für die Analyse vieler gesamtwirtschaftlicher Probleme. Eine sehr interessante Anwendungsmöglichkeit, die wir vorführen, um dem Leser das Modell noch vertrauter zu machen, besteht in dem Problem, diejenigen Störungsquellen zu finden, die Einkommensänderungen hervorrufen[47].

Einkommensänderungen, die auftreten, weil sich die Konsum- oder die Investitionsfunktion verschoben oder die staatliche Einnahme- und Ausgabenpolitik ver-

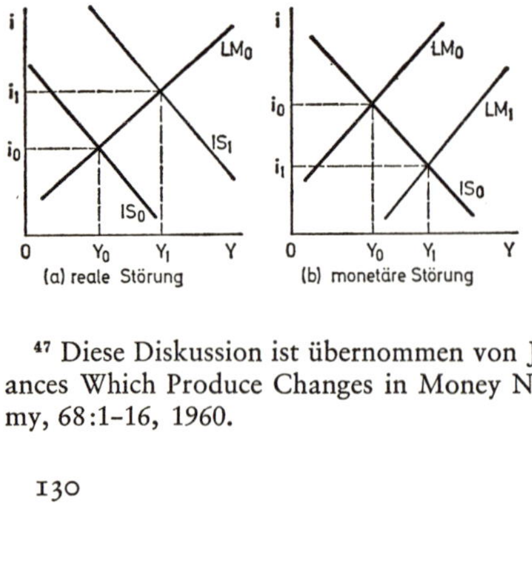

Abb. 9.5: Reale und monetäre Störungen (alle Werte in realen Größen)

[47] Diese Diskussion ist übernommen von J. L. Stein, «A Method of Identifying Disturbances Which Produce Changes in Money National Income», Journal of Political Economy, 68:1–16, 1960.

ändert haben, sollen als «reale» Störungen bezeichnet werden. Einkommensänderungen, die aufgrund eines veränderten Geldangebots oder einer veränderten Liquiditätspräferenz erfolgen, werden als «monetäre» Störungen betrachtet. In Abb. 9.5. (a) wird angenommen, daß sich die IS-Kurve von IS_0 nach IS_1 verschiebt. Diese reale Störung läßt das Einkommen von Y_0 auf Y_1 und den Zinssatz von i_0 auf i_1 steigen. In Abb. 9.5. (b) erhöht sich das Einkommen von Y_0 auf Y_1, weil sich z.B. infolge einer Geldmengenausweitung die LM-Kurve verschiebt. In diesem Fall sinkt jedoch der Zinssatz. Es wird also deutlich, daß reale und monetäre Störungen unterschieden werden müssen, da sich bei realen Störungen Einkommen und Zins gleichgerichtet verändern, während sie sich bei monetären Störungen gegenläufig verhalten.

Allgemein läßt sich sagen, daß eine Rechtsverschiebung der IS-Kurve sowohl das Einkommen als auch den Zins erhöht. Andererseits wird eine Rechtsverschiebung der LM-Kurve das Einkommen steigen, den Zins jedoch sinken lassen. Indessen bestehen einige Extremfälle, in denen diese Regeln nicht gelten. Seltsamerweise sind es diese Extremfälle, die ein Großteil der Kontroversen unter den Nationalökonomen entfacht haben. Im nächsten Kapitel sollen diese Fälle und ihre Bedeutung für die Wirtschaftspolitik untersucht werden.

10. Geldnachfrage und Stabilisierungspolitik

10. 1. Einleitung

Unter welchen Bedingungen ist die Geldpolitik ein wirksames Mittel zur Veränderung des Realeinkommens? Unter welchen Voraussetzungen ist sie wirkungslos? Unter welchen Bedingungen ist die Finanzpolitik wirksam oder unwirksam? Wann sollte eine «integrierte» Geld- und Finanzpolitik angewendet werden? Haben alternative Annahmen über die Art der Geldnachfrage und den Verlauf der Investitionsfunktion irgendeine Bedeutung?

10. 2. Ein Modell zwischen Keynes und Klassik

Betrachten wir die in Abb. 10.1. angenommene Kurve der Spekulationsnachfrage. Bei einem Zins von 2 bis 6 Prozent verhält sich die Nachfragekurve invers zum Zinssatz. Bei einem Zins von 6 Prozent wird der durch das Halten liquider Mittel bedingte Zinsverlust so groß und das durch weitere Zinssteigerungen verursachte Risiko eines Kapitalverlustes so gering, daß die Spekulationsnachfrage ver-

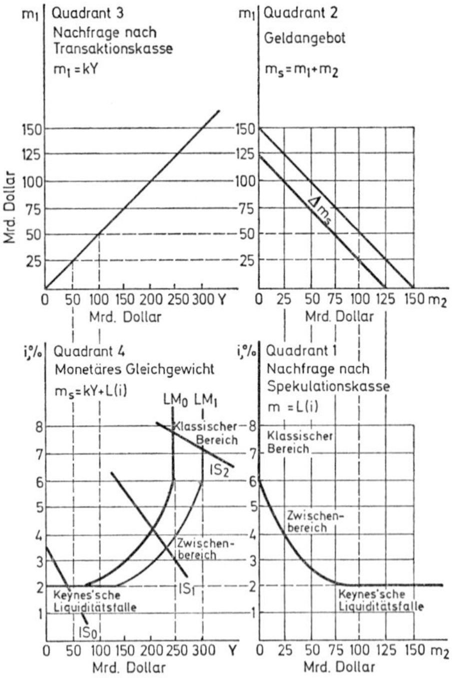

Abb. 10.1: Geldpolitik (alle Werte in realen Größen)

schwindet. Wenn der Zins andererseits auf 2 Prozent fällt, ist der Zinsverlust so gering und das Risiko des Kapitalverlusts so groß, daß die Anleger anstelle von Wertpapieren ebensogut liquide Mittel halten können. Wenn Ausweitungen des Geldangebots den Zinssatz auf 2 Prozent gesenkt haben, wird bei weiteren Geldmengenausweitungen keine Zinsänderung mehr erfolgen. Der Abschnitt oberhalb 6 Prozent ist als der Bereich zu betrachten, in dem die klassische Annahme (Kapitel 8) gilt, daß kein Geld zu spekulativen Zwecken gehalten wird. Dagegen wird der Abschnitt, in dem die Spekulationsnachfrage 100 Mrd. $ oder mehr beträgt, als Bereich der Keynesschen Liquiditätsfalle bezeichnet.

Von dieser Kurve der Spekulationsnachfrage ausgehend, wollen wir die LM-Kurve unter der Annahme ermitteln, daß das Geldangebot 125 Mrd. $ und der Kassenhaltungskoeffizient 0,5 betragen. Für alle Zinssätze zwischen 2 und 6 Prozent verläuft die Ableitung wie im letzten Kapitel dargestellt. Aber wie verhält es sich mit dem klassischen Bereich? Bei einem Zins von 7 oder 8 Prozent ist eine gleich hohe Transaktionskasse freigestellt wie bei 6 Prozent. Daher ist jedem Zins von 6 Prozent oder mehr das gleiche Einkommensniveau zugeordnet, so daß die LM-Kurve eine Vertikale wird.

Betrachten wir als nächstes eine Spekulationsnachfrage von 125 Mrd. $. Diese ist offensichtlich genauso mit einem Zinssatz von 2 Prozent vereinbar wie eine Nachfrage in Höhe von 100 Mrd. $. Wenn aber die verfügbare Transaktionskasse bis auf Null gesenkt wird, ist auch das zugehörige Einkommen Null. Und es wird sichtbar, daß für alle Einkommensniveaus zwischen Null und 50 Mrd. $ das monetäre Gleichgewicht mit einem Zinssatz von 2 Prozent konsistent ist. Für jedes unter 50 Mrd. $ liegende Einkommen muß die LM-Funktion daher eine Horizontale sein.

Verfolgen wir nun den Fall, daß die Geldmenge um 25 Mrd. $ ausgeweitet wird, indem die Notenbank auf dem offenen Markt Staatspapiere kauft. Dieser Kauf verschiebt die LM-Funktion um 50 Mrd. $ nach rechts, weil jeder zusätzliche Dollar an Geldangebot Transaktionen in Höhe von 2 Dollar ermöglicht. Welche Auswirkung hat diese geldpolitische Maßnahme auf das Einkommensniveau?

1. Wenn die IS-Kurve (IS_0) die LM-Kurve im Bereich der Keynes'schen Liquiditätsfalle schneidet, verändert die Geldmengenausweitung das Einkommen überhaupt nicht. In diesem Fall sind die Anleger durchaus gewillt, der Notenbank ihre Wertpapiere gegen Geld unter Verzicht auf die Prämie eines höheren Wertpapierpreises zu übertragen. Daher bleibt der Zinssatz unverändert, es werden keine Investitionen angeregt, und das Einkommensniveau bleibt unberührt. Im Bereich der Liquiditätsfalle ist die Geldpolitik daher völlig ungeeignet, Einkommensänderungen herbeizuführen.

2. Wenn die IS-Kurve (IS_2) die LM-Kurve im klassischen Bereich schneidet, entsteht genau die umgekehrte Situation. Will man Verkäufer für die Papiere finden, die die Notenbank kaufen möchte, dann müssen die Preise der Staatsschuldverschreibungen genügend erhöht werden, um die Anleger davon zu überzeugen, daß andere Formen der Vermögenshaltung im Vergleich zu den öffentlichen Anleihepapieren nunmehr attraktiver geworden sind. Nur unter diesen Bedingungen werden sie bereit sein, Kasse im Austausch gegen Staatspapiere anzunehmen. Da keine Spekulationskasse gehalten wird, verwenden die Vermögensbesitzer die neuen Geldbeträge zum Kauf anderer Anlagewerte. Diese Anlage führt teilweise zu zusätzlichen Investitionen (beim Kauf neu emittierter Papiere), teilweise besteht sie im Kauf bereits emittierter Papiere. Zusätzliche Investitionen erhöhen das Einkommen und damit die Nachfrage nach Transaktionskasse. Solange jedoch über den Transaktionsbedarf hinaus noch

flüssige Mittel übrig bleiben, werden die Anleger miteinander um gewinnbringende Anlagemöglichkeiten konkurrieren. Folglich werden die Wertpapierpreise weitersteigen und die Zinssätze weitersinken, bis der Punkt erreicht ist, bei dem die neuen Investitionen das Einkommen gerade so weit erhöht haben, daß die zusätzlichen Geldbeträge als Transaktionskasse gehalten werden. Um es nochmals zu wiederholen: Solange noch über den Transaktionsbedarf hinaus freie Geldbeträge existieren, entfaltet sich ein Wettbewerb um gewinnbringende Anlagen. Das bedeutet, daß die Zinssätze weiterhin fallen und die Investitionen steigen, bis die überschüssigen Beträge absorbiert sind. Das Einkommen muß demzufolge um $\Delta m_s/k$ zunehmen, wobei Δm_s die real gemessene Änderung des Geldangebots darstellt.

3. Wenn die IS-Kurve (IS_1) die LM-Kurve im Zwischenbereich schneidet, läßt die Geldmengenerhöhung das Einkommen zwar steigen, aber nicht in dem Maße, wie es im klassischen Bereich der Fall ist. Im klassischen Fall sinkt der Zinssatz so weit, daß das gesamte zusätzliche Geldangebot von der Transaktionsnachfrage aufgenommen wird. In diesem Fall fließt jedoch ein Teil des Geldes in die Spekulationskasse, weil die Zinssenkungen die Anleger zunehmend veranlassen, Spekulationskasse zu halten. Daher steigen auch die Investitionen nicht im gleichen Maße wie im klassischen Fall, und die Einkommenserhöhung macht nur einen Bruchteil von $\Delta m_s/k$ aus.

Der nächste Schritt besteht darin, die Wirksamkeit der Finanzpolitik unter den drei alternativen Annahmen über die Art der Geldnachfrage zu untersuchen. Betrachten wir die Abb. 10.2., in der die LM-Funktion mit ihren drei Bereichen zusammen mit sechs IS-Kurven dargestellt ist. IS_0, IS_1 und IS_2 sind die gleichen Kurven wie in Abb. 10.1. $IS_{(0+g)}$, $IS_{(1+g)}$ und $IS_{(2+g)}$ sind Kurven, die nach einer Erhöhung der staatlichen Käufe von Gütern und Dienstleistungen entstehen.

1. Im Keynes'schen Bereich führen die erhöhten Staatsausgaben zu einer Einkommenssteigerung von $Y'_0 - Y_0$. Dieser Betrag entspricht dem vollen Multiplikatorwert mal der Erhöhung von G[48]. Da wir angenommen haben, daß die zusätzlichen Staatsausgaben nicht durch Steuern finanziert werden und da wir von einem

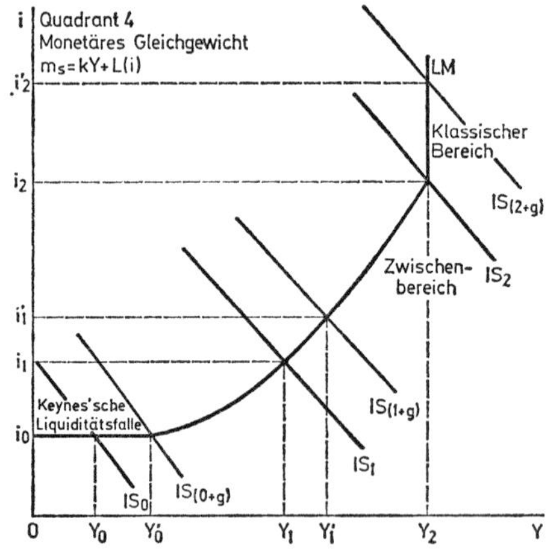

Abb. 10.2: Finanzpolitik (alle Werte in realen Größen)

[48] Erinnern wir uns aufgrund der Diskussion des letzten Kapitels, daß horizontale Verschiebungen der IS-Kurve dem Multiplikator mal der horizontalen Verschiebung der I + G-Kurve entsprechen.

gegebenen Geldangebot ausgehen, müssen die Mittel im Wege der öffentlichen Verschuldung aufgebracht werden. Die Finanzpolitik ist also «rein» in dem in Kapitel 8 beschriebenen Sinne. Solange die Liquiditätsfalle vorherrscht, können die Mittel aus spekulativen Beträgen aufgebracht werden, ohne Zinserhöhungen hervorzurufen. Folglich wird das Investitionsvolumen durch die öffentliche Verschuldung nicht tangiert, und das Einkommen wird um den vollen Multiplikatorbetrag der Staatsausgabenerhöhung steigen.

2. Im Zwischenbereich läßt die Erhöhung von G das Einkommen von Y_1 auf Y'_1 steigen. Dieser Zuwachs ist jedoch geringer als im Keynes'schen Bereich. In diesem Zwischenbereich führt die Staatsverschuldung zu einer Zinssatzerhöhung, weil die Anleger bei dem ursprünglichen Zins nicht bereit sind, ihre Gelder auszuleihen. Mit steigenden Zinsen fallen jedoch die Investitionen mit der Folge, daß der Expansionseffekt der Finanzpolitik durch sinkende Investitionsnachfrage etwas gedämpft wird.

3. Im klassischen Bereich zeigt die Erhöhung der Staatsausgaben überhaupt keine Auswirkungen auf das Einkommensniveau. Da es im privaten Sektor der Volkswirtschaft keine ungenutzten Geldbeträge gibt, kann der Staat nur dadurch Kredite erhalten, daß er es für diesen Sektor lohnend macht, die Investitionsnachfrage in dem Maße einzuschränken, wie dem Staat Kredite gewährt werden. Der Zinssatz muß also genügend steigen, um die Verzinsung der Staatsanleihe größer als die erwarteten Gewinne der privaten Investition werden zu lassen. Jeder Erhöhung von G steht daher eine gleich große Einschränkung der privaten Investitionsnachfrage gegenüber. Es ist daher unmittelbar einsichtig, daß die Finanzpolitik im klassischen Fall ohne jeden Nutzen ist. Veränderungen von Staatsausgaben und Steuern können zwar das Verhältnis ändern, in dem die Ressourcen vom privaten Verbrauch, von der Investitionsnachfrage und vom Staat in Anspruch genommen werden; das Einkommensniveau können sie jedoch nicht verändern.

10. 3. Bestimmungsfaktoren für die Wirksamkeit der Geldpolitik

Nachdem wir die Keynes'sche und klassische Extremposition ziemlich ausführlich behandelt haben, wollen wir nun untersuchen, welche Bedeutung den in Kapitel 8 dargestellten unterschiedlichen Annahmen bezüglich der Nachfrage nach und des Angebots an Geld zukommt. Die «Wirksamkeit» der Geldpolitik wollen wir daran messen, welche Einkommensänderung eine Variation der Geldmenge um 1 $ hervorruft. Wie wir gesehen haben, kann der Bereich der Wirksamkeit zwischen dem extremen Keynes'schen Wert von Null und dem klassischen Höchstwert von 1/k schwanken.

Bei der Betrachtung der Abb. 10.1. wird klar, daß die Wirksamkeit der Geldpolitik bei gegebener negativer Steigung der IS-Kurve von der Steigung der LM-Kurve abhängt. Obwohl sich die LM-Kurve jeweils um $\Delta m_s/k$ verschiebt, hat sich die Geldpolitik als völlig wirkungslos erwiesen, wenn die Kurve eine Steigung von Null hat; bei einer positiven Steigung zeigte sie sich teilweise und bei einer unendlichen Steigung vollkommen wirksam.

Die unterschiedlichen Steigungen der LM-Kurve in den einzelnen Bereichen ergeben sich aus der Nachfrage nach Spekulationskasse. Wenn keine Spekulationsnachfrage besteht, hat die LM-Kurve eine Steigung von unendlich; verhält sich die Spekulationsnachfrage invers zum Zins, dann hat die LM-Kurve eine positive Steigung; und bei unendlich elastischer Spekulationsnachfrage ist die Steigung der LM-Kurve Null. Beobachten wir nun, was mit der Steigung der LM-Kurve geschieht, wenn wir annehmen, daß erstens die Nachfrage nach Transaktionskasse und zweitens das Geldangebot zinsabhängig sind.

Betrachten wir zunächst die Transaktionsnachfrage. In Kapitel 8 hatten wir festgestellt, daß es sich für Anleger in Zeiten steigender Einkommen und Zinssätze lohnt, immer häufiger in Wertpapiere einzusteigen. Das bedeutet, daß bei steigenden Zinssätzen der durchschnittliche Bestand an Transaktionskasse abnimmt, die Nachfrage nach Transaktionskasse sich also invers zum Zinssatz verhält.

In Abb. 10.3. ist LM_0 unter der Annahme gezeichnet, daß die Nachfrage nach Transaktionskasse zinsunabhängig ist und daß die relevante Kurve der Transaktionsnachfrage durch m_{t4} im dritten Quadranten dargestellt wird. Dagegen ist LM_1 unter der Annahme ermittelt, daß bei einem Zinssatz von 6 Prozent das Verhältnis von Transaktionskasse und Einkommen durch m_{t6} dargestellt ist; m_{t4} verdeutlicht das gleiche Verhältnis für einen Zinssatz von 4 Prozent, m_{t2} für einen Zins von 2 Prozent und m_{t8} schließlich für 8 Prozent. Da wir nun ein ganzes Bündel von Kurven für die Transaktionsnachfrage haben, von denen jede einem bestimmten Zinssatz zugehört, müssen wir zur Ermittlung der LM-Kurve die Quadranten verfolgen, indem wir mit verschiedenen Zinssätzen im ersten Quadranten beginnen und im dritten Quadranten diejenige Kurve der Transaktionsnachfrage aufnehmen, die dem im ersten Quadranten gewählten Zinssatz entspricht.

LM_1 hat eine geringere Steigung als LM_0. Die Kurve hat keinen rein klassischen Bereich mehr, weil nunmehr trotz fehlender Spekulationsnachfrage kein festes Verhältnis zwischen Geldbeständen und Transaktionsvolumen besteht. Die Abflachung der LM-Kurve schließt folgenden Sachverhalt ein: je mehr die Nachfrage nach

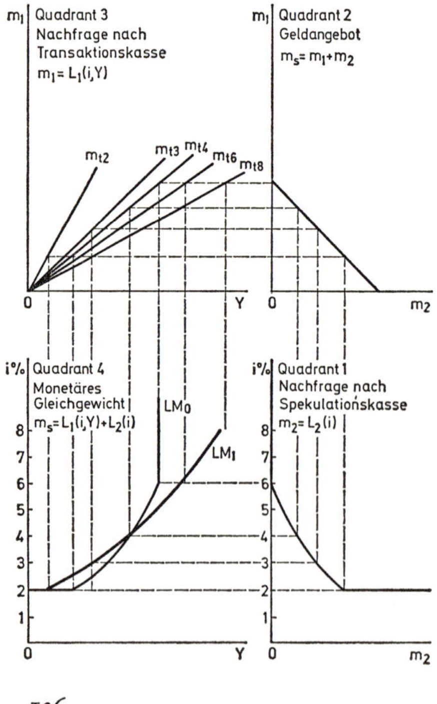

Abb. 10.3: Zinselastische Nachfrage nach Transaktionskasse (alle Werte in realen Größen)

Transaktions- und nach Vorsichtskasse zinselastisch wird, desto weniger (stärker) wirkt die Geldpolitik (Finanzpolitik).

Betrachten wir nun den Fall, daß die Banken durch steigende Zinssätze veranlaßt werden, ihre Überschußreserven auszuleihen und damit das Geldvolumen auszuweiten. Dieses Problem läßt sich sinnvoll mit der Annahme angehen, daß keine Nachfrage nach Spekulationskasse besteht und die Nachfrage nach Transaktionskasse zinsunabhängig ist. Dann kann die Wirkung der Zinselastizität des Geldangebots mit der klassischen LM-Funktion verglichen werden.

In Abb. 10.4. ist der erste Quadrant frei gelassen, um zu zeigen, daß keine Spekulationsnachfrage besteht. Da die Transaktionsnachfrage zinsunabhängig ist, ergibt sich im dritten Quadranten nur eine Nachfragekurve. Wir beginnen mit dem Zinssatz i_0 und nehmen ein Geldangebot in Höhe von m_{i0} an. Da keine Nachfrage nach Spekulationskasse besteht, ist das gesamte Geld für Transaktionszwecke verfügbar. Folglich ist Y_0 das erreichbare Einkommensniveau. Wenn der Zinssatz auf i_1 steigt, aktivieren die Banken ihre Überschußreserve, so daß das Geldangebot auf m_{i1} erhöht wird und ein Einkommen von Y_1 erreicht werden kann. Ebenso läßt ein auf i_2 steigender Zins das Geldangebot weiter zunehmen, so daß ein Einkommen von Y_2 monetäres Gleichgewicht verspricht. Wenn die Reserven nicht zunehmen, muß ein Punkt erreicht werden, bei dem Zinserhöhungen keine zusätzlichen Ausweitungen der Geldmenge hervorrufen. Folglich wird die LM-Kurve steiler, wenn der Zinssatz steigt, und möglicherweise wird die Kurve zur Vertikalen wie im klassischen Fall.

Wir stellen fest, daß die LM-Kurve unter den gegenwärtigen Annahmen eine ähnliche Gestalt annimmt, wie wenn wir davon ausgehen, daß die Öffentlichkeit Nachfrage nach Spekulationskasse entfaltet. In der Tat wäre es gut vorstellbar, daß das

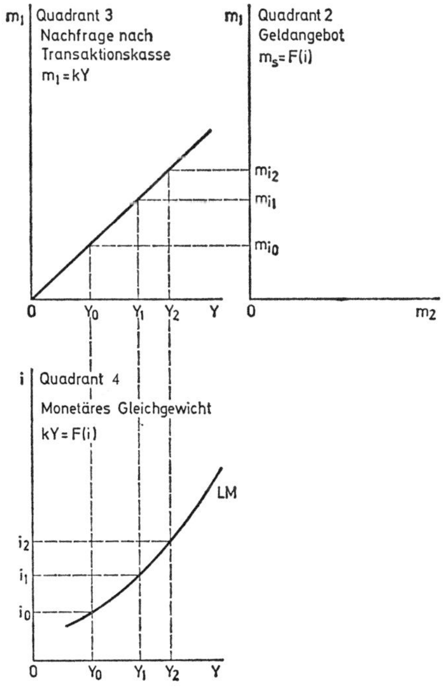

Abb. 10.4: Zinselastisches Geldangebot (alle Werte in realen Größen)

was während der großen Depression der dreißiger Jahre als Liquiditätsfalle infolge einer sehr elastischen Geldnachfrage erschien, zum Teil Folge eines äußerst zinselastischen Geldangebots aufgrund eines bestimmten Verhaltens der Banken war. Sicherlich haben die Banken große Mengen an Überschußreserve gehalten und wenig Anstrengungen unternommen, diese in gewinnbringende Anlagen umzuwandeln.

Was aber bedeutet eine derartige Situation für die Wirksamkeit der Geldpolitik? Die der gegenwärtigen Situation entsprechende Funktion des Geldangebots läßt sich in der Form

$$m_s = F(i, R)$$

schreiben, wobei R das in realen Größen gemessene Volumen an Barreserven der Banken darstellt. Wenn die Notenbank durch den Ankauf von Obligationen die Barreserven der Banken steigen läßt, erhöht sich das Geldangebot automatisch um den gleichen Betrag (sollte die Begründung dafür nicht mehr gegenwärtig sein, mag man sich die Diskussion über das Geldangebot in Kapitel 8 nochmals vor Augen führen). Die Tendenz zur Geldmengenausweitung wird in dem Maße noch verstärkt, wie die Banken ihre Überschußreserven zum Kauf gewinnbringender Anlagen verwenden. Die Folge wird jedoch sein, daß die Zinssätze sinken und eine gewisse Zurückhaltung gegenüber weiterer Expansion entstehen lassen. In einer tiefen Depression können die Zinssätze schon so weit gesunken sein, daß die Notenbankkäufe die Banken nicht mehr veranlassen, ihre Überschußreserven zur Ausweitung der Wertpapierbestände zu verwenden. Folglich wird das Verhältnis von Geldmengenänderung zu Reserveänderung lediglich 1:1 betragen, während das potentielle Verhältnis vielleicht bei 5:1 liegt. Damit wird der Notenbank die Möglichkeit, die Geldmenge zu beeinflussen, in derartigen Perioden erheblich erschwert. Dies macht deutlich, daß es bei niedrigen Zinssätzen einer weit umfangreicheren Ankaufspolitik der Notenbank bedarf, um die LM-Kurve in einem bestimmten Ausmaß nach rechts zu verschieben, als dies in Hochzinsperioden der Fall wäre.

10. 4. Geldpolitik und zinsunabhängige Investitionsnachfrage

Ein weiterer Grund, der die Geldpolitik zur Unwirksamkeit verurteilt, kann darin liegen, daß die Investitionsnachfrage möglicherweise auf Zinsänderungen nicht reagiert. Wie wir in Kapitel 7 gesehen haben, ist zweifelhaft, ob Zinsänderungen, selbst wenn man sie bewerkstelligen kann, in der Lage sind, in Perioden rückläufiger Nachfrage das Investitionsniveau wesentlich zu erhöhen. Wenn die Kurve der Investitionsnachfrage im Grenzfall vertikal verläuft, ist auch die IS-Kurve eine Vertikale (vgl. Abb. 10.5.), so daß die Geldpolitik auch bei beeinflußbaren Zinssätzen das Einkommen nicht verändern kann.

Die geldwirtschaftlichen Annahmen der Klassik schließen ein, daß die Investitionsnachfrage zinsabhängig ist[49]. Wenn das Verhältnis zwischen realer Kassenhaltung und Realeinkommen konstant ist, muß ein steigendes Geldangebot entweder über Konsum- oder über Investitionsausgaben zu neuen Transaktionen führen. Wenn, wie nahezu einstimmig angenommen wird, die Konsumausgaben auf Zinsänderungen nicht reagieren, muß die Investitionsnachfrage zinsabhängig sein. Wäre

[49] J. Tobin, «Liquidity Preference and Monetary Policy», Review of Economics and Statistics, 29:124–131, 1947.

dies nicht der Fall, dann müßten die bestehenden Wertpapierpreise unbegrenzt steigen und die Zinssätze auf Null sinken. Schließt man diese Möglichkeit aus, dann folgt daraus, daß entweder die Investitionsfunktion oder die Geldnachfrage zinsabhängig ist.

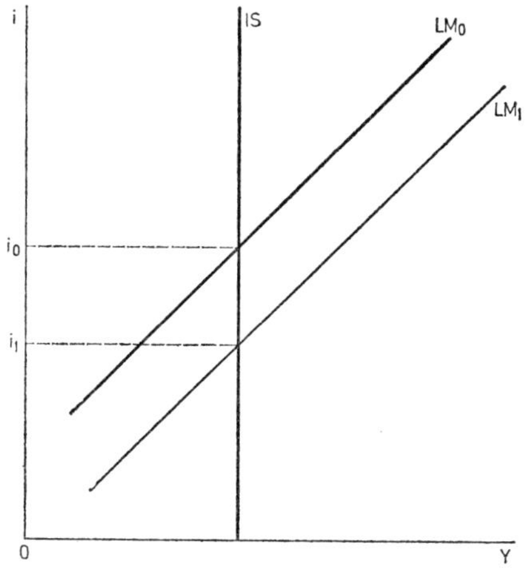

Abb. 10.5: Zinsunabhängige Investitionsnachfrage (alle Werte in realen Größen)

Zieht man das Fazit, so liegt aus der Sicht der Geldpolitik die Krux in der Zinsabhängigkeit der Geldnachfrage. Wenn mit einer Geldmengenausweitung durch die Notenbank die Zinssätze nicht gesenkt werden können, ist die Form der Investitionsfunktion ohnehin unbedeutend. Wenn andererseits mit der Geldmengenexpansion die Zinssenkung gelingt, muß das Investitionsvolumen notwendigerweise steigen. Geschieht dies nicht, dann müssen die Zinssätze aufgrund des erhöhten Geldangebots so lange weitersinken, bis die Liquiditätsfalle erreicht ist.

11. Das Beschäftigungsniveau (1)

11.1. Einleitung

Der bisherigen Diskussion lag die Vorstellung zugrunde, daß sich die Volkswirtschaft in zwei Märkte unterteilen läßt – einen Markt für Güter und Dienstleistungen und einen Markt für Geld. Diese Zweiteilung ist jedoch unzureichend. Wir müssen einen dritten Markt hinzufügen – den Markt für Produktionsfaktoren –, um das Beschäftigungsniveau bestimmen zu können. Auf den ersten Blick erscheint dies als einfache Aufgabe. Jede Unternehmung in der Volkswirtschaft hat eine Produktionsfunktion, d.h. eine Beziehung zwischen der Produktionsmenge und den verschiedenen Kombinationen des Faktoreinsatzes; somit ließe sich eine aggregierte Produktionsfunktion für die Gesamtwirtschaft erstellen. Diese ließe sich in der Form

$$Y = X(N, K^*)$$

schreiben, wobei N das Beschäftigungsniveau und K die Größe des Kapitalstocks dieser Volkswirtschaft darstellen. In der kurzfristigen Betrachtung, die wir in diesem Teil des Buches vornehmen, wird davon ausgegangen, daß K konstant ist (dies wird durch den Stern angedeutet), so daß mit einem bestimmten Produktionsvolumen (oder Realeinkommen) auch das Beschäftigungsniveau bestimmt ist.

Indessen ist die Sache nicht so einfach, wie es scheint. Der Schnittpunkt von IS- und LM-Kurve kennzeichnet einen Zustand, in dem der Güter- und der Geldmarkt gleichzeitig im Gleichgewicht sind. Das diesem Schnittpunkt zugehörige Produktionsvolumen könnte jedoch den Einsatz von weniger Arbeitskräften erfordern, als bei dem gegebenen Lohnsatz zu arbeiten bereit sind. Mit anderen Worten, das Gleichgewicht auf dem Güter- und Geldmarkt kann mit einem Ungleichgewicht – insbesondere mit einem Angebotsüberschuß – auf dem Arbeitsmarkt einhergehen. In Abb. 11.1. gibt die mit Y^* bezeichnete Vertikale dasjenige Realeinkommen an,

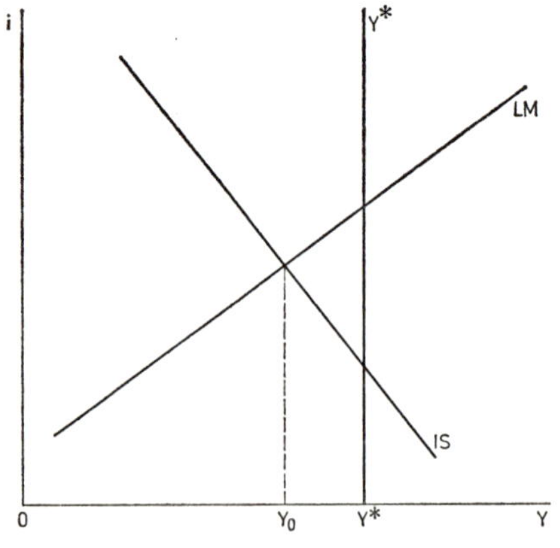

Abb. 11.1: Ein Angebotsüberschuß an Arbeit (alle Werte in realen Größen)

das unter Einsatz aller in der Volkswirtschaft verfügbaren Ressourcen erstellt würde[50]. Da der IS-LM-Schnittpunkt links von Y* liegt, ist die vorliegende Situation durch ein Ungleichgewicht des Arbeitsmarktes gekennzeichnet. In diesem Kapitel stellt sich das Problem herauszufinden, ob eine Situation der in Abb. 11.1. gekennzeichneten Art von Bestand sein kann. Muß nicht ein Angebotsüberschuß auf jeglichem Markt die Preise senken, und werden die Preissenkungen nicht ihrerseits Kräfte freisetzen, die das IS-LM-Gleichgewicht zerstören? Und werden nicht diese Preisanpassungen solange andauern, bis alle Märkte geräumt sind?

11. 2. Faktormarkt und Zinsmechanismus

Zur Lösung des anstehenden Problems müssen wir einige Elemente aus der Theorie der Unternehmung betrachten. Die Theorie lehrt, daß bei vollständiger Konkurrenz eine Unternehmung so lange Arbeiter einstellt, bis das Grenzwertprodukt (das Grenzprodukt des Faktors multipliziert mit dem Marktpreis des Outputs) den Faktorkosten gleich ist. Wenn vollständige Konkurrenz vorherrscht, kann für die Gesamtwirtschaft diese Bedingung der Gewinnmaximierung in der Form

$$w = pX_n$$

oder

$$\frac{w}{p} = X_n$$

geschrieben werden, wobei w den Nominallohnsatz, p das Preisniveau, w/p den «realen» Lohnsatz und X_n das physische Grenzprodukt der Arbeit darstellen. Die Nachfrage nach Arbeit läßt sich daher als

$$N_d = D\left(\frac{w}{p}\right)$$

formulieren, womit gesagt wird, daß die Nachfrage nach Arbeit eine Funktion des Reallohns ist. Nach dem Gesetz des abnehmenden Grenzertrags sinkt das Grenzprodukt der Arbeit mit zunehmendem Arbeitseinsatz. Wenn das Beschäftigungsniveau erhöht werden soll, müßte folglich der Reallohn sinken. Die Nachfrage nach Arbeit ist also eine abnehmende Funktion des Reallohns.

Auf der Angebotsseite ist der Sachverhalt schwieriger. Im Augenblick wollen wir uns der klassischen Annahme anschließen, daß das Arbeitsangebot, ebenso wie die Arbeitsnachfrage, vom Reallohn abhängig sei. Denn man kann argumentieren, daß kein rationales Wirtschaftssubjekt so töricht sei, sich vorzustellen, es sei besser gestellt, wenn sich Löhne und Preise gleichzeitig verdoppelten. Sollte dennoch jemand diese Bedingungen als besser bezeichnen, dann sagt man, er unterliege der «Geldillusion». Bei Abwesenheit von Geldillusion ist ohne Änderung des Reallohns keine

[50] Zur Vereinfachung nehmen wir an, daß es nur ein Vollbeschäftigung garantierendes Produktionsvolumen gibt. Realistischerweise müßte man wohl besser von einer Vollbeschäftigungszone sprechen. Der Output kann nämlich erhöht werden, indem entweder die schon beschäftigten Arbeiter Überstunden machen oder zusätzliche Arbeitskräfte in den Produktionsprozeß eingesetzt werden.

Veränderung des Arbeitsangebots möglich. Folglich läßt sich die klassische Funktion des Arbeitsangebots als

$$N_s = S\left(\frac{w}{p}\right)$$

schreiben.

Die Funktionen der Arbeitsnachfrage und des Arbeitsangebots sind in Abb. 11.2. dargestellt. Der Reallohn ist auf der vertikalen Achse, die Beschäftigungshöhe auf der horizontalen Achse abgetragen. Die Nachfragekurve hat gemäß der Annahme abnehmender Grenzerträge eine negative Steigung. Die Angebotskurve weist eine positive Steigung auf, da vorausgesetzt wird, daß zusätzliche Arbeiter nur bei höherem Reallohn angeworben werden können. Bei einem Reallohn von $(w/p)_0$ beträgt die von den Unternehmungen nachgefragte Arbeitsmenge N_0. Die Arbeiter sind jedoch bereit, N_1 Einheiten an Arbeit anzubieten, so daß ein Angebotsüberschuß an Arbeit besteht. Wenn beim bestehenden Reallohnsatz mehr Arbeiter bereit sind zu arbeiten, als die Unternehmungen nachfragen, besteht «unfreiwillige Arbeitslosigkeit». Sollte der Reallohn auf $(w/p)^*$ fallen, würde die unfreiwillige Arbeitslosigkeit abgebaut, und die Volkswirtschaft würde den Zustand der Vollbeschäftigung erreichen.

Abb. 11.2. macht deutlich, daß zur Wiederherstellung der Vollbeschäftigung lediglich der Reallohn sinken muß. Gibt es einen Mechanismus, der dafür sorgt? Wenn auf dem Arbeitsmarkt Wettbewerb herrscht, wird ein Angebotsüberschuß dazu führen, daß die Arbeiter miteinander um die verfügbaren Arbeitsplätze konkurrieren, indem sie ihre Arbeitskraft für geringere Lohnsätze anbieten. Bei konstantem Preisniveau sind fallende Nominallöhne gleichbedeutend mit fallenden Reallöhnen. Daher wird das Beschäftigungsniveau steigen. Wenn indessen die Lohnsenkung von einer entsprechenden Preissenkung begleitet sein sollte, bleiben die Reallöhne unverändert, und das Beschäftigungsniveau steigt nicht. Die klassischen Nationalökonomen sind nun der Meinung, daß durch Nominallohnsenkungen auch die Reallöhne gesenkt werden können, während die Keynesianer meinen, daß dies nicht in jedem Fall möglich sei. Wir wollen sehen, worin sie sich unterscheiden.

Ein Fallen der Nominallöhne senkt die Grenzkosten der Produktion und läßt nach den Gesetzen der Theorie der Unternehmung Output und Beschäftigung ansteigen. Aber wird das vergrößerte Produktionsvolumen auch gekauft? Da die marginale Konsumneigung geringer als eins ist, wird von den Haushalten lediglich ein Teil

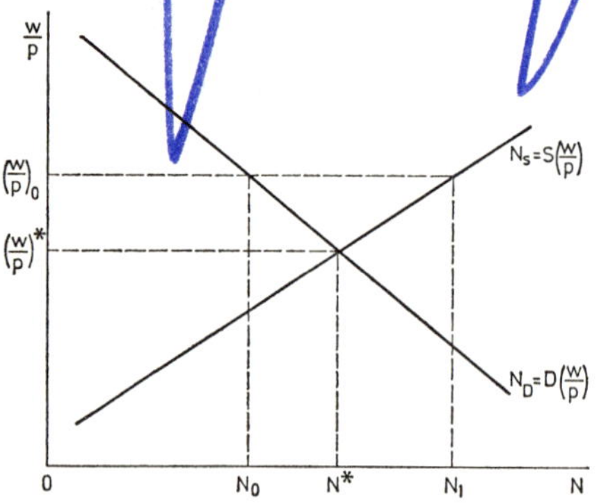

Abb. 11.2: Der Arbeitsmarkt: klassischer Fall

des zusätzlichen Outputs vom Markt genommen, so daß der Rest geplantes Investieren darstellen muß, wenn das erhöhte Produktions- und Beschäftigungsniveau erhalten werden soll.

Wenn die geplante Investition nicht ansteigt, werden ungeplante Investitionen in Form von Lagerbestandserhöhungen eintreten, die Preise sinken und Produktion und Beschäftigung auf das ursprüngliche Niveau zurückfallen. Wenn die Erhöhung der beabsichtigten Investition ausbleibt, können nur bei dem ursprünglichen Einkommensniveau geplantes Sparen und Investieren einander wieder ausgleichen. Da diese Konstellation mit einem bestimmten Reallohn verbunden ist, läßt sich ableiten, daß die Preise proportional zu den Löhnen sinken.

Diese Argumentation läßt sich am besten anhand eines Diagramms verdeutlichen, wie es in Kapitel 5 benutzt wurde. In Abb. 11.3. schneidet die Kurve der aggregierten Nachfrage C + I die 45-Grad-Linie bei einem Einkommen von Y_0. Das Vollbeschäftigungseinkommen liegt bei Y^*. Da das bestehende Einkommensniveau unter dem des Vollbeschäftigungseinkommens liegt, muß ein Angebotsüberschuß an Arbeit vorliegen. Infolgedessen müssen die Nominallöhne fallen. Nehmen wir an, daß die Unternehmungen durch die Nominallohnsenkung veranlaßt werden, $\Delta Y = Y^* - Y_0$ an zusätzlicher Produktion zu erstellen. Wenn wir von Steuern absehen, läßt die erhöhte Produktion das verfügbare Einkommen im gleichen Ausmaß ansteigen. Da die marginale Konsumneigung jedoch kleiner als eins ist, bleibt die Erhöhung der Konsumnachfrage ΔC geringer als ΔY, und die Differenz stellt eine ungeplante Erhöhung des Lagerbestandes $I_{ungepl.}$ dar. Wie wir in Kapitel 5 gesehen haben, wird das Gleichgewicht nicht eher wiederhergestellt, als die ungeplante Investition zum Verschwinden gebracht ist. Das bedeutet jedoch, daß die Preise sinken und das Produktionsvolumen auf das Ausgangsvolumen Y_0 zurückfällt. Wenn keine ungeplante Investition besteht, produzieren die Unternehmer ihre gewinnmaximalen Ausbringungsmengen. Dieses Outputvolumen schließt ein, daß der gleiche Beschäftigungsgrad wie vor der Senkung der Nominallöhne erreicht wird. Daher müssen die Preise genau proportional zu der Nominallohnsenkung fallen. Die Reallöhne bleiben unverändert; der Mechanismus zur Räumung des Arbeitsmarktes funktioniert nicht[51].

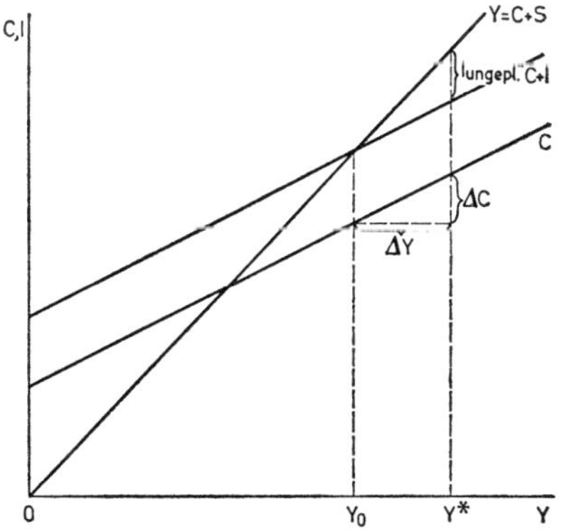

Abb. 11.3: Auswirkungen einer Lohn- und Preissenkung (alle Werte in realen Größen)

[51] J. M. Keynes, The General Theory of Employment, Interest and Money, Chap. 19, Harcourt, Brace & World, Inc., New York, 1936; Beiträge von A. P. Lerner und J. Tobin, in S. E. Harris, ed., The New Economics, Chaps. 10 and 40, Alfred A. Knopf, Inc., New York,

Für einen klassischen Nationalökonomen ist ein solches Ergebnis undenkbar. Er würde argumentieren, daß, solange ein Markt, in diesem Fall der Arbeitsmarkt, ungeräumt ist, und solange Löhne und Preise einem Wettbewerbsdruck unterliegen, der Realwert des Geldvolumens steigt, damit die Zinssätze gesenkt und die Investitions-, Einkommens- und Beschäftigungsniveaus angehoben werden[52]. Da Preise und Löhne weiterhin sinken müssen, solange noch unfreiwillige Arbeitslosigkeit besteht, müssen Investition und Einkommen weiterhin steigen, bis die unfreiwillige Arbeitslosigkeit abgebaut ist. In Abb. 11.4. liegt der ursprüngliche Schnittpunkt der IS- und LM-Kurven bei dem Einkommen Y_0 und dem Zins i_0. Mit sinkenden Löhnen und Preisen steigt der Realwert des Geldangebots, so daß sich die LM-Kurve nach rechts verschiebt. Der Zinssatz sinkt, und die geplante Investition und das Einkommen steigen. Da die Löhne und Preise weiterfallen, solange das Einkommen unter Y* liegt, hält die Rechtsverschiebung der LM-Kurve an, bis die Unterbeschäf-

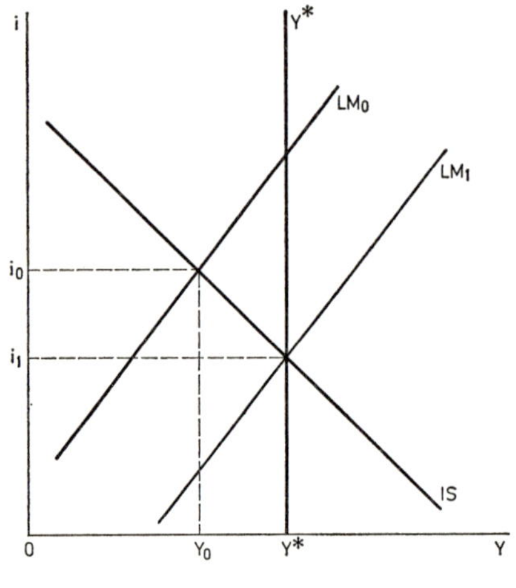

Abb. 11.4: Auswirkung einer Senkung des Preisniveaus: klassischer Fall (alle Werte in realen Größen)

1950; W. J. Fellner, Competition Among the Few, Alfred A. Knopf, Inc., New York, 1949, pp. 266–272; F. Modigliani, «Liquidity Preference and the Theory of Interest and Money», Econometrica, 12:45–88, 1944; T. Wilson, Fluctuations in Income and Employment, Chap. 10, Sir Isaac Pitman & Sons, Ltd., London, 1942.

[52] Wir erinnern uns aus Kapitel 8, daß der Realwert der Geldmenge durch den Quotienten aus dem aktuellen, meßbaren oder nominalen Geldangebot M und dem Preisniveau p dargestellt wird. Da

$$m = \frac{M}{p}$$

ist, wirkt sich eine Senkung des Preisniveaus auf den Realwert des Geldangebots genauso aus wie eine Erhöhung der nominellen Geldmenge, die z.B. durch expansive Offenmarktpolitik der Notenbank verursacht ist. In dem aus vier Quadranten bestehenden Geldmarktdiagramm läßt sich die Senkung des Preisniveaus im zweiten Quadranten durch eine Verschiebung der Kurve des Geldangebots vom Koordinatenursprung weg verdeutlichen. Dies hat zur Folge, daß bei jedem beliebigen Zinssatz zusätzliche Geldbestände für Transaktionszwecke verfügbar werden, so daß dem monetären Gleichgewicht ein höheres Einkommensniveau entspricht; die LM-Kurve verschiebt sich also nach rechts.

tigung überwunden ist. Folglich ist das Endgleichgewicht erreicht, wenn sich die IS- und LM-Kurven bei Y* und dem Zins i_1 schneiden. Um es mit der Abb. 11.3. zu verdeutlichen: Die Lohn- und Preissenkungen werden die Investitionsfunktion so weit nach oben verlagern, bis die Kurve der aggregierten Nachfrage die 45-Grad-Linie bei Y* schneidet. Die Unterbeschäftigung tendiert offensichtlich dazu, sich selbst automatisch zu beseitigen.

Die Keynesianer würden diese Argumentation mit der Theorie der Liquiditätspräferenz zurückweisen. Sicherlich wird die von sinkenden Löhnen verursachte Preissenkung den Realwert des Geldangebots erhöhen. Doch wird dies weder den Zinssatz noch die geplante Investition tangieren, da im Bereich der Liquiditätsfalle die Geldnachfrage bei dem bestehenden Zinssatz vollkommen elastisch ist. In Abb. 11.5. liegt der Schnittpunkt der IS- und LM-Kurven beim Einkommen Y_0 im Bereich der Liquiditätsfalle. Dadurch, daß sich der Realwert des Geldangebots er-

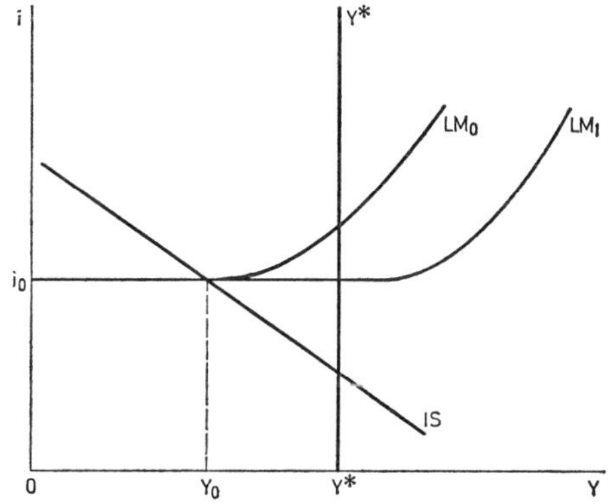

Abb. 11.5: Auswirkung einer Senkung des Preisniveaus: Keynes'scher Fall (alle Werte in realen Größen)

höht, verschiebt sich die LM-Kurve von LM_0 zu LM_1, doch bleibt davon der Zinssatz offensichtlich unberührt. Die Kassenbestände, die durch die Preissenkung von der Verwendung zu Transaktionszwecken freigesetzt wurden, werden gehortet, da die Vermögenshalter keinerlei Anstalten machen, diese Mittel in gewinnbringende Anlagen umzuwandeln. Der Zinssatz bleibt unverändert, und Investition wie Einkommen verharren auf dem Niveau von Y_0. Die Keynesianer glauber daher, daß ein Einkommensniveau, wie etwa Y_0, ein «Unterbeschäftigungsgleichgewicht» repräsentieren kann und daß keinerlei Automatismus die Volkswirtschaft wieder zur Vollbeschäftigung führt.

Bei der Keynes'schen Lösung ergibt sich ein Problem. Wenn eine Lohn- und Preissenkung die Unterbeschäftigung nicht abzubauen vermag, warum sinken die Löhne und Preise dann nicht unbegrenzt weiter? Offensichtlich geschieht dies nicht; die Nominallöhne sind hinsichtlich einer Senkung ziemlich starr. Da die Gewerkschaften weitgehend das Bild bestimmen, können sich die Arbeitnehmer gegen Lohnsenkungen zur Wehr setzen. Eine einmal hart erkämpfte Nominallohnsteigerung wird vielmehr trotz Beschäftigungseinschränkung tendenziell erhalten.

Diesen institutionellen Gegebenheiten Rechnung tragend, hat sich Keynes von der klassischen Theorie des Arbeitsangebots abgewendet. Die Annahme, daß das Arbeitsangebot vom Reallohn abhängig sei, hat er durch die Hypothesen ersetzt, daß die Arbeitnehmer der Geldillusion unterliegen und daß das Arbeitsangebot eine

Funktion des Nominallohns sei. In Abb. 11.6. ist w_0 der derzeit bestehende Nominallohn und p_0 das geltende Preisniveau. Bei dem Lohnsatz w_0 bieten die Arbeiter eine beliebige Arbeitsmenge zwischen Null und N^* an. Folglich ist die Kurve des Arbeitsangebots eine Horizontale bei w_0/p_0. Zwar kann der Nominallohnsatz nicht gesenkt werden, doch wird er steigen, wenn bei w_0 alle Arbeitswilligen beschäftigt sind und weitere Arbeitskräfte nachgefragt werden. Folglich steigt die Kurve des Arbeitsangebots steil an, sobald N^* erreicht ist. In Abb. 11.6. schneidet die Nachfragekurve nach Arbeit die Angebotskurve bei N_0. Demnach zeigt der Abschnitt $N^* - N_0$ die unfreiwillige Arbeitslosigkeit an – die Anzahl der Arbeiter, die bei dem bestehenden Reallohn zu arbeiten gewillt sind, aber keine Anstellung finden.

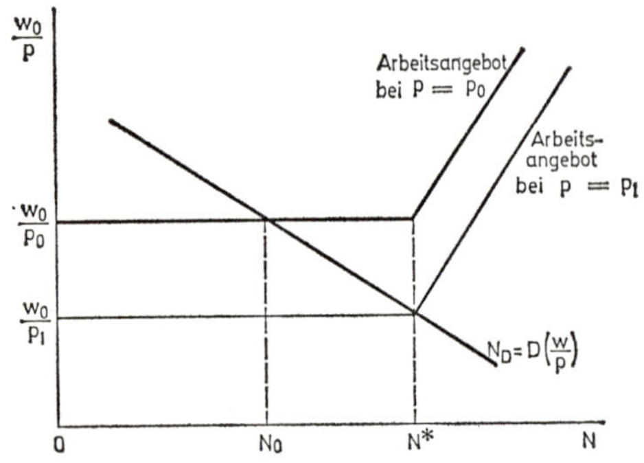

Abb. 11.6: Der Arbeitsmarkt: Keynes'scher Fall

Da die Nominallöhne annahmegemäß nach unten rigide sind (und da eine Lohnsenkung, selbst wenn sie durchsetzbar wäre, das Preisniveau proportional senken würde), kann die Vollbeschäftigung nur dadurch wiederhergestellt werden, daß die Reallöhne gesenkt werden, indem die aggregierte Nachfrage und das Preisniveau erhöht werden. Wenn ein derartiger Anstieg des Preisniveaus zustandekommt, verschiebt sich die gesamte Kurve des Arbeitsangebots nach unten, und die unfreiwillige Arbeitslosigkeit verschwindet. Bei dem Reallohn w_0/p_1 schneidet die Kurve der Arbeitsnachfrage die Angebotskurve bei N^*, wo alle Arbeitswilligen bei dem neuen Reallohn Beschäftigung finden. Festzuhalten bleibt, daß trotz gesunkener Reallöhne die Zahl derjenigen, die bei dem neuen Reallohn arbeitswillig sind, genau so hoch ist wie bei dem alten Reallohn, ein Ergebnis, das aus der Annahme der Geldillusion folgt.

11. 3. Formale Modelle zur Bestimmung von Einkommen und Beschäftigung

Bei gegebenem konstanten Kapitalstock zeigt die gesamtwirtschaftliche Produktionsfunktion

$$Y = X(N, K^*)$$

an, daß mit der Bestimmung des Einkommensniveaus automatisch auch die Beschäftigungshöhe determiniert ist. Ebenso gilt, daß mit der Bestimmung der Beschäftigungshöhe gleichzeitig das Einkommensniveau bekannt ist. Obwohl die Keynes'schen und klassischen Modelle allgemeine Gleichgewichtssysteme darstellen, in denen die Gleichgewichtswerte der Variablen simultan bestimmt werden, ist es dennoch sinnvoll, sich die Bestimmung der einzelnen Gleichgewichtswerte in einer bestimmten Abfolge vorzustellen. Im klassischen Modell läuft die Folge vom Beschäftigungsniveau zur Einkommenshöhe, zum Konsum und zur Investition, dann zum Zinssatz und schließlich zum Preisniveau. Im Keynes'schen System stellt man sich die Abfolge besser in anderer Richtung vor. Konsum- und Investitionsfunktion bestimmen unter Einbeziehung des monetären Gleichgewichts den Zinssatz und das Einkommensniveau, und diese Größen legen wiederum die Beschäftigungshöhe fest.

Das Keynes'sche Gleichgewicht bei Unterbeschäftigung läßt sich formal wie folgt darstellen: Wenn das Preisniveau zunächst konstant bleiben soll und die nominale Geldmenge gegeben ist, lassen sich mit dem güterwirtschaftlichen Gleichgewicht

$$I(i) = Y - C(Y)$$

und dem monetären Gleichgewicht

$$\frac{M}{p} = kY + L(i)$$

Einkommen, Konsum, Investition, Sparen, Zinssatz und das Verhältnis von Transaktions- zu Spekulationskasse bestimmen. Ist das Einkommensniveau bekannt und der Kapitalstock konstant, dann bestimmt die Produktionsfunktion

$$Y = X(N, K^*)$$

die Beschäftigungshöhe. Folglich liefert die Arbeitsnachfrage zusammen mit dem nach unten starren Nominallohn

$$N = N_d = D\left(\frac{w_0}{p}\right)$$

die notwendige Gleichung zur Bestimmung des Preisniveaus.

Als nächstes wollen wir das klassische System formal darstellen. Reallohn und Beschäftigungshöhe sind durch das Gleichgewicht des Arbeitsmarktes bestimmt:

$$D\left(\frac{w}{p}\right) = S\left(\frac{w}{p}\right)$$

Da die Beschäftigungshöhe bekannt ist, läßt sich das Einkommensniveau mithilfe der Produktionsfunktion

$$Y = X(N, K^*)$$

ermitteln.

Ist das Einkommensniveau bekannt, dann bestimmt die Gleichung des güterwirtschaftlichen Gleichgewichts

$$I(i) = Y - C(Y)$$

den Zinssatz und die Aufteilung der aggregierten Nachfrage zwischen Konsum- und Investitionsausgaben. Sind schließlich Einkommenshöhe und Zinssatz bekannt, dann kann mit der monetären Gleichgewichtsbedingung

$$m_s = \frac{M}{p} = kY$$

das Preisniveau bestimmt werden.

Man beachte, daß im klassischen Modell der Zinssatz von der Höhe des Geldangebots unabhängig ist und daß die einzige Funktion des Geldangebots in der Bestimmung des Preisniveaus liegt. Die Gründe dafür sind zwar interessant und wesentlich, doch paßt ihre Darlegung nicht zu der gegenwärtigen Analyse. Die eingehende Diskussion des klassischen Modells wird zweckmäßigerweise bis zum Kapitel 13 zurückgestellt, in dem das Modell im einzelnen erklärt wird.

11. 4. Weitere Bemerkungen zu Nominallohnsatz, Geldillusion und Beschäftigungshöhe

Das Keynes'sche Argument, die Liquiditätsfalle hindere die Lohn-Preis-Flexibilität daran, den Zustand der Vollbeschäftigung herbeizuführen, blieb nicht unwidersprochen. Der hervorragende Nationalökonom A. C. Pigou behauptete, daß selbst dann, wenn die Liquiditätsfalle eine Beschäftigungszunahme über Zins- und Investitionsänderungen verhindert, früher oder später Löhne und Preise sinken und die Vollbeschäftigung herbeiführen, da ein Fallen des Preisniveaus die Konsumfunktion nach oben verschiebt[53]. Der Mechanismus, durch den die Konsumfunktion verschoben wird, ist allgemein als «Pigou-Effekt» bekannt und wird folgendermaßen begründet: Wenn der Konsum sowohl vom Vermögen als auch vom Einkommen abhängt, darf man annehmen, daß die Vermögensbesitzer sich aufgrund der Lohn- und Preissenkungen «reicher» fühlen und ihre Konsumausgaben bei jedem Einkommensniveau erhöhen. Warum aber sollten sich Vermögenshalter aufgrund einer Senkung des Preisniveaus vermögender fühlen?

Wenn das Preisniveau sinkt, steigt der Realwert der Vermögensbestände, deren Preise nominal fixiert sind. Preisniveausenkungen machen Schuldner ärmer und Gläubiger reicher. Da jeder Schuld in Höhe von einem Dollar eine gleichhohe Forderung gegenübersteht, muß das Bestehen eines Pigou-Effektes davon abhängen, ob Schuldner und Gläubiger bei Preisniveauänderung ein unterschiedliches Ausgabeverhalten an den Tag legen. Der Grund für die Annahme, daß derartige Unterschiede im Ausgabeverhalten bei Vermögensänderungen bestehen, liegt darin, daß der Staat ein bedeutender Netto-Schuldner ist, während der private Sektor, der einen Netto-Bestand von Staatspapieren hält, ein Netto-Gläubiger ist. Wenn man annimmt, die marginale Ausgabenneigung des Staates in bezug auf das Vermögen sei Null, während die marginale Konsumneigung in bezug auf das Vermögen beim privaten Sektor positiv ist, dann wird sich das Niveau der Gesamtausgaben ändern, wenn infolge von Preisniveauänderungen ein Vermögenstransfer von einem Sektor zum anderen erfolgt.

Nominallohnsenkungen haben noch weitere Auswirkungen auf die Beschäftigungshöhe. Einige davon seien im folgenden angedeutet:

1. Lohn- und Preissenkungen werden Ausländer veranlassen, im Inland verstärkt nachzufragen, und inländischen Produzenten wird der Export erleichtert. Das bedeutet, daß der Nettoexport von Gütern und Dienstleistungen (Außenbeitrag) und damit die aggregierte Nachfrage nach heimischen Gütern steigen, so daß auch das Beschäftigungsniveau erhöht wird.

[53] A. C. Pigou, «The Classical Stationary State», Economic Journal, 53:343–351, 1943, und «Economic Progress in a Stable Environment», Economica, New Series, 14:180–188, 1947.

Es muß jedoch bedacht werden, daß Rezessionen die Tendenz haben, sich international auszubreiten. Verbesserungen der inländischen Einkommens- und Beschäftigungssituation durch einen erhöhten Außenbeitrag sind weit eher auf den Export heimischer Unterbeschäftigung ins Ausland zurückzuführen als auf einen weltweiten Anstieg des Beschäftigungsniveaus. Diese Zusammenhänge werden in Kapitel 14 ausführlicher diskutiert.

2. Eine Nominallohnsenkung führt zu einer Einkommensumverteilung von Arbeitern zu Dividendenbeziehern. Da Gruppen mit hohem Einkommen wahrscheinlich eine geringere marginale Konsumquote haben als Gruppen mit niedrigem Einkommen, wird jeder Dollar, der von einem Lohnbezieher auf einen Dividendenbezieher verlagert wird, die aggregierte Konsumnachfrage sinken lassen. Eine Nominallohnsenkung kann also die aggregierte Verbrauchsnachfrage verringern, und wenn dieser Umverteilungseffekt entsprechend ausgeprägt ist, kann die Lohnsenkung das Einkommens- und Beschäftigungsniveau sogar senken statt erhöhen.

3. Es ist kaum anzunehmen, daß Nominallohnsenkungen in Form einer einmaligen und umfassenden Lohnsenkung auftreten. Die schrittweisen Lohnsenkungen, die viel eher zu erwarten sind, würden die Vermutung stärken, daß weitere Senkungen im Bereich des Möglichen liegen. Von dieser Erwartung ausgehend, werden die Unternehmer die Produktion einschränken, die Läger räumen und neue Ausrüstungskäufe verschieben. Ebenso könnten die Konsumenten glauben, daß die Preise weitersinken, und daher ihre Konsumausgaben zurückstellen. Da die Lohnsenkung zu ungünstigen Erwartungen führte, könnte sie ihre beabsichtigte Wirkung durchaus selbst gefährden.

4. Wie wir gesehen haben, glaubte Keynes, daß die Arbeiter der Geldillusion unterliegen, m.a.W., daß sie sich Veränderungen der Nominallöhne weit eher bewußt werden als Veränderungen des Preisniveaus und daher wahrscheinlich ein Steigen der Nominallöhne selbst dann als eine Erhöhung der Reallöhne auffassen, wenn die Preise im gleichen Ausmaß wie die Löhne steigen. Dies bedeutet, daß bei unveränderten Reallöhnen ein Steigen des Preisniveaus von den Arbeitern nicht zur Kenntnis genommen wird, die daher trotz gesunkener Reallöhne die gleiche Arbeitsmenge anbieten.

Es besteht kein Grund zu der Annahme, daß die Geldillusion auf das Arbeitsangebot beschränkt sei. Fragen wir uns z.B. nach ihrer Auswirkung auf die Konsumnachfrage. Wenn Nominallöhne und Preise fallen und die Konsumenten zwar das Sinken des Nominaleinkommens, nicht aber das der Preise bemerken, unterliegen sie der Illusion, ihr Realeinkommen habe sich verringert. Wenn aber das Realeinkommen sinkt, steigt die durchschnittliche Konsumquote (falls die Konsumfunktion einen positiven Ordinatenschnittpunkt hat). Wenn die Konsumenten also glauben, ihr Realeinkommen sei gefallen, werden sie einen größeren Teil ihres Einkommens ausgeben als zuvor. Dies bedeutet, daß sich die Konsumfunktion in bezug auf das verfügbare Realeinkommen infolge der Lohnsenkung nach oben verlagert und das Einkommensniveau steigen läßt.

Die Struktur der Einkommensteuer ist wohl die bedeutendste Quelle der Geldillusion in der amerikanischen Wirtschaft. Die Steuersätze und -stufen richten sich nach dem Nominal- und nicht nach dem Realeinkommen. Wenn sowohl Nominaleinkommen als auch Preise fallen, so daß das Realeinkommen unverändert bleibt, kommen die Steuerzahler nichtsdestoweniger in niedrigere Progressionsstufen, und ihre reale Steuerlast sinkt. Folglich erhöht eine proportionale Lohn- und Preissenkung das verfügbare Realeinkommen und die Konsumausgaben.

Solange wir uns mit der Geldillusion beschäftigen, sollten wir hervorheben, daß das Bestehen von Geldillusion nicht notwendigerweise irrationales Verhalten derjenigen Wirtschaftssubjekte bedeutet, deren ökonomisches Verhalten nicht in genauer Übereinstimmung mit dem klassischen «Homogenitätspostulat»[54] steht. Der wesentliche Grund dafür liegt darin, daß Arbeiter, Konsumenten und Unternehmer langfristige Verträge abschließen, die auf nominaler und nicht auf realer Basis stehen. Ein Lohnempfänger mag z. B. noch viele Jahre mit der Hypothek auf sein Haus belastet sein. Wenn Löhne und Preise in gleichem Umfang sinken, bleibt sein Reallohn gleich. Der Realwert seiner Schuldenlast steigt indessen, so daß er möglicherweise gezwungen ist, seine laufenden Konsumausgaben einzuschränken. Obwohl der Arbeiter der Geldillusion zu unterliegen scheint, mag sein Entschluß, weniger zu konsumieren, auf einer rein rationalen Überlegung beruhen. Da Arbeiter im allgemeinen Schuldner zu sein pflegen, werden Nominallohnsenkungen selbst bei unveränderten Reallöhnen als schwerer realer Verlust aufgefaßt.

Ob die Geldillusion nun rational ist oder nicht, es ist wichtig hervorzuheben, daß die Geldillusion unter gesamtwirtschaftlichem Aspekt im allgemeinen stabilisierend

[54] Will man fein ausdrücken, daß das Arbeitsangebot eine Funktion des Reallohns ist, dann sagt man, die Funktion sei homogen vom Grade Null. Allgemein läßt sich die Funktion des Arbeitsangebots in der Form

$$N_s = S\,(w, p)$$

schreiben. Liegt keine Geldillusion vor, dann wird ein proportionaler Anstieg von w und p die angebotene Arbeitsmenge nicht ändern. Für einen Mathematiker heißt das, daß die Funktion des Arbeitsangebots die Eigenschaft der Homogenität vom Grade Null aufweist. Allgemein hat eine homogene Funktion n'ten Grades die Eigenschaft, daß, wenn alle unabhängigen Variablen mit einer Konstanten multipliziert werden, die abhängige Variable mit dem mit n potenzierten Wert derselben Konstanten multipliziert werden muß.

Mathematisch gilt: wenn

$$y = f\,(x, z)$$

ist, dann ist

$$yu^n = f\,(xu, zu)$$

und bei $n = 0$ ist $u^n = 1$, so daß

$$y = f\,(x, z) = f\,(xu, zu)$$

Dies bedeutet, daß die Multiplikation der beiden unabhängigen Variablen mit einer Konstanten den Wert der abhängigen Variablen nicht ändert.

In bezug auf die Funktion des Arbeitsangebots gilt daher

$$N_s = S\,(w, p) = S\,(uw, up),$$

und da u eine willkürliche Konstante ist, können wir sie den Wert $u = 1/p$ annehmen lassen, so daß

$$N_s = S\,(\frac{w}{p}, 1)$$

ist. Dies besagt, daß das Arbeitsangebot allein vom Verhältnis w zu p, dem Reallohnsatz, abhängt.

Wenn die Arbeiter der Geldillusion unterliegen, ist die Funktion des Arbeitsangebots nicht homogen, so daß sich sagen läßt, das Homogenitätspostulat sei verletzt. In diesem Zusammenhang vgl. W. W. Leontieff, «Postulates: Keynes' General Theory and the Classicists», in Harris, ed., op. cit., Chap. 10.

wirkt. Die Struktur der Einkommensteuer sorgt z.B. dafür, daß die Steuerbeiträge stärker fallen als die Löhne, selbst wenn die Preise im gleichen Ausmaß sinken. Da auf diese Weise das verfügbare Realeinkommen steigt, ist die Wirkung stabilisierend. Ebenso steigen die Steuerbeiträge in inflationären Zeiten stärker als die Geldeinkommen, selbst wenn sich die Preise in gleichem Maße erhöht haben. Die Wirkung besteht darin, daß verfügbares Realeinkommen und reale Konsumausgaben gesenkt werden und damit zur Stabilisierung beitragen.

11. 5. Zusammenfassung und Schlußfolgerungen

Dieses Kapitel läßt sich folgendermaßen zusammenfassen:

1. In der klassischen Betrachtungsweise gibt es nur ein gleichgewichtiges Beschäftigungsniveau, das durch den Wettbewerb auf dem Arbeitsmarkt bestimmt ist. Da es nur ein gleichgewichtiges Beschäftigungsniveau gibt, kann auch nur ein gleichgewichtiges Einkommensniveau bestehen, das notwendigerweise das Vollbeschäftigungsniveau sein muß. Wenn keine Starrheit von Löhnen und Preisen besteht, werden automatisch alle Märkte geräumt und Vollbeschäftigung erreicht.

2. In Keynes'scher Betrachtungsweise wird das Beschäftigungsniveau von der Einkommenshöhe bestimmt, die wiederum von der aggregierten Nachfrage abhängt. Da nicht anzunehmen ist, daß der Arbeitsmarkt dem Wettbewerb unterliegt oder daß, wenn er ihm unterläge, die Reallöhne sänken, besteht die Möglichkeit eines «Gleichgewichts bei Unterbeschäftigung».

3. Die Frage, ob durch Nominallohnsenkungen das Beschäftigungsniveau erhöht werden kann, hängt hauptsächlich von der Art der Geldnachfrage ab. Schließt man andere Einflußfaktoren aus, dann läßt eine Nominallohnsenkung die Beschäftigungshöhe im Extrem der Liquiditätsfalle unberührt, während im klassischen Extrem einer festen Relation zwischen Kassenhaltung und Transaktionsvolumen eine Nominallohnsenkung die Vollbeschäftigung wiederherstellt.

4. Die Auswirkung von Nominallohnsenkungen auf die Beschäftigungshöhe hängt in gewissem Maße ab von der Bedeutung des Pigou-Effektes, von dem Einfluß des Außenhandels, von der Wirkung der Geldillusion auf den Konsum, von der Geldillusion in der Steuerstruktur, von dem Einfluß einer Einkommensumverteilung auf den Konsum und schließlich von den durch die Lohnsenkung hervorgerufenen Erwartungen.

Obwohl unsere Diskussion über die Beschäftigungshöhe noch nicht beendet ist, scheint es sinnvoll, an dieser Stelle eine Bestandsaufnahme zu machen. Die Annahme, daß eine Nominallohnsenkung als wirtschaftspolitisches Mittel unter den derzeitigen institutionellen Gegebenheiten in Frage käme, würde an der Realität vorbeigehen. Von anderen Überlegungen einmal abgesehen, könnte die zur Herstellung der Vollbeschäftigung notwendige Reallohnsenkung immer durch Geld- und Finanzpolitik anstatt durch Lohn- und Preispolitik erreicht werden. Da diese Maßnahmen im Gegensatz zu Nominallohnsenkungen durchführbar sind, gelangen sie als einzige zur Anwendung.

Indessen wäre es töricht, daraus zu schließen, es sei sinnlos, die Auswirkungen von Lohnsenkungen auf das Beschäftigungsniveau zu untersuchen. Erstens glaubt der typisch klassische Nationalökonom, daß durch Nominallohnsenkungen die Vollbeschäftigung wiederhergestellt werden könne. Wenn dem so ist, und wenn er gegen Maßnahmen ist, die die Vollbeschäftigung durch Erhöhung des Preisniveaus herstellen, dann wird er geneigt sein, solche Mittel anzuwenden, die auf eine verbesserte Lohn-Preis-Flexibilität abzielen. Während allgemeine Lohnsenkungen unrealistisch sind, liegt eine harte Antitrustpolitik, die Monopolmacht von Gewerkschaften und Unternehmungen verhindern will, durchaus im Bereich des Möglichen. Da die Preisflexibilität notwendiger Bestandteil eines sich automatisch regulierenden Wirtschaftssystems ist, sind Monopole – von anderen Gründen abgesehen – dem traditionellen Ökonomen ein Dorn im Auge[55]. Der Keynesianer ist von der Bedeutung der Lohn-Preis-Flexibilität weit weniger überzeugt und daher ein weniger enthusiastischer Monopolgegner als sein klassischer Gegenpart.

Zweitens ist die Frage, ob Nominallohnsenkungen die Vollbeschäftigung herbeiführen können, nahezu identisch mit der Frage, ob die Volkswirtschaft automatisch gesteuert wird oder nicht. Ein Ökonom, der Vollbeschäftigung bei stabilen Preisen für die Norm hält, zu der die Volkswirtschaft nach einer Störung des Gleichgewichts wieder zurückkehrt, wird grundsätzlich eine andere Politik vorschlagen als ein Ökonom, der Vollbeschäftigung für einen zufälligen Zustand hält, der ohne beträchtliche Unterstützung durch staatliche Politik nicht aufrecht erhalten, ja kaum erreicht werden kann.

Drittens hat die Diskussion über die Nominallohnsenkungen die Aufmerksamkeit auf den entscheidenden Unterschied zwischen Keynes und den traditionellen Ökonomen gelenkt, nämlich auf die Theorie der Liquiditätspräferenz, die – wie wir in Kapitel 10 gesehen haben – die wesentliche Rolle bei der Unterscheidung zwischen Geld- und Finanzpolitik gespielt hat. Wir sehen nun, daß dies der entscheidende Unterschied zwischen einer sich automatisch regulierenden Wirtschaft und einer solchen ist, in der verschiedene gleichgewichtige Beschäftigungsniveaus möglich sind.

[55] Der Standpunkt, daß jede Art von Stabilitätspolitik ohne einschneidende Maßnahmen zur Herstellung eines Wettbewerbssystems zum Scheitern verurteilt ist, wird sehr einleuchtend verdeutlicht von Henry Simons, Economic Policy for a Free Society, Chap. 5, The University of Chicago Press, Chicago, 1948.

12. Das Beschäftigungsniveau (2)

12. 1. Einleitung

Die Diskussion der Beschäftigungstheorie zwischen den Keynesianern und ihren Kritikern hat einige Verbindungslinien unberücksichtigt gelassen, die wir in diesem Kapitel nachziehen wollen. Wenn wir die Annahme aufgeben, daß auf dem Arbeitsmarkt vollständiger Wettbewerb herrsche, und stattdessen einige zusätzliche Prämissen einführen, die den tatsächlichen Gegebenheiten eher gerecht werden, können wir folgendes nachweisen:

1. In einer Depression läßt sich das Beschäftigungsniveau auch ohne Reallohnänderungen beeinflussen.
2. Die klassische Annahme, das Arbeitsangebot sei vom Reallohn abhängig, bestimmt – im Gegensatz zur herrschenden Lehre – selbst dann nicht nur ein einziges Niveau von Beschäftigung, Output und Reallöhnen, wenn auf dem Arbeitsmarkt ein Ausgleichsmechanismus besteht.
3. Nominallohnsenkungen und Ausweitungen des Geldangebots im Wege der Geldpolitik werden selbst dann das Investitionsniveau nicht erhöhen, wenn die Zinssätze gesenkt werden können. In der Tat ist der Zinssatz als wirtschaftlicher Kalkulationsfaktor in Depressionszeiten ziemlich unbedeutend.

12. 2. Die Veränderung von Real- und Nominallöhnen

Aus der Funktion der Arbeitsnachfrage

$$N_d = D\left(\frac{w}{p}\right)$$

und aus dem Gesetz abnehmender Ertragszuwächse folgt unmittelbar, daß kurzfristig ohne Reallohnsenkungen keine Beschäftigungserhöhung erreicht werden kann. Die meisten Ökonomen akzeptieren die Funktion der Arbeitsnachfrage in der oben beschriebenen Weise und nehmen an, daß Reallohnsenkungen eine natürliche Begleiterscheinung von abklingenden Depressionen seien. Als Keynes feststellte, daß sich mit Steigerungen des Produktionsvolumens auch die Nominallöhne erhöhen, gab er der Meinung Ausdruck, daß «die mit einer Nominallohnänderung verbundene Reallohnänderung fast immer gegenläufig statt gleichläufig ist»[56]. Keynes und die Mehrheit der anderen Ökonomen glaubten m. a. W., daß in Zeiten des Wiederaufschwungs die Preise schneller steigen als die Nominallöhne, so daß die Reallöhne sinken. Indessen haben statistische Untersuchungen[57] ergeben, daß

[56] J. M. Keynes, The General Theory of Employment, Interest and Money, Harcourt, Brace & World, Inc., New York, 1936, p. 10.

[57] L. Tarshis, «Changes in Real and Money Wages», Economic Journal, 49: 150–154, 1939; und J. T. Dunlop, «The Movement of Real and Money Wage Rates», Economic Journal, 48:413–434, 1938.

mit einer Erhöhung von Produktion und Beschäftigungsniveau auch die Reallöhne steigen. Offensichtlich ist also die Ansicht, daß die Arbeitsnachfrage eine abnehmende Funktion des Reallohns sei, nicht ganz richtig.

In einem späteren Artikel[58] erkannte Keynes an, daß die Reallöhne sich mit steigender Produktion erhöhen, doch weigerte er sich, die Annahme kurzfristig sinkender Ertragszuwächse aufzugeben. Stattdessen behauptete er, die Reallohnsteigerungen seien mit Beschäftigungszunahmen vereinbar, wenn man die Annahme der vollständigen Konkurrenz aufgäbe. Während ein atomistischer Anbieter so lange Arbeiter einstellt, bis Lohnsatz und Grenzwertprodukt (Grenzprodukt mal Preis) gleich sind, fragt ein Monopolist nur so lange Arbeit nach, bis sich Lohnsatz und Grenzerlösprodukt (Grenzprodukt mal Grenzerlös) ausgleichen. Da sich der Grenzerlös GE in der Form

$$GE = p\left(1 - \frac{1}{e}\right)$$

schreiben läßt, wobei p der Produktpreis und e die Preiselastizität der Nachfrage sind, können wir die Bedingung der Gewinnmaximierung darstellen durch

$$w = p\left(1 - \frac{1}{e}\right) X_n$$

oder

$$\frac{w}{p} = \left(1 - \frac{1}{e}\right) X_n$$

Damit läßt sich die Funktion der Arbeitsnachfrage als

$$N_d = D\left(\frac{w}{p}, e\right)$$

schreiben. Unter diesen Bedingungen sind Produktionssteigerungen mit Reallohnerhöhungen vereinbar, solange mit Erhöhungen der aggregierten Nachfrage auch die Nachfrageelastizitäten steigen.

In den folgenden Abschnitten wird die Annahme der unvollkommenen Konkurrenz beibehalten. Es soll jedoch gezeigt werden, daß selbst bei unveränderten Nachfrageelastizitäten Beschäftigungs- und Reallohnerhöhungen nicht unvereinbar sind. Es wird also angenommen, daß die Nachfrageelastizitäten unverändert bleiben, weil dadurch Wiederholungen vermieden und die Erklärungen erleichtert werden können.

12. 3. Ein Modell einer depressiven Wirtschaft

Es sollte bedacht werden, daß die Existenz eines gewissen Kapitalstocks K^* – sofern dieser nicht unteilbar ist – nicht notwendigerweise bedeutet, daß K^* in dem Sinne genutzt ist, daß er im Produktionsprozeß eingesetzt wird. Eine Zigarettenfabrik mit 100 Maschinen wird in Zeiten rückläufiger Nachfrage etwas weniger als 100 Maschinen einsetzen, weil die Austauschbarkeit zwischen Arbeit und Maschi-

[58] J. M. Keynes, «Relative Movements of Real Wages and Output», Economic Journal, 49:34–51, 1939.

nen unvollkommen ist. Die Unternehmung mag daher 60 Maschinen und eine gewisse Zahl von Arbeitern einsetzen, obwohl die Arbeitskosten variabel, die Maschinenkosten dagegen kurzfristig fix sind.

Wenn der Nachfrageausfall andauert, kann die ungenutzte Kapazität teilweise abgebaut werden. Da dies aber normalerweise nur in einem langsamen Prozeß von Abschreibung und Veralterung geschieht, darf man annehmen, daß die typische Depression durch allgemeine Überschußkapazitäten gekennzeichnet ist. Wenn der Kapitalbestand teilbar ist und die Produktionsfunktion Bereiche mit einem Grenzertrag von Null aufweist, lassen sich Überschußkapazitäten aus analytischer Zweckmäßigkeit als Unterbeschäftigung betrachten.

Wenn die gegenwärtige Betrachtungsweise akzeptiert wird, ist die Kurve der Arbeitsnachfrage (als Funktion der Grenzproduktivität der Arbeit), wie sie in Abb. 11.2. dargestellt ist, lediglich eine von vielen möglichen Nachfragekurven. Wenn in dieser Abbildung der Reallohn $(w/p)_0$ beträgt, möge bei optimalen Faktoreinsatzmengen die Beschäftigungshöhe N_0 erreicht werden. Die Kurve der Arbeitsnachfrage zeigt den Produktionszuwachs, der erreicht werden kann, indem zu den ursprünglich eingesetzten Faktormengen fortlaufend Arbeitseinheiten hinzugefügt werden. Wenn sich jedoch herausstellt, daß die Produktionssteigerung wirtschaftlicher erzielt werden kann, indem eine weitere vorhandene Maschine eingesetzt wird, verschiebt sich die Kurve der Arbeitsnachfrage nach rechts. Unter diesen Annahmen kann eine Erhöhung der aggregierten Nachfrage die Vollbeschäftigung wiederherstellen, indem sich die Kurve der Arbeitsnachfrage verschiebt und/oder die Reallöhne fallen. Solange der Bestand an Kapitalgütern teilbar ist, Überschußkapazitäten bestehen und das Kapital Grenzerträge von Null aufweisen kann, sind Beschäftigungserhöhungen ohne Anpassungen des Reallohns möglich.

Wie in den vorangegangenen Kapiteln läßt sich ohne Mühe ein formales Modell erstellen. Schreiben wir die Produktionsfunktion in der Form

$$Y = X(N, K) \qquad K \leq K^*$$

wobei K die ausgenutzte Kapazität bezeichnet, die kurzfristig zwischen Null und K^* schwanken kann, und K^* die zu Beginn der Produktionsperiode vorhandene Kapazität darstellt. Zur Bestimmung der Faktoreinsatzmengen wollen wir folgende Analogien zur Theorie der Einzelunternehmung ziehen. Nehmen wir an, daß Arbeit und Maschinen die einzigen von der Unternehmung verwendeten Produktionsfaktoren seien, die Kapitalausrüstung teilbar sei, die Faktoren gleiche Effizienz aufwiesen und die Produktionsmöglichkeiten der Unternehmung bei den Ausbringungsmengen y^*, y_1 und y_0 so sind, wie dies durch die Isoertragskurven in Abb. 12.1. zum Ausdruck kommt. Der Maschineneinsatz wird dabei auf der vertikalen, der Arbeitseinsatz auf der horizontalen Achse abgetragen.

Nehmen wir an, daß bei Vollbeschäftigung diese Unternehmung die Ausbringungsmenge y^* erstelle, und daß die Isokostenlinie bei (k^*, n^*) tangiert werde. Gehen wir nun davon aus, daß die gewünschte Ausbringungsmenge auf y_0 falle. Da die Unternehmung über einen Kapitalbestand von k^* verfügt, der nur durch anteilige Abschreibung und Veralterung verringert werden kann (was wir der Einfachheit halber unberücksichtigt lassen), wird die Ausbringungsmenge y_0 mit k_0 Maschineneinheiten und n_0 Arbeitseinheiten erstellt. Da das Kapital kurzfristig fixe statt variable Kosten verursacht, ist die Isokostenlinie unterhalb von k^* eigentlich eine Vertikale; d.h. die variablen Kosten des Einsatzes einer weiteren Maschine sind gleich Null. Für die Unternehmung ist es daher sinnvoll, sich an rückläufige Ausbringungsmengen dadurch anzupassen, daß so lange Arbeiter freigesetzt werden, bis das Grenzprodukt des Kapitals Null ist. Wenn die Ausbringungsmenge in dieser Situation immer noch die gewünschte Höhe übersteigt, ist es zweckmäßig, Maschinen und Arbeiter gleichzeitig freizusetzen. Dieser Prozeß wird so lange fortgesetzt, bis die gewünschte Ausbringungsmenge y_0 erreicht ist, bei der die optimalen Faktoreinsatzmengen von k_0 Maschinen und n_0 Arbeitern realisiert werden.

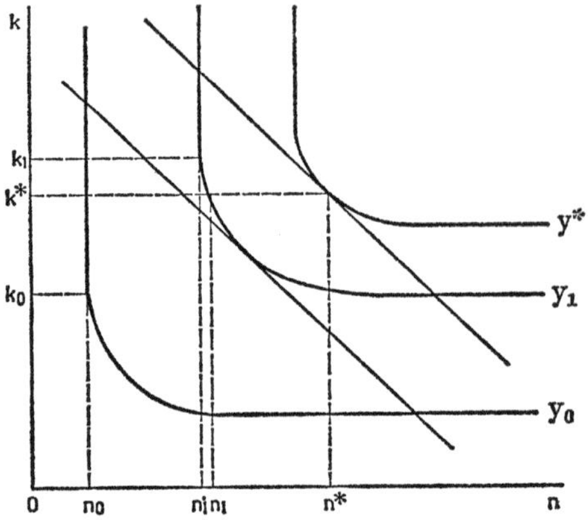

Abb. 12.1: Bestimmung der Faktoreinsatzmengen einer Einzelunternehmung bei den Ausbringungsmengen y_0, y_1 und y^*

Wir wollen diesen Fall A nennen und ihn in ein gesamtwirtschaftliches Modell einbringen. Nehmen wir an, daß ein fester Nominallohn w_0 gegeben und $K < K^*$ sei. Unter diesen Bedingungen ist durch

$$I\,(i) = Y - C\,(Y) \tag{12.1.}$$

das güterwirtschaftliche Gleichgewicht gegeben. Das monetäre Gleichgewicht wird durch

$$m = \frac{M}{p} = kY + L\,(i) \tag{12.2.}$$

gekennzeichnet. Die Produktionsfunktion

$$Y = X\,(N, K) \quad K \leq K^* \tag{12.3.}$$

enthält die Beziehung zwischen Faktoreinsatz und Ausbringungsmenge. Zu diesen Gleichungen müssen wir die Gewinnmaximierungsbeziehungen

$$\frac{w}{p} = (1 - \frac{1}{e})\,X_n \tag{12.4.}$$

und

$$0 = (1 - \frac{1}{e})\,X_k \tag{12.5.}$$

hinzufügen.

Bei einem gegebenen Geldangebot liefern die Gleichungen (12.1.) und (12.2.) das geld- und güterwirtschaftliche Gleichgewicht und bestimmen damit i, Y, C, S und I.

Wenn Y bestimmt ist, lassen sich aus der Produktionsfunktion in Gleichung (12.3.) die Faktoreinsatzmengen ermitteln, und aus Gleichung (12.5.) läßt sich ablesen, daß das Grenzprodukt des Kapitals Null ist. Schließlich liefert die Gleichung (12.4.) das Preisniveau.

Infolge einer milden Konjunkturflaute mag die gewünschte Ausbringungsmenge lediglich von y^* auf y_1 sinken. In diesem Fall – nennen wir ihn Fall B – kann durch Freisetzung von Arbeitern das Grenzprodukt des Kapitals nicht auf Null gesenkt werden. Da die Kapazität kurzfristig nicht ausgeweitet werden kann, wird die Ausbringungsmenge y_1 mit k^* Kapitaleinheiten und n_1 Arbeitseinheiten erstellt. Im gesamtwirtschaftlichen Modell wird die Gleichung (12.3.) daher zu

$$Y = X(N, K^*) \qquad (12.6.)$$

Dies bedeutet weiterhin, daß die Gleichung (12.5.) nicht benötigt wird, weil die Beschäftigungshöhe bei bekanntem Y nun durch die Produktionsfunktion allein bestimmt ist.

Wir wollen festhalten, daß der Fall B der üblichen Formulierung des Keynes'schen Systems entspricht, weil der gesamte vorhandene Kapitalbestand eingesetzt wird und sich nur der Intensitätsgrad der Auslastung verändert. In einer modernen, industrialisierten Volkswirtschaft, in der die Produktionsfaktoren hoch spezialisiert sind und unvollkommener Wettbewerb Preissenkungen und damit die Auslastung von Überschußkapazitäten verhindert, ist zweifelhaft, ob der Fall B von großer Bedeutung ist, es sei denn, der Nachfragerückgang sei nur gering. Es ist nahezu undenkbar, daß bei einem Nachfrageausfall die Anpassung der Ausbringungsmenge jemals gänzlich durch einen Beschäftigungsrückgang erreicht wird. In einer tiefen Depression ist wohl sinnvollerweise anzunehmen, daß sowohl Arbeiter als auch Maschinen freigesetzt werden.

12. 4. Die Folgerungen

Wenn die Nachfrage unter das Vollbeschäftigungsniveau sinkt, folgt aus der Existenz eines teilbaren Kapitalbestandes, daß ein Teil des Kapitalstocks unausgenutzt sein wird. Daraus ergibt sich, daß die Ausbringungsmenge erhöht werden kann, indem mehr Arbeiter beschäftigt, zusätzlich vorhandene Maschinen eingesetzt werden oder beides geschieht. Letztlich bedeutet dies, daß es mehr als nur eine erreichbare Grenzproduktivitätskurve der Arbeit gibt und daß die Beschäftigung sowohl durch eine Verschiebung der Kurve als auch durch eine Bewegung auf der Kurve erhöht werden kann. Daraus folgt, daß es viele mögliche Reallohnsätze gibt, die mit dem Gleichgewicht des Arbeitsmarktes vereinbar sind.

Die Tatsache, daß die Nachfrage nach Arbeit nicht nur vom Reallohn, sondern auch von der aggregierten Nachfrage abhängt, bedeutet, daß es – unbesehen der Kurve des Arbeitsangebots – nicht nur ein gleichgewichtiges Beschäftigungsniveau gibt. Schreiben wir die klassische Funktion des Arbeitsangebots als

$$N_s = S\left(\frac{w}{p}\right)$$

und die Nachfrage nach Arbeit gemäß Fall A als

$$N_d = D\left(\frac{w}{p}, Y\right)$$

dann wird ein markträumender Mechanismus, der N_d und N_s ausgleicht, ein bestimmtes gleichgewichtiges Beschäftigungsniveau herbeiführen. Dieses ist jedoch keineswegs auf einen einzig möglichen Wert festgelegt, da es auch noch von dem jeweils gegebenen Niveau der aggregierten Nachfrage abhängt.

Diese Untersuchung erhärtet Keynes' Ansicht, daß Zinsänderungen die Investitionen kaum anregen. Solange noch Überschußkapazitäten bestehen, liegt kein Anlaß zu investieren vor, weil die Rendite von neuen Investitionen Null ist, es sei denn, es handele sich um solche Ausrüstungsgegenstände, die bisher noch nicht vorhanden waren. Ausweitungen der Geldmenge durch Nominallohnsenkungen oder durch geldpolitische Maßnahmen führen daher lediglich zu laufenden Zinssenkungen bis zu dem Punkt, an dem alle zusätzlichen Beträge in die Spekulationskasse geflossen sind.

Selbst wenn die Bedingungen von Fall B vorliegen, muß die Geldpolitik enttäuschen. Betrachten wir nochmals Abb. 12.1. Nehmen wir an, die gewünschte Ausbringungsmenge sei y_1; betrachten wir nun den Punkt (k^*, n'_1), wobei k^* die vorhandene Kapazität darstellt und n'_1 die Beschäftigungshöhe, die bestehen würde, wenn k auf k_1 erhöht werden könnte. Langfristig kann y_1 ausgebracht werden, indem (1) zusätzliches Kapital in Höhe von $k_1 - k^*$ Einheiten eingesetzt, d.h. indem investiert wird; indem (2) zusätzliche Arbeit von $n_1 - n'_1$ Einheiten eingesetzt oder (3) eine beliebige Kombination von Investition und zusätzlichem Arbeitseinsatz vorgenommen wird. Wenn bei der Nachfragesenkung von y^* auf y_1 die relativen Faktorpreise unverändert bleiben, wird deutlich, daß y_1 ausgebracht wird, indem mehr zusätzliche Arbeit als zusätzliches Kapital eingesetzt wird, da im Punkt (k^*, n_1)

$$\left|\frac{x_n}{w}\right| > \left|\frac{x_k}{ip}\right|$$

wobei x_n und x_k die Grenzprodukte von Arbeit und Kapital dieser Unternehmung darstellen. Um die Investition anzuregen, müßte der Zinssatz so weit fallen, daß er die Isokostenlinie im Uhrzeigersinn über k^* hinaus verdrehen würde. Mit zunehmendem Trend zur Schwerindustrie – d.h. mit zunehmender Spezialisierung der Produktionsfaktoren – werden die erforderlichen Zinsänderungen noch größer.

Schließlich läßt sich feststellen, daß der Fall A nach einem Schrumpfungsprozeß oder als Ergebnis eines wirtschaftlichen Wiederaufstiegs in den Fall B übergehen kann. Dies zeigt, daß unser Modell gewisse Folgerungen hinsichtlich der Ausbringungsmenge in bezug auf das Preisniveau zuläßt. Wenn es möglich ist, durch Verschiebungen der Kurve der Arbeitsnachfrage die Ausbringungsmenge zu erhöhen, ist die Ausbringung in bezug auf das Preisniveau elastisch. Wenn es dagegen nicht mehr möglich ist, die Kurve der Arbeitsnachfrage ohne zusätzliche Kapazitätsausweitungen zu verschieben, können Erhöhungen der Ausbringungsmenge nur durch eine Bewegung entlang der Kurve der Arbeitsnachfrage erreicht werden. Da dies aber nur möglich ist, wenn die Reallöhne sinken, und da die institutionellen Gegebenheiten Nominallohnsenkungen ausschließen, liegt der Punkt, an dem Fall A in Fall B übergeht, dort, wo die Ausbringungsmenge in bezug auf das Preisniveau weniger elastisch wird.

13. Vollbeschäftigung, Preisniveau und die Theorie des Zinses

13. 1. Einleitung

Im Teil 2 wurde nahezu durchgängig angenommen, daß die Produktivkräfte der Volkswirtschaft teilweise ungenutzt bleiben. Es ist nun an der Zeit, die Diskussion abzuschließen, indem die Annahme gemacht wird, daß die Faktormärkte geräumt seien und damit das Produktionsvolumen Y^* feststehe. Untersuchen wir unter dieser Voraussetzung, wie sich z.B. Geldmengenausweitungen oder Investitionssteigerungen auf unsere aggregierten Variablen auswirken. Diese Betrachtung wird uns helfen, den Boden für die nachfolgenden Überlegungen zum Inflationsproblem zu bereiten; und sie wird dazu beitragen, den Meinungsstreit um reale versus monetäre Theorie des Zinses in den richtigen Blickwinkel zu stellen.

13. 2. Preisniveau und Zinssatz bei Vollbeschäftigung

Betrachten wir das vertraute IS-LM-Diagramm in Abb. 13.1. Das Diagramm entspricht den vorangegangenen Abbildungen mit der Ausnahme, das bei Y^* eine vertikale Linie eingezeichnet ist, um auszudrücken, daß mit einem einmal erreichten Y^* das Produktionsvolumen feststeht und sich entgegen bisheriger Annahme nicht automatisch an die aggregierte Nachfrage anpassen kann. An dem Punkt, an dem die IS-Kurve Y^* schneidet, wird beim Zinssatz i_0 die Nachfrage nach Gütern und Dienstleistungen dem Vollbeschäftigungsangebot angeglichen. Diesen Zinssatz wollen wir als «natürlichen» Zins bezeichnen. Wenn wir von staatlicher Einnahmen- und Ausgabenpolitik abstrahieren, bringt der natürliche Zins die Investitionsnachfrage und das Sparangebot bei Vollbeschäftigung zur Übereinstimmung.

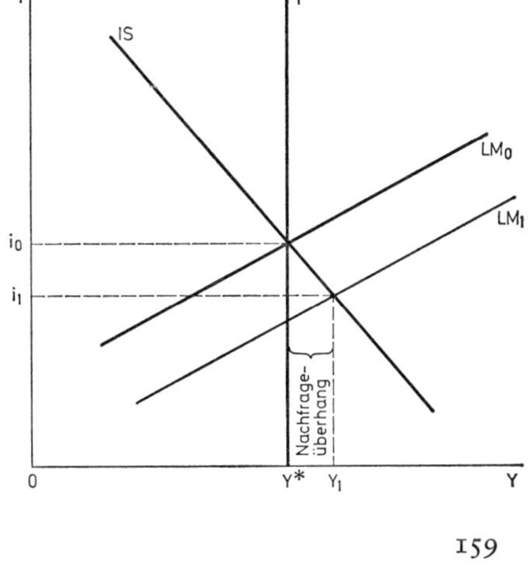

Abb. 13.1: Allgemeines Vollbeschäftigungsgleichgewicht (alle Werte in realen Größen)

Wenn die LM-Kurve Y* ebenfalls bei i_0 schneidet, dann entspricht der *Marktzins* dem *natürlichen* Zins. Auf Faktor-, Güter- und Geldmärkten herrscht Gleichgewicht, weil bei diesem Zinssatz die Nachfrage nach Gütern und Dienstleistungen das Vollbeschäftigungsangebot ausgleicht und für ein Y* entsprechendes Transaktionsvolumen die richtige Geldmenge zur Verfügung gestellt wird.

Gehen wir von der oben geschilderten Gleichgewichtslage aus und fragen nach den Auswirkungen einer Geldmengenausweitung. Nehmen wir an, die nominale Geldmenge werde um ΔM erhöht. Diese Geldmengenausweitung wirkt sich aus in einer Verschiebung der LM-Kurve nach LM_1 und in einer Senkung des Marktzinses auf i_1. Bei i_1 sind jedoch Angebot an und Nachfrage nach Gütern und Dienstleistungen nicht mehr ausgeglichen, da die Investitionsnachfrage durch die Senkung des Marktzinses angeregt wird und die Gesamtnachfrage nach Gütern und Dienstleistungen das Ausbringungspotential um $Y_1 - Y^*$ übersteigt. Als Folge müssen die Preise steigen, so daß der Realwert des Geldangebots, $m_s = M/p$, zu sinken beginnt. Dies bedeutet, daß ein bestimmter Wert nominaler Geldbeträge nicht mehr ausreicht, die vorher durchgeführten realen Transaktionen zu ermöglichen. Die Vermögensbesitzer werden daher veranlaßt, zur Auffüllung ihrer Transaktionskasse Wertpapiere zu verkaufen; die Zinssätze steigen; und der Nachfrageüberhang wird teilweise abgebaut, da die steigenden Zinssätze die Investitionsnachfrage sinken lassen.

Worin besteht die endgültige Wirkung? Solange die LM-Kurve rechts von der ursprünglichen Kurve LM_0 liegt, besteht ein Nachfrageüberhang nach Gütern, und die Preise steigen weiter. Offensichtlich wird dann das Gleichgewicht nicht eher wiederhergestellt, als die Preissteigerungen den Realwert des Geldangebots wieder auf das ursprüngliche Niveau gebracht haben. Die LM-Kurve wird m.a.W. wieder nach LM_0 zurückverschoben, wo der Marktzins wieder mit dem natürlichen Zins übereinstimmt. Wir können also folgendes schlußfolgern:

1. Die Ausweitung des nominalen Geldangebots führt zu einer proportionalen Veränderung des Preisniveaus.

2. Der natürliche Zinssatz i_0 setzt sich wieder als Marktzins im Gleichgewicht durch. Unter den Bedingungen der Vollbeschäftigung ist der Marktzins im Gleichgewicht von monetären Faktoren unabhängig[59].

Beide Schlußfolgerungen stehen in direkter Übereinstimmung mit der klassischen Anschauung über Zins- und Preisniveau. Darüberhinaus sehen wir, daß diese Ergebnisse erzielt wurden, ohne die Keynes'sche Annahme einer spekulativen Geldnachfrage aufzugeben.

Gelten die klassischen Ergebnisse stets im Zustand der Vollbeschäftigung? Was würde z.B. in dem unwahrscheinlichen Fall geschehen, daß die Annahme der Vollbeschäftigung mit der Hypothese der Liquiditätsfalle verbunden würde? In Abb. 13.2. führt das Bestehen einer Liquiditätsfalle beim Zins i_1 zu einem Nachfrageüberhang von $Y_1 - Y^*$. Dadurch steigt das Preisniveau, und die LM-Kurve verschiebt sich nach links. Solange der Marktzins unter dem natürlichen Zins liegt, steigen die Preise weiter, so daß man schließlich annehmen muß, daß die LM-Kurve sich so weit verschiebt, bis die Liquiditätsfalle verlassen ist. Da das endgültige Gleichgewicht nicht erreicht wird, bevor sich die LM-Kurve nach LM_1 verschiebt, dürfen

[59] Zu diesen Ergebnissen gelangt D. Patinkin, «Keynesian Economics and the Quantity Theory», in K. K. Kurihara, ed., Post-Keynesian Economics, Rutgers University Press, New Brunswick, N. J., 1954.

wir annehmen, daß die Liquiditätsfalle eine Erscheinung ist, die lediglich in Depressionen auftritt. Bei Vollbeschäftigung kann die Nachfrage nach Geld kaum unendlich elastisch in bezug auf den Zinssatz sein – außer in dem praktisch unvorstellbaren Fall, daß der natürliche Zinssatz zufällig dem Zins der Liquiditätsfalle entspricht.

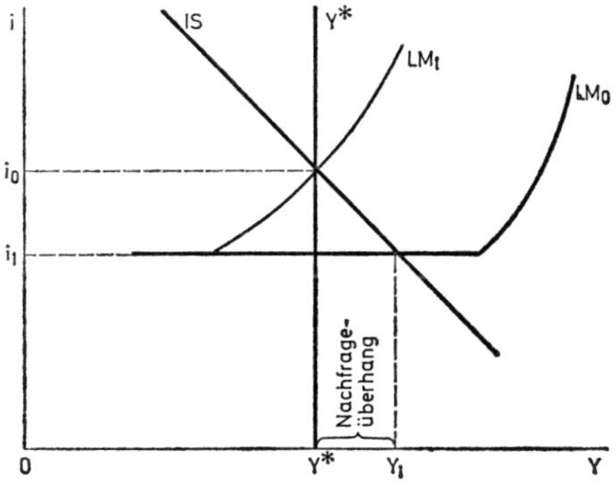

Abb. 13.2: Die Liquiditätsfalle und Vollbeschäftigung (alle Werte in realen Größen)

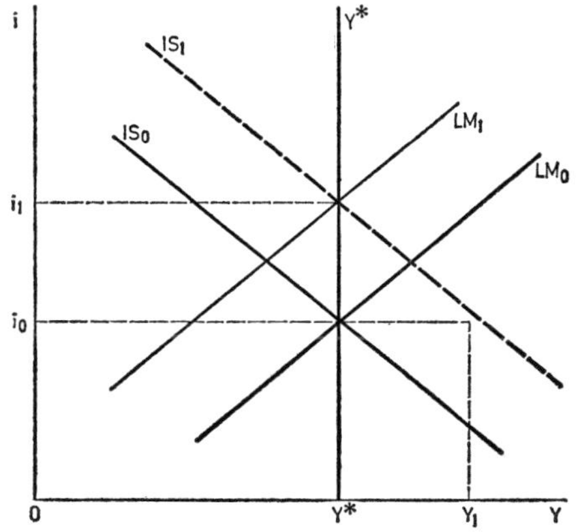

Abb. 13.3: Änderungen des natürlichen Zinssatzes (alle Werte in realen Größen)

Als nächstes wollen wir untersuchen, wie sich die Nachfrage nach Gütern und Dienstleistungen ändert, wenn die Sparneigung abnimmt, die Investitionen zunehmen oder die Staatsausgaben steigen. Wenn eine Erhöhung der Staatsausgaben die IS-Kurve in Abb. 13.3. von IS_0 nach IS_1 verschiebt, steigt der natürliche Zins auf i_1. Wenn der Marktzins i_0 beträgt, muß ein Nachfrageüberschuß nach Gütern in Höhe von $Y_1 - Y^*$ bestehen, so daß der Wettbewerb um das verfügbare Angebot die Preise steigen läßt und die LM-Kurve so weit nach links verschiebt, bis bei LM_1 der Marktzins mit dem neuen natürlichen Zins übereinstimmt.

In dem neuen Gleichgewicht hat das Realeinkommen das gleiche Niveau wie vorher – lediglich die Preise sind gestiegen. Die Zinssteigerungen setzen Geldbeträge aus der spekulativen Verwendung frei und ermöglichen es damit, das gleiche Ausmaß an realen Transaktionen mit dem gleichen nominalen Geldangebot bei gestiegenem Preisniveau zu finanzieren. Das Bestehen der Geldnachfrage aus dem Spekulationsmotiv eröffnet somit die Möglichkeit, daß eine steigende Investitionsnachfrage zu Preisniveauerhöhungen führen kann – eine Möglichkeit, die im klassischen Modell ohne spekulative Geldnachfrage nicht besteht[60].

In dem Vollbeschäftigungsmodell, in dem das Produktionsvolumen feststeht, lassen sich folgende vorläufige Schlußfolgerungen treffen:

1. Eine Ausweitung des Geldangebots wird eine proportionale Änderung des Preisniveaus hervorrufen, sofern der natürliche Zinssatz über dem Zins liegt, bei dem die Geldnachfrage unendlich elastisch ist.

[60] Zur Überprüfung dieser Ergebnisse und zur Ableitung der mengenmäßigen Veränderungen von Zinssatz und Preisniveau sei auf den Anhang zu diesem Kapitel am Ende des Buches verwiesen.

2. Der natürliche Zinssatz kann durch monetäre Einflüsse nicht verändert werden, denn er ist lediglich von der Lage der IS-Kurve in Beziehung zu dem Produktionsvolumen bei Vollbeschäftigung abhängig.

3. Das Preisniveau ist nur dann allein von dem nominalen Geldangebot bestimmt, wenn es keine Geldnachfrage aus dem Spekulationsmotiv gibt. Eine Verschiebung der Investitions- oder der Sparfunktion, eine Veränderung der Staatsausgaben oder der Besteuerung wird über Zinsänderungen die Spekulationskasse entweder erhöhen oder abbauen und damit die Transaktionskasse und das Preisniveau beeinflussen.

13. 3. Reale und monetäre Theorie des Zinses

Es scheint angebracht, der Frage weiter nachzugehen, wieso die Annahme der Vollbeschäftigung die Bestimmung des Zinssatzes so wesentlich verändert. Diese Frage steht darüber hinaus im Mittelpunkt eines mit aller Heftigkeit ausgetragenen Meinungsstreits, nämlich: Ist der Gleichgewichtszins allein durch reale Faktoren, wie der Produktivität von Investitionen und den Spargewohnheiten der Gesellschaft bestimmt, oder ist der Zins ein rein monetäres Phänomen?[61]

Traditionellerweise wird es als mehr oder weniger erwiesen angesehen, daß der Zinssatz durch reale Faktoren bestimmt ist und daß Einflüsse aus dem monetären Bereich nur in kurzfristigen Störungen bestehen, die den natürlichen – und damit gleichgewichtigen – Zinssatz nicht verändern können. Wir erinnern uns, daß der natürliche Zins die Nachfrage nach Gütern und Dienstleistungen mit dem Produktionsvolumen bei Vollbeschäftigung zur Übereinstimmung bringt. Da der natürliche Zins bei dem Schnittpunkt der IS-Kurve mit Y^* liegt, muß er von der Form der Investitionsfunktion und dem Sparvolumen bei Vollbeschäftigung abhängen. Da der natürliche Zins in der klassischen Theorie der einzig mögliche *gleichgewichtige* Marktzins ist und da er von der Kurve der Investitionsnachfrage und dem Sparangebot bei Vollbeschäftigung abhängt, wird er als ein «reales» Phänomen betrachtet, das von der «Produktivität» der Investitionen (die in der Gestalt der Investitionsfunktion zum Ausdruck kommt) und von der «Sparneigung» oder den Spargewohnheiten der Gesellschaft bestimmt wird.

[61] Die vollständigsten Ausführungen über die «reale» Zinstheorie finden sich bei Irving Fisher, The Theory of Interest, Kelley and Millman, Inc., New York, 1954. Während Fisher glaubte, daß einerseits die «Gegenwartsvorliebe», die eine Zinsprämie erfordert, wenn gegenwärtiger Verbrauch zurückgestellt werden soll, und andererseits die «Investierungsmöglichkeit» die entscheidenden Faktoren seien, betonte die sogenannte österreichische Schule, wie sie z.B. durch F. A. von Hayek, «The Mythology of Capital», Quarterly Journal of Economics, 50:199–228, 1936, vertreten wird, die Bedeutung des Sparens, und F. H. Knight, «Capital and Interest», Encyclopaedia Britannica, Vol. 4, pp. 779–801, 1946, legte wiederum entscheidenden Wert auf die Investitionen. Der allgemeine Gleichgewichtsansatz ist in der berühmten Schrift von J. R. Hicks, «Mr. Keynes and the Classics: A Suggested Interpretation», Econometrica, 5:147–159, 1937, enthalten und in interessanter Weise ausgelegt von H. M. Somers in «Monetary Policy and the Theory of Interest», Quarterly Journal of Economics, 55:488–507, 1941. Die Schriften von F. A. von Hayek, F. H. Knight, J. R. Hicks und H. M. Somers finden sich ebenso wie ein Beitrag von J. M. Keynes über seine eigene, rein monetäre Theorie in: Fellner and Haley, eds. for American Economic Association, Readings in the Theory of Income Distribution, McGraw-Hill Book Company, New York, 1946.

Im Gegensatz zu dieser Betrachtungsweise argumentiert Keynes wie folgt: Da die Vollbeschäftigung nur eine von vielen möglichen gleichgewichtigen Beschäftigungslagen darstellt, ist der natürliche Zinssatz in keiner Weise natürlich. Vielmehr ist der Zins ein monetäres Phänomen, das bestimmt wird durch den Schnittpunkt der Kurven des Geldangebots und der Geldnachfrage. Dieser Zinssatz ist darüberhinaus gleichgewichtig; wenn es keine Begründung dafür gibt, daß das ökonomische System automatisch zur Vollbeschäftigung zurückkehren soll, besteht mit demselben Recht kein Grund für die Annahme, daß der Marktzins sich dem natürlichen Zins angleicht.

Diese extremen Meinungen werden von denjenigen Autoren abgeschwächt, die die Bestimmung des Zinses als Angelegenheit der allgemeinen Gleichgewichtsanalyse betrachten und folglich die Meinung vertreten, daß der Gleichgewichtszins sowohl von realen als auch von monetären Faktoren abhängt.

Betrachten wir zunächst die reale Zinstheorie der Klassiker. Um etwas allgemeiner als bisher vorzugehen, wollen wir zunächst von der Möglichkeit ausgehen, daß das Sparen sowohl vom Zinssatz als auch vom Einkommensniveau abhängig sein kann. Ein Wirtschaftssubjekt dürfte wahrscheinlich eine starke Vorliebe für den gegenwärtigen gegenüber dem zukünftigen Verbrauch besitzen. Wenn es die Wahl hat, einen Dollar heute oder in einem Jahr zu erhalten, dann wird es, von steuerlichen Erwägungen einmal abgesehen, ziemlich sicher den Dollar sofort haben wollen. Um jemanden also von dieser Gegenwartsvorliebe für den Dollar abzubringen, müßte man ihm eine Prämie zahlen, die mindestens ebenso groß ist wie seine Grenzrate der Wertschätzung von Gegenwartsgütern im Vergleich zu Zukunftsgütern, d.h. einen Betrag, der den Nutzen eines heute empfangenen Dollars nicht größer werden läßt als den Nutzen desjenigen Betrages, den er nach einjähriger Ausleihe eines Dollars erhält. Man darf daher davon ausgehen, daß ein höherer Zinssatz ein Wirtschaftssubjekt eher veranlaßt, auf einen bestimmten Teil von Gegenwartskonsum zugunsten von Zukunftskonsum zu verzichten.

Auf dieser Basis können wir die Sparfunktion $S(i)_0$ in Abhängigkeit vom Zinssatz darstellen, wie dies in Abb. 13.4. geschieht, und dürfen annehmen, daß die Gesellschaft mit steigenden Zinssätzen zunehmend veranlaßt wird, ihr Sparvolumen zu erhöhen[62]. Dieser Sparfunktion stellen wir die in üblicher Form negativ geneigte

[62] Der gesamte Fragenkomplex, wie sich Zinsänderungen auf das Sparvolumen auswirken, ist ziemlich undurchsichtig. Es gibt keinen Beweis dafür, daß das Sparen von mäßigen Zinsänderungen wesentlich beeinflußt wird, wenngleich man aus naheliegenden Gründen annehmen darf, daß sich Zinsänderungen großen Ausmaßes auf das Sparen auswirken. Eine Schwierigkeit erwächst aus der Möglichkeit, daß unter der Annahme eines genügend hohen Zinssatzes für einzelne Wirtschaftssubjekte und für die Gesellschaft als Ganzes die Sparfunktion eine negative Steigung annehmen kann. Zu einem bestimmten Teil läßt sich das damit erklären, daß einige Wirtschaftssubjekte auf einen pauschalen zukünftigen Vermögensstand hinsparen. Wenn sich jemand das Ziel setzt, über einen Gesamtbetrag von 20.000 $ zu verfügen, wenn er sich mit 65 Jahren zur Ruhe setzt, wird ihm eine Zinserhöhung ermöglichen, einen geringeren jährlichen Betrag beiseite zu legen und dennoch das angestrebte Ziel zu erreichen. Während ein steigender Zinssatz ihn dazu veranlaßt, auf gegenwärtigen Konsum zugunsten von zukünftigem zu verzichten, wird in ähnlicher Weise die Zinserhöhung seine zukünftigen Einkommenserwartungen so verbessern, daß er heute weniger zu sparen geneigt sein mag. Daher besteht die Möglichkeit, daß bei genügend hohen Zinssätzen der *Einkommenseffekt* den *Substitutionseffekt* überwiegt und damit eine negative Steigung der Sparfunktion herbeiführt.

Investitionsfunktion I (i)0 gegenüber, in der die zukünftigen Ertragserwartungen neuer Investitionen zum Ausdruck kommen.

Bei gegebener Investitions- und Sparfunktion wird unmittelbar deutlich, daß der Gleichgewichtszins nur bei dem Satz i_0 liegen kann, bei dem sich beide Kurven schneiden. Wenn der geltende Marktzins zufällig bei i_1 liegt, sind die Sparer bereit, auf gegenwärtigen Konsum in Höhe von S_1 zu verzichten. Da die Investitionsnachfrage jedoch nur I_1 beträgt, entsteht ein überschüssiges Sparangebot, und der Zinssatz sinkt. Damit fällt einerseits das Sparangebot, und anderseits werden die Investitionsvorhaben, die bei i_1 marginal waren, nunmehr rentabel. Schließlich wird der Markt bei i_0 geräumt, wo der Gleichgewichtszins offensichtlich genau dem Satz entspricht, der die Grenzrate der Gegenwartsvorliebe dem Ertrag des letzten investierten Dollars angleicht. Halten wir fest, daß i_0 der oben dargestellte natürliche Zinssatz ist; die Aussage, daß sich Investieren und Sparen bei Vollbeschäftigung ausgleichen, entspricht völlig der Aussage, daß aggregierte Nachfrage und Produktionsvolumen bei Vollbeschäftigung einander gleich sind.

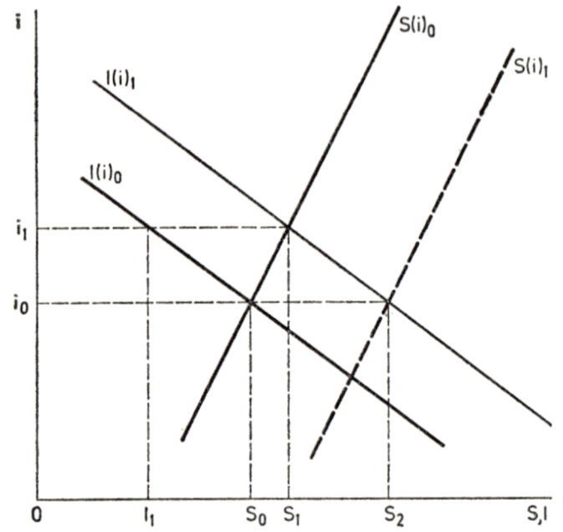

Abb. 13.4: Sparen, Investieren und natürlicher Zins (alle Werte in realen Größen)

Wenn eine neue Erfindung die Investitionsfunktion nach I (i)1 verschiebt, können die zur Anwendung dieser Erfindung erforderlichen Produktionsfaktoren in einer vollbeschäftigten Wirtschaft dadurch freigesetzt werden, daß die Sparer bereit sind, ihren gegenwärtigen Konsum einzuschränken und mehr zu sparen. Der Anreiz dazu liegt in den höheren Zinssätzen, die sich aus der Konkurrenz der Investoren um das verfügbare Sparangebot ergeben. In Abb. 13.4. veranlaßt die Zinssteigerung auf i_1 die Sparer, das Sparangebot um $S_1 — S_0$ zu erhöhen (und damit den Verbrauch im gleichen Umfang einzuschränken), so daß die Investition um den gleichen Betrag steigen kann.

Was würde aber geschehen, wenn sich die Investitionsfunktion verschöbe und gleichzeitig ungenutzte Ressourcen verfügbar wären? In diesem Fall brauchte der Zinssatz durch die Verschiebung der Investitionsfunktion überhaupt nicht zu steigen. Das Vorhandensein ungenutzter Ressourcen bedeutet, daß die Gesellschaft in keiner Weise veranlaßt werden muß, durch Konsumverzicht Ressourcen freizusetzen. Freie Produktionsfaktoren lassen sich einfach in den Produktionsprozeß einsetzen, indem Geldbestände genutzt werden, die bei Privaten oder beim Bankensystem frei verfügbar sind. Wenn dies geschieht, steigt das Einkommensniveau; und da das Sparen auch vom Einkommen abhängt, verschiebt sich die als Funktion des

Zinses dargestellte Sparfunktion nach rechts. Wenn sich in Abb. 13.4. die Sparfunktion nach S (i)$_1$ verschiebt, weil sich infolge gestiegener Investitionen das Einkommen erhöht hat, wird der Gleichgewichtszins nicht steigen.

Es mag zur Klärung der Zusammenhänge beitragen, wenn wir mit Horwich[63] feststellen, daß die Kurve der Investitionsnachfrage nichts anderes als das Angebot an neuen Wertpapieren darstellt und daß die Sparfunktion einfach die Nachfrage nach neuen Wertpapieren kennzeichnet. Vor der Erfindung waren Angebot an und Nachfrage nach neuen Wertpapieren bei i_0 ausgeglichen. Die Erfindung verschiebt die Investitionsfunktion nach I (i)$_1$ und erhöht damit das Angebot an neuen Wertpapieren. Wenn die Volkswirtschaft vollbeschäftigt ist, kann sich die Sparfunktion (die Nachfrage nach neuen Wertpapieren) nicht verschieben, so daß das erhöhte Angebot an neuen Wertpapieren deren Preise senkt und den Zinssatz erhöht. Wenn andererseits ungenutzte Ressourcen verfügbar sind, können sich die Investitions- und Sparfunktionen in gleichem Ausmaß verschieben, mit der Folge, daß sich auch Angebot an und Nachfrage nach neuen Wertpapieren in gleicher Höhe verschieben und der Zinssatz unverändert bleibt. Wenn sich der Zinssatz in dieser Situation dennoch ändert, kann sich das nur daraus ergeben, daß die Vermögensbesitzer durch das höhere Einkommensniveau veranlaßt werden, einige Wertpapiere zu verkaufen, um ihre Transaktionskasse aufzufüllen. Wir wollen jedoch festhalten, daß dies den Zinssatz lediglich dann verändert, wenn die Nachfrage nach Geld nicht vollkommen elastisch ist.

Welche allgemeinen Schlußfolgerungen lassen sich aus dem Gesagten ziehen? In Abb. 13.5. liegt der Schnittpunkt von IS_0 und LM_0 links von Y* bei i_0 und Y_0. Da in diesem Punkt Unterbeschäftigung besteht, kann die Ausbringungsmenge der Nachfrage angepaßt werden, so daß der Schnittpunkt ein allgemeines Gleichgewicht kennzeichnet. Wenn sich die IS-Kurve nach IS_1 verschiebt, erhöht sich das Einkommen auf Y_1, während der Zinssatz unverändert bleibt. Dies ist die Situation der Liquiditätsfalle, in der der Gleichgewichtszins durch den Satz dargestellt wird, bei dem die Nachfrage nach Geld vollkommen elastisch wird. Wenn sich die IS-Kurve weiter nach rechts verschiebt, bis sie IS_2 erreicht, erhöht sich erneut das Einkom-

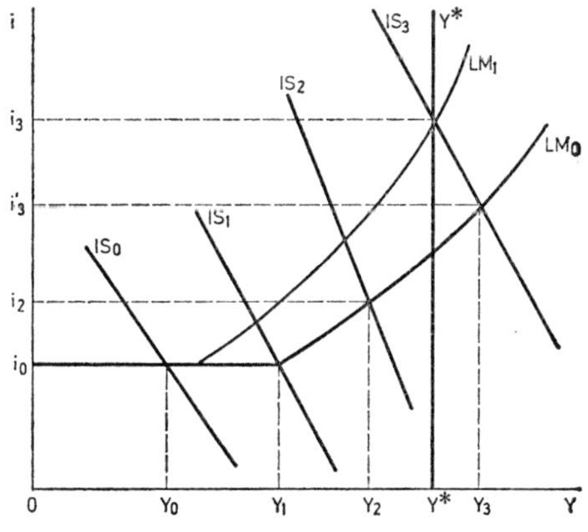

Abb. 13.5: Bestimmung des Gleichgewichtszinses (alle Werte in realen Größen)

[63] G. Horwich, «Money, Prices, and the Theory of Interest Determination», Economic Journal, 67:625-643, 1957.

mensniveau, doch ist die Erhöhung in diesem Fall von einem Steigen des Zinses auf i_2 begleitet. Hier ist die Liquiditätsfalle verlassen, und der Gleichgewichtszins liegt im Schnittpunkt der IS- und LM-Kurven. In diesem Bereich der LM-Funktion, in dem die Geldnachfrage in bezug auf den Zinssatz weder vollkommen elastisch noch unelastisch ist, wird der Zinssatz durch die gemeinsamen Gleichgewichte von Geld- und Gütermärkten bestimmt und kann sowohl durch monetäre Faktoren (eine Verschiebung der LM-Kurve) als auch durch reale Faktoren (eine Verschiebung der IS-Kurve) verändert werden.

Nehmen wir schließlich an, daß sich die IS-Kurve nach IS_3 verschiebt, so daß der Schnittpunkt von IS_3 und LM_0 rechts von dem Vollbeschäftigungseinkommen bei dem Zins i'_3 liegt. Da sich das güterwirtschaftliche Angebot nun nicht mehr der Nachfrage anpassen kann, muß sich das Preisniveau erhöhen und die LM-Kurve nach links verschieben. In dem endgültigen Gleichgewicht muß sich die LM-Kurve bis zu dem Punkt verschoben haben, in dem das monetäre Gleichgewicht vollkommen mit dem Gleichgewicht zwischen Güterangebot und -nachfrage übereinstimmt. Dabei muß der Zins i_3 bestehen, der bei Vollbeschäftigung Sparen und Investieren genau ausgleicht.

Man könnte argumentieren, daß die Keynes'sche Lösung (i_0) und die «allgemeine Gleichgewichts»-Lösung (i_2 bei Y_2) keine echten Gleichgewichtslösungen darstellten, da sie von Starrheiten in der Lohn-Preis-Struktur abhingen. Fehlten solche Starrheiten, dann müßten ungeräumte Märkte Preis- und Lohnsenkungen hervorrufen und damit den Realwert des Geldangebots erhöhen. Im Keynes'schen Falle hätte dies keine Auswirkungen auf den Zinssatz sowie auf das Investitions- und Einkommensniveau. Dadurch könnten jedoch die Märkte nicht geräumt werden, und der Druck auf Löhne und Preise würde so lange anhalten, bis sie sich schließlich gegen Null bewegten. Wie wir früher gesehen haben, lassen sich also Liquiditätsfalle und positive Löhne und Preise nur dann miteinander vereinbaren, wenn eine Lohn-Preis-Starrheit nach unten angenommen wird.

Der Fall, in dem der Gleichgewichtszins sowohl von realen als auch von monetären Faktoren bestimmt wird, hängt ebenfalls von der Annahme ab, daß die Lohn- und Preisstarrheit nach unten gegeben ist. Da Y_2 unter dem Vollbeschäftigungseinkommen liegt, bestehen ungeräumte Märkte. Wenn Löhne und Preise daraufhin sinken, muß der Realwert des Geldangebots steigen. Da die (Y_2, i_2)-Lösung in einem Bereich liegt, in dem die LM-Kurve eine positive Steigung aufweist, wird der erhöhte Realwert des Geldangebots den Zinssatz entweder bis zu dem Punkt sinken lassen, bei dem die Investitionen hinreichend ansteigen, um die Vollbeschäftigung wiederherzustellen, oder bis zu dem Punkt, bei dem die Geldnachfrage vollkommen elastisch wird (die LM-Kurve zur Horizontalen wird). Im ersten Fall wird im endgültigen Gleichgewicht der klassische natürliche Zins bei Vollbeschäftigung erreicht, im zweiten Fall der Zins, der in der Keynes'schen Liquiditätsfalle herrscht. Der Zinssatz i_2 kann also nur dann dauerhaft bestehen, wenn die Kosten und Preise hinsichtlich einer Senkung *absolut starr* sind.

13. 4. Vermögen und Zins

Für eine Volkswirtschaft, die an Unterbeschäftigung krankt, ist zusätzliches Sparen Gift, da es die aggregierte Nachfrage verringert und die Unterbeschäftigung verstärkt. In einer vollbeschäftigten Wirtschaft ist es dagegen gerade die Bereitschaft zu sparen, die Ressourcen dem laufenden Verbrauch abzieht und der kapazitätssteigernden Investition zufließen läßt. Gehen wir zurück in Abb. 13.4. und nehmen an, daß i_1 der natürliche Zins sei und Sparen und Investieren auf einem Niveau von S_1 stünden. Eine Änderung der Spargewohnheiten, derzufolge sich die Sparfunktion nach $S(i)_1$ verschöbe, würde den natürlichen Zins auf i_0 senken. Dies machte zusätzliche Investitionen rentabel und ließe die Wachstumsrate des Einkommens steigen[64]. Offenbar läßt sich also die Wachstumsrate des Einkommens erhöhen, wenn bei gegebener Investitionsfunktion die Sparer veranlaßt werden können, mehr zu sparen, weil damit der natürliche Zins gesenkt wird.

Das Vollbeschäftigungsmodell, das wir in diesem Kapitel untersucht haben, deutet an, daß die Geldpolitik keinen Einfluß auf den natürlichen Zins hat. Eine einmalige Ausweitung der Geldmenge wird zwar vorübergehend den Marktzins senken; doch wird der Zinssenkung eine Erhöhung des Preisniveaus gegenüberstehen, und der Marktzins wird sich wieder auf den ursprünglichen, natürlichen Satz einstellen. Daraus folgt, daß die für die Geldpolitik verantwortlichen Instanzen den Marktzins nicht dauerhaft unter dem natürlichen Zins halten können, es sei denn, sie wären bereit, fortwährend Inflation zu akzeptieren. Weiterhin folgt daraus, daß mit der Geldpolitik weder Investitions- noch Einkommensniveau erhöht werden können, ohne daß gleichzeitig das Preisniveau steigt.

Diese Schlußfolgerung ist von L. A. Metzler[65] angegriffen worden, der den Pigou-Effekt heranzieht, um zu zeigen, daß die Geldpolitik, indem sie das Vermögensniveau des privaten Sektors beeinflussen kann, auch das Sparvolumen verändern kann. Indem sie aber die Ersparnisse tangieren kann, vermag sie auch den natürlichen Zins zu beeinflussen. Und wenn dies der Fall ist, kann eine einmalige geldpolitische Maßnahme dauerhaften Einfluß auf das Investitionsniveau und die Wachstumsrate des Einkommens ausüben. Untersuchen wir Metzlers Argument im einzelnen.

Der Realwert des privaten Vermögens läßt sich definieren als die Summe der staatlichen Anleihen in der Hand des privaten Sektors plus dem Gegenwartswert der Kapitalerträge. Wenn das Vollbeschäftigungseinkommen Y^* beträgt und zu einem Teil α aus Körperschaftsgewinnen besteht, die sämtlich als Dividenden ausgeschüttet werden, beläuft sich der Realwert der Stammaktien auf

$$K' = \frac{\alpha Y^*}{i}$$ [66]

Wenn sich alle Stammaktien beim privaten Sektor befinden, wenn keine Staatsverschuldung zinsbringender Art und das gesamte Geld in Form von umlaufenden Zahlungsmitteln besteht, läßt sich der Realwert des privaten Vermögens W mit

[64] Die hier gemachte Aussage entspricht noch der traditionellen Wachstumstheorie. Wie wir in Kapitel 16 sehen werden, leugnet ein beträchtlicher Teil der modernen Theorie, daß die Wachstumsrate des Einkommens dauerhaft durch Änderungen des Sparvolumens beeinflußt werden kann.

[65] L. A. Metzler, «Wealth, Savings, and the Rate of Interest», Journal of Political Economy, 59:93–116, 1951.

[66] Der Anführungsstrich bei K' ist hinzugefügt, um K im Sinne des «Wertes von Kapitalbesitz» zu unterscheiden von dem K im Sinne von «Einheiten an Produktionsmitteln» in der Produktionsfunktion. Bei einer langfristigen Gleichgewichtsbetrachtung sind beide Größen gleich. Kurzfristig erhöht eine Zinssenkung den Realwert von K'. Das bedeutet jedoch nicht, daß die Volkswirtschaft in der Lage ist, das Produktionsvolumen auszuweiten.

$$W = \frac{\alpha Y^*}{i} + \frac{M}{p}$$

angeben.

Nehmen wir nun an, daß der Konsum eine steigende Funktion sowohl des Vermögens als auch des Einkommens sei. Dies würde bedeuten, daß

$$C = C(Y, W)$$

wäre. In Verbindung mit der Investitionsfunktion würde diese Konsumfunktion zu einer IS-Kurve in der Form

$$I(i) = Y - C(Y, W)$$

führen.

Da wir von Vollbeschäftigung ausgehen (indem wir Y bei Y^* fixieren), schließt die neue IS-Kurve ein, daß der Zinssatz eine Funktion der Vermögenshöhe ist. Wenn das Vermögen zunimmt, werden die Konsumenten ihre Verbrauchsausgaben erhöhen wollen. In einer vollbeschäftigten Wirtschaft kann der Verbrauch jedoch nur zunehmen, wenn die Investitionsnachfrage eingeschränkt wird, und das bedeutet steigende Zinssätze. Wir sehen also, daß der Zinssatz eine steigende Funktion des Vermögens ist.

Wir sind nunmehr in der Lage zu untersuchen, wie sich eine Ausweitung des Geldangebots auswirkt, die die Notenbank vornimmt, indem sie vom privaten Sektor Wertpapiere kauft. In Abb. 13.6. nehmen wir an, daß sich die Wirtschaft bei Vollbeschäftigung im Gleichgewicht befindet, das durch den Zins i_0 und das Einkommen Y^* gekennzeichnet ist. Gehen wir nun davon aus, daß die Zentralbank durch Wertpapierkäufe das Geldangebot erhöht. Die LM-Kurve verschiebt sich nach rechts, und der Zinssatz fällt auf i_1. Bei diesem Zins besteht jedoch ein Nachfrageüberhang in Höhe von $Y_1 - Y^*$, so daß das Preisniveau und der Zinssatz steigen. Die LM-Kurve beginnt, sich nach LM_0 zurückzuverschieben.

Bei der in Abschnitt 13.2. durchgeführten Untersuchung hätte sich die LM-Kurve den ganzen Weg bis zu LM_0 zurückverschieben müssen, bis das Gleichgewicht wiederhergestellt worden wäre. Nun, da der Konsum vom Vermögen abhängt, wird dies nicht geschehen. Um jedoch zu zeigen, warum dies nicht der Fall ist, wollen wir hypothetisch davon ausgehen, daß sie sich tatsächlich nach LM_0 zurückverschöbe.

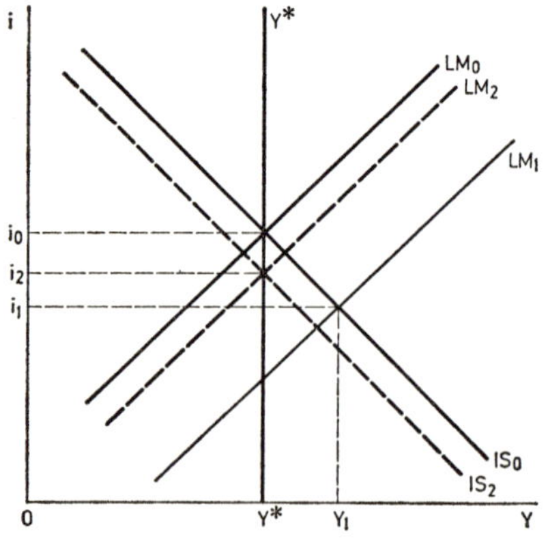

Abb. 13.6: Vermögen und natürlicher Zins (alle Werte in realen Größen)

Wenn sich die LM-Kurve nach LM_0 zurückverschiebt, erreicht der Zinssatz wieder sein ursprüngliches Niveau, und dies bedeutet, daß jede im privaten Sektor befindliche Stammaktie wieder den gleichen Wert wie vor der Offenmarkt-Operation hat. Darüberhinaus schließt die Verschiebung nach LM_0 ein, daß sich das Preisniveau genau proportional zu der Geldmengenausweitung erhöht hat. Folglich ist der Realwert des Geldangebots der gleiche wie vor der Offenmarkt-Operation. Dies muß jedoch bedeuten, daß der private Sektor ärmer geworden ist. Der Realwert seines Geldbestandes ist der gleiche, ebenso wie der Realwert jeder *einzelnen Einheit* an Stammkapital; aber die *Zahl* der Kapitaleinheiten im Besitz des privaten Sektors ist kleiner als zuvor.

Diese Überlegungen schließen eine Verschiebung der IS-Kurve ein, da die Senkung des Vermögensniveaus die Konsumausgaben fallen läßt. Wenn die Vollbeschäftigung erhalten bleiben soll, müssen Investitionserhöhungen den Ausfall der Verbrauchsnachfrage kompensieren, und dies bedeutet, daß der Zinssatz, bei dem IS die vertikale Y^*-Linie schneidet, sinken muß. In Abb. 13.6. dürfte das endgültige Gleichgewicht irgendwo in der Höhe von i_2 liegen. Die LM-Kurve verschiebt sich zurück, aber nicht nach LM_0, sondern nach LM_2; und infolge des veränderten Vermögensniveaus verschiebt sich die IS-Kurve nach IS_2. Die geldpolitischen Instanzen können offensichtlich doch den natürlichen Zins verändern. Und es sieht so aus, als könne durch Geldpolitik das Wachstum beschleunigt werden, ohne daß Inflation hervorgerufen würde.

Metzlers Argument ist wahrscheinlich falsch; auf jeden Fall ist es unvollständig. Nehmen wir an, das Geldangebot werde ausgeweitet, indem aus Flugzeugen neugedruckte Geldscheine abgeworfen würden. Wenn wir die Tatsache unberücksichtigt lassen, daß dadurch das verfügbare Einkommen vorübergehend erhöht würde, dann wäre diese Ausweitung der Geldmenge nicht von einem Transfer gewinnbringender Anlagen begleitet. Folglich würde eine der Geldmengenausweitung proportionale Preisniveausteigerung den Realwert des privaten Vermögens und daher den natürlichen Zins unverändert lassen.

Die vorangegangene Argumentation legt nahe, daß weniger die Ausweitung des Geldangebots darüber entscheidet, was mit dem natürlichen Zins geschieht, sondern daß viel wesentlicher ist, ob – gemessen am Realwert – Vermögensbestände dauerhaft vom privaten Sektor zum Staat umgeschichtet worden sind oder nicht. Um die Untersuchung zu vervollständigen, müssen wir die alternativen Verwendungsmöglichkeiten für das vom Staat neu erworbene Vermögen betrachten.

Der private Sektor ist ärmer als zuvor, weil dem Staat nun Dividenden zufließen, die vorher der private Sektor empfangen hat. Der wahre Inhalt dieser Politik besteht also praktisch in der Einführung einer proportionale Gewinnsteuer. Wenn der Staat diese Einkünfte wieder verausgabt, verschiebt sich die IS-Kurve nach oben, und der natürliche Zins steigt wieder. Wenn der Staat die Dividenden dagegen in Form von Steuersenkungen dem privaten Sektor zurückgibt, werden Einkommen und Vermögen dieses Sektors wieder das ursprüngliche Niveau erreichen, und der ursprüngliche natürliche Zins wird sich wieder einstellen. Damit scheint der traditionelle Standpunkt, nach dem die Geldpolitik den natürlichen Zins nicht beeinflussen kann, dennoch richtig zu sein.

Der Leser mag ein wenig enttäuscht darüber sein, daß ein ganzer Abschnitt scheinbar damit vertan wird, einen Vorschlag nur zu dem Zweck weiterzuverfolgen, ihn abzulehnen. Der Sinn dieser Übung besteht jedoch darin zu zeigen, daß man unbedingt unterscheiden können muß, ob eine bestimmte politische Maßnahme der

Geldpolitik, der Finanzpolitik oder beiden zugehört. Das Ergebnis von Metzler im vorliegenden Fall ist vergleichbar mit der Situation, in der die Geldmenge ausgeweitet und gleichzeitig die Steuern erhöht werden (wobei stets zu bedenken ist, daß wir nur für den Fall der Vollbeschäftigung argumentieren). Die schließlich eingetretene Zinssenkung erfolgte aufgrund der fiskalischen, nicht der monetären Wirkung der Maßnahme.

14. Internationale Aspekte der makroökonomischen Theorie

14. 1. Einleitung

Um einen wohlausgewogenen Überblick über die Grundlagen der makroökonomischen Theorie und Politik zu erlangen, müssen wir untersuchen, wie sich von außen kommende Einkommensänderungen auf das Einkommensniveau der heimischen Wirtschaft auswirken, und umgekehrt. Es ist das Anliegen dieses Kapitels, einen kurzen Überblick über die wesentlichen internationalen Aspekte der gesamtwirtschaftlichen Analyse zu geben und ihre Folgen für die heimische Stabilitätspolitik zu betrachten[67].

Man darf wohl sagen, daß noch bis in die jüngste Zeit hinein amerikanische Nationalökonomen die Wirtschaft der Vereinigten Staaten als «geschlossen» betrachtet haben. Da der Bruchteil unserer nationalen ökonomischen Aktivität, die auf den Austausch von Gütern und Dienstleistungen mit anderen Nationen gerichtet ist, in Relation zum gesamten BSP so gering ist, erschien es durchaus vernünftig, die Auslandseinflüsse zu vernachlässigen und für die anstehenden praktischen Aufgaben davon auszugehen, daß die Volkswirtschaft isoliert sei. Die Geschehnisse seit den frühen und mittleren 50er Jahren haben uns zunehmend veranlaßt, diese Anschauung zu ändern. Heute wird allgemein akzeptiert, daß einer der Gründe, aus denen die Regierung abgeneigt war, ein vollständiges Programm zur Überwindung der Unterbeschäftigung während der 60er Jahre zu beginnen, darin bestand, daß jede auf dieses Ziel gerichtete Aktion unsere Zahlungsbilanzprobleme zum Vorschein kommen lassen würde. Es wurde schmerzhaft deutlich, daß internationale wirtschaftliche Entwicklungen tiefe Auswirkungen auf die heimische Wirtschaft haben, obwohl der Außenhandel für die Vereinigten Staaten gegenüber anderen Ländern von vergleichsweise geringer Bedeutung ist. Weiterhin ist klar, daß internationale wirtschaftliche Entwicklungen den verschiedenen wirtschaftspolitischen Zielsetzungen, die national verfolgt werden, schwerwiegende Beschränkungen auferlegen. Unglücklicherweise steht die Notwendigkeit, die internationalen Konten auszugleichen, häufig der Verfolgung gerade jener Maßnahmen entgegen, die unter binnenwirtschaftlicher Zielsetzung am dringlichsten sind.

Seit den frühen 50er Jahren litten die Vereinigten Staaten an einem Problem, das unterschiedlich als «Zahlungsbilanzdefizit», «Goldabfluß» oder «Dollarproblem» bekannt wurde. Alle diese Bezeichnungen besagen, daß wir nicht in der Lage waren, als Gegenleistung für unsere Verkäufe an das Ausland und durch Investitionen von

[67] Unter den vielen ausgezeichneten allgemeinen Diskussionen über dieses Gebiet vgl. insbesondere L. A. Metzler, «The Theory of International Trade», in H. S. Ellis, ed. for American Economic Association, A Survey of Contemporary Economics, Vol. 1, Chap. 6, Richard D. Irwin, Inc., Homewood, Ill., 1949; T. C. Schelling, International Economics, Parts III and IV, Allyn and Bacon, Inc., Boston, 1958; und C. P. Kindleberger, International Economics, Chap. 4 and Part IV, Richard D. Irwin, Inc., Homewood, Ill., 1953.

Ausländern in den Vereinigten Staaten genügend Devisen zu erhalten, um den Dollarbetrag auszugleichen, den wir im Ausland für Importe, Auslandsinvestitionen sowie wirtschaftliche und militärische Hilfe ausgegeben haben. Diese Situation wirkte sich letztlich darin aus, daß ständig mehr Dollars aus den Vereinigten Staaten abgeflossen als Devisen eingeflossen sind. Wenn wir uns vorstellen, wir versuchten, am Ende einer bestimmten Rechnungsperiode die Konten auszugleichen, so würden wir feststellen, daß die ausländischen Staaten, nachdem sie Dollars im Tausch gegen Pfund, DM oder sonstige Währungen in die Vereinigte Staaten transferiert hätten, dennoch über einen Dollarbestand verfügten, der höher wäre als zu Beginn der Rechnungsperiode.

Wenn ein deutscher Exporteur Dollars verdient, kann er diese bei seiner Bank in DM umtauschen. Die Bank kann, sofern ihre Vorräte an heimischem Geld erschöpft sind, zur Zentralbank gehen und jeden überschüssigen Dollarbetrag in heimische Währung eintauschen. Da diese Dollars von Drittländern als Zahlungsmittel angenommen werden, kann sich die Zentralbank entscheiden, die Dollars als «internationale Reserve» zu halten. Wenn die Zentralbank andererseits meint, überschüssige Dollarbestände zu haben, kann sie vom Schatzamt der Vereinigten Staaten verlangen, die Dollars im Umtausch gegen DM zurückzukaufen. Wenn das Schatzamt schließlich knapp ist an DM, an Devisen, wie Bestände an Auslandsgeld genannt werden, muß das Schatzamt die Dollars im Tausch gegen Gold zurückkaufen. Wenn dies in einem ständigen Prozeß erfolgt, dann leiden wir an einem sogenannten «Goldabfluß».

Bevor wir uns mit den verwickelten Zusammenhängen der internationalen Geldwirtschaft befassen, müssen wir zunächst den internationalen Handel in den Rahmen des nationalen gesamtwirtschaftlichen Rechnungswesens einbringen und die Bedingungen für das nationale Einkommensgleichgewicht ausweiten. Unter Einbeziehung des Außenhandels läßt sich das reale NSP als

$$Y = C + I_n^i + G + (X - M)$$

definieren, wobei X — M die Differenz zwischen Güterexporten X und Güterimporten M darstellt. Ein positiver Exportsaldo erhöht das Einkommen in gleicher Weise wie eine Zunahme der Investitionen. Wie bisher gilt für die Einkommensverwendung

$$Y = C + S + T$$

Wenn wir für die realisierte Investition I_n^i die geplante Investition I einsetzen und die beiden vorausgegangenen Ausdrücke gleichsetzen, erhalten wir die Gleichgewichtsbedingung

$$I + G + X = S + T + M$$

die, wie stets, bedeutet, daß die Einkommensabflüsse die Zuflüsse ausgleichen müssen. Exporte stellen, ebenso wie Investitionen und Staatsausgaben, Zuflüsse zum heimischen Einkommensstrom dar, während Importe, wie Ersparnisse und Steuern, als Abflüsse gelten.

14. 2. Devisenangebot und -nachfrage

Die Verzweigtheiten der internationalen Geldwirtschaft lassen es sinnvoll erscheinen, das Problem in formaler Weise anzugehen. Stellen wir uns vor, die Welt bestünde aus den zwei Ländern A und B, wobei wir uns A als das «heimische» Land und B als den «Rest der Welt» denken, und nehmen wir an, daß die betreffenden nationalen Währungen auf Alphas und Betas lauteten. Land A soll einen bestimmten Betrag an Betas erhalten aus seinen Verkäufen von Gütern und Dienstleistungen an Land B, aus Investitionen, die Staatsangehörige von B in A vornehmen, und durch die Repatriierung von Investitionserträgen, die Staatsangehörige von A in B erzielen. Wir können die Summe all dieser Erträge als «Angebot an Betas» bezeichnen oder, wie es üblich ist, als «Angebot an Devisen». Da A ebenfalls Käufe und Investitionen in B vornehmen will und da Einwohner von B ihre in A erzielten Gewinne aus Investitionen transferieren wollen, entsteht eine Nachfrage nach der Währung von B. Betrachten wir nun die Abb. 14.1., in der die Angebots- und Nachfragekurven für Betas dargestellt sind. Die Menge der Betas ist auf der horizontalen Achse abgetragen, während der Preis der Betas, ausgedrückt in Alphas – dem Wechselkurs, wie dieses Verhältnis genannt wird, – auf der vertikalen Achse gemessen wird. Der Wechselkurs wird durch das Symbol π dargestellt.

Wenn der Preis der Alphas relativ zu dem Preis der Betas sinkt, steigt π, und wir sagen, daß B's Währung im Wert gestiegen ist, während A's Währung im Wert gesunken oder «abgewertet» ist. Wenn eine solche Änderung eintritt, müssen die Einwohner von A eine größere Zahl von Alphas abgeben, um eine gegebene Menge von Betas zu erhalten, und dies wirkt sich darin aus, daß die Güter von B für die Einwohner von A teurer werden, selbst wenn sich die heimischen Preise der B-Güter nicht geändert haben sollten. Die Folge dürfte sein, daß die Preiserhöhung der Betas die Nachfrage nach Betas einschränkt und wir daher annehmen dürfen, daß A's Nachfragekurve nach Devisen negativ geneigt ist.

Auf der anderen Seite des Marktes bedeutet der relative Preisanstieg für Betas gegenüber Alphas, daß die Einwohner von B wenig Betas für eine bestimmte Menge Alphas hergeben müssen, wodurch A's Güter, ausgedrückt in Betas, billiger werden (selbst wenn sich die heimischen Alpha-Preise nicht ändern). Folglich dürfen wir er-

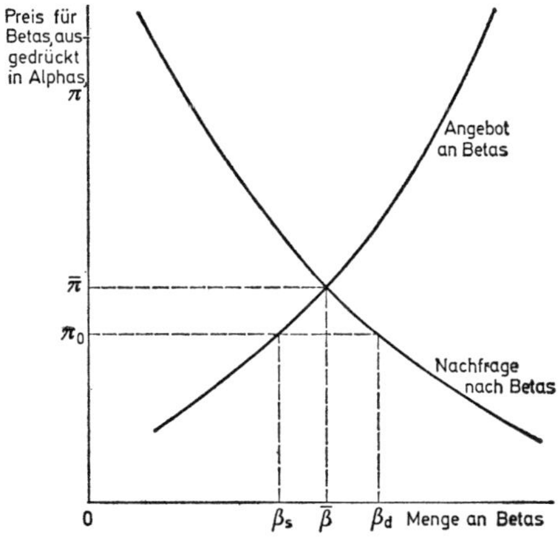

Abb. 14.1: Nachfrage und Angebot auf dem Devisenmarkt

warten, daß die Importnachfrage von B steigt, und dies ist gleichbedeutend damit, daß die A angebotene Betamenge mit steigendem Preis der Betas zunimmt. Die Kurve des Devisenangebots an A darf daher als positiv geneigt angenommen werden[68].

Gehen wir nun davon aus, daß keine Regierung irgendeines Landes auf dem Devisenmarkt interveniere. Unter dieser Annahme wäre der Wechselkurs «flexibel» oder «frei schwankend», und der Markt käme tendenziell bei $\bar{\pi}$ und $\bar{\beta}$ ins Gleichgewicht, wobei die Querstriche Gleichgewichtswerte andeuten. Folglich würden Nachfrage nach und Angebot an Betas ausgeglichen, und es könnte sich in diesem Falle kein Defizit oder Überschuß in der Zahlungsbilanz ergeben, da Wechselkursschwankungen derartige Defizite oder Überschüsse ausräumen würden. Da schließlich die Nachfrage nach Betas das Spiegelbild des Angebots an Alphas ist, muß ein Gleichgewicht auf dem Markt für Betas gleichzeitig bedeuten, daß auch der Markt für Alphas im Gleichgewicht ist.

In praxi arbeiten die Devisenmärkte jedoch nicht in der Weise, daß die Wechselkurse zu jeder Zeit ihre Marktwerte erreichen können. Statt dessen fixieren die Länder A und B den Wert ihrer Währungen, indem sie ihn an eine bestimmte Gewichtseinheit des Goldes binden. Damit setzen sie aber automatisch auch das Wertverhältnis ihrer Währungen zueinander fest. Die daraus resultierenden «offiziellen» Wechselkurse können mit den Kursen, die sich unter freien Marktbedingungen bilden würden, übereinstimmen oder auch nicht. Es ist indessen wahrscheinlich, daß offizieller Kurs und freier Marktkurs auseinanderfallen. Wenn dies der Fall ist, entstehen Zahlungsbilanzdefizite und -überschüsse, und wenn eine Währung gegenüber einer anderen langfristig über- oder unterbewertet ist, sind Schwierigkeiten größeren Ausmaßes zu erwarten.

Betrachten wir noch einmal Abb. 14.1. und nehmen an, der offizielle Kurs sei bei π_0 festgesetzt. Bei diesem Kurs sind die Betas, ausgedrückt in Alphas, unterbewertet, mit der Folge, daß ein dauerhafter Nachfrageüberhang nach Betas und spiegelbildlich ein Angebotsüberschuß an Alphas besteht. Die Marktkräfte würden den Preis der Betas relativ zum Preis der Alphas ansteigen lassen. Wenn der offizielle Kurs gehalten werden soll, müssen die Regierungen eingreifen. Wenn verhindert werden soll, daß der Nachfrageüberhang nach Betas (β_d — β_s) den Preis für Betas in die Höhe treibt, muß irgendeine Institution gewillt sein, die Lücke zu schließen, indem sie die erforderliche Betamenge auf dem Markt bereitstellt.

Das Schließen solcher Nachfrage- und Angebotslücken ist genau das, was die Zentralbanken in dem bestehenden internationalen Währungssystem anstreben. Wenn die Zentralbank des Landes A gewillt und fähig ist, Betas zu einem festgesetzten Preis gegen Alphas zu verkaufen, wird jede Tendenz zur Preissteigerung der Betas unterbunden, da die Besitzer von Alphas bei A's Zentralbank jederzeit Betas zum offiziellen Kurs kaufen können.

Selbst wenn A's Zentralbank gewillt sein mag, Betas zum offiziellen Kurs zu verkaufen, wird sie möglicherweise nicht immer dazu imstande sein. Sie würde es sicher nicht können, wenn die offizielle Politik die Betas andauernd unterbewertete, da die permanente Notwendigkeit, die überschüssige Nachfrage nach Betas zu befriedigen, eventuell A's Bestand an Gold und Devisen erschöpfen könnte. Was kann Land A tun, um diesem Abstrom zu begegnen?

[68] Die Tatsache, daß die Angebotskurve nicht immer positiv geneigt sein muß, und die möglichen Folgen dieses Umstandes sind Gegenstand späterer Betrachtungen.

Wenn A nichts unternimmt, bis die Reserven ernstlich knapp werden, können die Spekulanten mit Recht vermuten, daß eine Veränderung des offiziellen Kurses unvermeidlich ist. Die Besitzer von Alphas werden die Abwertung der Alphas vorwegnehmen und versuchen, ihre Bestände vor der erwarteten Abwertung in Betas umzutauschen. Dadurch steigt der Nachfrageüberhang nach Betas, mit der Folge, daß A's Devisenreserven noch eher erschöpft sein werden. Das System der fixierten Wechselkurse scheint daher gefährlich instabil zu sein.

Um einen «Sturm auf das Pfund» oder auf den Dollar oder auf Alphas zu vermeiden, wird die betroffene Regierung üblicherweise nach Mitteln suchen, den Gold- und Devisenabfluß zu stoppen, bevor die Lage bedrohlich wird. Betrachten wir die möglichen Maßnahmen. Die Abb. 14.2. entspricht mit wenigen Ergänzungen der Abb. 14.1. Wenn Land A darauf besteht, den offiziellen Kurs zu halten, muß es entweder seine Reserven erschöpfen oder sich ein Mittel einfallen lassen, um die Nachfragekurve nach Betas nach links (z.B. von D_0 nach D_1) und/oder die Angebotskurve nach rechts zu verschieben. Es bestehen verschiedene Möglichkeiten, dies zu erreichen. Zunächst könnte Land A eine deflatorische Finanzpolitik betreiben. Wenn z.B. die Steuern erhöht werden, muß das Konsumniveau in A sinken. Da ein Teil der Konsumgüter importiert wird und einige der im Inland hergestellten Güter importierte Materialien enthalten, sinkt die Nachfrage nach Importen, und die Nachfragekurve nach Devisen verschiebt sich nach links. Ein Weg, Zahlungsbilanzprobleme zu lösen, scheint also darin zu bestehen, durch Finanzpolitik die Inlandsausgaben zu verringern.

Eine Nebenwirkung der deflatorischen Finanzpolitik ist die, daß in Land A die Preise sinken oder, wenn ein allgemeiner, weltweiter Inflationstrend besteht, sie in A langsamer steigen als in B. Dadurch werden A's Güter für die Einwohner von A im Vergleich zu Importen attraktiver, so daß die Devisennachfrage eingeschränkt wird. Gleichermaßen werden A's Güter auch für die Bewohner von B vergleichsweise interessanter, womit sich tendenziell das Devisenangebot erhöht. Wenn mit dieser Politik ferner die Kosten in A im Vergleich zu den Kosten in B gesenkt werden, könnten die Unternehmen in A es für rentabler halten, im Inland Exportgüter herzustellen, statt in B eine überseeische Filiale zu gründen, so daß das Niveau von Investitionen, die Einwohner von A in B durchführen, abnimmt, während für die Unternehmen im Land B der umgekehrte Fall eintreten könnte.

Zweitens könnte Land A eine restriktive Geldpolitik verfolgen, um die Nachfrage- und Angebotskurven für Devisen zu verschieben. Aufgrund einer derartigen

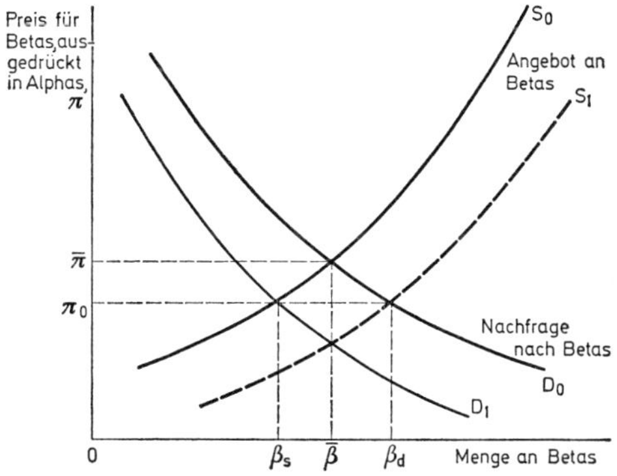

Abb. 14.2: Abbau eines Nachfrageüberhangs nach Devisen

Politik würden die Zinssätze in A steigen, womit es für die Einwohner beider Länder lohnender wäre, ihre Mittel auf den Geld- und Kapitalmärkten des Landes A zu investieren. Es wäre folglich eine Zinsdifferenz zu erwarten, die einen Kapitalfluß nach A hervorrufen und den Druck auf A's Devisenreserven mildern würde.

Der Leser wird zweifellos schon selbst festgestellt haben, daß keine der genannten Maßnahmen sehr verlockend ist. Deflatorische Finanzpolitik senkt Einkommen und Beschäftigung in A und ist daher eindeutig unerwünscht. Restriktive Geldpolitik hat tendenziell die gleiche Wirkung, und da eine derartige Politik in erster Linie über Einschränkungen der Investitionen wirksam wird, kann sie die Zunahme des Kapitalstocks und die Wachstumsrate senken. Wenn dadurch aber die Zuwachsrate der Produktivität verringert wird, kann sich diese Politik langfristig dahin auswirken, daß die Wettbewerbsfähigkeit von A zunehmend verschlechtert und die Zahlungsbilanzprobleme verschärft werden.

Ein weiterer unbefriedigender Aspekt des internationalen Währungssystems, wie es sich seit dem II. Weltkrieg entwickelt hat, besteht darin, daß Zahlungsbilanzprobleme fast ausschließlich als eine Sache der Defizitländer betrachtet werden, die «ihr Haus sauber zu halten hätten». Zahlungsbilanzungleichgewichte sind indessen ein Problem, das alle Länder angeht. In einer rationalen Welt würde Land B unbegrenzte Überschüsse nicht zulassen, aus dem einfachen Grund, weil es damit fortwährend mehr Güter und Dienstleistungen an A abgibt als es von A erhält. Es sollte daher im Interesse beider Länder liegen, dem Ungleichgewicht ein Ende zu bereiten. In der Praxis wird jedoch B A bei der Bewältigung des Problems kaum unterstützen, weil es damit in einem bestimmten Ausmaß einen inländischen Preisauftrieb erlaubte und seinen eigenen Exporteuren freiwillig einen Wettbewerbsnachteil auferlegte. Die Bevölkerung von B wäre besser gestellt, wenn A nicht fortwährend geholfen würde; die Unternehmungen in B würden indessen weniger Gewinne machen, und es ist wohl die letztere Überlegung, die im allgemeinen die Richtung der Politik beeinflußt.

Indem die Bürde der Anpassung gänzlich auf die Schultern von A gelegt wird, muß A in einem größeren Ausmaß Unterbeschäftigung und Deflation hinnehmen, als dies andernfalls erforderlich wäre; aufgrund dieser asymmetrischen oder einseitigen Ausrichtung des gegenwärtigen Systems glauben viele Nationalökonomen, daß es einen deflatorischen Trend in die Weltwirtschaft hineinbringe.

Um die Deflation zu vermeiden, könnte Land A drittens versuchen, die Lücke zwischen Devisennachfrage und Devisenangebot mithilfe restriktiver Handelspolitik zu schließen. Land A könnte einen Zoll auf die Güter von B erheben; es könnte Importquoten festsetzen; es könnte die Exporte subventionieren; es könnte diskriminierende Steuern auf die überseeischen Erträge seiner Einwohner erheben; es könnte für die Verwendung bestimmte Alphabeträge Beschränkungen festlegen; und es könnte das Defizit auf seine Außenpolitik einwirken lassen, indem es etwa eine Minderung oder Nicht-Weitergewährung von Auslandshilfe und eine Einschränkung militärischer Verpflichtungen bestimmte. Die meisten Nationalökonomen lehnen den Rückgriff auf restriktive Maßnahmen ab, weil diese den freien Strom von Ressourcen, Gütern und Dienstleistungen sowie des Kapitals beeinträchtigen und daher zu einer ineffizienten Allokation der Ressourcen führen und weltweit das Realeinkommen verringern. Darüberhinaus sind die Maßnahmen in der Tat versteckte Formen einer selektiven Abwertung, und weil sie selektiv und diskriminierend sind, stören sie die Faktorallokation und beeinträchtigen die wirtschaftliche Effizienz. Die heimischen Produzenten werden dem internationalen Wettbewerb entzogen, das Kapital wird daran gehindert, dorthin zu strömen, wo es die höchste

Produktivität erzielt, und den Konsumenten wird der Zugang zu besseren und billigeren Auslandsgütern verwehrt.

Fassen wir zusammen: Wir haben festgestellt, daß ein System fixierter Wechselkurse zur Instabilität tendiert, weil es zur Spekulation ermutigt, die die Zahlungsbilanzungleichgewichte vergrößert. Zweitens kann dieses System einzelne Länder veranlassen, geld- oder finanzpolitische Maßnahmen zu ergreifen, die im Hinblick auf das Vollbeschäftigungsziel unerwünscht sind. Drittens bringt das System tendenziell einen deflatorischen Zug in die Weltwirtschaft, weil es die Last der Anpassung gänzlich auf die Schultern des Defizitlandes legt. Schließlich ermuntert das System zur Anwendung restriktiver Maßnahmen, die Güter- und Faktorströme einschränken. Diese Maßnahmen lassen die Produktivität sinken, führen zur Fehlallokation von Ressourcen und verringern damit Realeinkommen und Wohlstand.

Bei all diesen Nachteilen fragt man sich, warum die Zentralbank von A nicht einfach aufhört, Gold und Devisen zu einem festen Kurs zu verkaufen, und stattdessen nicht einfach den Wechselkurs freigibt[69]. Die Zahl der Nationalökonomen, die dies für die einzig sinnvolle Möglichkeit halten, scheint in der Tat zu steigen. Bevor wir jedoch die Alternativen eingehend prüfen können, sollten wir noch etwas intensiver auf die Theorie des Zahlungsbilanzausgleichs bei festem Wechselkurs eingehen und untersuchen, wie sich bei festen und flexiblen Wechselkursen geld- und finanzpolitische Maßnahmen auf die Erhöhung des Einkommensniveaus auswirken.

14. 3. Automatische Ausgleichsmechanismen bei festen Wechselkursen

Das Bild muß indessen bei festen Wechselkursen nicht ganz so trübe sein, wie es im letzten Abschnitt gezeichnet wurde. Denn Zahlungsbilanzungleichgewichte setzen Gegenkräfte frei, die dahin tendieren, Defizite und Überschüsse automatisch zu beseitigen. Nehmen wir z.B. an, die Zahlungsbilanz befinde sich ursprünglich im Gleichgewicht und gerate dann ins Defizit, weil sich infolge veränderter Konsumgewohnheiten in Land A die Nachfragekurve nach Devisen nach rechts verschiebt. Das daraus folgende Ungleichgewicht der Handelsbilanz wird durch eine Kapitalbewegung finanziert, die das inländische Geldangebot in A verknappt und das inländische Geldangebot in B erhöht. Als Folge werden die Zinssätze in A steigen und in B sinken, und das Zinsgefälle wird einen Rückstrom des Kapitals einleiten, der die erhöhte Nachfrage nach Betas tendenziell durch ein gesteigertes Angebot an Betas ausgleicht.

Indessen ist noch ein anderer, womöglich wesentlich bedeutenderer Mechanismus am Werk. Mit den Exporten erhöht sich in B auch das Einkommensniveau,

[69] Natürlich braucht man zur Flexibilität zwei. Wenn Land B den bestehenden Wechselkurs beibehalten will, kann es dies durch Stützungsmaßnahmen erreichen. Da seine Währung jedoch unterbewertet ist, müßte es unbegrenzt weiter Alphas anhäufen, und es würde mit einer derartigen Politik letztlich nichts gewinnen. Inzwischen steht A nicht mehr unter Druck, da es nicht mehr die überschüssige Nachfrage nach Betas befriedigen muß, weil es diese Aufgabe den monetären Instanzen von B aufgebürdet hat. A ist darüberhinaus in einer optimalen Lage. Mit dem überbewerteten Wechselkurs kann es sich nicht nur einen Importüberschuß leisten, der nichts anderes bedeutet, als daß A von B subventioniert wird, indem es mehr an Gütern und Dienstleistungen erhält, als es durch seine Exporte bezahlt. Dieser Wechselkurs schließt zudem ein, daß A seine Güter zu weitaus günstigeren Bedingungen austauschen kann als in dem Fall, in dem seine Währung nicht überbewertet wäre.

zunächst in den Exportindustrien, und dann, aufgrund induzierter Sekundärimpulse, in der gesamten Volkswirtschaft. Das erhöhte Einkommen läßt den Konsum und, da ein Teil der zusätzlichen Güter im Ausland gekauft wird, auch die Importe steigen. Da sich in Land A die Konsumwünsche von den heimischen auf die ausländischen Güter verlagert haben, werden das inländische Einkommen und damit auch Konsum und Importe abnehmen. So führen Einkommensänderungen zu Importsteigerungen in B und Importabnahmen in A, so daß das ursprüngliche Ungleichgewicht teilweise abgebaut wird.

Direkte Einkommenswirkungen werden im allgemeinen Zahlungsbilanzstörungen nicht vollständig ausräumen. Wenn die Investitionen, die Staatsausgaben und die Steuern konstant bleiben, hat eine aus der Änderung der Konsumwünsche in Land A resultierende, autonome Erhöhung der Exporte des Landes B um ΔX_e in Land B drei induzierte Wirkungen. Erstens wird die Einkommenserhöhung im Land B die Importe um einen bestimmten Betrag ΔM_i zunehmen lassen; zweitens wird die Einkommenssteigerung das Sparen um einen Betrag ΔS_i erhöhen, und drittens wird der Einkommensrückgang in Land A infolge der Umlenkung der Ausgaben von den heimischen Produkten auf die in Land B hergestellten Güter einen Rückgang der Importe von A und damit der Exporte von B um einen Betrag ΔX_i zur Folge haben. Wenn das Einkommen in Land B ein Gleichgewichtsniveau erreichen soll, muß die Veränderung der Zuflüsse gleich der Veränderung der Abflüsse sein. Folglich muß für das Land B gelten, daß

$$\Delta X_e - \Delta X_i - \Delta M_i = \Delta S_i \qquad (14.1.)$$

ist, wobei die tiefgestellten Buchstaben e und i für exogen bzw. induziert stehen.

Die linke Seite der Gleichung kennzeichnet die Veränderung des Zahlungsbilanzüberschusses, die der Änderung des Sparens entsprechen muß, wenn das Gleichgewicht wiederhergestellt werden soll. Da ferner der Exportüberschuß von B dem Importüberschuß von A entsprechen muß, folgt, daß sich das Sparen in A um den gleichen Betrag wie in B (wenngleich in umgekehrter Richtung) ändern muß.

Aus Gleichung (14.1.) wird ersichtlich, daß dann, wenn die ursprüngliche Exporterhöhung in Land B von induzierten Importsteigerungen und Exportsenkungen ausgeglichen werden soll, die Änderung des Sparens in beiden Ländern gleich Null sein muß. Das bedeutet, daß ein vollständiger Ausgleich nur dann zustande kommt, wenn die marginale Sparquote in einem der beiden Länder Null ist. Da es dann in keinem der beiden Länder zu einer Änderung des Sparens käme, hätte weiterhin das Land mit der marginalen Sparquote von Null die gesamte Last der Einkommensanpassung zu tragen, während das Einkommen in dem anderen Land unverändert bliebe. Wenn die marginale Sparquote in Land A gleich Null wäre, würde die autonome Erhöhung seiner Importe (der Exporte von B) das Einkommen in A um einen Betrag verringern, der dazu führte, daß die Importe genau in dem Maße abnehmen, wie sie ursprünglich gestiegen sind. Das Einkommen in Land B bliebe daher konstant, und es gäbe keine induzierte Änderung der Importe von B, die Gleichung (14.1.) reduzierte sich auf

$$\Delta X_e - \Delta X_i = 0$$

Wenn andererseits die marginale Sparquote in Land B Null wäre, würde die autonome Exportsteigerung in B das Einkommen bis zu dem Punkt erhöhen, an dem die Importe genau in dem Maße zunähmen, wie sich ursprünglich die Exporte geändert haben, so daß das Einkommen in A unverändert bliebe. In diesem Fall würde die Gleichung (14.1.) zu

$$\Delta X_e - \Delta M_i = 0$$

Da im allgemeinen nicht angenommen werden kann, daß die marginalen Sparquoten Null sind, können wir festhalten, daß die direkten Einkommenseffekte die Zahlungsbilanz nicht vollständig ausgleichen können und daß in beiden Ländern infolge der autonomen Zahlungsbilanzänderungen Einkommensschwankungen auftreten.

In der vorangegangenen Diskussion haben wir untersucht, wie sich ein Transfer autonomer Ausgaben von einem Land zum anderen auswirkt, und wir haben festgestellt, daß dieser das Einkommen in B erhöht und in A senkt. Wenn wir stattdessen annehmen könnten, daß die gesamten autonomen Ausgaben infolge einer Erhöhung der Staatsausgaben in A zunähmen, würden wir feststellen, daß sich beide Länder einer Einkommenserhöhung erfreuen. Die gestiegenen Staatsausgaben würden in A die Konsumausgaben zunehmen lassen, die wiederum das Importvolumen vergrößern und ein Defizit in der Zahlungsbilanz entstehen lassen würden. Folglich würden die Exporte und damit das Einkommensniveau von B steigen. Die Einkommenserhöhung in B würde B's Importe wachsen lassen, wodurch das Zahlungsbilanzdefizit teilweise abgebaut würde.

Selbst wenn der Wechselkurs zwischen A und B langfristig verfälscht und das Zahlungsbilanzdefizit von A dauerhafter Natur ist, bleibt dennoch ein automatischer Mechanismus, der weiter auf den Ausgleich hinwirkt. Solange die Zentralbank von A imstande ist, die Währung von B im Tausch gegen eigene zu verkaufen, wird das heimische Angebot an Alphas kontinuierlich abnehmen, während das heimische Angebot an Betas steigt. Folglich wird eine dauerhafte Tendenz zu Zinserhöhungen in A und Zinssenkungen in B bestehen, so daß die wirtschaftliche Aktivität in A gedämpft und in B angeregt wird. Vorausgesetzt, daß diese Effekte nicht durch gegenläufige geldpolitische Maßnahmen neutralisiert werden, wird es so lange eine Tendenz zum Ausgleich der Zahlungsbilanz geben, wie diese nicht im Gleichgewicht ist.

Wenngleich es automatische Mechanismen gibt, die die Zahlungsbilanz bei festen Wechselkursen tendenziell ins Gleichgewicht bringen, so führen diese automatischen Mechanismen zu den gleichen unerwünschten Effekten in beiden Volkswirtschaften, wie wenn der Ausgleich durch Anwendung geld- und finanzpolitischer Maßnahmen erzielt worden wäre. Das Defizitland wird tendenziell unter Deflation, das Überschußland tendenziell unter Inflation leiden. Schlimmer noch, das Überschußland kann seine wirtschaftspolitischen Mittel einsetzen, um die expansiven Kräfte zu mildern, die durch die automatischen Mechanismen ausgelöst werden, und solche Mittel können die automatischen Mechanismen neutralisieren und im Defizitland ein größeres Ausmaß an Unterbeschäftigung hervorrufen, als eingetreten wäre, wenn die automatischen Mechanismen hätten wirken können. Man kann sich daher schwerlich der Schlußfolgerung entziehen, daß feste Wechselkurse den Ländern der Weltwirtschaft ein erhebliches Maß an innerer Instabilität auferlegen.

14. 4. Feste und flexible Wechselkurse und Stabilisierungspolitik

Flexible Wechselkurse finden insbesondere bei denen Anklang, die die Geld- und nicht die Finanzpolitik als entscheidendes Instrument zur inneren Stabilisierung betrachten. Flexible Wechselkurse veranlassen die Volkswirtschaften, zur Stabilisierung von Einkommen und Beschäftigung überwiegend auf die Geldpolitik zu bauen, während feste Wechselkurse bedeuten, daß Einkommen und Beschäftigung lediglich mit der Finanzpolitik spürbar beeinflußt werden können[70].

Um den Vergleich möglichst genau durchführen zu können, wollen wir annehmen, Land A sei im Verhältnis zu B (dem Rest der Welt) so klein, daß inländische Geldmengenänderungen in A keinerlei Auswirkungen auf den Zins in B hätten. Zusätzlich nehmen wir an, daß Kapitalbewegungen stets auf einen Ausgleich der Zinssätze hinarbeiteten. Unter diesen Annahmen wollen wir zunächst untersuchen, wie geld- und finanzpolitische Maßnahmen sich unter festen Wechselkursen auf das Einkommen in A auswirken. Danach wollen wir die Wirkungen dieser Maßnahmen bei flexiblen Wechselkursen betrachten.

Wenn in Land A Unterbeschäftigung herrscht und die Notenbank das inländische Geldangebot ausweitet, um die Inlandsinvestition anzuregen, wird jede nun eintretende Zinssenkung die Investoren unverzüglich veranlassen, die relativ günstigeren Anlagemöglichkeiten im Ausland wahrzunehmen. Folglich werden die Anleger Wertpapiere des Landes A in Wertpapiere des Landes B umzuwandeln suchen. Dieser Umwandlungsprozeß erhöht die Nachfrage nach Betas, und auf einem freien Devisenmarkt würde dadurch der Preis der Alphas im Vergleich zu den Betas gedrückt. Weil A's Notenbank jedoch verpflichtet ist, den fixierten Kurs zu halten, muß A selbst die zusätzliche Nachfrage nach Betas befriedigen, indem es seine eigene Währung im Tausch mit überschüssiger Betanachfrage zurückkauft. Dies führt dazu, daß der Versuch, das inländische Geldangebot zu erhöhen, fehlschlagen wird. Tatsächlich wird A's Notenbank feststellen, daß sie lediglich Wertpapiere im Tausch gegen Betas erworben hat. Das inländische Geldvolumen bleibt daher in A unverändert; Zinssatz und Einkommen bleiben gleich; und statt in A ist in B die Geldmenge gestiegen.

Natürlich ist durch A's Politik die Geldmenge in der gesamten Weltwirtschaft gestiegen, und möglicherweise hat sich das Einkommen der Weltwirtschaft geringfügig erhöht. Was Land A angeht, haben sich die Wirkungen jedoch weitgehend durch Kapitalmobilität aufgelöst, und in einer ersten Annäherung darf man daher wohl feststellen, daß die Geldpolitik bei festen Wechselkursen und vollkommener Mobilität des Kapitals unwirksam bleibt. Darüberhinaus hat expansive Geldpolitik den zusätzlichen Nachteil, die Devisenreserven von A schrumpfen zu lassen.

Ein Versuch von A, das inländische Einkommens- und Beschäftigungsniveau durch finanzpolitische Maßnahmen zu erhöhen, verspricht erheblich mehr Erfolg. Wenn A die Staatsausgaben erhöht, wird dadurch sein Einkommen tendenziell um ein Mehrfaches erhöht, vorausgesetzt daß diese Politik nicht die Zinssätze erhöht und damit die Investitionen verringert. In einer «offenen» Volkswirtschaft wird jedoch ein derartiger Rückgang kaum eintreten, weil infolge steigender Inlandszinsen ein Kapitalzufluß einsetzt, der den Preis der Alphas relativ zu den Betas erhöht. Da A's

[70] Die Diskussion in diesem Abschnitt basiert auf Robert Mundell, «Capital Mobility and Stabilization Policy under Fixed and Flexible Exchange Rates», Canadian Journal of Economics and Political Science, 29:475–485, 1963.

Notenbank nun Devisen im Tausch gegen heimische Währung *kaufen* muß, wird die Geldmenge in A ausgeweitet. Da dieser Prozeß, Devisen für Inlandswährung zu kaufen, so lange anhält, wie der Wechselkurs unter Druck steht, muß die Geldmenge gerade um soviel wachsen, daß ein neues Gleichgewicht bei dem *ursprünglichen* Zinssatz hergestellt wird. Weil damit aber die inländischen Investitionen das gleiche Niveau wie zuvor erreichen, folgt, daß das Einkommen um den vollen Multiplikatorbetrag der erhöhten Staatsausgaben steigt.

Nimmt man andererseits an, daß die Wechselkurse frei schwanken können, dann ergibt sich ein gänzlich anderer Satz von Folgerungen. Nehmen wir wiederum an, daß Land A versuche, durch Ausweitung der inländischen Geldmenge das Beschäftigungsniveau zu erhöhen. Infolge eines vorübergehenden Zinsgefälles entsteht ein Kapitalabfluß. Weil dieser den Preis der Betas im Vergleich zu den Alphas erhöht, werden A's Exporte billiger und seine Importe teurer. Damit steigen A's Exporte und sinken seine Importe, und diese gleichzeitig auftretenden Effekte erhöhen das Niveau von Inlandseinkommen und Beschäftigung. Da der Zinssatz so lange nicht auf sein ursprüngliches Niveau zurückkehren wird, bis die gesamten zusätzlichen Geldbestände von weiterer Transaktionsnachfrage absorbiert sind, können wir wie im klassischen Modell schlußfolgern, daß das Inlandseinkommen proportional zu der Geldmengenausweitung steigt.

Betrachten wir abschließend, wie sich eine expansive Finanzpolitik bei flexiblen Wechselkursen auswirkt. Land A erhöht die Staatsausgaben und verursacht damit Zinssteigerungen. Der dadurch hervorgerufene Kapitalzufluß läßt den Preis der Alphas im Vergleich zu den Betas steigen. Dies verteuert jedoch A's Exporte und verbilligt seine Importe, und damit werden wiederum die expansiven Wirkungen der erhöhten Staatsausgaben tendenziell zunichte gemacht. Weil der Zinssatz sein ursprüngliches Niveau wieder einnehmen muß (andernfalls würde der Wechselkurs weiterhin steigen) und weil das inländische Geldangebot unverändert bleibt, muß der Umfang der Transaktionen gleich bleiben, und der Anstieg der Staatsausgaben muß deshalb von einer Verschlechterung des Außenbeitrags genau kompensiert werden.

Die Argumentation läßt sich sinnvoll zusammenfassen, indem man die verschiedenen Möglichkeiten mit Hilfe des IS-LM-Modells darstellt. Betrachten wir Abb. 14.3., in der sich alle vier Fälle nachvollziehen lassen. Nehmen wir an, Y_0 sei das ur-

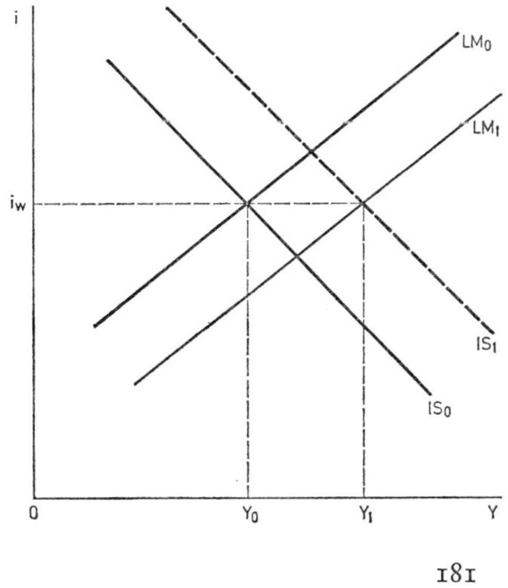

Abb. 14.3: Geld- und Finanzpolitik bei festen und flexiblen Wechselkursen

sprüngliche Einkommensniveau in Land A und i_w sei der Weltmarktzins. Gehen wir dann zunächst davon aus, daß der Wechselkurs fixiert sei und die Notenbank in A die Geldmenge in der Weise erhöhe, daß sich die LM-Kurve nach LM_1 verschiebt und demzufolge das Einkommen steigt. Da durch diese Maßnahme der Zinssatz in A sinkt, setzt ein Kapitalabfluß ein, der den Preis der Alphas, ausgedrückt in Betas, tendenziell senkt. In dieser Lage ist die Notenbank gezwungen, Devisen zu verkaufen, und weil demzufolge die inländische Geldmenge schrumpft, muß sich die LM-Kurve nach links zurückverschieben. Weil der Kapitalabfluß so lange anhält, wie der Inlandszins unter i_w liegt, können wir schlußfolgern, daß das Geldangebot so lange abnimmt, bis sich die LM-Kurve wieder nach LM_0 verschoben und das Einkommen das ursprüngliche Niveau wieder erreicht hat.

Nehmen wir nun an, daß die IS-Kurve mithilfe der Finanzpolitik nach IS_1 verschoben werde. Diese Politik wird den Zinssatz über i_w erhöhen. Weil dadurch aber ein Kapitalzufluß eingeleitet wird, muß die Notenbank Devisen für inländische Währung kaufen. Folglich erhöht sich das Geldangebot, und die LM-Kurve verschiebt sich nach rechts. Da die Geldmenge so lange weitersteigen muß, wie der inländische Zinssatz noch über i_w liegt, läßt sich folgern, daß das Gleichgewicht schließlich bei einem Einkommen in Höhe von Y_1 erreicht wird, womit deutlich wird, daß die Erhöhung der Staatsausgaben sich mit dem vollen Multiplikatoreffekt auf das Einkommensniveau auswirkt.

Dasselbe Diagramm läßt sich verwenden, um die Wirkungen der Geld- und Finanzpolitik bei flexiblen Wechselkursen darzustellen. A's Notenbank erhöht die Geldmenge, so daß sich die LM-Kurve nach LM_1 verschiebt. Die dadurch bedingte Senkung des Inlandzinses führt zu einem Kapitalabfluß und läßt A's Wechselkurs sinken. Weil daraufhin jedoch die Exporte steigen und die Importe abnehmen, muß sich die IS-Kurve nunmehr nach rechts verschieben. Da das Gleichgewicht nicht eher wiederhergestellt ist, als i_w erreicht wird, läßt sich schlußfolgern, daß der Wechselkurs gerade genügend sinken muß, um IS nach IS_1 zu verschieben.

Wenn A schließlich die Staatsausgaben erhöht und dadurch IS nach IS_1 verschiebt, steigen die Zinssätze und leiten einen Kapitalzufluß ein. Weil damit A's Wechselkurs steigt, werden die Exporte verteuert, die Importe verbilligt, und die IS-Kurve verschiebt sich zurück, bis schließlich die ursprüngliche Rechtsverschiebung genau durch die Verschlechterung des Außenbeitrags aufgehoben ist.

Diese Untersuchung hat die Zusammenhänge natürlich vereinfacht. Wir halten es jedoch wiederum für zweckmäßig, die Extremfälle so deutlich wie möglich aufzuzeigen, damit die bedeutsameren Zwischenlösungen besser verstanden werden. Das Wesentliche der Untersuchung bestand darin klarzumachen, daß die Wirkungen verschiedener Stabilitätsmaßnahmen ebenso von den internationalen wie von den nationalen Bedingungen abhängen. In den hier dargestellten Extremfällen hat es den Anschein, als tendierten die Volkswirtschaften – hinsichtlich der Wirtschaftspolitik – bei fixierten Wechselkursen zum Keynesianischen Modell (Finanzpolitik) und bei flexiblen Wechselkursen zum klassischen Modell (Geldpolitik). Das Ergebnis ist allerdings abzuwandeln, wenn man annimmt, daß die Mobilität des Kapitals unvollkommen ist, und wenn man allgemeinere Fälle betrachtet, die nicht von der Voraussetzung eines sehr kleinen Landes oder eines Landes mit sehr großem Auslandssektor ausgehen. Nichtsdestoweniger ist klargestellt, in welche Richtung die Auswirkungen der heimischen Stabilitätspolitik unter dem Einfluß internationaler Währungsvereinbarungen gelenkt werden. Und vielleicht ist es sinnvoll, die Untersuchung etwas näher auf die derzeit gegebene Szenerie zu beziehen.

In bezug auf die amerikanische Wirtschaft der 60er Jahre hat sich die Behauptung eingebürgert, daß die Richtung der Geldpolitik notwendigerweise von Zahlungsbilanzüberlegungen bestimmt worden ist, während man die innere Stabilität mit den Mitteln der Finanzpolitik verfolgen mußte. Bei gegebenem festen Wechselkurs hätte expansive Geldpolitik zu Kapitalabflüssen geführt und damit den Druck auf die Zahlungsbilanz verstärkt. So hat sich allgemein die Ansicht gehalten, daß die Geldpolitik genügend restriktiv sein mußte, um eine Zinsdifferenz zwischen In- und Ausland zu vermeiden, die zu einem Kapitalabfluß geführt hätte. Wenn unter solchen Bedingungen die Volkswirtschaft eine deflatorische Lücke aufwiese, wie es tatsächlich der Fall war, sollte diese Lücke mit Hilfe der Finanzpolitik geschlossen werden, wie es schließlich auch getan wurde. Expansive Geldpolitik senkt tendenziell die Zinssätze und führt zu einem Kapitalabfluß, während expansive Finanzpolitik tendenziell die umgekehrten Wirkungen hervorruft, womit die oben genannte Faustregel bestätigt wird.

Einige Ökonomen halten diese Regel für bedenklich, wenn nicht gar für unzulässig. Denn wenn es z.B. erforderlich ist, den Zinssatz auf einem überaus hohen Niveau zu halten, werden die Investitionen hinter dem gewünschten Ausmaß zurückbleiben, und dies könnte einem beschleunigten Wachstum abträglich sein[71]. Andere Ökonomen beziehen einen weniger pessimistischen Standpunkt und weisen darauf hin, daß der Dämpfungseffekt hoher Zinssätze auf die Investitionen durch das Einführen verschiedener Anregungen, wie Steuervergünstigungen und beschleunigte Abschreibung, aufgewogen werden könne[72]. Wieder andere Ökonomen wollen das Problem durch Abschaffung der festen Wechselkurse lösen[73]. Schließlich gibt es eine Gruppe, die wahrscheinlich für flexible Wechselkurse ist, jedoch nicht offen für diese plädiert, weil sie befürchtet, daß die Regierung in praxi die Eingriffe in die Devisenmärkte kaum unterlassen dürfte, oder weil sie sieht, daß der Geldpolitik, die in den Vereinigten Staaten betrieben wurde, die gegenwärtigen internationalen Währungsabkommen ebenfalls jegliche Wirkung nehmen.

Wir dürfen das Wesentliche nicht aus den Augen verlieren. Wir haben in diesem Abschnitt gesehen, daß bei flexiblen Wechselkursen die Geldpolitik das vorrangige und wirksamste Mittel zur Stabilisierung des inländischen Einkommens und der Beschäftigung sein würde. Wir haben jedoch ebenso gesehen, daß Stabilität, wenn sie durch Geldpolitik in Verbindung mit flexiblen Wechselkursen erreicht wird, mit erheblichen Schwankungen des Export- und Importvolumens erkauft wird. In einer Volkswirtschaft, in der Exporte und Importe einen unbedeutenden Teil der gesamten ökonomischen Aktivität ausmachen, mag dieser Preis lohnend sein. In offenen Volkswirtschaften, in denen ein großer Teil der wirtschaftlichen Aktivität direkt mit dem Außenwirtschaftssektor verbunden ist, bedeutet Instabilität von Exporten und Importen notwendigerweise gesamtwirtschaftliche Instabilität, und für derartige Volkswirtschaften wären flexible Wechselkurse sicherlich keine unbedingte Wohltat.

[71] J. Tobin, «Europe and the Dollar», Review of Economics and Statistics, 46:123–126, 1964.

[72] W. L. Smith, «Are There Enough Policy Tools», American Economic Review, 55:208–220, 1965.

[73] Einer der härtesten Verfechter flexibler Wechselkurse ist Milton Friedman. Vgl. «The Case for Flexible Exchange Rates», in Friedman's Essays in Positive Economics, The University of Chicago Press, Chicago, 1953, pp. 157–203.

14. 5. Flexible Wechselkurse

Die Länder A und B können die ganze Idee, an festen Wechselkursen festzuhalten, aufgeben und diese Entscheidung einfach dadurch in die Tat umsetzen, daß sie künftig keinerlei Gold und Devisen mehr zu fixierten Preisen verkaufen. Wenn sie sich entschlössen, diese Politik langfristig durchzuhalten, würden sie als erstes feststellen, daß es in Zukunft keine Zahlungsbilanzdefizite oder -überschüsse mehr gäbe und damit auch nicht mehr den Zwang, absichtlich das binnenwirtschaftliche Gleichgewicht zu zerstören, um die Wechselkurse zu stabilisieren. Als zusätzlichen Vorteil würden sie empfinden, daß es nicht mehr erforderlich wäre, freie Ressourcen dafür einzusetzen, eine an sich so wertlose Ware wie Gold aus der Erde zu graben, zu reinigen, aufzubewahren, zu bewachen und zu transportieren. Der Zuwachs an Realeinkommen aufgrund dieser Ersparnis wäre allein schon beträchtlich. Zudem wären die Besitzer von Gold, von denen viele ihre Zeit und ihr Talent auf die Entfaltung spekulativer Tätigkeiten verwenden, die die Zahlungsbilanzkrisen nur verschärfen, gezwungen, ihre Kräfte auf die Verfolgung sozial sinnvoller, wirtschaftlicher Beschäftigung zu verlegen.

Obwohl das Abgehen von der Politik fester Wechselkurse viele der oben genannten begrüßenswerten Folgen hätte, würden die flexiblen Wechselkurse genügend neue Probleme aufwerfen, um den Wunsch, sie einzuführen, nachhaltig in Frage zu stellen.

Da besteht zunächst das Problem, daß die Devisenmärkte in dynamischer Hinsicht instabil sein können. Damit ist gemeint, daß dann, wenn das Gleichgewicht einmal gestört ist, die Wirkungsweise der Reaktionskräfte eher zu einer ständigen Vergrößerung als zu einem Abbau des Ungleichgewichts führen dürfte.

Um diese Quelle potentieller Schwierigkeiten zu verdeutlichen, nehmen wir an, daß Land A anstelle einer Wechselkursfreigabe seine Währung abwerte, um sein Zahlungsbilanzdefizit zu verringern oder gänzlich abzubauen. Diese Politik wirkt sich unmittelbar in einer Erhöhung der Anzahl von Alphas aus, die A's Importeure hingeben müssen, um Güter von B zu erhalten. Was die Importeure betrifft, so wirkt sich für sie die Abwertung in einer Kostensteigerung aus. Damit werden sich die Preise (ausgedrückt in Alphas) erhöhen, und damit wird wiederum die Gütermenge eingeschränkt, die A's Einwohner importieren. Weil dadurch die Gesamtnachfrage nach B's Gütern abnimmt, sinken die Preise dieser Güter (ausgedrückt in Betas), und die Folge besteht darin, daß Land A nicht nur weniger Gütereinheiten von B kauft, sondern auch weniger in Form von Betas ausgibt (wenngleich mehr in Einheiten von Alphas), und daß Land A's Devisenausgaben durch die Abwertung verringert werden. Oder, um den Sachverhalt auf die Nachfrage nach Devisen zu beziehen: Die Nachfragekurve kann unmöglich eine positive Steigung aufweisen[74].

[74] Wenn A's Nachfrage nach B's Gütern vollkommen unelastisch ist, wird die durch die Abwertung entstandene Erhöhung der Alphapreise dieser Güter die Verbrauchsnachfrage nicht einschränken. Da die Produzenten in B folglich keinen Nachfrageausfall erfahren, bleibt der Betapreis unverändert. Daher bleibt in diesem Extremfall die nachgefragte Menge ebenso unverändert wie der Betapreis pro Einheit, und die Nachfragekurve nach Devisen ist eine Vertikale. Indessen ist dies der äußerste Extremfall. Setzt man voraus, daß eine Erhöhung der Alphapreise der Importe auch die Nachfrage nach Importen einschränkt, dann muß die Nachfragekurve nach Betas negativ geneigt sein.

Wenngleich sichtbar wird, daß eine Abwertung von A's Währung mit Sicherheit die nachgefragte Betamenge abnehmen läßt, ist keineswegs sichergestellt, daß sich das Angebot an Betas erhöhen wird. Wenn der Preis der Alphas sinkt, benötigen die Importeure in Land B eine geringere Menge an Betas als zuvor, um A's Güter zu kaufen, und daher lohnt es sich für sie, Importe zu einem niedrigeren Betapreis zur Verfügung zu stellen. Obwohl dadurch die Nachfrage nach Importen erhöht wird, bleibt völlig offen, ob die Gesamtmenge der für Importe ausgegebenen Betas steigt, da die Erhöhung der mengenmäßigen Nachfrage nur zustande kommt, weil die Betapreise der Güter gesunken sind. Wenn die Nachfrageelastizität nach A's Gütern größer als eins ist, wird die prozentuale Senkung der Betapreise der Güter geringer sein als die prozentuale Mengenzunahme; die Menge der ausgegebenen Betas wird insgesamt steigen, und damit das Devisenangebot an A. Wenn andererseits B's Nachfrage nach Gütern von A unelastisch ist, werden die gesamten Betaausgaben abnehmen, die Kurve des Devisenangebots wird negativ geneigt sein, und A wird weniger Betas erhalten, obwohl es seine Güter für die Einwohner von B verbilligt und mengenmäßig mehr Güter exportiert hat.

Das Problem ist in Abb. 14.4. dargestellt. Das Devisenangebot ist rückläufig, wenn die Nachfrageelastizität nach A's Exporten (B's Nachfrageelastizität nach Importen) kleiner als eins ist. Sowohl π_1 als auch π_2 sind Gleichgewichtswechselkurse. Wenn aber der offizielle Wechselkurs bei π_3 liegt, besteht ein Nachfrageüberhang nach Devisen, und eine von Land A zur Verbesserung dieser Situation vorgenommene Abwertung auf π_4 würde den Nachfrageüberhang lediglich vergrößern. Ebenso würde bei flexiblen Wechselkursen jegliche Störung, die π über π_2 hinaus erhöhte, zu einem Nachfrageüberhang statt zu einem überschüssigen Angebot führen und damit den Wechselkurs mit einer noch beschleunigten Rate weitersteigen lassen.

Viele Ökonomen bezweifeln, daß der Devisenmarkt instabil ist. Andere nehmen diese Möglichkeit durchaus ernst. Empirische Untersuchungen haben diese Frage nicht klären können, weil einfach zu viele Variable eine Rolle spielen, als daß eine genaue Bestimmung der Nachfrageelastizität für Exporte möglich wäre. Das Problem der Messung wird zusätzlich dadurch erschwert, daß die gemessenen Ela-

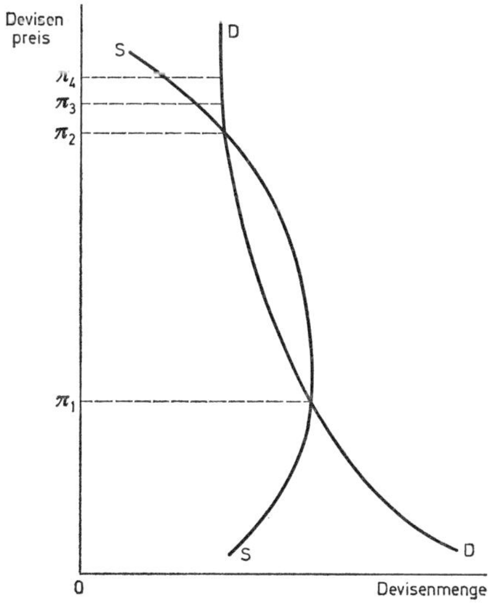

Abb. 14.4: Darstellung eines instabilen Devisenmarktes

stizitätswerte mit der gewählten Zeiteinheit schwanken. Die Märkte brauchen Zeit, um sich an veränderte Wechselkurse anzupassen, und die Elastizitäten sind daher kurzfristig tendenziell sehr niedrig und steigen an, wenn genügend Zeit verstrichen ist, um eine Anpassung an die neue Situation zu erlauben. Unserer eigenen Meinung nach ist die Gefahr der Instabilität gering. Ähnliche Argumente lassen sich gegen die Stabilität des Gleichgewichts auf jedem beliebigen Markt vorbringen, und für uns scheint es keinen zwingenden Grund zu geben, aus dem man den Devisenmarkt als einen besonderen Bereich herausstellen sollte, auf dem mit dynamischer Instabilität gerechnet werden müßte.

Obwohl der Devisenmarkt von Natur aus wahrscheinlich nicht unstabil ist, glauben einige Ökonomen, daß er durch die Tätigkeit der Spekulanten dazu gebracht werden kann. Wir haben oben schon festgestellt, daß ein drohender Preisverfall der Alphas die Spekulanten veranlassen könnte, die Situation durch den Verkauf ihrer Alphas zu verschlimmern. Aber nun müssen wir sorgfältig unterscheiden zwischen den Wirkungen der Spekulation bei einer definitiven, kontrollierten Abwertung und den Wirkungen bei flexiblen Wechselkursen.

Wenn die Regierungen die Wechselkurse festsetzen und nur unter Druck verändern, schaffen sie ein Klima, bei dem Spekulanten nicht verlieren können. Indem die Spekulanten die Abwertung der Alphas voraussehen und daher ihre Alphabestände in Betas umwandeln, verschärfen sie die Knappheit an Betas und beschleunigen die Abwertung, die anderenfalls möglicherweise hätte vermieden werden können. Wenn die Abwertung dann wirklich vorgenommen wird, machen die Spekulanten einen erheblichen Gewinn. Das Schlimmste, was vom Standpunkt des Spekulanten aus eintreten kann, ist, daß die Abwertung nicht durchgeführt wird und er somit ohne Gewinn und Verlust aus dem Geschäft hervorkäme. Kurz gesagt, die Würfel sind zugunsten des Spekulanten gefälscht, der gegen eine Währungsbehörde spielt, die sich mit Sicherheit derart verhält, daß sie ihn für die Verursachung einer Zahlungsbilanzkrise noch belohnt.

Bei flexiblen Wechselkursen jedoch müssen Spekulanten, die gewohnheitsmäßig eine Preisänderung als Signal dafür auffassen, daß sich die Preise weiterhin in der gleichen Richtung bewegen, schließlich bankrott machen. Solche Spekulanten werden feststellen, daß sie im ganzen gesehen billig verkaufen und teuer kaufen, und das ist ein schlechter Weg, Gewinne zu machen. Wenn wir daher annehmen, daß Spekulanten im allgemeinen wissen, was sie tun, dürfen wir mit dem gleichen Recht glauben, daß hohe Preise zu Verkäufen und niedrige Preise zu Käufen veranlassen und die Spekulation damit stabilisierend ist und zur Wiederherstellung des Marktgleichgewichts beiträgt. Solange keine Sicherheit besteht, daß die Zentralbank auf Stabilisierung des Wechselkurses bedacht ist, sind die Spekulanten auf ihre eigenen Vermutungen angewiesen, und wenn sie sich rational verhalten, helfen sie, den Markt zu stabilisieren. Erst wenn die Regierung den Plan betritt und mit panischer Angst einen sinkenden Wechselkurs zu stützen beginnt, wird die Spekulation höchstwahrscheinlich destabilisierend.

Die größte Schwierigkeit, die mit flexiblen Wechselkursen verbunden wäre, besteht darin, daß wahrscheinlich Exporte und Importe größeren Schwankungen unterlägen als bei fixierten Wechselkursen, und dies würde für ein Land mit einem großen Außenwirtschaftssektor erhebliche interne Instabilität bedeuten. Wir haben oben gesehen, daß eine Ausweitung des Geldangebots bei flexiblen Wechselkursen das Einkommen erhöht, weil die Exporte zunehmen und die Importe zurückgehen. Ähnlich würde eine Erhöhung der Staatsausgaben keine Einkommenssteigerung bewirken, weil die gestiegenen Staatsausgaben durch einen gleich großen Rückgang der Nettoexporte (Exporte minus Importe) aufgewogen würden. Um diesen Punkt völlig klarzustellen, wollen wir die folgenden Beispiele betrachten.

Nehmen wir an, die Vereinigten Staaten steckten mitten in einer Rezession und die Zentralbank erhöhte das Geldangebot, indem sie Staatspapiere auf dem offenen Markt kaufte. Als Ergebnis dieser Politik werden die Zinssätze in den Vereinigten Staaten sinken und Kapital ins Ausland abfließen. Dadurch wird der Dollar relativ zum holländischen Gulden abgewertet. Da holländische Güter auf diese Weise relativ teurer werden, werden die Exporte Hollands zurückgehen, und Deflation sowie Unterbeschäftigung werden die holländische Wirtschaft bedrohen. Die Wirkung der Geldpolitik der Vereinigten Staaten besteht letztlich allein darin, daß die Unterbeschäftigung von den Vereinigten Staaten nach Holland exportiert wird. Ob hinsichtlich der weltweiten Beschäftigungssituation ein Gewinn verbucht wird, hängt davon ab, ob sich die Ausgabenneigungen in den einzelnen Volkswirtschaften unterscheiden, ob diese Politik die Zinssätze weltweit senkt und ob damit irgendwelche positiven Wirkungen auf die Investition verbunden sind.

In einem weiteren Beispiel wollen wir uns eine Volkswirtschaft vorstellen, deren landwirtschaftlicher Sektor sehr stark exportabhängig ist und in deren industriellem Sektor ein inflatorischer Investitionsboom herrscht. Nehmen wir an, die Währungsbehörden bemühten sich, den Investitionsboom durch Zinserhöhungen zu bremsen. Die daraus folgenden Kapitalzuflüsse lassen den Wechselkurs steigen, und der landwirtschaftliche Sektor ist plötzlich nicht mehr in der Lage, seine Erzeugnisse zu exportieren. Wie dieses Beispiel zeigt, können flexible Wechselkurse kaum als endgültige Antwort auf alle internationalen Währungsprobleme angesehen werden.

14. 6. Der optimale Währungsraum

Das traditionelle Argument für feste Wechselkurse läßt sich weitgehend vergleichen mit dem Argument für eine einheitliche Währung innerhalb eines Landes. Stellen wir uns vor, wir versuchten in Ohio ein schwieriges Produktionsverfahren zu beginnen, wenn der gesamte Input von Material, Arbeit und Kapital nicht in Dollars, sondern in Einheiten von soundsoviel Hühnern, Schweinen und Kühen bewertet würde. Nehmen wir weiter an, daß wir, statt Schecks auszuschreiben oder bar zu bezahlen, einen bestimmten, sortierten Viehbestand halten müßten, aus dem wir verschiedene Mengenkombinationen als Gegenleistung für Eisenerz nach Minnesota, für Kohle nach West Virginia oder für elektronische Ausrüstung nach Kalifornien schicken müßten. Man braucht wohl weiter nicht zu verdeutlichen, daß eine einheitliche Währung, die als anerkanntes Zahlungsmittel, als Wertmesser und als Schuldentilgungsmittel dient, erforderlich ist, damit eine Volkswirtschaft wirksam funktionieren kann.

Nehmen wir nun an, daß jeder Staat seine eigene Währungseinheit habe und die Währungseinheiten von Ohio, West Virginia und Minnesota auf Roßkastanien, WV's und Eichhörnchen lauteten. Obwohl der Tausch der Währungen gegeneinander eine Vergeudung von Ressourcen bedeutet, weil zusätzliche Bank- und Maklerdienste erforderlich werden, bringt das Vorhandensein verschiedener Währungen keine ernsten Schwierigkeiten für unsere Unternehmung in Ohio mit sich, wenn sie stets mit Roßkastanien zahlen kann und wenn irgendeine Abmachung besteht, nach der die Erzproduzenten in Minnesota in Eichhörnchen und die Kohleproduzenten in West Virginia in WV's ausgezahlt werden. Genau diese Situation ist mit dem internationalen Währungssystem geschaffen worden. Und in der Tat arbeitet dieses System so lange ziemlich gut, wie die wertmäßige Nachfrage, die Produzenten und Konsumenten aus Minnesota nach Gütern und Dienstleistungen aus anderen Ländern entfalten, genau der wertmäßigen Nachfrage der anderen Staaten nach Gütern und Diensten aus Minnesota entspricht. Unter diesen Bedingungen kann kein Land in eine zunehmende Gläubigerposition gegenüber irgendeinem anderen Land geraten.

Dieses System wirft dann Probleme auf, wenn eine Region in eine Krise gerät. Nehmen wir an, daß Elektrizität und Erdöl als konkurrierende Energiequellen entwickelt werden und dadurch die Nachfrage nach Kohle eingeschränkt wird. West Virginia könnte sich schneller auf dieses Mißgeschick einstellen, wenn die Kohlepreise flexibel und die Bergleute bereit wären, niedrigere Löhne zu akzeptieren. Wenn Preise und Löhne indessen nach unten inflexibel sind, wird West Viginia nicht imstande sein, seine Kohleexporte aufrecht zu erhalten, und sowohl ein regionales Zahlungsbilanzdefizit als auch Unterbeschäftigung hinnehmen müssen. Vorausgesetzt, der Preis der WV's wird weiterhin in einer festen Parität zu den anderen Währungen gehalten, wird die Wirtschaft West Virginias unterbeschäftigt bleiben und diese Situation so lange nicht überwinden, bis Arbeiter in andere Regionen abwandern, bis Methoden entwickelt werden, die Kohle wieder wettbewerbsfähig zu machen, oder bis die Regierung ein öffentliches Arbeitsprogramm einführt, um die unbeschäftigten Bergarbeiter wieder in ein Arbeitsverhältnis zu bringen. Im letztgenannten Fall wird die Importnachfrage jedoch hoch bleiben, so daß die Zahlungsbilanz weiterhin defizitär bleibt. Da West Virginia schließlich seine gesamten Reserven an Roßkastanien und Eichhörnchen verliert, muß es entweder seine Währung abwerten, seine öffentliche Beschäftigungspolitik aufgeben oder direkte Kontrollen einführen, um seine Bürger anzuhalten, «zu Hause zu kaufen».

Ein Großteil der Schwierigkeiten West Viginias scheint aus der Inflexibilität von Kosten und Preisen zu folgen. Wenn die Kohlepreise und die Löhne in West Virginia gefallen wären, hätte die Wettbewerbsfähigkeit erhalten und die Unterbeschäftigung verhindert werden können. Es hat daher den Anschein, daß feste Wechselkurse oder ein vereinheitlichtes nationales Währungssystem durchaus gut gearbeitet hätten, wenn die Löhne und Preise flexibel gewesen wären.

Nehmen wir nun an, daß West Virginia nicht länger versuche, seine Währung in einem fixierten Wertverhältnis zu den übrigen Währungen zu halten, und gehen wir weiter davon aus, daß die anderen Länder nicht ihrerseits versuchten, den Preis der WV's in ihren eigenen Währungseinheiten zu binden. Der Rückgang der Nachfrage nach Kohle verringert die Nachfrage nach WV's und läßt deren Preis im Vergleich zu Roßkastanien und den Währungen der anderen Staaten sinken. Dadurch werden die WV's in Einheiten von Roßkastanien billiger und ebenso die Kohle West Virginias für die verarbeitenden Unternehmungen in Ohio. Dies verringert gleichzeitig den Anreiz, auf andere Energiequellen zurückzugreifen. Folglich – und dies muß als entscheidende Erkenntnis beachtet werden – dienen Schwankungen der Wechselkurse als Ersatz für die Flexibilität von Kosten und Preisen.

Wir haben nun gesehen, daß flexible Wechselkurse die gleichen Anpassungsprozesse auslösen, wie sie bei fixierten Wechselkursen und flexiblen Löhnen und Preisen wirksam werden. Wenn man davon ausgeht, daß Preise und Löhne in der Tat starr sind, schiene es wünschenswert, die Wechselkurse frei schwanken zu lassen. Bedeutet dies jedoch, daß jeder Staat seine eigene Währungseinheit haben sollte und daß die Wechselkurse zwischen den Staaten schwanken sollten? Was für einen Teil von West Virginia richtig ist, muß nicht auf ganz West Virginia zutreffen. Einzelne Gebiete in Ohio können durch eine rückläufige Nachfrage nach Kohle ebenso hart getroffen werden wie Gebiete in West Virginia. Innerhalb dieser Gebiete können die Bergleute betroffen sein, andere Personen und Unternehmungen indessen nicht. Sollten wir dann flexible Wechselkurse haben zwischen den einzelnen Staaten einer Nation, zwischen allen Kreisgebieten eines jeden Staates, zwischen allen Stadtgemeinden innerhalb eines Kreises oder sogar zwischen sämtlichen individuellen Wirtschaftseinheiten?

Um das Argument bis zum logischen Ende zu durchdenken, wollen wir annehmen, daß jede Wirtschaftseinheit in der Volkswirtschaft sich ihre eigene Währung wählen dürfte und daß jede einzelne Währung ihr Wertverhältnis zu den Millionen von anderen Währungen frei bilden könnte. Nehmen wir weiter an, daß ein Hersteller von Pferdekutschen, der mit Automobilproduzenten im Wettbewerb steht, seine Stellung zu behaupten gedenke und die Preise des veralteten Produkts, das er herstellt, beibehalte. Unter einer einheitlichen Währung würde er mit dem Vordringen des Automobils schnell seine Verkaufsziffern sinken sehen, und seine Arbeitnehmer, die über nicht unmittelbar für andere Verrichtungen geeignete Spezialkenntnisse verfügen, würden arbeitslos werden. Wenn unser hartnäckiger Unternehmer indessen über eine eigene Währung verfügte, würde der Rückgang seines Absatzes zu einem Angebotsüberschuß seiner Währung im Vergleich zu den anderen Währungen führen. Der Wert seiner Währung würde sinken, und die Kosten seiner Einspänner würden für die Besitzer der übrigen Währungen automatisch verringert.

Für die Arbeiter in der Kutschenbranche ist die letztere Alternative sicherlich vorzuziehen. Die Gefahr der Arbeitslosigkeit wäre geringer, und der Übergang zu veränderten wirtschaftlichen Bedingungen vollzöge sich gemächlicher. Die Wirtschaft als Ganzes käme jedoch zum Stillstand; denn jeder Wirtschaftseinheit in einer Volkswirtschaft die Wahl einer eigenen Währung gestatten, hieße eine Situation schaffen, die der Organisationsform der reinen Tauschwirtschaft entspräche.

Fassen wir die Argumentation zusammen: Die Effizienz von Produktion und Tausch wird gefördert, wenn eine einheitliche Währung für ein Gebiet besteht, das so groß wie möglich ist. Auf der anderen Seite macht ein derartiges einheitliches Währungssystem die Volkswirtschaft inflexibler gegenüber Prozessen wirtschaftlichen Wandels. Der Grad dieser Starrheit hängt davon ab, in welchem Umfang Kosten und Preise rigid sind. Wenn man kleinen Wirtschaftseinheiten gestattet, eigene Währungen zu wählen, und diese ihr Wertverhältnis untereinander frei schwankend bestimmen läßt, mildert man die Folgen der Kosten- und Preisstarrheit, weil Wechselkursschwankungen als Ersatz für Kosten- und Preisbewegungen dienen. Indessen muß man den Gewinn an zusätzlicher Flexibilität abwägen gegen den Verlust der Vorteile einer einheitlichen Währung.

Beim Abwägen der Vor- und Nachteile, die die Extrempositionen kennzeichnen, hält der Nationalökonom natürlich nach einem optimalen Mittelweg Ausschau. Optimale Währungsräume lassen sich als Gebiete bezeichnen, die eine einheitliche Binnenwährung aufweisen und untereinander flexible Wechselkurse zulassen sollten. Diesbezüglich hat die Untersuchung keine Anwort darauf ergeben, wie man die Welt unterteilen sollte. Man kann jedoch mit ziemlicher Sicherheit behaupten, daß theoretisch festzulegende, optimale Währungsräume kaum mit den nationalen Grenzen übereinstimmen dürften.

TEIL 3

Wachstum und Schwankungen der wirtschaftlichen Aktivität

15. Einführung in die gesamtwirtschaftliche Dynamik

15.1. Einleitung

Es ist nun an der Zeit, mit der Diskussion solcher Probleme zu beginnen, die die Ökonomen als «dynamisch» im Gegensatz zu der «statischen» Analyse des Teils 2 bezeichnen. Unsere erste Aufgabe besteht darin, die Bedeutung dieser Begriffe zu untersuchen. Für viele Ökonomen gilt als allgemeine Regel, daß ein «dynamisches» Modell ein «gutes» Modell ist, während ein «statisches» Modell, wie es andere erfinden, ein «schlechtes» Modell ist. Leider erweist sich diese Definition für unsere Zielsetzung als unzureichend.

Eine weite und sehr unbestimmte Definition kennzeichnet ein dynamisches Modell damit, daß in ihm die Zeit als explizite Variable eingeführt ist. Nun, da wir damit befaßt sind, die Bestimmungsgründe der Wachstumsrate einer Volkswirtschaft zu untersuchen, liegt es auf der Hand, daß wir wissen müssen, in welchem Zeitraum die Wirtschaft um einen bestimmten Prozentsatz wächst. Ebenso bleibt im Verlauf einer Inflation das Preisniveau ex definitione nicht unverändert, sondern steigt mit einer bestimmten Rate pro Zeiteinheit. Wenn wir erfahren, daß das Preisniveau um 10 Prozent gestiegen ist, fühlen wir uns gelangweilt, mäßig betroffen oder aber in panischen Schrecken versetzt, je nachdem, ob die 10prozentige Preiserhöhung im Laufe eines Jahrhunderts, eines Jahrzehnts oder eines Jahres erfolgte. Es versteht sich von selbst, daß die Untersuchung konjunktureller Schwankungen – der Auf- und Abschwünge wirtschaftlicher Aktivität – ebenso ein dynamisches Problem ist.

Mit Ausnahme des in Kapitel 5 dargestellten Multiplikatorprozesses sind die Modelle des Teils 2 «komparativ statische» Modelle. Die Lösungen der Gleichungssysteme ergeben für die Variablen Gleichgewichtswerte. Verschiebt sich z.B. eine der Funktionen infolge einer Veränderung der Geldmenge oder der Staatsausgaben, so ergeben die Gleichungen einen neuen Gleichgewichtspunkt als Lösung. Die Modelle veranschaulichen aber nicht den Prozeß, in dem die Variablen des Systems dem neuen Gleichgewicht zustreben. Wir diskutierten zwar den Anpassungsprozeß von einem Gleichgewicht zum nächsten, aber die verschiedenen Anpassungsprozesse sind in den Gleichungen selbst in keiner Weise enthalten. Die Modelle wären nur dann wirklich dynamisch, wenn die Gleichungen verdeutlichten, wie sich die Variablen verhalten, wenn das System aus dem Gleichgewicht gerät.

Wenn wir weitgehend sicher wären, daß eine Geldmengenausweitung den Zinssatz senken und das Einkommen auf ein neues Gleichgewichtsniveau erhöhen würde, wie es die Modelle im Teil 2 angeben, und wenn nicht besonders interessierte, wie lange der Übergang zum neuen Gleichgewichtspunkt dauerte, gäbe es keinen zwingenden Grund, unsere komparativ statischen Modelle dadurch zu komplizieren, daß wir genauestens angeben, wie sich bei Gleichgewichtsstörungen die Anpassung vollzieht. Unglücklicherweise können wir aber keineswegs sicher sein, daß die von den komparativ statischen Modellen gegebenen Gleichgewichtslösungen immer richtig sind. Die Gleichgewichtslagen können «instabil» sein; d.h., wenn die Variablen des Systems zufällig im Gleichgewicht wären, würden sie tendenziell auch dort verharren. Sollte das Gleichgewicht aber durch irgendeine Störung verlassen werden, dann würde eine zunehmende Abweichung vom Gleichgewichtspunkt statt einer Rückkehr zu ihm eintreten. Daher können die komparativ statischen Lösungen falsch sein. Obwohl z.B. eine Geldmengenausweitung nach der Aussage unserer Modelle im Teil 2 zu Einkommenssteigerungen und Zinssenkungen führt, könnte dies nicht zutreffen. Die Veränderungen können sich tatsächlich in die umgekehrte als die von den statischen Modellen vorausgesagte Richtung entwikkeln.

An den Ausgangspunkt unserer Untersuchung der dynamischen Aspekte wollen wir die folgende grundlegende Behauptung stellen: Es ist häufig unmöglich, die Auswirkung einer Verschiebung der IS-, der LM- oder jeder anderen in diesem Zusammenhang bedeutsamen Funktion in einem komparativ statischen Modell zu bestimmen, ohne den zugrunde liegenden dynamischen Anpassungsprozeß zu erforschen. Diese von P. A. Samuelson[1] formulierte und als «Korrespondenz-Prinzip» bekannte Behauptung ist der Untersuchungsgegenstand dieses Kapitels.

15. 2. Dynamische Anpassung und das IS-LM-Modell

Im Teil 2 legten wir für die Investitionsnachfrage die Gleichung $I = I(i)$ zugrunde. In Kapitel 7 berücksichtigten wir, daß die Form

$$I = I(i, Y)$$

möglicherweise sinnvoller sei. Die Einbeziehung des Einkommens als unabhängige Variable der Gleichung der Investitionsnachfrage sieht zunächst nicht nach einer größeren Veränderung aus. Wie wir sehen werden, wirft dies jedoch einige entscheidende und interessante neue Probleme auf.

Mit der neuen Investitionsfunktion erhält die Gleichung für die IS-Kurve die Form

$$I(i, Y) = Y - C(Y) \tag{15.1.}$$

Zunächst stellen wir fest, daß die IS-Kurve nicht mehr unbedingt negativ geneigt sein muß. Aus Kapitel 7 wissen wir, daß mit der neuen Gleichung der Investitionsnachfrage eine ganze Reihe von Investitionsnachfragekurven im ersten Quadranten möglich ist. So ist in Abb. 15.1. das Einkommen Y_0 mit der Investitionsfunktion $I(i, Y_0)$ verbunden. Folglich gleicht der Zinssatz i_0 die geplante Investition und Ersparnis beim Einkommen Y_0 aus. Ebenso ist bei einer Einkommenshöhe von Y_1 die entsprechende Kurve der Investitionsnachfrage $I(i, Y_1)$, so daß wir nach einer Runde durch alle vier Quadranten feststellen, daß der Zinssatz i_1 ein Gleichgewicht des Gütermarkts garantiert.

Im vorliegenden Beispiel ist die IS-Kurve positiv geneigt, wenngleich die Steigung auch negativ sein könnte. Wenn wir h als die «marginale Investitionsneigung» bezeichnen, d.h. als diejenige Erhöhung der Investition, die durch eine Einkommenssteigerung um 1 $ hervorgerufen wird, dann hat die IS-Kurve eine positive Steigung,

[1] P. A. Samuelson, Foundations of Economic Analysis, Chap. 9, Harvard University Press, Cambridge, Mass., 1947, insbesondere S. 276–283.

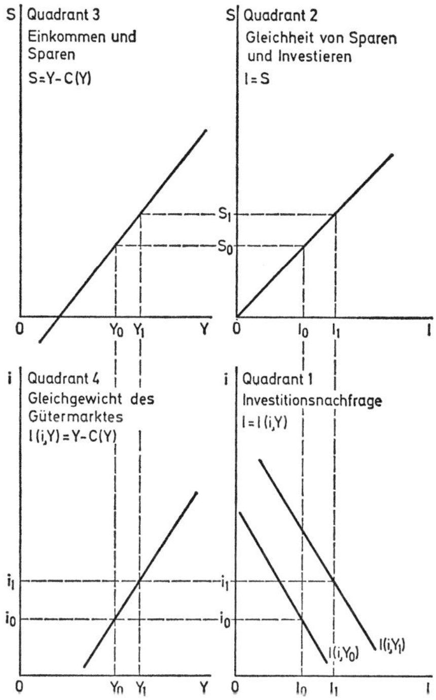

Abb. 15.1

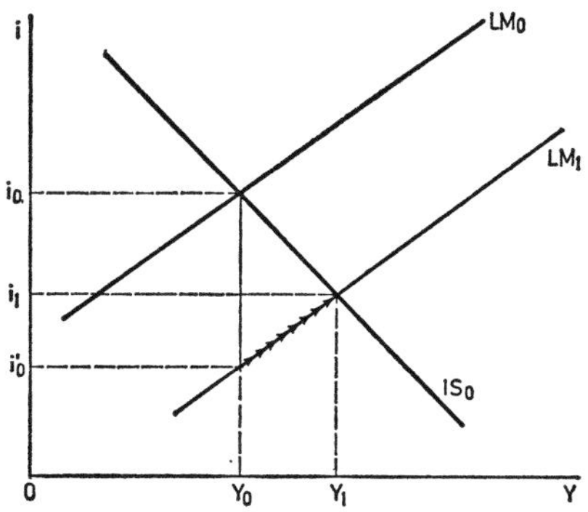

Abb. 15.2

Abb. 15.1: Gleichgewicht auf dem Gütermarkt (alle Werte in realen Größen)

Abb. 15.2: Dynamische Anpassung: Fall 1 (alle Werte in realen Größen)

wenn h größer ist als die marginale Sparneigung, und sie ist negativ geneigt, wenn der umgekehrte Fall gilt. Untersuchen wir, warum dies so ist.

Wenn die Investition auf ein neues Niveau steigt, erhöht sich das Einkommen so lange, bis die Ersparnis um einen Betrag zunimmt, der genau der Investitionssteigerung entspricht. Nach unserer derzeitigen Annahme über die Investitionsnachfrage führt aber der Einkommenszuwachs zu einer weiteren Erhöhung der Investition. Wenn die marginale Investitionsneigung größer ist als die marginale Sparneigung, kann die Ersparnis nicht schnell genug zunehmen, um geplante Investition und Ersparnis auszugleichen. Das Einkommen würde demnach tendenziell unbegrenzt steigen, und das Gleichgewicht auf dem Gütermarkt würde niemals erreicht. Indessen kann das Gleichgewicht wiederhergestellt werden, wenn der Zinssatz steigt und damit die geplante Investition verringert. Wenn die marginale Investitionsneigung die marginale Sparneigung übersteigt, erfordert folglich das güterwirtschaftliche Gleichgewicht, daß sich mit steigendem Einkommen auch der Zinssatz erhöht.

Untersuchen wir nun, wie sich in diesem allgemeinen Modell das System bei einem Ungleichgewicht anpaßt. In Abb. 15.2. sind die IS-LM-Kurven in ihrer üblichen Form dargestellt. Wir nehmen an, daß das ursprüngliche Gleichgewicht bei i_0 und Y_0 liege und durch eine Rechtsverschiebung der LM-Kurve gestört werde.

Wir wollen nun den Anpassungsprozeß zu dem neuen Gleichgewichtspunkt Y_1, i_1 nachvollziehen. Dazu müssen wir einige dynamische Annahmen darüber machen, wie sich das System nach Verlassen des Gleichgewichts verhält. Wir wollen annehmen, daß der Zinssatz unendlich schnell auf monetäre Störungen reagiere und daß die

Anpassungsgeschwindigkeit auf dem Gütermarkt dem Unterschied zwischen Investieren und Sparen entspreche (d.h. der Differenz zwischen der aggregierten Nachfrage und dem jeweiligen Produktionsvolumen). Die Annahme einer unendlich schnellen Anpassung auf dem Geldmarkt erlaubt es uns, die Entwicklung des Einkommens und des Zinssatzes entlang der LM-Kurve zu verfolgen, von der wir gemäß dieser Annahme niemals abweichen können.

Wenn wir in die Abb. 15.2. zurückgehen, stellen wir fest, daß aus der Verschiebung der LM-Kurve wegen unserer Annahme über die Anpassung des Zinses ein sofortiges Sinken des Zinses auf i'_0 folgt. Bei i'_0 und einem Einkommen von Y_0 übersteigt jedoch die geplante Investition das Sparen. Folglich beginnt das Einkommen zu steigen. Mit zunehmendem Einkommen erhöht sich die Geldnachfrage aus dem Transaktionsmotiv, so daß auch der Zinssatz zu steigen beginnt. Die Anpassung vollzieht sich entlang der LM-Kurve aufwärts (den Pfeilen folgend), bis Y_1 und i_1 erreicht sind. An diesem Punkt gleichen geplante Investition und Ersparnis einander wieder aus, und das Gleichgewicht ist wiederhergestellt.

Nehmen wir nunmehr an, die IS-Kurve habe eine positive Steigung, wie in Abb. 15.3. dargestellt. Die Verschiebung der LM-Kurve läßt den Zinssatz unmittelbar auf i'_0 fallen. Dies bedeutet wiederum, daß die geplante Investition die Ersparnis übersteigt und das Einkommen folglich zunehmen muß. Der Einkommenszuwachs regt aber infolge unserer Annahme, daß die Investition eine Funktion der Einkommenshöhe sei, weitere Investitionen an. Folglich läßt die ursprüngliche monetäre Störung das Einkommen steigen; dadurch werden weitere Investitionen hervorgerufen, die wiederum das Einkommen weiterwachsen lassen.

Wird sich das Einkommen unbegrenzt erhöhen oder wird ein neuer Gleichgewichtspunkt erreicht? Im vorliegenden Fall läßt die Zinserhöhung infolge der Einkommenssteigerung die Investition stärker abnehmen, als die Einkommenssteigerung selbst weitere Investitionen anregt. M. a. W., der Zinssatz, der den Geldmarkt ins Gleichgewicht bringt, steigt stärker als der Zinssatz, der den Gütermarkt ausgleicht. Folglich wird bei Y_1 und i_1 ein neuer, stabiler Gleichgewichtspunkt erreicht. Der Anpassungsprozeß folgt wiederum den Pfeilen aufwärts entlang der LM-Kurve.

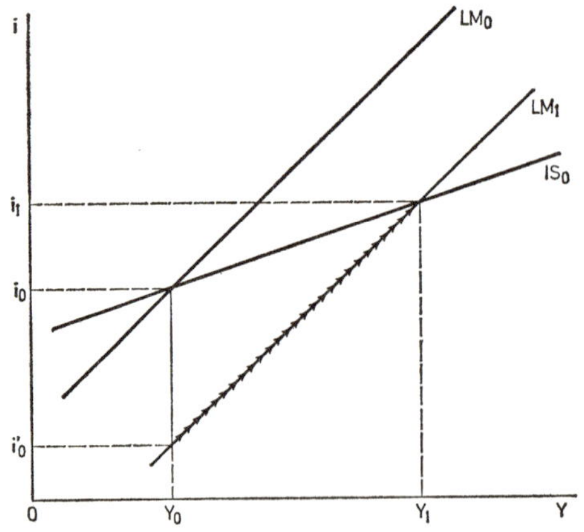

Abb. 15.3: Dynamische Anpassung: Fall 2 (alle Werte in realen Größen)

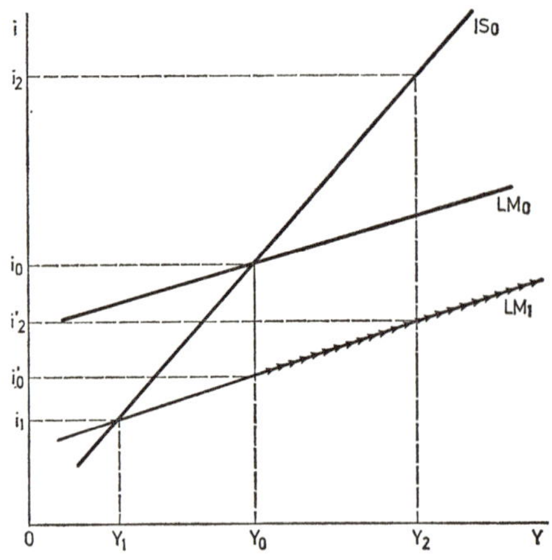

Abb. 15.4: Dynamische Anpassung: Fall 3 (alle Werte in realen Größen)

Betrachten wir schließlich den dritten, in Abb. 15.4. dargestellten Fall. Er unterscheidet sich von dem zweiten Fall dadurch, daß die IS-Kurve nun stärker ansteigt als die LM-Kurve. Wenn wir nichts über den Anpassungsprozeß wüßten, würden wir vermuten, daß die Verschiebung der LM-Kurve nach LM_1 das Gleichgewichtseinkommen auf Y_1 und den Zins auf i_1 senken würde. Ein derartiger Einkommensrückgang scheint kein sehr sinnvolles Ergebnis zu sein. Und tatsächlich zeigt unsere dynamische Analyse, daß die Punkte Y_1 und i_1 nicht erreicht werden können. Der Punkt Y_0, i_0 ist nämlich ein instabiler Gleichgewichtspunkt, von dem das System in dem Moment wegstrebt, in dem das Gleichgewicht gestört wird.

Wie zuvor läßt die Verschiebung der LM-Kurve den Zinssatz sofort auf i'_0 fallen. Folglich übersteigt die Investition das Sparen, und, im Gegensatz zur Aussage des statischen Modells, steigt daher das Einkommen, statt auf Y_1 zu sinken. Der Einkommenszuwachs läßt zusätzliche Investitionen entstehen. Im vorangegangenen Fall ließ die Einkommenserhöhung die Nachfrage nach Transaktionskasse und damit den Zinssatz schließlich so weit steigen, daß das Einkommen nicht unbegrenzt zunahm. In diesem Fall jedoch steigt der tatsächliche Zins (entlang der LM-Kurve) langsamer als er steigen müßte (entlang der IS-Kurve), um geplante Investition und Ersparnis auszugleichen. So übersteigt z.B. bei Y_2 der Zins i_2, der Sparen und Investieren ins Gleichgewicht bringt, den Zins i'_2, der das monetäre Gleichgewicht garantiert, um mehr, als dies bei geringeren Einkommensniveaus der Fall ist. Das Einkommen steigt daher weiter, und zwar mit zunehmender Geschwindigkeit.

In dem zuletzt betrachteten Fall sprechen wir von einem «instabilen» System, und die Schnittpunkte der IS- und LM-Kurven werden als «instabile Gleichgewichtspunkte» bezeichnet. Solange wir die IS-Kurve mit negativer Steigung voraussetzten, brauchten wir uns um dieses Problem nicht zu kümmern. Doch selbst eine positiv geneigte IS-Kurve läßt das System nur dann instabil werden, wenn die Steigung der IS-Kurve größer ist als die der LM-Kurve.

15. 3. Folgerungen aus der Analyse

Wir haben gesehen, daß die Einführung dynamischer Annahmen über das Verhalten eines aus dem Gleichgewicht geratenen Systems erforderlich ist, um zu prüfen, ob die Ergebnisse der komparativ statischen Analyse korrekt sind. So macht die Stabilitätsanalyse in dem in Abb. 15.4. dargestellten Beispiel das komparativ statische Ergebnis hinfällig, was bedeutet, daß eine Geldmengenausweitung das Einkommen – wenn überhaupt – nur positiv verändert. Mit ähnlicher Argumentation könnten wir nachweisen, daß eine Erhöhung der Staatsausgaben oder eine Minderung der Steuern niemals das Einkommen verringern können, unabhängig davon, was immer das komparativ statische Modell anzeigen mag. So setzt die Stabilitätsanalyse den Ökonomen in die Lage, irrige Ergebnisse auszuschalten, und erlaubt ihm damit, korrekte Lehrsätze über die Richtung aufzustellen, in der sich die Variablen des Systems verändern.

16. Grundlagen des Wirtschaftswachstums

16. 1. Einleitung

Wie die im Teil 2 betrachteten Modelle, die sich mit aggregierten wirtschaftlichen Verhaltensweisen befassen, zeigen, erfordert die Erhaltung der Vollbeschäftigung, daß die beim Vollbeschäftigungseinkommen entstehenden Abflüsse durch ein ebenso großes Maß an Zuflüssen ausgeglichen werden. Zu der Aussage, daß ein gewisses Investitionsvolumen zur Erhaltung der Vollbeschäftigung erforderlich ist, gehört die Annahme, daß sich Arbeitskräftepotential und Produktionskapazität der Volkswirtschaft nicht ändern. Diese Annahme mag bei einer kurzfristigen Betrachtung gerechtfertigt sein. So ist z.B. die Annahme vertretbar, daß das Wachstum der Produktionskapazität der amerikanischen Wirtschaft, das sich aus der Nettoinvestition eines Jahres ergibt, gering genug sei, um es im Zusammenhang mit der im Teil 2 durchgeführten Analyse vernachlässigen zu können. Die kumulativen Wirkungen der über eine längere Periode vorgenommenen Nettoinvestition können dagegen nicht vernachlässigt werden, und daher fordert die langfristige Betrachtung eine gewisse Umorientierung.

Die statischen Modelle des Teils 2 ließen die Tatsache unberücksichtigt, daß Investitionen eine doppelte Eigenschaft haben. Während sie einerseits Bestandteil der aggregierten Nachfrage sind, werden sie andererseits getätigt, um die Produktionskapazität zu erweitern. Sie erhöhen also gleichzeitig das Produktionspotential und das jeweilige Einkommen. Somit bedeutet eine positive Nettoinvestition, daß das Gütervolumen im Zeitablauf ausgeweitet werden kann, und daß die Vollauslastung dieser Kapazität eine fortlaufende Erhöhung der zukünftigen aggregierten Nachfrage erfordert. Wenn zusätzlich das absolute Sparvolumen bei Vollbeschäftigung allem Anschein nach im Zeitablauf zunimmt, müssen jedes Jahr absolut höhere Investitionsziffern erreicht werden, wenn die Ersparnis durch ein entsprechendes Volumen an Investitionsausgaben ausgeglichen werden soll. Da aber das absolute Investitionsvolumen Jahr für Jahr steigt, wächst der Kapitalstock der Volkswirtschaft in immer größerem Ausmaß, und daher muß auch das Einkommen zur Erhaltung der Vollbeschäftigung immer stärker zunehmen. Die Wirtschaft muß sich mit anderen Worten immer schneller entwickeln, wenn die Vollbeschäftigung erhalten werden soll.

Die Produktionskapazität wächst nicht nur infolge der Nettoinvestitionen, sondern wird durch den technischen Fortschritt auch immer leistungsfähiger. Unter technischem Fortschritt verstehen wir Verbesserungen der Leistungsfähigkeit des Kapitalbestandes durch technologischen und organisatorischen Wandel sowie Verbesserungen der Qualität der Arbeitskraft durch verbesserte Erziehung, Ausbildung und Gesundheit[2]. Durch den technischen Fortschritt hat sich die Produktivität von

[2] Das wichtigste Element des technischen Fortschritts der Vereinigten Staaten scheint die ständige Qualitätsverbesserung der Arbeitskraft zu sein. Vgl. T. W. Schultz, «Investment in Human Capital», American Economic Review, 51:1–17, 1961.

Kapital und Arbeit erhöht, und dies hat zum großen Teil ermöglicht, daß sich die Menschen eines ständig steigenden Lebensstandards erfreuen.

Zu dem Kapitalzuwachs und dem technischen Fortschritt kommt schließlich das Wachstum der Bevölkerung und des Arbeitskräftepotentials im Zeitablauf hinzu, und dieses Wachstum erhöht nicht nur das Produktionspotential, sondern bringt auch einen Teil oder die Gesamtheit der zusätzlichen Nachfrage hervor, die sicherstellen muß, daß das Gütervolumen auch aufgenommen wird.

Das Anliegen dieses Kapitels besteht darin, die Folgerungen aus dem dualistischen Charakter der Investition sowie die Wirkungen des technischen Fortschritts und der Bevölkerungszunahme aufzuzeigen. Wir beginnen unsere Analyse mit einer Erweiterung des einfachen Keynes'schen Modells, in dem die doppelte Eigenart der Investition berücksichtigt ist, in dem aber kein technischer Fortschritt herrscht und die Arbeitskraft mit der gleichen Rate wie der Kapitalstock wächst. Unter diesen Annahmen wird die Wachstumsrate des Einkommens, die eine Vollauslastung der bestehenden Kapazität garantiert, auch die Vollbeschäftigung des wachsenden Arbeitskräftepotentials sichern.

16. 2. Kapitalausweitung und Erhaltung der Vollbeschäftigung [3]

Um die Bestandteile des Wachstumsprozesses zu verdeutlichen, nehmen wir in diesem Abschnitt an, daß sich das Produktionsvolumen, das eine Wirtschaft zu erstellen vermag, proportional zum Kapitalstock verhalte. Wir schreiben daher die Produktionsfunktion in der Form

$$Y = \sigma K,$$

wobei der Ausdruck σ als «Kapitalproduktivität» bekannt ist. Wenn σ einen Wert von 0,25 hätte, wäre ein Kapitalstock von 4 \$ erforderlich, um ein jährliches Produktionsvolumen von 1 \$ zu erstellen.

Zur Vereinfachung gehen wir von einer geschlossenen Wirtschaft ohne staatliche Aktivität aus. Schließlich machen wir die Annahme, daß sich in langfristiger Betrachtung der Konsum proportional zum Einkommen verhalte. Diese Annahmen bedeuten, daß das Gleichgewicht erreicht ist, wenn

$$I = S$$

ist, und daß eine Konsumfunktion in der Form

$$C = cY$$

vorliegt.

Betrachten wir nun ein Zahlenbeispiel, in dem die Kapitalproduktivität den Wert 1,0 und die marginale Konsumquote den Wert 0,5 hat. Dieser Fall ist in Abb. 16.1. dargestellt, in der die Annahme gemacht wird, daß das ursprüngliche Vollbeschäftigungseinkommen bei 100 Mrd. \$ liege. Bei diesem Einkommen beträgt das Konsumniveau 50 Mrd. \$. Wenn die Vollbeschäftigung gesichert sein soll, muß die beabsichtigte Investition folglich 50 Mrd. \$ betragen.

[3] Das hier dargestellte einfache Modell folgt dem Ansatz von E. Domar, «Capital Expansion, Rate of Growth and Employment», Econometrica, 14:137–147, 1946. Ein ähnlicher, früherer Ansatz ist der von R. F. Harrod, «An Essay in Dynamic Theory», Economic Journal, 49:14–33, 1939. Vgl. ferner W. J. Baumol, Economic Dynamics, The Macmillan Company, New York, 1951.

Wenn wir davon ausgehen, daß die erforderlichen Investitionsausgaben in Höhe von 50 Mrd. $ tatsächlich getätigt werden, dann erhöht sich der Kapitalstock um 50 Mrd. $. Unsere Annahme einer Kapitalproduktivität vom Wert 1,0 bedeutet, daß im nächsten Jahr das bei Vollbeschäftigung erzielte Produktionsvolumen 150 Mrd. $ beträgt. Wie aus Abb. 16.1. ersichtlich, beträgt dann der Verbrauch 75 Mrd. $, so daß die Investition nun auf 75 Mrd. $ steigen muß, um die Vollbeschäftigung zu erhalten. Wenn wir wieder voraussetzen, daß die notwendige Investition tatsächlich erfolgt, dann steigt das bei Vollbeschäftigung erzielbare Produktionsvolumen der Wirtschaft um 75 Mrd. $ auf 225 Mrd. $. Bei diesem Einkommen beträgt der Konsum 112,5 Mrd. $ und die erforderliche Investition ebenfalls 112,5 Mrd. $.

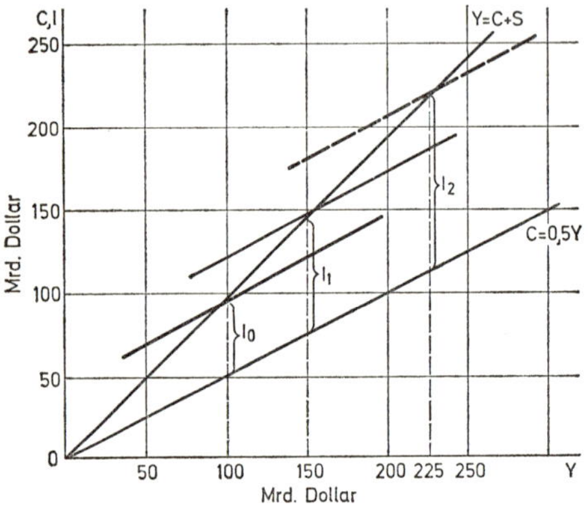

Abb. 16.1: Der Wachstumsprozeß (alle Werte in realen Größen)

In diesem Beispiel steigt die jeweils zur Erhaltung der Vollbeschäftigung erforderliche Investition in periodischer Folge von 50 Mrd. $ auf 75 Mrd. $ und auf 112,5 Mrd. $. Die Zuwachsrate von Periode zu Periode beträgt demnach 50 Prozent. Diese Wachstumsrate entspricht genau dem Produkt aus Kapitalproduktivität und marginaler Sparquote, nämlich

$$\sigma\,(1 - c) = 1.0\,(0.5) = 0.5$$

Dies ist kein Zufall. Untersuchen wir, warum.

Wenn die Vollbeschäftigung über aufeinanderfolgende Perioden erhalten werden soll, muß die Erhöhung der Gesamtausgaben von einer Periode zur nächsten dem Zuwachs des bei Vollbeschäftigung erzielbaren Produktionsvolumens genau entsprechen. Die Zunahme der Gesamtausgaben entspricht dem Produkt aus der Investitionserhöhung und dem Multiplikator. Von der Nachfrageseite her ist

$$\Delta Y = \frac{\Delta I}{1 - c}$$

die Erhöhung der Gesamtausgaben. Aus der Produktionsfunktion ersehen wir, daß die Zunahme des Produktionsvolumens

$$\Delta Y = \sigma \Delta K$$

beträgt. Die *Änderung* des Kapitalstocks entspricht jedoch der *Höhe* der Investition. Folglich können wir den vorstehenden Ausdruck ersetzen durch

$$\Delta Y = \sigma I.$$

Wenn wir diese Angebotserhöhung mit der Nachfrageausweitung gleichsetzen, erhalten wir

$$\frac{\Delta I}{1 - c} = \sigma I$$

und wenn wir diesen Ausdruck umformen, erkennen wir, daß die Wachstumsrate, die den Zuwachs von Angebot und Nachfrage ausgleicht,

$$\frac{\Delta I}{I} = \sigma (1 - c)$$

beträgt.

Dieses von den Ökonomen als «Domar-Modell» bezeichnete Modell macht deutlich, daß eine erwünschte Beschleunigung des Wirtschaftswachstums erreicht werden kann, indem das Kapital produktiver gemacht (der Wert von σ erhöht) und/oder die marginale Sparquote vergrößert wird. Eine Steigerung der Produktivität des Kapitals läßt das Produktionsvolumen einer Volkswirtschaft deshalb mit einer höheren Rate als zuvor wachsen, weil jeder investierte Dollar das bei Vollbeschäftigung erreichbare Ausbringungsniveau um mehr Output erhöht als zuvor. Folglich muß die zur Erhaltung der Vollbeschäftigung erforderliche Wachstumsrate der Gesamtausgaben steigen. Ähnlich gilt, daß mehr investiert werden muß, wenn bei jedem Einkommensniveau stärker als vorher gespart wird. Das bedeutet, daß in jeder Periode der Kapitalstock stärker als zuvor wächst, so daß auch die Gesamtausgaben schneller steigen müssen, wenn die Vollbeschäftigung erhalten werden soll.

Dieses einfache Modell vermittelt eine wesentliche Erkenntnis. Zur Erhaltung der Vollbeschäftigung reicht es nicht aus, wenn das Investitionsvolumen unverändert bleibt. Ein konstantes Investitionsniveau schließt ein von Periode zu Periode unverändertes Volumen an Gesamtausgaben ein. Solange jedoch irgendeine Nettoinvestition erfolgt, wird der Kapitalstock und damit die bei Vollbeschäftigung erreichbare Ausbringungsmenge wachsen. Und dies schließt letztlich ein, daß die Investition erhöht werden muß, wenn die Gesamtausgaben mit den Produktionsmöglichkeiten des Systems Schritt halten sollen. Ein unverändertes Investitionsniveau würde daher zu einer zunehmenden Abweichung zwischen dem tatsächlichen Einkommensniveau und dem Vollbeschäftigungseinkommen führen. Die Wirtschaft muß, wie die Königin in *Durch den Spiegel*[4] sagen würde, immer schneller laufen, um stehen zu bleiben.

16.3. Wachstum auf des Messers Schneide

Der Typ des im letzten Abschnitt betrachteten Modells ist als «razor-edge»-Modell bekannt wegen seines unsicheren Gleichgewichts und ungewissen Verhaltens für den Fall, daß sich auch nur eine kleine Abweichung von der erforderlichen Wachstumsrate ergibt. Die Wirtschaft scheint zu schwanken, jeden Moment bereit, entweder in eine Hyperinflation hineinzuschießen oder in tiefe Depression abzusinken. Wenn dieser Umstand auch weniger auf die realen Gegebenheiten als auf die

[4] Es handelt sich hier um eine Anspielung auf eine «Nonsens»-Geschichte von Lewis Carroll innerhalb seiner «Alice»-Books (Alice's Adventures in the Wonderland, Through the Looking-Glass and What Alice Found There) (die Übersetzer).

übervereinfachte Art dieses Modells schließen läßt, macht er uns dennoch auf die wichtige Tatsache aufmerksam, daß Überinvestition zu Kapitalknappheit und Unterinvestition zu Überschußkapazitäten führt. Wenn die Unternehmer zuviel investieren, hat es den Anschein, als hätten sie zuwenig investiert, während sie dann, wenn sie zuwenig investiert haben, anscheinend zuviel investiert haben.

Abb. 16.1. hilft uns, diese Paradoxa zu verstehen. Am Ausgangspunkt steht ein Vollbeschäftigungseinkommen von 100 Mrd. $, und die zur Vollbeschäftigung erforderliche Investition beträgt daher 50 Mrd. $. Stellen wir uns nun vor, die Unternehmer investierten in der Periode 0 zuwenig; d.h. statt 50 Mrd. $ investierten sie nur 40 Mrd. $. Infolge dieser unzureichenden Investition wird das Gleichgewichtseinkommen bei 80 statt bei 100 Mrd. $ liegen. Daher entsteht eine Überschußkapazität von 20 Mrd. $, weil das Einkommen unter dem Potential der Periode 0 liegt. Weiterhin fügt die positive Nettoinvestition von 40 Mrd. $ in der Periode 0 dem Produktionspotential weitere 40 Mrd. $ hinzu. Folglich werden die Unternehmer zu Beginn der Periode 1 feststellen, daß eine erhebliche Überschußkapazität vorliegt, so daß die Investition weiter eingeschränkt wird, wenn sie nicht gar völlig zusammenbricht. Hätten die Unternehmer 50 Mrd. $ statt nur 40 Mrd. $ investiert, so hätten sie festgestellt, daß die Nachfrage nach Gütern und Dienstleistungen ausgereicht hätte, um alle Produktivkräfte zu beschäftigen.

Nehmen wir andererseits an, die Wachstumsrate des Nominaleinkommens sei größer als notwendig. In diesem Fall würde das von den Unternehmern nachgefragte Investitionsvolumen das durch Ersparnis freigesetzte Investitionsgüterangebot übersteigen. Angesichts der Unterproduktion in der Vorperiode werden die Unternehmer in der laufenden Periode mehr zu produzieren versuchen. Das erhöhte Gütervolumen der laufenden Periode wird jedoch für die nächste Periode weitergesteckte Investitionspläne und damit weitere Unterproduktion entstehen lassen. So führt der Versuch, den Output zu schnell zu erhöhen, zu erneuten Bemühungen um eine zu rasche Expansion und zu fortwährender Unterproduktion. Wenn das geplante Investitionsniveau in Abb. 16.1. in der Periode 0 bei 60 Mrd. $ liegt, übersteigt die aggregierte Nachfrage das Angebot. Dadurch steigen die Preise und veranlassen die Unternehmer, ihre Investitionsausgaben am Tag 1 noch weiter auszudehnen, d.h. über den Betrag von 75 Mrd. $ hinaus auszuweiten, der erforderlich ist, um die Lücke zwischen der Güternachfrage und der Produktionskapazität zu schließen. Gerade dieser Versuch, die Lücke zu schließen, vergrößert indessen die Lücke.

16. 4. Neoklassische Wachstumstheorie

In jüngster Zeit hat sich ein Analyseansatz entwickelt, der als «neoklassische Wachstumstheorie» bekannt geworden ist[5]. Die Neoklassiker gehen davon aus, daß die bei Vollbeschäftigung erzielte Ersparnis automatisch investiert wird,

[5] Wir können hier nicht die gesamte wichtige Literatur zu diesem Problemkreis angeben. Der interessierte Student sollte jedoch einen Blick werfen in die grundlegenden Beiträge von Robert M. Solow, «A Contribution to the Theory of Economic Growth», Quarterly Journal of Economics, 70:65–94, 1956, und «Technical Change and the Aggregate Production Function», Review of Economics and Statistics, 39:312–320, 1957; sowie Edmund Phelps, «The Golden Rule of Accumulation: A Fable for Growthmen», American Economic Review, 51:638–643, 1961, und «The New View of Investment: A Neo-classical Analysis», Quarterly Journal of Economics, 76:548–567, 1962.

und sie versuchen, die Eigenschaften des Wachstumspfades einer vollbeschäftigten Wirtschaft zu untersuchen, indem sie verschiedene Annahmen machen über die technische Fortschrittsrate, die Wachstumsrate des Arbeitsangebots und die Möglichkeit der technischen Austauschbarkeit zwischen den Produktionsfaktoren. Die neoklassische Theorie hat die simple Eleganz des Domar-Modells zerstört, indem sie davon ausgeht, daß die Kapitalproduktivität nicht als Parameter betrachtet werden kann, sondern vielmehr eine Variable ist, die von Faktoren wie der technischen Fortschrittsrate und dem relativen Angebot von Kapital und Arbeit abhängt.

Die Analyse der neoklassischen Theorie ist zum großen Teil sehr schwierig, und die Mathematik ist erschreckend. Die wesentlichen Bestandteile lassen sich jedoch mit Hilfe der Annahme darstellen, daß die Produktionsmöglichkeiten der Volkswirtschaft durch die sogenannte «Cobb-Douglas»-Produktionsfunktion

$$Y = AK^{a}N^{1-a} \qquad (16.1.)$$

wiedergegeben werden, wobei der Exponent a ein positiver Bruch ist. Der Exponent gibt den Bruchteil des Einkommens an, der dem Kapital zuzurechnen ist, und entspricht darüberhinaus der relativen Veränderung der Produktionsmenge, die sich aufgrund von Veränderungen des Kapitalstocks ergibt.

Die bei Vollbeschäftigung erstellte Ausbringungsmenge ist in dieser Formulierung eine Funktion des Kapitaleinsatzes K, des Arbeitsangebots N und eines Skalenfaktors A, von dem wir annehmen dürfen, daß er mit einer stetigen Rate wächst und die Auswirkung des technischen Wandels berücksichtigt. Diese Formulierung schließt folgende Annahmen ein:

1. Die Produktionsfunktion ist homogen vom Grade eins. M. a. W., wenn K und N im gleichen Verhältnis erhöht werden, steigt auch Y in diesem Verhältnis.
2. Der technische Fortschritt ist «neutral». Das bedeutet, daß der technische Fortschritt (eine Veränderung von A) das Grenzprodukt beider Faktoren gleichmäßig erhöht, so daß die Grenzrate der Substitution (das Verhältnis der Grenzprodukte) unverändert bleibt.
3. Die Produktion unterliegt abnehmenden Ertragszuwächsen. Das bedeutet, daß bei konstantem Kapitaleinsatz erhöhte Einsatzmengen an Arbeit immer geringere Zuwachsraten der Ausbringungsmenge ergeben[6].

[6] Mit etwas einfacher Mathematik lassen sich diese Sätze verdeutlichen. Multiplizieren wir K und N zunächst mit einer Konstanten u. Wir erhalten

$$A\,(uK)^{a}\,(uN)^{1-a} = AK^{a}N^{1-a}u = uY$$

und ersehen daraus, daß die Produktionsfunktion homogen vom Grade eins ist. Um die Grenzprodukte des Kapitals und der Arbeit zu errechnen, bilden wir die partiellen Ableitungen von Y nach K und N. Dies ergibt

$$\frac{\partial Y}{\partial K} = \frac{aY}{K} \qquad \frac{\partial Y}{\partial N} = (1-a)\,\frac{Y}{N}$$

und zeigt, daß die Grenzprodukte sinken, sowie die Verhältnisse von Output zu Kapital und von Output zu Arbeit abnehmen. Das Verhältnis der Grenzprodukte ist

$$\frac{\partial Y/\partial K}{\partial Y/\partial N} = \frac{a}{1-a}\,\frac{N}{K}$$

woraus ersichtlich wird, daß die Grenzrate der Substitution eine Funktion des Verhältnisses von Arbeit zu Kapital und unabhängig von der technischen Fortschrittsrate ist.

Wenn wir die Produktionsfunktion in die Form

$$Y = A \left(\frac{N}{K}\right)^{1-a} K$$

bringen und mit

$$Y = \sigma K$$

vergleichen, sehen wir, daß sich die Kapitalproduktivität durch

$$\sigma = A \left(\frac{N}{K}\right)^{1-a} \qquad (16.2.)$$

ausdrücken läßt, und es wird damit unmittelbar deutlich, daß die Kapitalproduktivität mit einer Verbesserung der Technologie und mit einer Erhöhung des Arbeit-Kapital-Verhältnisses steigt.

Der Tatbestand abnehmender Ertragszuwächse führt zu dem wichtigen Ergebnis, daß eine Erhöhung der Sparquote nicht die Wachstumsrate vergrößert. Wenn die Sparquote steigt, erhöht sich das erforderliche Investitionsvolumen, und Kapitalstock sowie Einkommen wachsen zunächst schneller. Wie sich jedoch aus Gleichung 16.2. ersehen läßt, führt dies zu einer Senkung des Arbeit-Kapital-Verhältnisses, was wiederum bedeutet, daß der relativ erhöhte Kapitaleinsatz die Kapitalproduktivität abnehmen läßt. Daher trägt jede investierte Geldeinheit weniger zu der möglichen Ausbringung bei, und die Wachstumsrate verringert sich und fällt auf ihr ursprüngliches Niveau zurück.

Eine prozentual konstante Wachstumsrate der Produktion erfordert eine konstante Kapitalproduktivität. Wie Gleichung 16.2. zeigt, bedeutet dies, daß Änderungen des Arbeit-Kapital-Verhältnisses nie das Maß übersteigen können, das gerade durch den technischen Fortschritt ausgeglichen wird. Jede Beschleunigung der Rate der Kapitalakkumulation führt zu abnehmenden Kapitalertragszuwächsen und läßt damit die Kapitalproduktivität und die Wachstumsrate sinken.

Diese Überlegungen deuten an, daß die Wachstumsrate nicht, wie im Domar-Modell angenommen, eine Funktion der Sparquote sein kann. Wenn wir die Produktionsfunktion wiederaufgreifen, können wir die Wachstumsrate des Produktionsvolumens errechnen[7] und erhalten

$$G_y = G_t + aG_k + (1 - a)\, G_n \qquad (16.3.)$$

wobei G_y, G_t, G_k und G_n die prozentualen Wachstumsraten des Outputs, des technischen Fortschritt, des Kapitalstocks und des Arbeitsangebots sind.

In einer langfristigen Betrachtung können die konstanten Zuwachsraten des Produktionsvolumens und des Kapitalstocks nicht voneinander abweichen. Die In-

[7] Die Differentiation der Cobb-Douglas Funktion nach der Zeit ergibt

$$\frac{dy}{dt} = K^a N^{1-a} \frac{dA}{dt} + aK^{a-1}N^{1-a} \frac{dK}{dt} + (1 - a)\, K^a N^{-a} \frac{dN}{dt}$$

Dividieren wir beide Seiten dieses Ausdrucks durch Y, erhalten wir die prozentuale Wachstumsrate

$$\frac{1}{Y}\frac{dY}{dt} = \frac{1}{A}\frac{dA}{dt} + a\,\frac{1}{K}\frac{dK}{dt} + (1 - a)\,\frac{1}{N}\frac{dN}{dt}$$

vestition, und damit der Kapitalstock, kann nicht ständig schneller wachsen als das Einkommen, weil dies bedeuten würde, daß die Investition möglicherweise das Einkommen übersteigen könnte, was offensichtlich unmöglich ist. Wenn es also eine konstante langfristige Gleichgewichtswachstumsrate gibt, muß sie so aussehen, daß $G_y = G_k$ ist. Wenn dies der Fall ist, läßt sich die Gleichung 16.3. auf

$$G_y = \frac{G_t + (1 - a)\, G_n}{1 - a} \tag{16.4.}$$

beschränken, und wir erkennen, daß die langfristige gleichgewichtige Wachstumsrate eine Funktion der technischen Fortschrittsrate und der Wachstumsrate des Arbeitsangebots ist.

Aus diesem Ergebnis lassen sich verschiedene wichtige Schlußfolgerungen ziehen. Zunächst die, daß Wachstum des Pro-Kopf-Einkommens ohne technischen Fortschritt nicht möglich ist. Wenn $G_t = 0$ ist, reduziert sich die Gleichung 16.4. auf

$$G_y = G_n$$

und da die Wachstumsrate der Ausbringungsmenge pro Kopf $G_y - G_n$ ist, wächst der Pro-Kopf-Output überhaupt nicht. In diesem Fall wächst das gesamte Gütervolumen mit einer Rate, die von der Wachstumsrate der Arbeit bestimmt ist und dieser entspricht.

Zweitens sehen wir, daß die Wachstumsrate nicht von der Sparquote abhängt. Aus Gleichung 16.2. wird ersichtlich, daß im Extremfall, in dem $G_t = 0$ und folglich A konstant ist, jede Verringerung des Verhältnisses N/K infolge gestiegener Ersparnis unmittelbar die Kapitalproduktivität und die Wachstumsrate senkt. Obwohl Domars Ergebnis, daß die Wachstumsrate

$$\sigma\,(1 - c)$$

beträgt, formal korrekt sein mag, ist es also nicht allzu gehaltvoll, weil jede Zunahme von $1 - c$ durch eine entsprechende Abnahme von σ ausgeglichen wird.

Die traditionelle Wachstumstheorie legt den Schluß nahe, daß der zukünftige Wohlstand nur durch die Sparbereitschaft der derzeitigen Generation begrenzt ist. Durch Verzicht auf gegenwärtigen Konsum kann die Gesellschaft die Wachstumsrate erhöhen und damit in der Zukunft ein höheres Konsumniveau erreichen. Nach der neoklassischen Theorie ist diese Vorstellung falsch. Die Wachstumsrate kann durch eine Erhöhung der Spar- und Investitionsquote nicht fortwährend erhöht werden, weil das Kapital dem Gesetz des abnehmenden Grenzertrags unterliegt.

Obwohl die Sparquote nicht die gleichgewichtige Wachstumsrate beeinflussen kann, ist sie doch ein wesentlicher Bestimmungsgrund für die Höhe des Pro-Kopf-Verbrauchs einer Gesellschaft. Dies läßt sich veranschaulichen, indem man die Auswirkungen einiger extremer Annahmen über das Sparverhalten untersucht. Eine Gesellschaft, die überhaupt nicht spart und investiert, hat auch keinen Kapitalstock und daher auch keinen Output und keinen Konsum. Wenn die Gesellschaft im anderen Extremfall so enthaltsam ist, den größten Teil ihres Produktionsvolumens zu sparen, wird sie ein hohes Ausbringungsniveau erzielen, aber sehr wenig konsumieren. Diese Extrembeispiele zeigen, daß irgendwo in der Mitte eine bestimmte optimale Sparquote liegen muß, die den Pro-Kopf-Verbrauch maximiert. Wie im Anhang gezeigt wird, ist diejenige Sparquote optimal, bei der die Gesellschaft ihre unter der Bedingung vollständiger Konkurrenz erzielten Gewinne spart und investiert und ihr Arbeitseinkommen konsumiert.

Bevor wir weitergehen, wollen wir uns versichern, ob wir das Wesen dieser «Goldenen Regel der Akkumulation» verstanden haben. Wenn wir durch verstärktes Sparen die Wachstumsrate erhöhen könnten, würde der Pro-Kopf-Verbrauch schließlich zunehmen. Die neoklassische Theorie behauptet indessen, daß von einer bestimmten Sparquote zwar das *Niveau* der Ausbringung abhängt, nicht aber deren Wachstumsrate. Die optimale Sparrate ist diejenige, bei der die Einschränkung des Pro-Kopf-Verbrauchs infolge einer zusätzlich gesparten Geldeinheit gerade durch denjenigen Anstieg im Pro-Kopf-Verbrauch wettgemacht wird, den diese zusätzliche Ersparnis ermöglicht.

Das hier untersuchte Wachstumsmodell wurde deshalb kritisiert, weil es annimmt, der technische Fortschritt sei lediglich «organisatorisch», d.h. er vollziehe sich mit gleichbleibender Rate und werde nicht von der Höhe der jeweils durchgeführten Investition beeinflußt. Es sollte jedoch bedacht werden, daß die meisten technischen Verbesserungen «*verkörpert*» durch neue Maschinen und Ausrüstung in den Produktionsprozeß eingehen. Wie Phelps[8] gezeigt hat, berührt die Annahme des durch Investitionsgüter verkörperten technischen Fortschritts nicht die grundlegenden Ableitungen der neoklassischen Wachstumstheorie. Wenn die Gesellschaft A eine höhere Spar- und Investitionsquote als B aufweist, ist ihr Kapitalstock jünger und produktiver. Dies bedeutet aber nicht, daß ihr Kapitalstock schneller wächst. A erfreut sich einer höheren Ausbringungsmenge als B, aber ihre Wirtschaft wird keineswegs schneller wachsen, solange nicht die Raten ihres verkörperten und autonomen technischen Fortschritts größer sind.

Soll die Wachstumsrate durch eine Erhöhung der Sparrate vergrößert werden, dann muß die *Rate* des technischen Fortschritts selbst eine Funktion der Investitionshöhe sein. Frankel[9] hat die Beobachtung gemacht, daß Gesellschaften mit hohem Kapital-Arbeit-Verhältnis technologisch am weitesten fortgeschritten sind. Folglich schreibt er den Index des technischen Fortschritts als

$$A = B\left(\frac{K}{N}\right)^{d} \qquad (16.5.)$$

und nennt diesen Ausdruck «development modifier». Dahinter steht der Gedanke, daß trotz steigendem Kapital-Arbeit-Verhältnis und damit sinkenden Grenzproduktes des Kapitals die Zunahme des Kapitals verbesserte Technologie mit sich bringt und damit die Tendenz zu abnehmenden Erträgen kompensiert.

Wenn wir die Gleichung (16.5.) in die Cobb-Douglas-Produktionsfunktion einsetzen, erhalten wir

$$Y = B\left(\frac{K}{N}\right)^{d} K^{a}N^{1-a} = BK^{a+c}N^{1-a-d}$$

Wenn a + d gerade 1 ergeben, schrumpft dieser Ausdruck zusammen auf

$$Y = BK$$

[8] Phelps, «The New View of Investment».

[9] Marvin Frankel, «The Production Function in Allocation and Growth: A Synthesis», American Economic Review, 52:995–1022, 1962, und «Errata», American Economic Review, 53:142, 1963.

Wir sehen also, daß in diesem Fall die abnehmenden Erträge gerade durch den beschleunigten technischen Wandel ausgeglichen werden und wiederum die Domar-Produktionsfunktion für die Beziehung zwischen Ausbringung und Kapitalstock gilt.

Zusammenfassend läßt sich sagen: Bei langfristiger Betrachtung hängt die Wachstumsrate der Ausbringung von der technischen Fortschrittsrate und der Wachstumsrate des Arbeitspotentials ab. Änderungen der Spar- und Investitionsquote werden diese Wachstumsrate so lange nicht beeinflussen, wie sich die Erhöhung von Sparen und Investieren nicht dahin auswirken, den technischen Fortschritt schneller in den Produktionsprozeß einzubringen. Die traditionelle Ansicht, nach der verstärktes Sparen immer gut sei, muß offensichtlich auch aus nicht-Keynesianischen Gründen zurückgewiesen werden.

16. 5. Säkulare Stagnation

Wirtschaftswachstum schließt in jeder sinnvollen Definition ein Steigen des realen Pro-Kopf-Einkommens im Zeitablauf ein. Stagnation bedeutet, daß das reale Pro-Kopf-Einkommen konstant bleibt, abnimmt oder langsamer zunimmt als es möglich wäre. Stagnation kann aus zwei Gründen eintreten. Erstens kann selbst bei Vollausnutzung aller Ressourcen die Wachstumsrate der Ausbringung hinter der der Bevölkerung zurückbleiben. Zweitens kann, selbst dann, wenn von der Angebotsseite die Voraussetzungen für eine befriedigende Wachstumsrate vorliegen, die Wirtschaft wegen unzureichender aggregierter Nachfrage ihr Potential möglicherweise nicht ausschöpfen. Im ersten Fall krankt die Gesellschaft daran, daß unterschiedliche Zuwachsraten von Bevölkerung und Kapital das Pro-Kopf-Einkommen mindern; im zweiten Fall leidet sie darunter, daß die Nachfrage häufig nicht ausreicht, um die Vollausnutzung der Ressourcen der Wirtschaft zu sichern. In beiden Fällen ist die Entwicklung des Pro-Kopf-Einkommens unbefriedigend.

Das Problem, den Wachstumspfad einer kapitalistischen Wirtschaft vorherzusagen, hat die Ökonomen seit Adam Smith[10] beschäftigt. Smith, der Vater der modernen Volkswirtschaftslehre, sah das Wirtschaftswachstum in enger Verbindung mit einer wachsenden Bevölkerung. Eine zunehmende Bevölkerung ermöglicht durch Ausweitung der Märkte eine bessere «Arbeitsteilung». Wenn sich das Arbeitsangebot vergrößert, kann jeder einzelne Arbeiter mehr und mehr zum Spezialisten werden, anstatt ein «Hans Dampf in allen Gassen» zu bleiben. Da sich jeder Arbeiter auf eine oder wenige Fertigkeiten konzentrieren kann, wächst seine Produktivität. Darüberhinaus fördert die Spezialisierung die Erfindungsgabe – das Aufspüren wirksamer Arbeitsmethoden – und läßt damit die Produktivität noch mehr steigen. Weil durch diesen Prozeß das Pro-Kopf-Einkommen erhöht wird, ergeben sich günstige Bedingungen für eine Zunahme der Bevölkerung, die wiederum eine verbesserte Arbeitsteilung ermöglicht.

Smith's Theorie enthält wenig Hinweise über die Rolle des Kapitals im Wachstumsprozeß; sie geht von ständig steigenden Arbeitserträgen aus; und wie die Theorien der meisten Ökonomen vor Marx widmet sie ihre Aufmerksamkeit ausschließlich der Angebotsseite des Wachstumsprozesses. Da er abnehmende Erträge gar

[10] Adam Smith, The Wealth of Nations, Books I, II, and III, Modern Library, Inc., New York, 1937.

nicht in Betracht zog, war Smith optimistisch in bezug auf die Möglichkeit, daß sich ein einmal in Gang gesetzter Wachstumsprozeß zu einem kumulativen Prozeß steigender Pro-Kopf-Einkommen entwickelte.

Smith's Optimismus machte dem Pessimismus seiner berühmten Nachfolger Robert Malthus und David Ricardo[11] den Weg frei. Während das Bevölkerungswachstum für Adam Smith der Ursprung des Fortschritts war, betrachteten Malthus und Ricardo das Bevölkerungswachstum als das Übel, das eine ständige Abnahme des Pro-Kopf-Einkommens bewirkte und schließlich zum «stationären Zustand» führte, in dem kein wirtschaftlicher Fortschritt Platz hat. Die Analyse von Malthus und Ricardo zeichnete in der Tat eine so düstere Zukunftsperspektive des Kapitalismus, daß Thomas Carlyle dazu kam, die Wirtschaftswissenschaften als «düstere Wissenschaft» zu bezeichnen.

Nach Malthus wächst die Bevölkerung tendenziell mit geometrischer Rate d.h. verdoppelt sich in jeder Generation, solange die Ernährungsgrundlage dies erlaubt. Wegen des beschränkten Bodenreservoirs können die Nahrungsmittel jedoch nicht mit der gleichen Rate vermehrt werden. Die Kapitalakkumulation kann zwar den Wettlauf zwischen Bevölkerungszunahme und der Ernährungsbasis beeinflussen, indem sie die Zuwachsrate des Gütervolumens erhöht; doch die Rate der Kapitalakkumulation hängt von den Gewinnen ab; diese Profite werden nach Ricardos Beweisführung wiederum vom Bevölkerungswachstum negativ beeinflußt. Wegen der rein biologischen Natur des Bevölkerungswachstums[12] eilt die Bevölkerung ihren Ernährungsmöglichkeiten unweigerlich voraus, fallen die Gewinne auf Null, fällt auch die Nettoinvestition völlig aus, so daß der stationäre Zustand eintritt.

Warum fallen die Gewinne mit wachsender Bevölkerung? Wenn eine zunehmende Bevölkerung ernährt werden soll, müssen nach Ricardo immer schlechtere Böden kultiviert werden. Um die Grundbesitzer zu bewegen, dieses weniger effiziente Land zu nutzen, müssen die Nahrungsmittelpreise steigen. Wenn dies jedoch geschieht, beziehen diejenigen Grundbesitzer, die glücklicherweise über fruchtbaren Boden verfügen, einen als «Rente» bezeichneten Überschuß über den zur Aufnahme der Produktion erforderlichen Betrag. Gleichzeitig muß der Kapitaleigner aufgrund der gestiegenen Nahrungsmittelpreise höhere Löhne zahlen. Wenn wir uns das gesamte Sozialprodukt als einen Kuchen vorstellen, so wird dieser im Zeitablauf immer mehr nur zwischen Renten und Löhnen aufgeteilt. Schließlich verschwinden die Gewinne vollständig, und wenn das zutrifft, fällt die Nettoinvestition auf Null; die arbeitende Klasse lebt beim Existenzminimum; und die Grundbesitzer häufen als einzige Klasse Vermögen an.

Der stationäre Zustand könnte wahrscheinlich vermieden werden, wenn die Grundbesitzer ihre Renten zur Bildung von Realkapital verwenden würden. Doch Ricardo hielt die Grundbesitzer für eine verschwenderische Klasse, die ihr Vermögen für prahlerische Ausgaben verschleudert, anstatt es produktiv anzulegen.

In der westlichen Welt hat sich die düstere Prognose von Malthus und Ricardo

[11] Die Schriften von Malthus und Ricardo sind in jeder Standardausgabe der Dogmengeschichte wiedergegeben; vgl. z.B. F. A. Neff, Economic Doctrines, 2d ed., The McGraw-Hill Book Company, New York, 1950; und R. Heilbroner, The Worldly Philosophers, Simon and Schuster, Inc., New York, 1953.

[12] Malthus führte das Konzept der «Präventivkontrollen» ein; doch war dies ein späterer Zusatz zu seiner Theorie; und während er die düstere Voraussage eines stationären Zustandes abwandelte, tat er dies nicht im Hinblick auf die wesentlichen Schlußfolgerungen.

zum Glück nicht bewahrheitet. Die Bevölkerung wuchs langsamer als Ricardo vorausgesagt hatte, und Fortschritte in der Technologie haben trotz gelegentlicher Rückschläge die Gefahr abnehmender Erträge gebannt. Dies bedeutet aber keineswegs, daß die klassische Theorie der wirtschaftlichen Entwicklung nur von nebensächlichem Interesse für die heutige Zeit sei.

So lastet z.B. in vielen Entwicklungsländern ein ständiger Bevölkerungsdruck auf der Nahrungmittelgrundlage und läßt selbst in normalen Erntejahren nur einen so geringen Spielraum, daß ein halbwegs schlechtes Jahr große Armut und Hungersnot hervorruft. Mühsam erzielte Outputsteigerungen werden fast unmittelbar von Bevölkerungszunahmen aufgezehrt. Gleichzeitig gibt es in diesen Ländern eine wohlhabende Klasse, die ihr Einkommen aus dem Grundbesitz bezieht. Aus Tradition und Gewohnheit neigt diese Klasse dazu, ihr Vermögen für eine prahlerische Anhäufung materieller Reichtümer auszugeben; sofern sie es überhaupt investiert, werden diese Investitionen im Ausland vorgenommen. Soziale und politische Unruhen in diesen Ländern folgen häufig aus dem wachsenden Erkennen der Einkommensunterschiede und der Hoffnung, daß irgendeine Form des öffentlichen Eigentums an Land und anderen Ressourcen zu allgemeinem Überfluß führen werde.

Das Studium der Wirtschaftswissenschaften bietet reichlich Gelegenheit, eine Vorliebe für Paradoxa zu befriedigen. Auf der einen Seite ist schnelles Bevölkerungswachstum das Übel, das zu Malthus' stationärem Zustand führt, und auf Verbesserungen der Kapitalproduktivität ruht die ganze Hoffnung, daß die Pro-Kopf-Einkommen langfristig steigen; auf der anderen Seite scheint es möglich, daß die Stagnation aus einem zu geringen Bevölkerungswachstum folgt und daß die technologischen Verbesserungen «zu produktiv» sind. Dieser seltsame Umstand erklärt sich folgendermaßen: Obwohl ein im Verhältnis zum Bevölkerungswachstum großer technologischer Fortschritt eine schnell zunehmende Wachstumsrate des Produktionspotentials ermöglicht, macht es dieses Verhältnis der Wachstumsraten von Bevölkerung und Produktivität der Volkswirtschaft schwer, genügend aggregierte Nachfrage zu schaffen, um die Vorteile eines vollausgenutzten Produktionspotentials zu genießen.

A. H. Hansen hat überaus klar und systematisch dargestellt, daß die Faktoren, die eine hohe Wachstumsrate ermöglichen, gleichzeitig derselben im Wege stehen, weil sie tendenziell die aggregierte Nachfrage unzureichend werden lassen[13]. Da Hansen um 1930 schrieb, war er insbesondere mit der Frage beschäftigt, ob die große Depression lediglich eine ungewöhnliche Vertiefung eines zyklischen Wellentals war oder ob sie den Beginn einer langanhaltenden Stagnationsperiode für die amerikanische Wirtschaft darstellte.

Im neunzehnten und in den ersten Jahren des zwanzigsten Jahrhunderts wuchs Amerika mit einer eindrucksvollen Rate. Die Bevölkerung nahm schnell zu, doch die mengenmäßige Ausbringung erhöhte sich noch schneller, so daß das Pro-Kopf-Einkommen konstant stieg. Doch mit dem Fortschreiten des zwanzigsten Jahrhunderts ließ die Wachstumsgeschwindigkeit allmählich nach. Bei der Suche nach einer Begründung dieser Verlangsamung stieß Hansen auf vier wesentliche Faktoren: eine abnehmende Wachstumsrate der Bevölkerung; den Wegfall unbesiedelter Gebiete; die Zunahme des absoluten Sparvolumens; und die Eigenschaft neuer Produktionstechniken, kapitalsparend zu sein, d.h. den Wert von σ zu erhöhen, statt mehr Kapital zu erfordern.

[13] A. H. Hansen, «Economic Progress and Declining Population Growth», American Economic Review, 29:1–15, 1939.

Hansen sah in der Bevölkerungszunahme eine der Wurzeln des Wachstums der amerikanischen Wirtschaft des neunzehnten Jahrhunderts und in unbesiedelten Gebieten einen der Bestimmungsgründe des Bevölkerungswachstums. Eine wachsende Bevölkerung und die Besiedlung neuer Gebiete verlangen gewaltige Investitionsausgaben für alle möglichen Dinge, von Häusern und Schulen bis zu Eisenbahnen und öffentlichen Einrichtungen. Hier bestand in der Tat ein idealer Kanal, um das immense Sparvolumen der amerikanischen Wirtschaft in produktive Investitionen fließen zu lassen.

Als infolge rückläufiger Geburtenziffern und strenger Einwanderungssperren die Wachstumsrate der Bevölkerung sank, und als ehemals unbesiedelte Gebiete besiedelt waren, verringerten sich die Investitionsmöglichkeiten für das ständig steigende Sparvolumen Amerikas. Eine langsam wachsende Bevölkerung braucht nicht viele neue Wohnungen, und wenn die Eisenbahnlinien erst einmal gebaut sind, geht der Bedarf an Investitionsausgaben erheblich zurück.

Einer Stagnation infolge unzureichender Nachfrage könnte man begegnen durch technologischen Fortschritt des kapitalnutzenden Typs, d.h. durch Änderungen des Produktionsverfahrens, die den durchschnittlichen Kapitalbedarf erhöhen, der für die Erstellung einer bestimmten Ausbringungsmenge erforderlich ist. Aber Hansen war bezüglich der Wahrscheinlichkeit einer derartigen Entwicklung nicht optimistisch. Vielmehr glaubte er, daß technologische Verbesserungen den Wert von σ eher erhöhen als senken würden; das hätte zur Folge, daß zur Erstellung zusätzlichen Outputs weniger neue Investitionen erforderlich wären. Der technische Fortschritt hat z.B. die Eisenbahn durch das Flugzeug verdrängt, einen Verkehrsträger, der beträchtlich geringere Investitionsausgaben erfordert.

Hansens Analyse bewegte sich in den Fußstapfen des umwälzenden Werkes von Keynes. Indem Hansen die Keynes'sche Schlußfolgerung bejahte, daß die Vollbeschäftigung nur eines von vielen möglichen gleichgewichtigen Beschäftigungsniveaus darstelle, argumentierte er, daß es bei gegebenem Sparniveau, das die amerikanische Wirtschaft beim Vollbeschäftigungseinkommen hervorbrächte, zunehmend schwieriger würde, diese Abflüsse durch Investitionsausgaben auszugleichen, weil die Investitionsmöglichkeiten immer geringer würden. Vollbeschäftigung ließe sich zufällig auf dem Gipfel einer Hochkonjunktur erreichen; der langfristige Trend wäre jedoch von erheblicher Unterbeschäftigung gekennzeichnet.

Vielleicht aufgrund des II. Weltkrieges und der ihm folgenden Bedingungen stand in den Jahren von 1940 bis 1955 das Hauptproblem der amerikanischen Wirtschaft genau im Gegensatz zu dem, was Hansen beschäftigt hatte. Statt eines Nachfragedefizits bestand ein Überschuß der Nachfrage über das güterwirtschaftliche Angebot, mit der Folge, daß wir in dieser Periode unter inflatorischem Druck litten. Beginnend mit dem Jahr 1957 fiel die Wirtschaft jedoch für einen Zeitraum von sieben Jahren in eine säkulare Stagnation zurück, die durch ausgeprägte Unterbeschäftigung und eine langsame Wachstumsrate gekennzeichnet war. Hansens Analyse erscheint nun doch nicht ganz so überholt wie seine Verleumder behaupten. Stagnation infolge unzureichender Nachfrage ist eine stets gegenwärtige Gefahr, gegen die die Wirtschaft ständig gewappnet sein muß.

16. 6. Abschließende Bemerkungen zur Wachstumstheorie

Wirtschaftswachstum ist natürlich ein großer Segen, denn es läßt alle gemeinsam in den Genuß eines steigenden Lebensstandards kommen. Es trägt darüberhinaus wesentlich zur Lösung sozialer Probleme bei. Wenn alle ein wachsendes Wohlstandsniveau vor Augen sehen, wird das Verlangen nach einer Umverteilung des großen Kuchens geringer. Dies ist zweifellos richtig; unbefriedigend ist indessen, daß die Wachstumsrate zum Symbol des nationalen Prestiges geworden ist und von blockfreien Nationen als Gradmesser für die Leistungsfähigkeit der «freien» bzw. sozialistischen Volkswirtschaften betrachtet wird. Da das Vorantreiben der Wachstumsrate mit anderen ökonomischen und sozialen Zielen in Konflikt stehen kann, scheinen die folgenden Ausführungen angebracht.

Was einige Leute bedrückt, ist der selbst mathematisch Ungebildeten geläufige Umstand, daß, wenn zwei Größen A und B wachsen, und A eine höhere Zuwachsrate aufweist als B, A schließlich größer als B wird, unabhängig davon, wie klein es zu Beginn war. Auf den Vergleich zwischen Amerika und die Sowjetunion angewandt, bedeutet diese elementare Übung in Differentialgleichungen, daß die Sowjetunion bei einem fortwährenden Überschreiten der amerikanischen Wachstumsrate schließlich zu der amerikanischen Wirtschaft aufschließt und diese überflügelt.

Indessen müssen Vergleiche der Wachstumsraten einzelner Nationen nicht allzu aussagefähig sein. Die Früchte des Wirtschaftswachstums sind teilweise quantitativ, teilweise aber auch qualitativ und damit nicht meßbar. Wenn eine kostensparende Erfindung gemacht wird, ist es möglich, die Auswirkung dieser Erfindung auf die Produktivität zu messen. Wenn aber die Erfindung und die Anwendung derselben zu einer Produktverbesserung führen, ist es im Grunde unmöglich, den entstehenden Nutzen zu erfassen. Um ein extremes Beispiel zu geben, wollen wir annehmen, daß ein Produkt B eingeführt werde und die Konsumenten zu diesem Produkt auf Kosten von A überwechselten, das dann vom Markt verschwinde. Nehmen wir weiter an, daß B den gleichen Preis habe wie A und daß die Verbraucher die gleiche Menge von B nachfragten wie vorher von A. Nun scheint das Sozialprodukt durch die Einführung von B unverändert zu sein. Der Gesellschaft scheint es aber zweifellos besser zu gehen, wie die Tatsache beweist, daß die Verbraucher das Produkt B vorziehen. In fortgeschrittenen Stadien der wirtschaftlichen Entwicklung dürften die Erfindungen und Neuerungen voraussichtlich im wesentlichen in Richtung von Produktverbesserungen und weniger auf Kostensenkungen hinwirken. Wenn es den Sowjets gelingt, die landwirtschaftliche Erzeugung pro Arbeitsstunde zu erhöhen, sind die Wirkungen klar erkennbar und leicht im Sozialprodukt zu erfassen. Wenn eine amerikanische Unternehmung ein neues Produkt einführt oder ein bestehendes verbessert, mag die nationale Einkommensstatistik keinerlei Veränderung ausweisen. Folglich sollten wir erwarten, daß die sowjetische Wirtschaft in ihrem derzeitigen Entwicklungsstadium eine schnellere Wachstumsrate des Sozialprodukts aufweist als die amerikanische, und wir sollten nicht allzu sehr überrascht sein, daß sich die Wachstumsrate der Vereinigten Staaten, so wie sie mit den Daten des Sozialprodukts erfaßt wird, verlangsamt hat.

Eine rapide Wachstumsrate erlaubt es einer Volkswirtschaft, ihre nationale Verteidigung, ihre soziale Sicherung und ihre Auslandshilfe auszuweiten, ohne anderweitige Ansprüche an die Ressourcen einschränken zu müssen. Zur Verdeutlichung wollen wir annehmen, die Staatsausgaben sollen mit einer Zuwachsrate von 5 Prozent steigen. Wenn das Einkommen nur mit einer Rate von drei Prozent wächst, muß entweder der Staat seine Ansprüche zurückschrauben, oder es verbleibt ein zunehmend geringerer Teil des Sozialprodukts für Konsum und Investition.

Es ist zwar richtig, daß das Sozialprodukt mit der gleichen Rate wachsen muß wie die Staatsausgaben, wenn der Anteil des Staates am Sozialprodukt konstant bleiben soll; jedoch ist keineswegs sicher, daß es besser ist, eine Ausweitung des staatlichen Sektors durch beschleunigtes Wachstum als durch eine Einschränkung der übrigen Sektoren zu unterstützen. Beschleunigtes Wachstum wird nicht kostenlos erworben. Der Raubbau, der mit unseren natürlichen Ressourcen in unserem derzeitigen, frenetischen Verlangen nach dauerhaften Konsumgütern betrieben wird, ist erschrekkend.

Es ist natürlich wünschenswert, die aktuelle Wachstumsrate an die zur Vollbeschäftigung erforderliche heranzuführen. Aber wenn wir dies tun, wird die Ausbeutungsrate unserer nicht-menschlichen Ressourcen steigen. Die Wachstumsrate nicht auf das erforderliche Niveau zu bringen, bedeutete indessen dauerhafte Arbeitslosigkeit und Vergeudung unserer menschlichen Arbeitskraft. Aus dem Glauben heraus, daß wir all unsere menschlichen und nicht-menschlichen Ressourcen nicht effektiv nutzen, versuchen uns einige soziale Kritiker zu bewegen, einen Teil unserer Mittel für bessere Schulen und andere Formen von Sozialkapital zu verwenden.

17. Inflation

17. 1. Einleitung

Eine Volkswirtschaft, die versucht, mit einer schnelleren Rate zu wachsen als mit der zur Vollbeschäftigung erforderlichen, gerät unausweichlich in die Inflation. Inflation kann entstehen, weil der Staat über mehr Ressourcen verfügen möchte, als von der privaten Wirtschaft bei dem bestehenden Preisniveau übriggelassen wurden. Sie kann entstehen, weil verschiedene Gruppen der Wirtschaft ihre relativen Einkommensanteile über den Produktivitätszuwachs hinaus erhöhen wollen. Sie kann zustandekommen, weil erwartete Preissteigerungen die Nachfrage nach Gütern und Dienstleistungen schneller steigen lassen, als die Wirtschaft das Gütervolumen ausdehnen kann. Und sie kann schließlich durch ein Zusammenwirken mehrerer oder aller dieser Faktoren zustandekommen.

Zu analytischen Zwecken erscheint es sinnvoll, die Inflation nach dem Grad ihrer Intensität und nach ihren verschiedenen Verursachungsfaktoren zu klassifizieren. Ein langsam steigendes Preisniveau wollen wir als «schleichende Inflation» bezeichnen, ein schnell steigendes als «Hyperinflation». In bezug auf die Verursachung definieren wir als «Überschuß-Nachfrage»-Inflation den Typ, der daraus entsteht, daß die aggregierte Nachfrage schneller wächst als das Produktionspotential bei Vollbeschäftigung; als «Engpaß»-Inflation diejenige, die sich aus Veränderungen der Nachfragestruktur ergibt; und als «Kostenstoß»-Inflation diejenige, die dem Umstand zuzurechnen ist, daß viele Wirtschaftsgruppen in der Gesellschaft die Möglichkeit haben, Löhne und Preise in die Höhe zu treiben. In diesem Kapitel wollen wir die Diskussion auf die «klassische» oder Überschuß-Nachfrage-Inflation beschränken. Das Problem der Kostenstoß-Inflation, über die es während der späten 50er Jahre eine heftige Auseinandersetzung gegeben hat, kann gut in Teil 4 untersucht werden, in dem aktuelle wirtschaftliche Probleme durchleuchtet werden.

17. 2. Die Folgen der Inflation

Wenn wir uns mit dem Problem der Inflation befassen, müssen wir bedenken, daß viele Ökonomen die sozialen Kosten einer leichten Inflation für nicht sehr hoch halten und daß ein geringfügiges Steigen des Preisniveaus in einer vollbeschäftigten Wirtschaft unvermeidbar ist. Die Erhaltung eines absolut stabilen Preisniveaus erfordert sehr wahrscheinlich äußerst restriktive Maßnahmen und verlangt von der Gesellschaft, Vollbeschäftigung und Höchstproduktion aufzugeben.

Während der Ernst einer schleichenden Inflation umstritten ist, besteht wenig Zweifel, daß eine Hyperinflation verheerende Folgen hat. Obwohl es in den Vereinigten Staaten seit dem Bürgerkrieg keine Hyperinflation gegeben hat[14], wird uns

[14] Eine interessante Diskussion der Hyperinflation in den Vereinigten Staaten findet sich bei E. M. Lerner, «Inflation in the Confederacy», in Milton Friedman, ed., Studies in the Quantity Theory of Money, The University of Chicago Press, Chicago, 1956.

die Betrachtung einzelner Elemente der Hyperinflation dabei helfen, einige der Probleme zu untersuchen, die durch die schleichende Inflation des Typs entstehen, an den wir uns in den Vereinigten Staaten allmählich gewöhnen.

Hyperinflation ist eine Erscheinung, die gewöhnlich in Kriegen und deren Folgezeiten auftritt. Sie folgt aus dem Versuch, die Staatsausgaben durch neugedrucktes Geld zu finanzieren. Zunächst mag das Defizit im Staatsbudget noch gering und der Anstieg des Preisniveaus unwesentlich sein. Mit steigenden Preisen muß der Staat jedoch nominal immer größere Beträge aufwenden, um die gleiche Menge realer Ressourcen zu erhalten. Inzwischen nehmen auch die privaten Verbraucher und Investoren weitere Preiserhöhungen vorweg und verstärken ihre Nachfrage nach Gütern und Dienstleistungen. Auf das IS-LM-Modell übertragen, kommt die Finanzierung der Staatsausgaben durch Geldschöpfung in einer Rechtsverschiebung der IS- und LM-Kurven zum Ausdruck. Die entstehenden Preissteigerungen beschleunigen den Tausch von Geldbeständen gegen Güter. Dadurch verschiebt sich die IS-Kurve erneut, und die LM-Kurve dreht sich nach rechts unten, weil sich die Umlaufgeschwindigkeit des Geldes erhöht. Die Hyperinflation erreicht ihren Höhepunkt, wenn die Flucht aus dem Geld so stark wird, daß die Umlaufgeschwindigkeit gegen unendlich geht[15].

Der Staat kann nicht unbegrenzt auf dem Wege der Geldschöpfung Ressourcen abziehen. Wenn das Preisniveau so schnell ansteigt, daß die Öffentlichkeit das Vertrauen in die Währung verliert, wird das Geld nicht länger als Tauschmittel verwendet. Eine derartige Flucht aus dem Geld bedeutet, daß sich der Tausch rein güterwirtschaftlich vollzieht. Da der Staat nichts zu tauschen hat, muß er geradeheraus zur Beschlagnahme greifen.

Wir können uns gut vorstellen, wie verheerend eine Hyperinflation sein würde. Ein Kaufmann würde seine Güter nicht am Morgen gegen Geld hergeben, wenn er erwartet, daß sich am Nachmittag die Preise verdoppelt haben. Solange man ihn nicht mit einer mengenmäßigen Einheit irgendeines Gutes bezahlt, wird er es vorziehen, seinen Warenbestand zu horten statt zu verkaufen. Die Tauschbeziehungen sinken in einer Hyperinflation unvermeidlich zum primitiven Gütertausch herab[16].

Auch die Produktion wird von einer Hyperinflation beeinträchtigt. Die Arbeiter in einem Automobilwerk können schließlich nur in Geld entlohnt werden. Es ist schlecht möglich, ein Auto in seine Bestandteile zu zerlegen und die Arbeiter mit Kotflügeln, Heizkörpern und Kühlern zu bezahlen. Da sie in Geld ausgezahlt werden müssen, besteht für die Arbeiter kein Anreiz zur Arbeit, so daß die Produktion außer in einigen wenigen Bereichen, in denen eine Entlohnung in Waren möglich ist, zusammenbricht. Wenn wider Erwarten das Auto dennoch hergestellt wird, ist kaum erkenntlich, wie es verkauft werden sollte, da der Automobilhersteller den Gegenwert des Autos wohl kaum in Kolonialwaren oder in Büroklammern akzeptieren dürfte.

Die sozialen Folgen der Hyperinflation sind nicht weniger schrecklich als die wirtschaftlichen. Die Schuldner sind den Gläubigern auf den Fersen, um ihre alten Schulden mit wertlosem Geld zu tilgen. Die Bezieher fester Einkommen erhalten real so gut wie keine Einnahmen mehr. Die in liquider Form angesammelten Er-

[15] Zu den Wirkungen von Preiserwartungen auf die Umlaufgeschwindigkeit vgl. Phillip Cagan, «The Monetary Dynamics of Hyperinflation», in Friedman, ibid.

[16] Das war in der deutschen Inflationszeit 1923 ja auch weitgehend tatsächlich der Fall (d. Übers.).

sparnisse werden wertlos. Einige Gruppen der Gesellschaft sind in der Lage, sich gegen die Inflation zu schützen, während andere dies nicht können. Das Endergebnis kann nur darin bestehen, daß Teile der Gesellschaft sich gegeneinander auflehnen und die demokratischen politischen Einrichtungen einem unerträglichen Druck unterworfen sind.

Hyperinflation läßt Horten und Spekulation anstelle von Fleiß und Sparsamkeit treten. In einem gewissen Ausmaß besteht die Gefahr, daß auch die schleichende Inflation ähnliche, wenngleich weniger drastische Folgen haben kann. Wenn langfristig steigende Preise erwartet werden, kann der Anreiz zu sparen ernsthaft beeinträchtigt werden. Die Zinssätze werden stark steigen, weil das reale Sparvolumen erheblich abnimmt und Preiserhöhungen erwartet werden. Investition und Wachstum können sich folglich verlangsamen. Auch kann die schleichende Inflation zu unliebsamen Folgen für die kleinen Sparer führen. Staatsanleihen, Lebensversicherungen, Spareinlagen sowie andere Formen festverzinslicher Wertanlagen, die für kleine Sparer geeignet sind, werden zu einer Schlinge, die den Wert der Ersparnisse durch Preissteigerungen abwürgt. Die Inflation verführt jedermann zur Spekulation oder zur Erhöhung seiner Konsumneigung. In jedem Falle wird das Wirtschaftswachstum ernsthaft gehemmt.

Schließlich ist die Inflation mit der Ausweitung des internationalen Freihandels unvereinbar. Ein steigendes Preisniveau führt zu einem Überschuß der Importe über die Exporte und zu einem Goldabfluß. Regierungen, die nicht standhaft genug sind, gegen Preiserhöhungen anzugehen, können auf Zölle und Kontingentierung zurückgreifen, um einen weiteren Devisenabfluß zu verhindern. Diese Beschränkungen des Handels verringern jedoch das Realeinkommen und beschneiden darüberhinaus die Wachstumsmöglichkeiten der Wirtschaft.

Diejenigen Ökonomen, die in der schleichenden Inflation nicht unbedingt eine unerwünschte Erscheinung sehen, scheinen Unterbeschäftigung und eine verlangsamte Wachstumsrate als Alternative der schleichenden Inflation zu betrachten. Da die Preise in unserem derzeitigen institutionellen Rahmen lediglich nach oben flexibel sind, glauben sie, daß die Faktorallokation durch das Preissystem eher mit Preis*erhöhungen* in den Wachstumssektoren der Wirtschaft vollzogen werden muß als mit Preis*senkungen* in den stagnierenden Sektoren. Darüberhinaus meinen sie, daß die Monopolmacht der Gewerkschaften und Unternehmungen Preiserhöhungen unvermeidbar mache und daß es für die Regierung besser sei, keine kontraktiven Maßnahmen zu ergreifen, weil diese zu Arbeitslosigkeit statt zu sinkenden Preisen führen würden. Schließlich sind sie der Meinung, dem Ziel eines größtmöglichen Wirtschaftswachstums diene am ehesten eine Politik, die die Wirtschaft von der toten Hand der alten Schulden befreit. Sie begrüßen daher eine Politik, die die Gläubiger zugunsten der Schuldner benachteiligt.

Wir kommen nun zur Untersuchung der Überschuß-Nachfrage-Inflation. Wir wollen davon ausgehen, daß eine schleichende und nicht eine Hyperinflation zu betrachten sei. Dies erlaubt uns die Annahme, daß durch die Preissteigerungen das Vertrauen in die Währung nicht allzu sehr erschüttert ist und daß die Umlaufgeschwindigkeit des Geldes (oder k) unverändert bleibt. Es muß beachtet werden, daß die Schlußfolgerungen der folgenden Abschnitte nur unter diesen Voraussetzungen gelten.

17. 3. Überschuß-Nachfrage-Inflation und der Geldsektor

Die statische Analyse des Kapitels 13 ist ein geeigneter Ausgangspunkt für die Untersuchung der Überschuß-Nachfrage-Inflation. Zur Vereinfachung nehmen wir an, daß das Vollbeschäftigungsniveau der Ausbringung in Abb. 17.1. unverändert bei Y^* bestehen bleibe. Das allgemeine Gleichgewicht ist erreicht bei Y^* und i_0 sowie dem Preisniveau p_0. Nun soll das Preisniveau steigen infolge einer Erhöhung der aggregierten Nachfrage, die die IS-Kurve nach IS_1 verschiebt; der entstehende Nachfrageüberhang von $Y_1 - Y^*$ läßt die Preise steigen, so daß sich der Realwert des Geldangebots verringert und die LM-Kurve nach LM_{p1} verschiebt, wo ein neues allgemeines Gleichgewicht bei dem gestiegenen Zinssatz i_1 und dem höheren Preisniveau p_1 erreicht wird[17].

Inflation ist ein dynamischer Prozeß, der eine ständige Erhöhung des Preisniveaus im Zeitablauf einschließt. So bedeutet die Überschuß-Nachfrage-Inflation, daß sich die IS- und/oder LM-Kurven im Zeitablauf beständig nach oben verschieben, so daß der Nachfrageüberhang nach Gütern und Dienstleistungen fortbesteht und das allgemeine Gleichgewicht niemals erreicht wird. Obwohl eine Erhöhung des Preisniveaus normalerweise die Märkte räumen würde, geschieht dies nicht, wenn die Nachfrage fortwährend in gleichem Maße steigt wie die Preise.

Schließlich muß eine Überschuß-Nachfrage-Inflation, die nicht durch eine ausgeweitete Geldmenge genährt wird, zum Stillstand kommen. Wenn die Zinssätze hoch genug klettern, wird die Geldnachfrage in bezug auf den Zinssatz vollkommen unelastisch. Bei diesem Punkt werden keinerlei spekulative Bestände mehr gehalten; Versuche, Kredite zu erhalten, werden entweder im Keim erstickt oder dadurch befriedigt, daß andere Vorhaben wegen der gestiegenen Zinssätze aufgegeben werden. Wenn die Geldnachfrage unelastisch wird, werden alle Mittel für Transaktionszwecke verwandt, und weitere Zunahmen der Gesamtnachfrage können dann nur finanziert werden, indem an irgendwelchen anderen Stellen der Volkswirtschaft die Ausgaben eingeschränkt werden oder indem die Umlaufgeschwindigkeit des Geldes steigt.

Die Kriegsfinanzierung der Vereinigten Staaten liefert ein gutes Beispiel für die Kennzeichnung der Überschuß-Nachfrage-Inflation. Da die Steuereinnahmen nicht ausreichten, um die Kriegslasten zu finanzieren, führte jedes Kriegsjahr zu einem Defizit des öffentlichen Haushalts. Daher stellte sich dem Finanzministerium die Notwendigkeit, einen Teil seiner Ausgaben durch den Verkauf von Staatspapieren zu finanzieren. Eine derartige ständige Angebotserhöhung der Wertpapiere hätte sehr bald die Wertpapierpreise sinken und die Zinssätze steigen lassen, wenn dem nicht durch eine stark inflationäre Politik entgegengewirkt worden wäre. Während des gesamten II. Weltkrieges war das Zentralbankensystem bereit, Staatspapiere in solchem Umfang zu kaufen, daß die Wertpapierpreise stabilisiert und die Zinssätze auf konstantem Niveau gehalten würden. Diese Politik führte zu einer beträchtlichen Ausweitung der Geldmenge. Die Erlöse aus den Wertpapierverkäufen an die Zentral-

[17] In diesem Abschnitt werden wir das «Geldschleier»-Modell verwenden, das unberücksichtigt läßt, wie sich eine durch Offenmarktpolitik verursachte ursprüngliche Einschränkung des Wertpapierbestandes der privaten Wirtschaftssubjekte auf die IS- und LM-Funktionen auswirkt. Die Schlußfolgerungen einer tiefergehenden Untersuchung würde der Ableitung in Kapitel 13 folgen. Da die verfeinerten Modelle bezüglich der Richtung der Preisniveauänderung zu den gleichen Ergebnissen gelangen wie das einfache Modell, besteht für unsere derzeitige Ableitung kein besonderer Anlaß zu formaler Genauigkeit.

bank verwendete das Finanzministerium zur Bezahlung seiner Rechnungen, wodurch wiederum die Einlagen und Reserven des Bankensystems zunahmen.

Obwohl die von der Zentralbank während des Krieges betriebene Politik zu der Zeit zweifellos die einzig mögliche war[18], bereitete sie den Boden, auf dem sich eine ernsthafte Inflation entwickelt haben könnte. Die Tatsache, daß sich die Inflation rückblickend in Grenzen hielt, ist dem Umstand zuzurechnen, daß die Investitionen, die Preise und die Verbrauchsausgaben sämtlich direkten Kontrollen unterlagen. Die Überschuß-Nachfrage wurde daher zu einem bestimmten Teil zurückgestaut.

Die Nachkriegszeit gegen Ende der 40er Jahre war gekennzeichnet durch ein hohes Nachfrageniveau und anhaltende Preissteigerungen. Das Ausmaß dieser Preiserhöhungen war zweifellos zum Teil dem Umstand zuzurechnen, daß die Zentralbank bis 1951 ihre Stützungspolitik auf dem Markt für Staatspapiere beibehielt. So trat die Zentralbank jedesmal, wenn eine ausgeweitete Gesamtnachfrage dem Geldangebot gegenüberstand und die Zinssätze zu erhöhen drohte, auf Geheiß des Finanzministeriums als Käufer von Staatspapieren auf den Plan und verhinderte die ausgleichenden Wirkungen, die die Zinssteigerungen sonst eingeleitet hätten. Dieser Zustand wurde schließlich vom Kongreß und von der Zentralbank selbst als derart untragbar angesehen, daß das Finanzministerium zur großen Erleichterung der meisten Nationalökonomen 1951 verpflichtet wurde, eine Abmachung mit der Zentralbank zu treffen, durch die die Zentralbank wieder teilweise ermächtigt wurde, als Hüter der monetären Stabilität aufzutreten.

Der Inflationsprozeß der 40er Jahre läßt sich in der Abb. 17.1. veranschaulichen. Beginnen wir mit dem Zinssatz i_0 und dem Einkommen Y^* und nehmen wir entgegen aller Wahrscheinlichkeit an, daß Y^* im Zeitablauf unverändert bleibe. Wir dürfen dann davon ausgehen, daß eine Erhöhung der Staatsausgaben oder eine Erleichterung der direkten Kontrollen von Verbrauchs- und Investitionsausgaben die IS-Kurve nach IS_1 verschiebt. Normalerweise würde das zu einer Erhöhung des Preisniveaus und einer Senkung des Realwerts der Geldmenge führen, so daß die Zinssätze steigen würden. Die LM-Kurve würde sich m. a. W. nach links verschieben, und die Erhöhung des Zinssatzes auf i_1 würde die überschüssige Nachfrage drosseln und damit das Preisniveau wiederum stabilisieren. Wenn die offizielle Politik jedoch hauptsächlich darauf ausgerichtet ist, den Zinssatz bei i_0 festzuhalten, muß die Zentralbank die von den Vermögensbesitzern freigesetzten Wertpapiere ankaufen und damit das Geldvolumen ausweiten und die Verschiebung der LM-Kurve verhindern. Unter diesen Umständen muß die Gesamtnachfrage (die IS-Kurve) nicht einmal im Zeitablauf zunehmen. Bei gegebenem Vollbeschäftigungsniveau der Ausbringung und unveränderter Gesamtnachfrage wird das Preisniveau solange ständig ansteigen, wie der Zinssatz i_1, der Angebot an und Nachfrage nach Gütern und Dienst-

[18] Angesichts des großen jährlichen Haushaltsdefizits ist kaum ersichtlich, was die Zentralbank anderes hätte tun können, als den Wertpapiermarkt zu stabilisieren. Ohne diese Stabilisierung wären die Wertpapierpreise zweifellos stark gesunken, während die Zinslast erheblich zugenommen hätte. Unter normalen Umständen wären infolge der Zinserhöhungen voraussichtlich die Investitionen eingeschränkt worden. Da die Investitionen während des Krieges jedoch direkten Kontrollen unterlagen, war der Zinssatz als wirtschaftlicher Rechenfaktor weitgehend unbedeutend. Indem die Zentralbank ein Programm zur Stabilisierung des Wertpapiermarktes verfolgte, hielt sie nicht nur die Zinslast der Schulden in tragbaren Grenzen, sondern schützte auch die Anleger vor Kapitalverlusten. Dadurch wurden Staatspapiere eine recht attraktive Form der Vermögenshaltung; dies mag durchaus zur Erhöhung der Sparquote beigetragen haben.

leistungen ausgleicht, über dem vom Staat festgeketteten Zins i_0 liegt. Wenn z.B. in Abb. 17.1. der fixierte Zins i_0 und der natürliche Zins i_1 beträgt, bleibt ein dauerhafter Nachfrageüberhang von $Y_2 - Y^*$.

Wo liegt der Schlüssel zur Kontrolle einer Überschuß-Nachfrage-Inflation? Wenn allem Anschein nach die Geldnachfrage in einer Situation von inflatorischer Vollbeschäftigung höchst unelastisch in bezug auf den Zinssatz ist, sollte eine monetäre Kontrolle die Hauptwaffe gegen die Inflation darstellen. Betrachten wir die Abb. 17.2.,

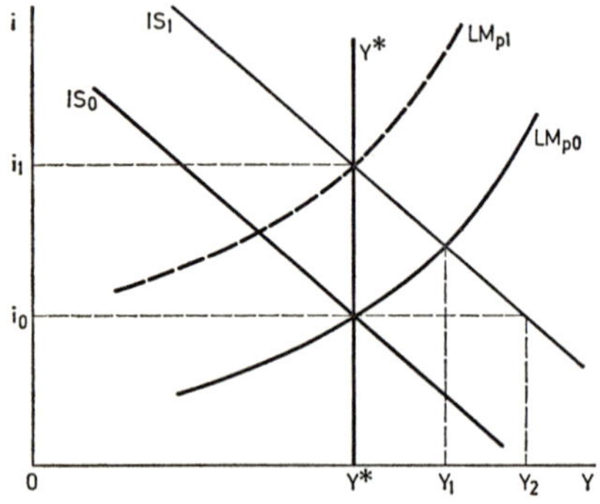

Abb. 17.1: Überschuß-Nachfrage-Inflation (alle Werte in realen Größen)

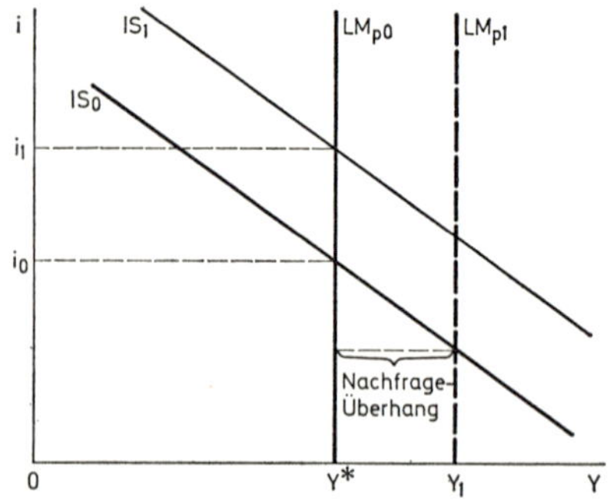

Abb. 17.2: Kontrolle eines Nachfrageüberhangs (alle Werte in realen Größen)

in der die LM-Kurve beim Vollbeschäftigungseinkommen eine Vertikale ist. Das allgemeine Gleichgewicht ist bei Y^* und i_0 erreicht. In dieser Situation führt eine Erhöhung der Gesamtnachfrage lediglich zu Zinssteigerungen, ohne das Preisniveau zu verändern. Dieses Ergebnis ist, wie wir angenommen haben, dem Tatbestand zu verdanken, daß alle Geldbestände bereits für Transaktionszwecke verwendet sind, so daß jede Ausweitung der Ausgaben nur durch Einschränkungen an anderer Stelle möglich ist. Allgemein läßt sich daher sagen, daß eine Ausweitung der Gesamtnachfrage nur insofern inflatorisch wirkt, als es diese Erhöhung ermöglicht, das gleiche Nachfrageniveau bei einem gestiegenen Zinssatz aufrecht zu erhalten.

Eine Ausweitung des Geldvolumens wirkt andererseits unmittelbar inflationär. Die LM-Kurve in Abb. 17.2. verschiebt sich nach rechts, führt zu einem Nachfrageüberhang von $Y_1 - Y^*$ und damit zu einem Kampf um die verfügbare Ausbringungsmenge, so daß die Preise steigen. Der Inflationsstoß hört erst dann auf, wenn das Preisniveau genügend gestiegen ist, um den Realwert der Geldmenge auf seine ursprüngliche Höhe zu senken.

17. 4. Überschuß-Nachfrage-Inflation und Analyse der inflatorischen Lücke [19]

Wir haben gesehen, daß es schwer, wenn nicht unmöglich ist, eine Überschuß-Nachfrage-Inflation ohne Geldmengenausweitungen durchzuhalten. Es ist jedoch eine erörterungswerte Frage, ob es Kräfte gibt, die den inflatorischen Druck mildern, wenn

[19] Von den vielen Hinweisen, die sich auf das Thema dieses Abschnitts beziehen, seien

die Währungsbehörden die Geldmenge proportional zu den Preissteigerungen ausweiten, oder ob ohne monetäre Kontrolle die Inflation unbegrenzt fortdauert. Nehmen wir z.B. an, die Währungsbehörde verfolge eine Stützungspolitik wie in den 40er Jahren. Immer dann, wenn eine Steigerung des Preisniveaus den Zinssatz zu erhöhen droht, verhindert die Währungsbehörde diese Erhöhung durch expansive Offenmarktoperationen.

Unter diesen Annahmen können wir den monetären Sektor vernachlässigen und zu der einfachen Welt des Kapitals 5 zurückkehren, um die sogenannte inflatorische Lücke zu untersuchen.

Abb. 17.3. unterscheidet sich von anderen Diagrammen dadurch, daß die gemessenen Größen «nominal» oder «in Geld bewertet» statt «real» sind. Zwischen dem Nominaleinkommen von Null und $p_0 Y^*$ wird angenommen, daß Ausweitungen der nominalen Gesamtnachfrage das Realeinkommen erhöhen, ohne die Preise steigen zu lassen. Hinter p_0Y^* lassen Nachfragesteigerungen dagegen das Realeinkommen unverändert und erhöhen das Preisniveau. Zur Vereinfachung der Ausführungen nehmen wir an, daß privater Verbrauch und Staatsausgaben die einzigen Komponenten der aggregierten Nachfrage seien. Die Konsumfunktion ist durch die Kurve pC dargestellt. Wir gehen davon aus, daß sich die Volkswirtschaft ursprünglich bei p_0Y^* im Gleichgewicht befindet, wobei Konsumausgaben in Höhe von p_0C und Staatsausgaben in Höhe von p_0G getätigt werden.

Nehmen wir nun an, der Staat erhöhe seine Nachfrage nach realen Ressourcen auf G'. Die nominalen Staatsausgaben betragen nunmehr pG' und werden durch die pG'-Kurve dargestellt. Bei p_0 gibt der Staat p_0G' aus. Wenn das Preisniveau auf p_1 steigt, gibt der Staat p_1G' aus; bei p_2 gibt er p_2G' aus, usw. Wenn der Staat auf der Inanspruchnahme einer unveränderten Menge realer Ressourcen in allen Peri-

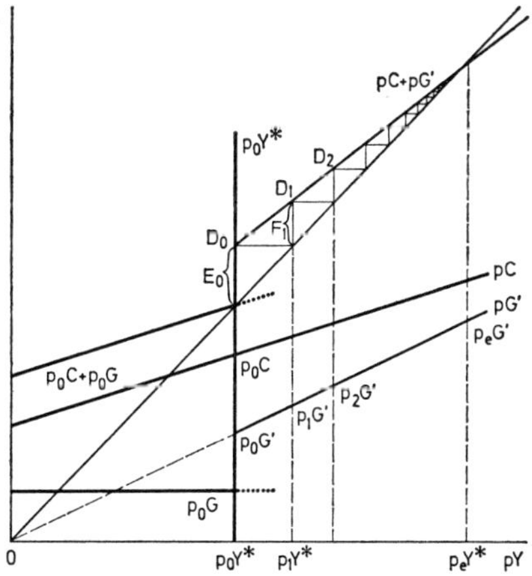

Abb. 17.3: Ein konvergierender Inflationsprozeß

zumindest die folgenden genannt: A. Smithies, «The Behavior of Money National Income under Inflationary Conditions», Quarterly Journal of Economics, 57:113–128, 1942; J. M. Keynes, How to Pay for the War, Harcourt, Brace & World, Inc., New York, 1940; T. Koopmans, «The Dynamics of Inflation», Review of Economics and Statistics, 24:53–65, 1942; und F. D. Holzman, «Income Determination in Open Inflation», Review of Economics and Statistics, 32:150–158, 1950.

oden besteht, muß er seine nominalen Ausgaben in einem gleichbleibenden Verhältnis zum Nominaleinkommen halten.

Wenn wir von dem ursprünglichen Gleichgewichtsniveau ausgehen, lassen die zusätzlichen Staatsausgaben die nominale Gesamtnachfrage auf D_0 steigen. Da aber der Nominalwert des Gütervolumens nur p_0Y^* beträgt, besteht eine «inflatorische Lücke» in Höhe von E_0. Die inflatorische Lücke ist definiert als der Überschuß der Gesamtnachfrage über das verfügbare Gütervolumen, gemessen beim Vollbeschäftigungsniveau des Nominaleinkommens und bewertet mit dem jeweils herrschenden Preisniveau.

Da das Gütervolumen fixiert ist, läßt die Ausweitung der Gesamtnachfrage das Preisniveau steigen. Sofern die Konsumausgaben unverändert bleiben, beträgt das neue Nominaleinkommen p_1Y^*. Die den Preisanstieg begleitende Erhöhung des Nominaleinkommens läßt indessen den privaten Verbrauch um $c'E_0$ zunehmen, wobei c' als die marginale Konsumneigung in bezug auf das Nominaleinkommen definiert ist. Zusätzlich steigen die Staatsausgaben nun auf p_1G', weil der Staat infolge der Erhöhung des Preisniveaus nicht mehr imstande ist, mit einer Ausgabe von p_0G' Geldeinheiten reale Ressourcen im Werte von G' in Anspruch zu nehmen. Als Folge der erhöhten Konsum- und Staatsausgaben entsteht eine neue nominale Gesamtnachfrage in Höhe von D_1 und eine neue inflatorische Lücke von E_1. Das Preisniveau steigt daher erneut und ebenso die nominalen Konsum- und Staatsausgaben.

Man kann sich den Inflationsprozeß bildhaft vorstellen als eine Stufenfolge zwischen der Kurve der Gesamtnachfrage und der 45-Grad-Linie. Im vorliegenden Beispiel wird sichtbar, daß die Lücke im Zeitablauf immer mehr verengt und schließlich geschlossen wird. So gelangt der Inflationsprozeß zum Stillstand, und bei p_eY^* wird ein neues Gleichgewichtsniveau des Nominaleinkommens erreicht.

Wodurch zeichnet sich der neue Gleichgewichtspunkt aus? Die Staatsausgaben in p_eY^* betragen p_eG'. Der Staat absorbiert nun reale Ressourcen in Höhe von G', während er im Gleichgewichtspunkt vor der Inflation lediglich G beanspruchte. Für die privaten Verbraucher muß es einige Gründe gegeben haben, dem Staat Ressourcen zu überlassen. Aus der Abb. 17.3. ersehen wir, daß der nominale Konsum im Endgleichgewicht einen geringeren Bruchteil des Nominaleinkommens ausmacht als vor der Inflation.

Wie lauteten unsere Annahmen über das Konsumentenverhalten? Wenn sich die Verbraucher in der oben dargestellten Weise verhalten, müssen sie offenbar der Geldillusion unterliegen. Ihr reales Konsumniveau ist gesunken, obwohl ihr Realeinkommen unverändert geblieben ist. Offensichtlich haben die Verbraucher die Erhöhung der Nominaleinkommen mit einer Zunahme der Realeinkommen verwechselt. Da eine Steigerung der Realeinkommen mit einer niedrigeren durchschnittlichen Konsumquote verbunden ist, verwenden die Verbraucher letztlich einen geringeren Teil ihres Nominaleinkommens für den Konsum.

Zu welchem Ergebnis würden wir bei der Annahme gelangen, daß die Verbraucher ihr reales Konsumniveau zu erhalten trachteten? Wenn in Abb. 17.4. bei p_0Y^* die nominalen Konsumausgaben p_0C^* betragen und die Verbraucher auf der Beibehaltung ihres realen Konsumstandards bestehen, müssen sie einen gleichbleibenden Anteil jeder Erhöhung des Nominaleinkommens ausgeben, die nicht von einer Zunahme des Realeinkommens begleitet ist. Die Erhaltung des realen Konsumstandards bedeutet, daß die marginale Konsumneigung in bezug auf das Nominaleinkommen genau der durchschnittlichen Konsumquote beim ursprünglichen Vollbeschäftigungsniveau entsprechen muß. Im vorliegenden Beispiel hat die durchschnittliche Konsumquote bei p_0Y^* den Wert $p_0C^*/p_0Y^* = C^*/Y^*$. Folglich verlangt eine Erhöhung der Nominaleinkommen, die nicht von einer Zunahme der Realeinkommen begleitet ist, daß die Verbraucher von ihren gestiegenen Nominaleinkommen einen Bruchteil in Höhe von C^*/Y^* verausgaben, wenn sie ihren realen Konsumstandard beibehalten wollen. Wenn die Verbraucher bei p_0Y^* z.B. 80% ihres Einkommens konsumieren, dann erfordert eine gleichmäßige Erhöhung von Preisniveau und Nominaleinkommen, daß sie 80% von jeglicher Zunahme des Nominaleinkommens ausgeben müssen, um ihr reales Konsumniveau beizubehalten

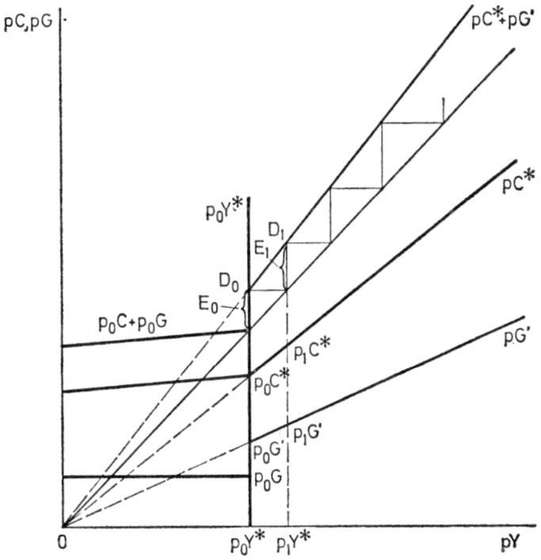

Abb. 17.4: Ein divergierender Inflationsprozeß

Läßt man die Annahme der Geldillusion fallen, dann müßte die Konsumfunktion als geknickte Kurve dargestellt werden. Bei den Einkommen von Null bis p_0Y^* entsprechen die Erhöhungen der Nominaleinkommen annahmegemäß den Steigerungen der Realeinkommen: p ist konstant, während Y sich verändert. Folglich sind sowohl die Zunahmen der Real- als auch die der Nominaleinkommen mit einer Senkung der durchschnittlichen Konsumquote verbunden. Wenn aber p_0Y^* erreicht ist, führen weitere Erhöhungen der Nominaleinkommen nicht mehr zu Änderungen der Realeinkommen. Daher gibt es bei p_0Y^* einen Knick in der Konsumfunktion, von dem ab die nominalen Konsumausgaben sich proportional zum Nominaleinkommen entwickeln. Die neue Konsumfunktion ist in Abb. 17.4. dargestellt.

Wenn wir bei p_0Y^* beginnen und annehmen, die Staatsausgaben stiegen auf p_0G', erhalten wir eine inflatorische Lücke von E_0. Der zwischen Staat und Konsumenten entstehende Wettbewerb um das verfügbare Gütervolumen läßt die Preise auf p_1 und die Nominaleinkommen auf p_1Y^* steigen. Nun versuchen die Konsumenten aber, ihren realen Konsum aufrecht zu erhalten, und geben daher p_1C^* Dollar aus; und der Staat erhöht, in dem Bestreben, reale Ressourcen in Höhe von G' zu erhalten, seine nominalen Ausgaben auf p_1G'. So ist eine neue Lücke von E_1 entstanden. die wiederum eine neue inflatorische Lücke hervorruft.

Bei diesen Annahmen vergrößert sich die inflatorische Lücke ständig. Da die Verbraucher beharrlich einen gleichbleibenden Anteil des verfügbaren Gütervolumens zu kaufen trachten und der Staat jeweils seine Ausgaben anpaßt um G'/Y^* Prozent der Gütermenge zu absorbieren, versuchen beide Sektoren zusammen, fortwährend mehr als 100% des verfügbaren Outputs zu beanspruchen. Es ist daher kein Ende des Inflationsprozesses absehbar.

Welche allgemeinen Schlußfolgerungen lassen sich aus dieser Untersuchung ziehen? Die Abbildungen 17.3. und 17.4. zeigen, daß sich die inflatorische Lücke verringert und daß das Gleichgewicht erreicht wird, wenn die Kurve der nominalen Gesamtnachfrage die 45-Grad-Linie irgendwo rechts von dem ursprünglichen Gleichgewichtspunkt p_0Y^* schneidet. Dies bedeutet, daß die Kurve der nominalen Gesamtnachfrage eine Steigung von einem Wert unter eins haben muß. Die Steigung dieser Kurve ist indes die Summe aus den Steigungen der Konsumfunktion und der Kurve der Staatsausgaben. Die Steigung der Konsumfunktion ist die marginale Konsumneigung in bezug auf das Nominaleinkommen, c', und die Steigung der Kurve der Staatsausgaben ließe sich als die marginale Ausgabeneigung des Staates in bezug auf das Nominaleinkommen definieren. Wenn wir die letztgenannte mit g' bezeichnen, wird klar, daß die Bedingung, unter der die Inflation zum Stillstand kommt,

$$c' + g' < 1$$

lautet. Wenn dagegen

$$c' + g' \geq 1$$

ist, besteht die Inflation unbegrenzt fort. In diesem Fall bleibt die Kurve der Gesamtnachfrage oberhalb der 45-Grad-Linie bei allen Werten des Nominaleinkommens, die über dem ursprünglichen Gleichgewichtswert von p_0Y^* liegen.

Die Untersuchung läßt sich nun leicht um die Einbeziehung der Investition erweitern. Da bei einem gestiegenen Preisniveau eine unveränderte Menge an Investitionsgütern nur mit höheren Nominalausgaben erworben werden kann, werden mit wachsenden Nominaleinkommen die nominalen Investitionsausgaben in gleicher Weise steigen wie die nominalen Konsum- und Staatsausgaben. Bezeichnen wir die zusätzlichen Nominalausgaben für Investitionsgüter als marginale Investitionsneigung in bezug auf das Nominaleinkommen und nennen wir diese h'. Dann lautet die Bedingung für eine Begrenzung des Inflationsprozesses

$$c' + g' + h' < 1.$$

Wenn wir bei p_0Y^* mit einem Überschuß der nominalen Gesamtnachfrage über das güterwirtschaftliche Angebot bei den herrschenden Preisen beginnen, stellen wir fest, daß die drei Gruppen – Konsumenten, Investoren und Staat – zusammen mehr als 100% des vorhandenen Gütervolumens zu kaufen trachten. Die Schließung der Lücke erfordert, daß eine der Gruppen oder aber alle diesen Versuch aufgeben. Nur wenn $c' + g' + h'$ bei fortschreitender Inflation kleiner als eins ist oder wird, erhalten eine oder mehrere der genannten Gruppen einen immer geringeren Anteil an der realen Ausbringung. Wie kann es dazu kommen, daß eine oder mehrere der drei Gruppen in dem Kampf um die realen Ressourcen unterliegen?

Wir haben oben gesehen, daß die Geldillusion die privaten Verbraucher ihre realen Konsumausgaben bei steigenden Nominaleinkommen einschränken läßt. Ähnlich läßt der Umstand, daß die Einkommensteuer progressiv gestaltet ist und vom Nominaleinkommen erhoben wird, das verfügbare Realeinkommen der privaten Verbraucher und damit auch den Konsum abnehmen. Ohne unsere ursprüngliche Annahme, daß die Währungsbehörden bereit sind, den Inflationsprozeß zu finanzieren, würden die Zinssätze steigen und die Investitionsausgaben beschnitten. Die Verbraucher hätten es schwerer, Teilzahlungskredite zu erhalten. So kann in einer allmählichen Kreditverknappung ein Grund gesehen werden, die marginale Konsum- und Investitionsneigung in bezug auf das Nominaleinkommen zu senken.

Eine ähnliche Wirkung wie die Verringerung der marginalen Ausgabenneigung in bezug auf das Nominaleinkommen kann sich daraus ergeben, daß bei der Anpassung der Ausgaben an Veränderungen des Preisniveaus Verzögerungen eintreten. Die mögliche Wirkung einer derartigen Verzögerung sei anhand eines Beispiels mit dem Staat gezeigt. Bei dem bestehenden Preisniveau p_0 versucht der Staat, reale Ressourcen in Höhe von G′ zu absorbieren, so daß das Parlament p_0G' Geldeinheiten bewilligt. In dem Zeitpunkt der Verwendung dieser Mittel soll das Preisniveau jedoch auf p_1 gestiegen sein. Die Bewilligung erhöht sich folglich auf p_1G', doch wenn diese Mittel nun verausgabt werden, mag sich das Preisniveau schon auf p_2 erhöht haben. Folglich liegt die tatsächliche Beanspruchung realer Ressourcen durch den Staat nicht bei dem geplanten Niveau von G′; vielmehr beträgt sie p_0G'/p_1 in der ersten Periode, p_1G'/p_2 in der zweiten Periode und $p_{n-1}G'/p_n$ in der Periode n. Die tatsächliche reale Staatsnachfrage wird daher um einen Betrag verringert, der sich proportional zur Veränderungsrate des Preisniveaus verhält.

Ähnliche Verzögerungen treten an vielen Stellen auf. In einer Inflation hinken die Löhne hinter den Preisen her, so daß die tatsächliche marginale Konsumneigung in bezug auf das Nominaleinkommen sinkt. Ähnliche Wirkungen ergeben sich daraus, daß die Einkommen der Büroangestellten nicht mit den Preissteigerungen Schritt halten und daß viele Kontrakte, insbesondere Pensions- und Rentenverträge, in nominalen statt in realen Größen abgeschlossen sind.

Wie wir im letzten Kapitel gesehen haben, wächst schließlich das Vollbeschäftigungsniveau des Realeinkommens im Zeitablauf. Die Inflation verringert sich in dem Maße, wie Y* vergleichsweise schneller erhöht werden kann als das Nominaleinkommen. Ein interessanter Gesichtspunkt dieses Umstandes besteht darin, daß die privaten Verbraucher langfristig um so eher einen hohen realen Konsumstandard erreichen, je weniger sie kurzfristig ihr reales Konsumniveau verteidigen können. Wenn es den Unternehmern gelingt, vom Sektor der privaten Verbraucher einen Teil des Gütervolumens abzuzweigen, und wenn der Staat seine Mittel zum Bau von Schulen verwendet, kann das Produktionspotential der Volkswirtschaft und damit auch die Produktion von Konsumgütern schneller wachsen.

Wenngleich die Produktionserhöhung den inflatorischen Druck tendenziell lindert, ist die teilweise vorgebrachte Behauptung nicht richtig, daß ein Überschuß der Gesamtnachfrage von E Geldeinheiten über das Angebot bei jeweiligen Preisen abgebaut wird, wenn durch Überstunden E Ausbringungseinheiten zusätzlich erstellt

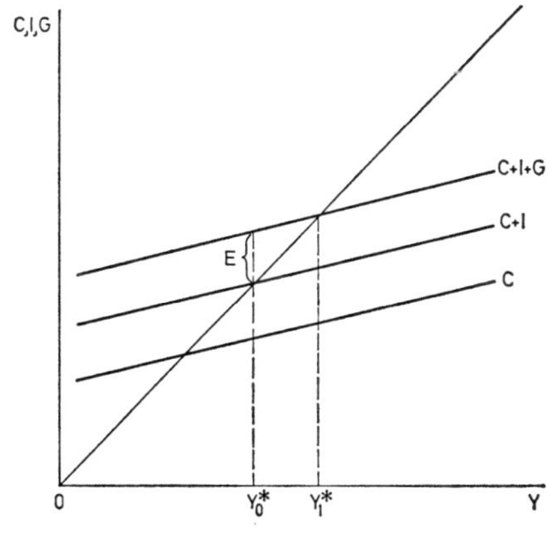

Abb. 17.5: Schließung der Lücke durch Produktionserhöhung (alle Werte in realen Größen)

werden. Abb. 17.5. zeigt eine Situation, in der die Gesamtnachfrage bei Vollbeschäftigung das Gesamtangebot Y_0^* in Höhe von E übersteigt. Kann die inflatorische Lücke von E geschlossen werden, indem die Produktion um diesen Betrag ausgeweitet wird? Wenn die Ausbringung erhöht werden soll, müssen die Arbeiter zu Überstunden veranlaßt werden. Da sie c Prozent von jedem zusätzlichen Realeinkommen auszugeben trachten, wird die Lücke lediglich um $E - cE = (1 - c)\,E$ Ausbringungseinheiten verringert. Um die Lücke vollständig zu schließen, müßte die Produktion daher um den Wert des Multiplikators $E/(1 - c)$, also um einen solchen Betrag zunehmen, daß das Ausbringungsniveau auf Y_1^* steigt, bei dem die Kurve der Gesamtnachfrage die 45-Grad-Linie schneidet.

18. Konjunktur

18.1. Einleitung

Das in Kapitel 16 gezeigte Bild einer Volkswirtschaft, die sich auf einem stetigen Wachstumspfad bewegt, ist eine nützliche Vereinfachung. Ihr Wert wird jedoch durch den Umstand etwas eingeschränkt, daß die Auf- und Abschwünge in der wirtschaftlichen Aktivität eine wichtige Rolle bei der Bestimmung der langfristigen Entwicklung spielen. Diese Entwicklung hat ihrerseits einen wesentlichen Einfluß auf die Bestimmung von Art, Länge und Ausmaß der Auf- und Abschwünge.

Die Untersuchung dieser Auf- und Abwärtsbewegungen wird als Konjunkturtheorie oder Theorie der wirtschaftlichen Schwankungen bezeichnet. Eine in etwa angemessene Diskussion über die Ursachen dieser Schwankungen würde zweifellos einen anderen als den hier möglichen Umfang erfordern und uns auf ein weites Feld führen. Gerade wegen der engen Beziehungen zwischen Konjunkturschwankungen und Wachstumstrend ist es aber erforderlich, dem Untersuchungsgegenstand einige Aufmerksamkeit zu widmen[20].

Unser Anliegen in diesem Kapitel besteht darin, das reine Gerüst einer Konjunkturerklärung aufzuzeigen, diese Theorie in den Ablauf einer wachsenden Wirtschaft einzufügen und die notwendigen Verbesserungen und Zusätze zu erwähnen. Wenn diese Aufgabe erfüllt ist, werden wir eher in der Lage sein, die Wechselbeziehungen zwischen Schwankungen und Trend zu untersuchen, und besser beurteilen können, ob ein störungsfreies Wachstum möglich ist.

18.2. Eine moderne Konjunkturtheorie

Nach dem Umfang der Diskussion, die in den letzten Jahren in Büchern und Zeitschriften ausgetragen worden ist, scheinen viele Ökonomen stark von der Beobachtung beeindruckt zu sein, daß ein wesentlicher Teil der Investition eher von den *Veränderungen* der Nachfrage nach Gütern und Dienstleistungen abhängt als von der absoluten *Höhe* der Nachfrage. Weil Erhöhungen der Ausbringungsmenge zusätzliche Kapazitäten erfordern, während ein unverändertes Nachfragevolumen mit den bestehenden Anlagen gedeckt werden kann, ist es die Nachfrageänderung und nicht das Nachfrageniveau, wodurch Nettoinvestitionen «induziert» werden. Diese als Akzelerationsprinzip[21] bekannte Hypothese führt uns zu der dritten der in Kapitel 7 besprochenen Investitionsfunktionen

$$I = I(i, \Delta Y) \qquad (18.1.)$$

[20] Die Literatur enthält viele hervorragende Überblickswerke über die Konjunkturtheorie. Zu den besten zählen J. A. Estey, Business Cycles, 3d ed., Prentice-Hall, Inc., Englewood Cliffs, N. J., 1956; A. H. Hansen, Business Cycles and National Income, W. W. Norton & Company, Inc., New York, 1951; R. A. Gordon, Business Fluctuations, Harper & Row, Publishers, Incorporated, New York, 1952.

[21] Tatsächlich ist dieses Prinzip schon seit geraumer Zeit bekannt. Die berühmteste un-

Der Weg, auf dem das Akzelerationsprinzip Konjunkturschwankungen herbeiführt, läßt sich folgendermaßen beschreiben: Stellen wir uns eine Wirtschaft vor, in der nur ein einziges Konsumgut hergestellt werde – ein Gartenzwerg, der alle erdenklichen Konsumwünsche befriedigt –, und nehmen wir an, die Herstellung von einem Zwerg pro Tag erfordere den Einsatz einer Zwerg-Maschine. Setzen wir ferner voraus, daß bei der Herstellung einer Zwerg-Maschine gerade soviel Einkommen entstehe, um drei Zwerge zu kaufen; und nehmen wir an, daß dieses Einkommen am folgenden Tag verausgabt werde, daß die marginale Konsumquote 2/3 betrage, daß eine Zwerg-Maschine eine Lebensdauer von 10 Tagen habe und unendlich schnell hergestellt werden könne. Unter diesen Annahmen wollen wir uns vorstellen, daß sich die Volkswirtschaft eine Reihe von Tagen auf einem gleichbleibenden Niveau des NSP von 20 bewegt habe; daß das Konsumniveau in diesen Tagen 20 Zwerge betragen habe und daß die Ersatzinvestitionen mit gleichmäßiger Rate erfolgten[22]. Wenn jeden Tag 2 Maschinen abgeschrieben werden, ist demnach eine Bruttoinvestition von 2 Maschinen für die Produktion von 20 Zwergen erforderlich. Die Tage 1 und 2 in der Tabelle 18.1. sind zwei solcher Tage mit konstantem Einkommen[23].

Die Tabelle 18.1. ist folgendermaßen zu interpretieren: In Spalte 2 ist die Höhe des jeweiligen Konsums eingetragen. Spalte 4 enthält die Zahl der zu Beginn eines jeden Tages gebrauchsfertigen Maschinen. Spalte 3 gibt die Zahl der Maschinen an, die zur Herstellung der täglichen Ausbringungsmenge erforderlich sind. Spalte 5 beinhaltet die Bruttoinvestition, d.h. die Differenz zwischen den erforderlichen Maschinen (Spalte 3) und den verfügbaren Maschinen (Spalte 4).

Nehmen wir an, die Konsumenten entschieden sich am Tage 3, ihren Verbrauch um 5 Prozent auf 21 Zwerge zu erhöhen. Da zu Beginn des Tages nur 18 Maschinen verfügbar sind, muß die Bruttoinvestition um 50 Prozent auf 3 steigen. Die Erhöhung der Investition um 1 Maschine läßt jedoch Einkommen entstehen, das ausreicht, um 3 weitere Zwerge zu kaufen. Da die marginale Konsumneigung aber 2/3 beträgt, steigt der Konsum am Tage 4 um 2 auf die neue Höhe von 23, so daß nun 23 Maschinen benötigt werden. Die Bruttoinvestition muß daher auf 4 steigen, weil zu Tagesbeginn nur 19 Maschinen vorhanden sind. Das Einkommen steigt daher um 3

ter den früheren Arbeiten ist die von J. M. Clark, «Business Acceleration and the Law of Demand», Journal of Political Economy, 25:217–235, 1917. Das Interesse an diesem Prinzip wurde neu erweckt, als man herausfand, daß sich die Keynes'sche Konsumfunktion und das Akzelerationsprinzip zu einem Mechanismus vereinen ließen, der von sich aus Konjunkturschwankungen auslöst. Einer dieser Ansätze stammt von P. A. Samuelson, «Interactions between the Multiplier Analysis and the Principle of Acceleration», Review of Economics and Statistics, 21:78–88, 1939. R. F. Harrod, The Trade Cycle, Oxford University Press, London, 1936, entwickelte eine Theorie, die auf einer ähnlichen Linie liegt. Neuere Arbeiten über dieses Prinzip stammen von J. R. Hicks, A Contribution to the Theory of the Trade Cycle, Oxford University Press, London, 1950; sowie R. M. Goodwin, «The Nonlinear Accelerator and the Persistence of Business Cycles», Econometrica, 19:1–17, 1951.

[22] Die Annahme einer gleichmäßigen Rate der Ersatzinvestition ist gewagt, denn sie setzt voraus, daß die Investitionshöhe in der Vergangenheit immer gleich war und daß alle Maschinen genau die gleiche Abschreibungsdauer haben.

[23] In dieser Volkswirtschaft wird offensichtlich überhaupt nicht gespart. Die Konsumausgaben betragen 20 Zwerge, und da die Nettoinvestition Null ist, beträgt auch das NSP 20 Zwerge. Da jeden Tag eine Bruttoinvestition von 2 Maschinen erfolgt und jede Maschine einen Wert von 3 Zwergen hat, beträgt die Abschreibung 6 Zwerge und das BSP 26 Zwerge.

Tabelle 18.1.

Tag	Konsum	Benötigte Maschinen	zu Tagesbeginn verfügbar	Bruttoinvestition
(1)	(2)	(3)	(4)	(5)
1	20	20	18	2
2	20	20	18	2
3	21	21	18	3
4	23	23	19	4
5	25	25	21	4
6	25	25	23	2
7	21	21	23	0
8	17	17	21	0
9	17	17	19	0
10	17	17	17	0
11	17	17	15	2
12	21	21	15	6
13	29	29	18	11

weitere Zwerge und der Verbrauch um 2, so daß am Tage 5 die Bruttoinvestition wiederum 4 betragen muß. Da dies aber das gleiche Investitionsniveau wie am Tage 4 ist, entsteht kein weiteres Einkommen. Daher verbleibt auch der Konsum bei 25, und die Investition fällt auf 2, weil nur die 2 abgeschriebenen Maschinen ersetzt werden müssen. Da sich die Investition um 2 Maschinen verringert, schrumpft das Einkommen um 6 Zwerge und der Konsum um 4. Daher werden am Tage 7 nur 21 Maschinen benötigt; da 23 verfügbar sind, fällt die Bruttoinvestition nun auf Null. Offensichtlich besteht nun nicht einmal Anlaß zur Ersatzinvestition, da reichlich ungenutzte Kapazitäten vorhanden sind.

Der Rückgang der Bruttoinvestition auf Null führt zu einer weiteren Verbrauchseinschränkung um 4 bis auf das depressive Tief von 17. Bei diesem Konsumniveau werden 17 Maschinen benötigt; da 21 verfügbar sind, ist die Bruttoinvestition wiederum Null. Da die Bruttoinvestition bei Null verharrt – sie kann nicht negativ werden –, fällt das Einkommen nicht weiter. Der Konsum bleibt bei 17 am Tage 9, und weil 19 Maschinen vorhanden sind, erfolgt wiederum keine Bruttoinvestition, so daß der Konsum auch am Tage 10 bei 17 verbleibt. Bei genau 17 verfügbaren Maschinen bleibt die Bruttoinvestition noch auf Null. Da aber am Tage 11 zwei weitere Maschinen abgeschrieben werden, tritt nun die Situation ein, in der die Zahl der benötigten Maschinen (17) die Zahl der verfügbaren Maschinen (15) übersteigt. Weil folglich eine Bruttoinvestition von 2 erforderlich ist, steigt das Konsumniveau auf 21; bei 15 verfügbaren Maschinen (Tag 12) erhöht sich die Bruttoinvestition auf 6, und der Zyklus beginnt seinen Aufschwung.

Das Beispiel macht deutlich, daß die Lebensdauer der Anlagen einen wesentlichen Beitrag zur Instabilität des wirtschaftlichen Ablaufs leistet. Eine Konsumerhöhung von 5 Prozent (Tag 1) läßt die Kapitalgüterproduktion um 50 Prozent steigen. Wenn die Maschinen eine Lebensdauer von 5 statt von 10 Tagen hätten, wäre an den Tagen 1 und 2 eine Bruttoinvestition in Höhe von 4 erfolgt, so daß die 5prozentige Erhöhung des Verbrauchs die Bruttoinvestition nur um 25 Prozent ansteigen lassen würde. Wenn die Maschine nur einen Tag hielte, müßte bei einem Konsum von 20 jede Maschine täglich ersetzt werden, so daß eine 5prozentige Konsumerhöhung einen gleich hohen Prozentsatz an zusätzlicher Produktion von Zwerg-Maschinen erforderte. Die Unbeständigkeit der Schwankungen ist offensichtlich aufs engste mit der Nutzungsdauer der Anlagen verbunden.

Eine zweite Wirkung eines Trends zu längerer Nutzungsdauer besteht darin, daß die Volkswirtschaft in einer Depression länger verharrt, als sie es bei einer schnelleren Abschreibung tun würde. Wenn im vorliegenden Beispiel die Lebensdauer einer Maschine 5 Tage betrüge, würden an jedem Tag, den die Depression andauerte, 4 statt 2 Maschinen ausgesondert; so ließe sich der Zeitraum verkürzen, der verstreichen muß, bis wieder mehr Anlagen benötigt werden, als tatsächlich verfügbar sind.

Eine dritte Folge der Nutzungsdauer ist darin zu sehen, daß sie zum Phänomen der wellenartigen Ersatzanschaffungen führt. Einem erfolgreichen Jahr für die Branche eines Kapitalgutes folgt üblicherweise nach x Jahren ein weiteres gutes Jahr, wenn die durchschnittliche Lebensdauer dieses Gutes x Jahre beträgt, weil die Käufer x Jahre nach der ursprünglichen Kaufwelle mehr Einheiten dieses Gutes ersetzen als in den dazwischen liegenden Jahren. In der Tabelle 18.1. sehen wir, daß bis zu Beginn des Tages 12 täglich 2 Maschinen ausgesondert werden. Am Tage 13 werden jedoch 3 Maschinen abgesetzt, weil Maschinen in dieser Zahl 10 Tage zuvor angeschafft worden sind. Da 4 Maschinen am Tage 4 gekauft worden sind, müssen sie am Tage 14 ausgesondert und ersetzt werden. Wie aus der Tabelle ersichtlich wird, führen die Fernwirkungen des ersten Booms zur Verstärkung des zweiten Booms. Wenn der Kauf dauerhafter Güter einmal mit einer ungleichmäßigen Rate erfolgt, entsteht eine Tendenz zur Fortdauer dieses Prozesses.

Die Ersatzzyklen werden im Zeitablauf wahrscheinlich verwischt. Es haben nicht alle Anlagen – selbst wenn sie gleicher Art sind – dieselbe Nutzungsdauer. Noch mehr wird die Lebensdauer bei unterschiedlichen Maschinentypen divergieren. Die Ersatzzyklen werden sich daher in der gesamten Wirtschaft tendenziell ziemlich schnell ausgleichen. In einzelnen Wirtschaftszweigen jedoch, in Ländern, in denen wenige große Industriezweige einen beträchtlichen Teil des Sozialprodukts erstellen, und im Gefolge ernsthafter Krisen, also etwa bei großen Kriegen, liegt in den Ersatzzyklen eine entscheidende Ursache wirtschaftlicher Störungen.

Hinsichtlich des Akzelerationsprinzips können wir nun folgendes feststellen: Da die induzierte Investition eine Folge zunehmender Ausbringungsmenge ist, verlangt eine Investitionserhöhung, die die Voraussetzung eines weiterhin steigenden Einkommens darstellt, nicht nur, daß der Konsum überhaupt steigt, sondern daß er mit zunehmender Rate wächst. Die Tabelle 18.1. läßt erkennen, daß der Abschwung in diesem Modell daraus folgt, daß sich der Konsum eben nicht in dieser Weise entwickelt. Der Aufschwung ergibt sich andererseits daraus, daß die Nettoinvestition nicht für unbegrenzte Zeit negativ sein kann, solange der Konsum noch auf einem positiven Niveau liegt. Wenn die Anlagen so weit ausgesondert werden, bis eine Ersatzinvestition erforderlich wird, steigen Bruttoinvestition, Einkommen und Konsum, und der Aufschwung nimmt seinen Lauf.

Der Typ des hier beschriebenen Modells bildet mit einigen geringfügigen Veränderungen die Grundlage derjenigen neueren konjunkturtheoretischen Erklärung, die wohl am meisten Anklang gefunden hat. Diese von J. R. Hicks[24] vorgetragene Theorie verändert das Modell in dreifacher Hinsicht:

[24] Hicks, op. cit.

1. Hicks geht davon aus, daß die induzierte Investition nicht nur von Veränderungen des Konsums, sondern auch von Änderungen des Outputs im allgemeinen abhängt. In unserem einfachen Modell wurde die Investition induziert, weil ein erhöhter Konsum eine Zunahme der Produktionskapazität für Konsumgüter erforderlich werden ließ. Wenn aber die Investition steigt, wird ebenso eine größere Produktionskapazität für zusätzliche Investitionsgüter gebraucht. Folglich muß man die induzierte Investition als Funktion von Änderungen der gesamten Ausbringungsmenge und nicht nur von Konsumänderungen betrachten.

2. In dem oben geschilderten Modell ergibt sich der obere Umkehrpunkt daraus, daß der Konsum nicht genügend zunimmt. Während Hicks glaubt, daß ein so begründeter Abschwung gelegentlich auftreten könnte – er würde eine derartige Schwankung als «freien» Zyklus bezeichnen –, meint er, daß die Werte der marginalen Konsumneigung und des Akzelerators[25] so geartet seien, daß sich die Expansion tendenziell unbegrenzt weiterentwickeln würde, wenn dem nicht bestimmte äußere Begrenzungsfaktoren gegenüberstünden. Diese Begrenzungsfaktoren bezeichnet Hicks als die «Decke der realen Mittel», die durch die Vollbeschäftigung der Arbeit und anderer Produktionsfaktoren gezogen ist. Einen Zyklus, der an diese Decke stößt, nennt Hicks einen «eingeschränkten» Zyklus.

3. Hicks zerlegt die Investition in zwei Komponenten: die induzierte Investition, die von Veränderungen des Produktionsvolumens abhängt, und die autonome Investition, die sich nicht an den jeweiligen Gewinnmöglichkeiten ausrichtet, sondern von langfristigen Trendfaktoren, wie Bevölkerungswachstum und technischem Fortschritt, abhängt und die annahmegemäß mit einer gleichbleibenden Zuwachsrate steigt.

In Abb. 18.1. sind auf der Horizontalen die Zeit, auf der Vertikalen das Produktionsvolumen (Realeinkommen) und die Investition im logarithmischen Maßstab abgetragen. Die unterste Linie beschreibt den Verlauf der autonomen Investitionen (log I_{at}). Die mittlere Linie zeigt die logarithmische Entwicklung des Realeinkommens im Zeitablauf, wenn nur autonome Investitionen erfolgen (log Y_{at}). Die

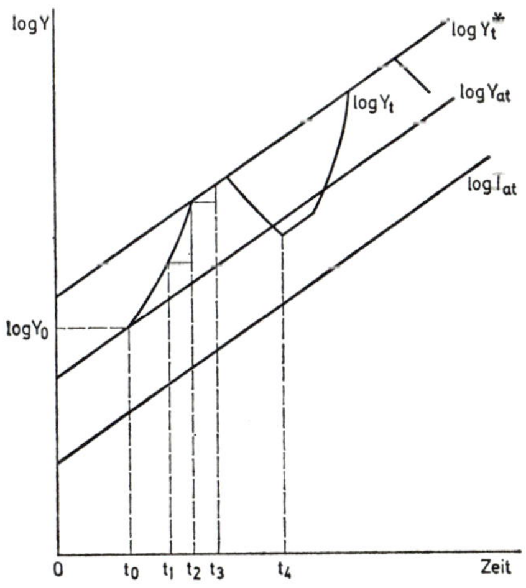

Abb. 18.1: Das Modell von Hicks (alle Werte in realen Größen)

[25] Der Akzelerator ist definiert als der Betrag an zusätzlicher Kapazität, der zur Herstellung einer weiteren Ausbringungseinheit erforderlich ist.

oberste Linie stellt die «Decke» dar, über die hinaus das Produktionsvolumen nicht steigen kann ($\log Y^*_t$). Da das Ausbringungsniveau bei Vollbeschäftigung annahmegemäß vom Wachstum der Bevölkerung und von der Rate des technischen Fortschritts abhängt, nimmt Hicks an, daß die Wachstumsrate an der Decke (die sog. natürliche Wachstumsrate) der Wachstumsrate der autonomen Investitionen gleich ist.

Nehmen wir an, die Wirtschaft befinde sich im Zeitpunkt t_0 mitten in einer Depression mit einer Ausbringungsmenge $\log Y_0$. Da langfristige Wachstumsfaktoren die autonomen Investitionen steigen lassen, ergibt sich eine automatische Erhöhung des Produktionsvolumens, die induzierte Investitionen entstehen läßt, wenn die Überschußkapazitäten durch Abschreibung und Veralterung im wesentlichen abgebaut sind. Die induzierten Investitionen erhöhen wiederum das Produktionsvolumen, so daß das Erfordernis zusätzlicher Kapazitäten nochmals weitere Investitionen induziert. Die vom Akzelerator ausgelöste Expansion treibt das Produktionsvolumen immer weiter in die Höhe, bis schließlich im Zeitpunkt t_2 die Decke erreicht wird. An diesem Punkt kann die Produktion nur mit der natürlichen Wachstumsrate zunehmen. Das bedeutet aber, daß der zwischen den Perioden t_2 und t_3 mögliche Produktionszuwachs geringer ist als der Zuwachs in der Vorperiode. Daher müssen die Investitionen absolut rückläufig sein. Folglich sinkt die Produktion, fallen die induzierten Bruttoinvestitionen auf Null und stürzt die Wirtschaft in eine Krise. In der Periode t_4 ist der Tiefpunkt der Rezession erreicht. Eine neue Expansion läßt nun so lange auf sich warten, bis die überschüssigen Kapazitäten dem Verschleiß anheim gefallen sind. Wenn die Wachstumsfaktoren erneut eine positive Änderung der Produktion bewirken oder wenn die Bruttoinvestition infolge der erforderlichen Ersatzinvestitionen steigt, beginnt der Expansionsprozeß von neuem.

Das hier stark vereinfachte Modell von Hicks bildet einen nützlichen Untersuchungsrahmen, der mit Abwandlungen ein ziemlich gutes Bild der zyklischen Schwankungen im Rahmen eines Wachstums zeichnet. Das Modell zeigt besonders deutlich, daß in einer kapitalistischen Wirtschaft, die in erheblichem Maße durch langlebige Anlagegüter gekennzeichnet ist, der Epxansion nahezu unvermeidlich eine Phase der Kontraktion folgt. Da die Wachstumsrate der Produktion höher ist als die Wachstumsrate, mit der die Ausbringung bei Vollbeschäftigung zunehmen kann (die tatsächliche Wachstumsrate muß im Aufschwung über der natürlichen liegen, weil sonst die Vollbeschäftigung nie erreicht würde), führt die Decke zwangsläufig zu einer Abschwungsperiode; weil die induzierten Investitionen von Änderungen des Produktionsvolumens abhängen, kommt es zu einem absoluten Rückgang der Investitionen.

Hicks' Modell zeigt ebenso, daß die Volkswirtschaft ohne technischen Fortschritt und andere gewichtige Wachstumsfaktoren für einen sehr langen Zeitraum in der Depression verharren würde. Dies aus zwei Gründen: Erstens könnten ohne technischen Fortschritt die autonomen Investitionen nicht im Zeitablauf zunehmen, so daß die positive Änderung der Produktion, die den Akzelerator in Gang setzt, so lange nicht zustande käme, bis die Kapazitäten so weit abgebaut wären, daß die ersten Ersatzinvestitionen erforderlich würden. Zweitens wird ohne technischen Fortschritt die Zeit, zu der die Ersatzinvestitionen erfolgen muß, hinausgezögert, weil keine technische Überalterung der bestehenden Anlagen deren Austausch fördert. Die Aufgabe, den Akzelerator in Gang zu setzen, würde also allein der Aussonderung auf dem Wege der normalen Abschreibung der Anlagen zufallen. Es ist demnach nicht verwunderlich, daß Depressionen schwerer und von längerer Dauer sind, wenn die langfristigen Wachstumsfaktoren wegfallen.

Bevor wir fortfahren, sollten wir auf einen schwerwiegenden Mangel des Modells von Hicks hinweisen. Die von Hicks definierte Vollbeschäftigungs-Decke ist unabhängig von der Entwicklung der Produktion. Sie ist vielmehr bestimmt durch die Bevölkerungszunahme, den technischen Fortschritt usw., und wächst daher annahmegemäß mit der gleichen Rate wie die autonome Investition. Das Produktionsniveau bei Vollbeschäftigung hängt aber von dem Umfang an Ressourcen ab, die in einer Volkswirtschaft vorhanden sind. Der Kapitalstock ist Teil dieser Ressourcen. Daher erhöht sich die Decke in jeder Periode, in der der Kapitalstock wächst. Da die Wachstumsrate der Produktion die Wachstumsrate des Kapitalstocks bestimmt, wird sich die natürliche Begrenzung der Produktion in Abhängigkeit von der Produktionsentwicklung im Zeitablauf verändern. Man kann daher den langfristigen Vollbeschäftigungstrend nicht unabhängig von den zyklischen Schwankungen betrachten[26].

Wir wollen das Modell nun vervollständigen und verbessern, indem wir einige andere Ursachen für Konjunkturschwankungen untersuchen als die Veränderung des Produktionsvolumens.

18. 3. Störungsfaktoren

1. Innovation und Schwankungen der autonomen Investition

In der Darstellung von Hicks spielt die autonome Investition – die Investition, die nicht von der jeweiligen Höhe oder der Veränderung des Produktionsvolumens abhängt – eine passive Rolle. Man könnte jedoch argumentieren, daß in sehr weit fortgeschrittenen kapitalistischen Volkswirtschaften die von dem technischen Fortschritt verursachten periodischen Einbrüche die treibende Kraft darstellten. Wenn man das Hauptaugenmerk auf die induzierten Investitionen richtet und die Schwankungen der autonomen Investitionen vernachlässigt, läßt sich zu Recht der Vergleich zu dem Schwanz ziehen, der mit dem Hund wackelt.

Der Hauptvertreter der These, daß Konjunkturzyklen eine natürliche Folge des wirtschaftlichen Fortschritts seien, ist J. A. Schumpeter[27]. Er vollzieht eine scharfe Trennung zwischen der Invention (der Entdeckung und Entwicklung neuer Verfahren, neuer Güter und neuer Methoden durch Ingenieure und Wissenschaftler) und der Innovation (dem Prozeß, in dem Unternehmer die Erfindungen kommerziell verwerten). Die Unterscheidung von Invention und Innovation ist deshalb bedeutsam, weil sich die Invention in einem gleichmäßigen Prozeß vollzieht, während die Innovation tendenziell stoßweise erfolgt. Gerade diese Unbeständigkeit in der Innovationsrate führt nach Schumpeter zu Schwankungen der wirtschaftlichen Aktivität.

Die Innovation erfolgt deshalb nicht kontinuierlich, weil die Menschen von Natur aus konservativ sind. Sie neigen grundsätzlich dazu, bewährte Methoden beizubehalten und neue zu scheuen, solange der Erfolg der neuen Methode nicht von anderen erprobt ist oder solange nicht eine verschlechterte Wettbewerbsfähigkeit sie

[26] Eine Untersuchung über das Wesen der Hicks'schen Vollbeschäftigungsdecke findet sich in T. F. Dernburg, «The Output Ceiling», Metroeconomica, 14:97–103, 1962.

[27] J. A. Schumpeter, The Theory of Economic Development, Harvard University Press, Cambridge, Mass., 1934, sowie «The Analysis of Economic Change», Review of Economics Statistics, 17:2–10, 1935. Vgl. ferner Estey, op. cit., Chap. 8.

zum Handeln zwingt. Es gibt jedoch eine geringe Zahl von mutigen Innovatoren, die unter günstigen Umständen bereit sind, den Weg zu weisen. Wenn ein derartiger Innovator erst einmal den Prozeß in Gang gebracht hat, beginnen die anderen, ihm zu folgen, bis schließlich eine Flut von Investitionen und ein ausgeprägter Boom entstehen.

Was veranlaßt die anderen zur Nachahmung? Zunächst können die Mitbewerber nicht tatenlos zusehen, wie sie von einem aggressiven Rivalen aus dem Markt geworfen werden. Je mehr Unternehmer dem Vorpreschenden folgen, desto größer wird der Druck auf die Zurückstehenden. Zusätzlich läßt die Innovation, besonders wenn sie in einer Situation der Voll- oder geringfügigen Unterbeschäftigung erfolgt, die Preise steigen, weil der Kampf um die verfügbaren Ressourcen entbrennt. Die Gewinnerwartungen steigen, und die Investition wird angeheizt. Mit steigenden Investitionen erhöhen sich erneut die Preise, und die Investition wird noch stärker entfacht.

Wir brauchen hier nicht die Besonderheiten von Schumpeters Theorie im einzelnen zu erläutern. Wir sollten aber festhalten, daß der durch Innovationen ausgelöste Boom einen völlig anderen oberen Umkehrpunkt aufweist als der Akzelerator-Boom von Hicks. Wie wir uns erinnern, ließ bei dem letzteren die Vollbeschäftigungsdecke nicht zu, daß das Produktionsvolumen schneller zunahm als die langfristige Wachstumsrate. Deshalb mußten Investition und Einkommen zurückgehen, weil die induzierten Investitionen von Änderungen der Ausbringungsmenge abhängen. Wenn die Investition dagegen von Änderungen des Produktionsvolumens unabhängig ist, braucht die Hicks'sche Decke kein Hindernis für die weitere Ausdehnung der Gesamtnachfrage darzustellen. Das Ende des Aufschwungs zeichnet sich einfach dadurch ab, daß schließlich die neuen Anlagen erstellt sind, so daß die Investitionsausgaben zu sinken beginnen. Gleichzeitig bringen die neuen Betriebe große Mengen von Konsumgütern auf den Markt. In einem Zeitpunkt, in dem die Investition rückläufig ist oder abnehmende Zuwachsraten aufweist, wird das zusätzliche Angebot an Konsumgütern nicht vollständig abgenommen, sinken die Preise, breitet sich allgemeine Enttäuschung bezüglich der erwarteten Gewinne aus und setzt die Rezession ein. Es zeigt sich, daß die Dauer eines Innovationsbooms weitgehend von der Ausreifungsperiode der Investition abhängt, d.h. von dem Zeitraum, den die Erstellung neuer Produktionsstätten in Anspruch nimmt.

Der wesentlichste Gesichtspunkt der Schumpeterschen Untersuchung besteht in dem Nachweis, daß dieselben Kräfte, die Instabilität entstehen lassen, den wirtschaftlichen Fortschritt tragen. Ohne Innovation gibt es keinen wirtschaftlichen Fortschritt. Wenn die Innovationen jedoch nicht in einem gleichmäßigen Prozeß erfolgen, sind periodische Auf- und Abschwünge die unvermeidliche Folge.

2. Investition, Zins und Geld

Die Mehrzahl der derzeitigen Autoren rückt die Bedeutung solcher «realer» Erscheinungen, wie des Akzelerationsprinzips oder der von Innovationen hervorgerufenen Änderungen der Grenzleistungsfähigkeit des Kapitals in den Vordergrund. Die meisten Autoren bejahen auch, daß monetäre Effekte für die Verstärkung oder Abschwächung der Ausschläge bedeutsam sein können, während einige Autoren bis zu der Behauptung gehen, daß monetäre Störungen der eigentliche Übeltäter seien.

Eine Rezession verringert die Kreditaufnahme und das Umsatzvolumen und führt damit zu einem überschüssigen Geldangebot. Soweit damit ein Sinken der Zinssätze einhergeht, wird der Wiederaufschwung erleichtert. Das mit einer Expansion verbundene Ansteigen der Kreditaufnahme führt andererseits tendenziell zu steigenden Zinssätzen, läßt die Verschuldung zunehmend schwieriger und kostspieliger werden und trägt damit zur Beschränkung des Aufschwungs bei. In dieser Betrachtungsweise erscheint das Währungssystem als hilfreicher Stabilisator.

Wäre es nicht denkbar, daß ohne monetäre Störungen auch keine konjunkturellen Schwankungen aufträten? Ein bekannter Vertreter dieses Standpunkts ist F.A. von Hayek[28], dessen Theorie, die die Änderungen der Investitionen behandelt, auf der Linie unserer derzeitigen Analyse liegt.

Als Ausgangspunkt für einen Überblick über Hayeks Theorie wählen wir eine vollbeschäftigte Wirtschaft und gehen zunächst davon aus, daß die Banken angehalten sind, eine 100prozentige Mindestreserve zu halten. Weiterhin nehmen wir an, daß keine Änderungen der nominalen Geldmenge oder der Umlaufgeschwindigkeit erfolgen. Unter diesen Bedingungen müssen alle Kredite für Investitionen aus Mitteln stammen, die durch die jeweilige Ersparnis freigesetzt werden. In dieser Situation bestimmen die Spargewohnheiten der Gesellschaft den Anteil des jeweiligen Produktionsvolumens, der zur Vergrößerung des zukünftigen Einkommensstroms abgezweigt wird. Wenn sich die Gesellschaft entschließt, auf gegenwärtigen Konsum zugunsten eines erhöhten Zukunftskonsums zu verzichten, steigt das Sparen, werden dem Verbrauch Ressourcen entzogen, und weil dadurch der Zinssatz gesenkt wird, werden diese Mittel im Investitionsprozeß eingesetzt.

Wenn die Ressourcen unmittelbar zur Herstellung von Konsumgütern eingesetzt werden, bezeichnen wir dies als eine Verwendung in den höheren Produktionsstufen, d.h. in den konsumnächsten Stufen. Werden sie dagegen zur Herstellung von Investitionsgütern benutzt, dann nennen wir dies eine Verwendung in den tieferen Produktionsstufen. Bei Vollbeschäftigung erfordert eine Erhöhung der Investition, daß eine Umschichtung der Ressourcen von den höheren auf die tieferen Produktionsstufen erfolgt. Diese Verschiebung wird als Vertiefung der Produktionsstruktur oder als Verlängerung des Produktionsumweges bezeichnet.

Solange eine derartige Veränderung des Produktionsumweges als Folge eines freiwilligen Sparverhaltens entsteht, können sich daraus keine unangenehmen Wirkungen ergeben. Die Schwierigkeiten beginnen erst, wenn durch billige Kredite der Eindruck erweckt wird, es sei vorteilhaft, die Produktionsstruktur zu vertiefen. Da diese Illusion mit fortschreitender Zeit verschwindet, entsteht ein vertikales Mißverhältnis – eine Situation, in der mehr Ressourcen in der Produktion von Kapitalgütern gebunden sind als dort rentabel eingesetzt werden können. Eine schmerzliche Rezessionsperiode der Wiederanpassung muß erfolgen, in der die Produktionsumwege wieder verkürzt werden.

In einem Bankensystem, in dem nur ein Bruchteil der Einlagen in Form von Mindestreserven gehalten wird, ist es den Unternehmern möglich, mehr Ressourcen für Investitionszwecke zu erhalten, als durch freiwilliges Sparen freigesetzt werden. Der Prozeß, in dem dies ermöglicht wird, ist als «erzwungenes Sparen» bekannt. Da die Banken erwerbswirtschaftlich ausgerichtete Institutionen sind, werden sie versuchen, ihre Kredite stets dann auszudehnen, wenn sie Überschußreserven besitzen. Mit diesem Bemühen senken sie den Marktzins unter den natürlichen Zins (den Zins,

[28] F. A. von Hayek, Prices and Production, 2d ed., Routledge & Kegan Paul, Ltd., London, 1951. Vgl. ferner Estey, op. cit., Chap. 13.

der eine ausgewogene Produktionsstruktur erhalten würde[29]); die Unternehmer werden dadurch veranlaßt, mit künstlich geschaffenen Bankkrediten die Konsumenten zu überbieten, um ihnen Ressourcen zu entziehen. Die daraus folgenden Preissteigerungen der Konsumgüter verringern das Realeinkommen und zwingen damit die Gesellschaft zu sparen.

Der durch diesen Prozeß ausgelöste inflationäre Boom kann so lange fortbestehen, wie der Marktzins künstlich niedrig gehalten wird. Sowie aber die Nominaleinkommen infolge der Investitionsausgaben steigen, verwenden die Verbraucher diese zusätzlichen Einkommen zum Kauf von Konsumgütern. Folglich erhöhen sich die Preise der Konsumgüter noch über den ursprünglichen Anstieg, und es entsteht die Tendenz, daß die Ressourcen in die konsumtive Verwendung zurückgeführt werden. Solange noch genügend Bankkredite verfügbar sind, kann diese Tendenz aufgehalten werden. Wenn aber die Reserven im Verhältnis zu den Einlagen auf ein kritisches Maß absinken, werden die Kreditmöglichkeiten beschnitten, so daß der Marktzins steigt. Damit werden aber viele der neuen Projekte unrentabel; es stellt sich ein vertikales Mißverhältnis heraus; viele begonnene Vorhaben werden abgebrochen; und die Rezession, d.h. die Periode, in der die ausgewogene Produktionsstruktur wiederhergestellt wird, setzt ein.

Einer der interessantesten Wesenszüge von Hayeks Theorie besteht in dem Versuch, die merkwürdigen zyklischen Bewegungen in der Produktion der Kapitalgüter zu erklären. Das Konzept des erzwungenen Sparens und die These, daß Zinsänderungen zu einer Vertiefung der Produktionsstruktur führen können, sind hilfreiche Erklärungsversuche.

Dieser besonderen Anschauung braucht man indessen nur zu folgen, wenn durchgängig Vollbeschäftigung herrscht. Die typische Depression ist durch ungenutzte Ressourcen gekennzeichnet und läßt eine gleichzeitige Ausdehnung der Produktion von Konsum- und Investitionsgütern zu. Zur Erklärung dafür, daß die Produktion der Investitionsgüter stärker steigt als der private Verbrauch, braucht man lediglich darauf hinzuweisen, daß kurzfristig die durchschnittliche Konsumquote sinkt. Wie der Zyklus für den Fall aussähe, daß am Anfang Unterbeschäftigung herrschte, wird von Hayek nicht untersucht, der jede Theorie, die nicht von einem Gleichgewicht bei Vollbeschäftigung ausgeht, für methodologisch falsch hält. Wie dem auch sei, Tatsache ist, daß in einer Rezession die Zinssätze sinken; folglich wird die Vertiefung der Produktionsstruktur, von der Hayek spricht, wenn sie überhaupt zustande kommt, in nahezu unveränderter Weise auch dann erfolgen, wenn ungenutzte Ressourcen verfügbar sind.

Trotz der ziemlich weitgehenden Einschränkungen vermag Hayeks Untersuchung zu verdeutlichen, daß vom Erreichen der Vollbeschäftigung an ein Aufschwung durch die Aktivität des Bankensystems weitergetragen werden kann. Wenn der Marktzins unter dem natürlichen Zins bleibt, werden die Unternehmer versuchen, die Kapazität für Investitionsgüter auszuweiten; dazu ist erzwungenes Sparen erforderlich. Hayeks Theorie zeigt weiterhin, daß ein künstlich genährter Boom den nachfolgenden Zusammenbruch um so ernster werden läßt, wenn die Investitionen in Bereichen vorgenommen wurden, in denen keine echten langfristigen Gewinnmöglichkeiten bestanden.

[29] Hayeks «natürlicher» Zinssatz kann als identisch betrachtet werden mit dem in Kapitel 13 besprochenen natürlichen Zinssatz, der die Nachfrage nach Gütern und Dienstleistungen mit dem bei Vollbeschäftigung erzielbaren Angebot ausgleicht.

Beiläufig können wir eine interessante Ähnlichkeit zwischen den Theorien von Hayek und Schumpeter feststellen. Beide beginnen ihre Untersuchung mit einer Volkswirtschaft, die sich im Gleichgewicht bei Vollbeschäftigung befindet. Dies bedeutet, daß bei unveränderten Spargewohnheiten eine Ausweitung der Produktion von Investitionsgütern nur durch erzwungenes Sparen zustande kommen kann. Das erzwungene Sparen wird darüberhinaus durch die Kreditschöpfungsmacht der Banken ermöglicht. Während aber die Banken in dem Stück von Hayek die Schurkenrolle spielen, sind sie für Schumpeter unerläßliche Instrumente in dem kapitalistischen Prozeß, weil sie es sind, die dem innovierenden Unternehmer die Ressourcen zugänglich machen.

3. Lagerbestände, Verkäufe und Schwankungen der Lagerhaltung

Die Schwankungen in der Produktion von Kapitalgütern, mit denen wir uns beschäftigt haben, sind aber nicht allein ausschlaggebend. In einzelnen Rezessionen milder Ausprägung bleiben die Investitionen nahezu konstant, während sich die Schrumpfung des Produktionsvolumens hauptsächlich aus einer Einschränkung des Konsums und einer Abnahme der Lagerhaltung ergibt. In der Tat ist es möglich, ein Modell zyklischen Verhaltens zu entwickeln, welches sich trotz unveränderter Produktion von Kapitalgütern aus dem simplen Umstand erklärt, daß Händler nicht nur Aufträge erteilen, um den durch Verkäufe geschmälerten Güterbestand wiederaufzufüllen, sondern auch, um einen Lagerbestand zu halten. Die Höhe der Lagerhaltung ist nicht konstant, sondern richtet sich nach der Umschlagsgeschwindigkeit, nach dem herrschenden Zinssatz und nach den Preiserwartungen.

In bezug auf das Unternehmerverhalten darf man sinnvollerweise davon ausgehen, daß sich bei unveränderten Zinssätzen und Preiserwartungen die geplante Höhe der Lagerhaltung proportional zu dem jeweiligen Absatzvolumen verhält.

Um die Folgen dieser Verhaltensweise zu verdeutlichen, betrachten wir das in Tabelle 18.2. wiedergegebene Modell, in dem das gewünschte Verhältnis von Bestand zu Absatz 2:1 und die marginale Konsumneigung 0,5 betragen. Nehmen wir an, am Tage 1 betrage das Absatzvolumen 100 Gartenzwerge. Die gewünschte Lagerhaltung wird daher bei 200 Zwergen liegen. Wenn die Verkäufe am Tage 2 ebenfalls in Höhe von 100 erfolgen, bleibt der beabsichtigte Lagerbestand bei 200, so daß am Tage 2 Aufträge im Umfang von 100 Zwergen erteilt werden, um die an diesem Tage verkauften Einheiten ersetzen zu können.

Gehen wir nun davon aus, daß sich die Konsumenten am Tage 3 entschieden, 12 zusätzliche Zwerge zu kaufen. Die Aufträge am Tage 3 müssen zunächst um die 12 Zwerge steigen, die erforderlich sind, um den Bestand wieder auf die ursprüngliche Höhe zu bringen; sodann müssen weitere 24 bestellt werden, weil die geplante Lagerhaltung auf 224 gestiegen ist. Die gesamten Aufträge am Tage 3 betragen daher 136. Da dies eine Einkommensänderung von 36 Zwergen beinhaltet und die marginale Konsumneigung 0,5 beträgt, erhöht sich der Absatz am Tage 4 um 18 auf die neue Höhe von 130. Der geplante Lagerbestand steigt nun auf 260, so daß sich die Aufträge am Tage 4 auf

$$130 + (260 - 224) = 166$$

belaufen müssen. Dies führt wiederum zu einer Einkommensänderung, so daß der Konsum erneut steigt.

Der zyklische Aufschwung hält an bis zum Tage 6, an dem trotz einer Konsumerhöhung (von 145 auf 149,5) die Aufträge von 175 auf 158,5 fallen. Da die Aufträge

Tabelle 18.2.

Zeit	Verkäufe (Konsum)	geplanter Bestand	Aufträge zur Anpassung des Lagerbestands	gesamte Aufträge
(1)	(2)	(3) = (2) × 2	(4)	(5) = (2) + 4
1	100.00	200.00	0.00	100.00
2	100.00	200.00	0.00	100.00
3	112.00	224.00	24.00	136.00
4	130.00	260.00	36.00	166.00
5	145.00	290.00	30.00	175.00
6	149.50	299.00	9.00	158.50
7	141.25	282.50	—16.50	124.75
8	124.38	248.75	—33.75	90.62
9	107.31	214.62	—34.12	73.19
10	98.59	197.19	—17.44	81.16
11	102.58	205.16	7.97	110.55
12	117.27	234.55	29.39	146.66

Anmerkung: Infolge der Aufrundung kann die Gesamtsumme von der Addition der Einzelgrößen leicht abweichen.

zurückgehen, sinken folglich Einkommen und Verbrauch, und der Zyklus beginnt seinen Abschwung. Schließlich erreicht er einen Punkt (Tag 10), an dem trotz sinkenden Verbrauchs die Aufträge wieder steigen, so daß der neue Aufschwung eingeleitet wird.

Wie kommen diese Umkehrpunkte zustande? Die Aufträge bestehen aus zwei Komponenten – dem Betrag, der zum Ersatz der täglich verkauften Einheiten erforderlich ist, und dem Betrag, der notwendig ist, um das Lager auf den gewünschten Bestand zu bringen. Die erste Komponente entspricht der *Höhe* des Absatzes, während die zweite von der *Veränderung* des Absatzvolumens abhängt. Selbst wenn die absolute Höhe des Absatzes steigt und damit die erste Komponente der Aufträge zunimmt, können die gesamten Aufträge sinken, wenn die Absatzänderung geringer ist als am Vortage. Am Tage 5 liegt der Absatz bei 145; da die Absatzänderung zwischen den Tagen 4 und 5 15 beträgt, erhöht sich der geplante Bestand um 30. Zwischen den Tagen 5 und 6 steigt der Verkauf nur um 4,5, so daß sich der gewünschte Lagerbestand nur um 9 erhöht. Die Aufträge zur Aufstockung des Lagers fallen daher um 21; da dem nur eine positive Absatzänderung von 4,5 gegenübersteht, gehen die Aufträge absolut um 16,5 zurück.

Es ist offensichtlich auf eine unter dem Wert von eins liegende marginale Konsumneigung zurückzuführen, daß die geplante Höhe der Bestände zur Höhe des Absatzes aufschließen kann. Sobald dies geschieht, besteht kein weiteres Erfordernis einer steigenden Lageranpassung; das absolute Auftragsvolumen sinkt, und die Kontraktion setzt ein. Ebenso bedeutet eine unter eins liegende marginale Konsumneigung, daß der Absatz nicht so stark abnimmt wie die Aufträge; so muß ein Zeitpunkt kommen (Tag 10), an dem trotz rückläufigen Absatzes ein absolutes Anwachsen der Aufträge erfolgt, weil der Absatz nicht mehr so stark wie am Vortage gesunken ist. Damit wird die Kontraktion angehalten.

Wenn die Unternehmer in der hier geschilderten Art ihre Lagerhaltung an dem Absatzvolumen ausrichten und wenn die marginale Konsumneigung unter eins liegt, können wir schlußfolgern, daß sich daraus ein Lagerhaltungszyklus ergeben kann. Mit Sicherheit besteht die Tendenz, daß Schwankungen der Lagerhaltung die allgemeinen zyklischen Schwingungen verstärken.

Die oben dargestellte Hypothese ist eine vereinfachte Version der Untersuchung über Lagerhaltungszyklen von L. A. Metzler[30]. Nach Metzlers Ansicht erklären sich die Umkehrpunkte aus der unter dem Wert von eins liegenden marginalen Konsumneigung. Wenn die marginale Konsumneigung z.B. den Wert eins annähme, gäbe es wie aus Tabelle 18.3. hervorgeht, keinen Umkehrpunkt. Der Absatz würde stets im gleichen Maße steigen wie das Auftragsvolumen; da dieses immer um das Zweifache der Änderung am Vortage zunimmt, würde sich kein Abschwung ergeben.

Der hervorragende britische Nationalökonom H. G. Hawtrey[31] glaubte, die Umkehrpunkte erklärten sich daraus, daß infolge veränderter Zinssätze die absolute Höhe der geplanten Relation von Bestand und Absatz schwankte. In einer Hayek sehr nahestehenden Art argumentiert Hawtrey, daß ohne eine verfehlte Politik der Banken Schwankungen nicht eintreten würden.

Unsere vorangegangene Untersuchung über die Geldnachfrage aus dem Transaktionsmotiv ergab, daß der durchschnittlich für Transaktionszwecke gehaltene Betrag wahrscheinlich invers mit dem Zinssatz verbunden ist. Je höher der Zinssatz im Verhältnis zu den Transaktionskosten (Maklergebühren usw.) ist, desto einträglicher ist es, sich auf dem Wertpapiermarkt zu engagieren, und desto niedriger werden die durchschnittlichen Bankguthaben sein.

Die Geldnachfrage ist nur ein Aspekt des allgemeinen Problems der Lagerhaltung. Dem Wunsch, ein Lager zu halten, müssen die Kosten der Lagerhaltung gegenübergestellt werden – Kosten, die zum Teil vom Zinssatz bestimmt werden. Ein hoher Zinssatz läßt die Kostenbelastung steigen und kann die Unternehmer zu dem Versuch bewegen, ihren Lagerbestand einzuschränken, während ein niedriger Zinssatz die umgekehrte Wirkung haben kann. Nach Hawtrey liegt die Ursache der wirtschaftlichen Schwankungen in dem Verhältnis zwischen den Kosten der Lagerhaltung und dem Zinssatz sowie in dem Verhalten des Bankensystems.

Tabelle 18.3.

Zeit	Verkäufe	Bestände	Aufträge
1	100	200	100
2	100	200	100
3	112	224	136
4	136	272	184
5	184	368	280
6	280	560	etc.

[30] L. A. Metzler, «The Nature and Stability of Inventory Cycles», Review of Economic Statistics, 23:113–129, 1941, und «Business Cycles and the Modern Theory of Employment», American Economic Review, 36:278–291, 1946.

[31] R. G. Hawtrey, Good and Bad Trade, Constable & Co., Ltd., London, 1913. Vgl. ferner Estey, op. cit., Chap. 12.

Wenn die Banken aus irgendwelchen Gründen zu Überschußreserven gelangen, werden sie versuchen, diese Mittel arbeiten zu lassen. Die daraus folgende Zinssenkung erhöht die gewünschte Relation von Beständen zu Verkäufen; damit werden die Unternehmer veranlaßt, zum Aufbau der Läger Kredite aufzunehmen, wodurch die Expansion verstärkt wird. Das zusätzliche Einkommen führt zu erhöhtem Konsum, der wiederum neue Aufträge entstehen läßt, so daß sich ein Aufschwung vollzieht, wie er in Tabelle 18.3. verdeutlicht ist.

Bei einem gegebenen Reservebestand der Banken muß der Zeitpunkt kommen, in dem die erhöhten Transaktionen an die Grenzen des Geldangebots stoßen. Dieser Prozeß wird nach Hawtreys Ansicht durch die Tatsache verstärkt, daß in der Spätphase des Aufschwungs das ausgeweitete Transaktionsvolumen zu einem Bargeldabfluß aus den Banken führt. Wenn das Verhältnis von Reserven zu Einlagen bis zum kritischen Punkt absinkt, beschränken die Banken ihre Kredite, steigen die Zinssätze, fällt die gewünschte Relation von Beständen zu Verkäufen, gehen die Aufträge zurück und beginnt die Kontraktion. Mit rückläufigen Aufträgen schrumpfen Einkommen und Konsum; die Aufträge nehmen noch weiter ab, und es entwickelt sich ein kumulativer Kontraktionsprozeß. Wenn die Banken bemerkten, daß dieser Schrumpfungsprozeß das Bargeld schließlich wieder in das Bankensystem zurückfließen läßt, würden sie keine nennenswerte Kontraktion herbeiführen. Da sie dieses Bewußtsein aber nicht entwickeln, dauert die Kontraktion so lange an, bis der Bargeldrückfluß in das Bankensystem wieder zu Überschußreserven führt; dies läßt den Zinssatz sinken, so daß der Prozeß sich erneut in Richtung Aufschwung entwickelt.

Wir können annehmen, daß die Lagerbestandsänderung nicht nur von den Absatzmengen und den Zinssätzen abhängt, sondern auch sehr empfindlich auf Preiserwartungen reagiert. Die Erwartung eines steigenden Preisniveaus läßt die absolute Höhe der Bestand-Absatz-Relation steigen, während eine erwartete Senkung des Preisniveaus die gegenteilige Wirkung zeigt. Da die Erwartung von Preissteigerungen zu einer Erhöhung der Aufträge führt, wird der erwartete Preisanstieg wahrscheinlich auch eintreten und damit weitere Auftragszunahmen hervorrufen.

Die Erwartungen spielen nicht nur hinsichtlich des Lageraufbaus eine wesentliche Rolle, sondern ebenso bezüglich der Kapitalgüterinvestition und des Konsums. Keine Konjunkturtheorie ist vollständig, wenn sie nicht irgendeine Aussage über die Erwartungen enthält. Wenden wir uns diesem Problem zu.

4. Erwartungen[32]

Das Problem wird dadurch erschwert, daß alle Konjunkturtheorien ausdrücklich oder stillschweigend eine Aussage über die Erwartungen enthalten. Das Abweichen des Geldzinses von dem natürlichen Zins bei Hayek würde nicht zu einer Ausweitung der Investitionen führen, wenn niemand erwartete, daß der Geldzins langfristig

[32] Den Erwartungen wird von vielen Ökonomen eine entscheidende Rolle zugewiesen. Keynes glaubte, daß die Hauptursache der konjunkturellen Schwankungen in der unberechenbaren Natur der Erwartungen liege. Weitere Autoren, die besonderen Nachdruck auf die Erwartungen legen, sind A. C. Pigou, Industrial Fluctuations, The Macmillan Company, New York, 1927; O. Lange, Price Flexibility and Full Employment, Principia Press. Inc., Bloomington, Ind., 1944; sowie G. L. S. Shackle, Expectation in Economics, Cambridge University Press, London, 1949.

unter dem natürlichen Zins bliebe. Ebenso würde die infolge einer Outputsteigerung erforderliche Kapazitätsausweitung nicht über die Akzeleratorhypothese Investitionen induzieren, wenn die Erhöhung des Produktionsvolumens nicht als dauerhaft betrachtet würde; ebensowenig würden die Händler ihre Läger aufstocken, wenn sie die Zunahme des Absatzes nicht für bleibend hielten.

Die Schwierigkeit, eine brauchbare Aussage über das Investitionsverhalten unter Unsicherheit zu machen, läßt sich anhand des Akzelerationsprinzips verdeutlichen. Die Gleichung für die induzierte Investition wird häufig in der Form

$$I_t = v\,(Y_{t-1} - Y_{t-2}) \qquad (18.2.)$$

geschrieben, wobei sich die heute induzierte Investition aus einer Konstanten v multipliziert mit der Veränderung des Produktionsvolumens zwischen gestern und vorgestern ergibt. Die als Akzelerator bekannte Konstante v stellt das Ausmaß an zusätzlicher Kapazität dar, welches erforderlich ist, um eine zusätzliche Ausbringungseinheit bei optimaler Effizienz[33] zu erstellen. Dabei besteht jedoch folgende Schwierigkeit: Nehmen wir an, daß heute (also zu Beginn des Tages t) ausreichende Kapazität vorhanden ist, um in optimaler Weise die Ausbringungsmenge von vorgestern Y_{t-2} zu erstellen. Wenn dies der Fall ist, muß das Produktionsvolumen von gestern Y_{t-1} unter der Annahme einer wachsenden Wirtschaft ineffizient hergestellt worden sein. Wenn die Unternehmer nicht stets hinter ihrem Kapazitätsbedarf zurückbleiben, müßten wir eigentlich annehmen, daß die Anlagen zu Beginn des Tages t ausreichten, um eher Y_{t-1} als Y_{t-2} in optimaler Weise zu produzieren. Wenn aber am Tage t eine Investition erfolgen soll, wird dies nur dann geschehen, wenn erwartet wird, daß die Ausbringung über Y_{t-1} steigt. Dies bedeutet aber, daß die Investition nicht zu dem Zweck erfolgt, die beobachtete Veränderung der Ausbringung $(Y_{t-1} - Y_{t-2})$ erstellen zu können; vielmehr wird die Investition vorgenommen, weil die beobachtete Outputveränderung andeutet, daß die erforderliche Kapazität wahrscheinlich steigen wird. Die beiden Feststellungen beinhalten offensichtlich völlig unterschiedliche Aussagen – die eine stellt auf einen mechanischen Zusammenhang ab, die andere bezieht sich auf Erwartungen.

Drücken wir es auf eine andere Weise aus: Wenn die gewünschte Relation von Kapital zu Ausbringungsmenge die Konstante v darstellt, werden die Unternehmer versuchen, den Kapitalstock K_t an vY_t anzugleichen. Daraus folgt, daß die Investition, also die Veränderung des Kapitalstocks, eher den Wert

$$I_t = K_t - K_{t-1} = v\,(Y_t - Y_{t-1}) \qquad (18.3.)$$

annimmt als $v\,(Y_{t-1} - Y_{t-2})$. Y_t ist indes das Produktionsvolumen des heutigen Tages, und dies kann zu Tagesbeginn nur geschätzt werden. Folglich sollten wir die Investitionsfunktion sinnvollerweise in der Form

$$I_t = v\,(\text{erw}\,Y_t - Y_{t-1}) \qquad (18.4.)$$

darstellen, wobei erwY_t die für den Tag t erwartete Ausbringungsmenge darstellt.

Wie läßt sich erwY_t schätzen? Eine Möglichkeit besteht in der Annahme, daß die für den Zeitraum zwischen gestern und heute erwartete Änderung der Ausbringung

[33] Unter Produktion bei optimaler Effizienz verstehen wir eine Situation, in der langfristige Gewinnmaximierung herrscht. Dies bedeutet, daß die Produktion ein Niveau erreicht, bei dem der Grenzertrag den langfristigen Grenzkosten entspricht.

ein konstanter Prozentsatz n der tatsächlichen Änderung zwischen gestern und vorgestern ist, m.a.W.:

$$\text{erw } Y_t - Y_{t-1} = n\,(Y_{t-1} - Y_{t-2})$$

Durch Einsetzen in Gleichung (18.4.) erhalten wir

$$I_t = nv\,(Y_{t-1} - Y_{t-2}) \qquad (18.5.)$$

Daraus geht hervor, daß die neuen Kapazitätserfordernisse nur abgeschätzt werden können, indem man die zuletzt beobachtete Veränderung der Ausbringungsmenge mit dem Erwartungskoeffizienten[34] multipliziert. Auf diese Weise erhält man die erwartete Änderung des Produktionsvolumens, die schließlich mit dem Akzelerator multipliziert wird.

Während die Aussage des einfachen Akzelerationsprinzips beinhaltet, daß die Investition erfolgt, um die Kapazität an Änderungen der Ausbringung anzupassen, beschränkt die oben genannte, sinnvolle Formulierung die Aussage auf die viel schwächere Feststellung, daß in der Vergangenheit feststellbare Ausbringungsänderungen zukünftige Kapazitätserfordernisse anzeigen.

Das Problem wird weiterhin dadurch erschwert, daß die Kapazität nicht unendlich schnell erstellt werden kann. Die heutigen Investitionsentscheidungen brauchen einige Zeit, bis sie zu einsatzbereiten neuen Kapazitäten führen. Wenn der erforderliche Zeitraum x Tage beträgt, muß die Ausbringung x Tage im voraus geschätzt werden; folglich müßte die Investitionsfunktion

$$I_t = v\,(\text{erw } Y_{t+x} - \text{erw } Y_{t+x-1})$$

lauten, wobei natürlich alles von den Erwartungen über die zukünftige Ausbringung abhängt.

Dies wären alles keine ernsthaften Probleme, wenn es immer möglich wäre, die Nachfrage genau vorauszuschätzen. Irrtümer bei der Prognose sind in einer industrialisierten Wirtschaft jedoch praktisch unvermeidlich. Da die Errichtung von Anlagen erhebliche Zeit in Anspruch nimmt, müssen die Unternehmer versuchen, möglichst weit in die Zukunft zu sehen. Je weiter sie blicken müssen, desto größer ist die Gefahr eines Irrtums und desto größer die Wahrscheinlichkeit, daß unvorhergesehene Umstände die Kalkulation über den Haufen werfen. Wenn der technische Fortschritt schnell voranschreitet, können viele Investitionsgüter schon veraltern, bevor sie überhaupt zur Produktionsreife gelangt sind. Bei einem hohen Pro-Kopf-Einkommen sind die Verbrauchswünsche vielgestaltiger und unberechenbarer als in einer primitiven Wirtschaft, in der sich die Ausgaben auf wenige Basisgüter konzentrieren. Wenn sich die Märkte ausdehnen und die Produktionsstruktur immer mehr Schichten von Herstellern, Verarbeitern, Fabrikanten und Maklern umfaßt, erhöht sich die Wahrscheinlichkeit der Fehlprognose.

Allgemein läßt sich sagen, daß Prognosen um so schwieriger werden, je mehr sich eine Volkswirtschaft dem Stadium des hochentwickelten Kapitalismus nähert. Mit dem Wachsen der Schwerindustrie geht jedoch ein ausgleichender Faktor einher: In bedeutsamen Sektoren der Volkswirtschaft läßt der Wettbewerbsdruck üblicherweise nach. Und gerade der Wettbewerb bildet eine der wesentlichsten Ursachen

[34] Metzler, «The Nature and Stability of Inventory Cycles», führt das Konzept eines Erwartungskoeffizienten ein.

von Fehlprognosen. In einer Konkurrenzwirtschaft mit vielen kleinen Unternehmungen weiß wahrscheinlich keine Unternehmung allzu gut über die Aktionen der anderen Bescheid. Wenn Nachfragesteigerungen Investitionen gewinnträchtig erscheinen lassen, kann das Endergebnis dennoch enttäuschend sein, weil alle anderen ebenfalls ihre Aktivität verstärkt haben, und die daraus folgende Güterschwemme die Preise drückt und zu Verlusten führt. Da einige Zeit vergeht, bis die neuen Anlagen zur Produktionsreife gelangen, wird der Zeitraum verlängert, für den die Expansion gewinnbringend erscheint; dies erhöht den Anreiz zur Überinvestition. Mit Fertigstellung der Projekte kommt das böse Erwachen. Was sich für eine Unternehmung als richtige Prognose und gewinnreiche Investition erwiesen hätte, wird nun zu einem unrentablen Unterfangen, weil die anderen Unternehmungen ebenfalls kräftig expandiert haben.

18. 4. Stetiges Wachstum: Trend und Zyklus

Wenn man von zufälligen Störungen und saisonalen Schwankungen absieht, hat es den Anschein, als würden Konjunkturbewegungen nicht auftreten, falls drei grundlegende Merkmale einer modernen Industriegesellschaft fehlten: Die Dauerhaftigkeit vieler Güter, die komplizierte und zeitraubende Produktionsstruktur und die Verwendung von Geld. Ohne die Dauerhaftigkeit würde die Produktion von Endprodukten genau dem Niveau der Konsumnachfrage entsprechen, und Nachfrageänderungen würden zu proportionalen Änderungen in der gesamten Produktionsstruktur führen. Eine kurze Ausreifungsperiode würde die meisten Prognosefehler ausräumen; sie würde die Aufbauphase ausschalten, während der das Nominaleinkommen die reale Produktion übersteigt. Damit würde sie den Anreiz zur Überinvestition nehmen, der durch die Preissteigerungen in dieser Phase gegeben wird. In einer Naturaltauschwirtschaft schließlich gäbe es kein erzwungenes Sparen, kein Auseinanderfallen von natürlichem Zins und Geldzins, keine Spekulation infolge allgemeiner Preisniveauänderungen und kein Horten, das – wie Keynes gezeigt hat – so verheerende Folgen hat.

Aber alle drei oben genannten Aspekte sind entscheidende Merkmale einer Industriegesellschaft. Selbst ein hochgradig kontrolliertes und geplantes sozialistisches System wird mit diesen Problemen einige Schwierigkeiten haben[35]. Die sozialistischen Planer müssen sich z.B. entscheiden, ob sie eine neue Erfindung schnell oder langsam zur Anwendung bringen wollen. Um das neue Projekt schnell realisieren zu können, müssen viele Ressourcen aus anderen Verwendungen abgezogen werden. Die Vollendung des Vorhabens bringt eine zweite abrupte Veränderung mit sich und erfordert eine weitere erhebliche Umschichtung von Ressourcen. Wenn dieser Vorgang nicht allmählich und behutsam vollzogen wird – und es ist schwer zu sehen, wie selbst die fähigsten Planer das schaffen sollen –, wird die wahrscheinliche Folge ein zeitweiliger Einkommens- und Produktionsausfall sein, also eine Situation, die einer kapitalistischen Rezession nicht unähnlich ist. Die einzige Alternative besteht in einer verlangsamten Einführung der neuen Methode, und dies bedeutet eine weniger große langfristige Wachstumsrate der Produktion.

[35] Vgl. D. McC. Wright, The Economics of Disturbance, The Macmillan Company, New York, 1947.

Angesichts dieser Überlegungen und weiterer Aspekte, die wir hier nicht einbezogen haben, hat es den Anschein, als seien Konjunkturzyklen eine unvermeidbare Nebenerscheinung des modernen Wirtschaftslebens. Wenn dies der Fall ist, reicht es nicht aus, lediglich die Zusammenhänge des stetigen Wachstums zu ergründen. Vielmehr müssen wir auch dem Ineinanderwirken von Trend und Zyklus Aufmerksamkeit zuwenden[36].

Beginnen wir mit der Annahme, daß die Volkswirtschaft eine gleichbleibende Wachstumsrate bei Vollbeschäftigung und konstantem Pro-Kopf-Einkommen aufweise. Es gebe keinen technischen Fortschritt, so daß das Gesamteinkommen und seine einzelnen Komponenten mit der gleichen Rate zunehmen wie die Bevölkerung. Um diesen Wachstumspfad leichter beibehalten zu können, nehmen wir an, daß die nominale Geldmenge auch mit der gleichen Rate wachse wie das Einkommen und daß die Zahlungsbilanz ausgeglichen sei.

Nun wollen wir annehmen, daß eine neue Erfindung zur Anwendung gelange und der folgende Strom von Investitionsausgaben einen Innovationsstoß der von Schumpeter beschriebenen Art auslöse. Wenngleich die Fertigstellung der neuen Projekte, die steigenden Zinssätze, das Auslaufen eventuell bestehender Akzelerationswirkungen und die unvermeidliche Umkehr der Erwartungen den Boom beenden und die Talfahrt der Wirtschaft in die Depression auslösen, hat die Innovation das bei Vollbeschäftigung erzielbare Einkommen über das Niveau angehoben, das ohne sie erreichbar gewesen wäre. Wenn der Abschwung abgewendet werden könnte, ließe sich ein beträchtlich größeres Pro-Kopf-Einkommen erzielen als zuvor.

Ob der Zusammenbruch schwer oder leicht ist, hängt teilweise davon ab, bis zu welchem Grade die Investition an den jeweiligen oder aber den langfristigen Gewinnaussichten ausgerichtet ist. Wenn sich der technische Fortschritt also schnell vollzieht, können viele weitreichende Investitionen entstehen; wenn die Wachstumsrate der Bevölkerung hoch ist, kann die Nachfrage nach Wohnungen den Rückgang der Investitionsausgaben abfangen.

Wenn die Talsohle erreicht ist, hängt die Zeitdauer bis zum Wiederaufschwung ebenfalls von langfristigen Wachstumsfaktoren ab. Fehlt jeglicher technischer Fortschritt, dann zögert sich der Aufschwung so lange hinaus, bis die bestehenden Anlagen ausgesondert sind und die Lagerhaltung dem gewünschten Stand angepaßt ist. Werden indessen Innovationen wirksam, dann kommt eher der Zeitpunkt, an dem die geplante Kapazität wieder der tatsächlichen entspricht, weil die Innovation einen Teil der bestehenden Anlagen und Güterbestände veraltern läßt und das Produktionsniveau erhöht. Wenn das Geldangebot elastisch ist, wird der Wiederaufbau beschleunigt, weil durch niedrige Zinssätze die Kreditaufnahme zu Investitionszwecken erleichtert wird. Wenn die Wirtschaft darüberhinaus auf den Nachfragerückgang mit einem Sinken des Preisniveaus reagiert, wird die Investition nicht nur

[36] W. J. Fellner, Trends and Cycles in Economic Activity, Holt, Rinehart and Winston, Inc., New York, 1956 beschäftigt sich sehr stark mit dem Zusammenwirken von Trend und Zyklus. Weitere Bemühungen, das Wachstum im Zusammenhang mit zyklischen Schwankungen zu untersuchen, stammen von R. M. Goodwin, «A Model of Cyclical Growth», in Erik Lundberg, ed., The Business Cycle in the Post-war World, Macmillan & Co., Ltd., London, 1955; Arthur Smithies, «Economic Fluctuations and Growth», Econometrica, 25:1–52, 1957, und T. F. Dernburg, «Technical Progress and the Business Cycle», Nebraska Journal of Economics and Business, 2:23–32, 1963.

angeregt, weil die Preissenkungen zur Elastizität der Geldversorgung beitragen, sondern auch deshalb, weil die Kosten der Investitionsvorhaben zurückgehen. Der letztgenannte Faktor ist wahrscheinlich um so bedeutsamer, je größer derjenige Prozentsatz der Investitionen beim Vollbeschäftigungsniveau ist, der sich an der ferneren Zukunft ausrichtet. Dies ist darin begründet, daß die jeweiligen Produktpreise bei langfristigen Investitionsentscheidungen wohl viel geringer ins Gewicht fallen als die jeweiligen Kosten.

Der Aufschwung aus der Depression geht nun weiter. Die autonome Investition steigt infolge der Innovation und der niedrigen Kosten und Zinssätze. Die erhöhte Ausbringung läßt günstige Erwartungen entstehen und regt dazu an, die Investitionen an den voraussichtlichen Kapazitätserfordernissen auszurichten. Die Aufträge übersteigen den Absatz, so daß das Verhältnis von Bestand zu Absatz gleich bleibt oder sogar steigt. Diese und weitere Faktoren lassen gemeinsam den Aufschwung entstehen.

Der Aufschwung stößt indessen auf Hindernisse. Wenn schließlich Vollbeschäftigung erreicht ist, wächst die Ausbringung mit abnehmenden Raten, und die induzierte Investition geht zurück. Andere Investitionsvorhaben sind vollendet, so daß die Investitionsausgaben sich vermindern. Zusätzlich steigen die Zinssätze und verteuern zunehmend die Kreditaufnahme.

Wenn der Aufschwung in erster Linie aufgrund der Innovation erfolgt und sich allmählich vollzieht, wird das auf dem Gipfel erreichte Produktionsniveau höher als in anderen Fällen sein. Dies liegt darin begründet, daß (1) ein langsamer Aufschwung in späteren Phasen einen Teil der neuen Kapazitäten verfügbar macht, die in den früheren Stadien errichtet wurden; (2) die Innovation arbeit- oder kapitalsparend ist und damit eine größere Ausbringungsmenge pro Kapazitätseinheit ermöglicht; und (3) die Innovation die Wirtschaft aus der Depression herausführen kann, bevor die bestehenden Kapazitäten in nennenswertem Umfang unbrauchbar werden.

Es ist nicht schwer einzusehen, daß die Zyklen den langfristigen Wachstumspfad bestimmen und dieser wiederum die Schwankungen bedingt. Der entscheidende Faktor ist offensichtlich die Schnelligkeit, mit der der technische Fortschritt erfolgt. Solange langfristige Wachstumsfaktoren zur Genüge vorhanden sind, ist die Investition weniger von den augenblicklichen Gewinnmöglichkeiten abhängig. Dies bedeutet, daß die Investition weniger empfindlich gegenüber Schwankungen der Nachfrage wird; mit der Folge, daß die Rezessionen milder werden, der Wiederaufschwung eher in Gang kommt und sich langsamer und gedämpfter vollzieht. Es ist keineswegs überraschend, daß in Perioden ausgeprägten technischen Fortschritts und Wachstums die Dauer der Rezession kürzer ist als in Perioden der «Stagnation».

Wenngleich Schumpeter der Meinung war, daß ein schnelles Wachstum ohne ein gewisses Maß an Instabilität nicht möglich sei, weil diese eine natürliche Begleiterscheinung des technischen Fortschritts sei, trifft ebenso zu, daß eine chronische Instabilität infolge der Innovation die Wachstumsrate einer Volkswirtschaft verlangsamt. Denn erstens schafft chronische Instabilität ein Klima der Ungewißheit und muß mit Sicherheit Erwartungen nähren, die der Risikobereitschaft nicht zuträglich sind. Zweitens verringern Rezessionen das Ausbringungspotential bei Vollbeschäftigung, weil der Kapitalstock weniger schnell wächst, als er es sonst täte, und in einigen Fällen (wie 1933) sogar geringer wird.

Nur die Tatsache, daß die Bedeutung dieses letzten Punktes oft verkannt wird – daß nämlich Depressionen produktive Ressourcen zerstören –, hilft die merkwürdige aber weitverbreitete Meinung zu erklären, Rezessionen täten, wenn sie nicht zu ausgeprägt sind, der Wirtschaft gut. Schon ein oberflächlicher Blick auf die Statistiken beweist die Unhaltbarkeit dieses Standpunkts. Man stelle sich nur das zusätzliche Gütervolumen vor, das mit den Kapazitäten hätte hergestellt werden können, die sich insgesamt ergeben hätten, wenn es die «milden» Rezessionen von 1949 und 1954 und die «gemäßigte» Rezession von 1958 nicht gegeben hätte[37].

Wir können schlußfolgern, daß technischer Fortschritt und Innovationen zwar für eine Anhebung des Pro-Kopf-Einkommens unerläßlich sind, daß die Innovation aber ihre eigene Wirkung untergräbt, wenn sie zu einer derart chronischen Instabilität führt, daß eine Vielzahl von Ressourcen zerstört wird oder für einen beträchtlichen Zeitraum ungenutzt bleibt.

[37] Das Argument, «milde» Rezessionen, die aufgrund der Schwerfälligkeit des wirtschaftspolitischen Instrumentariums entstehen mögen, seien eine notwendige Folge des Versuchs, die Preisspirale anzuhalten, kann diese Folgerungen allerdings abschwächen.

TEIL 4

Probleme bei der Kontrolle der wirtschaftlichen Aktivität

19. Die Theorie der makroökonomischen Politik

19. 1. Einleitung

Die meisten Nationalökonomen halten es für unwahrscheinlich, daß sich die wirtschaftliche Katastrophe der 30er Jahre wiederholt. Dieses Vertrauen stützt sich an erster Stelle auf die Unzahl institutioneller Änderungen und Reformen, die nun die Wirtschaft automatisch mit einer Art Stoßdämpfer versehen, der dafür sorgt, daß größere Schwankungen des Einkommens, der Beschäftigung und der Preise ausbleiben. Die Einkommen- und Körperschaftsteuer, die Arbeitslosenunterstützung, die Programme zur Stützung der Agrarpreise tragen zur Stabilisierung des verfügbaren Einkommens und des Konsums bei, indem sie darauf hinwirken, daß sich Schwankungen des Sozialprodukts nicht allzusehr auswirken. Einen weiteren institutionellen Fortschritt der letzten 35 Jahre, der in den USA zur Stabilisierung beiträgt, stellt die Bundesversicherungsanstalt für den Schutz von Bankeinlagen[1] (Federal Deposit Insurance Corporation) dar, die Bankeinlagen bis zu 15.000 $ versichert und damit im Grunde die Möglichkeit ausschließt, daß sich ein panischer Run auf die Banken wiederholt. Die Einflußmöglichkeiten auf die Wertpapieremission und die Spekulation auf den Effektenmärkten, die der Börsenaufsichtsbehörde[2] (Securities and Exchange Commission) sowie dem Zentralbanksystem gegeben sind, lassen es kaum möglich erscheinen, daß ein Zusammenbruch der Wertpapiermärkte in dem Ausmaß wiederkommt, wie er zwischen 1929 und 1933 zu beobachten war.

Zweitens stützt sich unser Vertrauen, daß schwere Depressionen künftig vermieden werden können, auf die wesentliche Verbesserung der ökonomischen Kenntnisse seit den frühen 30er Jahren. Jede Generation neigt dazu, ihre Fortschritte gegenüber der vorangegangenen Generation zu überschätzen. Es läßt sich jedoch nicht leugnen, daß die Fortschritte der letzten 30 Jahre gigantisch waren. Wäre Präsident Roosevelt der herrschenden ökonomischen Orthodoxie der 30er Jahre gefolgt, anstatt sich auf seinen eigenen pragmatischen politischen Instinkt zu verlassen, dann wäre der Wiederaufschwung ausgeblieben, und viele wesentliche Reformen des New Deal wären niemals erfolgt. Andererseits hat sich die in den 60er Jahren herrschende Orthodoxie als außerordentlich erfolgreich erwiesen, wie sich an den Wirkungen der Steuersenkung von 1964 zeigen läßt.

Die Verbesserung der ökonomischen Kenntnisse und die Möglichkeiten, dieses Wissen für die praktische Politik nutzbar zu machen, stammen aus verschiedenen, einander ergänzenden Quellen. Die erste war der Keynesianische theoretische

[1] Dieser Anstalt entspricht in der BRD das Aufsichtsamt für das Kreditwesen als Institution, die nach dem Gesetz über das Kreditwesen die Funktionsfähigkeit des Kreditapparats sichern und erhalten soll. Eine öffentliche Versicherungsanstalt für Bankeinlagen gibt es in der BRD nicht (d. Übers.).

[2] In der BRD entsprechen diesem Amt die Börsenbehörden, die nach dem Börsengesetz mit Aufsichts- und Rechtsbefugnissen zur Überwachung und Regelung des Börsenwesens ausgestattet sind (d. Übers.).

Durchbruch in den 30er Jahren. Die zweite, vielleicht genauso wichtige, war das Anwachsen des Faktenwissens über das Verhalten der Wirtschaft. Vor den späten 20er Jahren wurden keine systematischen Statistiken über das BSP und seine Komponenten aufgestellt. Brauchbare Statistiken über Arbeitsangebot, Beschäftigungsgrad und Arbeitslosenzahl waren erst nach dem Zweiten Weltkrieg verfügbar. Die dritte Quelle war die Revolution in der Computertechnik, die es den Ökonomen ermöglichte, Unmengen von Daten zu verarbeiten und umfassende ökonometrische Mehrsektorenmodelle der Wirtschaft zu erstellen. Diese Modelle haben die Prognose und Analyse bis zu einem Grad verbessert, von dem man vor dem Zweiten Weltkrieg nur träumen konnte. Man darf ohne Übertreibung sagen, daß die letzten 30 Jahre den Übergang der Wirtschaftswissenschaft von einem Feld deduktiver Spekulation zu einer wahrhaft empirischen politischen Wissenschaft bewiesen haben.

Es ist überaus wichtig, noch mehr über die Arbeitsweise der Wirtschaft zu wissen. Ebenso wichtig ist es, dieses Wissen für die praktische Politik nutzbar machen zu können. In dieser Hinsicht gab es einige bemerkenswerte Entwicklungen. Mit großer Mehrheit beider Flügel verabschiedete der Kongreß der Vereinigten Staaten 1946 das Gesetz zur Aufrechterhaltung der Vollbeschäftigung, den sog. Employment Act, in dem die Bundesregierung ihre Verantwortung anerkannte, «für größtmögliche Beschäftigung, Produktion und Kaufkraft zu sorgen»[3]. Das Gesetz übertrug die Verantwortung für das Erhalten der Vollbeschäftigung auf Bundesebene und rief den Wirtschaftsbeirat[4], den Council of Economic Advisors, ins Leben. Dieser dreiköpfige Rat und sein kleiner Stab setzen sich hauptsächlich aus beurlaubten Professoren verschiedener Colleges und Universitäten zusammen. Der Rat hat sich als eine belebende und wirkungsvolle akademische Enklave innerhalb der Regierung der Vereinigten Staaten erwiesen. Er vermittelt dem Präsidenten die neuesten ökonomischen Erkenntnisse und war dabei behilflich, so wichtige Gesetze wie die Steuersenkung von 1964 voranzutreiben und den «Krieg gegen die Armut» zu planen. Die Tatsache, daß der Rat zu einem wichtigen Instrument der Regierung wurde, bringt den Nachweis einer dritten wichtigen Entwicklung. Die Wirtschaftspolitik ist von den Hochschulen in die Welt der praktischen Probleme gelangt, wo sie mit Zustimmung – wenn auch nicht mit jauchzendem Beifall – aufgenommen und inzwischen als unentbehrlich betrachtet wird.

Mit der Erkenntnis, daß die Wirtschaft sich nicht selbständig reguliert und daß die Ökonomen – meistens – wirklich wissen, worüber sie sprechen, hat sich eine gewisse zögernde Bereitschaft gebildet, einige der alten Parolen aufzugeben, die eine rationale Politik unmöglich machen. Es gab eine Zeit, zu der die meisten Geschäftsleute jede Ausdehnung der staatlichen Aktivität, außer zu Zwecken der nationalen Verteidigung, für ein ausgesprochenes Übel hielten; sie empfanden die öffentliche Verschuldung als unmoralisch und glaubten, sie würde das Land bankerott machen; und sie stuften die Ökonomen als eine Gruppe von Alchimisten im Elfenbeinturm ein, die niemals eine Lohnliste in der Hand gehabt und daher zu praktischen Problemen nichts beizutragen hätten. Wenngleich derartige Vorstellungen bei Geschäftsessen und in konservativen Veröffentlichungen immer noch geäußert werden,

[3] Diesem Gesetz entspricht in der BRD das Gesetz zur Förderung der Stabilität und des Wachstums der Wirtschaft vom 8. Juni 1967 (d. Übers.).

[4] Ein vergleichbares Gremium wurde in der BRD durch das Gesetz über die Bildung eines Sachverständigenrates zur Begutachtung der gesamtwirtschaftlichen Entwicklung vom 14. August 1963 konstituiert (d. Übers.).

ist der Tonfall weit bissiger als der eigentliche Inhalt. Tatsächlich haben sich die Abwendung von der fiskalischen Orthodoxie und die Durchsetzung des gesunden Menschenverstandes so weit vollzogen, daß Präsident Johnson in seiner Regierungserklärung im Januar 1967 zum ersten Mal in der Geschichte imstande war, auf das jährliche Präsidentschaftsversprechen eines ausgeglichenen Haushalts zu verzichten.

Es besteht aller Grund zu der Annahme, daß die Wirtschaft der Vereinigten Staaten heute in der Lage ist, schwere Depressionen zu vermeiden. Wenngleich Katastrophen wie in den 30er Jahren wahrscheinlich nicht wiederkehren, zeigt dennoch die Erfahrung aus der jüngsten Vergangenheit mit aller Deutlichkeit, daß die amerikanische Wirtschaft noch weit von der Fähigkeit entfernt ist, ein befriedigendes Niveau wirtschaftlicher Aktivität kontinuierlich beizubehalten. Nach dem Koreakrieg lag die Arbeitslosenquote für die gesamten zivilen Arbeitskräfte während eines Zeitraums von dreizehn Jahren nur in sieben Quartalen bei oder unter 4 Prozent. In zehn Quartalen lag die Arbeitslosenquote über 6 Prozent. Dieses Ergebnis war außerordentlich unbefriedigend.

Das Jahr 1966 brachte ein neues Problem durch die Schwierigkeit, die verschiedenen wirtschaftspolitischen Ziele miteinander zu vereinbaren. Im Jahre 1961 war es einfach, nach wirtschaftlicher Expansion zu rufen, weil die Arbeitslosigkeit offensichtlich übergroß war. Im Jahre 1966 waren jedoch viele stärker über die Preissteigerungen besorgt als um die Aufrechterhaltung der expansiven Schwungkraft. Andererseits gab es nicht wenige, die befürchteten, die Maßnahmen zur Einschränkung der Preissteigerungen könnten eine neue Periode hoher Arbeitslosigkeit und Stagnation einleiten. Die Mitglieder der einzelnen Gruppen plädierten für verschiedene Politiken. Das bedeutet nicht etwa, daß sie unterschiedlicher Meinung über die *Maßnahmen* waren, die ein bestimmtes Ziel erforderte; es verdeutlicht vielmehr den Umstand, daß die Gruppen den einzelnen wirtschaftlichen *Zielen* unterschiedliche Prioritäten zuweisen.

Eine weitere Schwierigkeit resultiert daraus, daß wir immer noch dazu neigen, Ziele und Mittel zu verwechseln. Man sagt, daß eine auf Erhaltung der Vollbeschäftigung ausgerichtete Politik die Inflation fördert, weil sie Gewerkschaften und oligopolistische Unternehmungen ermächtigt, die Löhne und Preise hochzutreiben. Um andererseits das Preisniveau fest im Griff zu behalten, wird uns geraten, ja vorsichtig zu sein mit unseren Maßnahmen gegen die Rezession. Das bedeutet aber, daß wir die Produktionsmöglichkeiten nicht voll ausschöpfen sollen und daß die langfristige Wachstumsrate verringert wird. Wenn wir versuchen, die Wachstumsrate zu erhöhen, indem wir Mittel einsetzen, die die Investition anregen und den Verbrauch einschränken, vergrößern wir einen unstabilen Teil der Gesamtausgaben auf Kosten eines ziemlich stabilen und schneller vorherzubestimmenden. Kurz, es ist schwierig, die drei Ziele Vollbeschäftigung, Preisstabilität und hohes Wachstum zu vereinen. Das Problem wird noch komplizierter, wenn wir zusätzlich so unwesentliche Ziele, wie Erhaltung des Budgetgleichgewichts, feste Zinssätze und festen Wechselkurs verfolgen.

Die praktischen Probleme der Verfolgung unserer wirtschaftlichen Ziele sind Gegenstand dieses Teils des Buches. Das vorliegende Kapitel fährt fort mit einer Diskussion darüber, wie die Nationalökonomen die Wirtschaftspolitik als einen Prozeß betrachten, in dem bestimmte Instrumente (die Geldmenge, der Haushalt usw.) gehandhabt werden, um einen Katalog von angestrebten Zielen (Vollbeschäftigung, Preisstabilität usw.) zu verwirklichen. In Kapitel 20 werden wir uns mit den Zielen der Wirtschaftspolitik befassen und mit der Frage, wie diese festzulegen sind. Und in Kapitel 21 werden wir einige der Probleme betrachten, die mit der Anwendung der beiden wichtigsten Instrumente verbunden sind, der Geld- und Finanzpolitik.

19. 2. Die Theorie der Wirtschaftspolitik[5]

Die praktische Wirtschaftspolitik stellt man sich sinnvollerweise als einen Prozeß vor, bei dem eine Reihe wirtschaftspolitischer *Instrumente* in der Weise gehandhabt wird, daß ein Bündel vorherbestimmter *Ziele* erreicht wird. Die Wirtschaftspolitik gehört in den Bereich der normativen Wirtschaftslehre und sollte von der positiven Wirtschaftslehre unterschieden werden, mit der sich dieses Buch in weiten Teilen beschäftigt hat. Die positive Wirtschaftslehre befaßt sich mit den rein analytischen Zusammenhängen von Ursachen und Wirkungen. Stellt man z.B. die Frage, um wieviel das Einkommen durch eine Erhöhung der Staatsausgaben steigt, und kümmert man sich gleichzeitig nicht darum, ob diese Änderung in irgendeiner Hinsicht «gut» oder wünschenswert ist, so ist dies eine Frage aus dem Bereich der positiven Wirtschaftslehre. Die angewandte Wirtschaftspolitik dreht die Frage um. Ausgehend von einem vorherbestimmten Einkommensziel, das die Gesellschaft als erstrebenswert hinstellt, wird gefragt, wie groß die Änderung der Staatsausgaben sein muß, um dieses Ziel zu erreichen.

Die erste Grundregel der Wirtschaftspolitik besagt, daß es zumindest so viele wirtschaftspolitische Instrumente geben muß wie Ziele. Dieses Prinzip läßt sich folgendermaßen verdeutlichen: Die Gleichgewichtswerte der Variablen des ökonomischen Systems kann man sich vorstellen als die Lösungen eines Systems simultaner Gleichungen. Nehmen wir z.B. an, die Zielvariablen seien das Einkommens- und das Preisniveau. Gehen wir weiter davon aus, diese Variablen seien lineare Funktionen der Höhe der Staatsausgaben und der nominalen Geldmenge. Ein derartiges System läßt sich beschreiben durch

$$\begin{aligned} Y &= a_1G + b_1M \\ p &= a_2G + b_2M, \end{aligned} \qquad (19.1.)$$

wobei z.B. der Koeffizient a_1 die Einkommensänderung angibt, die ceteris paribus bei einer Änderung von G um 1 $ erfolgt, d.h. der Koeffizient beinhaltet den realen Einkommensmultiplikator in bezug auf die Staatsausgaben.

Eine Frage der positiven Wirtschaftslehre lautet: Welches sind bei gegebenem G und M die Endwerte von Y und p? Oder, wie werden sich bestimmte Änderungen von G und M auf die Gleichgewichtswerte von Y und p auswirken? Die praktische Wirtschaftspolitik dreht die Frage um: Die Gleichungen $Y = Y^*$ und $p = p^*$ werden hinzugefügt, wobei Y^* und p^* die gewünschten Werte für Einkommens-

[5] Die Diskussion in diesem Abschnitt bezieht sich stark auf das Werk des berühmten holländischen Nationalökonomen Jan Tinbergen. Vgl. seine Economic Policy: Principles and Design, North Holland Publishing Company, Amsterdam, 1956; deutsche Übersetzung: Wirtschaftspolitik, in: Beiträge zur Wirtschaftspolitik, Bd. 8, hrsg. von E. Tuchtfeldt, Freiburg 1968. Weitere wesentliche Literaturstellen sind Leif Johansen, Public Economics, Rand McNally & Company, Chicago, 1965, Part I; sowie Bent Hansen, The Economic Theory of Fiscal Policy, Harvard University Press. Cambridge, Mass., 1958, Part. I.

höhe und Preisniveau sind, und dann werden diejenigen Lösungswerte von G und M gesucht, die eine Zielerfüllung bewirken. Die Gleichungen erhalten nun die Form

$$Y^* = a_1G + b_1M$$
$$p^* = a_2G + b_2M$$

wobei Y^* und p^* nun als Konstante betrachtet und die Lösungen für die geeigneten Werte von G und M gesucht werden. Ein Blick auf die Gleichungen zeigt sofort, daß es nur ein Wertepaar für G und M gibt, welches die Bedingung erfüllt, nach der

$Y = Y^*$ und $p = p^*$ ist[6].

Läßt man ein Instrument wegfallen, so bedeutet dies, daß die Zahl der Variablen, die auf der rechten Seite der Gleichung erscheinen, entsprechend verringert wird. Wenn die Geldmenge konstant gehalten wird, beschränken sich die Gleichungen auf

$$Y^* = a_1G + \text{konstant}$$
$$p^* = a_2G + \text{konstant}$$

und es wird deutlich, daß wir entweder eine gewünschte Einkommenshöhe oder ein angestrebtes Preisniveau, nicht aber – außer durch Zufall – beides haben können. Ähnlich bringt uns eine Vermehrung der Ziele ohne gleichzeitige Zunahme der Instrumente zusätzliche Gleichungen, ohne jedoch die Zahl der Variablen auf der rechten Seite zu erhöhen. Wenn wir z.B. darauf bestehen, einen bestimmten Konsumstandard zu erzielen, ohne weitere Instrumente einzusetzen, lauten unsere Gleichungen

$$Y^* = a_1G + b_1M$$
$$p^* = a_2G + b_2M$$
$$C^* = a_3G + b_3M$$

Je zwei der drei Gleichungen können Lösungswerte enthalten, die zwei Zielen gleichzeitig genügen. Durch eine derartige Lösung wird jedoch das dritte Ziel nicht erreicht. Wenn ein zusätzliches Instrument (wie etwa die Steuer T) verfügbar wird, erhalten wir

$$Y^* = a_1G + b_1M + c_1T$$
$$p^* = a_2G + b_2M + c_2T$$
$$C^* = a_3G + b_3M + c_3T$$

[6] Wie sich leicht errechnen läßt, sind die erforderlichen Werte von G und M

$$G = \frac{b_2Y^* - b_1p^*}{a_1b_2 - a_2b_1}$$

$$M = \frac{-a_2Y^* + a_1p^*}{a_1b_2 - a_2b_1}$$

Da alle Größen auf der rechten Seite der Gleichung nur einen Wert haben, gibt es nur eine Lösung für G und M.

und es ist offensichtlich, daß sich nun Werte für G, M und T finden lassen, die allen drei Zielen genügen.

Fassen wir zusammen: Die einfache Algebra zeigt, daß es ebenso viele Gleichungen geben muß wie Unbekannte, wenn eine einzige Lösung für die Variablen eines Systems simultaner Gleichungen gefunden werden muß. Für die Ökonomen bedeutet dies, daß sie über ebenso viele Instrumente verfügen müssen, wie Ziele formuliert sind. Unter diesem Blickwinkel ist eine vernünftige Erörterung der Wirtschaftspolitik vorzunehmen.

Die Gleichheit der Zahl von Zielen und Instrumenten ist ein allgemeines Prinzip der Wirtschaftspolitik. Indessen ist diese Gleichheit weder eine notwendige noch eine hinreichende Bedingung für das Erreichen aller Ziele. Sie ist nicht notwendig, weil einzelne Ziele automatisch oder als Nebenwirkung der Realisierung anderer Ziele erfüllt werden können. In der klassischen Beschäftigungstheorie wird z.B. das gewünschte (Vollbeschäftigungs-) Einkommensniveau automatisch erreicht und ist unabhängig von der Höhe der Staatsausgaben. Das Geldangebot berührt nur das Preisniveau. Daher ist im klassischen Modell Finanzpolitik überflüssig, und es wird lediglich das Instrument der Geldpolitik benötigt, um das Preisniveau zu kontrollieren[7].

Die Bedingung der zahlenmäßigen Gleichheit von Zielen und Instrumenten ist nicht hinreichend, weil einige Ziele unter keinerlei Umständen zu erreichen sind und weil andere Ziele zwar einzeln realisierbar, aber miteinander unvereinbar sind. Wenn wir uns eine 10%ige Wachstumsrate zum Ziel setzten, müßten wir einen so großen Teil unseres Einkommens dafür einsetzen, die technische Fortschrittsrate und die Kapitalbildung zu erhöhen, daß es unmöglich wäre, einen befriedigenden Standard des Pro-Kopf-Verbrauchs aufrecht zu erhalten. Oder, wenn wir eine Arbeitslosenquote von 2 Prozent als Vollbeschäftigungsziel definierten, fänden wir den Arbeitsmarkt möglicherweise so angespannt, daß exzessive Kosten- und Preissteigerungen unmöglich zu verhindern wären. So sind einige Ziele nicht zu erreichen oder mit anderen Zielen unvereinbar, und das Hinzufügen weiterer Instrumente dürfte kaum zu ihrer Realisierung beitragen. Der Mathematiker würde sagen, daß die Werte, welche die Zielvariablen annehmen können, «Beschränkungen» oder «Grenzen» unterliegen. Der Praktiker würde meinen, daß realistische Ziele formuliert werden müssen.

Ein zweites wichtiges Prinzip der Wirtschaftspolitik besteht darin, daß die Politik koordiniert werden muß. Koordination bedeutet (1), daß kein einzelnes Instrument allein zur Verwirklichung eines einzelnen Zieles eingesetzt werden sollte, und (2), daß der Wert jedes einzelnen Instruments nicht festgelegt werden kann, ohne gleichzeitig die Werte aller Instrumente zu bestimmen. Zur Verdeutlichung dieser Prinzipien wollen wir nochmals unser einfaches Modell

$$Y = a_1G + b_1M$$
$$p = a_2G + b_2M$$

[7] Das klassische Modell beinhaltet, daß in Gleichung (19.1.) die Koeffizienten a_1, b_1 und a_2 alle Null sind. Das Modell läßt sich daher formulieren als

$$Y = Y^*$$
$$p = p^*$$
$$p = b_2M$$

betrachten und annehmen, daß Y ursprünglich unter seinem Zielwert liege, während $p = p^*$ sei. Gehen wir ferner davon aus, das Finanzministerium möge G kontrollieren können und sehe seine Aufgabe allein in dem Erreichen des Einkommensziels, während die Notenbank, welche M kontrolliert, ihre Aufgabe lediglich in der Preisstabilisierung erkenne. In dieser Situation bedient sich das Finanzministerium der Einkommensgleichung, um G so weit zu erhöhen, daß das Einkommen seinen Zielwert annimmt. Weil dadurch aber das Preisniveau steigt, reagiert die Notenbank mit einer Einschränkung der nominalen Geldmenge, um das Preisniveau zu senken. Dadurch wird wiederum das Einkommensniveau verringert und als Antwort eine expansive Finanzpolitik hervorgerufen, und so geht es ständig rückwärts und vorwärts. Es ist denkbar, daß die von der Wirtschaftspolitik hervorgerufenen Einkommensschwankungen und Preisausschläge immer größer werden und daß der Endeffekt dieser unkoordinierten Stabilitätspolitik darin besteht, daß sowohl die Amplitude der Einkommenschwankungen als auch die der Preisniveauänderungen vergrößert wird. Wäre die Politik vollständig koordiniert worden, d.h. wäre von geld- und finanzpolitischen Behörden eine simultane Lösung gesucht worden, dann hätten diese destabilisierenden Wirkungen der Politik vermieden werden können. Bemerkenswert ist auch, daß in dem vorliegenden Beispiel die Finanzpolitik stets expansiv, die geldpolitische Antwort stets kontraktiv erfolgt und der Mangel an Koordination somit zu einer übermäßigen Dosierung der verschiedenen Instrumente führen kann. In unserem Falle werden die Staatsausgaben tendenziell immer mehr erhöht, während die Geldmenge immer stärker schrumpft.

19. 3. Die Wahl der Mittel und Ziele

Das letztliche Ziel des Wirtschaftens ist die Befriedigung menschlicher Bedürfnisse. Dies bedeutet, daß die Ressourcen vollständig genutzt, die Produktion und der Tausch so wirksam wie möglich vollzogen, Einkommen und Vermögen gleichmäßig verteilt und das Wachstum des Sozialprodukts und des Pro-Kopf-Verbrauchs in angemessener Weise berücksichtigt werden müssen. Einige ökonomische Größen, wie das Geldangebot, der Zinssatz und das Haushaltsvolumen, können dazu verwendet werden, diese Ziele zu fördern oder aber zu hemmen. Gleichzeitig wohnt einem bestimmten Wert oder einer speziellen Größenordnung dieser Variablen an sich wenig Bedeutung inne. Diese Variablen sind daher sinnvollerweise als *Instrumente* der Wirtschaftspolitik und nicht als Ziele zu betrachten.

Nichtsdestoweniger wurde – und wird immer noch – eine sinnvolle Wirtschaftspolitik durch die stets vorhandene Neigung gestört, Mittel und Ziele zu verwechseln. Es wird gesagt, der öffentliche Haushalt müsse unbedingt ausgeglichen sein, weil die «fiskalische Lauterkeit» der Regierung gewahrt werden müsse und es unmoralisch sei, «über seine Verhältnisse zu leben». Manche halten unveränderte Zinssätze für bedeutsam, um «funktionsfähige Märkte für festverzinsliche Werte» zu erhalten. Ein fester Wechselkurs zwischen dem Dollar und anderen Währungen wird für notwendig erachtet, um die «Integrität des Dollars» zu wahren. Das Preisniveau soll möglichst gleichbleiben; aber nicht etwa, weil Preisstabilität die Effizienz der Produktivkräfte erhöht und Umverteilungseffekte vermeidet, sondern weil Inflation aus allen möglichen Gründen für unmoralisch und verwerflich gehalten wird.

Das Problem liegt darin, daß der Wert einer ökonomischen Größe nicht festgesetzt werden kann, ohne daß die Werte anderer Größen beeinflußt werden. Man muß daher eine Wahl treffen, welche Ziele man als wesentlich erachten soll. Der Fetisch eines ausgeglichenen Haushalts verschlimmerte die Depression der 30er Jahre, er ließ die Regierung Eisenhower während der 50er Jahre die nationale Sicherheit aufs Spiel setzen[8] und behinderte die Anstrengungen zur Ankurbelung der Wirtschaft während der frühen 60er Jahre. Die Vorliebe der Zentralbank und des Finanzministeriums für stabile Zinssätze nährte den Inflationstrend der späten 40er Jahre und bedeutet – wie wir im folgenden sehen werden – eine ständige Bedrohung der Stabilität von Einkommen und Beschäftigung. Die Vorstellung, daß der Wechselkurs zwischen dem Dollar und den anderen Währungen um jeden Preis beibehalten werden müsse, hat die Bemühungen um die Wiederherstellung der Vollbeschäftigung beeinträchtigt, und die hohen Zinssätze, die die «Verteidigung des Dollars» erforderte, verlangsamten Investition und Wachstum.

Eine der bedenklichsten Wirkungen der Verwechslung von Mitteln und Zielen ergibt sich aus der hartnäckigen Ansicht, der Staatshaushalt müsse ausgeglichen sein. Der Schaden, der damit angerichtet werden kann, daß der Haushaltsausgleich zum Ziel erhoben wird, läßt sich an folgendem Beispiel darstellen: Nehmen wir an, die Wirtschaft sei vollbeschäftigt und das Budget sei ausgeglichen. Stellen wir uns weiterhin vor, daß ein autonomer Rückgang des Investitionsvolumens erfolge. Dieser Investitionsausfall wird das Einkommensniveau verringern, und dieses wird wiederum, vorausgesetzt die Steuern seien eine Funktion der Einkommenshöhe, ein Haushaltsdefizit herbeiführen. Eine rationale Wirtschaftspolitik würde das Defizit negieren und versuchen, die Vollbeschäftigung durch erhöhte Staatsausgaben und/oder durch gesenkte Steuersätze wiederherzustellen. Das Ziel eines ausgeglichenen Haushalts macht es jedoch erforderlich, genau die entgegengesetzte Politik zu verfolgen, wodurch das Einkommensniveau noch weiter gesenkt wird.

Um die Dinge noch zu verschlimmern, führt die Tatsache, daß die Steuerabgaben eine Funktion des Einkommensniveaus sind, bei einem Rückgang der Staatsausgaben zu sinkenden Steuereinnahmen. Folglich muß die erforderliche Einschränkung der Staatsausgaben einen wesentlich höheren Umfang haben als das ursprüngliche Defizit[9]. Es bleibt festzuhalten, daß die Verringerung der Investition nicht zu veränderten Steuererträgen geführt hätte, wenn die Steuern vom Einkommen unabhängig wären. Weil damit kein Defizit entstanden wäre, hätte keine Notwendigkeit bestanden, mit finanzpolitischen Maßnahmen den Haushalt auszugleichen. So kann sich die Einkommensteuer, die an sich einen automatischen Stabilisator darstellt, durch eine kontraktive Politik des Haushaltsausgleichs zu einem destabilisierenden Element verkehren.

Das geschilderte Beispiel ist hypothetisch und extrem. Es zeigt jedoch, wie wichtig es ist, genau zwischen Mitteln und Zielen zu unterscheiden. Kaum jemand würde verlangen, daß der Haushalt jedes Jahr genau ausgeglichen sein müsse, bloß weil sich die Erde in $365^1/_4$ Tagen einmal um die Sonne dreht. Nichtsdestoweniger setzt der Kongreß der Vereinigten Staaten nach wie vor eine gesetzliche Grenze für die

[8] Eine ausführliche Darlegung dieses Sachverhalts durch einen der bedeutendsten Ökonomen Amerikas findet sich in: J. Tobin, National Economic Policy: Essays, Chap. 6, Yale University Press, New Haven, Conn., 1966.

[9] Angenommen, der Multiplikator habe den Wert 2 und der marginale Steuersatz betrage 25 Prozent. Wenn die Staatsausgaben um 1 $ verringert werden, fällt das Einkommen um 2 $ und die Steuereinnahmen um 50 Cents. Das Defizit ist also nur um 50 Cents verkleinert.

Höhe der öffentlichen Verschuldung, und ein wesentlicher Teil der Mitglieder behauptet, daß derartige Beschränkungen im nationalen Interesse liegen. Wenngleich es inzwischen zugestanden wird, Defizite zu machen, besteht immer noch ein erheblicher Druck auf die Regierung, Defizite in bestimmten Grenzen zu halten.

Wenn die Vollbeschäftigung erhalten werden soll, muß die Regierung immer dann ein Defizit machen, wenn der private Sektor mehr spart, als er zu investieren beabsichtigt. Unter Ausklammerung des Außenbeitrages lautet die Gleichgewichtsbedingung für den Gütermarkt

$$G - T = S - I$$

Aus dieser Gleichung läßt sich erkennen, daß ein öffentliches Defizit einen Sparüberschuß des privaten Sektors impliziert. Solange dieser vom privaten Sektor nicht durch eine Erhöhung der Investitionen abgebaut wird, muß der Staat bereit sein, ihn zu übernehmen und auszugeben. Wenn der Staat dazu nicht gewillt ist, wird die aggregierte Nachfrage hinter dem Produktionsvolumen zurückbleiben und das Einkommen muß bis zu dem Punkt sinken, an dem sich Sparen und Investieren wieder ausgleichen. Diese Überlegung liefert die entscheidende Begründung für Defizite oder kompensatorische Finanzpolitik und den Nachweis, daß Haushaltsausgleich und Vollbeschäftigung möglicherweise unvereinbare Ziele sind.

Im privaten Sektor neigt die Gruppe der Haushalte dazu, eher mehr zu sparen als zu investieren. Folglich muß zum Ausgleich des Budgets bei Vollbeschäftigung die Unternehmergruppe bereit sein, sich diesen Überschuß zu leihen. Die Privatunternehmer halten es aber tendenziell für schlecht, eine Kapazitätserweiterung mit geliehenem Kapital zu finanzieren. Sie meinen, die Investition sollte auf das Volumen begrenzt werden, das mit Selbstfinanzierung zu erstellen ist. Wenn dieser Trend sich verstärkt, wird der private Sektor einen entsprechend größeren Überschuß an Ersparnissen erzielen, und die Vollbeschäftigung wird immer größere öffentliche Defizite erfordern. Paradoxerweise werden diese Defizite häufig von eben jenen Unternehmern am heftigsten gebrandmarkt, deren Investitionsentscheidungen die Defizite unvermeidbar machen.

Einen zweiten Beweis für die Verwechslung von Mitteln und Zielen liefert die vom Zentralbanksystem praktizierte und gepredigte Ansicht, daß es wichtig sei, die Zinssätze nicht über bestimmte Grenzen hinaus schwanken zu lassen. In einer Rezession sollten die Zinssätze gesenkt werden, um die Nachfrage anzuregen, und in Zeiten einer Übernachfrage sollten sie erhöht werden, um die Gesamtausgaben einzuschränken. Es gilt als sicher, daß eine Prosperität die Geldnachfrage und das Zinsniveau erhöht, während eine Rezession beide sinken läßt. Eine vernünftige Wirtschaftspolitik würde versuchen, diese Tendenzen zu verstärken; d.h., in der Rezession würde sie die Zinssätze unter das Niveau senken, welches diese automatisch erreicht hätten, und in Perioden exzessiver Nachfrage würde sie das Geldangebot so sehr einschränken, daß die Zinssätze auf eine Höhe steigen würden, die sie ohne jegliche Geldpolitik nicht erreicht hätten.

In der Praxis hat die Geldpolitik in genau entgegengesetzter Weise gearbeitet[10]. Wie die Vergangenheit zeigt, hat das Zentralbanksystem das Geldangebot erst ausgeweitet, wenn die Nachfrage nach Geld gestiegen war. Das Ergebnis bestand

[10] Zur Begründung dieser harten Behauptung vgl. Milton Friedman, A Program for Monetary Stability, Chap. 1, Fordham University Press, New York, 1959.

darin, daß das Zinsniveau stabilisiert, Einkommen und Beschäftigung jedoch destabilisiert wurden. In der Expansion waren die Zinssätze niedriger, als sie es gewesen wären, wenn das Geldangebot in einem gleichbleibenden Verhältnis zum Vollbeschäftigungseinkommen gehalten worden wäre, und in Rezessionsperioden waren die Zinssätze entsprechend überhöht. Dadurch hatte die Geldpolitik stets eine destabilisierende Wirkung.

Jeder, der die Zentralbanknachrichten liest, wird als Rechtfertigung dieses geldpolitischen Fehlverhaltens den Hinweis finden, wie wichtig es sei, «funktionsfähige Wertpapiermärkte zu erhalten», und daß dazu unbedingt «die überschüssige Liquidität abgeschöpft werden müsse»[11]. Dies bedeutet aber, daß stabile Zinssätze anstelle der Vollbeschäftigung zum Ziel der Geldpolitik erhoben werden. Wenn die Investitionsnachfrage zurückgeht, nimmt die Geldnachfrage ab, so daß tendenziell die Zinssätze sinken. Bei dem ursprünglichen Zinssatz käme es zu einem Überschuß an leihbaren Fonds (den die Zentralbank als «Überschußliquidität» zu bezeichnen pflegt), und um «funktionsfähige» Wertpapiermärkte zu erhalten, schöpft die Zentralbank diesen Überschuß ab, indem sie Papiere verkauft und die nominale Geldmenge verringert. Unglücklicherweise sinkt die Investition, und damit das Einkommen, in einem größeren Umfang, als es ohne jegliche Geldpolitik der Fall gewesen wäre.

Eine unvernünftige Politik kann seltsamerweise durch Zufall manchmal zu günstigen Ergebnissen führen. Betrachten wir das in Abb. 19.1. dargestellte IS-LM-Modell. Angenommen, das Gleichgewichtseinkommen liege bei Y_0, der Gleichgewichtszins bei i_0 und Y_0 sei das Vollbeschäftigungseinkommen. In dieser günstigen Lage möge sich die Liquiditätspräferenz erhöhen und die LM-Kurve nach LM_1 verschieben. Diese Verschiebung der LM-Kurve wird die Zinssätze erhöhen und das Einkommen auf Y_1 senken. Wenn die Zentralbank auf die Veränderung jedoch mit einer Senkung des Zinssatzes zurück auf i_0 reagiert, erhöht sie das Geldangebot der-

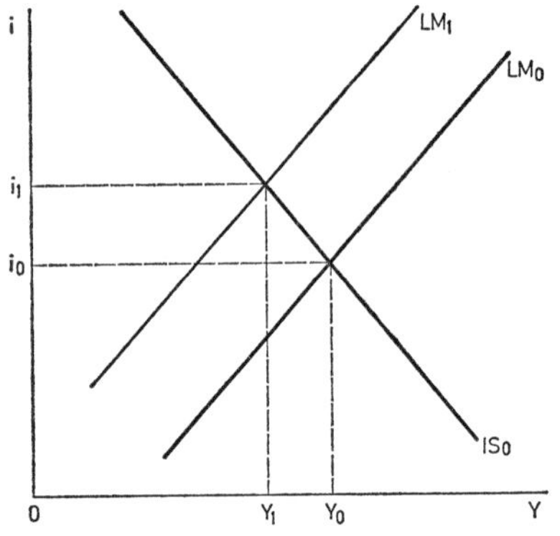

Abb. 19.1: Die Politik der Zinsfixierung zur Bekämpfung einer monetären Störung (alle Werte in realen Größen)

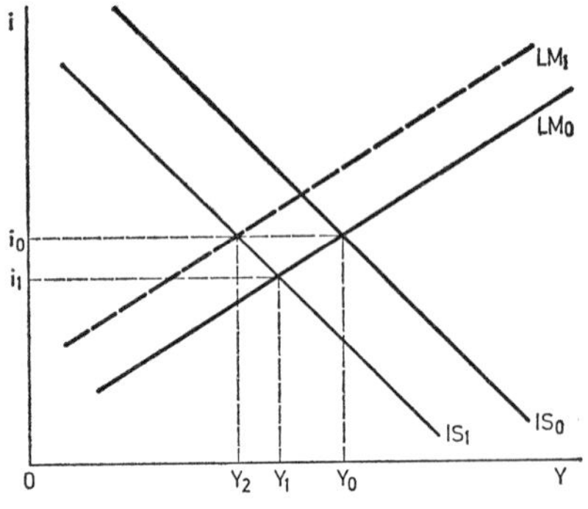

Abb. 19.2: Die Politik der Zinsfixierung zur Bekämpfung einer realen Störung (alle Werte in realen Größen)

[11] Der wahre Grund besteht wohl darin, daß die Bankiers nicht gerne schwankende Zinssätze sehen. Das Zentralbanksystem ist eine Bankinstitution, und seine engsten Beziehungen richten sich auf die Banken. Die Zentralbank kann daher kaum der Versuchung widerstehen, eine Politik zu verfolgen, die für die Geschäftsbanken günstig ist. Andererseits könnte sie leicht den Blick dafür verlieren, daß diese Politik der Wirtschaft schadet.

art, daß sich die LM-Kurve wieder nach LM_0 verschiebt, womit die deflatorische Wirkung der gestiegenen Liquiditätspräferenz ausgeglichen wird. Das Einkommen scheint durch eine Politik stabilisiert worden zu sein, die auf die Erhaltung des Zinsniveaus gerichtet war.

Stellen wir uns andererseits vor, das Vollbeschäftigungsgleichgewicht sei zerstört durch einen Rückgang der Investitionsnachfrage oder durch irgendeine «reale» Störung, die die IS-Kurve nach links verschiebt. Diese Situation ist in Abb. 19.2. dargestellt. Die Senkung der Investitionsnachfrage verschiebt die IS-Kurve von IS_0 nach IS_1. Im Zusammenhang mit der LM-Kurve ergibt sich daraus ein Rückgang des Einkommens auf Y_1. Wenn die Zentralbank jedoch darauf besteht, die Überschußliquidität abzuschöpfen, d. h. genügend Geld durch eine Abgabe von Offenmarktpapieren einzieht, um damit ein Sinken der Zinssätze zu verhindern, verfolgt die Bank eine restriktive Geldpolitik und verschiebt damit die LM-Kurve nach LM_1. Folglich wird das Einkommen bis auf Y_2 fallen.

Offensichtlich ist eine Politik, die die Fixierung der Zinssätze zum Ziel erhebt, dann von Erfolg, wenn die das Einkommen ändernde Störung vom monetären Bereich ausgeht und sich daher in Verschiebungen der LM-Kurve ausdrückt. Wenn die Störungen dagegen im realen Bereich entstehen, d. h. die IS-Kurve verschieben, verstärkt die Politik der Zinsfixierung die Schwankungen des Einkommensniveaus. Daher ist die Zinsstabilisierung nur sinnvoll, wenn sämtliche Störungen vom monetären Sektor ausgehen.

Wie wir in Kapitel 9 gesehen haben, läßt sich eine reale Störung von einer monetären unterscheiden, indem man beobachtet, ob sich Zinssätze und Einkommenshöhe in gleicher oder in entgegengesetzter Richtung verändern. Für die Zeit zwischen 1919 und 1958 fand J. L. Stein[12], daß 21 der 39 Einkommenschwankungen von einem Jahr zum anderen hauptsächlich auf reale Ursachen zurückzuführen waren. Zinsstabilisierung ist daher eine gefährlich unvernünftige Politik. In den meisten Jahren wäre die Wirtschaft ohne jegliche Geldpolitik besser gefahren.

19. 4. Gibt es genügend wirtschaftspolitische Instrumente?[13]

Wir haben in diesem Kapitel versucht, einen Rahmen zu zeigen, innerhalb dessen wir mit der Beurteilung der Wirtschaftspolitik beginnen können. Gibt es ausreichende Instrumente? Ist die Politik koordiniert? Werden Mittel und Ziele sauber getrennt? Sind die Ziele miteinander vereinbar? Dies sind einige der Fragen, die der Wirtschaftspolitiker stellen und beantworten muß.

Wenn wir aus diesem Blickwinkel bestimmte Maßnahmen betrachten, fällt es etwas leichter, die Begründung dafür zu verstehen, warum einige Maßnahmen angewendet und andere lediglich ins Auge gefaßt worden sind. Ein paar kurze Beispiele werden diesen Punkt verdeutlichen.

Eine Situation, wie sie zwischen 1957 und 1964 in den USA bestand, als die Wirtschaft unterbeschäftigt war und ein Zahlungsbilanzdefizit aufwies, verlangt eine ex-

[12] J. L. Stein, «A Method of Identifying Disturbances Which Produce Changes in Money National Income», Journal of Political Economy, 68:1–16, 1960.

[13] Die Überschrift dieses Abschnitts ist ebenso wie der Gang der Diskussion angelehnt an Warren L. Smith, «Are There Enough Policy Tools? American Economic Review, 55:208–220, 1965.

pansive Politik, die gleichzeitig die Zinssätze und das Einkommen erhöht. Dies bedeutet, daß eine expansive Finanzpolitik, und nicht etwa die Geldpolitik, angewendet werden sollte. Die Expansion durch Finanzpolitik bereitet deshalb Schwierigkeiten, weil die Zinserhöhungen Investition und Wachstum beeinträchtigen können. Aus diesem Grunde werden zusätzliche Instrumente zur Anregung der Investition benötigt. Die 1962 eingerichtete 7prozentige Investitionsbeihilfe ist ein derartiges Mittel. Die Unternehmer durften 7 Prozent der Kosten einer jeden Nettoinvestition von ihrer Körperschaftsteuerschuld absetzen[14]. Man hoffte, daß dieses zusätzliche Instrument es ermöglichen würde, die drei Ziele Vollbeschäftigung, Zahlungsbilanzausgleich und hohes Wachstum gleichzeitig zu erreichen[15].

Ein zweites Beispiel, auf das wir unten noch näher eingehen werden, bilden die vom Wirtschaftsbeirat 1962 eingeführten «Leitlinien für nicht-inflationäres Lohn-Preis-Verhalten»[16]. Zu der Zeit, als die Leitlinien angekündigt wurden, befand sich die Wirtschaft in dem entmutigenden Dilemma, daß Löhne und Preise bei erheblicher Arbeitslosigkeit stiegen, während die Gesamtnachfrage beim besten Willen nicht als exzessiv betrachtet werden konnte. Vielmehr wurde befürchtet, daß eine Erhöhung der Nachfrage zur Beseitigung der Unterbeschäftigung den Arbeitsmarkt anspannen und damit die Geschwindigkeit der Lohn- und Preiserhöhungen vergrößern würde. Eine expansive Politik würde also Löhne und Preise erhöhen, während eine Kontrolle der Löhne und Preise durch geld- und finanzpolitische Mittel nur durch Inkaufnahme erheblicher Arbeitslosigkeit zu erreichen war. Ein zusätzliches Instrument schien erforderlich. Wenn Arbeitgeber und -nehmer dazu gebracht werden könnten, bei Löhnen und Preisen Mäßigung zu wahren, müßte es möglich sein, die Beschäftigung zu erhöhen, ohne die Inflation zu schüren.

Kontrollmaßnahmen, die auf Ermahnungen und Warnungen beruhen, erweisen sich meist als unwirksam. Aus dem Blickwinkel der Theorie der Wirtschaftspolitik stellten die Leitlinien nichtsdestoweniger einen sinnvollen Versuch dar, ein zusätzliches Instrument bereitzustellen, in der Hoffnung, daß dieses Instrument zusammen mit der Geld- und Finanzpolitik die gleichzeitige Verwirklichung der Ziele Vollbeschäftigung, Preisstabilität und Zahlungsbilanzausgleich ermöglichen würde.

In seinem Rechenschaftsbericht an die Nation bat Präsident Johnson im Januar 1967 den Kongreß, einen 6prozentigen Zuschlag auf die Einkommen- und Körperschaftsteuer zu erheben. Die Steuerzahler sollten ihre Steuerschuld wie bisher errechnen und dann von diesem Betrag zusätzlich 6 Prozent zahlen. Eine solche Steuerpolitik hat deflatorischen Charakter und scheint ungeeignet in einer Zeit, in der (wie im Frühjahr 1967) die wirtschaftlichen Indikatoren auf einen wahrschein-

[14] Da die Körperschaftsgewinne etwa mit einem Satz von 50 Prozent versteuert werden, entspricht die Investitionssteuerbeihilfe einer 14prozentigen Subventionierung bei investiver Verwendung.

[15] In der Praxis erscheint die Politik nicht immer ganz so logisch. Während der späten 60er Jahre entschied man, daß die Zinssätze zu hoch und der Investitionsboom gleichzeitig zu überschäumend sei. Weil hohe Zinssätze in einzelnen Bereichen (insbesondere im Baugewerbe) eine außerordentlich restriktive Wirkung zu zeigen schienen, ohne an anderer Stelle erkennbare Dämpfungseffekte aufzuweisen, hoffte man, die Bilanz durch Zinssenkungen und gleichzeitiges Aussetzen der Investitionsbeihilfe ausgleichen zu können. Als 1967 die Investitionen zu gering erschienen, führte man die Investitionsbeihilfe wieder ein.

[16] Economic Report of the President, U.S. Government Printing Office, Washington, January, 1962, p. 189.

lichen Abschwung der ökonomischen Aktivität hindeuten. Diese Politik ist indessen sinnvoll, wenn sie mit einer weniger restriktiven Geldpolitik, so wie im Herbst 1966, kombiniert wird. Einige fiskalische Beschränkungen sind vermutlich erforderlich, wenn die Zinssätze gesenkt und die Investitionen angeregt werden sollen, ohne daß die Gesamtnachfrage erhöht wird, und wenn gleichzeitig erwartet werden kann, daß die gesenkten Zinssätze die Zahlungsbilanz nicht verschlechtern. Das Vertrauen auf ein solches Ergebnis war wahrscheinlich dadurch gesteigert, daß es die Zinsausgleichsteuer gab und die Regierungsanweisung an die Unternehmer zur Begrenzung der Auslandsinvestition. Neue Steuergesetze, die eine Rückführung der von amerikanischen Muttergesellschaften im Ausland erzielten Gewinne fördern sollten, müssen ebenfalls geholfen haben.

20. Die Ziele der makroökonomischen Politik

20. 1. Einleitung

Die bestmögliche Befriedigung materieller menschlicher Bedürfnisse erfordert, daß die Ressourcen vollständig und wirksam genutzt, das Sozialprodukt gerecht verteilt und eine richtige Vorsorge für die Zukunft getroffen werden. Aus gesamtwirtschaftlicher Sicht wird allgemein angenommen, daß diese Ziele am ehesten erreicht werden bei Vollbeschäftigung aller Produktionsfaktoren, Preisstabilität und schnellem Wachstum[17].

Selbst wenn die Ziele klar sein und Zustimmung gefunden haben mögen, können Probleme dabei entstehen, die genauen Werte dieser Ziele anzugeben. Es reicht nicht zu sagen, daß wir eine ausgelastete Kapazität und Vollbeschäftigung wünschen. Wir müssen ebenso wissen, welche Höhe des BSP und welches Beschäftigungsniveau tatsächlich Kapazitätsauslastung und Vollbeschäftigung beinhalten. Ohne diese quantitative Information ist es nicht möglich, geeignete Zielvorstellungen zu entwickeln und die wirtschaftspolitischen Mittel zu ihrer Verwirklichung entsprechend zu dosieren.

Die Zielsetzung dieses Kapitels besteht darin, einige Meßprobleme aufzuzeigen, die bei dem Versuch entstehen, geeignete Ziele zu entwickeln. Um wieviel muß das BSP erhöht werden, um die tatsächliche Ausbringung der möglichen anzupassen? Wieviele zusätzliche Arbeitsplätze müssen geschaffen werden, um Vollbeschäftigung zu erzielen?

20. 2. Vollbeschäftigung

Das Ausmaß der Unterbeschäftigung wird üblicherweise an dem Prozentsatz der arbeitslosen Arbeitskräfte gemessen. Die Arbeitslosenquote der USA, wie der statistische Ausdruck lautet, ist in der Tabelle 20.1. für die erwachsene, nicht institutionalisierte Zivilbevölkerung aufgezeichnet.

Aus Tabelle 20.1. wird ersichtlich, daß die Arbeitslosenquote während eines Großteils des Betrachtungszeitraumes einen zunehmenden Trend aufweist. Der kon-

[17] Eher noch als Vollbeschäftigung und hohes Wachstum ist die Preisstabilität weniger ein Ziel an sich als ein Mittel, um effiziente Produktion, Allokation und gerechte Verteilung zu erreichen. Sie ist daher im Grunde ein Zwischen- oder Ersatzziel. Bei diesen Zwischenzielen besteht die Gefahr, daß sie als Endziel an sich statt als Mittel zum Erreichen grundlegender Ziele betrachtet werden.

Die gleiche Verwechslung zwischen vorrangigen und stellvertretenden Zielen entsteht im Zusammenhang mit dem Ziel des Zahlungsbilanzausgleichs. Dieser verdient ebenso wie der Ausgleich des Staatshaushalts und die Preisstabilität nur insoweit, als ein echtes Ziel betrachtet zu werden, als die Wohlfahrt der Gesellschaft durch die Erhaltung eines festen Wechselkurses erhöht werden kann. Da die Vorteile fester und flexibler Wechselkurse ausführlich in Kapitel 14 behandelt sind, werden wir die Zahlungsbilanz in der folgenden Untersuchung nur am Rande betrachten.

Tabelle 20.1. Arbeitslosenquote der USA als Prozentsatz der zivilen Arbeitskräfte

1949	5.9	1958	6.8
1950	5.3	1959	5.5
1951	3.3	1960	5.6
1952	3.1	1961*	6.7
1953	2.9	1962	5.6
1954	5.6	1963	5.7
1955	4.4	1964	5.2
1956	4.2	1965	4.6
1957	4.3	1966	3.9

* Seit 1961 schließt die Arbeitslosenquote Alaska und Hawai ein.
Quelle: Economic Report of the President, U. S. Government Printing Office, Washington, January, 1967, Table B-20, p. 236.

junkturelle Gipfel von 1956 wies eine höhere Arbeitslosenquote auf als der von 1952, und der von 1959 wiederum eine größere als der von 1956. Erst mit der Einführung der Steuersenkung im Frühjahr 1964 und der nachfolgenden Erhöhung der Militärausgaben gelang es der Wirtschaft, sich aus der Stagnation zu erheben, die sie seit 1957 gekennzeichnet hatte.

Die Tabelle vermittelt die bemerkenswerte Erkenntnis, daß selbst in Perioden hochgradiger Prosperität ein bestimmtes Maß an Arbeitslosigkeit herrscht. Die Ökonomen schreiben einen Teil davon dem Umstand zu, daß sich zu jeder Zeit Arbeiter gerade beim Übergang von einer Beschäftigung zur anderen befinden, daß die Informationen über Arbeitsmöglichkeiten unvollkommen sind und daß die Mobilität der Arbeit gering ist. Diese Faktoren macht man im allgemeinen für die «friktionale» Arbeitslosigkeit verantwortlich.

Auf jeden Fall scheinen die Ökonomen in der Ansicht einig zu sein, daß es, außer bei erheblichen Inflationsraten, nahezu unmöglich sei, die Arbeitslosenquote in Friedenszeiten unter 3 Prozent zu senken[18]. Wie die Tabelle 20.1. zeigt, scheinen 3 Prozent noch ein zu hochgestecktes Ziel zu sein. Im Jahre 1966 betrug die Arbeitslosenquote 3,9 Prozent. Abgesehen davon, daß 3,9 Prozent beträchtlich von dem 3-Prozent-Ziel abweichen, stieg das Preisniveau mit einer Rate, die erhebliche Unruhe auszulösen begann. Folglich scheint eine 4prozentige Arbeitslosigkeit das Beste zu sein, was wir erreichen können, ohne exzessive Preissteigerungen hinnehmen zu müssen. In der Tat ist es üblich geworden, eine 4prozentige Arbeitslosenquote als «gemäßigtes Vollbeschäftigungsziel» und eine 3prozentige Rate als «hohes Vollbeschäftigungsziel» anzusprechen.

Wieviele zusätzliche Arbeitsplätze wären erforderlich gewesen, um 1962 eine gemäßigte Vollbeschäftigung zu erzielen? Die zivilen Arbeitskräfte L beliefen sich auf 71.8 Millionen Personen; das Beschäftigungsniveau E lag bei 67.8 Millionen; die Zahl der Arbeitslosen U betrug 4.0 Millionen; und die Arbeitslosenquote, $u = (L - E)/L = U/L$, lag demnach bei 5.6 Prozent. Wenn wir davon ausgehen, daß eine Erhöhung der Beschäftigung nicht mit Änderungen des Arbeitskräftepotentials ver-

[18] Daß diese Auffassung nur beschränkte Gültigkeit haben kann, erweisen die Arbeitslosenquoten in der Bundesrepublik, die seit vielen Jahren beträchtlich unter 3 % (oft unter 1 %) liegen (d. Übers.).

bunden ist, bedeutet eine Arbeitslosenquote von 4 Prozent ein Arbeitslosenniveau von $0.04 \times 71.8 = 2.9$ Millionen. Da die Arbeitslosenzahl 4.0 Millionen betrug, sind nach unserer Schätzung 1.1 Millionen zusätzliche Arbeitsplätze erforderlich.

Es muß unbedingt sichergestellt werden, daß die Schätzung der zusätzlich benötigten Arbeitsplätze genau ist. Unglücklicherweise liegt die Zahl von 1.1 Millionen beträchtlich neben dem Ziel. Das liegt darin begründet, daß mit ansteigender Beschäftigung das Arbeitskräftepotential ebenfalls steigt und es damit erforderlich wird, die Beschäftigung zum Abbau der Arbeitslosenquote auf 4 Prozent in größerem Umfang zu erhöhen, als dies bei konstantem Arbeitskräftepotential nötig gewesen wäre.

Statistiken über Arbeitskräftepotential, Beschäftigung und Arbeitslosigkeit werden in den USA vom Statistischen Bundesamt in einer monatlichen Stichprobe von ungefähr 33.000 Haushalten erstellt[19]. Die Personen werden gefragt, ob sie während des Zählungszeitraums beschäftigt sind. Wenn sie dies bejahen, werden sie unmittelbar als beschäftigt und als Bestandteil des Arbeitskräftepotentials vermerkt. Wenn sie verneinen, werden sie weitergefragt, ob sie sich echt um eine Anstellung bemühen. Nur wenn sie dies bejahen, werden sie als arbeitslos eingestuft, aber dem Arbeitskräftepotential zugerechnet. Wenn sie sich nicht ernsthaft um Arbeit bemühen, geht man davon aus, daß sie nicht dem Arbeitskräftepotential zugehören und ihre Arbeitslosigkeit freiwillig ist und daher nicht gezählt werden kann[20].

Diese Methode, Arbeitskräfte und Arbeitslose statistisch zu erfassen, erhöht die Möglichkeit, daß es eine bestimmte Zahl potentieller Arbeiter gibt, die keine Arbeit suchen, weil sie von dem Mangel an Arbeitsplätzen entmutigt sind, die sich jedoch um Arbeit bemühen würden (und damit zu dem Arbeitskräftepotential gehörten), wenn die gesamtwirtschaftliche Lage günstiger erschiene[21].

Daß ein solches Phänomen «entmutigter Arbeiter» besteht, hat eine Reihe jüngerer empirischer Studien gezeigt, und das Ausmaß, in dem dieses Problem existiert, zeigt die Tabelle 20.2.[22]. Die Tabelle ist so angelegt, daß sie verdeutlicht, wie sich

[19] Die Arbeitslosenstatistik in der Bundesrepublik beruht auf wesentlich umfassenderen Daten, die bei der Bundesanstalt für Arbeit ermittelt werden (d. Übers.).

[20] Jede Person, die Arbeitslosenunterstützung empfängt, wird jedoch zum Arbeitskräftepotential gezählt, auch wenn sie sich nicht um Anstellung bemüht.

[21] Wir wollen hier nicht die Kritik berücksichtigen, die sich auf die Art bezieht, in der die Daten ermittelt oder die Konzepte von Arbeitslosigkeit und Arbeitskräftepotential definiert werden. Der Interviewer kann z.B. nicht jede Person dem Arbeitskräftepotential zurechnen, die angibt, daß sie – unter geeigneten Bedingungen – eine Stelle annehmen würde.

[22] Die in Tabelle 20.2. angegebenen Schätzwerte stammen von T. F. Dernburg und K. Strand, «Hidden Unemployment, 1953–1962: A Quantitative Analysis by Age and Sex», American Economic Review, 56:71–95, 1966. Weitere Untersuchungen über den Zusammenhang zwischen Arbeitskräftepotential und Konjunkturzyklus finden sich in früheren Schriften der gleichen Autoren, «Cyclical Variations in Civilian Labor Force Participation», Review of Economics and Statistics, 46:378–391, 1964; Alfred Tella, «The Relation of Labor Force to Employment», Industrial and Labor Relations Review, 17:454–469, 1964, und «Labor Force Sensitivity to Employment by Age, Sex», Industrial Relations, 5:469–483, 1965; sowie W. G. Bowen and T. A. Finegan, «Labor Force Participation and Unemployment», in A. M. Ross, ed., Employment Policy and the Labor Market, University of California Press, Berkeley, Calif., 1965. Die Auswirkungen der versteckten Arbeitslosigkeit auf langfristige Schätzungen des Arbeitskräftepotentials werden untersucht bei T. F. Dernburg, K. Strand und J. Dukler, «A Parametric Approach to Labor Force Projection», Industrial Relations, 6:46–67, 1966.

eine Erhöhung der Gesamtbeschäftigung um 1.000 auf die Beschäftigung in 14 nach Alter und Geschlecht eingeteilten Gruppen auswirkt und wie die Beschäftigungszunahme das Arbeitskräftepotential und die Arbeitslosigkeit in jeder dieser Gruppen beeinflußt.

Wie erwartet, zeigt die Tabelle 20.2., daß das Arbeitskräftepotential durch Beschäftigungsänderungen bei den Männern mittleren Alters unberührt bleibt. Bei jüngeren Männern, älteren Männern und Frauen aller Altersgruppen scheint eine Verbesserung der wirtschaftlichen Bedingungen zu einem Steigen des Arbeitskräftepotentials zu führen. Es zeigt sich, daß 1.000 zusätzliche Stellen das Arbeitskräftepotential insgesamt um 454 erhöhen und daß die Arbeitslosigkeit nicht um die erhoffte Zahl von 1.000, sondern nur um 546 zurückgeht. Besonders schwierig ist es, die Arbeitslosigkeit in der jüngsten Altersgruppe zu verringern. Bei den 14–19jährigen Frauen führt z. B. eine Beschäftigungszunahme von 87 zu einer Erhöhung des Arbeitskräftepotentials von 81, so daß die Arbeitslosigkeit nur um 6 abgebaut wird[23].

Tabelle 20.2. Auswirkung einer Erhöhung der Gesamtbeschäftigung um 1000 auf Beschäftigung und Arbeitskräftepotential in einzelnen Gruppen (Durchschnittswerte für 1953–1963)

	Beschäftigungsänderung (1)	Änderung des Arbeitskräftepotentials (2)	Abbau der Arbeitslosigkeit (3)
Männer			
14–19	125	88	37
20–24	102	26	76
25–34	101	2	99
35–44	82	– 3	85
45–54	72	5	67
55–64	29	– 9	38
65 und älter	53	39	14
Zwischensumme	564	148	416
Frauen			
14–19	87	81	6
20–24	29	12	17
25–34	57	26	31
35–44	82	47	35
45–54	78	54	24
55–64	66	54	12
65 und älter	37	32	5
Zwischensumme	436	306	130
Gesamtsumme	1,000	454	546

Quelle: T. Dernburg und K. Strand, «Hidden Unemployment, 1953–1962: A Quantitative Analysis by Age and Sex», American Economic Review, 56:71–95, 1966.

[23] Der Leser hat zweifellos festgestellt, daß in Tabelle 20.2. bei zwei männlichen Gruppen

Bei Berechnungen über erforderliche Arbeitsplätze, die Änderungen des Arbeitskräftepotentials einbeziehen, muß zunächst ermittelt werden, wieviele Arbeitskräfte in einer vollbeschäftigten Wirtschaft tätig sein würden. Dernburg und Strand haben errechnet, daß 1962 bei einer 4prozentigen Arbeitslosenquote das entsprechende «Vollbeschäftigungs-Arbeitskräftepotential» 74.2 Millionen statt der tatsächlichen 71.8 Millionen betragen hätte. Der Unterschied von 2.4 Millionen zeigt die «versteckte» Arbeitslosigkeit. Da zur Vollbeschäftigung 96 Prozent dieser 74.2 Millionen Personen beschäftigt sein müßten, verlangt die Vollbeschäftigung 71.2 Millionen Arbeitsplätze. Tatsächlich waren indessen nur 67.8 Millionen Stellen vorhanden,

Tabelle 20.3. Tatsächliche und Lücken-Arbeitslosenquote für 1962 in den USA

	Tatsächliche Arbeitslosenquote	Lücken-Arbeitslosenquote
Männer		
14–19	13.4	23.4
20–24	8.9	12.7
25–34	4.5	4.8
35–44	3.6	3.5
45–54	3.9	4.2
55–64	4.6	4.7
65 und älter	4.6	12.5
Frauen		
14–19	13.2	24.8
20–24	9.1	10.0
25–34	6.5	9.6
35–44	5.2	9.0
45–54	4.1	8.4
55–64	3.5	9.2
65 und älter	4.1	18.5
Gesamt		
Männer	5.3	7.0
Frauen	6.2	11.3
Zusammen	5.6	8.5

Quelle: Siehe Tabelle 20.2.

die Veränderung des Arbeitskräftepotentials in bezug auf die Beschäftigungszunahme negativ ist. In der Gruppe der 35–44jährigen ist diese negative Veränderung «statistisch nicht signifikant». Für die Gruppe der 55–64jährigen ist die Veränderung zwar gering, aber bemerkenswert und zeigt, daß ein «Zusatzarbeiter»-Effekt besteht. Nach der Zusatzarbeiter-Hypothese führt eine Abnahme der Beschäftigung bei den Hauptarbeitern dazu, daß sogenannte Neben- oder Zusatzarbeiter das Arbeitskräftepotential erhöhen. So kann z.B. ein Mann, der sich vom Beruf zurückgezogen und sein Geschäft seinem Sohn überlassen hat, seine Ruheposition wieder verlassen, wenn er feststellt, daß die Unfähigkeit seines Sohnes zu einer Verschlechterung der Geschäftslage geführt hat.

so daß zusätzlich 3.4 Millionen Stellen hätten beschafft werden müssen – und nicht nur 1.1 Millionen, wie für den Fall, daß das Arbeitskräftepotential von Beschäftigungsänderungen unberührt geblieben wäre.

Zur Berichtigung der Arbeitslosenquote um die Zu- und Abgänge an entmutigten Arbeitern müssen wir zu der tatsächlichen die versteckte Arbeitslosigkeit hinzufügen und die daraus errechnete «Arbeitskräftelücke» durch das Arbeitskräftepotential bei Vollbeschäftigung dividieren. Die daraus ermittelten «Lücken-Arbeitslosenquoten» sind für 1962 in der Tabelle 20.3. angegeben, die zeigt, daß für die Männer im mittleren Alter kein wesentlicher Unterschied zwischen tatsächlicher und Lücken-Arbeitslosigkeit besteht. Für junge Männer, alte Männer und Frauen aller Altersstufen liegt die Lücken-Arbeitslosigkeit erheblich über der tatsächlichen. Für das gesamte Arbeitskräftepotential lag die tatsächliche Arbeitslosenquote bei 5.6 Prozent, während die Lücken-Arbeitslosenquote 8.5 Prozent erreichte.

Wie diese Untersuchung zeigen wollte, können simple Messungen des Vollbeschäftigungsziels stark in die Irre führen. Läßt man die Veränderungen des Arbeitskräftepotentials außer acht, dann unterschätzt man das Ausmaß der Arbeitslosigkeit (vgl. die beiden Raten für Teenager) und die Zahl der zur Vollbeschäftigung erforderlichen Arbeitsplätze.

20. 3. Volle Produktion

Im letzten Abschnitt haben wir uns mit der unzureichenden Ausnutzung der Arbeitskräfte und mit der Arbeitskräftelücke befaßt. Wir wollen diesen Gedanken nun auf die Ausbringung von Gütern und Dienstleistungen übertragen und die «BSP-Lücke» ermitteln. Diese Lücke zeigt uns, um wieviel die Wirtschaft das Produktionsvolumen hätte erhöhen können, wenn sie vollbeschäftigt gewesen wäre, und ob die USA den Feldzug gegen die Armut und/oder die Erhöhung der Militärausgaben hätten bestreiten können, ohne den privaten Verbrauch einzuschränken.

Im Prinzip sollte man das potentielle BSP zu ermitteln versuchen, indem man eine aggregierte Produktionsfunktion an die in der Vergangenheit festgestellten Daten anpaßt. Wenn man dies exakt ausführt, lassen sich die Parameter der Produktionsfunktion bestimmen. Das potentielle BSP läßt sich dann berechnen, indem man die Werte für den Kapitalstock und das Arbeitskräftepotential bei Vollbeschäftigung in diese statistische Funktion einsetzt.

Diese Vorgehensweise wäre ideal, wenn wir wüßten, was die aggregierte Produktionsfunktion wirklich ist und wenn wir den Kapitalstock und das Arbeitskräftepotential bei Vollbeschäftigung genau berechnen könnten. Unglücklicherweise ist keines dieser Probleme leicht zu lösen. Daher muß ein einfacherer Ansatz gefunden werden. Der bekannteste Ansatz besteht in dem Versuch, das potentielle BSP direkt in Beziehung zur Arbeitslosenquote zu setzen. Diese von Arthur M. Okun vom Wirtschaftsbeirat entwickelte Methode erhebt eine 4prozentige Arbeitslosigkeit zum Ziel und setzt die Abweichung zwischen der tatsächlichen und der 4prozentigen Arbeitslosenquote in Beziehung zu dem Überschuß des potentiellen über das tatsächliche BSP, ausgedrückt als Prozentsatz des tatsächlichen realen BSP[24]. Das vielfach als Okuns Gesetz bezeichnete Ergebnis lautet

[24] A. M. Okun, «Potential GNP: Its Measurement and Significance», Proceedings of the American Statistical Association, Business and Economic Statistics Section, 1962, pp. 98-104.

$$\frac{BSP^* - BSP}{BSP} = 3.2\,(u - 0.04)$$

wobei BSP* das potentielle BSP kennzeichnet.

Die Tabelle 20.4. enthält die nach Okuns Formel für die Periode von 1957–1965 berechneten Werte des potentiellen BSP und der BSP-Lücke (der Differenz zwischen dem potentiellem und dem tatsächlichen BSP). Wie die Tabelle zeigt, wird der Verlust an Produktionsvolumen für die neunjährige Periode auf 226 Mrd. $ in Preisen von 1958 beziffert, die jährliche Einbuße auf 25 Mrd. $. Dies ist in der Tat ein erschütternder Verlust an Sozialprodukt. Im Jahre 1964 z.B. betrugen die Staatsausgaben in Preisen von 1958 58 Mrd. Dollar. Mehr als ein Drittel dieser Ausgaben hätten allein durch die Nutzung freier Ressourcen in diesem Jahr aufgebracht werden können.

Man sollte festhalten, daß Okuns Gleichung eine sehr hohe Elastizität des BSP in bezug auf die Arbeitslosenquote einschließt. Eine Verringerung der Arbeitslosenquote um einen Punkt, z.B. von 6 auf 5 Prozent, führt zu einer Erhöhung des BSP um 3.2 Prozent. Diese hohe Elastizität ist, wie wir gesehen haben, teilweise darauf zurückzuführen, daß mit steigender Beschäftigung auch das Arbeitskräftepotential wächst. Okun schreibt sie weiterhin auch dem Umstand zu, daß bei rückläufiger Produktion die Beschäftigtenzahl nicht im gleichen Maße abgebaut wird, weil die Ausbildung von Arbeitern kostspielig und es demnach besser ist, in Rezessionsperioden Facharbeiter im Betrieb zu belassen, als bei wiederansteigender Nachfrage neue Arbeiter anzuwerben und auszubilden. Und schließlich mag sie damit begründet werden, daß vollausgenutzte Anlagen effizienter arbeiten. Eine Nachfrageerhöhung wird im Zustand der Unterbeschäftigung daher automatisch zu einer Verbesserung der Produktivität führen.

Das nach Okuns Methode ermittelte potentielle Sozialprodukt stellt keine Grenze im Sinne eines maximal erreichbaren Produktionsniveaus dar. Die Berechnung enthält stillschweigend die normative Aussage, daß eine 4prozentige Arbeitslosenquote

Tabelle 20.4. Tatsächliches und potentielles BSP (in Mrd. Dollar)

Jahr	BSP in Preisen von 1958	Potentielles BSP	BSP-Lücke
1957	$ 452	$ 456	$ 4
1958	447	487	40
1959	476	499	23
1960	488	513	25
1961	497	540	43
1962	530	557	27
1963	551	581	30
1964	580	602	22
1965	614	626	12
Gesamtverlust in 9 Jahren		$ 226	
Durchschnittlicher jährlicher Verlust		$ 25	

Quelle: Siehe Text.

eine vernünftige Zielsetzung sei und daß Preissteigerungen, die mit einer niedrigeren Arbeitslosenquote einhergingen, mehr soziale Kosten entstehen lassen würden, als mit dem zusätzlichen Sozialprodukt gewonnen würde.

In Abb. 20.1. sind die Entwicklungspfade des potentiellen und tatsächlichen Sozialprodukts in Preisen von 1958 wiedergegeben, so wie sie vom Wirtschaftsbeirat ermittelt wurden. Die in Abb. 20.1. dargestellte Linie des potentiellen Sozialprodukts ist nicht als optimaler Wachstumspfad zu verstehen. Sie gibt nur an, was mit den zu einer bestimmten Zeit verfügbaren Ressourcen erreicht werden kann. In Perioden hoher Arbeitslosigkeit wächst der Bestand an Ressourcen nicht in dem Maße, wie er es sonst täte. Wenn die Investitionsausgaben nachlassen, wächst der Kapitalstock langsamer. Darüberhinaus ist es möglich, daß einige Arbeiter, die in Zeiten hoher Unterbeschäftigung aus dem Bereich des Arbeitskräftepotentials ausscheiden, dauerhaft entmutigt werden, und daß die Mittel, die die Industrie zur Ausbildung von Arbeitern bereitstellt, eingeschränkt werden. Schlechte Zeiten können dazu die Auswanderung erhöhen und die Einwanderung verringern und damit das Wachstum des Arbeitskräftepotentials weiter einschränken. Die Messung des potentiellen Sozialprodukts geht von der Vergangenheit aus, so wie sie war, und gibt daher nicht denjenigen Wachstumspfad des Sozialprodukts wieder, der bei kontinuierlicher Vollbeschäftigung hätte erreicht werden können. Vielmehr besteht Grund zu der Annahme, daß die Wachstumsrate des potentiellen Sozialprodukts infolge der günstigen Auswirkungen der Vollbeschäftigung auf die Produktivität größer sein würde. In jedem Fall würde eine dauerhafte Vollbeschäftigung das Niveau des potentiellen Sozialprodukts erhöhen, selbst wenn sie die Wachstumsrate unverändert ließe.

Die direkten Kosten, die der Wirtschaft durch das Zurückbleiben hinter dem potentiellen Produktionsvolumen entstehen, sind in Abb. 20.1. dargestellt durch die Differenz zwischen tatsächlichem und potentiellem Sozialprodukt, die die versäumte Produktion angibt, und durch die weniger sichtbaren, aber nicht weniger wichtigen Auswirkungen einer hohen Unterbeschäftigung auf das potentielle Sozialprodukt selbst. In seinem Bericht vom Januar 1966 erhöhte der Wirtschaftsbeirat seine Schätzung der Wachstumsrate des potentiellen Sozialprodukts von 3.5 auf 3.75 Prozent pro Jahr für die Zeit ab 1963. Dies wurde begründet mit den Verbesserungen, die mit dem steigenden Arbeitskräftepotential und der erhöhten Produktivität

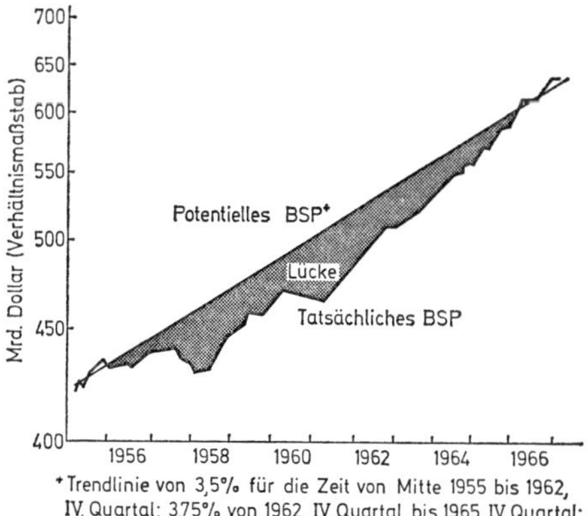

*Trendlinie von 3,5% für die Zeit von Mitte 1955 bis 1962, IV. Quartal; 3,75% von 1962, IV. Quartal, bis 1965, IV. Quartal; und 4% von 1965, IV. Quartal, bis 1966, IV. Quartal.

Abb. 20.1: Tatsächliches und potentielles BSP (in Preisen von 1958) (Quelle: Economic Report of the President, U.S. Government Printing Office, Washington, 1966, p. 43.)

einhergingen, als die Wirtschaft ziemlich schnell die im Jahre 1961 bestehende, erhebliche BSP-Lücke verringerte. Die Wachstumsrate wurde für die Zeit seit dem 4. Quartal des Jahres 1965 wiederum, diesmal auf 4 Prozent erhöht. Diese Steigerung der Wachstumsrate des potentiellen Sozialprodukts um 0.25 Prozentpunkte pro Jahr mag verhältnismäßig unbedeutend erscheinen. Wenn wir jedoch mit einem BSP von 775 Mrd. $ beginnen und einen Zeitraum von zehn Jahren veranschlagen, gibt eine 3.5prozentige Wachstumsrate einen Wert von 1.093 Mrd. $, eine 3.75prozentige Rate einen Wert von 1.118 Mrd. $ und eine 4prozentige Wachstumsrate einen Wert von 1.147 Mrd. $ für das BSP in zehn Jahren. Die Unterschiede zwischen diesen Jahren darf man sich als die Mindesterträge denken, die sich durch eine vollbeschäftigte Wirtschaft ergeben würden. Sie beinhalten noch nicht die zusätzlichen Erhöhungen des potentiellen Sozialprodukts, die aus der Erhaltung der Vollbeschäftigung während des zehnjährigen Rechnungszeitraums entstehen würden.

Die oben genannten Zahlen sind Schätzungen aufgrund des zurückliegenden Wirtschaftsablaufs. Sie sind mehr oder weniger genau, je nachdem, ob die Abhängigkeit des Arbeitskräftepotentials von einer veränderten Beschäftigungslage zukünftig die gleiche ist wie in der Vergangenheit. Die Genauigkeit wird ebenso davon abhängen, wie sich eine Nachfrageerhöhung zusammensetzt. Wenn die Verteilung der Nachfragesteigerung nicht genau mit der relativen Verteilung in der Unterauslastung der Kapazitäten und der relativen Verteilung der verfügbaren Facharbeiter übereinstimmt, wird die Zunahme des Sozialprodukts kleiner sein als im anderen Falle.

Weiterhin muß man auch das zeitliche Problem beachten. Der Versuch, die ganze BSP- und Arbeitskräftelücke im Verlauf eines Jahres zu schließen, würde zweifellos zu Engpässen und damit zu Preissteigerungen führen. Eine allmähliche Expansion würde dagegen Engpässe vermeiden und die Lücke ohne wesentliche Inflationsraten schließen.

20. 4. Preisstabilität

Der Begriff des Preisniveaus ist so eingängig und geläufig, daß man leicht zu vergessen geneigt ist, daß das Konzept des Preisniveaus praktisch nicht mehr darstellt als einen gewichteten Durchschnitt von Güterpreisen. Es ist schwer, solche Indizes genau zu berechnen, sie verhalten sich auf sonderbarste Weise, und ihre Launen verleiten den Beobachter häufig zu dem falschen Schluß, daß das Preisniveau steige, während tatsächlich bei einer «idealen» Messung des Preisniveaus keine derartige Erscheinung festgestellt würde. Bedauerlicherweise gibt es eine solche ideale Messung des Preisniveaus nicht.

Wenn wie in den späten 50er und frühen 60er Jahren ein Steigen des Preisindex für die Lebenshaltung (CPI = consumer price index) die irrige Vorstellung entstehen läßt, daß die Volkswirtschaft unter einer Inflation litte, und wenn dieser Eindruck einen deflationistischen Trend in politisches Denken und Handeln hineinbringt, wird die Lage tatsächlich ernst. In der Rezession von 1958 stieg der Preisindex für die Lebenshaltung weiter an, während gleichzeitig die Arbeitslosigkeit auf einen Nachkriegshöhepunkt kletterte. Mit diesem ständigen Anstieg des CPI läßt sich teilweise das Zögern erklären, energisch gegen die Arbeitslosigkeit vorzugehen; und dieser Preisanstieg ließ die entsprechenden Zielgrößen von Sozialprodukt und Beschäftigung in einem Umfang abnehmen, der rückblickend ungesund erscheint.

Dieser anhaltende Anstieg des CPI und anderer Indizes war es auch, der zu einigen der sonderbarsten ökonomischen Theorien der Nachkriegsgeneration führte.

Tatsache ist, daß der CPI, ebenso wie nahezu alle anderen Preisindizes, Merkmale beinhaltet, die ihn zu einem dürftigen Maßstab für Preisänderungen in einer wachsenden Wirtschaft machen. Eigentlich sollte Konstanz des CPI so verstanden werden, daß sie in Wirklichkeit ein sinkendes Preisniveau (in einem idealen theoretischen Sinne) darstellt. Weiterhin bedeutet ein Anstieg des CPI nicht unbedingt, daß die Kaufkraft des Dollars zersetzt wird. Das sind gewichtige Behauptungen; wir wollen sehen, ob sie begründet werden können.

Die Verwirrung in bezug auf die Preisstabilität entspringt zum Teil einer Voreingenommenheit bei der Beziehung zwischen Löhnen, Preisen und Produktivität. Die marginalen Produktionskosten (GK) lassen sich angeben durch

$$GK = \frac{w}{GP}$$

wobei w der Nominallohnsatz ist und GP das Grenzprodukt der Arbeit, d.h. die Zahl an Ausbringungseinheiten, die der letzte zusätzliche Arbeiter erstellt hat. Wenn der letzte Arbeiter täglich 5 Einheiten herstellt und sein Tageslohn 10 \$ beträgt, sind die Grenzkosten jeder der letzten 5 Einheiten 2 \$. Wenn Grenzprodukt der Arbeit und Nominallohnsatz jeweils um 3 Prozent ansteigen, bleibt das Verhältnis w/GP unverändert. Folglich erhöhen sich die Grenzkosten nicht, und die Preise bleiben konstant, falls sich nicht die Nachfragekurve nach dem Produkt dieser Branche verschiebt[25].

Die Löhne können im gleichen Verhältnis steigen wie die Produktivität, ohne daß sich die Kosten erhöhen. Was ist aber in den Fällen, in denen die Kosten des Faktoreinsatzes dem Wert der ausgebrachten Menge entsprechen? Eine nicht inflationäre Einkommenserhöhung eines Arztes gibt es nicht. Selbst wenn infolge der verbesserten medizinischen Technologie seine Produktivität stark gestiegen sein mag, wird sich jede Erhöhung einer Arztrechnung als Steigerung des CPI darstellen.

Die Hauptquellen für den Anstieg des CPI seit 1950 waren die Kostenerhöhungen der medizinischen und anderer Dienstleistungen. Sind diese Kostenerhöhungen aber reine Inflation, oder hat es Produktivitätssteigerungen gegeben? Wenn es sie gegeben hat, wie soll man dann diejenigen, die die verbesserten Dienstleistungen erbracht haben, anders als durch erhöhte Preise entlohnen? Wenn wir die Arztrechnungen nicht nach den Kosten für eine Stunde ärztlicher Bemühungen, sondern nach dem *Erfolg* einer Stunde ärztlicher Behandlung beurteilen, ist gar nicht mehr so sicher, ob wir für die Behandlung tatsächlich mehr bezahlen. Ebensowenig ist sicher, ob wir für eine Schulstunde oder eine Stunde beim Zahnarzt mehr bezahlen. Nur wenn es keinerlei Produktivitätssteigerungen gegeben hätte, wären wir berechtigt zu schlußfolgern, daß die Erhöhung der nominalen Kosten dieser Dienstleistungen Inflation beinhaltet.

[25] Falls dem Leser die mikroökonomischen Zusammenhänge im Moment nicht ganz geläufig sind, mag er sich daran erinnern, daß der Gewinn maximiert wird, wenn Grenzkosten und Grenzerlös gleich sind. Unter monopolistischen Bedingungen führen steigende Grenzkosten dazu, daß der Monopolist die Ausbringung einschränkt und die Preise erhöht. Unter Konkurrenzbedingungen verschiebt eine Kostensteigerung einzelner Unternehmungen die kurzfristige Angebotskurve der Branche nach links, so daß die Ausbringung zurückgeht und die Preise steigen. So führt eine Erhöhung der Grenzkosten in jedem Fall zu Preissteigerungen, während eine Senkung der Grenzkosten das Gegenteil bewirkt.

Im allgemeinen trifft es zu, daß der CPI steigt, wenn die Löhne über die Zunahme der Produktivität erhöht werden. Es ist jedoch logisch falsch, von diesem Umstand rückzuschließen, daß jeder Anstieg des CPI notwendigerweise eine Zunahme der Entlohnung über die Produktivitätssteigerung hinaus und damit Inflation bedeutet. Ärzte, Lehrer, Richter und andere Anbieter von Dienstleistungen erwarten nicht unbegründet, daß sie für die verbesserte Qualität der erbrachten Dienste entlohnt werden. Wenn wir ausschließen, daß diese Vergütungen indirekt durch Preissenkungen an anderer Stelle der Volkswirtschaft aufgebracht werden können, müssen sie in der Form von höheren nominalen Gegenleistungen für diese Dienste erfolgen. Diese erhöhen jedoch unsinnigerweise den CPI, während Lohnsteigerungen, die im Verhältnis zur Produktivitätszunahme bleiben, dies nicht tun. Wenn das Konzept sinnvoll angewendet wird, beinhalten Produktivitätssteigerungen im Zusammenhang mit der Preisstabilität, daß der CPI steigt. Desgleichen beinhaltet Stabilität des CPI Deflation.

Produktivitätsgewinne treten in einer Volkswirtschaft weiterhin in Form qualitativer Verbesserungen der gekauften materiellen Güter auf. In einer sehr bemerkenswerten Studie hat Griliches[26] berechnet, wie sich einzelne Artmerkmale auf die Automobilpreise ausgewirkt haben. Er ermittelte, welchen Einfluß Änderungen von PS-Zahlen, Gewicht und Länge bei den drei «Niedrig-Preis-Typen» hatten[27]. In dem Zeitraum von 1954 bis 1960 stiegen die Listenpreise für Autos ständig an. Der Index, der innerhalb des CPI die Komponente für neue Automobile mißt, stieg von 129.7 im Jahre 1954 auf 144.3 im Jahre 1960. Griliches' Methode, den Index zu berechnen, ergab ein Sinken des Indexes von 128.9 auf 111.3. Wenn man also Qualitätsänderungen in Rechnung stellt, ist keineswegs sicher, ob eine Erhöhung der Güterpreise unbedingt bedeutet, daß eine Preisinflation besteht.

Unterziehen wir uns doch selbst einem kritischen Test. Nehmen wir an, wir hätten die Wahl, nur die 1953 verfügbaren Güter und Dienstleistungen zu den Preisen von 1953 zu kaufen oder aber die 1968 verfügbaren Güter zu den Preisen von 1968, und vergessen wir nicht, daß es solche Güter wie die Polio-Impfung 1953 noch gar nicht gab. Nur wenn wir ganz sicher behaupten können, das Bündel von Gütern und Dienstleistungen von 1953 vorzuziehen, dürfen wir mit Bestimmtheit sagen, daß die Jahre seit dem Koreakrieg von Inflation gekennzeichnet waren. Selbst wenn wir das Bündel von 1953 vorzögen, müßten wir zugeben, daß die seit dieser Zeit erfolgten Preissteigerungen keineswegs so sehr «reine Inflation» darstellen, wie gemeinhin angenommen wird.

Wenn wir das allgemeine Preisniveau anstelle der Lebenshaltungskosten betrachten, müßten wir uns weit mehr mit dem BSP-Deflator befassen als mit dem CPI. Der BSP-Deflator weist jedoch die gleichen Nachteile auf wie der CPI, und noch einige darüberhinaus. Um nur eine Schwierigkeit zu nennen: Der BSP-Deflator schließt die staatliche Aktivität ein, und der Preis der öffentlichen Dienstleistungen wird anhand der Kosten gemessen. So vermerkt der BSP-Deflator jede Gehaltserhöhung staatlicher Angestellter als Preissteigerung. Dies bedeutet, daß der BSP-Deflator davon ausgeht, daß bei der Bereitstellung öffentlicher Dienstleistung keinerlei Produktivi-

[26] Z. Griliches «Hedonic Price Indexes for Automobiles: An Econometric Analysis of Quality Change», The Price Statistics of the Federal Government, No. 73, NBER, Inc., New York, 1961.

[27] Bis 1961, als Kleinwagen in den CPI aufgenommen wurden, beinhaltete der CPI die drei Niedrig-Preis-Typen Chevrolet, Ford und Plymouth.

tätssteigerungen auftreten. Wenngleich es üblich ist, Witze über die Berechtigung dieser Annahme zu machen, läßt es sich beispielsweise nicht leugnen, daß z.B. die Post große Anstrengungen unternommen hat, ihre Dienstleistungen zu verbessern.

Die Unangemessenheit unserer Preisindizes ist beträchtlich. Der CPI wird von Ökonomen, Geschäftsleuten und Politikern weitgehend als *der* Maßstab für das Preisniveau betrachtet. Wenn es zutrifft, daß wir fälschlicherweise angenommen haben, das Preisniveau sei in den von erheblicher Arbeitslosigkeit gekennzeichneten Zeiten gestiegen, und wenn wir aufgrund des ansteigenden CPI so viel Angst vor Inflation bekommen haben, daß wir versäumt haben, Maßnahmen zum Abbau der Arbeitslosigkeit und ungenutzter Kapazitäten zu ergreifen, dann haben wir mit Unterbeschäftigung und Produktionsausfall einen untragbar hohen Preis wegen einer falschen statistischen Konstruktion gezahlt. Im Jahre 1961 schätzte Ruggles, daß wir durch mangelnde Ausnutzung einen Betrag verloren haben, der das Zwei- bis Dreifache unseres jetzigen Verteidigungsaufwandes oder das Zwanzig- bis Fünfundzwanzigfache unserer heutigen Auslandshilfe beträgt. Er behauptete darüberhinaus, daß mit diesen brachliegenden Ressourcen in wenigen Jahren unsere Städte saniert und Fabriken automatisiert werden könnten und daß unsere Wachstumsrate die einer jeden anderen Nation erreichen oder überflügeln könnte[28].

Wir haben gesehen, daß Preisstabilität eine Sache ist, wenn Stagnation herrscht und technischer Fortschritt fehlt, und eine ganz andere Sache, wenn Wachstum und Produktivitätssteigerungen festzustellen sind. Unglücklicherweise sind beide Fälle von vielen allzu sehr vermengt worden; eine Verwechslung, die außerordentlich kostspielig war. Vielleicht ist es nicht möglich, unsere Preisindizes nach der Methode von Griliches zu ermitteln, aber wir sollten uns zumindest bewußt sein, daß die Konstanz des CPI, wenn überhaupt etwas, dann einen deflationären Trend beinhaltet.

Die Unfähigkeit einzusehen, daß steigende Preise in einer wachsenden Wirtschaft unvermeidbar sind, hat zu Erklärungsversuchen geführt, wie Inflation und große Arbeitslosigkeit gleichzeitig auftreten können, und zu Maßnahmen, die die Beschäftigung erhöhen sollten, ohne die Rate der Preissteigerungen zu erhöhen. Einige vertreten den Standpunkt, daß das Abnehmen des Wettbewerbsdrucks und die Zunahme der Verhandlungsstärke privater Wirtschaftseinheiten die Kosten- und Preissteigerungen selbst bei erheblicher Arbeitslosigkeit unvermeidbar machen. Diese sind die «Kosten-» oder «Lohnstoß»-Inflationisten. Andere sind der Ansicht, daß die Arbeitslosenquote kein geeigneter Maßstab für die Angespanntheit des Arbeitsmarktes sei und daß die Rate des technischen Fortschritts in den letzten Jahren groß genug gewesen sei, eine hohe Arbeitslosenquote mit einem stark angespannten Arbeitsmarkt vereinbar erscheinen zu lassen. Dies sei deshalb möglich, weil ein hohes Gesamtniveau an Arbeitslosigkeit nicht beinhaltet, daß es ein ausreichend großes Angebot an Arbeitern gibt, die über die notwendigen Fähigkeiten verfügen. Diejenigen, die in dieser Weise argumentieren, werden «Strukturalisten» genannt.

Wenn die Ansichten der Strukturalisten und Kosten-Inflationisten zutreffen, bedeutet dies, daß die Instrumente der Geld- und Finanzpolitik nicht ausreichen, um die Ziele Vollbeschäftigung und Preisstabilität gleichzeitig zu verwirklichen. Einen Versuch, ein zusätzliches Instrument zur Behebung dieser Schwierigkeiten zu liefern,

[28] Richard Ruggles, «Measuring the Cost of Quality», Challenge, 10:6–9, 1961. Okuns Gesetz läßt vermuten, daß Ruggles um einiges übertreibt.

bilden die vom Wirtschaftsbeirat erstellten Leitlinien für nicht-inflationäre Lohnerhöhungen.

Zum Schluß dieses Abschnitts wollen wir einen schnellen Blick auf diejenigen Streitfragen werfen, die sich auf das Problem der Preisstabilität beziehen. Kann eine Inflation von der Kosten- statt von der Nachfrageseite her entstehen? Ist an der Hypothese der Strukturalisten etwas dran, und wenn ja, welche wirtschaftspolitischen Maßnahmen erfordert sie? Ist eine administrative Ermahnung durch die Appellation an Leitlinien die geeignete Art, das Problem zu lösen, wie man Vollbeschäftigung mit Preisstabilität vereinbart?

Kostenstoß-Inflation

Die Ansicht, daß die Inflation in der amerikanischen Wirtschaft aufgrund institutioneller Starrheiten entstanden sein könnte, hatte einen durchschlagenden Einfluß auf ökonomisches Denken und Handeln in den 50er Jahren, und Überbleibsel dieser Idee machen sich noch heute bemerkbar. In gröbster Form läuft dieses Argument darauf hinaus, daß die Marktmacht oligopolistischer Wirtschaftszweige und der Gewerkschaften so groß sei, daß sie einzeln oder gemeinsam ständige Preiserhöhungen herbeiführen könnten.

Wenn man behauptet, daß oligopolistische Wirtschaftszweige die Volkswirtschaft inflationieren können, wann immer es ihnen beliebt, muß man die Annahme machen, daß sie nicht versuchten, jederzeit ihren Gewinn zu maximieren. Es mag sein, daß einige Wirtschaftszweige es zu bestimmten Zeitpunkten für vorteilhaft halten, nachfrageinduzierte Preiserhöhungen ihrer Produkte zu verstärken. Anzunehmen, daß sie dauerhaft versuchten, die Preise zu erhöhen, hieße indessen, die Theorie des rationalen Unternehmerverhaltens herausfordern.

Um das Verhalten der Gewerkschaften verstehen zu können, muß man wissen, ob sie Beschäftigung und Mitgliederzahl zu maximieren versuchen oder aber die Nominallöhne[29]. Wenn ihr Ziel darin besteht, die Mitgliederzahl zu maximieren, werden sie nicht immer höhere Löhne durchdrücken, weil die Nachfrage nach Arbeit nicht völlig unelastisch in bezug auf den Lohnsatz ist. Nur wenn ihnen die Zahl der Gewerkschaftsmitglieder gleichgültig ist, darf man annehmen, daß sie ständig Lohnerhöhungen durchsetzen; denn ein derartiges Vorgehen würde die Beschäftigung in gewerkschaftlich orientierten Branchen verringern. Während ein solches Verhalten vielleicht in streng kontrollierten Fachgewerkschaften üblich ist, scheint allgemein die Annahme vernünftiger, daß die Gewerkschaften an der Beschäftigung ebenso interessiert sind wie an den Löhnen.

Zusätzlich gibt es gesamtwirtschaftliche Beschränkungen, die eine inflationäre Kostenspirale unmöglich machen. Lohn-Preis-Erhöhungen senken den Realwert des Geldangebots, erhöhen dadurch den Zinssatz und verringern das Investitionsniveau. Steigerungen des Preisniveaus machen den heimischen Markt zwar zu einem besseren Ort, um dort zu verkaufen, aber zu einem schlechteren Platz, um zu kaufen. Mit steigenden Preisen und Nominaleinkommen erhöht sich der Realwert der Steuerabzüge, das verfügbare Realeinkommen und der Verbrauch sinken. Wenn das Preisniveau steigt, sinkt der Realwert der Kassenhaltung, und der Pigou-Effekt wird in

[29] Zur Diskussion der gewerkschaftlichen Zielsetzungen vgl. W. J. Fellner, Competition among the Few, Chap. 11, Alfred A. Knopf, Inc., New York, 1949.

umgekehrter Richtung ausgelöst. All diese Umstände bedeuten, daß zur Vermeidung von Arbeitslosigkeit die gestiegenen Löhne und Preise «finanziert», d.h. durch eine proportionale Erhöhung der Geldmenge alimentiert werden müssen.

Erst die Eingriffsmöglichkeit der Währungsbehörden läßt die Situation für die Preisstabilität bedrohlich werden. Wenn die nominale Geldmenge bei dem Versuch, eine durch Lohnerhöhungen verursachte Arbeitslosigkeit zu verringern, ausgeweitet wird, steigen die Preise und bleibt der Realwert der Lohnerhöhung geringer als erwartet. Wenn die Gewerkschaften dann eine weitere Steigerung der Nominallöhne durchsetzten, der wiederum durch eine Ausweitung des Geldangebots entgegengewirkt wird, kann der Kreislauf der Preisinflation ausgelöst werden.

Die Währungsbehörde der Vereinigten Staaten hat sich nicht so verhalten, daß sich der oben beschriebene Prozeß entwickeln konnte, möglicherweise weil sie selbst die Theorie des Kostenstoßes unterschreibt. Genau das macht aber die Kostenstoßtheorie so düster. Sie beinhaltet, daß die Expansionseffekte einer ausgeweiteten Geldmenge weder Sozialprodukt noch Beschäftigung erhöhen, sondern vielmehr von Lohn-Preis-Erhöhungen aufgesogen werden. Es ist sehr wahrscheinlich, daß die Furcht vor der Kostenstoß-Inflation einer der Gründe dafür ist, daß die Wirtschaft viele Jahre unter dem Würgegriff des knappen Geldes litt.

Strukturelle Arbeitslosigkeit

Ein alternativer Erklärungsversuch für das Nebeneinander von großer Arbeitslosigkeit und Lohn-Preis-Erhöhungen liefert die These der «strukturellen Arbeitslosigkeit». Die Vertreter dieses Standpunktes behaupten, daß die Ursache für die große Arbeitslosigkeit zwischen 1957 und 1964 in der Geschwindigkeit lag, mit der der technische Fortschritt (die Automation, wie sie zu sagen pflegen) sich entwickelte. Die beschleunigte Rate des technischen Fortschritts wirkt sich dahingehend aus, daß die Ausbildung der Arbeitskräfte immer schneller überholt und ein wachsender Anteil der Arbeitskraft ins Heer der Bodensatzarbeitslosen eingegangen ist. Die Strukturalisten behaupten, daß eine Nachfrageausweitung die Beschäftigung nicht erhöht, weil die verfügbaren Arbeiter einfach nicht die erforderlichen Fähigkeiten für die neu geschaffenen Arbeitsplätze aufweisen. Das Problem ist der Aufgabe vergleichbar, viereckige Pfähle in runde Löcher zu stecken. Die Ausweitung der Nachfrage schafft die runden Löcher, aber weil die viereckigen Pfähle nicht hineinpassen, wird durch die Nachfrageerhöhung lediglich der Arbeitsmarkt angespannt, so daß Löhne und Preise steigen, ohne jedoch die Arbeitslosigkeit nennenswert abzubauen.

Nach Ansicht der Strukturalisten läßt sich das Problem der Arbeitslosigkeit nicht durch eine kurzfristige Erhöhung der Nachfrage lösen, sondern nur durch intensive langfristige Ausbildungs- und Umsetzungsprogramme. Ohne derartige Programme läßt sich die Position der strukturell Arbeitslosen mit der von Reservekapazitäten vergleichen. Sie finden vorübergehend Beschäftigung in Perioden exzessiver Nachfrage. Da aber die Preisstabilität neben der Vollbeschäftigung als wichtiges wirtschaftspolitisches Ziel zu betrachten ist, sollten wohl nicht die Geld- und Finanzpolitik dazu eingesetzt werden, die Beschäftigung dieser Arbeiter zu sichern.

Niemand kann leugnen, daß es strukturelle Arbeitslosigkeit gibt und daß es sie zumindest seit dem Beginn der industriellen Revolution gegeben hat. Der Bergmann in West Virginia, der durch Maschinen ersetzt wurde, hat seinen Vorläufer in dem handarbeitenden Weber im England des 18. Jahrhunderts. Es ist jedoch etwas völlig anderes zu behaupten, daß sich dieser Prozeß in den letzten Jahren beschleunigt habe. Untersuchungen über die Merkmale der Arbeitslosigkeit in den letzten Jahren haben die Behauptung nicht stützen können, daß ein zunehmender Teil der Arbeitskräfte infolge des technischen Fortschritts arbeitslos wird[30].

Die These der strukturellen Arbeitslosigkeit birgt die Gefahr, daß sich die Wirtschaftspolitiker verleiten lassen, die Zielgröße der zur Erhaltung der Preisstabilität in Kauf zu nehmenden Arbeitslosigkeit zu erhöhen und anstelle einer 4prozentigen eine 5- oder 6prozentige Arbeitslosenquote anzustreben. Welche Kosten in Form entgangenen Sozialprodukts größere Arbeitslosigkeit entstehen läßt, haben wir bereits geschätzt. Ebenso dürften die Kosten der sinkenden Wachstumsrate des potentiellen Sozialprodukts hoch sein. Zusammengenommen sind die potentiellen Kosten so beträchtlich, daß sie den Strukturalisten eine gewaltige Beweislast aufbürden.

Ein nützliches Instrument, um die Probleme der strukturellen Arbeitslosigkeit zu untersuchen, ist die in Abb. 20.2. dargestellte «Phillips-Kurve»[31]. Auf der vertikalen Achse ist die prozentuale Änderung des Lohnsatzes abgetragen, während auf der horizontalen Achse der Prozentsatz der unbeschäftigten Arbeitskräfte gemessen wird. Die Kurve fällt von links oben nach rechts unten. In Zeiten vergleichsweise hoher Arbeitslosenquoten sind die Arbeitsmärkte entsprechend aufgelockert und die Lohnerhöhungen gering. Bei vergleichsweise niedrigen Arbeitslosenquoten sind dagegen die Arbeitsmärkte angespannt und die Preissteigerungen beträchtlich.

Die These der strukturellen Arbeitslosigkeit beinhaltet eine Rechtsverschiebung der Phillips-Kurve. Folglich ist die einer bestimmten Arbeitslosenquote zugehörige prozentuale Lohnerhöhung gestiegen. Die Rechtsverschiebung der Phillips-Kurve in Abb. 20.2. bedeutet z.B., daß eine 3prozentige Erhöhung der Lohnsätze mit einer 5prozentigen Arbeitslosigkeit einhergeht, statt mit einer 3prozentigen, wie es vor der Kurvenverschiebung der Fall gewesen wäre. Die These der strukturellen Arbeitslosigkeit schließt daher ein, daß die Gesellschaft zur Verringerung der Arbeitslosigkeit stärker inflationierende Lohn- und Preissteigerungen als in der Vergangenheit in Kauf nehmen muß.

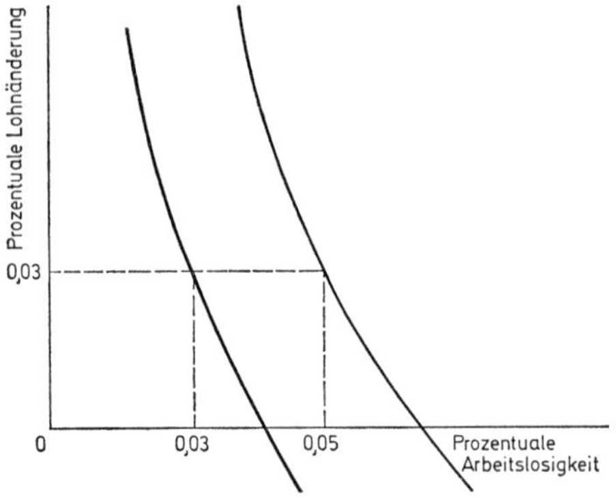

Abb. 20.2: Phillips-Kurve

[30] Vgl. z.B. J. W. Knowles und E. D. Kalacheck, «High Unemployment Rates, 1957–1960: Structural Transformation or Inadequate Demand», Subcommittee on Economic Statistics of the Joint Economic Committee, U. S. Congress, U. S. Goverment Printing Office, Washington, 1961.

[31] A. W. Phillips, «The Relation between Unemployment and the Rate of Change of Money Wage Rates in the United Kingdom, 1862–1957», Economica, 25:283–299, 1958.

Es muß beachtet werden, daß selbst für den Fall, daß die These, nach der eine Nachfrageausweitung die Arbeitslosigkeit nicht beseitigen könne, eine gewisse Gültigkeit hätte, das Problem ohne eine derartige Erhöhung der Nachfrage nicht zu bewältigen ist. Diejenigen, die arbeitslos sind, weil ihre Fähigkeiten überholt sind, müssen umgeschult und umgesetzt werden, um erneut Beschäftigung finden zu können. Es hat jedoch wenig Sinn, Arbeiter umzuschulen, wenn für sie keine Arbeitsplätze vorhanden sind. Um nochmals Ruggles anzuführen: «Diejenigen, die die Nachfrage einschränken wollen, haben die Arbeitslosigkeit mit dem Etikett strukturell versehen, womit es ihnen gelungen ist, ihr Gewissen von diesem Problem zu entlasten. Diese Begründung mag sie befriedigen, aber sie dürfte kaum den Arbeitslosen helfen; denn es ist offensichtlich, daß das einzige Mittel gegen Arbeitslosigkeit, sei sie struktureller oder sonstiger Natur, in der Schaffung von Arbeitsplätzen besteht, und man kann durch Beschränkungen der Nachfrage keine Arbeitsplätze schaffen, egal wieviel man für die Umschulung tut»[32].

Die Lohn-Preis-Leitlinien

Im Wirtschaftsbericht des Präsidenten für das Jahr 1962 gab der Wirtschaftsbeirat «Leitlinien für nicht-inflationäres Lohn- und Preisverhalten» an. Der Rat erklärte: «Die allgemeine Richtlinie für nicht-inflationäres Lohnverhalten lautet, daß die Steigerungsrate der Löhne (einschließlich zusätzlicher Vergünstigungen) in jedem Wirtschaftszweig der Zuwachsrate der Gesamtproduktivität entsprechen soll». In bezug auf die Preise regte der Rat an, daß in denjenigen Wirtschaftszweigen, in denen die Produktivität schneller als im nationalen Durchschnitt zunimmt, die Preise gesenkt werden sollten, so daß zusammen mit den Preissteigerungen in den Wirtschaftszweigen mit niedrigem Produktivitätszuwachs das Gesamtpreisniveau in etwa konstant bleiben würde.

Indem der Rat die Notwendigkeit solcher Leitlinien bekräftigte, schien er der Begründung der Kosten-Inflation zuzustimmen, nach der selbst ohne Bestehen eines Nachfrageüberhangs dem Wettbewerb nicht die Kontrolle von Löhnen und Preisen überantwortet werden könne. Weiterhin könnte man folgern, daß der Rat stillschweigend auch den Standpunkt der Strukturalisten bezieht, nach dem zusätzliche wirtschaftspolitische Instrumente erforderlich seien, um die Phillips-Kurve wieder nach links zu verschieben[33].

Durch genügend restriktive Geld- und Finanzpolitik läßt sich immer Preisstabilität erzielen. Die Kosten dieser Stabilität wären jedoch außerordentlich große Arbeitslosigkeit und verlangsamtes Wachstum. Wäre es daher nicht wünschenswert, ein zusätzliches wirtschaftspolitisches Instrument zu finden, das eine Ausweitung der Nachfrage zur Erhöhung der Beschäftigung erlaubte, ohne die Preise steigen zu lassen. Direkte Kontrollen der Löhne und Preise sind unwirksam, diskriminierend und widersprechen der Wahlfreiheit. Könnte es aber nicht vielleicht möglich sein, Preissteigerungen zu verhindern, indem man an Vaterlandsliebe und «industrielles Staatsbewußtsein» appellierte und einen Kranz von Leitlinien für die Lohn-Preis-Bestimmung setzte?

[32] Ruggles, op. cit., p. 9.

[33] Der Rat stellte sich jedoch gegen die Einwände der Strukturalisten und stimmte entschieden für eine Nachfrageausweitung während der frühen 60er Jahre.

Die Leitlinien sind viel bespöttelt worden, und die administrative Einmischung in die Lohn-Preis-Bestimmungen ist von Ökonomen und den betroffenen Gruppen gleichermaßen mit Unmut und Entrüstung aufgenommen worden. Eine Beteiligung von Seiten des Präsidenten bei den Tarifverhandlungen und Versuche, die industriellen Preisentscheidungen zu beeinflussen, sind verhöhnt worden als Einführung einer «Wirtschaftspolitik mit erhobenem Zeigefinger»[34], als Einmischung in die sogenannte «Tarifautonomie» und als Versuch, die Volkswirtschaft mithilfe einer «Politik der vielen Worte» zu lenken[35].

Nichtsdestoweniger liegt ein bedeutender Sinngehalt in diesen Leitlinien, der bei aller Verspottung nicht vergessen werden sollte. Um diesen Sinn zu erkennen, muß man sich vergegenwärtigen, wie sich die Löhne und Preise bei vollkommener Konkurrenz bilden würden. Wenn es keinerlei Unvollkommenheiten auf den Arbeits- und Gütermarkten gäbe, würden sich die Löhne (bei vergleichbaren Fähigkeiten und Arbeitsbedingungen) tendenziell in allen Wirtschaftszweigen einander angleichen. Darüberhinaus würde das allgemeine Lohnniveau mit einer Rate steigen, die der durchschnittlichen nationalen Zuwachsrate der Produktivität entspräche. Unter diesen Konkurrenzbedingungen würde jeder Wirtschaftszweig, der den durchschnittlichen nationalen Produktivitätszuwachs nicht erreichte, seinen Marktanteil einbüßen. Denn die Konkurrenz würde die Lohnsätze einander angleichen, so daß die Wirtschaftszweige, in denen der Produktivitätszuwachs hinter dem gesamtwirtschaftlichen Durchschnitt zurückbliebe (unter der Annahme einer für alle Güter gleichen Einkommenselastizität der Nachfrage), steigende Grenzkosten und Preise verzeichneten. Die Ressourcen wanderten daher in Wirtschaftszweige ab, in denen der starke Produktivitätszuwachs die Grenzkosten und Preise sinken ließe. Unter derartigen Idealbedingungen würden die Preissteigerungen in den Bereichen mit niedriger Produktivität durch die Preissenkungen in den Bereichen mit hoher Produktivität aufgewogen, so daß das Gesamtpreisniveau stabil bliebe. Der Versuch, diese Konkurrenzbedingungen, die in der Praxis nicht gegeben sind, zu simulieren, ist es, der den entscheidenden Sinngehalt der Leitlinien ausmacht.

Eines der Hauptprobleme dieser Leitlinien und anderer Formen der «Wirtschaftspolitik mit erhobenem Zeigefinger» besteht darin, daß diejenigen, die sich naiverweise nach dem Zeigefinger richten, bestraft werden, während diejenigen belohnt werden, die über genügend Geschicklichkeit, Bosheit oder PR-Technik verfügen, um ein Mitziehen zu vermeiden. Preise, Löhne, Allokation der Ressourcen und Einkommensverteilung hängen daher tendenziell von der Neigung und Möglichkeit der Gewerkschaften und Unternehmer ab, administrative Regeln zu umgehen und Mahnungen in den Wind zu schlagen. Eine derartige Situation muß zu Effizienzverlusten und Ungerechtigkeiten führen und darüberhinaus zur Vergeudung von Ressourcen, weil sie dazu veranlaßt, Zeit und Geld in Kampagnen zu stecken, um vor der Öffentlichkeit Lohn- und Preiserhöhungen zu rechtfertigen, die die Leitlinien überschreiten. So werden Ziele und Mittel vermengt. Die Preisstabilität soll effiziente Produktion und Distribution begünstigen. Die Leitlinien führen indessen tendenziell zur Fehlallokation und Vergeudung von Ressourcen. Sie versuchen folglich, die Preis-

[34] Ben W. Lewis prägte den Ausdruck «Economics by Admonition». Vgl. seine Untersuchung über Leitlinien und administrative Ermahnungen: «Economics by Admonition», American Economic Review, 59:384–398, 1959.

[35] Eine ganz ähnliche Diskussion fand während der 60er Jahre in der BRD statt (d. Übers.).

stabilität zu erkaufen, indem sie ausgerechnet die Vorteile aufgeben, die durch die Preisstabilität erreicht werden sollten.

Die Leitlinien stellen den redlichen Versuch dar, die schmerzhafte Medizin, die eine Verschärfung des Wettbewerbs bedeutet hätte, durch ein mildes Beruhigungsmittel zu ersetzen, das lediglich die Symptome lindern würde. Diejenigen, die die Leitlinien verhöhnen und gleichzeitig ihre Monopolmacht dazu benutzen, ihren Anteil am Volkseinkommen zu vergrößeren, täten gut daran, diesen Sachverhalt zu bedenken. Sie sollten weiterhin berücksichtigen, daß ein Nichtbeachten der Leitlinien dazu führen könnte, daß strengere und bitterere Medizin – eine harte Anti-Trust-Politik oder direkte Kontrollen von Löhnen und Preisen – in Zukunft eingenommen werden müßte.

Die Leitlinien waren für Situationen ausersehen, in denen hohe Arbeitslosigkeit und Preissteigerungen gleichzeitig auftreten. Sie waren nach unserer Ansicht nicht für Situationen der Vollbeschäftigung bestimmt. Da aber Vorsicht der bessere Teil der Tapferkeit ist, tat der Wirtschaftsbeirat in seinem Bericht vom Januar 1967 alles andere, als von den Leitlinien abzugehen. Wenn die Preissteigerungen nahezu an die 3.2prozentige Zuwachsrate der Produktivität herankommen[36], kann man von den Arbeitern kaum erwarten, daß sie bei ihren Lohnforderungen mit einer Erhöhung zufrieden sind, die kaum die Steigerung der Lebenshaltungskosten deckt. Andererseits kann man nicht gut verlangen, daß die Löhne um die Zuwachsrate der Produktivität *und* um die prozentuale Steigerung der Lebenshaltungskosten erhöht werden müßten, weil dadurch die Inflationsrate vergrößert würde. In einer Situation wie der von 1966–1967 sind Leitlinien völlig unhaltbar.

Schlußbemerkung zur Preisstabilität

Unseres Erachtens war die Beunruhigung während des letzten Jahrzehnts über Kosteninflation und strukturelle Arbeitslosigkeit in großem Maße schädlich und übertrieben. Sie war schädlich, weil sie einen deflatorischen Trend in unsere Geld- und Finanzpolitik brachte und die Wirtschaft auf diese Weise hinderte, Vollbeschäftigung und größtmögliches Wachstum zu erreichen. Sie war übertrieben, weil sie zum großen Teil auf einer Einbildung beruhte. Dieses Trugbild ergibt sich aus der Unvollkommenheit unserer Preisindizes, aus der mangelhaften Berücksichtigung, daß in einer wachsenden Wirtschaft Erhöhungen dieser Indizes unvermeidbar sind; und aus der fehlenden Erkenntnis, daß solche Erhöhungen nicht notwendigerweise bedeuten, daß Inflation herrscht.

20. 5. Hohes Wachstum

Gibt es eine objektive Richtgröße für ein hohes Wirtschaftswachstum? Soll die angestrebte Wachstumsrate 4 Prozent pro Jahr betragen? Sollte sie höher sein? Sollte sie niedriger sein? Bei der Betrachtung der Vergangenheitswerte wären 4 Prozent für die amerikanische Wirtschaft eine außerordentlich hohe Wachstumsrate. Die Rate betrug im Zeitraum von 1950–1964 (in Jahren vergleichbarer Arbeitslosen-

[36] Der Preisindex für die Lebenshaltung stieg von 109.9 im Jahre 1965 auf 113.1 im Jahre 1966. Dies entspricht einem Anstieg von 2.9 Prozent.

quoten) durchschnittlich 3.6 Prozent pro Jahr. Im selben Zeitraum wuchs andererseits das Sozialprodukt der deutschen Wirtschaft im Durchschnitt mit einer jährlichen Rate von 7 Prozent, und die japanische Wirtschaft wies die erstaunliche Rate von 9.9 Prozent auf.

Wenn das Wachstumsziel auf der Grundlage der Vergangenheitswerte für die amerikanische Wirtschaft bestimmt wird, gehen wir stillschweigend davon aus, daß das von der Wirtschaft in der Vergangenheit Erreichte ein sinnvoller Maßstab zur Bewertung gegenwärtiger und zukünftiger Leistungen sei. Wenn man andererseits verlangt, die Vereinigten Staaten sollten die Wachstumsrate anderer Volkswirtschaften erreichen, läßt man die Tatsache unberücksichtigt, daß die Volkswirtschaften in unterschiedlichen Entwicklungsstadien verschiedene Faktorausstattungen und technologischen Grundlagen aufweisen. Andererseits scheint nahezuliegen, daß Länder mit höheren Wachstumsraten ein größeres Maß an Wissen und wirtschaftlicher Organisationsfähigkeit besitzen.

Zur Beantwortung der Frage, wie man im Hinblick auf die zurückliegenden Werte eine angemessene Wachstumsrate für die amerikanische Wirtschaft bestimmen soll, ist es nützlich, das Wachstumsziel in zwei Teilen zu betrachten. Erstens gibt es eine Wachstumsrate, die dann erreicht würde, wenn das potentielle Produktionsvolumen dauerhaft erzielt werden könnte. Der Wirtschaftsbeirat schätzt, daß diese Rate zunächst 4 Prozent betragen würde und im Laufe der Zeit erhöht werden könnte, sofern sich fortwährend das potentielle Sozialprodukt erzielen ließe. Zweitens ließen sich zusätzliche Prozentpunkte zur Wachstumsrate hinzufügen, wenn die Bevölkerung zu Opfern bereit wäre, indem sie weniger Güter, Dienstleistungen und Freizeit in Anspruch nähme.

Mindestens wollen wir die «kostenlose» Wachstumsrate erreichen, die durch den Entwicklungspfad des potentiellen Sozialprodukts vorgegeben ist. Das heißt nichts anderes, als daß wir Vollbeschäftigung und Preisstabilität wünschen. Schwierig wird es erst dann, wenn die Frage gestellt wird, ob die angestrebte Wachstumsrate bei Vollbeschäftigung nicht höher sein sollte.

Während weitgehende Übereinstimmung darüber besteht, was unsere Ziele der Vollbeschäftigung und Preisstabilität eigentlich beinhalten sollten, gibt es kaum einen Maßstab für eine angemessene Wachstumsrate. Die Kosten und der Nutzen einer höheren Wachstumsrate sind kaum einzeln definiert und wären – selbst wenn man sie kennen würde – schwer zu messen.

Das Wirtschaftswachstum ermöglicht einen immer höheren Lebensstandard. Doch es erlaubt der Gesellschaft nicht nur, diesen steigenden Standard laufend zu erwarten, es wirkt zudem erleichternd bei sozialen Problemen. Wenn alle auf wachsenden Wohlstand blicken können, wird der Zwang zur Umverteilung des bestehenden Kuchens gemildert. Tatsächlich ist manch einer der Meinung, daß die letztliche Lösung des Problems der Armut in der Erhöhung der Wachstumsrate liege und nicht in einer direkten finanziellen Unterstützung der Armen. Einige gehen noch weiter und behaupten, daß eine Umverteilung des Einkommens von den Reichen auf die Armen langfristig das Pro-Kopf-Einkommen verringern würde und daher auch für die Armen von keinerlei Nutzen sei. Nach dieser «Absickerungstheorie» würde die Einkommensumverteilung den Konsum erhöhen, die Investition verringern und damit die Wachstumsrate beschränken.

Derartige Versickerungsargumente sind ein beliebtes Mittel, weitreichende Gesellschaftsprogramme zu bekämpfen. Wenn sie überzeugen sollen, müssen solche Argumente erstens nachweisen, daß eine Zunahme des Konsums die Investition und das Wachstum verringert. Zweitens müssen sie zeigen, daß die in eine Kampagne gegen die Armut gesteckten Ressourcen weniger produktiv verwendet sind als in ihrer alternativen privaten Nutzung. Und drittens müssen sie darstellen, daß hohes Wachstum auf wirksame und automatische Weise die Armut beseitigt.

Die Tatsachen unterstützen die Versickerungsthese nicht. Solange noch eine BSP-Lücke besteht, läßt sich der Konsum erhöhen, ohne daß die Investition eingeschränkt werden müßte. Mehr noch läßt bis zum Erreichen der Vollbeschäftigung alles, was das eine erhöht, tendenziell auch das andere steigen. Die Einkommensumverteilung kann folglich die Wachstumsrate erhöhen, statt sie zu senken, und sie kann sogar das Realeinkommen und den Verbrauch der höheren Einkommengruppen vergrößern, die meinen, sie seien zur Unterstützung der Armen unbillig besteuert worden.

Werden ferner die Mittel, die in Programme gegen die Armut fließen, dazu verwendet, die Armen auszubilden, zu erziehen und zu rehabilitieren, dann kann diese Investition in «Humankapital» das potentielle Sozialprodukt erhöhen. Wenn die Mittel andernfalls für Konsumzwecke ausgegeben worden wären, wird das Ergebnis wiederum in einer Erhöhung und nicht in einer Senkung der Wachstumsrate bestehen.

Schließlich zeigt die empirische Erfahrung, daß Wirtschaftswachstum nicht automatisch die Armut verringert. Anderson[37] hat für verschiedene Bevölkerungsgruppen die Elastizität des Familieneinkommens in bezug auf das Gesamteinkommen berechnet. Er hat festgestellt, daß die Einkommen von Familien, deren Vorstand 65 Jahre und älter oder aber eine Frau ist, nicht steigt, wenn sich das durchschnittliche Pro-Kopf-Einkommen erhöht. Es hat daher den Anschein, als könnten diese Menschen nur durch direkte öffentliche Unterstützung aus ihrer Armut herauskommen. Wir sehen also, daß hohes Wachstum zwar wichtig ist, der Grad, bis zu dem das Wirtschaftswachstum aber zur Lösung unserer wirtschaftlichen und sozialen Probleme beitragen kann, nicht überschätzt werden sollte.

[37] W. H. Locke Anderson, «Trickling Down: The Relationship between Economic Growth and the Extent of Poverty among American Families», Quarterly Journal of Economics. 78:511–524, 1964.

21. Die Instrumente der makroökonomischen Politik

21. 1. Die Bestimmung der Haushaltswirkungen

Wenn man eine erfolgreiche antizyklische Finanzpolitik durchführen will, muß man unbedingt eine geeignete Methode finden, um zu bestimmen, ob der Staatshaushalt expansiv oder kontraktiv wirkt. Das Vorhandensein eines Haushaltsüberschusses oder -defizits ist kein brauchbarer Indikator, weil das Defizit (der Überschuß) von der Höhe des BSP abhängt. Wenn das Einkommen unter das Vollbeschäftigungsniveau sinkt, fallen die Steuereinnahmen und steigen die staatlichen Transferzahlungen, so daß sich automatisch ein Haushaltsdefizit entwickelt. Ein derartiges Defizit ist ohne Zutun des Staates entstanden, und aus seinem Bestehen sollte man nicht auf eine expansive Wirkung des Haushalts schließen. Um diesen Umstand zu betonen, hat der Wirtschaftsbeirat das Konzept eines «Vollbeschäftigungs-Überschusses» (full-employment-surplus) entwickelt.

Nehmen wir an, die Wirtschaft sei unterbeschäftigt. Wenn wir zu berechnen hätten, welches Defizit oder welcher Überschuß sich ergeben würden, wenn das BSP das Vollbeschäftigungsniveau erreicht hätte, und wenn die Berechnung einen Haushaltsüberschuß zeigen würde, sollten wir daraus schließen, daß der Haushalt deflationär wirkt und damit einer der verantwortlichen Faktoren dafür ist, daß die Wirtschaft nicht vollbeschäftigt ist. Der Überschuß oder das Defizit, der bzw. das entstehen würde, wenn die Wirtschaft vollbeschäftigt wäre, und nicht der tatsächliche Überschuß oder das Defizit, beweisen, ob die ökonomischen Auswirkungen des öffentlichen Haushalts expansiv oder deflationär sind.

Um den Vollbeschäftigungs-Überschuß zu berechnen, muß man eine statistische Beziehung zwischen Einnahmen, Ausgaben und der Höhe des BSP herstellen. Aus der zurückliegende Erfahrung versucht der Ökonometriker, eine Beziehung zwischen dem aggregierten persönlichen Einkommen und dem BSP abzuleiten. Dann bezieht er die Einkommensteuererträge auf das persönliche Einkommen und erhält auf diese Weise Schätzungen über die Elastizität dieses Steuerertrages in bezug auf das BSP. Ähnliche Berechnungen lassen sich für andere Komponenten des Steuersystems anstellen, so etwa für das Körperschaftsteueraufkommen und die indirekten Steuern. Bestimmte Ausgaben, wie z.B. der Strom der Arbeitslosenunterstützung, schwanken ebenfalls mit dem jeweiligen Einkommensniveau und lassen sich folglich auch als Funktion des BSP darstellen. Mit diesen verschiedenen Berechnungen wird es möglich, das Haushaltsdefizit oder den -überschuß zu schätzen, das bzw. der entstünde, wenn das BSP das Vollbeschäftigungsniveau erreichte.

Abb. 21.1. zeigt eine hypothetische Beziehung zwischen dem öffentlichen Haushaltsüberschuß oder -defizit und dem BSP, bei gegebenem finanzpolitischen Programm. Der auf der vertikalen Achse abgetragene Überschuß ist als Prozentsatz des potentiellen BSP berechnet. Ähnlich ist auf der horizontalen Achse das tatsächliche BSP als Prozentsatz des potentiellen BSP dargestellt. Die Kurve des Überschusses hat eine positive Steigung, die zeigt, daß mit zunehmender Annäherung der Wirtschaft an das potentielle Sozialprodukt die Einnahmen im Verhältnis zu den Ausgaben zunehmen. Die Darstellung ist so angelegt, daß das Budget ausgeglichen ist, wenn die Wirtschaft 96 Prozent ihres potentiellen Sozialprodukts erzielt. Wir müssen jedoch daran erinnern, daß das potentielle Sozialprodukt eine nicht inflatorisch wirkende Vollbeschäftigungsschwelle beinhaltet, so daß 96 Prozent des potentiellen Sozialprodukts mit einer Arbeitslosenquote von mehr als 4 Prozent verbunden wären. Bei Ausnutzungsraten über 96 Prozent würde ein Überschuß entstehen, und wenn die Überschußfunktion der in Abb. 21.1. gliche, könnten wir schlußfolgern, daß der Haushalt im Endeffekt deflationär wirkte.

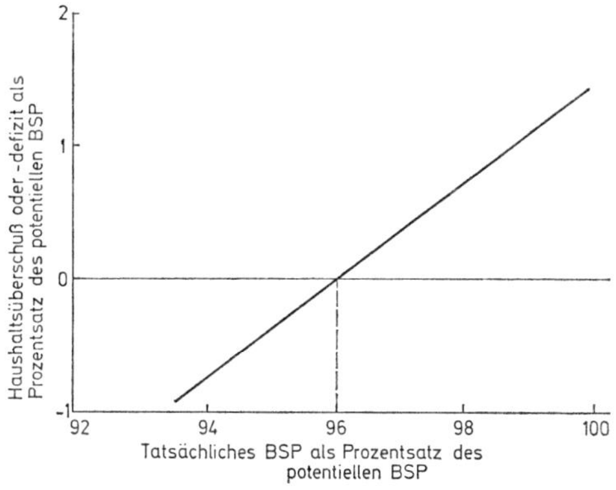

Abb. 21.1: Haushaltsüberschuß oder -defizit und das Niveau wirtschaftlicher Aktivität

Sowie das Produktionsvolumen unter das Vollbeschäftigungsniveau sinkt, verringert sich auch der durch das Haushaltsprogramm geschaffene Überschuß oder schlägt gar in ein Defizit um. Dabei ist festzuhalten, daß das Haushaltsprogramm nicht expansiv geworden ist. Der geringere Überschuß (oder das größere Defizit) entsteht allein aufgrund des Zusammenwirkens zwischen dem Niveau der ökonomischen Aktivität und einem unveränderten finanzpolitischen Programm. Eine Expansionswirkung geht vom Budget nur dann aus, wenn diskretionäre Maßnahmen ergriffen werden, die die abgebildete Kurve nach rechts unten verschieben. Eine Senkung der Steuerschuld oder eine Ausweitung der Staatsausgaben würde z.B. eine derartige Verschiebung bewirken. Ob sich die Kurve parallel verschiebt oder nicht, hängt davon ab, wie sich die diskretionäre Politik auf die Elastizität der Einnahmen und Ausgaben in bezug auf das BSP auswirkt.

Abb. 21.2. zeigt die vom Wirtschaftsbeirat vorgenommenen Schätzungen des Vollbeschäftigungs-Haushaltsüberschusses für die Jahre 1956–1964 zusammen mit den tatsächlichen Haushaltsergebnissen. Die auffälligste Feststellung ist die, daß in jedem der neun Jahre das Erreichen der Vollbeschäftigung zu beträchtlichen Überschüssen geführt hätte, tatsächlich aber in sechs Jahren ein Defizit bestand[38]. Ob ein Haushaltsprogramm geeignet ist, einen Überschuß bei Vollbeschäftigung zu er-

[38] Man müßte unterstellen, daß die Vollbeschäftigung durch eine Nachfrageausweitung im privaten Sektor und nicht durch eine Erhöhung der Staatsausgaben oder Senkung der Steuersätze erreicht wird, weil der Vollbeschäftigungs-Überschuß auf der Grundlage der bestehenden Steuerstruktur errechnet wird. Der Vollbeschäftigungs-Überschuß ist *nicht* derjenige Überschuß, der entstünde, wenn die Vollbeschäftigung durch ein verändertes finanzpolitisches Programm erreicht würde.

zielen oder nicht, hängt ab von dem Verhältnis zwischen tatsächlichem und potentiellem Sozialprodukt. Der öffentliche Haushalt sollte als Ausgleichsinstrument benutzt werden und Schwankungen der Gesamtnachfrage auffangen. So ist eine Erhöhung des Vollbeschäftigungsüberschusses dann zweckmäßig, wenn eine übermäßige Nachfrage des privaten Sektors zu inflationärer Anspannung der Wirtschaft führt. Wenn aber das tatsächliche Sozialprodukt unter dem potentiellen liegt, ist eine Verringerung des Vollbeschäftigungs-Überschusses angebracht.

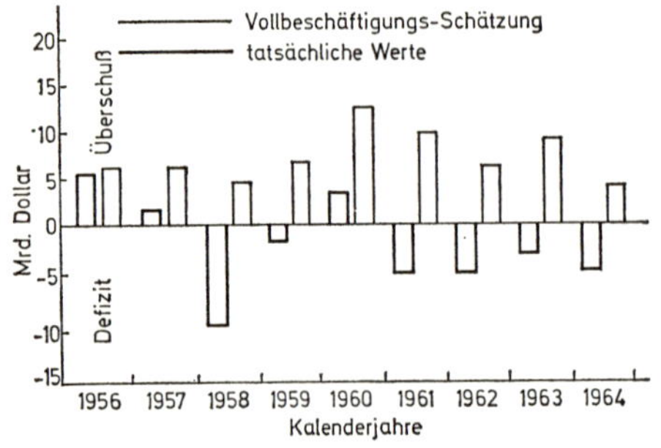

Abb. 21.2: Haushaltsüberschuß oder -defizit: tatsächliche Werte und Schätzungen für Vollbeschäftigung (Quelle: Economic Report of the President, U.S. Government Printing Office, Washington, 1964, p. 43, und 1965, p. 64.)

Der Raum erlaubt es nicht, genau zu überprüfen, welche diskretionären Maßnahmen, oder auch der Verzicht darauf, für die Schwankungen des Vollbeschäftigungs-Überschusses verantwortlich waren. Die Jahre 1960 und 1963 sind jedoch besonders interessant, weil in diesen Jahren der Vollbeschäftigungs-Überschuß sehr stark anstieg. In seinem Haushaltsbericht von 1960 stellte Präsident Eisenhower fest, eine angemessene Haushaltspolitik sei diejenige, die «nicht nur Ausgaben und Einnahmen ausgleicht, sondern darüberhinaus einen deutlichen Überschuß zur Schuldentilgung erzielt»[39]. Es folgte eine Politik strenger Ausgabenkontrolle, verbunden mit erhöhten Sozialversicherungsbeiträgen und Verbrauchssteuern. Diese Maßnahmen führten zu einer beträchtlichen Erhöhung des Vollbeschäftigungs-Überschusses und zeigten, angesichts ihrer deflationären Wirkungen in einer Periode exzessiver Arbeitslosigkeit, daß die Regierung die Grundlagen der Wirtschaftswissenschaft mißachtete. In den folgenden zwei Jahren wurden durch erhöhte Ausgaben für Verteidigung und das Raumfahrtprogramm sowie durch die Steueränderungen von 1962 die normalen Einnahmenzuwächse mehr als aufgewogen und der Vollbeschäftigungs-Überschuß gesenkt. Dennoch war der Überschuß beträchtlich und machte deutlich, daß weitere Anregungen gegeben werden mußten, wenn die BSP-Lücke geschlossen werden sollte.

Aus diesem Grunde forderte Präsident Kennedy eine beträchtliche Steuererleichterung für den Haushalt von 1963. Der Kongreß bewilligte die Steuersenkung für dieses Jahr nicht, und der Vollbeschäftigungs-Überschuß nahm zu. Als 1964 Präsident Johnson um eine Steuersenkung ersuchte, wurde sie zugestanden. Das Ergebnis läßt sich aus Abb. 21.2. deutlich erkennen. In seinem Jahresbericht für 1965 schätzte der Wirtschaftsbeirat, daß das Steuergesetz von 1964 im Jahre 1965 die Steuerschuld bei der Einkommen- und Körperschaftsteuer um 11 Mrd. bzw. 3 Mrd. $ verrin-

[39] Economic Report of the President, U. S. Government Printing Office, Washington, January, 1960, p. 54.

gern würde. In Verbindung mit Multiplikatorwirkungen wurde die Zunahme der Konsumausgaben insgesamt auf 22 Mrd. $ geschätzt. Weiterhin wurde mit steigenden Investitionsausgaben gerechnet, da sich die Ertragslage der Unternehmer verbesserte und die erhöhten Konsumausgaben die bestehenden Produktionsanlagen wieder auslasteten. Diese Voraussagen erwiesen sich als bemerkenswert genau. Im Kielwasser der Steuersenkung und der monetären Expansion, die diese Senkung möglich machte[40], gelang es der Wirtschaft, das Leichentuch der Stagnation abzuschütteln.

Es ist eine Ironie, daß die amerikanische Wirtschaft eine lange Zeit unter mangelhafter Leistung zu leiden hatte, bis schließlich im Jahre 1964 die Steuersenkung vorgenommen wurde. Das entgangene Sozialprodukt, die direkten wirtschaftlichen Schäden der Arbeitslosigkeit können nicht mehr aufgeholt bzw. wiedergutgemacht werden. Auch ist anzunehmen, daß die Auswirkungen auf das langfristige Wachstumspotential nie mehr gänzlich behoben werden. Die Entwicklung des Konzepts des Vollbeschäftigungs-Überschusses ist vielleicht ein wichtiger Schritt nach vorne bei der Suche nach einem überzeugenden Argument für eine rationale Finanzpolitik. Die einfache graphische Darstellung, die die meisten Kongreßmitglieder verstehen sollten, zeigt deutlich, wie die Finanzpolitik wirkt und daß ein Defizit oftmals verlangt, ein noch größeres Defizit einzugehen.

Wenn die Einnahmen und einzelne Ausgaben vom BSP abhängen, wird es, wie wir gesehen haben, wichtig, zwischen dem tatsächlichen Defizit (oder Überschuß) und dem Vollbeschäftigungs-Defizit (oder -Überschuß) zu unterscheiden. Eine weitere Folge eines solchen Einnahmen-Ausgaben-Systems ist das als «fiskalischer Hemmschuh» bekannte Phänomen. Das Haushaltsprogramm des Bundes zeichnet sich durch eine kurzfristige Elastizität der Einnahmen in bezug auf das BSP aus, die größer als 1 ist aufgrund der Progression des Steuersystems und der außerordentlich hohen Elastizität der Körperschaftsgewinne in bezug auf Änderungen des BSP. Die langfristige Elastizität der Einnahmen in bezug auf das BSP ist wahrscheinlich geringer als die kurzfristige, weil die Wirkungen kurzfristiger Schwankungen der Körperschaftsgewinne sich auf lange Sicht ausgleichen. Wenn aber die langfristige Elastizität der Steuererträge in bezug auf das BSP größer als 1 ist, steigen die Staatseinnahmen im Zeitablauf schneller als das BSP, so daß bei einem unveränderten Ausgabenprogramm der Wirtschaft eine wachsende Deflationslast in Form stets steigender Vollbeschäftigungs-Überschüsse aufgebürdet wird. Das ist es, was wir mit fiskalischem Hemmschuh meinen.

Solange das fiskalische System so geartet ist, daß Wirtschaftswachstum zu steigenden Vollbeschäftigungs-Überschüssen führt, ist es unvermeidbar, daß fortwährende Vollbeschäftigung von Zeit zu Zeit Senkungen der Steuersätze und/oder Erhöhungen der Staatsausgaben erfordert. Anderenfalls wird die fiskalische Belastung der Wirtschaft zunehmend stärker, und die BSP-Lücke wird sich im Laufe der Zeit ver-

[40] Mit der Steuersenkung kam eine deutliche Ausweitung der nominalen Geldmenge. Einige Ökonomen, insbesondere die Mitglieder der «Chicago-Schule», behaupteten, diese Ausweitung des Geldangebots und nicht die Steuersenkung habe die Expansion zustande gebracht. Der Streit, ob es diese oder jene vermocht habe, ist ziemlich unfruchtbar. Die Ausweitung der Geldmenge allein hätte nicht genügt, weil dadurch die Zinssätze gesenkt und die Zahlungsbilanz angespannt worden wären. Die Steuersenkung übte andererseits einen Aufwärtsdruck auf die Zinssätze aus und machte damit die Geldmengenausweitung möglich.

größern. Sollte man dem Problem mit Steuersenkungen oder mit Ausweitung der Ausgaben begegnen?

Wenn die Elastizität der Einnahmen in bezug auf das BSP größer als 1 ist und die Regierung ihre Ausgaben im gleichen Maße erhöht, in dem die Einnahmen steigen, wird der staatliche Sektor einen immer größeren Anteil am Sozialprodukt beanspruchen. Viele ziehen daher die Steuersenkung als Alternative vor. Unter den Befürwortern einer Steuersenkung besteht jedoch beträchtliche Meinungsverschiedenheit über den Weg, auf dem die Steuersenkung vorgenommen werden soll. Sollte die Körperschaftsteuer gesenkt werden, um die Ertragslage der Unternehmer zu verbessern und damit die Kapitalbildung anzuregen? Wenngleich damit die Wachstumsrate der Produktion erhöht werden könnte, würde es die Anteilseigner dieser Gesellschaften begünstigen und sich regressiv auf die Einkommensverteilung auswirken. Sollte die Senkung bei der Einkommensteuer erfolgen? Wenn man diese Möglichkeit vorzieht, soll dann die Steuerlast mehr auf die niedrigen Einkommensgruppen gelegt werden, um Sparen und Investieren der höheren Einkommensgruppen anzuregen, oder sollten hauptsächlich die unteren Einkommensgruppen von der Steuersenkung erfaßt werden, um den Konsum anzuregen und eine gerechtere Einkommenverteilung zu erzielen?

Die Tatsache, daß die öffentlichen Einnahmen tendenziell stärker steigen als das BSP, wenn dieses bei Vollbeschäftigung wächst, wird von vielen Bürgern als günstige Gelegenheit dazu betrachtet, dringend erforderliche Sozialleistungen zu verwirklichen. Der vielleicht bekannteste Vertreter dieses Standpunkts ist John Kenneth Galbraith[41], nach dem das Hauptproblem der amerikanischen Wirtschaft darin besteht, daß eine chronische Unausgewogenheit der Mittel besteht, die für den privaten und den öffentlichen Sektor aufgewendet werden. Galbraith und viele ähnlich Gesinnte behaupten, daß der soziale Grenznutzen eines zusätzlichen Dollars bei öffentlicher Verwendung weit größer sei als bei privatem Konsum. Daher liege es nach ihrer Ansicht im sozialen Interesse, den Anteil des Staates am BSP zu erhöhen. Nach ihrer Meinung wäre das Problem des fiskalischen Hemmschuhs dadurch zu lösen, daß die Ausgaben für Beseitigung von Slums, für Ausbildung, medizinische Behandlung, Verkehr und Kommunikationswesen, für Sauberhaltung der Luft und Aufbereitung von Wasser erhöht würden, weil der soziale Grenznutzen solcher Ausgaben den Nutzen zusätzlichen privaten Konsums, den die Steuersenkung ermöglichte, weit übersteigen würde.

Ein anderer Vorschlag ist, die Bundesregierung solle die langfristige Starrheit ihres fiskalischen Systems erhalten und mit oder ohne Klauseln wachsende Beträge an die Einzelstaaten übertragen, die allesamt nicht in der Lage sind, ausreichende Einnahmen zu erzielen[42]. Die Trennung von Finanzhoheit und Ertragshoheit ist eine alljährliche Streitquelle in einem föderalistischen Staat. Kanada, die Bundesrepublik Deutschland und die Schweiz, um nur drei weitere Beispiele zu nennen, haben in dieser Hinsicht die gleichen Probleme wie die Vereinigten Staaten. Selbst in einem Einheitsstaat gibt es unvermeidliche Konflikte zwischen der Zentralregierung und den verschiedenen Bezirks- und Stadtparlamenten.

In den Vereinigten Staaten sind ebenso wie in anderen fortgeschrittenen Ländern die wesentlichen Ausweitungen der Ausgabenwünsche in den Bereichen entstanden,

[41] J. K. Galbraith, The Affluent Society, Houghton Mifflin Company, Boston, 1960.

[42] Vgl. hierzu z.B. Walter Heller, New Dimensions of Political Economy, Chap. 3, Harvard University Press, Cambridge, Mass., 1966, insbesondere pp. 144–172.

die entweder verfassungsgemäß oder traditionell der Hoheitsgewalt der Einzelstaaten unterstehen. Das Steuersystem der Einzelstaaten fußt jedoch weitgehend auf der Vermögens- und Umsatzsteuer, deren langfristige Ertragselastizität in bezug auf das BSP bestenfalls gleich 1, wahrscheinlich aber kleiner als 1 ist. Die Finanzbehörden der Einzelstaaten und Gemeinden unterliegen darüberhinaus dem starken Druck, die Steuern niedrig zu belassen, weil bei Steuererhöhungen die Gefahr droht, daß die Bevölkerung und die Industrie in weniger hoch besteuerte Gebiete ausweichen.

Die Art und Weise, in der der Transfer der Einnahmen vom Bund zu den Einzelstaaten vorgenommen wird, kann die erzielten Ergebnisse entscheidend abwandeln. Eine Methode besteht darin, die Einnahmen des Bundes auf einer Pro-Kopf-Grundlage zu verteilen. Das würde aber bedeuten, daß die am dichtesten bevölkerten Einzelstaaten, die auch die reichsten sind und daher die höchsten Steuerbemessungsgrundlagen haben, die größten Transferzahlungen erhielten. Ein gerechteres System könnte man wohl dadurch erreichen, daß man ein Richtmaß für das Minimum an sozialen Erfordernissen fände, das im ganzen Land erfüllt sein sollte. Daraufhin sollte man die Steuerbemessungsgrundlage in jedem Einzelstaat berechnen, von der aus man ermitteln könnte, wie hoch in jedem Einzelstaat die Einnahmen bei einer durchschnittlichen Steuerbelastung sind. Die Differenz zwischen den errechneten Ausgaben und Einnahmen könnte durch Transferzahlungen des Bundes ausgeglichen werden. Ein Vorteil eines solchen Systems bestünde darin, daß sich ein Einzelstaat nicht unbedingt genau so hoch besteuern müßte wie der Durchschnitt. Indem er aber so verführe, wäre er nicht in der Lage, den Bürgern das Minimum an sozialen Erfordernissen zu gewähren, weil die Transfers des Bundes nicht aufgrund der Differenz zwischen tatsächlichen Einnahmen und geplanten Ausgaben ermittelt werden, sondern anhand der Einnahmen, die bei einer durchschnittlichen Steuerbelastung entstehen würden. Weiterhin würden einem Einzelstaat keine Vorteile erwachsen, der bereitwillig seine Steuerlast senkte, um Industrie anzulocken; denn indem er Industrie von anderen Einzelstaaten abzöge, würde er seine Steuerbemessungsgrundlage erhöhen und damit seine Transfers vom Bund proportional verringern. Entsprechend sähe der Einzelstaat, dessen Industrie abgeworben wird, seine Steuerbemessungsgrundlage sinken und seine Transfers proportional steigen.

Wenn man die Transfers nach einem solchen Schema berechnete, würden die ärmsten Einzelstaaten mit den niedrigsten Steuerbemessungsgrundlagen größere Pro-Kopf-Transfers erhalten als die reichen, dicht bevölkerten Einzelstaaten. Eine solche Unterstützung der armen Einzelstaaten durch die reichen läßt sich leicht rechtfertigen, aber realistischerweise muß man annehmen, daß die Bewohner der reichen Einzelstaaten einem derartigen Konzept kaum aus vollem Herzen zustimmen würden.

21. 2. Haushaltspolitik und Stabilität

Ohne Zweifel spielen die Prinzipien, nach denen die staatliche Einnahmen- und Ausgabenpolitik bestimmt wird, eine wesentliche Rolle bei der Frage, in welchem Ausmaß Vollbeschäftigung und Vollausnutzung der Ressourcen gesichert werden. Einige der Prinzipien, nach denen die Finanzpolitik angeblich verfahren müßte, werden in diesem Abschnitt überprüft. Wir betrachten das «Schwedische» oder zyklisch ausgeglichene Budget, die «Formelflexibilität» und die konsequente Kompensationspolitik. Das Prinzip des jährlichen Haushaltsausgleichs ist schon behandelt worden.

Das «Schwedische Budget»

Das Prinzip eines Haushaltausgleichs über den Zyklus hinweg wurde erstmals in Schweden während der 30er Jahre entwickelt und hat daher den Namen «Schwedisches Budget»[43]. Eine vom Committee for Economic Development (CED) befürwortete Version schlägt vor, die öffentlichen Ausgaben allein auf der Grundlage der tatsächlichen staatlichen Bedürfnisse zu planen[44]. Die Staatsausgaben sollten überhaupt nicht dazu verwendet werden, das Einkommensniveau zu regulieren. Wenn die Ausgaben für den Zeitraum eines Zyklus einmal festgelegt sind, soll die Einkommensteuer in der Weise gehandhabt werden, daß die in der Prosperität entstehenden Überschüsse gerade die in Rezessionsjahren eintretenden Defizite ausgleichen. Man hofft, daß damit das Budget langfristig ausgeglichen ist, daß die Staatsausgaben eingeschränkt werden und daß durch die Festigung des verfügbaren Einkommens mit Hilfe automatischer Stabilisatoren die kurzfristige Stabilität erhöht werden kann.

Der CED-Vorschlag hat weitverbreitete Zustimmung gefunden, weil er die Eigenschaft kurzfristiger Stabilisierung mit langfristigem Haushaltsgleichgewicht vereint. Er weist aber auch Schwächen auf, die es sehr nahe gelegt haben, ihn beträchtlich abzuwandeln. Zunächst ist es sehr unwahrscheinlich, daß die innerhalb eines Zyklus auftretenden Defizite und Überschüsse genau vorausberechnet werden können. Stets können neue Staatsausgaben erforderlich werden, um irgendwelchen Notfällen zu begegnen, so daß man sie nicht mit hinreichender Genauigkeit berechnen kann.

Programme, die weitgehend auf automatischen Stabilisatoren beruhen, haben zwei wesentliche Nachteile. Erstens kann die Haushaltspolitik, obwohl sie zur Stabilität der ökonomischen Aktivität beitragen mag, keineswegs garantieren, daß das Niveau, auf dem das Einkommen stabilisiert wird, das Vollbeschäftigungsniveau darstellt. Zweitens helfen die automatischen Stabilisatoren zwar, die Auf- und Abschwünge der ökonomischen Aktivität zu dämpfen, tragen aber nicht dazu bei, einen deflatorischen oder inflatorischen Trend umzukehren. Wenngleich automatische Stabilisatoren ein Haushaltsdefizit herbeiführen, wenn das Einkommen sinkt, reicht das automatisch entstehende Defizit nicht aus, um die Wirtschaft wieder zur Vollbeschäftigung zu führen. Um es genauer auszudrücken, eine Finanzpolitik, die zu einem durch Einkommensrückgang verursachten, passiven Defizit führt, ist keine expansive Politik. Wenn man die Wirtschaft sich selbst überläßt, werden die Stabilisatoren, die den Abschwung lindern, auch den nachfolgenden Aufschwung bremsen. Wenn Vollbeschäftigung der Normalzustand wäre, von dem die Wirtschaft jeweils etwas abzuweichen neigte, wäre eine derartige Haushaltspolitik vielleicht ausreichend. Im anderen Falle könnte die Politik lediglich dazu beitragen, das Einkommen ein gutes Stück unterhalb des Vollbeschäftigungsniveaus zu stabilisieren.

Formelflexibilität

Für diejenigen, die automatisch wirkende, antizyklische Mittel schätzen, ist das Konzept der «Formelflexibilität» äußerst ansprechend. In unserem zur Zeit bestehenden Steuersystem führt ein Einkommensrückgang zu sinkenden Steuereinnah-

[43] Vgl. G. Myrdal, «Fiscal Policy in the Business Cycle», American Economic Review (Supplement), 29:183–193, 1939.

[44] Taxes and the Budget, Committee for Economic Development, Research and Policy Committee, New York, 1947.

men, weil weniger zu besteuerndes Einkommen verfügbar ist und weil die Steuerzahler in niedrigere Klassen hineinkommen. Eine noch bessere Wirkung ließe sich dadurch erzielen, daß die Steuersätze in allen Klassen automatisch gesenkt würden, sobald die Steuerzahler in niedrigere Klassen gerieten. Ein Ergebnis würde darin bestehen, daß beim Erreichen eines bestimmten «Gefahrenpunktes» eine automatische Senkung der Steuersätze erfolgte. Bei sinkendem Einkommen ließe sich dieser Gefahrenpunkt definieren als ein 5prozentiger Rückgang im Index der industriellen Produktion oder eine Steigerung der Arbeitslosenquote auf mehr als 4.5 Prozent, während er im Aufschwung durch eine 3prozentige Erhöhung des Preisindexes für die Lebenshaltung über einen bestimmten Zeitraum hinweg gekennzeichnet werden könnte.

Die Vorteile der Formelflexibilität bestehen darin, daß sie in der Wirkung weit über die zur Zeit bestehenden Methoden der automatischen Stabilisierung hinausgehen und damit das Ausmaß verringern, bis zu dem die Stabilitätspolitik Gegenstand politischer Grillen ist. Andererseits beruhen die Änderungen der Steuersätze allein auf einem Bündel von Indizes, die, wie wir gesehen haben, für ihren Mangel an Zuverlässigkeit bekannt sind. Die Indizes verzeichnen auch die Auswirkungen von Streiks, Mißernten und sonstigen Faktoren, die wenig damit zu tun haben, ob die Gesamtnachfrage zu hoch oder zu niedrig ist. Schließlich ist denkbar, daß beide Indizes ihre jeweiligen Gefahrenpunkte gleichzeitig erreichen. Aber selbst ohne diese technischen Mängel ist es unwahrscheinlich, daß die Formelflexibilität ein Bestandteil der amerikanischen Finanzpolitik wird, weil der Kongreß schon bewiesen hat, wie gering seine Neigung ist, seine Rolle als die letzte finanzpolitische Instanz aufzugeben.

Konsequente Kompensationspolitik

Die Politik, auf die sich die Vereinigten Staaten geistig eingestellt haben, ist eine rigoros gehandhabte Kompensationspolitik. Eine derartige Politik anerkennt die Notwendigkeit von *ad hoc*-Änderungen von Steuern und Ausgaben, die angesichts veränderter wirtschaftlicher Situationen erforderlich werden. In einem derartigen Programm hat das Ziel des Haushaltsausgleichs keinen Platz. Das Hauptaugenmerk wird darauf gerichtet, Vollbeschäftigung und Preisstabilität zu erhalten, ungeachtet der Maßnahmen, die zum Erreichen dieser Ziele notwendig sind. Die meisten Nationalökonomen unterstützen eine derartige Politik. Dies ist auch die Politik, die im Gesetz zur Aufrechterhaltung der Vollbeschäftigung von 1946 verankert ist und die auch im Programm unserer beiden großen politischen Parteien zum Ausdruck kommt. Bis zum heutigen Tage hat keine Partei einen konsequenten Versuch gemacht, das Gesetz zur Ausführung zu bringen, wenngleich in den letzten Jahren erhebliche Fortschritte erzielt worden sind.

21. 3. Probleme bei der Durchführung der kompensatorischen Finanzpolitik

Die genaue Bestimmung des richtigen Zeitpunkts von Änderungen der Einnahmen und Ausgaben ist das schwierigste Problem, dem sich die praktische kompensatorische Finanzpolitik gegenübersieht. Die zeitlichen Verzögerungen, die bei der Festlegung von diskretionären finanzpolitischen Maßnahmen und beim Warten auf ihre Auswirkungen entstehen, lassen sich zweckmäßig in zwei zeitliche lags, den «inside» und den «outside» lag unterteilen. Der *inside lag* umfaßt die Zeit zwischen der Änderung der wirtschaftlichen Situation und dem Mitteleinsatz zur Bereinigung der Lage, während der *outside lag* die Zeit vom Mitteleinsatz bis zum tatsächlichen Wirksamwerden umschließt.

Um ein Beispiel zu bringen, betrachten wir die einzelnen Schritte, die sich ergeben, wenn wir ein finanzpolitisches Mittel einsetzen, um eine inflationäre Tendenz zu bekämpfen. Da ist erstens eine Zeitspanne zwischen dem Beginn des Inflationsdrucks und seinem Erkennen durch die Wirtschaftspolitiker. Die Dauer dieser Verzögerung hängt davon ab, wie schnell die Daten ermittelt und aufbereitet werden, und davon, wie stark die Politiker auf derartige Datenänderungen reagieren. Das Problem, eine schnelle Entscheidung zu erzielen, wird noch dadurch erschwert, daß die verschiedenen wirtschaftlichen Indikatoren kaum alle in die gleiche Richtung weisen dürften, solange nicht ein bestimmter Umschlagpunkt erreicht ist. Weiterhin sind mehrere Politiker an der Entscheidung beteiligt, und es können daher ebenso viele unterschiedliche Ausdeutungen der wirtschaftlichen Indikatoren erfolgen, wie Personen an dem Entscheidungsprozeß beteiligt sind. Wenn auch kaum eine genaue Zeitangabe möglich ist, wie lange es dauert, bis die Notwendigkeit einer finanzpolitischen Maßnahme zur Inflationsbekämpfung erkannt wird, ist doch wahrscheinlich, daß diese Probleme der Kontrolle, Aufbereitung und Ausdeutung der Daten zu einer Verzögerung führen, die sinnvoller in Monaten als in Tagen oder Wochen zu messen ist.

Der nächste Schritt besteht darin, die administrativen und legislativen Zweige der Regierung zu koordinieren, um über die wirksamsten Maßnahmen zu entscheiden und diese einzusetzen. Dabei gibt es unzählbare Quellen für Verzögerungen. Einige Abgeordnete mögen die Maßnahmen ablehnen, weil sie unwissend oder schlecht informiert sind, während andere einfach der Regierung feindlich gegenüberstehen oder lediglich mit den begrenzten Problemen ihres Wahlkreises befaßt sind. Die Notwendigkeit einer gesetzgeberischen Aktion kann zu einem Zeitpunkt gegeben sein, zu dem das Parlament Ferien macht oder andere Gesetzesvorlagen dringlicher sind. Wenn das Ersuchen um eine Steuererhöhung in ein Wahljahr fällt, dürfte die Berücksichtigung eines so unpopulären Vorschlags mit ziemlicher Sicherheit bis nach der Wahl verschoben werden.

Der outside lag der Finanzpolitik hängt davon ab, wie lange es dauert, bis sich die verabschiedete Maßnahme in einer Einkommensänderung niederschlägt. Diese Verzögerung muß nicht lange dauern, doch dürfte zumindest ein Monat vergehen, bis sich eine Erhöhung der Einkommensteuersätze in einer Zunahme der Steuereinnahmen niederschlägt und damit die Einkommen nach Steuerabzug schmälert. Weiterhin bedarf es einiger Zeit, bis sich die Kürzung der verfügbaren Einkommen auf das Ausgabenvolumen auswirkt, und noch mehr Zeit wird vergehen, bis die Ausgabenänderung die Produktion und die Beschäftigung anregt. Aufgrund derartiger Umstände wird die Hauptwirkung wahrscheinlich frühestens ein Vierteljahr nach der Steueränderung eintreten.

Das Bestehen von inside und outside lags und die Unfähigkeit, ihre Länge anzugeben, drohen die Wirksamkeit der Finanzpolitik als Stabilisierungsinstrument zu verringern und die Wahrscheinlichkeit zu erhöhen, daß eine zeitlich falsch eingesetzte Finanzpolitik destabilisierende Wirkungen hervorruft. So mag z.B. eine zur Inflationsbekämpfung gedachte Steuererhöhung erst zur Auswirkung gelangen, wenn der inflationäre Druck schon gewichen ist, und dann die nachfolgende Deflation vergrößern.

Es sind verschiedene Wege aufgezeigt worden, das lag-Problem in der Finanzpolitik zu lösen. Zunächst ist da der oben dargestellte Ansatz der Formelflexibilität, die bestimmte Maßnahmen an die Änderung verschiedener Indizes der wirtschaftlichen Aktivität bindet und damit automatisch in Aktion tritt, ohne neues gesetzgeberisches Handeln zu erfordern. Zweitens könnte man die Regierung ermächtigen, die Steuersätze bei bestimmten Änderungen der wirtschaftlichen Aktivität zeitweilig zu senken. Man stelle sich das Ergebnis vor, wenn das Parlament der Regierung erlaubte, alle Steuerabgaben für einen Monat zu streichen. Die Auswirkung auf das verfügbare Einkommen und auf die Erwartung wären zweifellos ungeheuer, und der Wiederaufschwung dürfte wohl beträchtlich beschleunigt werden. Im Jahre 1964 bestand Hoffnung, daß eine derartige Ermächtigung gegeben werden könnte. Zur Zeit scheinen die Aussichten gering.

Drittens könnte man eine Verkürzung der lags erreichen, wenn man eine Liste öffentlicher Arbeitsprogramme hätte, die in Zeiten von Arbeitslosigkeit durch die Verwaltung eingeleitet werden könnten. Auf diese Weise könnte man den inside lag durch vorhergehendes Planen verkürzen und den outside lag verringern, weil Produktion und Beschäftigung unmittelbar erhöht werden könnten und nicht erst die Nachfrageausweitung abgewartet werden müßte, die sich aus den steigenden Konsumausgaben infolge der Steuersenkung ergibt.

Doch selbst öffentliche Arbeitsprogramme in der Schublade sind kein Mittel, das man schnell ein- und aussetzen kann[45]. Selbst wenn die technischen Unterlagen erstellt sind, braucht es seine Zeit, Angebote einzuholen, Verträge abzuschließen und die Arbeit aufzunehmen. Wenn die Projekte erst einmal laufen, ist es schwierig und verschwenderisch, sie zu stoppen. So werden sie sich auch dann weiterhin auswirken, wenn das unmittelbare Erfordernis gar nicht mehr gegeben ist. Indessen ist es möglich, laufende Projekte zu verlangsamen oder zu beschleunigen. So läßt sich z.B. das riesige Programm des Autobahnbaus drosseln, indem die Rate verringert wird, mit der die Bundesregierung Auszahlungen aus dem Finanzierungsfond für dieses Programm vornimmt. Darüberhinaus wird das Problem des zeitlichen Einsatzes in einer schweren Depression weniger bedeutsam. Im Jahre 1933 wäre es höchst unwahrscheinlich gewesen, daß ein zu der Zeit begonnenes öffentliches Arbeitsprojekt nicht früh genug fertig geworden wäre, um einen inflationären Druck zu vermeiden, und angesichts der dringenden Erfordernisse dieser Zeit wären derartige Überlegungen wohl als reichlich unbedeutend abgetan worden.

Es gibt aber zahlreiche Einwände gegen die Verwendung öffentlicher Projekte als antizyklisches Mittel, sogar in einer schweren Depression. Zum ersten ist es unwahrscheinlich, daß gerade diejenigen Ressourcen, die der Staat für seine Vorhaben braucht, im Überfluß vorhanden sind. Wenn das Baumaterial, das der Staat braucht, sich wesentlich von dem unterscheidet, das die Privatindustrie verwendet, kann die auf antizyklischer Grundlage stehende Bautätigkeit des Staates lediglich dazu führen, daß nunmehr zwei unstabile Wirtschaftsbereiche bestehen, wo vorher nur einer war.

[45] Die Probleme der Planung, Ausführung und Auswirkung öffentlicher Arbeiten werden behandelt bei J. M. Clark, The Economics of Public Works, National Planning Board, Washington, 1935. Bedeutsame Beiträge zu diesem Thema sind S. Slichter, «The Economics of Public Works», American Economic Review (Supplement), 24:174–185, 1934; J. Margolis, «Public Works and Economic Stability», Journal of Political Economy, 57: 293–303, 1949; S. J. Maisell, «Timing and Flexibility of a Public Works Program», Review of Economics and Statistics, 31:147–152, 1949.

Doch selbst wenn die Baumaterialien bei öffentlichen und privaten Vorhaben die gleichen sind, kann die Bauindustrie übermäßig expandieren, wenn sich die private Bautätigkeit erholt, während die öffentlichen Vorhaben noch laufen.

Es ist unwahrscheinlich, daß alle infolge eines Nachfragerückgangs brachliegenden Produktionsfaktoren in öffentlichen Arbeitsbeschaffungsprogrammen eingesetzt werden können. Ein Werbefachmann wird wahrscheinlich kaum einen guten Maurer abgeben, noch wird es möglich sein, die gesamte Werbeagentur in der Madison Avenue zur Herstellung von Generatoren für ein Kraftwerk zu benutzen. Wenn der Werbefachmann beschäftigt werden sollte, geschieht es deshalb, weil die öffentlichen Aufträge über den Multiplikator Sekundärwirkungen hervorrufen, weil sich der Staat entschließt, ins Werbegeschäft einzusteigen oder weil der Werbefachmann in einer Tätigkeit, wie etwa dem Laubaufsammeln, eingesetzt wird, wozu keine besonderen Fähigkeiten erforderlich sind. Wenn der Staat sich am Werbegeschäft beteiligt, muß gefordert werden, daß er mit den privaten Unternehmern in Wettbewerb tritt. Das Blättersammeln wird andererseits als Tätigkeit von geringem sozialen Nutzen betrachtet.

21. 4. Die öffentliche Verschuldung

Eine konsequent kompensatorische Finanzpolitik, die ihr Augenmerk darauf richtet, die Ziele Vollbeschäftigung, Preisstabilität und hohes Wachstum zu erreichen, läßt sich nicht mit der Absicht vereinbaren, den Ausgleich des Haushalts ebenfalls als Ziel der Wirtschaftspolitik zu betrachten. Wenn wir aus der Vergangenheit für die USA Lehren ziehen, hat es den Anschein, als würden wir in Zeiten der Vollbeschäftigung den Haushalt gerade ausgleichen können oder ein geringes Defizit verzeichnen, während wir in Rezessionsjahren beträchtliche Defizite machten. Das bedeutet, daß wir für die Zukunft mit einem fortwährenden Anwachsen der öffentlichen Verschuldung zu rechnen haben. Stellen wir uns daher die Frage, wie ernst das Bestehen öffentlicher Schuld zu nehmen ist, und ob es zu vertreten ist, daß die öffentliche Verschuldung immer größer wird.

Die öffentliche Verschuldung der USA, die sich Ende 1966 auf nahezu 330 Mrd. $ belief, wird von konservativen Finanzpolitikern als Greuel betrachtet, das unser sittenstrenges Erbe besudelt. Vorausgeplante Erhöhungen der Verschuldung werden darüberhinaus als lebendiger Beweis dafür betrachtet, daß die Regierung der Vereinigten Staaten zum Gefangenen finsterer und umstürzlerischer Kräfte geworden ist, die unserem nationalen Leben die Lebenssäfte aussaugen. Es wird behauptet, daß die zukünftigen Generationen durch die Torheiten der Vergangenheit mit einer Hypothek von durchschnittlich etwa 1.700 $ pro Person belastet würden.

Es wird häufig verschwiegen, daß diese Torheiten zum Teil darin bestehen, eine Depression zu bekämpfen, daß sie als Konsequenz von Kriegen entstanden und daß sie ebenso die Folgen der Aufbringung von Mitteln sind, mit denen produktive öffentliche Investitionen in Straßen, Schulen und anderen Bereichen gemacht werden, in denen private Unternehmungen nicht gleichermaßen leistungsfähig sind. Wenn die Zukunft angeblich durch die Torheiten der Vergangenheit belastet wird, müßte man nachweisen, daß das Versäumnis, in der Vergangenheit «innerhalb seiner Verhältnisse zu leben», den potentiellen Pro-Kopf-Verbrauch in der Zukunft verringert. Schließlich sind öffentliche Investitionen nur dann nachteilig, wenn die alternative private Verwendung der Ressourcen einen größeren sozialen Grenznutzen erbracht hätte. Da jedoch nahezu jede öffentliche Verschuldung, die nicht durch Kriegslasten bedingt ist, auf Rezessionen zurückzuführen ist, würden die vom Staat beanspruchten Ressourcen im anderen Falle brach liegen (d.h. ihre Produktivität in privater Verwendung wäre Null), und ihre Mobilisierung durch den Staat kann daher weder für die Gegenwart noch für die Zukunft von Schaden sein.

Die öffentliche Verschuldung unterscheidet sich grundlegend von der privaten, obwohl diese Tatsache von denjenigen, die den Haushaltsausgleich zum Fetisch machen, nachdrücklich geleugnet wird. Wenn sich Privatpersonen oder Unternehmungen verschulden, erhalten sie dabei einen Anspruch auf reale Ressourcen, den sie anderenfalls nicht erlangt hätten. Wenn die Zeit der Rückzahlung kommt, müssen die realen Ressourcen wieder auf den Gläubiger übertragen werden. Wenn die geliehenen Mittel also nicht produktiv eingesetzt worden sind, wird der Privatmann nicht zur Rückzahlung imstande sein und bankrott machen. Die Gesellschaft als Ganzes kann jedoch offensichtlich nicht in einem Jahr Ressourcen von sich selbst leihen und in einem der folgenden Jahre an sich selbst zurückzahlen. So ist die Ansicht, daß gegenwärtiges Schuldenmachen zulasten zukünftiger Generationen erfolge, purer Unsinn. Wenn irgendeine zukünftige Regierung verpflichtet wäre, die Schuld zurückzuzahlen, würde sie die Steuern erhöhen und mit den entstandenen Einnahmen die anstehende Schuld abtragen. Die letztliche Wirkung läge in einer Vermögensumverteilung. Der Bestand an realen Produktionsmitteln, über die die Wirtschaft verfügt, würde sich jedoch nicht ändern, so daß auch ihre Konsummöglichkeiten nicht eingeschränkt wären. Es ist zu berücksichtigen, daß jedem Steuerzahler, der sich durch die öffentliche Schuld mit einer Hypothek belastet fühlt, ein Obligationsinshaber gegenübersteht, der sich wohlhabender fühlt, weil er Besitzer eines solchen Schuldscheins ist.

Mit diesen Bemerkungen soll nicht der Eindruck erweckt werden, die öffentliche Verschuldung werfe keine Probleme auf. In der Tat kann die Auswirkung der öffentlichen Verschuldung auf die Einkommensverteilung außerordentlich ernst sein, und es besteht wenig Zweifel, daß ein hoher Grad staatlicher Verschuldung die Geldpolitik erschwert. Wenden wir uns kurz diesen Problemen zu.

Die öffentliche Schuld muß verzinst werden. Dies bedeutet, daß in jedem Jahr Steuern erhoben werden müssen, um den Besitzern der Staatspapiere die Zinsen zahlen zu können. Wenn die Papiere im wesentlichen von den höheren Einkommensgruppen gehalten werden, die Steuern aber von der Gesamtheit erhoben werden, beinhaltet ein Anwachsen der Verschuldung, daß das Einkommen fortwährend regressiver umverteilt wird. So kann die Staatsschuld die Wirtschaft mit einer «Umverteilungsbürde» belasten. Die Bedingungen, unter denen diese Bürde im Laufe der Zeit größer oder kleiner wird, hat Domar untersucht[46]. Er definiert diese Last als den Steuersatz, der vom zu besteuernden Nominaleinkommen zu erheben ist, um die Verschuldung zu verzinsen, und er zeigt, daß dieser Steuersatz nicht von der absoluten Höhe der Verschuldung abhängt, sondern vielmehr von deren Zunahme im Verhältnis zum Wachstum des Nominaleinkommens.

Domars Untersuchung läßt sich sehr einfach formal ausdrücken. Wir definieren:

[46] E. D. Domar, «The Burden of the Debt and the National Income», American Economic Review, 34:798–827, 1944.

pY = nominales Nettosozialprodukt

i = Zinssatz

D = nominale Gesamtschuld

U = $iD + pY$, steuerpflichtiges Nominaleinkommen

γ = in Prozent des steuerpflichtigen Einkommens ausgedrückter Steuersatz, der zur Zinszahlung erforderlich ist

α = Anteil der Schuldaufnahme am jährlichen Nominaleinkommen

Der Steuersatz γ ist das Verhältnis von Schuldendienst zu steuerpflichtigem Nominaleinkommen:

$$\gamma = \frac{iD}{U} = \frac{iD}{iD + pY}$$

Dividieren wir Zähler und Nenner durch iD, so erhalten wir

$$\gamma = \frac{1}{1 + (1/i)\,(pY/D)}$$

woraus wir leicht ersehen können, daß der Steuersatz bei konstant gebliebenem Zinssatz allein von dem Verhältnis des Nominaleinkommens zur Gesamtschuld abhängt. Halten wir ferner fest, daß der Steuersatz niemals 100 Prozent übersteigen kann. Dies liegt daran, daß die Verzinsung der Schuld selbst wieder steuerpflichtiges Einkommen darstellt, so daß die Gesamtschuld unmöglich so groß werden könnte, daß nicht genügend Einkommen für den Schuldendienst vorhanden wäre.

Aus dem vorstehenden Ausdruck wird ersichtlich, daß γ sich 100 Prozent annähert, wenn die Gesamtschuld zunimmt, während das Nominaleinkommen stagniert. Wie wir im Anhang zu diesem Kapitel zeigen, wird γ sich auch dann 100 Prozent annähern, wenn das Nominaleinkommen jährlich um einen bestimmten absoluten Betrag zunimmt, während die Schuldaufnahme mit einem konstanten Prozentsatz des Nominaleinkommens erfolgt. Wenn aber das Nominaleinkommen mit einem konstanten Prozentsatz r wächst, während die Schuldaufnahme α Prozent des Nominaleinkommens ausmacht, erreicht γ die gleichbleibende Rate

$$\gamma = \frac{1}{1 + (1/i)\,(r/\alpha)}$$

In diesem Fall erhöht sich die Belastung bei steigendem Zinssatz und bei zunehmender prozentualer Schuldaufnahme pro Jahr. Sollte sich die Wachstumsrate des Nominaleinkommens erhöhen, würde die Belastung sinken. Selbst wenn das Realeinkommen konstant bleiben sollte, würde eine Erhöhung des Preisniveaus die Belastung verringern, während eine Hyperinflation sowohl die öffentliche als auch jede private Verschuldung auslöschen würde. Künftige Regierungen könnten sich durch Rückgriff auf die Notenpresse so sicher ihrer Schuld entledigen, als wenn sie diese kraft Machtbefugnis nicht anerkannt hätten.

In den Vereinigten Staaten ist das Verhältnis von Gesamtschuld zu Einkommen, und damit die Steuerbelastung durch die Verschuldung, von dem Höchstwert im Jahre 1946 gesunken. Die wesentlichen Daten sind in Tabelle 21.1. aufgeführt. Spalte 2 zeigt die gesamte Bruttostaatsverschuldung; Spalte 3 enthält die Pro-Kopf-Verschuldung; Spalte 4 verdeutlicht die Zinszahlungen für die Schuld; und Spalte 5 nennt die Zinszahlungen als Prozentsatz des Nettosozialprodukts. Wenngleich Spalte 5 nicht genau Domars γ entspricht, ist sie genügend vergleichbar, um aussagefähig zu sein. Es läßt sich feststellen, daß bei einem Anwachsen der Gesamtschuld von 269.4 Mrd. $ im Jahre 1946 auf 317.3 Mrd. $ im Jahre 1965 die Zinszahlungen als Prozentsatz des Nettosozialprodukts von 2.4 auf 1.8 Prozent gesunken sind.

Tabelle 21.1. Die «Belastung» der Vereinigten Staaten durch die gesamte Bruttostaatsverschuldung, ausgewählte Jahre, 1929–1965

Jahr (1)	Gesamte Bruttoverschuldung (Mrd. $) (2)	Gesamte Bruttoverschuldung pro Kopf (3)	Zinszahlungen auf die gesamte Bruttoverschuldung (Mrd. $) (4)	Zinszahlungen als Prozentsatz des Nettosozialprodukts (5)
1929	$ 16.9	$ 139	$ 0.7	0.7
1933	22.5	179	0.7	1.4
1938	37.2	286	0.9	1.2
1944	201.0	1,456	2.6	1.3
1946	269.4	1,905	4.7	2.4
1949	252.8	1,695	5.3	2.2
1953	266.1	1,667	6.5	1.9
1958	276.3	1,588	7.6	1.9
1961	289.0	1,573	9.0	1.9
1963	305.9	1,615	9.9	1.8
1965	317.3	1,631	11.3	1.8

Quellen: Für die Spalten 2 und 3, 1929–1957: U. S. Department of Commerce, Historical Statistics of the United States, Colonial Times to 1957, U. S. Government Printing Office, Washington, 1960, Series Y 368–369, p. 720; 1958–1965: U. S. Department of Commerce, Statistical Abstract of the United States, 1966, U. S. Government Printing Office, Washington, 1966, Table 557, p. 405, Spalte 4, 1929–1957: U. S. Departemnt of Commerce, Historical Statistics, Series Y 354, p. 718, U. S. Department of Commerce, Statistical Abstract, 1966, Table 557, p. 405. Spalte 5: Spalte 4 als Prozentsatz des Nettosozialprodukts. Vgl. Abb. 1.1. als Quelle für das Nettosozialprodukt.

Die Aufgabe, das Einkommen zu stabilisieren, wird durch das Bestehen einer öffentlichen Schuld in zweifacher Weise erschwert. Erstens trägt die Verschuldung einige destabilisierende Merkmale in sich, und zweitens kann eine wirksame Geldpolitik zur Inflationsbekämpfung mit den Bemühungen des Finanzministeriums, die Schulden zu verwalten, in Konflikt geraten. Während der Inflationsphase der 40er und frühen 50er Jahre beschäftigte die Nationalökonomen nichts mehr als das Problem der Schuldenverwaltung und der Geldpolitik. Heute sind diese Probleme weniger drückend; jedoch besteht die Möglichkeit, daß die Zukunft eine ähnliche Ära wiederbringt und wir uns dann gerne unserer Erfahrungen erinnern.

Bei genauem Abwägen dürfte die Staatsschuld wohl eine inflationäre Wirkung haben, weil sie bei ihren Eignern einen Bestand an liquidem Vermögen begründet und der Besitz von liquiden Mitteln positiv mit den Konsumausgaben korreliert ist. Eine der Befürchtungen der Ökonomen bestand in den 40er Jahren darin, daß die Öffentlichkeit plötzlich versuchen könnte, ihren immensen Bestand an flüssigen Mitteln in Sachwerte umzutauschen, womit sie inflatorischen Druck auslösen würde. Es läßt sich bezweifeln, ob die Konsumenten ohne das beträchtliche Anwachsen der Verschuldung in der Lage gewesen wären, ihre Ausgaben in dem Maße zu erhöhen, wie sie dies zu Beginn des Koreakrieges getan haben.

Aus dem Bestehen der öffentlichen Verschuldung lassen sich aber auch stabilisierende Wirkungen ableiten. Wenn die Preise und Einkommen sinken, wird der Pigou-Effekt dadurch verstärkt, daß ein großer Bestand an staatlichen Obligationen vorhanden ist. Wenn das Preisniveau steigt, tritt möglicherweise die umgekehrte Wirkung ein. Diese Wirkungen können durch Preiserwartungen umgekehrt werden, die in einer Inflationsperiode wahrscheinlich zu dem Versuch führen, liquide Mittel in Sachwerte umzuwandeln, während für Perioden eines sinkenden Preisniveaus mit den entgegengesetzten Wirkungen zu rechnen ist. Beide destabilisierende Wirkungen werden durch das Bestehen der öffentlichen Schuld erleichtert.

Einer der weniger erfreulichen Aspekte, die die öffentliche Verschuldung mit sich bringt, bestand darin, daß in die Politik der 40er Jahre ein inflationärer Trend hineingebracht wurde. Es bestand die dauerhafte Verlockung, den Zinssatz unter den natürlichen Zins zu senken, um den Schuldendienst zu erleichtern[47]. Wie wir zuvor angedeutet haben, läßt sich dies erreichen, indem man das Zentralbanksystem dazu bringt, den Marktzins festzusetzen, indem es so viele Obligationen aufkauft, daß deren Preise konstant bleiben. Ein derartiges Vorgehen wirkt inflationär und dient damit dem zusätzlichen Zweck, den Realwert der öffentlichen Schuld zu verringern.

Dieser letzte Punkt verdient besondere Aufmerksamkeit, weil er kaum erwähnt wurde in jenen Tagen vor 1951, als sich der Finanzminister Snyder zum Retter eines «funktionsfähigen» Wertpapiermarktes und zum Vorkämpfer von Witwen und Waisen, Erziehungseinrichtungen und sonstigen typischen Inhabern staatlicher Obligationen ernannte. Ob Witwen und Waisen durch die Stützungsmaßnahmen geschützt wurden, läßt sich bezweifeln. Es wird immer einen bestimmten natürlichen Zins geben, der die Nachfrage nach Gütern und Dienstleistungen mit dem Vollbeschäftigungsangebot zum Ausgleich bringt. Bei Vollbeschäftigung wird jeder Versuch, den Marktzins unter den natürlichen Zins zu senken, zu einer Steigerung des Preisniveaus führen. Der Inhaber von Staatspapieren hat dann zwei wenig schöne Alternativen: (1) Die Politiker können zulassen, daß der Marktzins bis zum natürlichen Zins steigt. In diesem Fall trifft die Wertpapierinhaber unmittelbar ein Kapitalverlust. (2) Die Politiker können den Zinssatz festsetzen, so daß die Besitzer der Obligationen den Kapitalverlust in der Form erleiden, daß der Realwert ihrer Papiere sinkt, weil das Preisniveau steigt. In der Praxis wird wohl die letztgenannte Alternative gewählt, weil sie die Illusion vermittelt, das tägliche Problem der Staatsausgaben-

[47] Erinnern wir uns an die Untersuchung aus dem Kapitel 7: Wenn ein langfristiges Wertpapier, das zum Nennwert von 1.000 $ ausgegeben wurde, 5 Prozent Verzinsung auf den Nennwert bringt, wird eine Erhöhung des Marktzinses auf 10 Prozent den Marktwert des Papiers auf ungefähr 500 $ verringern. Am Fälligkeitstage muß das Schatzamt den Nennwert des alten Papieres auszahlen und, wenn es sich refinanziert (d.h. wenn es neue langfristige Papiere ausgibt, um die alten rückzuvergüten), muß es 10 Prozent pro 1.000 $ bieten, um die Papiere zu emittieren. Die Belastung verdoppelt sich damit von 50 auf 100 $ pro 1.000 $ Verschuldung.

finanzierung zu erleichtern, und weil sich die Wertpapierhalter eines schnellen und einschneidenden Kapitalverlustes eher bewußt werden als einer langfristigen Zermürbung aufgrund des steigenden Preisniveaus. Obwohl, außer bei kurzfristiger Betrachtung, der Wertpapierinhaber aus diesem Prozeß per Saldo keinen Nutzen gewinnt, wurde das Hohelied der Zinsfixierung mit großem Erfolg während der Jahre nach dem II. Weltkrieg gesungen. Um 1952 erkannten wir, daß diese Politik zu nichts anderem geführt hatte als zu einem erheblich gestiegenen Preisniveau und zu Erwartungen weiterer Preiserhöhungen.

Bei der Politik der Zinsfestsetzung in den Nachkriegsjahren ging die Zentralbank beträchtlich über die Wertpapierkäufe hinaus, die zur Stabilisierung der Zinssätze erforderlich gewesen wären. Bei verschiedenen Gelegenheiten senkte die Zentralbank die Reservesätze für die Geschäftsbanken. Während eines inflatorischen Prozesses könnte ein derartiges Vorgehen als ganz augenfälliger Wahnsinn aufgefaßt werden, wenn nicht die dringende Notwendigkeit bestanden hätte, eine Möglichkeit zu finden, die öffentliche Schuld unterzubringen. Ein Verringern der Reservehaltung ermöglicht es den Banken, mit den Mitteln, die sonst ungenutzt auf ihren Reservekonten stehen würden, einen Teil der öffentlichen Schuld zu übernehmen. Während diese Politik, die Geschäftsbanken zu unterstützen, gleichzeitig dazu beitrug, die Schuld zu plazieren, versorgte sie die Banken auch mit «sekundären Reserven», die sie in andere Formen gewinnbringender Anlagen umwandeln konnten, indem sie einfach ihre kurzfristigen Staatspapiere fällig werden ließen. Eine Verringerung der Reservehaltung ist in Zeiten der Vollbeschäftigung offensichtlich inflationär und läßt sich mit keinerlei stabilitätsorientierten Argumenten begründen.

Was kann getan werden, um den Interessenkonflikt zwischen Kreditkontrolle und Staatsausgabenfinanzierung zu mildern?[48] Die meisten Vorschläge stellen in auffälliger Weise darauf ab, entweder Teile der Verschuldung von den Marktschwankungen abzuschotten oder die durchschnittliche Fälligkeit der Papiere zu verlängern, um so die Refinanzierungsvorgänge zu verringern, die das Schatzamt vornehmen muß. Vorschläge der ersten Art beinhalten Empfehlungen, das Geschäftsbankensystem zu zwingen, einen bestimmten Teil seiner Reservehaltung in Form von kurzfristigen Staatspapieren zu halten, und einen Teil der Schuld in nicht marktfähige Papiere, wie die aus der bekannten E-Serie, umzuwandeln, die nur an das Schatzamt zurückgegeben werden können. An dem Vorschlag, einen Teil der Schuld in den Händen der Banken einzufrieren, wurde bemängelt, daß er nicht die Randbeträge betrifft, die die Banken anderen Verwendungen zuführen, wenn sich die Gelegenheit bietet. Wenn aber ein derartiges Einfrieren eine Erhöhung der Reservehaltung mit sich gebracht hätte und nicht nur einen bloßen Austausch von Mindestreserven in Staatspapiere, dann hätte die Politik eindeutig eine deflatorische Wirkung gehabt und dazu gedient, einen Teil der nationalen Schuld stillzulegen.

Der Vorschlag, marktfähige Papiere in nicht marktfähige, wie die der E-Serie, umzuwandeln, scheint einiges für sich zu haben. Wenn aber die Zinssätze aufgrund der Kreditbeschränkung durch die Zentralbank spürbar stiegen, würden die Papiere an das Schatzamt zurückverkauft, so daß von diesem ein Strom von Geld freigesetzt würde. Die Politik des knappen Geldes würde damit durchkreuzt, und das Schatzamt verlöre Mittel gerade zu dem Zeitpunkt, zu dem sich zusätzliche Kreditauf-

[48] R. V. Roosa, «Integrating Debt Management and Open Market Operations», American Economic Review (Supplement), 42:214–235, 1952 vermittelt einen zusammenfassenden Überblick über diese Problemstellung.

nahme als äußerst teuer erweisen würde. Darüberhinaus ist unwahrscheinlich, daß Großanleger von staatlichen Schuldverschreibungen dazu gebracht werden könnten, nicht marktfähige Papiere zu halten, wenn man ihnen nicht einen Anreiz in Form außerordentlich hoher Erträge gewährte. Das soll nicht heißen, daß man mit nicht marktfähigen Papieren keinerlei Fortschritte erzielen könnte. Es ist z.B. möglich, eine Tilgungsform zu finden, die eine frühzeitige Einlösung stark belastet und es zunehmend lohnender macht, die Papiere möglichst bis zur Fälligkeit zu halten. Dennoch bleibt der Tatbestand, daß, solange wie die Papiere an das Schatzamt zurückgegeben werden können, ein Zinsanstieg dazu führt, daß die Papiere zurückverkauft werden und vom Schatzamt ein Geldstrom in einem Zeitpunkt freigesetzt wird, in dem die Aussichten für das Schatzamt, von der Öffentlichkeit Kredite zu bekommen, am trübsten sind. Das Schatzamt kann dann dazu veranlaßt werden, sich beim Zentralbanksystem zu verschulden und damit die Bemühungen der Bank um Kreditbeschränkung zunichte zu machen.

Der zweite Vorschlagstyp erwartete vom Schatzamt den Versuch, die Laufzeit der Schulden zu verlängern. Hinter dieser Empfehlung stand die Hoffnung, daß die Zahl der Termine, zu denen die Schuld refinanziert werden muß, verringert würde, und daß zwischen den einzelnen Refinanzierungsvorgängen eine größere Zeitspanne bliebe, in der die Kreditbeschränkung wirken könnte. Der Idealfall wäre dann erreicht, wenn die gesamte Verschuldung in Anleihen mit ewiger Laufzeit umgewandelt werden könnte, weil damit ein für alle Mal die Notwendigkeit beseitigt wäre, die fällig werdende Schuld zu refinanzieren. Andererseits hat eine Verschuldung mit unterschiedlichen Fälligkeiten einige Vorteile. Die langfristige Verschuldung konkurriert wahrscheinlich mit anderen langfristigen Anlageformen, während die kurzfristige Verschuldung im Wettbewerb mit anderen kurzfristigen Verwendungen steht. Folglich argumentieren einige Nationalökonomen, daß die Verschuldung während einer Rezession mit kurzfristigen Papieren erfolgen sollte, weil sie hoffen, daß die langfristigen Mittel dann zur Kapitalbildung verwendet werden. In einer inflationären Periode sollte die Verschuldung statt dessen längerfristig erfolgen, so daß das Halten langfristiger Papiere eine reizvolle Alternative zur Kapitalbildung wird.

21. 5. Einige Streitfragen der Geldpolitik

Es besteht weitgehende Übereinkunft darüber, daß die Geldpolitik in der Vergangenheit bei verschiedenen Gelegenheiten in einer Weise eingesetzt worden ist, die zu den Zielen Vollbeschäftigung und Preisstabilität in schreiendem Widerspruch stand. Zwischen 1929 und 1933 hat die Zentralbank die nominale Geldmenge schrumpfen lassen, obwohl sie alles in ihrer Macht Liegende hätte tun müssen, um das Geldangebot auszuweiten. In den späten 40er und den frühen 50er Jahren ließ sie zu, daß sich das Geldangebot mit einer inflationären Rate ausdehnte, weil sie die Zinssätze unterhalb des natürlichen Zinses festhalten wollte. Sie verfolgte eine Politik des knappen Geldes in der letzten Hälfte der 50er Jahre, als Arbeitslosigkeit und verlangsamtes Wachstum nach monetärer Expansion schrien.

Ein Punkt, über den sich die Nationalökonomen ausgiebig streiten, ist die Frage, ob die Geldpolitik innerhalb des bestehenden Rahmens verbessert werden kann, indem die Prognosetechnik vervollkommnet wird und die ökonomischen Kenntnisse der für die Geldpolitik Verantwortlichen vergrößert werden, oder ob ein wesentlicher Fortschritt ohne eine weitreichende institutionelle Reform unmöglich ist.

Da ist zunächst die Frage, ob einige der geldpolitischen Instrumente verbessert oder abgeschafft werden sollten. Die Kontrolle des Geldangebots erfolgt über Änderungen des Rediskontsatzes (des Satzes, zu dem das Zentralbanksystem Mittel an die Geschäftsbanken vergibt), durch Änderungen der Mindestreserveverpflichtungen und durch den An- und Verkauf von Offenmarktpapieren. Sind alle diese drei Instrumente für die Kontrolle der Geldmenge erforderlich oder wäre es besser, das beste Instrument herauszufinden und die anderen über Bord zu werfen? Das Zentralbanksystem spricht gerne über die Koordinierung seiner Instrumente. In der Praxis können jedoch Versuche, den Kredit durch Verkäufe von Offenmarktpapieren zu beschränken, fehlschlagen, wenn es den Banken gestattet ist, ihre Reserven wiederaufzufüllen, indem sie sich zu unverändertem Rediskontsatz bei der Zentralbank verschulden.

Die Rediskontierung kann nicht nur dazu benutzt werden, die erwünschten Wirkungen der Offenmarktpolitik zunichte zu machen, das Privileg des Rediskontierens erhöht auch die Wahrscheinlichkeit, daß die Geldpolitik destabilisierend wirkt. In der Prosperität steigen die Zinssätze tendenziell, während sie in der Rezession im allgemeinen fallen. Man hat behauptet, die Verantwortlichen betrögen sich selbst, indem sie glaubten, daß sie nur den Rediskontsatz im gesamten Verlauf eines Konjunkturzyklus' konstant halten müßten, um eine neutrale Geldpolitik zu betreiben. Tatsächlich ist ein solcher konstanter Rediskontsatz jedoch destabilisierend. Er führt dazu, daß während einer Rezession die Banken auf dem Rediskontwege zu schlechteren Bedingungen Kredite erhalten als über den Markt, und das zu einer Zeit, in der das Zentralbanksystem die Kreditaufnahme erleichtern sollte. Umgekehrt liegt in der Prosperität der Rediskontsatz unter dem Marktzins, so daß die Banken auf dem Rediskontwege günstiger an Kredite kommen als über den Markt, wenn gleichzeitig die Währungsbehörden die Kreditaufnahme der Banken erschweren sollten.

Weiterhin bedeutet eine Erhöhung des Rediskontsatzes nicht notwendigerweise, daß eine Politik des knappen Geldes verfolgt wird. Wenn der Marktzins von 3 auf 5 Prozent steigt und der Rediskontsatz von 3 auf 4 Prozent erhöht wird, ist diese Politik dennoch inflationär, weil es immer noch leichter ist, auf dem Rediskontwege zu leihen als über den Markt. Eine richtige Stabilitätspolitik verlangt, daß es in Zeiten einer Prosperität schwerer sein sollte, vom Zentralbanksystem zu leihen als vom Markt, und daß in einer Rezessionsperiode der umgekehrte Fall gilt. So sollte der Rediskontsatz in Inflationsperioden über dem Marktzins und in Rezessionszeiten darunter liegen. In der Praxis ist der Rediskontsatz jedoch nicht in dieser Weise gehandhabt worden, und der bloße Sachverhalt, daß er in Expansionszeiten erhöht und in Rezessionszeiten gesenkt worden ist, schließt in keiner Weise ein, daß die Geldpolitik stabilisierend war.

Änderungen des Rediskontsatzes sind auffällig und schaffen damit «Ankündigungseffekte», die destabilisierend wirken können. Zur Verdeutlichung wollen wir nochmals das vorgenannte Beispiel betrachten. Wenn eine Erhöhung des Rediskontsatzes von 3 auf 4 Prozent angekündigt wird, läßt dies den Eindruck entstehen, daß die Kreditaufnahme erschwert würde. Tatsächlich geschieht jedoch nichts dergleichen. Es ist den Banken nach wie vor möglich, auf dem Wege der Rediskontierung Kredite zu günstigeren Bedingungen als über den Markt zu erhalten, und das Zentralbanksystem betreibt daher nach wie vor eine expansive Politik. Wenn die Geschäftswelt jedoch glaubt, daß die Änderung des Rediskontsatzes einen Umschwung der Geldpolitik andeutet, kann sie ihre Produktions-, Lagerhaltungs- und Investitionspläne aufgrund eines völlig irreführenden Signals ändern.

Überlegungen der vorstehenden Art haben einige Nationalökonomen[49] den Standpunkt beziehen lassen, daß das Rediskontprivileg abgeschafft werden sollte. Es sei möglich, das Geldangebot mit Hilfe der Offenmarktpolitik zu kontrollieren. Solche Maßnahmen schaffen keine Ankündigungseffekte, wie dies bei der Rediskontierung der Fall ist, die auch den Grad verringert, zu dem die Geldmenge mit Hilfe der Offenmarktpolitik kontrolliert werden kann. Die Rediskontpolitik kann destabilisierend sein; und schließlich schafft sie ein gänzlich ungerechtfertigtes Mittel, die Geschäftsbanken auf Kosten einer öffentlichen Institution, und damit letztlich des Steuerzahlers, zu begünstigen.

Ähnliche Einwände wie gegen die Rediskontierung sind auch gegen eine Änderung der Mindestreserveverpflichtungen vorgebracht worden. Derartige Änderungen erfolgen abrupt; sie werden nur bei entsprechendem Anlaß vorgenommen, und sie fallen ins Auge. Daher schaffen sie tendenziell Ankündigungseffekte. Diese können sehr irreführend und daher der geschäftlichen Aktivität abträglich sein. Wenn die Banken z. B. durchschnittlich 25 Prozent ihrer Einlagen als Reserven halten, während die Mindestreserveverpflichtung 20 Prozent beträgt, und wenn die Zentralbank die Mindestreserveverpflichtung auf 22 Prozent erhöht, trägt diese Aktion nicht dazu bei, das Geldangebot einzudämmen, und ist daher keineswegs eine Politik des knappen Geldes. Die Erhöhung der Mindestreserveverpflichtung kann jedoch die Ansicht bestärken, daß eine monetäre Verknappung bevorstehe oder schon gegeben sei, und kann zu Reaktionen führen, die, wie im Fall des erhöhten Rediskontsatzes, auf irreführenden Signalen beruhen. Die Geschäftswelt kann reagieren, indem sie die Rate der Kreditaufnahme beschleunigt und die Investition erhöht, um noch Kredite zu bekommen, oder aber sie kann ihre Investitionspläne einschränken, weil sie glaubt, daß Kredite schwieriger und teurer werden. Das Ergebnis ist nicht vorherzusagen, und das ist im Grunde das Übel der Ankündigungseffekte.

Wirtschaftliche Stabilität und effiziente Produktion werden begünstigt, indem eine Umgebung geschaffen wird, in der sowenig Unsicherheit und Verwirrung wie möglich herrschen und rationale Investitions- und Produktionsplanungen erleichtert anstatt erschwert werden. Die Instrumente der Rediskont- und Mindestreservepolitik sind nicht geeignet, eine derartige Umgebung zu schaffen. Gleichzeitig tragen sie keineswegs dazu bei, daß das Zentralbanksystem eine bessere Kontrolle über das Geldangebot erhält. Aus diesen Gründen sollte man einen Verzicht auf diese Instrumente in Erwägung ziehen.

Das Bestehen von inside und outside lags ist für die Geldpolitik ein ebenso ernstes Problem wie für die Finanzpolitik. Tatsächlich halten einige Nationalökonomen die Probleme der zeitlichen Abstimmung für so entscheidend, daß jede diskretionäre geldpolitische Maßnahme höchstens zu 50 Prozent eine Chance hat, stabilisierend zu wirken. Wenn dazu die Kosten, die dadurch entstehen, daß durch zeitlich falsch bemessene Maßnahmen die Arbeitslosigkeit von 4 auf 5 Prozent steigt, größer sind als der Nutzen, der sich ergäbe, wenn die Rate durch richtige Politik auf 3 Prozent gesenkt würde, dürfte es besser sein, diskretionäre Maßnahmen überhaupt aufzugeben und durch ein festgelegtes Bündel geldpolitischer Regeln zu ersetzen, die unabhängig von der jeweiligen wirtschaftlichen Lage arbeiten.

Die wohl bekannteste Regel dieser Art ist Friedmans Vorschlag, die nominale Geldmenge mit einer jährlichen Rate von 4 Prozent steigen zu lassen und diese Rate

[49] Insbesondere Milton Friedman; vgl. sein Werk: A Program for Monetary Stability, Chap. 2, Fordham University Press, New York, 1959.

unbedingt beizubehalten. Friedman nimmt an, daß damit die Geldpolitik zumindest nicht mehr destabilisierend wäre und den zusätzlichen Vorteil hätte, daß die Unternehmer stets genau wüßten, worauf die Geldpolitik hinausliefe, und damit nicht zu den Planungsfehlern verleitet würden, die bei den falschen Signalen entstünden, die diskreditionäre Maßnahmen geben können.

Das Vertrauen auf feste Regeln ist keine populäre Alternative, außer für die Mitglieder der Chicagoer Schule. Selbst unter denen, die zugeben, daß der Wirtschaft in der Vergangenheit besser gedient gewesen wäre, wenn man die Regel von Friedman angewendet hätte, sind viele der Meinung, daß das Vertrauen auf derartige Regeln einen außerordentlichen Optimismus verlange in bezug auf die Fähigkeit der Volkswirtschaft, autonome Schocks automatisch zu überwinden. Sie meinen darüberhinaus, ein Unterwerfen unter eine feste Regel bedeute, daß man sich für alle Zukunft geschlagen gibt und vor der Ansicht kapituliert, daß weiterer Fortschritt in der Entwicklung und Verbesserung der ökonomischen Analyse die Leistungsfähigkeit der Wirtschaftspolitik nicht wesentlich verbessern könne.

Immer noch beschäftigt einige Nationalökonomen die Frage, ob die Geld- oder die Finanzpolitik das bessere Instrument zur Stabilisierung sei. Die Frage gehört der Vergangenheit an, oder sollte es zumindest. Die Fragen der Gegenwart und der Zukunft bestehen darin, wie die Prognose zu verbessern, wie Verzögerungen zu messen und zu kontrollieren sind, wie man die Geldpolitik davon abhalten kann, zeitweilig destabilisierende Wirkungen aufzuweisen, und wie man eine bessere Koordination von Geld- und Finanzpolitik bei dem Versuch erreichen kann, ein wirklich integriertes und sorgfältig geplantes Programm für wirtschaftliche Stabilität und Wachstum zu erstellen.

Mathematischer Anhang

Dieser Anhang ist den Lesern zugedacht, die sich für die Quantifizierung und mathematische Untersuchung wirtschaftlicher Probleme interessieren und die es aufschlußreich und nützlich finden, die verbalen und graphischen Erklärungen des Textes durch mathematische Methoden ergänzt zu sehen.

Die Beiträge in diesem Anhang stellen lediglich die mathematische Formulierung des im Text Gesagten dar, und Leser, die mit den mathematischen Methoden nicht so sehr vertraut sind, müssen nicht befürchten, allzuviel verpaßt zu haben.

Anhang zu Kapitel 6

Algebraische Untersuchung der Steuer- und Ausgabenpolitik[1]

1. Kopfsteuer

Das Modell, das den Ableitungen des Kapitels 6 zugrunde lag, läßt sich in linearer Form wie folgt beschreiben

$$Y = C + I + G \tag{6.1.}$$

$$C = a + cY_v = a + c\,(Y - T) \tag{6.2.}$$

wobei angenommen wird, daß die Höhe der Investitionen und der Staatsausgaben autonom gegeben sei. Setzen wir (6.2.) in (6.1.) ein und lösen nach Y auf, so erhalten wir

$$Y = \frac{a + I + G - cT}{1 - c} \tag{6.3.}$$

als Gleichgewichtseinkommen. Wenn wir die Gleichung jeweils nach I, G und T differenzieren, erhalten wir als (partielle) Multiplikatoren

$$\frac{dY}{dI} = \frac{1}{1 - c} \qquad \frac{dY}{dG} = \frac{1}{1 - c} \qquad \frac{dY}{dT} = \frac{-c}{1 - c} \tag{6.4.}$$

Diese (partiellen) Multiplikatoren werden unter der Voraussetzung abgeleitet, daß jeweils nur e i n e der vorgegebenen Größen I, G oder T geändert wird.

Bei einer gleichzeitigen Änderung mehrerer vorgegebener Größen (hier von G und T) wird die Änderung des Gleichgewichtseinkommens durch das vollständige Differential bestimmt

$$dY = \frac{\partial Y}{\partial G} dG + \frac{\partial Y}{\partial T} dT$$

Wenn die Budgetänderung ausgeglichen ist (dG = dT), gilt

$$(dY)_{dG = dT} = \left(\frac{\partial Y}{\partial G} + \frac{\partial Y}{\partial T}\right) dG$$

oder

$$\left(\frac{dY}{dG}\right)_{dG = dT} = \frac{\partial Y}{\partial G} + \frac{\partial Y}{\partial T} = \frac{1}{1 - c} + \frac{-c}{1 - c} = \frac{1 - c}{1 - c} = 1$$

2. Einkommensteuer

Nehmen wir an, die Steuer sei eine lineare Funktion des Einkommens in der Form

$$T = u + tY \tag{6.5.}$$

wobei T der Steuerertrag und t der marginale Steuersatz seien. Durch Einsetzen der

[1] Dieser Anhang zu Kapitel 6 folgt der Gedankenführung des am. Originals, ist aber nicht in allen Teilen eine wörtliche Übersetzung (die Übers.).

Steuerfunktion in die Gleichung (6.2.) erhalten wir die Konsumfunktion

$$C = a - cu + c\,(1 - t)\,Y \qquad (6.6.)$$

wobei die Steigung der Funktion $c(1 - t)$ die marginale Konsumneigung in bezug auf das reale Nettosozialprodukt (Y) darstellt und c die marginale Konsumquote in bezug auf das verfügbare Einkommen ist. Wenn wir die Gleichung (6.6.) in Gleichung (6.1.) einsetzen und nach Y auflösen, erhalten wir

$$Y = \frac{a - cu + I + G}{1 - c\,(1 - t)} \qquad (6.7.)$$

Die (partiellen) Multiplikatoren für I und G erhalten wir, indem wir die Gleichung (6.7.) nach diesen Variablen differenzieren. Die Ergebnisse lauten

$$\frac{dY}{dI} = \frac{dY}{dG} = \frac{1}{1 - c\,(1 - t)} \qquad (6.8.)$$

und da $1 - c\,(1 - t) > 1 - c$ ist, erkennen wir unmittelbar, daß die Einkommensteuer den Wert des Multiplikators verringert und dadurch das System mit einer «eingebauten» oder «automatischen» Stabilität versieht.

Wie sich eine Änderung der Steuergesetze auswirkt, hängt davon ab, ob sich die gesamte Steuerstruktur verschiebt, wie etwa dann, wenn sich der Wert von u verändert, oder ob die Änderungen den marginalen Steuersatz t betreffen. Im erstgenannten Fall ergibt sich

$$\frac{dY}{du} = \frac{-c}{1 - c\,(1 - t)} \qquad (6.9.)$$

im zweitgenannten

$$\frac{dY}{dt} = \frac{-cY}{1 - c\,(1 - t)} \qquad (6.10.)$$

Aus Gleichung (6.10.) erkennen wir, daß die Wirkung einer Veränderung von t davon abhängt, welchen Wert Y vor der Änderung des marginalen Steuersatzes hatte. Je niedriger das Einkommensniveau, desto geringer ist die Auswirkung einer gegebenen Änderung von t auf den Steuerertrag und das verfügbare Einkommen und damit auf den Konsum und das Gleichgewichtseinkommen.

Werden G und u zusammen geändert, und zwar so, daß der Betrag, um den die Steuerfunktion verschoben wird, gleich der Staatsausgabenänderung ist ($du = dG$), dann beträgt die Einkommensänderung

$$(dY)_{du = dG} = \frac{\partial Y}{\partial u} du + \frac{\partial Y}{\partial G} dG = \left(\frac{\partial Y}{\partial u} + \frac{\partial Y}{\partial G}\right) dG = \frac{1 - c}{1 - c\,(1 - t)} \qquad (6.11.)$$

Dieser Multiplikator ist ungleich eins und legt die Vermutung nahe, daß das Haavelmo-Theorem bei einer Einkommensteuer nicht gültig sei. Dieser Schluß ist jedoch nicht zutreffend. Aus der Steuerfunktion erkennen wir, daß

$$dT = du + t\,dY \qquad (6.12.)$$

und dies beinhaltet, daß dann, wenn aus einer Änderung der Steuerstruktur eine bestimmte Änderung des Einkommens induziert wird, die Verschiebung der Struktur einen anderen Wert hat als die Änderung des gesamten Steuerertrages. Anders ausgedrückt: du ist die Änderung des Steuerertrages, die sich ergeben würde, wenn sich das Einkommensniveau nicht änderte.

Das Haavelmo-Theorem fordert aber nicht du = dG, sondern dT = dG. Um diese Forderung zu erfüllen, muß nach (6.12) für du gelten

$$(du)_{dG = dT} = dG - t\,dY \qquad (6.13.)$$

und damit (bei Änderung von u und G) für dY

$$(dY)_{dG = dT} = \frac{\partial Y}{\partial u} du + \frac{\partial Y}{\partial G} dG = \frac{\partial Y}{\partial u} dG - t \frac{\partial Y}{\partial u} dY + \frac{\partial Y}{\partial G} dG$$

oder unter Berücksichtigung von (6.8.) und (6.9.)

$$dY \left(1 + t \frac{-c}{1 - c(1-t)}\right) = \frac{1 - c}{1 - c(1-t)} dG$$

Daraus folgt

$$(dY)_{dG = dT} = dG \qquad (6.14.)$$

Der Multiplikator $\frac{dY}{dG}$ ist also eins; es gilt das Haavelmo-Theorem. Dieses Ergebnis erhält man auch, wenn der marginale Steuersatz t so geändert wird, daß die Änderung des Steuerertrags gleich der Änderung der Staatsausgaben ist.

Bei Änderung von t gilt

$$dT = t\,dY + Y\,dt \qquad (6.15.)$$

Für dG = dt erhält man

$$(dt)_{dT = dG} = \frac{1}{Y}(dG - t\,dY) \qquad (6.16.)$$

Werden t und G geändert, so folgt damit als Einkommensänderung

$$(dY)_{dG = dT} = \frac{\partial Y}{\partial t} \frac{1}{Y}(dG - t\,dY) + \frac{\partial Y}{\partial G} dG$$

oder wegen (6.8.) und (6.10.)

$$= \left(\frac{1}{Y} \frac{-cY}{1 - c(1-t)} + \frac{1}{1 - c(1-t)}\right) dG - \frac{t}{Y} \frac{-cY}{1 - c(1-t)} dY$$

$$= \frac{-c + 1}{1 - c + ct} dG + \frac{-ct}{1 - c + ct} dY$$

Daraus ergibt sich, daß der Multiplikator gleich eins ist.

Wir kommen zu dem Ergebnis, daß das Haavelmo-Theorem gilt, vorausgesetzt, die Steueränderung wird als Änderung des Steuerertrages definiert, bei der die induzierten Effekte in Rechnung gestellt sind. Dies bedeutet, daß es stets möglich ist, eine bestimmte Änderung der Steuerstruktur oder des marginalen Steuersatzes zu finden, bei der die zusätzlichen Steuererträge der Änderung der Staatsausgaben entsprechen; und es bedeutet weiterhin, daß das Ergebnis einer derartigen Änderung bei gleichzeitigem Budgetausgleich darin besteht, daß das Einkommen in gleichem Maße wie das ausgeglichene Budget verändert wird.

Anhang zu Kapitel 10

Geld- und Finanzpolitik

Die wirtschaftspolitischen Abhandlungen des Kapitels 10 lassen sich auch mathematisch nachvollziehen. Zur Vereinfachung beschränken wir uns auf das Modell in Abschnitt 10.2. Bei Vernachlässigung der Besteuerung, aber unter Einbeziehung der Staatsausgaben ist das Gleichgewicht auf dem Gütermarkt gekennzeichnet durch

$$I(i) + G = Y - C(Y)$$

Dies läßt sich zweckmäßigerweise umformulieren zu

$$G = Y - C(Y) - I(i) \tag{10.1.}$$

Das monetäre Gleichgewicht ist gegeben durch

$$m = kY + L(i) \tag{10.2.}$$

Wie sich eine Erhöhung des Geldangebots auswirkt, läßt sich feststellen, indem man die Gleichungen total nach m differenziert. Dies ergibt

$$0 = (1 - C_y)\frac{dY}{dm} - I_i\frac{di}{dm} \tag{10.3.}$$

$$1 = k\frac{dY}{dm} + L_i\frac{di}{dm} \tag{10.4.}$$

wobei C_y die partielle Ableitung des Konsums nach dem Einkommen (die marginale Konsumneigung) darstellt; I_i ist die partielle Ableitung der Investition nach dem Zinssatz (der Kehrwert der Steigung der Investitionsfunktion); und L_i ist die partielle Ableitung der Nachfrage nach Spekulationskasse in bezug auf den Zinssatz (der Kehrwert der Steigung der Nachfragekurve nach Spekulationskasse). Offensichtlich ist

$$\frac{dY}{dm} = \frac{I_i}{L_i\,(1 - C_y) + kI_i}$$

und

$$\frac{di}{dm} = \frac{(1 - C_y)}{L_i\,(1 - C_y) + kI_i}$$

Im Keynes'schen Falle ist L_i unendlich, so daß

$$\frac{dY}{dm} = 0$$

und

$$\frac{di}{dm} = 0$$

Im klassischen Fall ist $L_i = 0$, so daß

$$\frac{dY}{dm} = \frac{1}{k}$$

und

$$\frac{di}{dm} = \frac{1 - C_y}{kI_i}$$

Die Änderung des Zinssatzes hängt daher ab von der Steigung der Sparfunktion, der Nachfragefunktion nach Transaktionskasse und der Investitionsfunktion.

Wie sich eine Erhöhung der Staatsausgaben auswirkt, läßt sich zeigen, indem man die Gleichungen (10.1.) und (10.2.) total nach G differenziert. Dies ergibt

$$1 = (1 - C_y) \frac{dY}{dG} - I_i \frac{di}{dG} \qquad (10.5.)$$

$$0 = k \frac{dY}{dG} + L_i \frac{di}{dG} \qquad (10.6.)$$

so daß

$$\frac{dY}{dG} = \frac{L_i}{L_i\ (1 - C_y) + kI_i}$$

und

$$\frac{di}{dG} = \frac{-k}{L_i\ (1 - C_y) + kI_i}$$

Im Keynes'schen Falle ist L_i unendlich, so daß

$$\frac{dY}{dG} = \frac{L_i}{L_i\ (1 - C_y) + kI_i} = \frac{1}{(1 - C_y) + (kI_i/L_i)} = \frac{1}{(1 - C_y)}$$

d.h., das Verhältnis von Einkommensänderung zur Änderung der Staatsausgaben hat den Wert eins, geteilt durch die marginale Sparneigung. Da L_i unendlich ist, gilt wiederum

$$\frac{di}{dG} = 0$$

Im klassischen Falle ist $L_i = 0$, so daß

$$\frac{dY}{dG} = 0$$

und

$$\frac{di}{dG} = \frac{-1}{I_i}$$

Dies beinhaltet, daß die Änderung des Zinssatzes von der Steigung der Investitionsfunktion abhängt. Wie wir zuvor gesehen haben, muß der Zinssatz gerade soweit steigen, daß die Investitionen in einem Umfang unterbleiben, der genau der Erhöhung der Staatsausgaben entspricht. Wie hoch diese Zinsänderung sein muß, damit die Investitionen gerade in diesem Ausmaß eingeschränkt werden, hängt von der Steigung der Investitionsfunktion ab.

Anhang zu Kapitel 11

Nominallohnsätze und Beschäftigung

In diesem Anhang wollen wir untersuchen, wie sich eine Senkung der Nominallohnsätze auf die Beschäftigung auswirkt. Unter Einbeziehung der Staatsausgaben und Vernachlässigung der Steuern läßt sich das Modell des Kapitels 11 folgendermaßen schreiben

$$G = Y - C(Y) - I(i) \qquad (11.1.)$$

$$\frac{M}{p} = kY + L(i) \qquad (11.2.)$$

$$Y = X(N, K^*) \qquad (11.3.)$$

$$\frac{w_0}{p} = X_n \qquad (11.4.)$$

Zur Vereinfachung schreiben wir die Gleichung (11.3.) als $Y = X(N)$ und setzen die Gleichungen (11.3.) und (11.4.) in die Gleichungen (11.1.) und (11.2.) ein. Dies ergibt

$$G = X(N) - C[X(N)] - I(i) \qquad (11.5.)$$

$$\frac{MX_n}{w_0} = kX(N) + L(i) \qquad (11.6.)$$

Um zu sehen, wie sich die Senkung des Nominallohnes auswirkt, differenzieren wir die beiden letzten Gleichungen nach w_0. Dies ergibt

$$0 = (X_n - C_y X_n) \frac{dN}{dw_0} - I_i \frac{di}{dw_0} \qquad (11.7.)$$

$$\frac{-MX_n}{w_0^2} = kX_n - \frac{M}{w_0} X_{nn} \frac{dN}{dw_0} + L_i \frac{di}{dw_0} \qquad (11.8.)$$

woraus folgt, daß

$$\frac{dN}{dw_0} = \frac{-(1/w_0^2)(MI_iX_n)}{X_n(1 - C_y)L_i + I_i[kX_n - (M/w_0)X_{nn}]} \qquad (11.9.)$$

und

$$\frac{di}{dw_0} = \frac{-(1/w_0^2)MX_n^2(1 - C_y)}{X_n(1 - C_y)L_i + I_i[kX_n - (M/w_0)X_{nn}]} \qquad (11.10.)$$

Der Keynes'sche Fall ist der einfachste. Hier ist L_i unendlich, so daß

$$\frac{di}{dw_0} = 0$$

und

$$\frac{dN}{dw_0} = 0$$

Halten wir ferner fest, daß bei einer völlig unelastischen (zinsunabhängigen) Investitionsfunktion, bei der $I_i = 0$ ist, gilt

$$\frac{dN}{dw_0} = 0$$

und

$$\frac{di}{dw_0} = \frac{-MX_n}{L_i w_0^2} \qquad (11.11.)$$

Schreiben wir Gleichung (11.4.) als

$$p = \frac{w_0}{X_n}$$

und differenzieren diese nach w_0, so erhalten wir

$$\frac{dp}{dw_0} = \frac{X_n - w_0 X_{nn} (dN/dw_0)}{X_n^2} \qquad (11.12.)$$

Im Keynes'schen Falle ist $dN/dw_0 = 0$, so daß

$$\frac{dp}{dw_0} = \frac{1}{X_n} = \frac{p}{w_0}$$

Dies bedeutet, daß das Preisniveau proportional zu der Lohnsenkung fällt, so daß sich keine Veränderung der Reallöhne ergibt.

Der klassische Fall ist schwieriger. Hier ist $L_i = 0$, so daß

$$\frac{dN}{dw_0} = \frac{- M X_n}{w_0^2 [k X_n - (M/w_0) X_{nn}]} < 0 \qquad (11.13.)$$

und

$$\frac{di}{dw_0} = \frac{- M (X_n)^2 (1 - C_y)}{w_0^2 I_i [k X_n - (M/w_0) X_{nn}]} > 0 \qquad (11.14.)$$

Dieses Ergebnis wird verständlich, wenn man bedenkt, daß sich die Gleichung (11.14.) in Gleichung (11.13.) einsetzen läßt. Dies ergibt

$$\frac{dN}{dw_0} = \frac{I_i}{X_n (1 - C_y)} \frac{di}{dw_0} < 0 \qquad (11.15.)$$

Wir stellen fest, daß $I_i (1 - C_y)$ der einfache Multiplikator ist, der von einer Änderung der Investition zu einer Einkommensänderung führt. Multiplizieren wir den Nenner mit dem Grenzprodukt der Arbeit, so erhalten wir einen Beschäftigungsmultiplikator. Halten wir weiterhin fest, daß keine Änderung der Beschäftigung erfolgen kann, bevor die Lohnsenkung über eine Änderung des Zinssatzes zu einer Erhöhung der Investitionsausgaben geführt hat. Da $X_{nn} < 0$ ist, sehen wir schließlich, daß der Nenner der Gleichung (11.13.) positiv sein muß, so daß $dN/dw_0 < 0$ ist; da $I_i < 0$ ist, wird der Nenner der Gleichung (11.14.) negativ, so daß $di/dw_0 > 0$ ist.

Gehen wir zurück zu Gleichung (11.12.) und formen diesen Ausdruck um zu

$$\frac{dp}{dw_0} = \frac{p}{w_0} - \frac{w_0 X_{nn}}{X_n^2} \frac{dN}{dw_0}$$

so stellen wir fest, daß infolge von $dN/dw_0 < 0$

$$\frac{dp}{dw_0} < \frac{p}{w_0}$$

ist, was bedeutet, daß sich der Reallohn in der gleichen Richtung verändert wie der Nominallohn.

Anhang zu Kapitel 13

Wirkungen der Geldpolitik bei Vollbeschäftigung

1. Der Fall des neutralen Geldes

Das Modell des Abschnitts 13.3. läßt sich wiedergeben durch die Gleichungen

$$I(i) = Y^* - C(Y^*) \qquad (13.1.)$$

$$\frac{M}{p} = L(i, Y^*) \qquad (13.2.)$$

Wenn wir die Gleichungen nach M differenzieren, erhalten wir

$$I_i \frac{di}{dM} = 0 \qquad (13.3.)$$

$$\frac{1}{p} - \frac{M}{p^2} \frac{dp}{dM} = L_i \frac{di}{dM} \qquad (13.4.)$$

Aus Gleichung (13.3.) wird ersichtlich, daß sich der Gleichgewichtszins nicht ändert. Folglich wird Gleichung (13.4.) zu

$$\frac{1}{p} = \frac{M}{p^2} \frac{dp}{dM}$$

oder

$$\frac{dp}{p} = \frac{dM}{M}$$

Die prozentuale Veränderung des Preisniveaus ist daher gleich der prozentualen Änderung des Geldangebots.

2. Der Konsum als Funktion des Vermögens

Wenn der Konsum eine Funktion des Realwerts des Privatvermögens wird, erhalten wir

$$I(i) = Y^* - C(Y^*, W) \qquad (13.5.)$$

$$\frac{M}{p} = L(i, Y^*) \qquad (13.2.)$$

$$W = \frac{aY^*}{i} + \frac{M}{p} \qquad (13.6.)$$

Nehmen wir zunächst an, das Geldangebot werde durch Goldproduktion erhöht oder das Geld werde aus Flugzeugen auf die Erde geworfen. Wir gehen auch davon aus, daß dieses Wunder irgendwie zustande komme, ohne das verfügbare Einkommen zu erhöhen. Indem wir die drei Gleichungen nach M differenzieren, erhalten wir den Satz linearer simultaner Gleichungen

$$0 = I_i \frac{di}{dM} + C_W \frac{dW}{dM} + 0 \qquad (13.7.)$$

$$\frac{1}{p} = L_i \frac{di}{dM} + 0 + \frac{M}{p^2} \frac{dp}{dM} \qquad (13.8.)$$

$$\frac{1}{p} = \frac{aY^*}{i^2} \frac{di}{dM} + \frac{dW}{dM} + \frac{M}{p^2} \frac{dp}{dM} \qquad (13.9.)$$

Wenn wir diese Gleichungen nach der Änderung des Zinssatzes auflösen, erhalten wir

$$\frac{di}{dM} \Delta = \begin{vmatrix} 0 & C_W & 0 \\ 1/p & 0 & M/p^2 \\ 1/p & 1 & M/p^2 \end{vmatrix} = 0 \qquad (13.10.)$$

wobei

$$\Delta = \frac{M}{p^2} \left(\frac{C_W aY^*}{i^2} - I_i - C_W L_i \right) \qquad (13.11.)$$

Da I_i und L_i beide negativ sind, während C_W positiv ist, stellen wir erstens fest, daß Δ positiv sein muß. Wenn wir die Determinante in Gleichung (13.10.) ausrechnen, werden wir zweitens sehen, daß sie den Wert Null hat. Da folglich $di/dM = 0$ ist, ergibt sich unmittelbar aus der Gleichung (13.8.), daß

$$\frac{1}{p} = \frac{M}{p^2} \frac{dp}{dM}$$

so daß

$$\frac{dp}{p} = \frac{dM}{m}$$

und aus Gleichung (13.9.), daß $dW/dM = 0$ ist.

Offensichtlich führt dann eine auf dem oben aufgezeigten Wege vorgenommene Erhöhung des Geldangebots zu den klassischen Schlußfolgerungen. Der Zinssatz bleibt unverändert; das Preisniveau steigt proportional zu der Geldmengenausweitung; und das Vermögensniveau bleibt unverändert.

Die vorstehende Untersuchung zeigt, daß die von Metzler erzielten Ergebnisse unabhängig davon sind, wie groß der Geldbetrag ist, den man in die Wirtschaft pumpt. Sie hängen vielmehr ab von den Änderungen des in Privathand befindlichen Vermögenswertes. Folglich können wir das Geldangebot außer acht lassen und sehen, was geschieht, wenn die Zahl der von Privaten gehaltenen Wertpapiere sinkt. Die Konstante a bezeichnete annahmegemäß den Anteil der Körperschaftsgewinne an Y^*. Eine Offenmarktoperation, die private Wertpapierbestände in die Hand der Währungsbehörden bringt, verringert den Gewinnanteil der privaten Wirtschaftssubjekte. Folglich lassen sich die Wirkungen der Offenmarktpolitik untersuchen, indem man die Folgen einer Veränderung von a überprüft.

Durch Differenzieren der Gleichungen (13.5.), (13.2.) und (13.6.) nach a erhalten wir den Satz linearer simultaner Gleichungen

$$0 = I_i \frac{di}{da} + C_W \frac{dW}{da} + 0$$

$$0 = L_i \frac{di}{da} + 0 + \frac{M}{p^2} \frac{dp}{da}$$

$$\frac{Y^*}{i} = \frac{aY^*}{i^2} \frac{di}{da} + \frac{dW}{da} + \frac{M}{p^2} \frac{dp}{da}$$

In diesem Fall ist

$$\frac{di}{da} = \frac{(M/p^2)\ C_W\ (Y^*/i)}{\Delta} \tag{13.12.}$$

wobei Δ genau den gleichen Wert hat wie vorher. Da wir wissen, daß $\Delta > 0$ ist, und da der Nenner des obigen Ausdrucks positiv ist, muß di/da positiv sein. Ein Sinken von a läßt daher den Zinssatz fallen.

Ähnlich gilt

$$\frac{dW}{da} = \frac{-(M/p^2)\ I_i\ (Y^*/i)}{\Delta} \tag{13.13.}$$

Da $I_i < 0$ ist, wird dW/da positiv, und dies bedeutet, daß ein Sinken von a den Wert der privaten Vermögenshaltung verringert.

Schließlich ist

$$\frac{dp}{da} = \frac{-C_W\ L_i\ (Y^*/i)}{\Delta} \tag{13.14.}$$

Da $C_W > 0$ und $L_i < 0$, ist $dp/da > 0$, was bedeutet, daß das Preisniveau mit sinkendem a fällt[2]. Aus den Gleichungen (13.12.) und (13.14.) ersehen wir, daß Zinssatz und Preisniveau unverändert blieben, sofern C_W Null wäre.

Wir können schlußfolgern, daß das Geld in einem bestimmten Sinne immer noch neutral ist. Eine Ausweitung des Geldangebots führt zu keiner Zinsänderung. Wenn die Erhöhung der Geldmenge jedoch dadurch erfolgt, daß Wertpapiere von den Privaten zu den Währungsbehörden transferiert werden, wird der Zinssatz sinken.

Anhang zu Kapitel 15

Stabilitätsanalyse

Um der Argumentation dieses Anhangs folgen zu können, müßte der Leser mit dem Konzept einer Differentialgleichung und deren Lösung sowie mit dem Konzept der Taylorreihe vertraut sein.

Das statische Modell, das der Untersuchung des Kapitels 15 zugrunde liegt, besteht aus den zwei Gleichungen

$$I(i, Y) = Y - C(Y) \tag{15.1.}$$

$$m = L(i, Y) \tag{15.2.}$$

[2] Dieses Ergebnis ist rechnerisch unter der Voraussetzung abgeleitet, daß a bei unverändertem M fällt. Erst wenn man die Geldmengenerhöhung berücksichtigt, die mit der expansiven Offenmarktpolitik verbunden ist, ergibt sich insgesamt die auf S. 168f. beschriebene Preissteigerung (die Übers.).

Für spätere Bezugnahmen dürfte es nützlich sein, die Gleichungen für die Steigungen dieser Funktionen zu kennen. Die Differentiation nach i und Y ergibt

$$\left(\frac{di}{dY}\right)_{IS} = \frac{1 - C_y - I_y}{I_i} \tag{15.3.}$$

$$\left(\frac{di}{dY}\right)_{LM} = \frac{-L_y}{L_i} \tag{15.4.}$$

Mit Ausnahme von I_y, der marginalen Investitionsneigung, sind alle Symbole bekannt. Wir nehmen an, daß $I_y > 0$ ist, obwohl wir darüberhinaus reichlich wenig sagen können. Da $L_i < 0$ und $L_y > 0$ ist, ist die Steigung der LM-Funktion unbedingt positiv. Da $I_i < 0$ ist, wird die Steigung der IS-Kurve dann negativ sein, wenn $(1 - C_y) > I_y$ ist, d.h. wenn die marginale Sparquote größer ist als die marginale Investitionsquote, und sie wird positiv sein, wenn das Gegenteil der Fall ist.

Wenn wir das Geldangebot ausdehnen, erhalten wir den bekannten Satz linearer simultaner Gleichungen

$$0 = (1 - C_y - I_y)\frac{dY}{dm} - I_i \frac{di}{dm}$$

$$1 = L_y \frac{dY}{dm} + L_i \frac{di}{dm}$$

Aus diesen Gleichungen folgt, daß

$$\frac{dY}{dm} = \frac{\begin{vmatrix} 0 & -I_i \\ 1 & L_i \end{vmatrix}}{\Delta} = \frac{I_i}{\Delta}$$

und

$$\frac{di}{dm} = \frac{\begin{vmatrix} (1 - C_y - I_y) & 0 \\ L_y & 1 \end{vmatrix}}{\Delta} = \frac{(1 - C_y - I_y)}{\Delta}$$

wobei

$$\Delta = \begin{vmatrix} (1 - C_y - I_y) & -I_i \\ L_y & L_i \end{vmatrix} = L_i (1 - C_y - I_y) + I_i L_y \tag{15.5.}$$

Beachten wir, daß das Zeichen Δ zweideutig ist. $L_i < 0$, aber $(1 - C_y - I_y)$ kann positiv oder negativ sein, je nachdem, ob die marginale Investitionsquote größer oder kleiner ist als die marginale Sparquote. Folglich können wir nicht sagen, ob die Erhöhung des Geldangebots das Einkommensniveau und den Zinssatz steigen oder sinken läßt. Wenn wir die Annahme aus Teil 2 beibehalten hätten, daß die Investition vom Einkommensniveau unabhängig sei, wäre $I_y = 0$, und wir hätten

$$\Delta' = L_i (1 - C_y) + I_i L_y \tag{15.6.}$$

was mit Sicherheit negativ ist. So würde eine Ausweitung des Geldangebots eindeutig das Einkommen erhöhen und den Zinssatz senken. Wenn aber $I_y > 0$ ist, gibt unsere komparativ statische Analyse keine eindeutigen Ergebnisse mehr, insbesondere deshalb, weil wir äußerst wenig über den Wert von I_y wissen.

In dieser Situation kann uns die dynamische Analyse weiterhelfen. Wie im Text wollen wir annehmen, daß die Änderungsrate des Einkommens gleich sei der Differenz zwischen geplantem Investieren und Sparen und daß die Anpassungsprozesse auf dem Geldmarkt unverzüglich erfolgten. Damit können wir das dynamische Modell schreiben als

$$\frac{dY}{dt} = I(i, Y) - Y + C(Y) \qquad (15.7.)$$

$$m = L(i, Y) \qquad (15.8.)$$

wobei dY/dt die Änderungsrate des Einkommens ist.

Um weiterzukommen, benötigen wir lineare Annäherungen für diese Gleichungen. Was wir tun können, ist anzunehmen, daß in der Nähe des Gleichgewichts diese Funktionen linear sind. Demzufolge wenden wir die Taylorreihe an und behalten nur lineare Ausdrücke. Die Gleichungen (15.7.) und (15.8.) lassen sich daher umformen in

$$\frac{dY}{dt} = -(1 - C_y - I_y)(Y - Y_0) + I_i (i - i_0) \qquad (15.9.)$$

$$0 = L_y (Y - Y_0) + L_i (i - i_0) \qquad (15.10.)$$

wobei $Y - Y_0$ und $i - i_0$ die Abweichungen des Einkommens und des Zinssatzes von den Gleichgewichtswerten Y_0 und i_0 darstellen.

Wenn wir die Gleichung (15.10.) in die Gleichung (15.9.) einsetzen, können wir die Gleichung (15.9.) auf eine lineare Differentialgleichung ersten Grades für Y zurückführen. Eine solche Gleichung hat eine Lösung in der Form

$$Y = Y_0 + ae^{qt} \qquad (15.11.)$$

wobei a und q Konstante sind und e die Basis des natürlichen Logarithmus ist. Wenn der Ausdruck ae^{qt} verschwinden und Y auf Y_0 zurückgeführt werden soll, muß die Wurzel q negativ sein.

Wenn wir die Gleichung (15.11.) nach der Zeit differenzieren, erhalten wir

$$\frac{dY}{dt} = q(Y - Y_0) \qquad (15.12.)$$

Ersetzen wir dY/dt in Gleichung (15.9.) durch diesen Ausdruck, dann können wir die Gleichungen (15.9.) und (15.10.) umformulieren zu

$$0 = -(1 - C_y - I_y + q)(Y - Y_0) + I_i (i - i_0) \qquad (15.13.)$$

$$0 = L_y (Y - Y_0) + L_i (i - i_0) \qquad (15.14.)$$

Wenn diese Gleichungen für sämtliche Werte der Variablen gelten sollen, muß die Determinante aus den Koeffizienten Null sein:

$$0 = \begin{vmatrix} -(1 - C_y - I_y + q) & I_i \\ L_y & L_i \end{vmatrix} = -\left([L_i (1 - C_y - I_y) + I_i L_y] + L_i q\right)$$

Nun sehen wir, daß der Ausdruck in den eckigen Klammern nichts anderes ist als Δ. Folglich ist

$$\Delta + L_i q = 0$$

oder

$$q = \frac{-\Delta}{L_i}$$

Weil die Stabilität, d.h. die Rückführung von Y auf Y_0, verlangt, daß $q < 0$ ist, und weil wir mit Sicherheit wissen, daß $L_i < 0$ ist, folgt, daß Δ negativ sein muß.

Da wir nun sicher wissen, daß Δ negativ sein muß, wenn das System stabil ist, besteht der nächste Schritt logischerweise darin, die Eigenschaften von Δ zu überprüfen und zu sehen, was die Stabilitätsbedingung beinhaltet. Wir wissen, daß

$$\Delta = L_i (1 - C_y - I_y) + I_i L_y < 0 \qquad (15.15.)$$

Dieser Ausdruck läßt sich leicht umformen zu

$$\frac{(1 - C_y - I_y)}{I_i} + \frac{L_y}{L_i} < 0$$

Aus den Gleichungen (15.3.) und (15.4.) ist klar, daß dies gleichzusetzen ist mit

$$\left(\frac{di}{dY}\right)_{IS} - \left(\frac{di}{dY}\right)_{LM} < 0$$

M.a.W., die Steigung der IS-Kurve plus die Steigung der LM-Kurve mit geändertem Vorzeichen muß negativ sein. Wenn wir uns die drei Fälle aus dem Text wieder vor Augen führen, dann trifft der erste Fall, bei dem die IS-Kurve eine negative Steigung hat, völlig die Stabilitätsbedingung. Sowohl die IS- als auch die LM-Kurve haben eine negative Steigung. Wenn wir die Steigung der IS-Kurve zu der Steigung der LM-Kurve mit geändertem Vorzeichen addieren, muß die Summe negativ sein.

Im zweiten Fall hat die IS-Kurve eine positive Steigung, aber das Gleichgewicht ist noch immer stabil. Gemäß unserer Stabilitätsbedingung würde dies beinhalten, daß der positive Wert der Steigung der IS-Kurve absolut kleiner sein muß als der Wert der Steigung der LM-Kurve. Wenn wir nochmals die Abb. 15.3. betrachten, sehen wir, daß dies tatsächlich der Fall ist.

Im dritten Fall war die Steigung der IS-Kurve größer als die Steigung der LM-Kurve. Wir erkannten diese Situation als instabil, ein Ergebnis, daß durch die mathematische Analyse bestätigt wird. In diesem Fall ist die Summe aus den Steigungen der IS-Kurve und der LM-Kurve mit umgekehrtem Vorzeichen positiv. Dies bedeutet, daß Δ positiv ist; folglich wird auch q positiv sein; und der Ausdruck ae^{qt} in Gleichung (15.11.) wird daher progressiv zunehmen. Die statischen Gleichgewichtswerte Y_0 und i_0 sind daher ohne Bedeutung. Obwohl das System für eine gewisse Zeit an diesem Punkt verharren kann, wird jede Störung die Variablen des Systems zunehmend von den Gleichgewichtswerten abweichen lassen.

Fassen wir zusammen: Die Stabilitätsanalyse macht es möglich, Fälle zu erkennen, in denen die Ergebnisse der komparativ-statischen Analyse irreführend sind. Die vorliegende Analyse hat z.B. gezeigt, daß dann, wenn eine Ausweitung der Geldmenge überhaupt zu einer Einkommensänderung führt, dieselbe positiv sein muß. Diese Schlußfolgerung hätte sich mit der komparativ-statischen Analyse nicht erzielen lassen, und es ist daher offenkundig, daß eine Überprüfung der dynamischen Aspekte, auf denen ein System basiert, ein wesentlicher Schritt ist, der von dem sorgfältigen Betrachter vollzogen werden muß.

Anhang zu Kapitel 16

Die goldene Regel der Akkumulation

Wenngleich eine eingehende Analyse des langfristigen Wachstumsprozesses eine allgemeinere Produktionsfunktion verlangte, reicht es für unsere Zwecksetzung, die Cobb-Douglas-Funktion zu unterstellen:

$$Y = AK^aN^{1-a} \tag{16.1.}$$

wobei K und N Kapitalstock bzw. Arbeitsangebot bedeuten und A ein Index für den technischen Fortschritt ist. Wenn wir die Gleichung (16.1.) nach der Zeit differenzieren, erhalten wir

$$\frac{dY}{dt} = K^aN^{1-a}\frac{dA}{dt} + aAK^{a-1}N^{1-a}\frac{dK}{dt} + (1-a)\,AK^aN^{-a}\frac{dN}{dt}$$

was sich, über Gleichung (16.1.), schreiben läßt als

$$\frac{dY}{dt} = \frac{Y}{A}\frac{dA}{dt} + a\frac{Y}{K}\frac{dK}{dt} + (1-a)\frac{Y}{N}\frac{dN}{dt}$$

Dividieren wir beide Seiten dieses Ausdrucks durch Y, so erhalten wir die prozentuale Wachstumsrate des Gütervolumens

$$\frac{1}{Y}\frac{dY}{dt} = \frac{1}{A}\frac{dA}{dt} + a\frac{1}{K}\frac{dK}{dt} + (1-a)\frac{1}{N}\frac{dN}{dt} \tag{16.2.}$$

Kurzfristig ist möglich, daß Kapital und Ausbringungsmenge mit unterschiedlichen Raten wachsen. Auf sehr lange Sicht müssen beide Größen, wenn sie mit einer konstanten prozentualen (exponentialen) Rate wachsen, auch mit gleicher Rate zunehmen. Wäre dies nicht der Fall, würde die Investition entweder ein immer geringerer oder aber ein immer größerer Teil des Volkseinkommens. Da die Investition eine Komponente des Volkseinkommens ist, sind solche abweichenden Wachstumsraten nicht dauerhaft möglich. Da wir folglich davon auszugehen haben, daß

$$\frac{1}{Y}\frac{dY}{dt} = \frac{1}{K}\frac{dK}{dt}$$

folgt aus der Gleichung (16.2.), daß langfristig gilt

$$\frac{1}{Y}\frac{dY}{dt} = \frac{(1/A)\,(dA/dt)}{1-a} + \frac{1}{N}\frac{dN}{dt} \tag{16.3.}$$

womit das Ergebnis aus dem Text bestätigt wird, daß die Rate des Einkommenswachstums von der Rate des technischen Fortschritts und der Zuwachsrate des Arbeitskräftepotentials abhängt, und daß ohne technischen Fortschritt ein Wachstum des Pro-Kopf-Einkommens nicht möglich ist.

Unter den Bedingungen des Konkurrenzgleichgewichts muß der Anteil des Kapitals am gesamten Sozialprodukt gleich sein der marginalen Kapitalproduktivität mal der eingesetzten Kapitalmenge. Wenn wir in die Produktionsfunktion zurückgehen, sehen wir, daß

$$\frac{\partial Y}{\partial K} = aAK^{a-1}N^{1-a} = a\,\frac{Y}{K} \qquad (16.4.)$$

was bedeutet, daß der Anteil des Kapitals

$$K\,\frac{\partial Y}{\partial K} = aY \qquad (16.5.)$$

und der Anteil der Arbeit

$$N\,\frac{\partial Y}{\partial N} = (1 - a)\,Y \qquad (16.6.)$$

betragen müssen.
Weiter halten wir fest, daß

$$\frac{K}{Y}\,\frac{\partial Y}{\partial K} = a \qquad \text{und} \qquad \frac{N}{Y}\,\frac{\partial Y}{\partial N} = 1 - a \qquad (16.7.)$$

Diese Größen sind Verhältnisse von prozentualen Veränderungen und damit Elastizitäten. Wir bezeichnen a als die «Produktionselastizität des Kapitals» und 1 — a als die «Produktionselastizität der Arbeit».

Nun kann man die Produktionsfunktion ebensogut schreiben als

$$Y^{1/(1-a)} = A^{1/(1-a)}\,K^{a/(1-a)}N$$

Setzen wir $A^{1/(1-a)} = B$ und dividieren beide Seiten durch N, so erhalten wir

$$\frac{Y}{N}\,Y^{a/(1-a)} = BK^{a/(1-a)}$$

Als nächstes dividieren wir beide Seiten dieses Ausdrucks durch $Y^{a/(1-a)}$ und erhalten

$$\frac{Y}{N} = B\left(\frac{K}{Y}\right)^{a(1-a)}$$

Wir stellen fest, daß das Niveau des Pro-Kopf-Einkommens eine Funktion von B und dem Kapitalkoeffizienten ist. Um die Schreibweise zu vereinfachen, ersetzen wir Y/N durch z und K/Y durch x. Dann gibt

$$z = Bx^{a/(1-a)} \qquad (16.8.)$$

das Niveau des Pro-Kopf-Einkommens an.

Unser Problem besteht darin, diejenige Sparquote zu finden, bei der der Pro-Kopf-Verbrauch im Zeitablauf maximiert wird. Wir setzen b für den Pro-Kopf-Verbrauch und ersehen aus der Gleichung (16.8.), daß

$$b = cz = cBx^{a/(1-a)} \qquad (16.9.)$$

Die Differentiation der Gleichung (16.9.) nach c und x ergibt

$$db = Bx^{a/(1-a)}\,dc + \frac{a}{1 - a}\,cBx^{a/(1-a)\,-1}\,dx$$

Dividieren wir diesen Ausdruck durch b, um die prozentuale Veränderung von b zu erhalten, und verwenden wir die Gleichung (16.9.), so erhalten wir

$$\frac{db}{b} = \frac{dc}{c} + \frac{a}{1-a}\frac{dx}{x} \qquad (16.10.)$$

Wenn b ein Maximum darstellt, ist db/b Null, so daß die Gleichung (16.10.) die Form erhält

$$\frac{dc}{c} = -\frac{a}{1-a}\frac{dx}{x} \qquad (16.11.)$$

Eine der Annahmen der neoklassischen Wachstumstheorie besteht darin, daß die Investition das Vollbeschäftigungsniveau der Ersparnis ausgleicht. Folglich ist

$$\frac{dK}{dt} = (1-c)\,Y$$

Daraus folgt, daß

$$\frac{1}{K}\frac{dK}{dt} = (1-c)\frac{Y}{K} = (1-c)\frac{1}{x} \qquad (16.12.)$$

Wenn jedoch die technische Fortschrittsrate und die Zuwachsrate der Arbeitskraft konstant sind, wird aus Gleichung (16.3.) erkennbar, daß die Wachstumsrate des Kapitalstocks konstant sein muß. Wenn wir nun die Gleichung (16.12.) nach c und x differenzieren, erhalten wir deshalb

$$\frac{dx}{x} = \frac{-\,dc}{1-c} \qquad (16.13.)$$

Setzen wir diese Ergebnisse in Gleichung (16.11.) ein, so ergibt dies

$$\frac{dc}{c} = \frac{a}{1-a}\frac{dc}{1-c}$$

woraus folgt, daß

$$a = 1 - c$$

Die langfristige Maximierung des Pro-Kopf-Verbrauchs wird demnach erreicht, wenn die Gesellschaft eine Spar- und Investitionsquote hat, die der Produktionselastizität des Kapitals entspricht. Um es etwas anders auszudrücken: Eine Gesellschaft sollte stets ihr Arbeitseinkommen konsumieren und ihr Gewinneinkommen investieren, wenn sie ihren Pro-Kopf-Verbrauch im Zeitablauf maximieren will.

Anhang zu Kapitel 21

Die Schuldenlast

Domar führt seine mathematische Untersuchung der Schuldenbelastung mit Hilfe von Differentialgleichungen durch. Seine Ergebnisse lassen sich ebenso erzielen mit den einfachen mathematischen Mitteln, die wir in den Kapiteln 5 und 7 angewendet haben, wenn wir annehmen, daß die Größen innerhalb einer Zeitperiode unverändert bleiben und sich nur zwischen den einzelnen Zeitperioden ändern. Verwenden wir die gleichen Symbole wie im Text. Die Schuldenbelastung ist dann

$$\gamma = \frac{iD_t}{iD_t + p_tY_t} = \frac{1}{1 + (1/i)\,(p_tY_t/D_t)} \qquad (21.1.)$$

Daraus läßt sich leicht erkennen, daß bei konstant gegebenem Zinssatz der Steuersatz allein von dem Verhältnis des Nominaleinkommens zur Gesamtschuld abhängt. Wenn wir annehmen, daß α der jährliche Anteil der Schuldaufnahme am Einkommen ist, dann wird die Gesamtschuld zu Beginn des Jahres t

$$D_t = D_0 + \alpha\,(p_0Y_0 + p_1Y_1 + p_2Y_2 + \ldots + p_{t-1}\,Y_{t-1}) \qquad (21.2.)$$

betragen.

Eine von Domar betrachtete Möglichkeit liegt in dem Fall, in dem das Nominaleinkommen keinerlei Zuwächse aufweist. In diesem Fall wird die Gleichung (21.2.) zu

$$D_t = D_0 + \alpha p_0Y_0t$$

so daß das Verhältnis von Gesamtschuld zu Einkommen

$$\frac{D_t}{p_t\,Y_t} = \frac{D_0}{p_0\,Y_0} + \alpha t$$

im Laufe der Zeit gegen unendlich geht. Wenn das Nominaleinkommen stagniert, während die Gesamtschuld steigt, wird der zur Schuldentilgung benötigte Steuersatz schließlich 100 Prozent erreichen.

Wenn das Nominaleinkommen jährlich um den konstanten Betrag β wächst, wird das Einkommen im Jahre t

$$p_tY_t = p_0Y_0 + \beta t$$

betragen. Setzen wir dies in die Gleichung (21.2.) ein, so erhalten wir für die Gesamtschuld

$$D_t = D_0 + \alpha p_0Y_0 + \alpha\,\{(p_0Y_0 + \beta) + (p_0Y_0 + 2\beta) + \ldots + (p_0Y_0 + (t-1)\beta)\}$$

oder

$$D_t = D_0 + \alpha p_0Y_0t + \alpha\beta[1 + 2 + 3 + \ldots + (t-1)] \qquad (21.3.)$$

Der Ausdruck in der Klammer ist eine arithmetische Reihe mit dem Endwert $t(t-1)/2$. Folglich wird die Gleichung (21.3.) zu

$$D_t = D_0 + \alpha p_0 Y_0 t + \frac{\alpha\beta t\,(t-1)}{2} = D_0 + \alpha t\left(p_0 Y_0 - \frac{\beta}{2}\right) + \frac{\alpha\beta t^2}{2}$$

und das Verhältnis von Gesamtschuld zu Einkommen wird zu

$$\frac{D_t}{p_t Y_t} = \frac{D_0 + \alpha t\,[p_0 Y_0 - (\beta/2)] + \alpha\beta t^2/2}{p_0 Y_0 + \beta t}$$

Da der quadratische Ausdruck den Ausschlag gibt, nähert sich der Bruch unendlich, und der Steuersatz erreicht 100 Prozent des steuerpflichtigen Einkommens.

Wenn schließlich das Einkommen mit einer konstanten prozentualen Rate r wächst, ist

$$p_t Y_t = p_0 Y_0\,(1 + r)^t$$

Setzen wir dies in Gleichung (21.2.) ein, ergibt sich

$$D_t = D_0 + \alpha p_0 Y_0\,[1 + (1 + r) + (1 + r)^2 + \ldots + (1 + r)^{t-1}]$$

Der Ausdruck in den Klammern ist eine geometrische Reihe mit dem Endwert $[(1 + r)^t - 1]/r$. Daher wird

$$D_t = D_0 + \frac{\alpha p_0 Y_0 (1 + r)^t}{r} - \frac{\alpha p_0 Y_0}{r}$$

und das Verhältnis von Gesamtschuld zu Einkommen wird

$$\frac{D_t}{p_t Y_t} = \frac{D_0 + \{[\alpha p_0 Y_0\,(1 + r)^t]/r\} - (\alpha p_0 Y_0/r)}{p_0 Y_0\,(1 + r)^t}$$

Wenn t immer größer wird, nähert sich dieser Ausdruck dem konstanten Wert α/r, so daß die Steuerlast

$$\gamma = \frac{1}{1 + r/i\alpha}$$

wird. Diese erhöht sich, wenn der Zinssatz i und wenn α, der prozentuale Anteil der jährlichen Schuldaufnahme am Nominaleinkommen, steigen; und sie sinkt, wenn r, die Zuwachsrate des Nominaleinkommens, steigt.

Sach- und Personenregister